L'UNITÉ ALPHABET

Jussi Adler-Olsen

L'UNITÉ ALPHABET

ROMAN

Traduit du danois
par Caroline Berg

Albin Michel

Édition originale danoise parue sous le titre :
ALPHABETHUSET
chez Politikens Forlag, Copenhague

PREMIÈRE PARTIE

1

La météo n'était pas bonne.

Il faisait froid, venteux, et la visibilité était mauvaise. Un temps détestable, même pour un mois de janvier en Angleterre.

Les troupes de l'US Air Force attendaient depuis un moment sur le tarmac quand un grand Britannique dégingandé les rejoignit, mal réveillé.

Un jeune homme, caché par un premier groupe de pilotes, se redressa sur un coude et leva la main pour attirer son attention. Le grand échalas lui rendit son salut en bâillant à s'en décrocher la mâchoire. Après une longue série de vols de nuit, revenir à un rythme normal tenait de l'exploit.

La journée allait être difficile.

Il commençait à y avoir du mouvement au bout des pistes, vers le sud. Ce qui voulait dire que le ciel ne tarderait pas à se remplir d'avions.

Une perspective à la fois excitante et oppressante.

Le major général Lewis H. Breretons avait demandé l'aide de la Royal Air Force. Les Américains s'étaient en effet montrés très impressionnés par les pilotes de Mosquito de l'armée de l'air britannique qui, lors des raids aériens au-dessus de Berlin au mois de novembre, avaient permis la découverte de l'un des secrets les mieux gardés de l'armée allemande : l'emplacement de la base militaire de Peenemünde où étaient fabriquées les bombes V1, leur fameuse arme de représailles.

On avait laissé au lieutenant-colonel Hadley-Jones le choix des effectifs et lui-même avait confié à son chef d'état-major John Wood le soin de veiller aux aspects pratiques de la mission. Le colonel avait sélectionné douze aviateurs britanniques – huit instructeurs et quatre copilotes – pour accomplir une mission d'observation, sous le commandement de la 8ᵉ et de la 9ᵉ US Air Force.

Des chasseurs Mustang P-51D avaient été spécialement équipés d'un siège d'observateur placé derrière celui du pilote, d'appareils photographiques d'une technologie avancée ainsi que d'instruments optiques ultrasensibles.

James Teasdale et Bryan Young avaient été recrutés deux semaines auparavant. Ils seraient les premiers à utiliser ces équipements en conditions dites « réelles ».

Et cela, alors qu'ils pouvaient s'attendre à repartir au combat de façon imminente. Une attaque des centres de construction aéronautique de Oschersleben, Brunswick, Magdebourg et Halberstadt était programmée pour le 11 janvier 1944.

James et Bryan râlaient de voir leur permission de Noël ainsi écourtée. Ils en avaient assez de cette sale guerre.

« Deux semaines pour se familiariser avec cette machine infernale ! soupira Bryan. Je ne comprends rien à leur technologie. Pourquoi Oncle Sam ne prend-il pas ses propres pilotes pour monter dans ces satanés zincs ? »

John Wood leur tournait le dos, penché sur ses cartes. « Parce qu'il vous a choisis, vous !

– Ce n'est pas un argument !

– Je suis sûr que vous saurez vous montrer à la hauteur des attentes de l'armée américaine et que vous rentrerez de cette mission sains et saufs.

– C'est une promesse ?

– Oui !

– Dis quelque chose, James ! » lança Bryan à son camarade, qui resserra son foulard et haussa les épaules. Bryan s'écroula sur une chaise. Impossible de compter sur James.

La mission devait durer au maximum six heures. Six cent cinquante bombardiers lourds de la 8e US Air Force attaqueraient plusieurs usines aéronautiques, sous escorte de chasseurs P-51 à long rayon d'action.

Durant ce raid, le Mustang de Bryan et de James quitterait le convoi.

Certaines rumeurs tenaces affirmaient qu'à Lauenstein, au sud de Dresde, en Allemagne, on avait observé ces derniers mois un arrivage anormal d'ouvriers du bâtiment, ingénieurs et techniciens spécialisés ainsi que de forçats polonais et soviétiques, recrutés dans les camps de concentration.

D'après les services secrets, on construisait effectivement quelque chose dans le secteur, mais on ne savait pas quoi. Peut-être des usines de combustibles de synthèse ? Auquel cas, c'était une catastrophe : l'Allemagne risquait de prendre de l'avance dans la fabrication de bombes volantes.

Bryan et James avaient pour mission de cartographier la zone aussi précisément que possible, et surtout le réseau ferroviaire autour de Dresde, afin que les services secrets puissent mettre à jour leurs informations. Une fois les photos dans la boîte, ils devaient repartir et reprendre place en queue d'escadrille pour rentrer en Angleterre.

Beaucoup d'Américains engagés dans cette mission étaient des pilotes de combat chevronnés. Malgré le froid glacial et le départ imminent, ils attendaient tranquillement, à demi allongés sur la terre dure et gelée qui faisait office de terrain d'atterrissage. Parfois, on en voyait un, recroquevillé sur lui-même, les bras autour des genoux et le regard vide. Alors on savait que c'était un bleu, un qui manquait d'expérience et qui n'avait pas encore appris à faire le deuil de ses rêves et à juguler sa peur.

James s'assit près de Bryan, qui s'était recouché, les mains croisées derrière la nuque.

Les flocons tombaient sur leur visage, s'attardant sur leur nez et leurs sourcils. De lourds nuages noirs encombraient le ciel. Finalement, ce raid ne serait pas très différent des vols de nuit dont ils avaient l'habitude.

Bryan sentait son siège vibrer sous ses fesses.

Les faisceaux des radars saturaient l'espace aérien. On voyait clairement l'écho de chaque bombardier.

Pendant les vols d'essai, ils avaient souvent dit en plaisantant qu'ils pourraient aussi bien occulter toutes les vitres à la peinture noire et naviguer uniquement à l'aide des instruments, tant la technologie de cet avion était avancée.

Ils n'auraient eu aucun mal à mettre cette idée en pratique aujourd'hui, la visibilité étant, selon l'expression employée par James, « aussi limpide qu'une symphonie de Béla Bartók ». Hormis les essuie-glaces et le nez de l'avion fendant les rafales de neige, ils ne voyaient strictement rien.

James et Bryan n'avaient pas réussi à s'entendre. Pas tant sur la folie qu'il y avait à être affectés du jour au lendemain sur un nouveau type de mission, aux commandes d'un avion expérimental, qu'au sujet des intentions réelles de John Wood, qui leur avait fait croire qu'on les avait choisis parce qu'ils étaient les meilleurs – ce que, contrairement à Bryan, James avait pris pour argent comptant.

Et Bryan le tenait pour responsable de la galère dans laquelle ils s'étaient embarqués, convaincu que Wood les avait sélectionnés uniquement parce que James ne contestait jamais les ordres. Il est vrai que ce genre d'opération laissait peu de place à la discussion.

James en avait assez des reproches de Bryan. Ils avaient suffisamment de soucis comme ça. Le vol allait être long et ils connaissaient mal le matériel. Les conditions météorologiques étaient épouvantables. Personne ne serait là pour couvrir leurs arrières une fois qu'ils auraient quitté l'escadrille. Si l'hypothèse des services secrets se révélait exacte et que des usines d'une haute importance stratégique étaient réellement en cours de construction, le secteur serait sous haute protection. Rapporter des images en Angleterre pourrait s'avérer une mission extrêmement périlleuse.

Mais il fallait bien que quelqu'un s'en charge. Ça ne pouvait pas être beaucoup plus dangereux que leurs récentes attaques aériennes sur Berlin.

Et ils étaient encore là.

Derrière James, Bryan remplissait calmement sa mission, assis dans son siège. Les vibrations de la carlingue avaient depuis longtemps fait glisser sur son front ses beaux cheveux lissés en arrière – sa plus grande fierté.

Entre ses cartes et ses appareils, Bryan avait accroché la photo d'une fille qui s'appelait Madge Donat et qui voyait en lui un véritable Apollon.

Elle était la seule femme qu'il ait regardée depuis très longtemps.

Comme sous la baguette d'un chef d'orchestre, les tirs de la DCA allemande éclatèrent dès l'arrivée sur zone des tout premiers avions. James avait anticipé le barrage de quelques secondes et avait donné le signal à Bryan qui avait aussitôt décroché du convoi. À partir de cet instant et pendant une heure qui allait durer une éternité, ils seraient à la merci du destin.

Entièrement livrés à eux-mêmes et sans défense.

« Si on descend plus bas, on va lui râper le cul, grogna Bryan vingt minutes plus tard.

– Et si on reste à deux cents pieds du sol, on n'aura rien sur les photos », répliqua James.

Il avait raison. Il neigeait dru, mais le vent soulevait les flocons en rafale. En volant assez bas, ils profitaient de trouées par lesquelles ils disposaient de plusieurs secondes de visibilité pour mitrailler le terrain.

Depuis qu'ils avaient quitté l'enfer du combat au-dessus de Magdebourg, on semblait les avoir oubliés. Apparemment, l'ennemi ne les avait pas repérés. Et Bryan préférait ça. Ils avaient vu tomber beaucoup d'avions. Beaucoup trop.

La veille, un pilote américain, avec un sourire importé du Kentucky, avait prétendu que « les pilotes de la Luftwaffe ne valaient pas un pet de lapin ». Peut-être le pauvre gars avait-il été contraint de changer d'avis.

« Cent trente-huit degrés sud ! indiqua Bryan les yeux braqués sur l'étendue blanche en dessous. Nous survolons la route de Heidenau. Tu vois le carrefour, là ? Suis le coude en t'approchant autant que tu peux de la montagne. »

Ils naviguaient à moins de deux cents kilomètres-heure, une allure qui, par ce temps, faisait gronder la coque de l'avion d'un bourdonnement de mauvais augure.

« Il va falloir voler en zigzag au-dessus de la nationale, James, mais sois prudent, les versants sont escarpés par endroits. Tu distingues quelque chose ? On devrait avoir une bonne visibilité aux abords de Geising.

– Je ne vois rien du tout, à part que la route est anormalement large.

– Regarde ces arbres ! Tu as remarqué comme la forêt est dense ?

– Tu crois que c'est un filet de camouflage ?

– Aucune idée. » S'il y avait eu des usines ici, il aurait fallu les bâtir à flanc de montagne. Bryan doutait fortement que quiconque ait eu une idée pareille. Si les installations venaient à être découvertes, elles seraient trop exposées à un bombardement de précision.

« On perd notre temps, James ! Il n'y a pas de construction récente dans ce secteur. »

Dans le cas où ils ne trouveraient rien d'intéressant, les ordres étaient de repartir vers le nord en suivant la voie ferrée et de photographier en détail l'ensemble du réseau ferroviaire. À la demande des Russes. Les Soviétiques repoussaient les troupes d'Hitler à Leningrad depuis des centaines de jours et ne tarderaient pas à les écraser. Selon eux, l'échangeur ferroviaire autour de Dresde était le cordon ombilical de l'armée allemande. En le coupant, on priverait les divisions allemandes d'approvisionnement sur le Front de l'Est. La question était de savoir combien de voies il fallait faire sauter pour que ce soit réellement efficace.

Bryan observait la ligne de chemin de fer, en se disant qu'on ne verrait rien d'autre sur ces photos que des rails battus par les bourrasques de neige.

Lorsqu'ils furent touchés la première fois, avec une violence inouïe, cinquante centimètres derrière le siège de Bryan, ils n'avaient rien vu venir. Sans prendre le temps de se retourner, James força l'appareil à une brusque accélération verticale. Bryan fixa le mousqueton à son siège et sentit que l'air tiède de la cabine était aspiré vers l'extérieur.

Le trou en étoile dans le fuselage avait la taille d'un poing fermé. L'orifice de sortie au plafond, celle d'une assiette. Le Mustang n'avait reçu qu'une seule balle, tirée par une arme de DCA de petit calibre.

Manifestement, quelque chose leur avait échappé.

Leur ascension brutale et le hurlement du moteur les empêchaient d'entendre si on continuait à leur tirer dessus.

« C'est sérieux, derrière ? » cria James. La réponse de Bryan était rassurante, il hocha la tête. « Alors, c'est parti ! » Sa phrase à peine achevée, il entama un looping, coucha l'avion sur le flanc, puis le laissa tomber à pic. Les mitrailleuses Browning du Mustang se mirent à cliqueter. Le feu nourri venant du sol leur indiquait l'axe dans lequel ils devaient tirer.

Au milieu de cet océan de flammes meurtrier il y avait quelque chose que les Allemands ne voulaient surtout pas qu'ils découvrent.

Pour semer la confusion, James fit osciller le zinc de droite à gauche, tandis que les tireurs au sol tentaient en vain de les garder dans leur ligne de mire. James et Bryan ne virent pas les canons, mais au son il n'y avait pas de doute : c'étaient des Flak 40 antiaériens dont le vacarme aurait fait dresser les cheveux sur la tête du plus courageux.

James redressa brutalement l'avion à quelques mètres du sol.

La vallée au-dessus de laquelle ils volaient à présent ne faisait pas plus de trois kilomètres de large et il fallait la dextérité d'un homme comme Bryan pour tenir la caméra.

Le paysage défilait à toute allure. Des rectangles gris dans un tourbillon blanc. Des cimes d'arbres et des bâtiments. De hauts grillages entouraient la zone qu'ils survolaient à une allure infernale. Des rafales de canons antiaériens s'évertuaient à les atteindre depuis les miradors. C'était dans ce genre de campements qu'on emprisonnait les déportés. Une salve nourrie de fusées éclairantes obligea James à réduire l'altitude et à voler au ras des arbres.

Le Mustang plana au-dessus de l'immense masse grise d'un filet de camouflage, frôla des murs, des wagons abandonnés et des montagnes de marchandises. Bryan allait avoir toutes les images nécessaires. Une poignée de secondes plus tard, ils reprenaient de l'altitude.

« Ça va ? »

Bryan hocha la tête, donna une tape sur l'épaule de James et pria pour que les canons de la DCA soient le seul danger qui les menaçait.

Mais ils n'eurent pas cette chance.

« Bryan, tu peux te redresser et regarder à travers le pare-brise. Tu vois le capot du moteur ? » Malgré le manque de visibilité, Bryan remarqua aussitôt ce qui tracassait James. Un panneau à moitié arraché du nez de l'avion pointait à la verticale. Était-ce dû au piqué, à l'impact de balle ou à la pression ? Le résultat était le même.

« Je vais devoir réduire la vitesse, Bryan. Tu sais ce que cela signifie, n'est-ce pas ? Nous ne rattraperons pas l'escadrille.

– On n'a pas le choix de toute façon !

– Je vais suivre la voie ferrée. S'ils nous envoient des chasseurs, ils vont croire qu'on file vers l'ouest. Surveille bien le périmètre, d'accord ? »

Le paysage était plus plat que tout à l'heure. Par temps clair, ils auraient pu voir l'horizon à cent quatre-vingts degrés, mais sans la tempête qui faisait rage, on les aurait aussi entendus à des kilomètres.

Inutile de vérifier la carte. Tous deux savaient que leurs chances de s'en tirer étaient minces.

« Surveille ton écran, répéta James. La carlingue devrait tenir si nous gardons cette allure. »

La ligne de chemin de fer n'était pas une voie secondaire. Tôt ou tard, ils tomberaient sur un convoi de munitions ou un transport de troupes et une petite pièce d'artillerie légère à double canon ou un 20 mm Flak 38 mettrait fin à leur aventure. Sans compter les Messerschmitt. Cible facile. Combat rapproché. Avion abattu, dirait ensuite un rapport succinct.

Bryan avait envie de proposer à James de poser eux-mêmes l'appareil avant que l'ennemi l'abatte. Sa philosophie en la matière était simple. Il préférait être fait prisonnier que tué.

Il tira doucement James par le bras.

« Nous sommes repérés. » Sans commentaire inutile, James entama la descente. Bryan ne distinguait l'ennemi que sous la forme d'une ombre planant sur l'aile du zinc. « Ça y est, il est là, James ! Juste au-dessus de nous ! » James quitta le plan horizontal et lança le Mustang à la verticale d'un violent coup de manche.

L'appareil vibra et grinça sous la brusque accélération. L'ascension soudaine vida presque intégralement l'air de la cabine par le trou dans le fuselage. Avant que Bryan aperçoive la cible, James frappa le Messerschmitt d'une salve impitoyable. L'explosion fut fatale.

Le pilote n'avait pas eu le temps de réaliser ce qui arrivait.

Quand leur avion se retrouva à nouveau parallèle au sol, une série de détonations dont Bryan ne comprit pas tout de suite l'origine éclata dans la cabine. Il leva les yeux vers la nuque de James. Un souffle violent entra par le pare-brise cassé du cockpit et il comprit que le nez de l'avion s'était arraché lors de leur brutale ascension. La tête de James oscilla. Sans un cri, il tomba en avant, la joue sur le tableau de bord.

Le bruit du moteur était assourdissant. Les soudures grinçaient au rythme des ricochets de la coque sur les nappes d'air. Bryan détacha sa ceinture de sécurité, plongea sur James, passa la main sous son corps inanimé et redressa le manche de toutes ses forces.

Un delta de fines rigoles de sang coulait sur la joue de son ami. Deux longues plaies balafraient son visage au-dessus et le long de l'oreille. Le triangle de tôle l'avait touché à la tempe et avait coupé la majeure partie du lobe de son oreille.

Un autre morceau de tôle se détacha avec fracas du nez et alla ricocher sur l'aile droite du Mustang. Bryan devait prendre une décision pour tous les deux. Il dégagea James de son siège.

Le cockpit éclata et Bryan fut littéralement expulsé de son siège. Dans le vent hurlant et glacial, il prit James sous les aisselles et il le traîna sur l'aile dans l'air cinglant. Une seconde plus tard, l'avion disparaissait sous leurs pieds. Bryan lâcha James qui tomba dans le vide mais il avait réussi à actionner à temps la manette du système d'ouverture commandé du parachute de son ami qui resta une seconde en chute libre, les bras pendant mollement dans le vent, avant que la toile s'ouvre d'un coup sec. Ses membres écartés lui donnaient l'air d'un oisillon effectuant son premier vol.

Quand il déclencha l'ouverture de son propre parachute, Bryan avait les doigts glacés. Il entendit le claquement de la toile au-dessus de sa tête alors que de faibles éclairs venant du sol zébraient le brouillard neigeux dans un crépitement sourd.

L'avion se renversa dans le ciel et alla s'écraser loin derrière eux. Si on se lançait à leur recherche, on mettrait du temps à les retrouver. Bryan se concentra pour ne pas perdre de vue la forme grise et ronde du parachute de James virevoltant vers le sol.

La terre vint à sa rencontre avec une violence inattendue. Les sillons gelés étaient aussi durs que des caniveaux de béton. Alors qu'il reprenait ses esprits et vérifiait qu'il était entier, le vent remplit à nouveau le parachute qui le tracta dans le labour, et sa combinaison se déchira en plusieurs endroits. La neige gelait ses égratignures avant même qu'il ait le temps d'enregistrer la douleur.

Bryan avait vu James atterrir si brutalement qu'il craignait que son ami ait les jambes en miettes.

Ignorant délibérément la procédure, il se débarrassa de son parachute et le laissa s'envoler sans chercher à le retenir. Il courut en boitant, le long de la clôture de ce qui avait dû être une prairie. Les chevaux avaient disparu. Mangés depuis longtemps, sans doute. Le parachute de James était resté accroché sur un piquet. Bryan jeta un coup d'œil alentour. Tout semblait calme, la tempête mise à part. Au milieu des tourbillons de poudreuse, il saisit des deux mains la toile dansante et l'enroula contre son ventre jusqu'à ce qu'il ait rejoint James.

Il dut s'y reprendre à trois reprises avant de réussir à le faire basculer sur le flanc. La fermeture Éclair de sa veste céda difficilement. Bryan s'empressa de glisser sa main sous l'épaisseur des vêtements. La chaleur à l'intérieur brûla ses doigts gelés. Il retint son souffle et perçut enfin le faible battement d'un pouls.

Quand le vent se fut calmé, la neige cessa également. Pour l'instant, ils s'en étaient plutôt bien tirés.

La respiration de James était faible. Bryan le traîna dans un bois à proximité. Les branches cassées des arbres nus, amoncelées au pied des troncs, allaient leur permettre à la fois de se cacher et de s'abriter du vent. Bryan se dit à mi-voix qu'avec autant de bois de chauffage inutilisé, le premier village devait être assez éloigné.

« Qu'est-ce que tu dis ? » grommela le corps inerte qui se laissait mollement tracter sur la neige.

Bryan se jeta à terre et posa délicatement la tête de son ami sur ses genoux.

Ses yeux n'étaient pas encore entièrement ouverts. Il essayait de fixer le regard sur Bryan sans y parvenir tout à fait. Puis il tourna la tête vers le paysage en noir et blanc. « On est où ?

– On s'est fait descendre. Tu es blessé ?

– Je ne sais pas.

– Bouge les jambes !

– Je ne peux pas. Elles sont gelées.

– Dis-moi si tu sens tes jambes, James !

– Puisque je te dis qu'elles sont gelées, c'est que je les sens. Qu'est-ce que c'est que ce trou où tu nous as posés ? »

2

La lumière de l'aube était traîtresse. Les étoiles brillaient encore sous une ligne d'horizon béante. Le ciel lui-même était une menace.

Ils y voyaient comme en plein jour et, ce qui était pire, ils étaient visibles à des kilomètres.

Ils avaient laissé le parachute en charpie de James au milieu d'un champ tellement immense que sa récolte devait à elle seule être capable de nourrir tout un village. Des traces de pas sombres et nettes conduisaient tout droit de cette tache claire au bouquet d'arbres dans lequel ils s'étaient réfugiés.

Bryan était à peu près rassuré quant à l'état de James. Le gel avait stoppé l'hémorragie de son oreille et les ecchymoses sur son visage et sur son cou ne se voyaient déjà presque plus. Il avait eu de la chance.

Mais la chance ne durerait pas. Il ne fallait pas traîner.

Le froid gerçait leurs lèvres et ils étaient transis jusqu'aux os. S'ils voulaient rester en vie, ils devaient trouver un abri.

James tendit l'oreille. Leurs traces dans ce champ les trahiraient. Si un avion ennemi survolait la zone, des limiers en vert-de-gris ne tarderaient pas à se lancer à leur poursuite.

« Quand on aura récupéré les parachutes, je propose qu'on se dirige vers le creux de terrain qu'on voit là-bas », dit-il, pointant le doigt vers le nord où la terre était d'un gris presque noir. Puis il eut l'air de réfléchir et il se tourna dans la direction opposée.

« Si on marche vers le sud, à ton avis, on mettra combien de temps à trouver un village ?

– Si on est là où je crois qu'on est, on finira par arriver à Naundorf. Je pense que le village doit être à environ deux kilomètres. Mais je n'en suis pas sûr.

– Donc, pour toi, la voie ferrée serait au sud ?

– Oui, mais je peux me tromper. » Bryan avait beau regarder attentivement autour de lui, il n'y avait aucun point de repère visible. « Dans le doute, j'opterais plutôt pour la première solution », conclut-il.

Ils suivirent la lisière du bois jusqu'à trouver un passage dans les congères. Bryan fit passer les parachutes de l'autre côté pendant que James, à bout de souffle, le regardait faire en battant des bras sur ses flancs, cherchant en vain à se réchauffer. Soudain ils tendirent l'oreille et se jetèrent à plat ventre dans la neige. Un avion arrivait derrière eux, assez loin, oscillant, volant au-dessus du bois. L'appareil survola le champ au sud de leur position puis disparut derrière les arbres. Pendant un long moment, ils l'écoutèrent s'éloigner. Enfin, James releva la tête pour respirer.

Les nuages formaient des petits coussins gris dans le ciel au-dessus de la cime des arbres. Brusquement, l'avion réapparut. Cette fois, il volait droit sur eux.

James plongea sur Bryan, le pressant contre la congère.

« J'ai le cul gelé », marmonna Bryan d'une voix étouffée, la tête enfoncée dans la neige. Malgré la gravité de la situation, James pinça les lèvres pour ne pas rire quand il découvrit l'endroit déchiré de la combinaison de pilote de Bryan et les paquets de neige en train de fondre et de couler sur les hanches et les fesses de son camarade, sous l'effet de sa chaleur corporelle.

« Il vaut mieux avoir le cul gelé que chaud aux fesses, répliqua-t-il. Parce que si ce type là-haut nous a vus, c'est ce qui risque de nous arriver ! »

L'avion revint une troisième fois et s'éloigna de nouveau.

« C'était quoi ? Tu as eu le temps de voir ? demanda Bryan en brossant la neige sur ses vêtements.

– Un Junkers, je crois. Il n'avait pas l'air très gros. Tu crois qu'il nous a vus ?

– S'il nous avait vus, nous serions morts. Par contre, je peux t'assurer qu'il a vu nos traces ! »

Bryan prit la main de James qui l'aida à se relever. S'ils parvenaient à atteindre un village, ils avaient une chance de s'en sortir, à condition que les habitants comprennent qu'ils avaient l'intention de se rendre. Mais si cet avion revenait ou si la patrouille qui était sans doute à leur recherche les retrouvait avant… ils étaient foutus.

C'était aussi simple que cela.

Ils coururent longtemps, maladroitement, sans s'arrêter. Chaque fois que la semelle de leurs bottes touchait la terre gelée, la douleur les traversait de bas en haut. James était pâle comme la mort.

Un ronronnement de moteur leur parvint, loin derrière. Ils échangèrent un regard. Puis ils entendirent un autre bruit, devant, cette fois. Un son différent. On aurait dit le bruit d'un train roulant à faible allure.

« Tu ne m'as pas dit que la voie ferrée était au sud ? haleta James, ses mains gelées coincées sous ses aisselles.

– Je t'ai dit que je n'en étais pas sûr !

– Tu parles d'un navigateur !

– Tu aurais préféré que je regarde la carte au lieu de te sortir de cette foutue boîte de conserve yankee ?! »

James ne répondit pas mais, posant la main sur l'épaule de Bryan, il attira son attention sur le pied de la colline encore plongé dans une pénombre grise, d'où provenait le bruit indiscutable d'une locomotive à vapeur. « Et là, tu as une idée plus précise ? »

Le hochement de tête de Bryan le rassura. Il savait où ils étaient. Ils s'accroupirent derrière un tas de branches mortes. Les rails formaient deux lignes grises dans le paysage blanc. Jusqu'au chemin de fer il y avait environ sept cents mètres et le terrain était complètement dégagé.

Ils se trouvaient bien au sud de la voie ferrée.

« Ça va ? » Bryan saisit doucement le col du blouson d'aviateur de James pour lui faire tourner la tête vers lui. Sa pâleur accentuait la maigreur de ses traits. Il haussa les épaules et se tourna de nouveau vers la voie. Le jour se levait et les ombres en contrebas prenaient progressivement forme et mouvement. Porté par le vent, le vacarme de longs convois leur parvenait à présent. Une vision effarante autant qu'effrayante se matérialisa sous leurs yeux. Des trains passaient, voiture après voiture, formant une ligne de vie morbide entre le front et la mère patrie. Les locomotives blindées tractaient, essoufflées, des wagons d'artillerie à n'en plus finir, des mitrailleuses dans leur nid de sacs de sable et des fourgons de transport de soldats d'un brun grisâtre qui ne laissaient passer aucune lumière à travers leurs rideaux opaques. À peine un convoi avait-il fini de passer que le bruit annonçait l'arrivée du suivant.

Ils comptèrent quelques minutes entre le passage de deux d'entre eux. Pendant le bref laps de temps qu'il avait fallu à leurs genoux pour commencer à s'engourdir sous leurs corps accroupis, des milliers de destinées humaines avaient défilé sous leurs yeux : vétérans épuisés ou blessés rentrant à l'ouest, réservistes effrayés et silencieux roulant vers l'est. En lâchant quelques bombes chaque jour sur ce tronçon de voie, on permettrait aux Russes de souffler un peu, sur le Front de l'Est.

James le tira par la manche, mit un doigt sur sa bouche, puis à son oreille. Bryan entendit à son tour. Le bruit venait de derrière et des deux côtés à la fois.

« Des chiens ?

– Une patrouille avec chiens et une patrouille sans, je crois. »

James baissa le col de son blouson et se redressa. « La deuxième patrouille est motorisée. C'était ça, le ronronnement qu'on a entendu tout à l'heure. Ils ont dû arrêter leurs motos à l'endroit où on a passé le fossé.

– Tu les vois ?

– Non, mais ça ne saurait tarder.

– Qu'est-ce qu'on fait ?

– Qu'est-ce que tu veux qu'on fasse ? » James s'agenouilla dans la neige, son torse oscillant d'avant en arrière tandis qu'il réfléchissait à voix haute. « On a laissé des traces que même un aveugle pourrait voir.

– Tu veux dire qu'on va se rendre ?

– Tu as une idée de ce qu'ils font aux pilotes abattus, toi ?

– Tu ne m'as pas répondu. On se rend, ou pas ?

– Oui. Mais il faut qu'on se mette à découvert, pour qu'ils nous voient. Sinon, ils vont croire qu'on veut faire les malins. »

Bryan emboîta le pas à James qui avait commencé à descendre le coteau. Le vent lui giflait le visage.

Au bout de quelques foulées rapides, ils furent en terrain dégagé.

Ils se tournèrent face à leurs poursuivants, les bras levés en signe de reddition.

Pour commencer, il ne se passa rien. Ils ne virent personne. N'entendirent plus ni aboiements ni bruit de moteur. À voix basse, James dit à Bryan que les soldats devaient essayer de les prendre à revers et il baissa les bras.

Aussitôt, les Allemands commencèrent à tirer.

Bryan et James se jetèrent à plat ventre. Ni l'un ni l'autre n'était touché.

Bryan se mit à ramper vers la voie. Sans cesser d'avancer, il jetait de temps à autre un regard par-dessus son épaule vers James qui, le regard fou, rampait sur les mottes gelées et les brindilles cassées. Sa plaie à l'oreille s'était rouverte et des taches rouges se mélangeaient à la neige fraîche.

De courtes salves de mitraillette balayaient l'air au-dessus de leurs têtes. Les soldats criaient.

« Ils vont lâcher les chiens, prévint James d'une voix étouffée en attrapant Bryan par la cheville. Tu es prêt à courir ?

– Courir où ? » Une crampe brûlante serra le ventre de Bryan, lui vrillant les tripes en une réaction de panique incontrôlée.

« On va traverser la voie. Entre deux trains. » Bryan leva la tête et contempla l'étendue désertique sous leurs yeux. Et ensuite ?

Après un long tir en rafale, James se leva et attrapa Bryan par le bras. Ils étaient au sommet d'une colline. La pente était raide. La dévaler en courant était suicidaire, sans compter les balles qui leur sifflaient aux oreilles et leurs pieds gelés, incapables de ressentir les reliefs du terrain.

Quand, une centaine de mètres plus bas, ils arrivèrent en terrain plat, Bryan, qui avait pris de l'avance, se retourna une demi-seconde pour voir si son camarade le suivait. James courait comme un robot, les doigts écartés et la nuque tendue. Derrière lui, une vague de soldats passait le sommet du coteau et se laissait glisser sur le dos dans la pente.

Cela les ralentit et les tirs cessèrent pendant quelques précieuses secondes. Quand ils reprirent, ils étaient moins précis. Ces salopards étaient peut-être déjà fatigués ! Ou peut-être avaient-ils décidé de laisser leurs chiens finir le travail à leur place.

Les machines à tuer, aboyant furieusement, se jetèrent à la poursuite de James et de Bryan sans une seconde d'hésitation.

La visibilité était parfaite, à présent.

Deux convois approchaient, chacun dans un sens. Pour l'instant, ils allaient devoir renoncer à se cacher dans les bois de l'autre côté de la voie. Une puissante détonation fit sursauter Bryan. Sans arrêter sa course, James avait dégainé son revolver Enfield. Bryan comprit à la forme sombre sur la neige que James avait touché le premier chien alors que celui-ci l'attaquait.

Les trois autres étaient juste derrière, prêts à bondir à leur tour.

Bryan reconnut deux dobermans et un berger allemand, un peu à la traîne parce qu'il avait dû s'arracher si brutalement à la main de son maître que sa laisse, encore attachée à son collier, entravait sa course.

La neige avait recommencé à tomber.

Les mitraillettes s'étaient tues à cause des chiens qui étaient dans l'axe de tir.

James tira un deuxième coup de feu mais rata sa cible. Bryan saisit son pistolet à son tour. Il se déporta d'un mètre, laissa James le dépasser et tira.

Le chien, déjà blessé, se laissa distraire une seconde par le geste de Bryan. Ses dents claquèrent dans le vide et le coup de feu partit. La bête fit plusieurs culbutes avant de s'immobiliser, morte. Les autres chiens attaquèrent Bryan comme on le leur avait appris, à la poitrine et aux bras. Bryan se laissa renverser et dans sa chute, il abattit le premier animal qui roula sur lui sans lui causer de blessure majeure. Puis il frappa d'un violent coup de crosse le berger allemand sur sa gauche qui s'écroula, assommé. Il se releva et fit face au dernier chien.

L'animal ferma la mâchoire sur sa manche droite, secouant sa prise avec rage. Tant que sa proie serait en vie, il ne la lâcherait pas. Bryan lui administra un solide coup de pied qui le souleva du sol, ce qui lui donna le temps de tourner la main qui tenait encore le pistolet et de tirer. Au moment où le chien tomba, Bryan glissa et perdit son arme. Maintenant que les soldats ne risquaient plus de toucher leurs chiens qui gisaient dans la neige, les salves des mitraillettes avaient repris.

James était à une cinquantaine de mètres devant lui. Il courait, penché vers l'avant, son blouson de cuir sautant sur ses épaules.

La deuxième patrouille arriva par l'est. Leurs tirs étaient imprécis, mais leur présence ne laissait pas d'autre issue à James et à Bryan que de continuer vers la voie ferrée et les deux convois qui bientôt viendraient leur barrer la route.

Bryan s'essoufflait mais, malgré le feu brûlant dans sa poitrine, il voulait rattraper James. S'ils étaient touchés, ce qui paraissait désormais inévitable, il lui était venu l'idée stupide qu'ils devaient mourir ensemble.

Le train qui roulait sur la voie la plus proche arrivait de l'est.

Dans la locomotive, les mécaniciens observaient avec indifférence les patrouilles, arrivant par l'arrière et de côté et gagnant du terrain. L'absurde convoi de wagons en bois, marqués du symbole de la Croix-Rouge, avançait au milieu du paysage blanc et désertique. Pas un seul visage ne se montra aux quelques rares fenêtres.

Sur l'autre voie, deux locomotives en tandem traînaient une longue file de fourgons vert-de-gris bientôt cachée derrière le convoi sanitaire. Les soldats postés sur les toits des dernières voitures du train blindé les avaient repérés et s'étaient mis en position, mais ils ne purent tirer, par crainte de toucher le premier convoi.

Dans un effort surhumain, Bryan parvint à rattraper James, qui atteignait la voie ferrée au moment où les deux wagons défilaient devant lui. Il accéléra et tenta d'attraper la rampe la plus proche, mais ne parvint à en saisir que le bas. La sueur dans sa paume gela instantanément. Il comprit que la prise était trop mauvaise pour qu'il ait la force de se hisser. Alors qu'il allait perdre l'équilibre et tomber sous les bogies, Bryan le rattrapa.

En une poussée, il l'aida à atteindre le marchepied. Pendant quelques secondes, le bras libre de James moulina dans le vide tandis qu'il luttait pour retrouver un équilibre dans cette inconfortable position. Son revolver lui échappa. Il retomba et fut traîné sur plusieurs mètres, la main toujours collée à la barre. Chaque fois que ses tibias cognaient sur une traverse, il rebondissait et risquait de passer sous les roues. En un ultime effort, il réussit à poser le pied sur la marche métallique.

« Ça y est, j'y suis ! » cria-t-il à Bryan, tirant si fort qu'il se cogna violemment contre les marches métalliques. Bryan accéléra l'allure et grimpa à son tour, ne touchant la rampe qu'une seconde, évitant ainsi que le gel ne prenne un trop lourd tribut sur la paume de sa main.

Derrière eux arrivaient les hommes de tête de la première patrouille, le visage bleu de froid, trop épuisés pour se tenir debout dans les bourrasques de neige. L'un d'eux essaya d'attraper une échelle menant sur le toit. Il trébucha et courut quelques mètres sur la pointe des pieds pour finir en roulé-boulé sur le sol froid.

K-O, il ne fit pas de nouvelle tentative.

Entretemps, les deux trains ayant fini de se croiser, le train sanitaire reprit une allure normale.

Et leurs poursuivants durent renoncer.

3

Des silhouettes d'arbres nus dansaient, fantomatiques, le long de la voie.

James avait repris du poil de la bête. Il passa la main dans le dos de son ami. « Lève-toi, Bryan, la plate-forme est glacée. »

Ils claquaient des dents tous les deux.

« On ne peut pas rester dehors », répliqua Bryan.

Dans une large courbe, le train longea le pied de la montagne et, pendant quelques minutes, ils eurent une vue dégagée vers l'avant du convoi.

« Si on reste ici, on va mourir de froid ou on va se faire descendre dès la prochaine gare. Il faut qu'on saute à la première occasion. »

Le regard vide, Bryan écoutait le train rouler de plus en plus vite.

« Tu es blessé ? demanda James sans le regarder. Tu es capable de te lever ?

– Je ne crois pas être plus mal en point que toi.

– Finalement, on a bien fait de monter dans un train sanitaire. On n'est pas très loin d'un lit d'hôpital. »

Ni l'un ni l'autre ne trouva la force de rire. James tendit la main vers la poignée de la porte du wagon et l'actionna prudemment du bout des doigts. Ce fut peine perdue.

Bryan haussa les épaules. C'était de la folie. « On ne sait pas ce qu'il y a derrière cette porte. »

James savait que son ami avait raison. Cette croix rouge perdait toute signification à partir du moment où elle figurait sur du matériel de guerre ennemi. Le symbole de la compassion avait été dénaturé depuis bien longtemps. Ce genre de transport n'était même plus épargné par les avions de chasse alliés. Ils étaient bien placés pour le savoir.

Et en admettant qu'il s'agisse réellement d'un convoi sanitaire ? La haine des Allemands pour les pilotes britanniques était légitime. Les soldats de la Luftwaffe avaient autant de raisons de les détester qu'eux en avaient de les haïr.

Tous ceux qui participaient à cette drôle de guerre avaient des morts sur la conscience.

Bryan hocha la tête. Son regard n'exprimait que du découragement.

Il ne fallait plus compter sur la chance.

Il y eut une série de secousses quand le train roula sur un passage à niveau. Ils aperçurent une vieille femme dans la pénombre, derrière la barrière qu'elle était chargée de garder.

James tendit le cou. Le jour n'était pas encore tout à fait levé. La campagne était paisible. Rien ne permettait de deviner ce qui se cachait derrière le prochain virage.

Ils entendirent un peu de remue-ménage à l'intérieur du wagon. Les aides-soignants devaient commencer à s'activer auprès des malades. Soudain, Bryan entendit qu'on actionnait le verrou de la porte.

Il tira sur le col de James pour le prévenir. Ils s'aplatirent contre la cloison.

Une seconde plus tard, la poignée s'abaissait. Un très jeune homme en uniforme d'infirmier passa la tête dehors, inspira profondément et soupira de bien-être. Il sortit et avança jusqu'au bout de la plate-forme, le dos tourné, et ouvrit sa braguette.

Bryan remarqua que le bras de James tremblait et posa une main sur sa manche. James se dégagea et Bryan le vit reporter le poids de son corps sur son pied d'appel. L'infirmier lâcha un pet en secouant les dernières gouttes d'urine, soulagé.

Le coup de pied de James l'atteignit au moment où il se retournait, incrédule à la vue des deux personnages qui lui faisaient face. L'attaque le frappa en pleine figure et projeta brutalement sa tête en arrière. À en croire la torsion excessive de sa colonne vertébrale et le bruit mat qu'ils entendirent au moment où il percuta le tronc de l'orme qui trônait, isolé et majestueux au pied de la colline, le jeune homme mourut sur le coup. Son cadavre roula sur quelques mètres et termina sa course dans un fourré blanc de givre.

On n'était pas près de le retrouver.

Bryan était horrifié. Jamais il n'avait vu d'aussi près la mort qu'ils causaient pourtant si souvent. James était revenu s'adosser à la paroi du train. « Il fallait que je le fasse, Bryan, c'était lui ou nous ! »

Bryan posa le front contre la joue de son ami. « Ça va être compliqué de se rendre, maintenant, James. »

Les conditions d'une reddition avaient été idéales. L'infirmier était seul et sans arme. Mais il était trop tard pour avoir des regrets. Les traverses défilaient sous le train à toute allure. S'ils sautaient maintenant, ils se tueraient.

James colla l'oreille à la porte et n'entendit rien. Il essuya sa main sur la jambe de son pantalon, saisit délicatement la poignée, entrouvrit, mit un doigt sur ses lèvres et passa la tête à l'intérieur, tout en faisant signe à Bryan de le suivre.

Une cloison séparait le réduit sombre dans lequel ils venaient de pénétrer d'une salle plus grande d'où leur parvenaient des bruits étouffés. Des étagères à hauteur d'homme, surchargées de pots, de bouteilles, de tubes et de boîtes en carton de toutes les tailles leur révélèrent qu'ils se trouvaient dans une réserve où, apparemment, l'infirmier de nuit passait sa garde.

Un jeune garçon qui par leur faute ne verrait plus jamais le jour se lever.

James abaissa la fermeture Éclair de son blouson avec d'infinies précautions et fit signe à Bryan de retirer sa combinaison de pilote.

Bientôt, ils furent tous deux en bras de chemise – de chemises déchirées – et en caleçons longs. James ressortit une seconde sur la plate-forme pour jeter au vent les vêtements qu'ils venaient d'enlever.

Dans cette tenue, ils avaient une petite chance de ne pas être immédiatement abattus.

La scène qu'ils découvrirent en sortant de la réserve les cloua sur place. Des dizaines de soldats étaient couchés côte à côte dans d'étroits lits de fer, ou à même le sol, sur des matelas de laine recouverts de toile à rayures grises. Un couloir de plancher brut juste assez large pour une seule personne permettait de traverser le wagon. Quelques visages las et sans expression se tournèrent vers eux mais aucun ne sembla réagir à leur présence. La plupart de ces hommes alités portaient encore leur uniforme. Et aucun n'était simple soldat.

Une âcre puanteur d'urine et d'excréments se mélangeait aux odeurs doucereuses du camphre et du chloroforme. Certains malades gémissaient faiblement, la mâchoire pendante. Pas un seul ne parlait, pas même pour se plaindre.

Passant lentement dans l'allée, James salua d'un signe de tête ceux qui donnaient l'impression d'être encore vivants. De minces draps très sales étaient tout ce qu'ils avaient pour se protéger du froid.

Un seul leva faiblement le bras vers Bryan qui lui répondit par un sourire. James faillit trébucher sur un pied qui dépassait d'un lit. Il mit la main sur sa bouche pour étouffer un cri de surprise et croisa un regard froid et dénué d'expression. L'officier était probablement mort depuis plusieurs heures. Il serrait encore dans sa main un rouleau de gaze.

Son pansement était propre, mais son matelas inondé par une rivière de sang qui avait dû brusquement couler du pauvre homme sans que rien vienne l'endiguer.

James venait de prendre le pansement des mains du mort pour le presser contre son oreille qui s'était remise à saigner, quand des bruits de roues et de vaisselle résonnèrent derrière eux.

« Viens ! chuchota James.

– Pourquoi est-ce qu'on ne se contente pas de rester ici ? » rétorqua Bryan à voix basse. L'allée centrale était jonchée de pansements usagés qui donnaient à l'air ambiant une touffeur malsaine.

« Tu es aveugle, Bryan ? Tu ne vois pas que tous les officiers couchés dans ces lits portent des insignes de la Schutzstaffel ? À ton avis, que se passera-t-il si ce ne sont pas des infirmiers de guerre mais des SS qui nous trouvent ici ? » demanda-t-il à Bryan, sarcastique. Il pinça les lèvres et son regard se durcit. « Je te promets de nous tirer de là, à condition que tu me laisses prendre les décisions à partir de maintenant ! »

Bryan ne répondit pas.

« D'accord ? » James le regardait avec insistance.

« D'accord ! » acquiesça Bryan avec un pâle sourire.

Un seau rempli d'instruments chromés baignant dans un liquide indéfinissable cliqueta à ses pieds.

Tout laissait à penser que ce train avait en réalité pour mission de ramener les enfants de l'Allemagne au pays pour les y enterrer.

Si ce train était un simple convoi sanitaire, alors le Front de l'Est était l'enfer sur terre.

Contrairement au premier, le wagon suivant n'était pas plongé dans la pénombre. Au contraire, d'innombrables ampoules brillaient au-dessus de deux rangées de lits, serrés les uns contre les autres et aux parois du train. James souleva le panneau au pied du lit du patient le plus proche. Il salua de la tête l'homme qui n'eut pas l'air de remarquer sa présence et fit la même chose devant le lit suivant. À la lecture de la fiche, il se figea. Bryan s'approcha et essaya de lire au-dessus de son épaule.

« Je ne vois pas. Qu'est-ce qui est écrit ? demanda-t-il, à voix basse.

– Schwarz, Siegfried Anton, né le 10-10-1907, Hauptsturmführer[1]. »

James laissa retomber le panneau et il se tourna vers Bryan. « Ce sont tous des officiers SS, Bryan. Dans ce wagon-là aussi. »

Un infirmier ingénieux avait fixé le bras cassé du patient suivant dans un gibet improvisé afin de lui éviter de trop souffrir des secousses du train. L'homme était mort depuis plusieurs heures. James regarda sous son bras et repartit, entraînant Bryan derrière lui.

1. Grade SS correspondant à celui de capitaine.

Un cri dans la voiture voisine fit sursauter le premier patient dont ils avaient consulté la fiche. Il les regarda s'éloigner d'un air effaré, la bave coulant aux commissures de ses lèvres.

Après avoir traversé une passerelle protégée par une toile plissée en accordéon, ils devinèrent qu'ils venaient de pénétrer dans un wagon spécial. Le bruit des rails était plus doux. La poignée de la porte était en laiton et elle s'ouvrit sans forcer.

Il n'y avait pas de paravents. Quelques lampes diffusaient un éclairage jaune au-dessus de dix lits rangés côte à côte, avec peu d'espace pour faciliter le travail des infirmières. Des bouteilles suspendues à la tête des lits diffusaient goutte à goutte leur élixir prolongateur d'existence. Hormis le verre cliquetant doucement contre les potences en inox, le wagon était plongé dans un silence feutré.

James se glissa entre deux lits et se pencha au-dessus du malade. Il observa quelques instants sa poitrine qui s'élevait et s'affaissait imperceptiblement. Puis il se tourna vers le patient suivant et posa l'oreille sur son torse, au niveau du cœur.

« Qu'est-ce que tu fous, James ? protesta Bryan aussi discrètement que possible.

– Trouve un patient décédé, vite ! » rétorqua James sans le regarder et en se glissant entre les deux lits suivants où il recommença le même manège.

« Tu as l'intention de te coucher dans l'un de ces lits ? » Bryan se demandait comment il avait eu une idée aussi folle.

L'arc que formaient les sourcils de James lorsqu'il se tourna brièvement vers lui était une réponse en soi. À ton avis ? questionnaient-ils.

« Ils vont nous fusiller ! S'ils ne le font pas à cause de l'infirmier, ils le feront pour ça.

– Ferme-la, Bryan. Ils nous tueront quoi qu'il arrive. »

Brusquement, James se releva et bascula en avant le corps

du patient. Il lui arracha sa chemise et le laissa retomber de tout son poids, les bras ballottant de chaque côté du matelas.

« Viens m'aider », lança-t-il, extrayant l'aiguille du bras du malade et écartant sa couverture. Un haut-le-cœur secoua Bryan quand la puanteur assaillit ses narines.

James remit le cadavre en position assise, obligeant Bryan à le réceptionner. La peau fine du mort était gonflée et fraîche, mais pas encore froide. Bryan tourna la tête et retint son souffle, luttant contre la nausée pendant que James se battait avec le verrou de la fenêtre la plus proche, les phalanges blanchies par l'effort.

L'air glacial entra tout à coup par la fenêtre à moitié ouverte, Bryan eut un vertige et il faillit tomber. James le soulagea du poids du mort dont il examina le visage : l'homme devait être à peine plus vieux qu'eux.

« Allez, Bryan, aide-moi ! » James saisit le cadavre sous les aisselles, et les bras inertes se dressèrent à la verticale. Bryan l'attrapa par les chevilles. Ils le soulevèrent jusqu'à ce que sa nuque repose sur l'étroit rebord métallique de la fenêtre. Lorsque Bryan le vit s'envoler par la fenêtre et traverser la mince couche de glace d'un canal d'irrigation au-dessus duquel le train passait à ce moment-là, il comprit que les dés étaient jetés.

Sans hésiter, James contourna le lit vide, prit le pouls du soldat suivant… et recommença la même manipulation, basculant son corps en avant pour lui retirer sa chemise.

Silencieux, Bryan réceptionna le patient et jeta ses couvertures par terre. Il n'avait aucun pansement et il était moins maigre que le premier.

« Celui-là n'est pas mort », s'insurgea-t-il tout de même, le corps chaud serré contre lui, tandis que James soulevait son bras pour regarder en dessous.

« A+, tu te souviendras, Bryan ? » De fines traces sous l'aisselle témoignaient de l'intervention d'un tatoueur.

« Qu'est-ce que ça veut dire, James ?

– Ça veut dire que c'est le tien et qu'à partir de maintenant, tu es du groupe sanguin A+. Le mien aussi était A+. Tous les SS ont leur groupe sanguin et leur rhésus tatoués sous le bras gauche, et la plupart ont une croix gammée sous le bras droit. »

Bryan n'était plus d'accord, tout à coup. « Tu es devenu fou, James ! Ils vont nous repérer immédiatement ! »

James ne répondit pas. Il alla étudier les deux fiches au pied des lits. « Tu t'appelles désormais Arno von der Leyen et tu es Oberführer[1]. Moi, je m'appelle Gerhart Peuckert. Tu te rappelleras ? »

Bryan lui lança un regard incrédule.

« Oui, tu m'as bien entendu ! » James avait l'air très sérieux. « Et au fait, je suis Standartenführer[2] ! Nous avons pris du galon, Bryan ! »

Quelques secondes après qu'ils se furent changés et que leurs vêtements eurent pris le même chemin que les deux officiers SS, un roulement sous le plancher leur indiqua qu'ils venaient de franchir un passage à niveau.

« Enlève ça », dit James en montrant la plaque d'identification militaire que Bryan portait autour du cou depuis plus de quatre ans. Voyant que Bryan hésitait, James saisit la chaîne et la lui arracha d'un geste brusque. Bryan eut une crampe à l'estomac lorsque James jeta les deux plaques par la fenêtre.

« Et le foulard de Jill, tu le gardes ? » demanda-t-il en regardant le bout de chiffon brodé d'un cœur. James ignora

1. Grade SS correspondant à celui de brigadier.
2. Grade SS correspondant à celui de colonel.

sa question et enfila la chemise d'hôpital qu'il avait retirée au mort.

Toujours sans trahir la moindre émotion, il alla se coucher dans les excréments de l'homme qu'ils venaient de jeter par la fenêtre. Il inspira, tâcha de retrouver son calme, fixa le plafond pendant quelques secondes et murmura sans regarder Bryan : « Jusque-là, tout va bien. Maintenant, on reste couchés ici, d'accord ? Personne ne sait qui nous sommes et nous n'allons pas le leur dire. Rappelle-toi que, quoi qu'il arrive, tu ne dis pas un mot ! Si tu commets la moindre erreur, nous tombons tous les deux.

– J'ai compris, je ne suis pas stupide ! » Bryan regarda le drap taché d'un air dégoûté. Quand il s'allongea dessus, il lui parut humide. « Mais je me demande quand même ce que vont dire les infirmiers quand ils nous verront. Ils ne seront pas dupes, tu sais ?

– Si tu te contentes de te taire et de faire semblant de dormir, ils ne se rendront compte de rien, je t'assure. Il y a plus de mille blessés dans ce train !

– J'ai l'impression que ceux qui sont dans ce wagon ont quelque chose de… »

Un claquement métallique venant de la voiture suivante les fit taire et ils s'empressèrent de fermer les yeux. Ils entendirent un bruit de pas. Quelqu'un passa devant leur lit et poursuivit son chemin jusqu'à la voiture suivante. À travers ses paupières mi-closes, Bryan distingua un homme en uniforme.

« Qu'est-ce qu'on fait avec la perfusion, James ? » s'inquiéta Bryan à voix basse. James leva les yeux. Le tube de caoutchouc pendait mollement. « Je te préviens, tu ne me feras pas enfoncer ce truc-là dans mon bras », ajouta Bryan.

Le regard que lui envoya James lui donna des frissons dans le dos.

Sans un mot, il sortit de son lit et lui prit le bras. Bryan le regarda avec des yeux exorbités. « Tu ne vas pas faire ça ! murmura-t-il, effaré. Nous ignorons de quoi ils souffraient ! Je n'ai aucune envie de me faire contaminer ! » Bryan gémit et ses arguments faiblirent soudain. Il contempla, incrédule, l'aiguille plantée au creux de son coude, le tube qui oscillait doucement, et James, déjà recouché dans le lit souillé du mort.

« N'aie pas peur, Bryan. Ce dont souffrent ces soldats n'est ni mortel ni contagieux.

– Qu'est-ce que tu en sais ? Ils n'ont de plaies nulle part. Ils peuvent avoir des maladies infectieuses très graves.

– Tu préfères être fusillé ? » James regarda son bras et serra l'aiguille bien fort entre ses doigts. Il piqua au hasard dans la veine et se sentit pris de vertige.

Brusquement, on ouvrit la porte du wagon.

Bryan était convaincu que les battements de son cœur allaient le trahir lorsque des pas précipités se mêlèrent à des voix parlant une langue qu'il ne comprenait pas.

Les jours heureux à l'université de Cambridge lui revinrent soudain en mémoire avec une extraordinaire clarté.

À cette époque, James était trop occupé à étudier sa matière principale, l'allemand, pour sortir faire la fête avec lui. À présent, il était couché dans le lit voisin, en train de récolter le fruit de ses efforts. Bryan regretta amèrement sa paresse d'alors. Il aurait donné tous ses flirts innocents et autres amourettes sans lendemain pour saisir un seul mot de ce qui se disait dans ce wagon.

Réduit à l'impuissance, Bryan se risqua à entrouvrir les yeux. Plusieurs personnes s'étaient rassemblées autour d'un lit plus loin dans la voiture. Certaines étaient penchées au-dessus du patient pendant que d'autres étudiaient sa fiche.

Au bout de quelques minutes, une infirmière recouvrit la tête du soldat, et les autres s'éloignèrent. Une sueur froide et poisseuse perla à la racine des cheveux de Bryan et se mit à couler lentement le long de ses oreilles.

Une femme entre deux âges, dotée d'une poitrine généreuse, occupant manifestement un poste important, passa d'un air autoritaire devant chaque lit, le secouant et observant la réaction du malade qui s'y trouvait. Elle remarqua l'oreille de James et se fraya un passage entre le lit de Bryan et le sien.

Elle marmonna quelques mots et se pencha sur lui comme si elle allait le dévorer.

En se relevant, elle se retourna et jeta un coup d'œil à Bryan qui eut juste le temps de fermer les yeux. Mon Dieu, faites qu'elle s'en aille, pria-t-il en se promettant de ne plus se montrer aussi imprudent à l'avenir.

Enfin, il entendit au claquement de ses talons sur le plancher qu'elle s'éloignait. Il entrouvrit les yeux et regarda James qui, tourné vers lui, les yeux ouverts, ne bougeait pas d'un cil.

Peut-être avait-il eu raison de penser que le personnel soignant était incapable de distinguer un patient d'un autre.

L'infirmière en chef n'avait rien vu, en tout cas.

Mais qu'arriverait-il en cas d'examen plus approfondi ? Lorsqu'on viendrait leur faire la toilette par exemple ? Ou quand ils auraient besoin de soulager leur vessie ? Ou de chier ! Bryan n'osa pas aller au bout de sa pensée. Il sentit une tension qui augmentait, assassine, dans son bas-ventre.

Quand elle fut arrivée au bout de son inspection, l'infirmière en chef se retourna, frappa dans ses mains et lança un ordre énergique. En quelques secondes, un silence complet s'abattit sur le wagon.

Après quelques minutes pendant lesquelles il n'entendit plus rien, Bryan se hasarda à ouvrir les yeux. Il croisa ceux de James qui le regardaient avec insistance.

« Ils sont partis, murmura Bryan, après un coup d'œil dans la travée. Que s'est-il passé ?

– Ils viendront s'occuper de nous plus tard. D'autres patients ont plus besoin de soins que nous.

– Tu comprends ce qu'ils disent ?

– Oui. » James porta la main à son oreille puis examina le reste de son corps. Il jugea que ses plaies n'étaient pas trop visibles. « Tes blessures, de quoi ont-elles l'air ?

– Je n'en sais rien.

– Alors dépêche-toi de vérifier !

– Je ne peux pas enlever ma chemise maintenant !

– Essaye ! Et nettoie le sang s'il y en a. Sinon, ils comprendront qu'il y a quelque chose qui cloche. »

Bryan s'assura qu'on ne le regardait pas, il inspira, retint son souffle et passa la chemise au-dessus de sa tête, la laissant pendre sur le bras auquel était reliée la perfusion.

« Alors, à quoi ça ressemble ? s'enquit James.

– Ce n'est pas très joli. » Ses bras et ses épaules avaient besoin d'une bonne toilette. Les plaies n'étaient pas profondes, mais celle de l'épaule s'étendait jusque dans le dos.

« Lave-toi en te servant de ta main. Utilise ta salive et lèche le sang ensuite. Fais vite, Bryan ! »

James se redressa sur son coude. Quand Bryan, sa toilette terminée, eut remis sa chemise, il hocha la tête. Ses lèvres s'essayèrent à un sourire, mais le cœur n'y était pas. « Nous devons nous tatouer, Bryan…, annonça-t-il. Tout de suite !

– Comment on fait ça ?

– On injecte de la couleur sous la peau. On va devoir utiliser l'aiguille de la perfusion. »

Bryan grimaça à cette idée. « Et pour la couleur ?

– La crasse que nous avons sous les ongles devrait faire l'affaire. »

Ils regardèrent leurs mains et décidèrent que la quantité de crasse devrait suffire. « On ne risque pas d'attraper le tétanos ?

– Pourquoi est-ce qu'on attraperait le tétanos ?

– Je ne sais pas. À cause de la saleté ?

– Oublie ça, Bryan. C'est le cadet de nos soucis.

– Tu penses à la douleur ?

– Non, je pense à ce qu'on va tatouer. »

L'évidence de la réponse frappa Bryan. Il n'avait pas réfléchi une seconde à cette question. Qu'est-ce qu'ils allaient écrire ? « C'est quoi ton groupe sanguin, James ?

– O –, et toi ?

– B +.

– Nous n'avons pas le choix, soupira James avec lassitude. Tu comprends, si on ne tatoue pas A+, tôt ou tard, ils se rendront compte qu'il y a un problème. Ils doivent avoir un dossier médical où ils notent ce genre de choses, tu ne crois pas ?

– Et s'ils nous transfusent avec du sang qui ne convient pas ? C'est dangereux, non ?

– Oui, je suppose, dit James, très bas. Tu fais ce que tu veux, Bryan, mais moi, je vais mettre A+. »

La tension dans son bas-ventre empêchait Bryan de se concentrer. Il n'allait plus tenir très longtemps. « J'ai envie de pisser, murmura-t-il.

– Alors, pisse ! Il n'y a aucune raison de se retenir, dans cet endroit.

– Tu veux que je fasse au lit ?

– Évidemment ! Où est-ce que tu veux pisser, sinon ? »

Une soudaine agitation dans la voiture voisine les obligea à fermer leurs yeux et à se figer dans la position où ils étaient. Bryan avait un bras inconfortablement coincé sous le dos et l'autre en travers du torse, au-dessus de la couverture. Même s'il en crevait d'envie, il n'allait pas pouvoir se soulager pour l'instant.

Ses sphincters en avaient décidé ainsi.

Au son de leurs voix, Bryan jugea que quatre aides-soignantes au moins étaient entrées dans le wagon. Il supposa qu'elles s'occupaient d'un lit à la fois, en s'y mettant à deux. Il n'osa pas tourner la tête pour s'en assurer. Il les entendit baisser la barrière du lit du patient décédé au bout du wagon. Elles allaient probablement l'évacuer.

L'équipe la plus proche bavardait tranquillement tout en travaillant avec efficacité.

Bryan vit entre ses cils qu'elles avaient retiré sa chemise au voisin de James. Il était allongé sur le dos, les jambes nues et les parties génitales à l'air. Penchées sur lui, elles frottaient son corps en cercles énergiques et réguliers, avec pour unique préoccupation d'achever rapidement leur tâche et de passer au suivant.

Les deux filles qui se trouvaient à l'autre bout de la voiture avaient libéré le drap de part et d'autre du mort et entrepris de faire rouler le patient sur le dos. Alors qu'elles le positionnaient au milieu du lit, il émit un bruit qui les coupa net dans leurs occupations. La plus petite des aides-soignantes détacha l'insigne fixé à son col et plongea vivement l'épingle à nourrice dans le flanc du blessé. S'il cria, Bryan ne l'entendit pas. Et qu'elles l'aient jugé réellement mort ou pas, elles continuèrent à l'empaqueter comme s'il l'était.

Comment feraient-ils pour se tenir assez tranquilles quand leur tour viendrait ? Bryan observait les visages indifférents des filles tandis qu'elles accomplissaient leur travail. Quelle serait sa réaction, si elles le piquaient avec une épingle, lui aussi ? Parviendrait-il à ne pas sortir de son rôle ? Il en doutait sincèrement.

Il frémit de terreur anticipée.

Bryan sursauta imperceptiblement en voyant qu'elles ignoraient James pour se diriger directement vers lui. D'un geste brusque, elles lui arrachèrent sa couverture. En une seconde, elles l'avaient retourné comme une crêpe et il gisait à leur merci, les fesses à l'air.

Ces filles étaient jeunes. Il se sentit terriblement mal à l'aise lorsqu'elles lui écartèrent les jambes et se mirent à lui savonner sans ménagement l'anus et les testicules.

L'eau était glacée et le choc faillit faire trembler ses cuisses. Il devait mettre toute sa concentration à ne pas tressaillir. Si elles ne suspectaient rien cette fois, la partie serait bien engagée. N'écarte pas les bras, se rappela-t-il lorsqu'elles le remirent sur le dos.

L'une des deux jeunes femmes lui leva les fesses et étira le drap en dessous. Elles échangèrent quelques mots. Peut-être s'étonnaient-elles qu'il soit encore sec. Il sentit que l'une des deux se penchait sur lui et la seconde suivante, Bryan sentit le souffle d'une gifle approcher de sa joue. Dans la même fraction de seconde il réalisa qu'il allait être frappé, qu'il devait se détendre et demeurer impassible. Le coup tomba violemment sur la pommette et le sourcil sans qu'aucun muscle de son visage ne se contracte.

À présent, il savait qu'il supporterait aussi l'épreuve de l'épingle à nourrice.

Dans un état second, loin du cauchemar qu'il était en train de vivre dans l'espace confiné de ce train, il sentit la piqûre brutale dans son flanc.

Il garda une immobilité totale.

Mais il savait que ce serait plus difficile la deuxième fois, si la fille s'avisait de recommencer.

À ce moment, le convoi se mit à pencher. Une vibration traversa la voiture à faire grincer les lits. De l'autre côté du wagon, un choc sourd arracha une exclamation aux deux aides-soignantes qui venaient de commencer à s'occuper de la toilette de James. Elles se précipitèrent au bout de l'allée centrale. Le cadavre avait roulé par terre. Bryan glissa prudemment sa main vers l'endroit douloureux de sa hanche où la femme l'avait piqué. À côté de lui, il vit James avec la chemise d'hôpital à moitié relevée sur la tête. Dans l'ombre des plis du tissu, il regardait Bryan, immobile, les yeux écarquillés dans un visage livide.

Bouleversé par l'expression de son ami, Bryan articula silencieusement qu'il n'avait rien à craindre. Mais James était hors d'atteinte, plongé dans une indicible angoisse.

Des gouttes de sueur traîtresses apparurent sur son visage. Les mouvements brusques du train firent trébucher les jeunes femmes qui laissèrent choir leur lourd fardeau sans vie. À force de râler, elles finirent par attirer l'attention de leurs deux collègues qui vinrent à la rescousse. James sursauta violemment sous la couverture lorsqu'elles passèrent devant son lit et il se mit à haleter, pris d'une crise de panique.

Deux énormes secousses firent trembler le convoi, et Bryan roula au bord de son matelas. James se recroquevilla sur le sien, s'accrochant fébrilement au drap.

Bryan profita des oscillations du wagon pour tendre vers lui une main apaisante, mais James n'était plus réceptif à rien.

Au contraire, un hurlement semblait monter dans sa gorge. Avant qu'il ne pousse son cri, Bryan tendit le bras et attrapa la cuvette en inox que les aides-soignantes avaient abandonnée à côté du corps à demi nu de son ami.

L'eau éclaboussa le mur derrière James quand il l'assomma d'un grand coup sur la tempe. Le bruit fit lever la tête aux quatre aides-soignantes mais elles ne virent rien d'autre que Bryan, le haut du corps pendant mollement hors de son lit, la cuvette renversée sur le plancher.

Pour autant que Bryan puisse en juger, les aides-soignantes n'eurent aucun soupçon lorsqu'elles revinrent faire la toilette de James. Elles finirent leur travail en bavardant à mi-voix et ne remarquèrent pas l'absence de tatouage sous son bras.

Quand elles furent parties, Bryan regarda longuement son ami. Le lobe manquant et les ecchymoses sur sa figure déformaient ses traits habituellement si harmonieux, le vieillissant d'au moins dix ans.

Bryan soupira.

S'il s'appuyait sur ses souvenirs quand ils étaient montés dans ce train, ils devaient se trouver dans la cinquième ou la sixième voiture. Derrière eux, il y avait encore d'autres wagons, à perte de vue. Si les circonstances devaient les obliger à sauter de ce train en plein jour, ils seraient peut-être dépassés par une quarantaine de wagons. Ils n'avaient aucune chance de s'enfuir sans être découverts. Et de toute façon, où iraient-ils, alors qu'ils se trouvaient à cent kilomètres à l'intérieur des lignes ennemies ?

Le pire était que, désormais, ils ne pouvaient plus se livrer. Ils avaient déjà trois morts sur la conscience. Même si l'un était déjà mort et l'autre pas loin de l'être. En l'absence d'uniforme, ils seraient traités comme de vulgaires espions et sous la torture, on leur arracherait tout ce qu'ils savaient, avant de les exécuter.

Il n'était pas prêt à mourir. Il avait encore des tas de choses à vivre. De douces images de moments en famille firent naître dans son cœur un sentiment de nostalgie et de tristesse, mais elles lui firent du bien, aussi.

Bryan sentit son corps se relâcher et, enfin, il put laisser sa vessie se vider.

Le train roulait désormais à une allure normale et régulière. Une lumière pâle s'insinuait dans le compartiment, tamisée par les vitres mates. Des voix leur parvinrent, augurant de nouveaux examens.

Un nombre important de personnes se déplaçaient sans bruit, entourant un personnage en blouse blanche, plus grand que les autres, qui s'approcha avec autorité du premier lit. Il releva la fiche de soins avec une brusquerie qui fit trembler le lit en fer. Il y ajouta une courte remarque, déchira la feuille et la tendit à l'infirmière en chef qui avait inspecté le wagon précédemment.

Aucun patient ne fut examiné. Le médecin militaire se contenta de se pencher au pied de chaque lit, d'échanger quelques mots avec le personnel, de donner des instructions et de poursuivre rapidement sa tournée. Devant le quatrième lit, où Bryan était couché, il lut la fiche avec un respect manifeste, murmura quelques mots à l'intention de l'infirmière en chef et prit un air désolé.

Puis il montra du doigt la tête de lit de James, sur quoi une jeune infirmière s'empressa d'aller la relever. Bryan s'efforçait de respirer calmement et de ne penser à rien. S'ils avaient écouté son cœur, ils auraient entendu une véritable canonnade.

Ils restèrent un long moment à discuter au pied de son lit. Bryan reconnaissait la voix haut perchée de l'infirmière en chef et comprit au ton qu'elle employait qu'elle n'était pas satisfaite des réactions de son malade ni de son état général. Le lit bougea légèrement tandis qu'une personne venait à son chevet. De grandes mains puissantes lui attrapèrent la manche et le remirent sur le dos. On lui donna un léger coup du bout des doigts sur les sourcils, puis un deuxième. Bryan était certain qu'il avait cligné des yeux sans le vouloir et il retint son souffle.

Tout le monde se mit à parler en même temps. Sans prévenir, on lui pinça une paupière qu'on ouvrit de force. La lumière mouvante d'une lampe de poche l'aveugla. On le gifla et on lui éclaira le fond de l'œil.

Il sentit un courant d'air froid sur ses pieds et une main saisit ses orteils en même temps que le médecin lui soulevait les paupières. Plusieurs petites ponctions à ses orteils avec une épingle ne suffirent manifestement pas à apporter une réponse aux questions qu'ils se posaient. Bryan ne bougeait pas et il était terrifié.

Quand ils pressèrent un chiffon imbibé d'ammoniaque sur son visage, il fut pris par surprise. L'effet sur son cerveau et ses voies respiratoires fut instantané. Bryan écarquilla les yeux, pressa la nuque dans l'oreiller pour échapper au chiffon et suffoqua.

Un regard emplit son champ de vision brouillé de larmes. Le médecin lui dit quelques mots et lui fit une tape amicale sur la joue. Ensuite ils relevèrent la tête de son lit de manière qu'il soit presque assis face à ses bourreaux.

Bryan fixa le regard sur le mur derrière eux et il encaissa les coups, les yeux ouverts comme des soucoupes. « Retiens ta respiration… ne cligne pas des yeux. » Souvent James et lui avaient joué à se lancer des défis de ce genre pour tuer le temps dans leur chambre, derrière la cuisine de la maison de Douvres, pendant les vacances d'été.

On le frappa plus fort. Bryan n'opposa aucune résistance et il laissa sa tête basculer en arrière comme s'il était incapable de la retenir. Après avoir un peu parlementé, le groupe au pied de son lit finit par se séparer, chacun vaquant à ses occupations, à l'exception d'une seule personne qui resta pour griffonner quelques mots sur sa fiche avant de la rabattre d'un coup sec.

Bryan garda les yeux grands ouverts. Pendant le reste de la tournée d'inspection, il sentit qu'on le surveillait en permanence. Puis ses paupières se refermèrent doucement.

Déjà assoupi, il prit à peine conscience de l'injection qu'on vint lui faire.

4

« Allez, viens ! » La voix venait de loin, dans un brouhaha de grandes vacances accompagné d'images de brume matinale. « Bryan, tu te dépêches ? »

La vision devint floue, les voix plus graves, plus fortes. Quelqu'un le tirait par le bras. Bryan mit un long moment à se souvenir où il était.

Le wagon était plongé dans l'obscurité et le silence. James le regardait d'un air inquiet et de nouveau, il le tirait par le bras. Enfin Bryan fit surface et il lui sourit.

« Quand je me suis réveillé, tu dormais profondément. Qu'est-ce qui s'est passé, Bryan ?

– J'ai été obligé de t'assommer, répondit celui-ci, essayant de retrouver ses esprits. Ils nous ont auscultés. Ils ont examiné mes pupilles. J'ai écarquillé les yeux par réflexe. Ils se doutent de quelque chose.

– Je sais. Ils sont venus te voir plusieurs fois.

– Je suis resté endormi combien de temps ?

– Écoute, Bryan ! » James lui lâcha le bras. « Dans la voiture suivante, il n'y a que des soldats qui rentrent en permission. Je crois qu'on leur a demandé de garder un œil sur les patients.

– Ils rentrent chez eux ?

– Oui. On s'enfonce à l'intérieur du pays. On a roulé toute la journée. Depuis quelques dizaines de minutes, le train ralentit. Je ne sais pas où on va, mais on vient de s'arrêter à Kulmbach.

– Kulmbach ? » Bryan avait du mal à suivre. « Le train est arrêté ? À Kulmbach ?

– Au nord de Bayreuth, tu te souviens, quand même ?

– Je me demande ce qu'ils m'ont injecté. J'ai la bouche sèche.

– Bryan ! » Il le secoua de nouveau et Bryan ouvrit grand les yeux. « Que s'est-il passé quand ils nous ont fait la toilette ?

– De quoi est-ce que tu parles ?

– Du tatouage !

– Ils n'ont même pas regardé. »

James jeta la tête en arrière sur l'oreiller et se mit à fixer le plafond. « Il faut qu'on le fasse maintenant, pendant qu'on y voit encore quelque chose.

– J'ai froid, James.

– C'est normal, ils viennent d'aérer. Tout à l'heure, le sol était couvert de neige. » James pointa du doigt le plancher du train sans quitter le plafond des yeux. « Regarde, il y en a encore. Les soldats dans la voiture d'à côté ont gardé leurs manteaux.

– Tu les as vus ?

– Ils viennent faire un tour, de temps en temps. Il y a quelques heures, ils cherchaient l'infirmier que nous avons jeté du train. Ils sont au courant aussi qu'il y a eu un combat avec des pilotes anglais et qu'on les a vus monter à bord. La patrouille qui nous a poursuivis avec des chiens a dû lancer l'alerte.

– Comment ?

– Je l'ignore. Je sais juste qu'ils nous ont cherchés et qu'ils ne nous ont pas trouvés. Mais je sais en revanche qu'ils ne nous trouveront pas.

– Et l'infirmier ?

– Pas d'information. » Sans palabres inutiles, James s'assit et retira l'aiguille plantée dans son bras gauche. Il ferma les yeux, tandis que le contenu du drop mélangé à son sang s'écoulait sur le drap. Bryan se releva sur un coude pour observer sa technique. Un nœud au tuyau stoppa l'écoulement de la perfusion. James remonta sa manche jusqu'à l'épaule. Il nettoya deux de ses ongles avec la pointe de l'aiguille et entreprit d'injecter la crasse sous la peau tendre de son aisselle en la criblant de petits trous.

Il était à nouveau très pâle et ses lèvres avaient viré au bleu. L'aiguille piquait et piquait encore, et des gouttes de sang écarlates se mélangeaient à la pilosité blonde sous ses bras. Il lui fallut beaucoup de points pour écrire A+.

« Pourvu que ça ne s'infecte pas, chuchota Bryan en enlevant sa perfusion à son tour. Mais au cas où cela arriverait, j'aime autant prendre mes précautions. Je vais tatouer mon propre groupe sanguin, James !

– Tu es dingue », lui lança son ami, sans chercher à le convaincre.

Bryan n'avait pas pris cette décision à la légère. Il savait qu'il était risqué d'écrire B+ à la place de A+. Mais les lettres se ressemblaient suffisamment pour qu'on puisse croire que la personne qui avait rédigé le dossier du patient s'était trompée. Si quelqu'un devait ressortir le journal médical d'Arno von der Leyen pour vérifier, dans le pire des cas, il s'en étonnerait et corrigerait le journal. Le plus important était qu'on puisse lui injecter du sang sans que cela le rende malade. Bryan avait d'office éliminé l'hypothèse qu'on mette en doute le tatouage plutôt que le dossier. Il commença à gratter la saleté sous ses ongles.

L'opération prit un temps fou.

À deux reprises, ils furent interrompus par des cliquetis de chaînes dans le wagon suivant. La seconde fois, Bryan cacha son aiguille sous sa couverture et ferma les yeux en apercevant une ombre à gauche de son champ visuel.

Quelqu'un était entré dans leur voiture et cette personne faisait du bruit à côté du lit de James. Bryan profita d'un mouvement du train pour laisser sa tête tomber mollement sur le côté et il vit l'officier dans son uniforme noir. Il sentit bouillir en lui une haine si forte qu'elle lui fit oublier la douleur de son aisselle. Il ferma le poing sur l'aiguille qui disparut entièrement et espéra que James avait eu la même présence d'esprit.

Pendant un long moment, les mains dans le dos, l'homme de la Gestapo dévisagea le malade couché de l'autre côté de James. Sur le quai résonnaient des bruits de ferraille et des cris. Le wagon encaissa une brusque secousse qui ne suffit pas à déséquilibrer l'officier.

Le train avança, recula, les wagons s'entrechoquèrent puis roulèrent sur quelques mètres. On était en train de diviser le convoi. Lorsque les cheminots eurent terminé leur travail, l'homme en noir tourna les talons et partit.

Plus tard dans la nuit, un autre homme vêtu d'un long manteau entra dans la voiture. Lui aussi vint se poster au chevet du voisin de James. Il l'éclaira avec sa torche. Soudain il se figea, poussa une exclamation étouffée et se précipita dans l'autre wagon.

Il revint quelques instants plus tard, accompagné de plusieurs personnes. Un médecin que Bryan n'avait pas encore vu arracha la chemise du patient à l'encolure pour lui dénuder le torse.

Après avoir posé son oreille sur sa poitrine pendant quelques secondes, il retira son stéthoscope et éclata d'une crise de rage qui déclencha une succession d'événements désordonnés. Les infirmières gesticulèrent et s'éparpillèrent. Une porte claqua, l'officier de la Gestapo rejoignit le groupe surexcité et il gifla l'infirmière en chef. Après quelques échanges verbaux animés, le militaire qui avait donné l'alerte entra d'un côté du wagon, ressortit de l'autre côté et revint accompagné de plusieurs soldats. Entre-temps, le patient avait été emporté sur une civière par des aides-soignants et des brancardiers.

Aux ordres aboyés sous l'auvent de la gare se mêlaient le ronronnement d'un moteur et des grincements de freins, longs et stridents. À l'intérieur du wagon, les malades étaient de nouveaux livrés à eux-mêmes.

« Que s'est-il passé ? » s'enquit Bryan.

James mit un doigt sur ses lèvres. « Le gars est en train de mourir. C'est un type important, un Gruppenführer. L'officier de la Gestapo est hors de lui », répondit James, si bas que Bryan l'entendait à peine.

« Gruppenführer ?

– Général, si tu préfères ! » James sourit. « C'est drôle de se dire qu'on était couchés à côté d'un général de la Waffen-SS. Le personnel fait la gueule. Apparemment, les erreurs coûtent cher ici.

– Où est-ce qu'ils l'emmènent ?

– Les services secrets le conduisent à Bayreuth. Il y a un hôpital, là-bas. »

Bryan cracha sur ses doigts et frotta délicatement le sang séché sous ses aisselles. Il se lécha les doigts pour les nettoyer.

Il devait impérativement effacer toutes les traces de ce qu'il venait de faire.

« Tu sais ce que je crains le plus, James ? »

Un effluve nauséabond se dégagea du lit de James quand il se retourna et releva sa couverture sous son menton. « Non, dis-moi !

– Je me demande ce qui va se passer si les malades sont en route pour retrouver leurs familles.

– Je crois que c'est le cas, mon vieux. Et tu as raison de t'inquiéter. »

Bryan ferma les yeux devant la confirmation de ses craintes. « Qu'est-ce qui te fait dire ça ? parvint-il malgré tout à demander.

– Quand ils ont porté le général dehors, je les ai entendus parler de "Heimatschutz". Je ne sais pas exactement ce que le mot veut dire, mais la traduction littérale serait un truc du genre : "patrie protectrice". C'est vers cela que nous nous dirigeons, si j'ai bien compris. Leur "Home Sweet Home".

– Mais ils vont découvrir notre imposture ! s'écria Bryan.

– Sans doute. Oui, je suppose que oui.

– Nous devons ficher le camp d'ici ! C'était une idée stupide. On ne sait pas ce qu'il y a dans ces perfusions ni où on va.

– Tais-toi, Bryan. »

Bryan n'arrivait pas à lire sur le visage de James ce qu'il pensait vraiment.

« D'accord, je vais me taire quand tu m'auras dit que j'ai raison et que nous devons fuir au plus vite. Cette nuit ! En admettant que ce satané train veuille bien repartir ! »

Pendant le long silence qui suivit, ils écoutèrent le moteur d'un camion quittant la gare. Les voix sur le quai s'éloignèrent. Le voisin de Bryan gémit et poussa un long soupir.

« On mourra de froid, déclara enfin James, résigné. Mais tu as raison. »

Avant le lever du jour, ils avaient renoncé à toute idée de fuir. Trois femmes en civil étaient montées à l'avant de la voiture. Elles avaient ouvert la porte de la plate-forme sans faire de bruit, faisant entrer l'air glacial. Au milieu du wagon sanitaire, à la hauteur du lit de Bryan, elles furent accueillies par les médecins qui, ne pouvant faire autrement, durent répondre à leur « Heil Hitler » avant de commencer à se confondre en excuses et en explications. Les femmes laissèrent parler les médecins sans rien dire, puis le petit groupe retourna au bout du wagon pour inspecter les lits un par un, sous la direction et les commentaires occasionnels des praticiens. Devant le lit de Bryan, ils s'arrêtèrent plus longuement, chuchotèrent quelque temps entre eux, puis, la tournée terminée, ils disparurent dans la voiture suivante.

« C'est la Gestapo. Ces femmes font partie de la Gestapo », expliqua James, quand le dernier eut claqué la porte. « Elles sont venues pour nous surveiller. Vingt-quatre heures sur vingt-quatre ! On les a menacées de représailles s'il devait y avoir un nouveau problème dans cette voiture. Nous sommes bien entourés, Bryan. Il semblerait que nous soyons des personnages importants dont il faut prendre soin ! Mais je ne sais pas pourquoi ! »

À partir de ce moment, une femme sur les trois resta constamment assise sur une chaise au bout du wagon. Même quand, quelques minutes avant le départ du train, une ambulance vint livrer de nouveaux individus sans connaissance pour combler les lits vides, leur gardienne ne bougea pas de sa place. Il n'entrait pas dans ses fonctions d'aider quiconque, ni même de déplacer sa chaise pour faciliter le travail des brancardiers lorsqu'ils montèrent dans le wagon avec leurs lourdes charges.

Les trois femmes ne se parlaient jamais, y compris au moment du changement de garde qui, pour autant que Bryan pût en juger sans sa montre, avait lieu toutes les deux heures. Une nouvelle venait simplement prendre la place de la précédente qui ne quittait pas le wagon avant que sa remplaçante soit à son poste.

Ils s'étaient mis d'accord pour s'enfuir, mais comment faire à présent ? Chaque fois que Bryan regardait James à la dérobée, tout ce qu'il voyait, c'était sa silhouette immobile sous le drap.

Le train roulait à nouveau à vive allure et le sifflement des arbres au passage du convoi leur rappelait comme une gifle qu'ils avaient laissé passer leur chance de sauter en marche. Ils allaient être démasqués. Une équation simple avec pour seules inconnues le moment et le lieu où cela arriverait.

Ils avaient parcouru à peu près deux cents kilomètres depuis qu'ils étaient montés à bord de ce train. En fermant les yeux, Bryan arrivait à se représenter une carte assez précise de l'Allemagne. Leur destination en revanche restait un mystère.

Quand Bryan rouvrit les yeux, les lampes se balançaient doucement au-dessus de sa tête, l'éclairant d'une lumière mate et comme voilée. Le bras de James pendait hors de son lit. Profitant d'une secousse du train, il avait laissé tomber sa main sur le cadre du lit de Bryan pour le réveiller. « Tu t'agites », mima-t-il, la mine soucieuse. Bryan ne se souvenait pas de ce qu'il avait fait et il reprit brusquement pied dans la réalité.

Les infirmières avaient commencé la toilette matinale mais, contrairement à la veille, les jeunes femmes n'étaient ni gaies ni bavardes. Leurs yeux cernés et leur peau diaphane donnaient une idée de l'épreuve qu'elles venaient de traverser. Privées de sommeil, responsables de centaines de patients et accusées d'avoir fait preuve de négligence dans les soins prodigués à un général mourant, leurs regards et leurs gestes mécaniques dénonçaient leur anxiété.

James et Bryan étaient en territoire hostile depuis maintenant trois jours. Bryan calcula qu'on était le 13 janvier 1944 et il se demanda pendant combien de temps il serait capable de se souvenir de la date, et pendant combien de temps l'ennemi lui accorderait encore le luxe de se poser la question.

Comme par un coup de baguette magique, le travail concentré des infirmières et des aides-soignantes vira à la panique dès que l'officier de la Gestapo traversa le wagon au pas de charge en distribuant ses consignes à l'ensemble du personnel. Cette démonstration d'autorité était complètement gratuite. Bryan était couché sur le dos, la tête sur le côté. Il vit que James serrait lentement et discrètement le poing. Il se demanda si c'était de colère ou de peur.

Bryan aurait eu du mal, à vrai dire, à analyser son propre état d'esprit.

Les deux équipes, parties chacune d'une extrémité du wagon, arrivèrent simultanément devant les lits de James et de Bryan. Cette fois, les jeunes femmes tirèrent sur leurs draps avec une telle brutalité que les corps des deux patients firent presque un tour complet sur eux-mêmes. Un choc sourd dans le lit voisin informa Bryan que James avait dû se cogner contre la barrière de son lit au cours de la manœuvre.

Bryan s'efforça de garder son bras collé le long du corps pendant que les femmes le lavaient. Les croûtes formées par l'urine et les excréments de la nuit avaient déjà cessé de le brûler, mais sa peau enflait et le démangeait et, cette fois, l'eau glacée fut un réel soulagement. Il aima moins sentir la griffure de leurs ongles sur la peau sensible de ses testicules.

Le drap était neuf et empesé, sans doute encore jamais lavé. Sa texture lisse ne suffit pas à lui faire oublier l'irritation de sa peau au contact des plis raides du tissu mais il savait qu'il ne pourrait pas changer de position avant que les infirmières soient sorties. Pour patienter, il les regarda s'occuper de James.

Le choc de tout à l'heure avait rouvert la plaie de son oreille. Des rigoles de désinfectant mélangé avec du sang coulaient sur sa joue. Un morceau de chair s'était détaché du lobe et était maintenant posé sur un pansement sale à côté de lui. L'officier de la Gestapo suivait la scène à distance. Lorsqu'il fut temps d'appliquer la teinture d'iode, il s'approcha. Intimidée, l'aide-soignante fit un faux mouvement et une goutte brune tomba sur le front de James.

Tandis que l'infirmière et son assistante vaquaient à leurs occupations, l'officier se campa au chevet de James. Pendant plusieurs secondes il observa la goutte d'iode dans sa lente course vers son œil. Millimètre par millimètre, le liquide caustique avançait vers un inévitable drame et probablement la fin de leur aventure. James devait se sentir observé, sinon il aurait essuyé la goutte, se serait tourné ou aurait fermé les paupières. Après le passage de la racine du nez, la goutte fatale avait la voie libre.

À l'instant où elle allait pénétrer dans l'œil de James, l'homme à la culotte de cheval noire boucha le champ de vision de Bryan. D'une brève pression du pouce, il dévia la goutte et l'essuya dans le sourcil de James. Puis il remit les mains derrière son dos, frottant doucement son pouce et son index l'un contre l'autre pour essuyer la tache.

Bien qu'il n'ait pas mangé depuis deux jours, Bryan ne ressentait aucune faim, et hormis la sensation désagréable d'avoir la bouche sèche, il n'avait pas soif non plus. Le contenu de la perfusion devait être suffisamment nourrissant pour l'hydrater et lui donner une illusion de satiété.

Il y avait plus de soixante heures, à présent, qu'il n'avait pas pris de repas digne de ce nom. Il y avait cinquante-cinq heures que leur avion avait été abattu et ils étaient couchés dans ces lits depuis cinquante heures. Dans quel état seraient-ils après cent cinquante heures supplémentaires ? Quand faudrait-il commencer à les nourrir avec une sonde ? Et comment feraient-ils pour rester impassibles quand on leur passerait un tuyau en caoutchouc dans l'œsophage ? La réponse était simple : ils en seraient incapables !

Bryan devait à tout prix éviter cela. En d'autres termes, il devait émerger de sa fausse apathie. Et James allait lui aussi devoir sortir de son état comateux.

Cela aurait un tas d'avantages. Ils pourraient suivre ce qui se passait et se soutenir mutuellement par signes. Ensuite, ils n'auraient plus qu'à simuler une amélioration progressive de leur état. Quand ils en seraient là, ils pourraient aussi manger tout seuls, sortir de leur lit, aller aux toilettes.

Qui sait, peut-être parviendraient-ils à s'enfuir ?

Bryan en revenait toujours aux mêmes questions. De quoi étaient-ils censés souffrir et que faisaient-ils dans ce train ?

La plupart de ceux qui se trouvaient là n'avaient aucune trace de blessure. Évidemment, de graves fractures pouvaient se cacher sous les draps de certains, mais leur nudité pendant la toilette quotidienne n'avait pour l'instant donné aucun indice de leur pathologie. Quoi qu'il en soit, ils étaient pratiquement catatoniques et il avait bien fallu que quelque chose les transforme en légumes. Quelques-uns avaient un bandage autour de la tête. Ces cas-là pouvaient à la rigueur s'expliquer. Ils avaient une raison de rester couchés sans bouger. Mais les autres ?

De quoi étaient morts les deux hommes nus qu'ils avaient jetés par la fenêtre ? Et quelle maladie James et lui étaient-ils supposés avoir à leur place ?

Si tout à coup ils ouvraient les yeux et commençaient à réagir à leur entourage, que se passerait-il ? Une telle évolution de leur état était-elle crédible ? Quelles conséquences cette amélioration aurait-elle ?

Toutes les questions concernant leur identité, leur maladie, et ce qui arriverait si on les renvoyait dans leur famille conduisaient à une seule et même conclusion.

Il était temps pour Bryan d'ouvrir les yeux.

Ensuite, ils n'auraient plus qu'à jouer leur partition du mieux qu'ils pourraient.

5

Plus il y pensait, plus Bryan était convaincu d'avoir pris la bonne décision. Il avait ouvert les yeux et laissé le personnel soignant et les soldats remarquer l'évolution de son état. Étrangement, ils avaient fait des allers-retours dans le wagon toute la journée sans qu'un seul lui prête attention.

James gisait, immobile. En apparence, il dormait, peut-être pour se rattraper après une longue nuit de veille. Chaque fois que leur gardienne, toujours fidèle au poste, s'étirait ou s'assoupissait, Bryan tendait la main vers le lit voisin pour attirer l'attention de son ami. Une seule fois, James secoua la tête et poussa un profond soupir.

L'officier de la Gestapo revenait régulièrement.

La première fois que Bryan sentit son regard froid sur lui, son cœur s'arrêta de battre. La deuxième fois, Bryan était en train de fixer des ombres immobiles au plafond. L'homme en noir avait plongé le regard dans ses yeux grands ouverts et dénués d'expression, mais il avait passé son chemin.

Il n'y avait manifestement rien vu d'anormal.

Bryan avait désormais tout loisir d'observer son entourage. Parfois, un rayon de soleil mat s'infiltrait entre les rideaux sombres, éclairant les masques macabres des lits voisins.

Le temps n'en finissait pas de passer.

Depuis le lever du jour, le train roulait à une allure d'escargot. Plusieurs fois, il ralentit et sembla sur le point de s'arrêter. Des bruits de circulation et d'activité humaine attestaient chaque fois de la traversée d'une ville.

D'après les calculs de Bryan, ils roulaient dans un axe sud-ouest et devaient avoir dépassé Würzburg. Leur destination pouvait donc être Stuttgart, Karslruhe ou toute autre ville de cette région qui n'avait pas encore été détruite par les bombardements. Bientôt, ces trésors du patrimoine allemand seraient également réduits en cendres. Ses camarades de la Royal Air Force viendraient la nuit et les Américains le jour, jusqu'à ce qu'il n'y ait plus rien à démolir.

En attendant la tombée de la nuit, Bryan guetta le réveil de James. Au changement de garde, leur geôlière vint s'asseoir lourdement sur la chaise, l'air épuisé. C'était déjà la troisième fois qu'il la voyait. C'était une belle femme. Elle n'était ni très jeune ni très mince, mais elle avait le charme troublant de ces femmes mûres et avenantes, à la poitrine généreuse, que Bryan et James déshabillaient du regard sur les plages de Douvres quand ils étaient adolescents. Bryan s'obligea à détourner les yeux. Cette femme-là ne souriait pas. Elle portait sur son visage les stigmates de ce que cette guerre lui avait imposé. Pourtant, elle était belle.

La femme s'étira puis laissa retomber ses bras, ses yeux las tournés vers la fenêtre où la neige tombait à gros flocons dans le crépuscule. Son regard racontait une longue vie de privations. Elle se leva lentement et vint poser son front contre la vitre embuée. L'espace de quelques instants, elle se perdit dans ses pensées, ce qui laissa à Bryan le temps d'agir.

Après l'avoir secoué en vain, il donna un coup à James ; le corps de son ami se convulsa littéralement.

Malgré ce réveil pour le moins brutal, James n'émit pas un gémissement, pas la moindre exclamation de surprise. Bryan avait toujours admiré chez lui cette capacité à maîtriser ses nerfs en toutes circonstances.

Les yeux encore embrumés de sommeil, James observa les mimiques de Bryan. Visiblement, il s'efforçait de comprendre. Mais rapidement, son regard redevint flou et ses paupières lourdes témoignèrent de son désir irrépressible de se réfugier de nouveau dans le sommeil et l'oubli. Bryan le fusilla du regard, lui intimant silencieusement de se ressaisir.

James hocha la tête. « Garde les yeux ouverts », lui montrait Bryan avec ses doigts. « Fais semblant d'être fou », mimait-il en se tapotant la tempe. « C'est notre seule chance », le suppliait-il du regard.

« C'est toi qui es fou », articula James en retour.

« Même s'ils nous interrogent, qu'est-ce que tu veux qu'ils nous fassent du moment qu'on ne répond pas ? » continua-t-il d'argumenter par gestes. Mais James avait déjà pris sa décision. « Toi d'abord ! » exprima-t-il d'un index tendu qui n'admettait pas la contradiction. Bryan acquiesça.

Il avait déjà commencé, de toute façon.

Cette nuit-là, on avait éteint la lumière dans leur wagon. Mais avant, le médecin avait fait son tour de garde. Leur geôlière avait répondu au salut froid et intimidant de l'homme en blanc d'un hochement de tête, puis elle lui avait emboîté le pas. La visite n'avait duré que quelques minutes.

Après avoir pris le pouls des deux derniers arrivants, le médecin avait retraversé le wagon au pas de charge, observant chaque patient pendant une seconde. En voyant Bryan les yeux écarquillés et les couvertures à demi repoussées, il s'était retourné sans s'arrêter et avait houspillé la femme de la Gestapo qui était revenue sur ses pas et était sortie du wagon à l'autre bout en ouvrant la porte à toute volée et en la claquant derrière elle.

Le médecin et l'infirmière qu'elle avait ramenés de la voiture voisine étaient venus se pencher au-dessus de son lit.

Bryan avait quelque difficulté à observer leurs gestes tout en gardant le regard fixe d'un dément. Il les voyait entrer et sortir de son champ de vision tandis qu'ils le soumettaient à toutes sortes de tests.

Chaque examen était suivi d'un autre. Ils avaient commencé par lui braquer une torche dans les yeux, puis ils lui avaient crié des mots qu'il ne comprenait pas. Ils l'avaient giflé avant de lui parler d'une voix calme et posée. La main de l'infirmière s'était attardée sur sa joue pendant qu'elle échangeait quelques mots avec le médecin.

Bryan s'attendait à ce qu'elle décroche l'insigne épinglé à son col, mais il n'avait pas osé tourner la tête pour vérifier. Il avait retenu son souffle et guetté, tendu comme un arc, le moment où elle allait le lui enfoncer dans le corps. Quand elle piqua, il roula des yeux jusqu'à ce que le plafond se mette à tourner comme s'il était pris de vertige sur un manège.

La deuxième fois, il recommença le même manège, faisant basculer ses yeux mouillés de larmes dans ses orbites.

Ils avaient discuté de son cas pendant quelques minutes dans leur langue et lui avaient éclairé le fond de l'œil une dernière fois avant de le laisser tranquille.

Au milieu de la nuit, James se mit à fredonner un air atonal, la bouche grande ouverte. Surprise, la gardienne se leva et inspecta le wagon des yeux. Elle avait l'air de s'attendre à voir une horde d'ennemis accourir de tous les côtés à la fois.

Bryan avait eu le temps de se coucher sur le côté avant que la lumière s'allume. Le changement de luminosité l'avait brièvement ébloui.

L'illusion était parfaite et très convaincante. James avait le regard absent et embrumé par la folie, mais il y avait ajouté une note d'indifférence à ce qui l'entourait et un air de profonde souffrance. L'expression était grotesque et repoussante. Ses mains étaient posées sur la couverture, immobiles, les doigts recourbés et maculés de ses propres excréments. Des morceaux d'étron pendaient au bout de ses ongles, et des traînées brunes striaient ses avant-bras, collées dans ses poils blonds. Couverture, taie d'oreiller, drap, tête de lit, chemise, tout était souillé par l'immonde matière nauséabonde.

James avait enfin dû se laisser aller à un besoin naturel.

La gardienne recula, dégoûtée, les bras serrés contre la poitrine.

Après que médecin, infirmières, aides-soignants et officier de la Gestapo furent retournés dans leurs pénates, tandis que lui-même sombrait dans un sommeil agité, Bryan entendit James fredonner un air plaintif, obsédant, qui faiblit petit à petit. L'injection commençait à faire son effet.

6

L'impression de sentir des papillons voler et se poser sur ses paupières, d'être bercé par une houle estivale et fouetté par la fraîcheur des embruns qui séchaient aussitôt et se transformaient en sel sur ses joues, tout cela se bousculait avec des sons parasites et une sensation de piqûre dans son dos. Soudain, une vague déferla sur lui. Bryan cligna des yeux et eut à nouveau cette sensation de piqûre, plus nette. La douleur violente irradiait de son dos vers ses reins.

Il se réveilla, s'efforça de reprendre pied dans la réalité et découvrit de gros flocons virevoltant au-dessus de sa tête.

Un pan de ciel, lourd de neige, séparait le train de l'auvent d'une gare. Autour de lui, on évacuait des brancards. Plus loin, des soldats SS descendaient des premiers wagons, paquetage et fusil à l'épaule.

Certains sautaient du quai et marchaient le long des voies, bavardant et plaisantant, leur masque à gaz et leur casque pendant négligemment dans le dos.

Des soldats en permission.

On détacha le wagon de queue dans un concert de grincements. En arrière-plan, une ville se dessinait dans la brume. Quelques flocons se posèrent sur sa joue, reliant un instant le rêve et la réalité. Il se cambra discrètement pour soulager son dos du contact avec le perron glacé et chercha James des yeux dans le désordre des civières posées à même le sol.

Les colonnes en bois qui soutenaient l'avant-toit de la gare créaient une galerie d'environ deux mètres de large. Les civières étaient alignées en épi contre le mur. Une bonne partie des malades avait déjà été évacuée. Bryan retomba lourdement, découragé à l'idée d'avoir perdu James. Le toussotement rauque d'un moteur annonça qu'un camion se garait devant la rampe au bout du quai pour accueillir un nouveau chargement de patients.

Des brancardiers vinrent jeter un coup d'œil aux hommes allongés, se battant les flancs pour faire tomber la neige accumulée dans les plis de leurs manteaux avant de soulever les civières les plus proches. Bientôt, il n'en resta que deux, celle de Bryan et une autre, à moitié cachée par les ridelles d'un chariot de courrier postal. Au bout de la couverture, Bryan apercevait deux pieds nus et une tache sombre. Il baissa les yeux vers ses propres pieds et remua doucement ses orteils. À sa couverture, on avait accroché avec une épingle à nourrice une étiquette colorée, on aurait dit une petite flaque de sang sur le fond blanc du paysage.

Au bout de l'infrastructure, à travers la neige qui, par nappes entières, changeait constamment de direction, on pouvait deviner les contours d'une deuxième gare et de plusieurs autres trains. De petites taches noires se déplaçaient sur le quai avec des cris de liesse. Une atmosphère familière. Bryan reconnaissait la gaieté des soldats qui retrouvent leurs proches après de longues missions. Il fut submergé par une vague de tristesse et pria pour revivre cela un jour.

Une porte s'ouvrit derrière lui. Deux hommes d'un certain âge, habillés en civil, se donnèrent mutuellement du feu sur le seuil avant de se diriger vers la locomotive, laissant la porte ouverte derrière eux.

Les soldats de la voiture de queue commencèrent lentement à descendre sur le quai. Cette fois, il ne s'agissait pas de jeunes gens gais et insouciants, en route pour retrouver la cuisine de leur mère ou les bras de leur fiancée, mais d'hommes las, marchant d'un pas lourd, n'avançant que parce que d'autres poussaient derrière. Un homme en uniforme prit le premier de la file par le bras et l'entraîna le long du convoi, passant devant Bryan. Les autres leur emboîtèrent le pas, résignés, escortés par des soldats armés, vêtus de longs manteaux.

La triste colonne était composée d'officiers SS de tous les corps d'armée. Bryan avait du mal à les distinguer les uns des autres. Soldats d'élite allemands, héros nazis. Un malaise instinctif l'envahit à la vue de tous ces insignes de col, têtes de mort, culottes de cheval, casquettes rigides, ordres et breloques. L'ennemi qu'il avait appris à haïr et à combattre sans pitié défilait sous ses yeux.

Un flot de soldats aux regards éteints et de civières tanguant doucement au rythme du pas des porteurs s'écoula jusqu'à l'extrémité du quai, baignant dans une lumière laiteuse, où un énième camion les attendait.

Bryan écouta s'éloigner le crissement de leurs bottes dans la neige. Le dernier officier de la colonne appela quatre hommes d'escorte et leur désigna les deux civières oubliées.

Ils vinrent les chercher et fermèrent la marche.

Arrivés en tête du train, ils posèrent les civières. Il fallut un certain temps pour faire monter tout le monde à bord des camions. Un cheminot marchait sur les voies, donnant des coups sur les aiguillages avec une longue barre de fer. Un soldat l'interpella d'une voix menaçante, le mettant en joue avec son fusil. L'homme fit tomber la barre dans la neige et se mit à courir sans regarder en arrière, puis il disparut derrière une grande pancarte plantée entre deux voies. Fribourg-en-Brisgau.

Le chargement des camions se fit en silence, sous l'œil attentif des officiers. À aucun moment, Bryan ne trouva l'occasion de se retourner pour voir si James se trouvait sur la civière derrière lui.

Le soleil entamait sa lente descente dans le ciel. Ce devait être la fin de l'après-midi. Hormis quelques soldats SS qui surveillaient la gare de marchandises, les alentours étaient déserts.

La ville de Fribourg, sur le bord du Rhin, près de la frontière française, à l'extrême sud-ouest du Reich et à une cinquantaine de kilomètres à peine de la frontière suisse et de la liberté, se révélait donc être leur destination provisoire.

À l'arrière du camion, adossés aux ridelles latérales, deux rangées d'hommes s'entassaient sur des bancs dans la pénombre. Les civières étaient posées en biais, en travers du plancher, si serrées les unes contre les autres que leurs extrémités étaient glissées sous les bancs, entre les pieds de ceux qui étaient assis. Bryan eut la chance d'être couché en dessous d'un officier qui avait des jambes courtes et dont les bottes ne reposaient pas trop lourdement sur ses tibias gelés, comme c'était le cas pour la plupart des autres passagers allongés.

Quand la dernière civière fut chargée, deux soldats préposés à l'encadrement montèrent sur la remorque et descendirent la bâche. Un soldat faisant partie de l'escorte remonta le hayon.

La soudaine obscurité empêchait désormais Bryan d'y voir. Quarante hommes respiraient bruyamment dans l'espace exigu. Parfois l'un d'eux marmonnait ou grognait. Les deux gardes s'assirent côte à côte au bout d'un banc et se mirent à discuter à voix basse.

Bryan sentit son voisin bouger. Après quelques soubresauts désordonnés, sa main vint se poser, comme par accident, sur la poitrine de Bryan.

Bryan la saisit et répondit à sa pression discrète.

À mesure que ses yeux s'habituaient à la pénombre et qu'il réussissait à distinguer les visages qui les entouraient, Bryan réalisa ce que James avait essayé de lui faire comprendre. Les malades de ce transport sanitaire avaient plusieurs points communs, mais l'un d'entre eux lui sauta brusquement aux yeux : ils étaient tous fous.

Le corps de certains d'entre eux suivait sans résistance le moindre mouvement du camion. D'autres fixaient un point imaginaire, le cou tendu, les bras crispés, se balançant d'avant en arrière en ouvrant et en refermant les doigts de manière spasmodique.

James désigna sa bouche ouverte. Bryan était de son avis. Ils étaient bourrés de médicaments. On avait dû leur injecter un calmant quelconque et on devinait l'effet du poison à la lenteur de leurs gestes et à leur activité cérébrale anormalement diminuée. Même s'ils avaient eu le droit de se lever, ils en auraient probablement été incapables.

Bryan en ressentit à la fois un soulagement et une nouvelle inquiétude. James et lui avaient réussi à se faire passer pour fous, comme les autres, et ça, c'était plutôt bien. Mais maintenant qu'ils se retrouvaient dans la même situation que cette clique d'officiers plutôt mal en point, quel sort leur réservait-on ? Le traitement que la Race des Seigneurs réservait aux malades incurables risquait de leur valoir une injection létale ou, plus simplement, une balle dans la tête.

À la gare de triage, on avait manifestement cherché à les cacher à la vue des civils et à présent, ils roulaient dans le noir à travers une région inconnue. De surcroît, on n'avait affecté que deux soldats à leur surveillance. Il y avait de quoi être inquiet.

Bryan s'efforça de sourire à James qui lui répondit par une moue qui se voulait rassurante.

À chaque virage, les jambes du soldat oscillaient à la hauteur des pieds de Bryan. La route tournait, virait et s'incurvait, suivant probablement des chemins de terre, traversant des petites rivières et accompagnant les reliefs naturels du terrain. Le train était arrivé par la Forêt-Noire, au sud de Fribourg-en-Brisgau. Ils avaient passé d'innombrables gares de moindre importance et plusieurs passages à niveau où on aurait facilement pu les embarquer à bord d'un camion si on avait voulu les conduire plus loin vers le sud. Bryan en déduisit qu'on les emmenait vers le nord ou le nord-est en s'enfonçant dans la Forêt-Noire.

Peut-être avait-on l'intention de les faire disparaître.

Jusqu'ici le terrain avait été relativement plat. James roulait de droite à gauche avec la régularité d'un métronome, bousculant Bryan à chaque aller-retour. Ils avaient dû traverser plusieurs villages puisqu'on entendait parfois l'écho du moteur se répercuter contre des murs. À certains moments, les routes gravillonnées étaient remplacées par des voies pavées et pendant quelques secondes, par la douceur reposante d'un revêtement en asphalte, auquel succédait rapidement un chemin de terre, gelé et creusé de profondes ornières. Chaque minute différait de la précédente et pourtant le temps semblait durer une éternité. Bryan ruminait des idées noires, convaincu que le prochain arrêt sonnerait le glas de leur existence sur cette terre.

La respiration lente de James préluda à son endormissement et plongea Bryan dans un insupportable sentiment de solitude et de claustrophobie. Il se souvint de la promesse de son compagnon de les tirer de là et cette promesse l'aida à maîtriser l'envie qu'il avait de se lever et de sauter du camion. Une envie qui devenait plus impérieuse à mesure que le médicament cessait d'agir.

Tout à coup, un garde se leva et marcha accidentellement sur sa cuisse avec sa botte cloutée. Concentré sur sa douleur, Bryan ne remarqua pas que le garde avait également bousculé le malade assis au-dessus de lui. L'homme aux petites jambes tomba en arrière et la bâche latérale du camion se détacha avec un claquement sec sous son poids.

La moitié du mur de toile volait librement, battant comme un drapeau dans le vent. Pour essayer de la rattraper, le soldat qui avait indirectement causé le problème jeta son fusil par terre, assommant malencontreusement James avec la crosse. Quant au canon de l'arme, il pointait droit sur la tête de Bryan.

Tandis que le garde se penchait dans l'obscurité, Bryan tendit lentement le bras vers le fusil. James secoua la tête et Bryan interrompit son geste.

Derrière le soldat, le paysage brillait, éclairé par la réverbération des champs enneigés. Pour Bryan, dont le métier était d'observer le terrain à n'importe quelle heure du jour et de la nuit, la luminosité était largement suffisante.

Dans cette région de plaines, il vit se détacher à l'ouest, au bout de l'horizon, un sommet gris caractéristique, que même le plus novice des navigateurs aurait reconnu. Le massif volcanique, strié de terrasses fertiles, avant-poste de la France, trait d'union entre la Forêt-Noire et les Vosges, baptisé du nom pompeux de Kaiserstuhl ou Siège de l'Empereur, disparut à l'horizon, nouveau repère géographique. Des arbres défilaient au garde-à-vous au bord de la route. Bryan se redressa sur ses coudes et aperçut des petites silhouettes glissant sur les canaux de drainage, traçant des courbes, riant et criant de leurs voix claires ; des enfants qui jouaient et patinaient sur la glace ; une image de la vraie vie qui donnait soudain à la guerre un tout nouveau visage. Combien d'années s'étaient-elles écoulées depuis le temps où les jeunes de Canterbury, Bryan et James parmi eux, glissaient à toute allure en hurlant de joie, pliant les genoux pour passer sous les ponts qui reliaient les chemins vicinaux ? Il entendait encore le craquement des lames sur la glace. Son cœur se serra en se remémorant les jeux insouciants et heureux de leur enfance.

Au virage suivant, ses coudes se dérobèrent sous lui et le paysage disparut derrière la bâche. Humide de sueur, content d'avoir réussi à la rattraper mais dans l'incapacité de la fixer, leur gardien décida de s'accrocher au morceau de toile jusqu'à la fin du voyage et bouscula deux malades pour se faire une place sur le banc. Les pieds de l'homme court sur pattes se balançaient de nouveau au-dessus des tibias de Bryan. Le camion gravissait une route en pente.

Le lourd véhicule roula bientôt sur des chemins caillouteux puis se mit à brinquebaler comme s'il se déplaçait à même la roche nue.

On les conduisait au milieu de nulle part.

Après avoir roulé encore un long moment, ils arrivèrent à destination.

Plusieurs personnages vêtus de blanc les attendaient. On fit descendre la civière de James avant que Bryan ait eu le temps de lui serrer la main pour lui dire au revoir. Les deux porteurs qui avaient pris James en charge dérapèrent sur le sol glissant et faillirent le perdre en route. Devant eux s'étendait une grande esplanade sombre, gravillonnée et bordée par une étroite lisière de sapins morts.

Plus loin s'élevait une armée de pins enneigés, offrant un abri contre le vent violent. Le paysage en dessous disparaissait dans un brouillard de cristaux de neige. Aucune lumière en vue. Rien n'indiquait qu'il y eût âme qui vive dans cette terre promise. Bryan supposa que la ville de Fribourg se trouvait maintenant au sud de leur position.

Ils avaient fait un grand détour pour arriver jusqu'ici.

Partiellement cachée par une haie s'ouvrait une vaste cour. Les passagers quelque peu déboussolés suivirent mollement l'un des gardes après avoir dépassé les deux civières sur son ordre. Un autre camion, vide, hayon baissé, se trouvait déjà sur place. Les hommes qui en étaient descendus attendaient plus loin, en rang par deux. Derrière eux s'élevaient plusieurs bâtiments de couleur claire, à trois étages. Une lumière jaune et tamisée derrière les fenêtres conférait à la cour une atmosphère ouatée. Bryan poussa une faible exclamation en découvrant la croix rouge tracée sur les toitures plates, et une buée chaude s'échappa de ses lèvres. Malgré les nombreux sacs de sable empilés au pied des murs, les barreaux aux fenêtres du premier et du deuxième étage, et un nombre impressionnant de postes de garde avec chiens, l'endroit ressemblait à n'importe quel hôpital. Vues de l'extérieur, les constructions rectangulaires offraient un accueil très nettement supérieur aux baraquements sanitaires de fortune dans lesquels on envoyait les blessés de la Royal Air Force. Mais tandis que les brancardiers l'emportaient à pas prudents vers les bâtiments, Bryan se dit qu'il aurait sans doute tort de se réjouir trop vite.

Bientôt tous les malades furent rassemblés dans un angle de la cour où soixante à soixante-dix hommes se trouvaient déjà. Quelques mètres devant, Bryan remarqua que le bras de James avait glissé hors de la civière et rebondissait à contretemps. Au-dessus de la neige, légèrement jaunes dans la lumière, Bryan vit deux doigts se dresser en un téméraire signe de victoire.

De l'endroit où il était, Bryan pouvait apercevoir plusieurs autres bâtiments plantés en quinconce, enfoncés dans la falaise, répartis sur le plateau entouré d'arbres qui constituait la majeure partie du site. Plusieurs poteaux, très hauts, trônaient au-dessus d'un fourré de ronces, supportant le grillage le long de la paroi rocheuse. Une clôture métallique surmontée de fils barbelés brillait au fond, glaciale, sous de hauts lampadaires. Devant la grille d'entrée, un petit groupe d'officiers discutaient dans un halo de lumière, devant une voiture noire flanquée de croix gammées sur les portières avant et d'un drapeau battant sur chaque aile. Un homme en blouse blanche s'écarta du groupe. D'un geste, il appela les gardes postés devant le bâtiment le plus proche et leur donna des ordres. Les gardes coururent, les jambes entravées par leurs longs manteaux, leurs fusils pointés en avant, pour transmettre les ordres du médecin aux soldats qui accompagnaient les nouveaux patients.

Cette fois, on fit passer les civières d'abord. Certains patients muets et apathiques restèrent sur place jusqu'à ce que les soldats viennent les pousser de la pointe de leurs fusils. Hormis les crissements de plusieurs centaines de pieds sur le sol givré et les moteurs des camions qui redémarraient à l'entrée, on n'entendit plus que la respiration essoufflée des brancardiers. En passant le premier bâtiment, Bryan vit qu'il était placé à l'écart des autres. Il compta une dizaine de constructions dont plusieurs étaient reliées entre elles par des corridors en bois blanc. On les conduisait apparemment vers le dernier de ces bâtiments jumelés.

Hormis une unique lanterne au-dessus de la porte, le bâtiment était sombre et apparemment vide.

Les baraquements en bois étaient hauts, bien que de plain-pied, et troués de grandes fenêtres couvertes de givre. Des volets extérieurs et de lourds rideaux à l'intérieur occultaient la lumière des gigantesques miradors.

La porte d'entrée s'ouvrait directement sur une unique salle où des douzaines de matelas minces, tapissés de coutil à rayures, étaient disposés côte à côte, à même le sol. Des plafonniers éclairaient faiblement des barres fixées le long des murs, des poutres ainsi que des anneaux et des trapèzes accrochés au plafond. Au fond du gymnase, le mur était nu et percé d'une porte conduisant au bâtiment suivant. Quatre seaux posés par terre servaient de latrines à l'ensemble des occupants. Du côté où ils étaient entrés, des tentures cachaient une sorte d'isoloir devant lequel étaient alignées de vieilles chaises en bois sombre.

Les brancardiers firent rouler Bryan sur un matelas situé à peu près au milieu de la salle, ils glissèrent sa fiche en dessous et repartirent, sans prendre la peine de s'assurer que leur patient était bien installé.

Le flot d'individus au pas traînant et au regard vide cessa bientôt. Bryan suivait des yeux les derniers arrivants. James était couché à deux matelas du sien. Quand tout le monde fut assis ou allongé, une infirmière frappa dans ses mains et défila entre les patients en répétant inlassablement la même phrase. Bryan ne parlait pas sa langue, mais il comprit à la confusion de ses voisins et à leurs tentatives maladroites de se déshabiller, qu'ils avaient reçu l'ordre de poser tous leurs vêtements en tas, au pied de leur matelas. Tous n'obéirent pas à la consigne et durent recevoir l'aide musclée des soldats qui suivaient les opérations en les commentant à voix basse. James et Bryan ne réagirent pas non plus et il fallut que quelqu'un vienne leur passer la chemise par-dessus la tête sans ménagement. Bryan vit avec soulagement que James ne portait pas le foulard de Jill.

Un homme nu se leva, les bras ballants, et se mit à pisser distraitement sur le matelas voisin ainsi que sur l'homme couché dessus qui ne parut d'ailleurs pas s'en formaliser.

L'infirmière se précipita, lui colla une grande claque sur la nuque qui l'arrêta aussitôt et le traîna vers les seaux prévus à cet effet.

Bryan se félicita de n'avoir ni bu ni mangé depuis plusieurs jours.

La porte du fond s'ouvrit et quelqu'un poussa dans le gymnase un chariot rempli de couvertures qu'il laissa contre le mur.

Le sol n'était pas froid, mais un courant d'air venant de l'entrée leur dressait les cheveux sur la tête. Bryan se roula en boule pour essayer de se réchauffer.

Au bout d'un moment, certains se mirent à gémir. Tous grelottaient. Les deux infirmières qui les surveillaient secouaient la tête, haussaient les épaules, faisaient des signes du menton vers le chariot, laissant entendre qu'ils n'avaient qu'à aller eux-mêmes chercher une couverture. Deux patients maigrichons se levèrent et sautèrent sans pudeur de matelas en matelas pour aller en arracher quelques-unes. Les autres ne bougèrent pas, l'esprit confus.

Bryan resta ainsi pendant plusieurs heures. À mesure que le froid pénétrait les malades jusqu'aux os, un concert monotone de claquements de dents emplit le gymnase. Les infirmières somnolaient tranquillement sur leurs tabourets près de l'entrée. Leur rôle n'était manifestement pas de s'occuper des malades.

Bryan ne parvenait pas à distinguer le visage de James, mais il aperçut un bout du foulard de Jill dépassant du matelas, et pria pour qu'il le laisse là. Soudain, James bondit de son lit et se précipita vers un seau. Quelques secondes plus tard, un véritable torrent éclaboussait les parois du récipient.

Il ne mit qu'un instant à se vider, mais les crampes de son ventre malade, les sueurs froides et les dernières giclées d'urine et de diarrhée l'obligèrent à rester un long moment, frigorifié, dans sa position inconfortable. Il chercha en vain de quoi s'essuyer autour de ces latrines précaires.

Renonçant à se préoccuper plus longtemps d'une question aussi secondaire que son hygiène, il courut vers le chariot, prit une couverture et retourna à son matelas en quelques foulées souples. Tu aurais pu m'en prendre une, idiot ! songea Bryan qui faillit l'imiter, après avoir jeté un coup d'œil aux infirmières à moitié endormies contre le mur du fond.

Mais il s'abstint.

Plus tard dans la nuit, on ouvrit brutalement la porte d'entrée et la lumière des plafonniers les aveugla. Bryan fit semblant de dormir. Sans hésiter, les SS se dirigèrent vers deux patients enveloppés dans des couvertures. Ils prirent leur dossier de santé et arrachèrent un coin à la première feuille.

L'un des hommes à avoir été ainsi marqués au fer rouge était le voisin de matelas de James. Le tas de chiffons roulé en boule qu'il avait sur le dos était la couverture de James. Bryan se demanda s'il aurait eu la même présence d'esprit.

C'était volontairement que James n'en avait pris qu'une.

7

Le contrôle nocturne avait réveillé toute la salle. Bien que les patients soient maintenant en chemise de nuit et que les couvertures aient enfin été distribuées, les plaintes continues ne cessaient d'augmenter d'heure en heure. Les médicaments ne faisaient plus effet.

Ils étaient de plus en plus nombreux à essayer d'échapper à leur prison intérieure par des mouvements de balancier, des postures étranges et des expressions figées. Bryan n'avait jamais rien vu de semblable. Lui se bornait à rester allongé, sans bouger.

Des soldats vinrent faire l'inspection. L'un d'eux portait un manteau noir allant jusqu'aux chevilles et boutonné jusqu'au cou. Il tapa du pied une fois, et tout le monde tourna la tête vers lui. À son commandement, plusieurs malades se levèrent, tirant leur voisin par la manche pour qu'il les imite. À la fin, il ne restait plus que six ou sept hommes allongés.

Flanqué de deux infirmiers, l'homme au manteau s'approcha de l'un d'eux et lui posa une question sans obtenir de réponse. D'un regard, l'officier ordonna à ses assistants de prendre le patient sous les aisselles et de le forcer à se mettre debout. Lorsqu'ils le relâchèrent, il retomba comme une chiffe molle et sa tête heurta le sol avec une telle violence que Bryan sursauta. Les infirmiers interrogèrent l'officier du regard mais celui-ci se dirigeait déjà vers Bryan. Les infirmiers s'agenouillèrent et recouchèrent le patient sur son matelas.

Devant la dureté du regard de l'officier, Bryan décida d'obtempérer quand ils le mirent sur ses pieds. Il n'eut pas à feindre de vaciller et d'avoir de la peine à se tenir debout puisqu'il ne s'était pas levé depuis plusieurs jours. Une brutale chute de tension lui donna le vertige. Il réussit cependant à ne pas tomber lorsqu'ils le lâchèrent. Parmi ceux qui restaient, seul James suivit son exemple.

Tandis qu'ils avançaient comme du bétail, aiguillonnés par les infirmières frappant sur leur tablier avec leurs gants de caoutchouc, Bryan essaya de se rapprocher de James. Ils marchaient à la queue leu leu, le long d'un mur à la faïence constellée de taches de moisissure, une chemise numérotée posée sur les avant-bras, attendant leur tour pour passer à la douche. Quand Bryan entra dans la salle d'eau, il vit un homme, debout, la nuque en arrière, les yeux grands ouverts sous le jet puissant de la douche. Soudain, le dément se mit à hurler de douleur, son cri se propagea de malade en malade comme au milieu d'une horde de loups.

Quelques menaces et quelques coups suffirent à restaurer le calme. Le patient qui avait déclenché l'émeute accepta sa punition, sans avoir l'air de comprendre, les yeux écarlates. Il fallut lui mettre une camisole de force et l'emmener pour qu'enfin il se taise.

Alors qu'il retournait dans le dortoir, Bryan vit James, souriant et fredonnant, entrer sous la douche glacée dans un état de béatitude totale, sans penser à poser la chemise sèche qu'il avait entre les mains.

La toilette achevée, on leur fournit à chacun une paire de chaussures, de pointure identique, et on les aligna en trois rangées dos à la barre murale sur l'un des longs côtés du gymnase. Plusieurs malades furent écartés du groupe et poussés contre le mur du fond. Bryan reconnut parmi eux les deux patients qui étaient allés eux-mêmes chercher des couvertures pendant la nuit.

On avait installé plusieurs petites tables derrière les tentures. L'homme au manteau l'avait retiré et il siégeait parmi d'autres officiers du Sicherheitsdienst, le Service de renseignement de la SS, et plusieurs représentants du corps médical en blouse blanche. Il n'y avait plus aucune femme avec eux.

Un patient sursauta en entendant son nom, mais il resta figé sur place. Un soldat dut l'empoigner et le traîner devant la commission d'examen. Plusieurs patients omirent de s'avancer à l'appel de leur nom. Un officier du SD vérifia sa liste et eut l'idée de les appeler par un numéro. Bryan se dit qu'il devait s'agir de celui qui figurait sur leur chemise de nuit. Il espéra vivement qu'il comprendrait le chiffre quand son tour viendrait et écouta avec attention. Alors qu'il commençait à avoir le vertige à force de concentration, un officier le montra du doigt et un soldat vint le chercher pour le mettre dans la file avec les autres.

James fut parmi les derniers à prendre sa place dans le rang. En bons Prussiens et par souci de méthode, on avait dû les classer par ordre alphabétique.

Les héros en béquilles passaient en moyenne deux à trois minutes devant les officiers du SD avant de ressortir et d'être de nouveau alignés devant le mur, dans le même ordre que précédemment. Ils ne semblaient pas avoir été maltraités, mais se tenaient maintenant au garde-à-vous dans une posture ridicule et très exagérée, leur visage au teint grisâtre dénué d'expression.

Derrière les tentures, on entendait des phrases marmonnées, quelques cliquetis métalliques et un peu de remue-ménage, mais rien d'alarmant. L'un des patients aboya ses réponses d'un ton martial, et parmi les malades qui attendaient leur tour, certains ne purent s'empêcher de claquer silencieusement des talons et de bomber la poitrine.

Quand vint son tour de passer derrière le rideau vert olive, Bryan découvrit un officier assis à un bureau minuscule, en train de feuilleter son dossier médical, pendant qu'un médecin lisait au-dessus de son épaule. Le soldat qui l'avait fait entrer dans la salle d'interrogatoire de fortune le fit asseoir sur une chaise, puis il s'empressa de repasser de l'autre côté de la tenture. À mesure que l'officier avançait dans la lecture de son dossier, l'attitude des deux hommes changeait sensiblement. Ils hochaient la tête, regardaient Bryan avec un respect manifeste, hochaient encore la tête. Bryan, pendant ce temps, s'efforçait de contrôler son angoisse. Ces gens qui lui souriaient pouvaient en une seconde devenir ses bourreaux.

Ils lui posèrent des questions qui restèrent en suspens. L'officier pianotait impatiemment sur le bord de la table. Puis il s'adressa au médecin qui aussitôt saisit le poignet de Bryan pour prendre son pouls, lui éclairer le fond de l'œil, lui taper sur la tête et éclairer de nouveau ses yeux. Bryan était si terrifié qu'il ne sentit pas que le médecin était allé se poster derrière son dos. Tout à coup, il frappa dans ses mains juste devant son visage. Bryan cligna des yeux et sursauta. Mais ses examinateurs n'y virent apparemment rien d'anormal.

Le médecin retourna derrière l'officier qui leva le nez du dossier, sourit et jeta à la figure de Bryan un objet qu'il prit devant lui sur la table. Le geste avait été si soudain que même s'il l'avait voulu, Bryan n'aurait pas eu le temps de se protéger. Une violente douleur à la racine du nez lui fit écarquiller les yeux, mais il demeura autrement impassible.

Dans la salle d'examen voisine, le patient reçut un coup et poussa un cri. Au deuxième coup, il s'abstint de crier. L'officier en face de Bryan souriait toujours. Il échangea quelques mots avec le médecin. Ils parlaient tellement vite que Bryan n'aurait pas compris ce qu'ils disaient, même si la conversation s'était tenue dans sa langue maternelle. L'officier finit par hausser les épaules. Il se leva de sa chaise avec respect quand on reconduisit Bryan auprès des autres.

Bryan passa devant James dans la file d'attente qui n'était plus très longue. Sa chemise trempée lui collait à la peau. Il remarqua une tache sombre dans son col. Un frisson glacé le parcourut. James avait remis le foulard de Jill autour de son cou. Malgré la folie de cette provocation qui pouvait lui coûter la vie, il avait l'air parfaitement calme. Bryan connaissait son ami et il savait à quoi s'en tenir. Sous le masque, la peur suintait par tous les pores de sa peau. Il était sur le qui-vive et sans son talisman, il ne lui restait plus rien à quoi s'accrocher.

Mais s'il ne s'en débarrassait pas, il signait son propre arrêt de mort.

« Ça va aller », murmura Bryan. James hocha doucement la tête sans le regarder.

L'un des derniers à être interrogés était l'un des deux hommes maigres qui avaient pris des couvertures avant d'y être autorisés.

On se battait manifestement derrière la toile, et il y avait des hurlements. Quand enfin le patient ressortit, porté par deux gardes, les pieds traînant au sol et le visage déformé par la souffrance, l'officier le regarda s'éloigner, vert de rage.

On l'obligea à se remettre debout. Il chercha en vain une lueur de compassion chez ses camarades d'infortune. Bryan le regardait, l'œil vide. Du sang coulait à la lisière de ses cheveux. On avait dû lui jeter un objet à la figure, à lui aussi. Bryan se demanda s'il avait réussi à ne pas lever la main pour se protéger le visage.

Le gradé s'assit au bord de son petit bureau et, un sourire sardonique aux lèvres, contempla la pauvre assemblée qu'il avait sous les yeux. Puis le sourire s'effaça, il inspira profondément et se lança soudain dans une harangue furieuse. Les imprécations se bousculaient dans la bouche de l'officier qui se balançait sur ses pieds. Pointes, talons, pointes, talons. Un seul mot ne laissait aucun doute à la compréhension.

Simulation !

L'accusé cessa de trembler, il courba l'échine, coupable, démasqué et prêt à payer pour son crime.

L'officier se tut. Il écarta les bras, souriant et faussement gentil, et Bryan crut comprendre qu'il en appelait au bon sens des patients. Il essayait de convaincre d'autres éventuels simulateurs de se dénoncer, leur promettant sans doute qu'il ne leur arriverait rien s'ils passaient aux aveux.

Bryan ne pouvait pas communiquer avec James, ni même le regarder, tant que ce monstre noir était là à les jauger. Nous n'allons pas nous rendre, James, suppliait-il intérieurement, surtout pour s'en convaincre lui-même.

Pendant tout le temps qu'il fallut à Bryan pour réciter un Notre-Père, l'officier patienta, regardant chaque patient à tour de rôle, sans se départir de son sourire. Puis, lentement, il alla se placer un pas derrière le coupable, leva son arme et l'exécuta d'une balle dans la nuque, sans que l'autre ait le temps de pousser un cri.

Pas un frémissement n'agita l'assemblée. Le sang coula à flots de la blessure pendant quelques secondes, un petit ruisseau se forma qui glissa vers les pieds de James. Bryan le surveillait discrètement. James était un peu pâle, mais pas plus qu'un homme affaibli resté longtemps debout. Il ne bougea pas.

Les deux gardes emportèrent le cadavre en le traînant sur le sol. Le médecin, choqué, avait encore la tête entre les mains. Il finit par reprendre ses esprits, mais ses protestations arrivaient un peu tard. L'officier tourna les talons. Aucun rapport ne serait rédigé dans cette affaire. Sujet clos. Au suivant.

Bryan compta les secondes pendant que James subissait son interrogatoire. Il était arrivé à deux cents quand James ressortit, le regard distant et le corps figé. Celui qui devait entrer dans l'isoloir après lui refusa d'avancer malgré l'insistance du médecin qui tenait le rideau écarté devant lui. Quand les soldats voulurent le prendre sous les bras, il se laissa tomber par terre. Les gardes firent entrer le suivant, qui dut contourner l'homme couché par terre, roulé en boule, pleurnichant, délirant, répétant inlassablement un prénom que Bryan l'avait déjà entendu prononcer, sa fiancée, sa femme, sa mère, peut-être ?

À quelques pas de lui, James avait recommencé à fredonner. Son voisin aux yeux rouges étudiait sa camisole de force avec intérêt et perplexité, pissant sur sa chemise qui s'assombrissait progressivement sur le devant.

Il se réveilla en sursaut. Quelqu'un avait crié : « Laissez-moi tranquille ! » Peut-être était-ce lui, puisqu'il avait compris. Une infirmière se tenait au pied de son lit. Bryan en avait des sueurs froides, il n'avait pourtant dormi que quelques secondes. Un verre d'eau à la main, elle se glissa le long de son lit et posa deux comprimés sur la langue de son voisin. Elle n'avait rien entendu. Il avait rêvé.

Le dortoir était paisible. Bryan regarda autour de lui et maudit encore une fois le moment où James et lui avaient été séparés, alors qu'on les conduisait vers les baraquements. Sinon, son ami aurait occupé le lit à côté du sien et il se serait senti plus rassuré. Lui se trouvait dans le cinquième lit sur la gauche, en partant de la porte, alors que James était couché tout au bout de la pièce, du côté opposé. Il y avait douze lits à gauche et dix contre le mur de droite. C'est-à-dire au moins six de trop pour la capacité de la pièce.

Les lits étaient disposés à cinquante centimètres les uns des autres, à différentes distances du mur, certains devant une fenêtre, d'autres entre deux fenêtres, et les derniers, n'importe où. L'ensemble donnait une impression désordonnée.

Cette pièce aux murs vert clair, haute sous plafond, d'environ vingt mètres de long sur dix de large, constituait désormais tout son univers. Tous ses biens sur cette terre consistaient en une chemise de nuit, une paire de chaussons, un mince peignoir et une chaise à la peinture écaillée, posée dans l'allée centrale à côté de vingt-deux autres.

Mis à part les quatre lits déjà occupés à leur arrivée par des blessés inconscients, emmaillotés dans des pansements, tous les pensionnaires du dortoir étaient arrivés dans le même camion que James et Bryan. Chacun avait pris le lit en face duquel il se trouvait en entrant. Certains s'étaient couchés les bottes aux pieds et avaient mis leurs draps en désordre avant que les infirmières aient fini de distribuer les médicaments. Elles administrèrent à chaque patient deux pilules blanches, suivies d'une gorgée d'eau. On les fit tous boire dans le même gobelet que l'infirmière remplissait au fur et à mesure.

Leur premier repas avait une consistance et une odeur indéfinissables. Il n'avait rien d'excitant mais cela ne le rendait pas moins appétissant aux yeux de Bryan qui s'interdisait de penser à la nourriture depuis des jours. À présent, il avait l'eau à la bouche, et les dernières minutes d'attente furent un calvaire.

Les grumeaux dans l'assiette émaillée faisaient vaguement penser à du céleri sans en avoir le goût. C'était peut-être du chou-rave, Bryan n'aurait su le dire.

Le bruit des cuillères raclant les assiettes et une activité de masticage intense, quasi animal, se répandirent comme un feu de brousse dans le dortoir. Il y avait au moins un sens chez ses compagnons de chambre qui n'était pas atrophié.

Au pied du lit de James, une assiette déjà vide se balançait. Son visage détendu et sa poitrine qui montait et descendait au rythme de sa respiration tranquille prouvaient à eux seuls l'incroyable capacité d'adaptation de l'être humain. Bryan envia à James son sommeil paisible. Sa peur de se trahir en dormant était trop forte. Il suffirait d'un seul mot et il finirait comme le type dans le gymnase. À présent, le corps du pauvre homme gisait dans la neige entre les baraquements.

Ils l'avaient vu tout à l'heure, en se rendant dans leur nouveau dortoir.

Une odeur doucereuse se mêlait à la fadeur du céleri et la somnolence qui le gagnait embrouilla la pensée de Bryan. Les comprimés commençaient à faire effet.

Son voisin de droite, couché sur le flanc, fixait l'oreiller de Bryan d'un air indifférent. Une succession de petits pets résonnèrent sous sa couverture. Il n'en avait probablement même pas conscience.

Ce fut le dernier son que Bryan emporta dans son sommeil.

8

Le 16 mars, pour la « Journée des Héros », ils eurent droit au discours du Führer. Depuis deux mois qu'ils étaient là, c'était la première fois qu'on leur permettait d'écouter la radio. On avait augmenté le chauffage et allumé tous les plafonniers en l'honneur de cette fête nationale. Les brancardiers avaient tiré un fil électrique de l'entrée au mur du fond afin de brancher un poste de radio, posé sur la table.

Un brouhaha nerveux emplissait le dortoir, les hommes piétinaient, se balançaient, déambulaient entre les lits. Subjuguées, les infirmières écoutaient l'émission, les bras croisés. Le patient à gauche de Bryan n'était réveillé que depuis deux jours et il ne montrait aucune réaction, mais le regard de son voisin de droite brilla d'une lueur encore plus folle qu'à l'accoutumée et il se mit à applaudir avec frénésie, jusqu'à ce qu'un infirmier soit obligé de le réprimander.

Bryan avait subi ses derniers électrochocs vingt-quatre heures auparavant et il avait quelques difficultés à se concentrer. Tout ce remue-ménage le perturbait. Comment quelqu'un pouvait-il comprendre quoi que ce soit à ce que racontait cette voix hystérique, déformée par le son métallique de la radio ? À cause du traitement, le concert dominical en hommage aux veuves de guerre et aux jeunes mariés et la célébration du jubilé se mêlaient en un grand charivari dans sa tête.

À part lui, tout le monde passait une merveilleuse journée. Bryan les regardait remuer leurs bras au rythme de la musique et sourire au son d'une opérette, d'une musique de film, ou bien du célèbre *Es geht alles vorüber*[1] de Zarah Leander. Un jour comme celui-là, on aurait presque pu se demander si on était réellement en guerre.

Les autres jours, on n'avait aucun doute.

Ça va bien se passer, s'était persuadé Bryan, la première fois qu'il avait franchi la porte vitrée à double battant, emmené par deux brancardiers.

Plusieurs patients avaient été conduits avant lui dans la salle de sismothérapie. Ils étaient un peu ramollis à leur retour, il se passait des heures avant qu'ils ne donnent à nouveau signe de vie, mais tous avaient semblé s'en remettre et n'avaient montré aucune séquelle notable.

Il y avait six portes de part et d'autre du corridor, en plus de celle de leur dortoir, ainsi qu'une sortie aux deux extrémités. Au fond à gauche se trouvait la salle des infirmières et des aides-soignantes. Ensuite il y avait une salle de soins et deux autres portes dont il supposait qu'elles donnaient sur les bureaux des médecins.

On l'avait fait entrer dans l'avant-dernière pièce où l'attendaient plusieurs médecins et leurs assistants. Avant qu'il ait eu le temps de comprendre ce qui lui arrivait, ils l'avaient brutalement immobilisé avec des lanières en cuir aux poignets et aux chevilles, lui avaient administré un sédatif et collé des électrodes sur les tempes. Le courant électrique l'avait fait se convulser et ses cinq sens en avaient été affectés pendant plusieurs jours.

1. « Tout s'achève un jour ou l'autre », chanson populaire pendant la guerre de 39-45.

Habituellement, le traitement consistait en un maximum d'une séance d'électrochocs par semaine, pendant quatre à cinq semaines suivies d'une période de repos. Bryan ignorait encore si ce premier protocole serait renouvelé, mais c'était probable. En tout cas, les premiers patients à l'avoir subi venaient de recommencer une nouvelle série, après un mois d'interruption. Pendant la période de repos, on leur donnait des comprimés. Toujours les mêmes, à raison d'un à deux par jour.

Bryan avait peur des effets que pouvait avoir sur lui un pareil traitement. Les rêveries auxquelles il s'était accroché jusque-là avaient tendance à disparaître. L'espoir de revoir un jour les gens qu'il aimait, de pouvoir à nouveau parler à James, ou simplement de se promener, librement, sans surveillance, sous la pluie, s'effaçait peu à peu. Sa mémoire lui jouait des tours. Par exemple, un jour, il était capable de se rappeler un souvenir d'enfance dans une rue de Douvres, et le lendemain, il avait oublié l'aspect de son propre visage.

Ses idées d'évasion s'évanouissaient avant qu'il ait fini de les élaborer jusqu'au bout.

Il n'avait plus d'appétit. Pendant la douche hebdomadaire, il remarquait que ses hanches devenaient plus saillantes et que ses côtes affleuraient sous la peau de son torse. Ce n'était pas que la nourriture lui déplaisait, au contraire, elle était parfois savoureuse avec ses galettes de pommes de terre, ses goulaschs, ses soupes et ses coulis de fruits. Mais l'envie n'y était plus. Après une séance d'électrochocs, alors que son corps avait un cruel besoin de retrouver de l'énergie, la simple vue du porridge matinal et de la tranche de pain noir avec sa fine couche de margarine lui donnait envie de vomir. Il boudait son assiette et personne ne l'obligeait à s'alimenter. Il n'y avait que le repas du soir – composé de tranches de pain avec les restes du déjeuner et parfois d'une saucisse et d'une portion de fromage – qu'il parvenait à avaler, en prenant son temps.

James restait dans son coin. Il passait ses journées à observer les autres et à rêvasser en tripotant le foulard de Jill qu'il gardait perpétuellement à portée de main. Sous le matelas, sous le drap ou sous sa chemise de nuit.

Les deux premières semaines, ils n'étaient pas sortis de leur lit, mais à mesure que les patients prenaient l'habitude d'aller seuls aux toilettes, les aides-soignantes mettaient plus longtemps à apporter les bassins à ceux qui ne se levaient pas. Du coup, Bryan avait élargi son vocabulaire allemand. Mais il avait beau crier « *Schieber*, *Schieber* », le temps à attendre le cliquetis du couvercle du bassin émaillé déposé sans délicatesse sur sa couverture était souvent insupportablement long.

James se leva le premier.

Tout à coup, un matin, il sortit de son lit et se mit à déambuler d'un patient à l'autre, débarrassant les gamelles du petit déjeuner qu'il allait poser sur la table roulante. Bryan le suivait des yeux en retenant son souffle, impressionné de voir avec quelle aisance James jouait son rôle, sautillant dans ses chaussettes hautes si tirebouchonnées qu'elles couvraient à peine ses chevilles. Il se déplaçait les bras collés au corps, avec une démarche étrange qui lui crispait le cou et l'obligeait à tourner le corps tout entier chaque fois qu'il regardait dans une nouvelle direction.

Bryan se réjouit de la mobilité de James. Pour lui elle signifiait que bientôt ils pourraient communiquer de nouveau.

Quelques jours plus tard, le job que James s'était choisi lui fut volé par son voisin de chambrée. Dès les premiers pas de James dans la salle, un grand bonhomme au visage grêlé sortit de son lit, se planta tranquillement devant lui et regarda avec insistance les assiettes que James avait entre les mains. Puis il le prit par l'épaule, lui caressa gentiment les cheveux et le reconduisit jusqu'à son lit où il le coucha sur le ventre avant de lui enfoncer doucement le visage dans son oreiller. À partir de ce jour-là, ce fut le Grêlé qui aida les aides-soignantes et fut aux petits soins pour les patients à la moindre occasion.

James était devenu son protégé. Il suffisait qu'il fasse tomber son oreiller la nuit, ou une miette sur sa couverture pour qu'il vienne à son secours.

Au départ, il occupait le lit en face de celui de Bryan. Mais le jour où la dépouille du voisin de James avait été emportée à la chapelle ardente, le Grêlé avait pris sa place sans rien demander à personne. Quelques jeunes infirmières avaient essayé de le renvoyer dans son lit, mais il avait pleuré et supplié et s'était accroché à elles avec ses grosses mains. Quand l'infirmière en chef était arrivée pour régler le problème, il dormait déjà bien sagement dans son nouveau lit.

Et elle l'y avait laissé.

Après cette tentative avortée de se trouver une occupation régulière, James ne s'était plus levé que pour se laver et aller aux toilettes.

Bryan sortit de son lit pour la première fois, quelques jours après une séance d'électrochocs.

Lors du nettoyage sommaire des bras et de la figure que dans sa famille on appelait avec désapprobation « une toilette col roulé et manches longues », il fut pris de vertige et de nausées incontrôlables. Sa bassine se renversa et l'eau savonneuse se répandit sur le sol. Le morceau de savon, fabriqué avec un mélange de détergent et de sciure, tomba par terre et se brisa. Au même instant, la plus désagréable des infirmières entra dans la salle et, au lieu de l'aider, elle le houspilla à cause de la flaque d'eau savonneuse qui s'écoulait entre les lits. Elle le traîna à travers tout le dortoir, alors qu'il tenait à peine debout et vomissait tous les deux mètres sur le sol fraîchement lavé.

Les sanitaires carrelés en blanc du sol au plafond disposaient d'une grande fenêtre à panneau fixe, derrière laquelle on pouvait apercevoir plusieurs autres bâtiments et, au-delà, la montagne enneigée. Sans autre forme de procès, elle l'enferma dans les toilettes. Bryan tomba lourdement à genoux devant la cuvette et se débarrassa du restant du contenu de son estomac en un spasme rauque et sonore. Quand les crampes cessèrent, il s'assit sur la porcelaine froide et inspecta les lieux.

Le W-C n'était éclairé que par un rai de lumière au-dessus de la porte, mais c'était amplement suffisant. Après avoir examiné chaque fissure et chaque écaillure, il se mit à plat ventre pour observer en détail le reste du local. La séparation entre les deux W-C était montée sur des tiges métalliques rouillées, scellées dans le sol en terre cuite. Le W-C sur la droite avait un mur en dur. Derrière la cloison de gauche, une porte étroite permettait d'accéder à la réserve où les aides-soignantes prenaient les draps et où la femme de ménage rangeait son balai et son seau. Bryan les avait souvent vues y entrer et en ressortir avec des ustensiles de ménage et du linge. La douche du personnel se trouvait dans l'angle. La dernière porte devait donner sur la buanderie.

On revint le chercher avant la visite du médecin, en lui tapotant la joue avec un sourire si affable qu'il se sentit obligé de sourire en retour.

À compter de ce jour, Bryan se leva quotidiennement. Au début, il essaya d'entrer en contact avec James en le suivant à quelques secondes d'intervalle chaque fois qu'il se rendait aux toilettes. Mais c'était peine perdue, car si favorables que fussent les circonstances, dès qu'il l'apercevait, James s'empressait de partir en sens inverse.

Après le tour de garde de l'après-midi, à une heure où le dortoir était relativement calme, Bryan essaya plusieurs fois d'échanger un regard avec son ami.

Pour finir, James ne sortit plus de son lit que lorsque Bryan était endormi.

Il ne voulait plus rien avoir à faire avec lui.

9

Grâce à l'Homme-Calendrier, le temps avait cessé de simplement suivre son cours. Bryan avait baptisé ainsi le patient qui se trouvait dans le lit en face de celui de James. C'était le même homme qui agitait ses petites jambes au-dessus de Bryan pendant leur transport en camion depuis la gare. Il ne parlait jamais et était toujours de bonne humeur. Il ne se levait jamais non plus et son unique activité était de graver chaque jour, sans exception, la date au pied de son lit. Au début, les infirmières se fâchaient et le punissaient en baissant ses rations de nourriture ou en lui imposant un traitement bien plus sévère qu'il ne le méritait. Par exemple, il n'était pas rare de le voir tendu comme un arc par les crampes après ses séances d'électrochocs.

Son calvaire s'arrêta après l'arrivée de nouveaux patients qui un jour traversèrent la cour et s'installèrent dans un pavillon situé derrière le leur. Ce groupe était accompagné de trois jeunes infirmières venues remplacer les bourreaux du pauvre Homme-Calendrier. Au bout de quelques jours, la plus menue de ces jeunes filles, qui devait à peine avoir l'âge de James et de Bryan, lui avait apporté un bloc de papier gris à gros grain qu'elle accrocha à la tête de son lit pour que tout le monde puisse le voir en passant.

Bryan n'arrivait pas à comprendre comment ce petit bonhomme parvenait à garder le compte des jours malgré les électrochocs. Il constatait simplement qu'il était d'une exactitude remarquable.

Bien qu'on soit au mois d'avril, il faisait encore froid et humide dans le dortoir, et les patients étaient autorisés à garder deux couvertures la nuit. Bryan ne retirait jamais ses chaussettes et il se protégeait du mieux qu'il pouvait des courants d'air qui, passant sous les volets roulants intérieurs, se glissaient sournoisement le long des murs. Beaucoup de patients toussaient et tremblaient de fièvre depuis plusieurs semaines.

Le Grêlé était apparemment insensible au froid et, pour la troisième fois ce soir-là, il était sorti de son lit pour aller border Bryan. Dehors, le vent s'était calmé et le dortoir était paisible. Bryan garda les yeux fermés, tandis que les grandes mains poussaient délicatement la couverture sous lui et lui caressaient le front. Le Grêlé lui pinça affectueusement la joue comme il l'aurait fait à un petit garçon. Bryan se sentit obligé d'ouvrir les yeux et de lui sourire. Mais tout à coup, de façon complètement inattendue, le bonhomme lui chuchota quelques mots à l'oreille avec une expression toute nouvelle sur le visage. Pendant quelques secondes, il regarda Bryan avec un regard incroyablement présent pour aussitôt après reprendre sa physionomie habituelle, molle et un peu endormie. Puis il se tourna vers son voisin et lui tapota la joue en disant : « *Gut*, *Guuut !* »

Après quoi, il alla s'asseoir sur une chaise dans l'allée centrale, les yeux braqués sur James. Les deux patients occupant les lits voisins du Grêlé se redressèrent. Dans la lumière de la lune, leurs silhouettes se dessinaient nettement en ombres chinoises sur le mur. Eux aussi regardaient James, étendu sur son lit.

Sans lever la tête, Bryan s'assura que tous les autres patients dormaient. Il entendit murmurer, puis le murmure cessa. Les ombres chinoises se rallongèrent sur leurs matelas. Puis il sembla à Bryan qu'on chuchotait à nouveau dans l'obscurité. Un mauvais pressentiment s'empara de lui, chassant toute envie de dormir.

Était-ce un chuchotement discret qu'il avait entendu ou seulement le vent qui faisait vibrer les vitres ?

Le lendemain matin, le Grêlé était toujours assis sur sa chaise. Le patient qui venait les raser tous les matins entra alors que tout le monde dormait encore et il éclata d'un rire si bruyant en découvrant le géant ronflant, le menton sur sa poitrine, que l'infirmière de garde se précipita et qu'elle le chassa jusqu'à nouvel ordre puis elle donna une claque sur la nuque du Grêlé, secouant la tête d'un air faussement réprobateur quand il courut lui chercher son tablier afin de se faire pardonner.

Elle poussa un soupir et se mit au travail.

Plusieurs patients étaient en voie d'amélioration. Le voisin de Bryan n'avait plus les yeux rivés au plafond et le regard absent. Il semblait apaisé et les aides-soignantes avec qui il échangeait parfois quelques mots le gratifiaient régulièrement d'une tape sur l'épaule pour le féliciter de ses progrès. D'autres passaient leurs journées à une table au bout de la salle, à feuilleter les revues polychromes parlant d'amour, de romance et d'idylles alpines. De temps à autre, deux vieux brancardiers provoquaient une petite révolution en jetant un jeu de cartes sur la table pour une partie de *Sorteper*[1].

---

1. Un jeu de cartes pour enfants, très populaire dans les pays du Nord, qui consiste à éviter de se retrouver avec l'unique carte représentant un chat noir.

À mesure que les journées devenaient plus ensoleillées, certains se postaient devant les fenêtres pour regarder les hommes des autres pavillons s'ébattre dans la cour avec de grands éclats de rire. Il s'agissait de soldats SS qui avaient été blessés au combat. Ils jouaient au foot, à la balle au prisonnier ou à saute-mouton, et ne tarderaient pas à retourner au front.

Il suffisait à Bryan de s'asseoir en tailleur à la tête de son lit et de tendre le cou pour voir ce qui se passait dehors. Il pouvait rester des heures à contempler le ciel au-dessus des miradors et les montagnes derrière. C'était aussi dans cette position qu'il pouvait extraire le bouchon d'un montant du lit pour faire tomber discrètement ses comprimés au fond des tubes en métal. Depuis que ses séances d'électrochocs étaient terminées, il faisait en sorte d'éviter le plus souvent possible de prendre les médicaments qu'on lui donnait. Parfois, il en avalait un par mégarde, d'autres fois, ils avaient eu le temps de se dissoudre avant qu'il ait l'opportunité de les recracher dans sa main ; mais il avait obtenu le résultat qu'il espérait. Son cerveau était moins confus et l'envie de s'évader était revenue.

Parmi tous ces malades mentaux peu réceptifs à ce qui se passait autour d'eux, il y en avait tout de même un qui avait gardé assez de vivacité pour le surprendre en train de cacher ses comprimés dans les piliers de son lit. C'était le petit homme chétif qui avait gardé les yeux ouverts sous le jet de la douche le premier jour. Au début de leur séjour, il essayait sans cesse de s'automutiler, et on avait dû lui laisser la camisole de force au lit où il restait désormais couché toute la journée, abruti de médicaments. Trois mois s'étaient écoulés et à présent, il passait son temps allongé en chien de fusil, sage comme une image, une main sous une joue à observer les autres. Bryan avait croisé son regard à l'instant où il avait fait tomber les pilules, et le petit homme lui avait fait un clin d'œil. Plus tard cette même journée, pendant sa promenade, Bryan s'était arrêté devant son lit. Son visage était impassible et rien dans son regard ne lui avait donné le sentiment qu'il le reconnaissait.

Alors que le printemps essayait en vain de redonner vie aux ombres, Bryan étudiait chaque pouce du panorama qu'il avait sous les yeux.

Leur bâtiment était le plus proche de la paroi rocheuse, les fenêtres orientées à l'ouest. Le soleil se couchait exactement entre les deux miradors, ses rayons d'un rouge mat caressant les baraquements situés devant le leur. Tout à fait à gauche, vers le sud, se trouvaient les cuisines, sur lesquelles on avait une vue excellente depuis la fenêtre du corridor, à côté de la salle de douches. Au sud-ouest se dressaient d'autres bâtiments, plus petits, dans lesquels étaient logés les gardiens et les hommes de la sécurité. De sa fenêtre, Bryan avait vue sur le pignon de l'annexe réservée au personnel soignant. Il arrivait souvent qu'un couple s'arrête à cet endroit, et il pouvait apprécier les efforts des jeunes médecins pour attirer les infirmières dans leur lit. Apparemment, ils n'y parvenaient jamais, ce qui rendait le spectacle d'autant plus distrayant et ses acteurs plus ridicules. Étrangement, cela ne suffisait pas à les rendre plus sympathiques.

Du côté nord, une dépendance du bâtiment dans lequel ils se trouvaient lui cachait la vue sur le gymnase et tout ce qui se trouvait derrière. Certains services situés plus loin étaient partiellement cachés derrière la saillie du mur jaune.

Derrière le grillage qui entourait l'ensemble du site, des gardes et des patrouilles avec des chiens défilaient toute la journée. Peu de civils étaient autorisés à entrer dans l'hôpital et ils étaient toujours accompagnés par des soldats SS ou par des agents de sécurité.

Les premières semaines, Bryan mourait de peur d'être confronté un jour à des membres de la famille dont il avait usurpé l'identité. Mais bien que le pavillon soit rempli d'hommes qu'un visage ami aurait sans doute aidés à guérir, il ne vint jamais personne. Ils vivaient dans l'isolement, et personne ne semblait avoir informé quiconque de leur présence dans cet établissement et encore moins de leur état. C'était à se demander pourquoi on les maintenait en vie.

James ne regardait jamais par la fenêtre. Depuis le début du mois d'avril, il n'était pratiquement pas sorti de son lit et semblait complètement sous l'emprise des médicaments.

Un jour, trois camions quittèrent l'hôpital par l'entrée principale et on referma aussitôt la grille derrière eux. Bryan rêva qu'il faisait un long voyage à bord de l'un d'eux et qu'enfin il rentrait chez lui. Le bruit des moteurs s'éteignit rapidement, et les camions disparurent dans la vallée. Le voisin du Grêlé, un homme au visage rond comme la lune, vint se poster à côté du lit de Bryan et, sans rien dire, il regarda par la fenêtre avec lui. Ses jambes tressautaient constamment et ses lèvres étaient sans cesse en mouvement. Il menait cette conversation muette avec lui-même depuis le premier jour, et plusieurs fois Bryan avait vu le Grêlé et son autre voisin approcher leur oreille de sa bouche avec un air attentif et plein d'espoir. Puis ils se redressaient en secouant la tête et en pouffant de rire comme des enfants attardés.

Bryan sourit en pensant à la scène et se mit lui aussi à observer les lèvres en perpétuel mouvement. Face de lune, sentant qu'il le regardait, se tourna vers lui avec une expression débile qui rendait sa figure encore plus comique. Bryan dut mettre la main devant la bouche pour retenir un éclat de rire. Alors l'homme interrompit son monologue muet et lui sourit. Avec la bouche la plus large que Bryan ait jamais vue.

10

Un air de valse résonna dans le corridor. Le barbier vint leur rendre visite, alors qu'il était déjà là la veille, et il les rasa de plus près que d'habitude. Comme à l'accoutumée, le vieux brancardier, vétéran de la Première Guerre mondiale, entra et frappa sur le montant du premier lit avec le crochet qui lui servait de main droite, signal qu'il était temps d'aller à la douche, sauf que ce n'était pas le jour des ablutions. Bryan était déstabilisé et inquiet de ce brusque changement dans le rythme immuable de leur nouvelle vie.

En regardant les autres patients, il constata qu'il n'était pas le seul.

Presque tout le personnel de garde ce jour-là arborait un grand sourire. On distribua aux patients des peignoirs fraîchement lavés d'une blancheur immaculée, et l'officier qui avait abattu le simulateur dans le gymnase vint leur ordonner de se préparer sans délai. Campé sur le seuil de la porte, dans un uniforme impeccable, il hochait la tête avec son arrogance coutumière. Pour une fois, il avait presque l'air aimable. On fit l'appel. Plusieurs patients ne réagissaient jamais en entendant leur nom. Bryan ne faisait plus partie de ceux-là.

« Arno von der Leyen », aboya l'officier. Bryan sursauta. Pourquoi lui en premier ? Il hésita mais dut s'avancer quand un aide-soignant le prit par le bras.

L'officier claquait des talons et tendait son bras légèrement courbé pour le traditionnel « Heil » au passage de chaque soldat de cette étrange procession. Les seuls à ne pas être appelés furent ceux qui venaient de subir des électrochocs. James en faisait partie.

Bryan marchait en tête, regardant nerveusement de tous les côtés. Il était suivi par au moins dix-sept ou dix-huit hommes considérés comme fous à lier. Depuis trois mois, on les soignait dans cet hôpital. Mais maintenant, quel sort leur réservait-on ? Allait-on les transférer dans un autre service, ou un autre hôpital, peut-être ? Avait-on décidé de les éliminer ? Pourquoi son nom avait-il été cité en premier ? Le pas martial de l'officier du renseignement et les brancardiers flanquant de chaque côté leur petit groupe ne lui disaient rien qui vaille. C'était peut-être une bonne chose que James ne soit pas là.

Ils passèrent la salle de soins, la salle de sismothérapie et le bureau du médecin avant de sortir du bâtiment par la porte qu'ils avaient empruntée le premier jour – et qu'ils n'avaient jamais repassée en sens inverse. Aussitôt le seuil franchi, un vent de panique se répandit parmi les patients. Plusieurs d'entre eux allèrent se réfugier contre les murs du bâtiment, les bras serrés autour du corps. Ils ne voulaient plus faire un pas. Leurs gardiens éclatèrent de rire et les ramenèrent dans le rang, en douceur.

La journée était ensoleillée, mais on n'était que dans la deuxième moitié du mois d'avril, et à cette altitude l'air était encore froid. Bryan regardait ses pantoufles et s'efforçait discrètement d'éviter de marcher dans les flaques de boue. La peur le saisit quand il comprit qu'ils étaient en route vers le gymnase.

L'officier marchait un pas devant lui. Son étui de revolver pendait à sa ceinture, lourd et tentateur, à quelques centimètres seulement de la main de Bryan. L'arme était d'autant plus accessible que le militaire marchait au pas de l'oie, avançant exagérément un bras à chaque pas. Avait-il le temps de la lui prendre ? Et dans quelle direction s'enfuirait-il ? Il avait deux cents mètres à parcourir pour atteindre la grille derrière le gymnase et il y avait beaucoup plus de gardiens que d'habitude.

Ils dépassèrent le gymnase sans ralentir.

Derrière s'étendait une vaste pelouse. Bryan découvrait à présent les constructions que jusque-là il n'avait fait qu'imaginer. Un bâtiment parallèle au gymnase, deux baraquements de type dortoirs et ce qui ressemblait à un complexe administratif avec de petites fenêtres et des portes marron. Ils s'arrêtèrent près d'une galerie en bois basse de plafond, qui reliait le gymnase à un deuxième bâtiment. C'est là que l'officier les abandonna.

C'est la dernière fois que je vois le jour se lever, songea Bryan en regardant la cime des pins et la lumière vibrante du soleil levant qui éclairait maintenant la rangée d'hommes debout, dos au mur. Le Grêlé, qui les dominait de sa haute taille, se tenait au garde-à-vous, le menton levé très haut.

Entre Bryan et le Grêlé, le type au visage de lune et à la peau caoutchouteuse marmonnait des mots qu'ils n'entendraient jamais. Un bruit de pas nombreux résonna, faisant sursauter Bryan. Les lèvres de son voisin stoppèrent leur litanie.

Les premiers rayons de l'aube éclairant à contre-jour les uniformes noirs et vert-de-gris leur conféraient une dignité, une allure et une pompe qui contrastaient violemment avec ce à quoi Bryan s'attendait. Un festival d'ordres, de croix de fer, de barrettes soyeuses et de bottes scintillantes chassa de son esprit le spectre du peloton d'exécution. Partout des croix gammées et des insignes ornés d'une tête de mort. Des soldats de tous les corps d'armée, de toutes les tailles, de tous les âges arboraient fièrement toutes sortes de blessures de guerre. C'était la marche des blessés, un catalogue de pansements, d'écharpes, de béquilles et de cannes.

Des soldats d'élite. Une cohorte de preuves vivantes qu'une guerre ne se gagnait pas sans effusion de sang.

Ils bavardaient en petits groupes, avançant vers le mât dressé au milieu de la pelouse. Derrière eux suivaient des soldats en fauteuil roulant, poussés par des infirmières. Et, fermant la marche, brinquebalaient sur l'allée pavée quelques lits montés sur d'énormes roues, pilotés par des brancardiers en nage.

En chemise de nuit et en robe de chambre légère dans l'air frais du matin, on ne tarde pas à être glacé jusqu'aux os. Le voisin de Bryan commença à claquer des dents. Bryan leva les yeux vers le drapeau avec sa svastika inclinée qu'on hissait à présent dans un profond silence devant une assemblée au bras levé en un salut empreint d'une profonde dévotion.

Ils se trouvaient à l'extrême nord-ouest du site. Bryan pencha la tête un peu sur le côté, feignant de s'assoupir, pour voir derrière l'angle du bâtiment. Il aperçut un petit édifice en brique, au pied de la falaise. Peut-être une chapelle. À l'autre bout de la place, au milieu de la grille ouest, il y avait une deuxième entrée, avec de chaque côté un soldat au garde-à-vous, saluant le drapeau, suivant des yeux la cérémonie.

L'assemblée entonna brusquement et d'une seule voix pleine de ferveur le chant de Horst Wessel, faisant bruisser les frondaisons d'où s'envolèrent des nuées d'oiseaux.

Les fous ne chantaient pas l'hymne officiel du parti. Passifs ou grommelant, ils regardaient autour d'eux, désorientés. L'écho et la puissance de toutes ces voix emplissaient l'air d'ivresse et de ferveur, conférant au drapeau une force symbolique envoûtante. Bryan était pétrifié par la beauté grotesque de la manifestation. Ce ne fut que lorsqu'on dévoila le portrait du Führer qu'il comprit pourquoi on les avait rassemblés ici et pourquoi on les avait tous rasés, alors que ce n'était pas le jour du barbier. Il ferma les yeux et se souvint du morceau de papier affiché au-dessus du lit de l'Homme-Calendrier. Hier c'était le 19 avril et aujourd'hui, c'était donc le 20, le jour de l'anniversaire d'Hitler.

Les officiers portaient leur képi sous le bras, à la hauteur du coude. Ils se tenaient droits comme des i, malgré leurs blessures, et ils regardaient avec vénération le portrait qui – il faut le dire – n'avait rien à voir avec la caricature d'Hitler qui circulait dans tous les baraquements de la RAF, souillée de tags et d'inscriptions obscènes, et transpercée de fléchettes.

Pendant que, la main en visière pour se protéger du soleil matinal, ces guerriers revenus de tout fixaient d'un air extatique un drapeau et le visage d'un homme, éblouis et émus, Bryan s'imprégnait de la configuration des lieux. Dans ce secteur de l'hôpital, une deuxième clôture s'élevait derrière le grillage d'enceinte. Une installation assez précaire constituée de piquets tendus de fil barbelé. Le chemin gravillonné sur lequel ils avaient roulé en arrivant longeait cette clôture sur quelques centaines de mètres et devait continuer ensuite à flanc de montagne jusqu'à un col permettant d'accéder à l'autre versant. Bryan tourna la tête de quelques degrés et regarda vers l'ouest les plantons qui à présent bavardaient tranquillement.

C'était par là qu'il allait s'évader. Il sauterait par-dessus le premier grillage et passerait sous le deuxième, longerait le torrent puis traverserait les basses terres jusqu'à la voie ferrée qui suivait les berges du Rhin jusqu'à Bâle.

En marchant vers le sud, le long de la voie ferrée, il finirait par arriver à la frontière suisse.

Il verrait sur place comment la passer.

Mû par un sixième sens, il tourna la tête et se retrouva nez à nez avec le Grêlé qui baissa aussitôt les yeux et les garda rivés au sol. À nouveau, son regard avait été extrêmement présent. Bryan allait devoir surveiller cet homme, aussi discrètement que possible. Il tourna la tête vers la grille. Elle ne lui parut pas très haute.

S'il parvenait à incliner le mât du drapeau à partir de sa charnière la plus basse, il pouvait se poser sur le grillage, et faire comme un pont. En voyant les taches de rouille autour des écrous de la charnière, Bryan abandonna cette idée. Il lui aurait fallu une clé à pipe pour y arriver. Dans la vie, un détail pouvait tout changer. Un événement insignifiant, la rencontre fortuite avec la femme de sa vie, une phrase entendue dans l'enfance, la chance qui vous sourit au bon moment. Autant d'inconnues d'une équation qui décident de l'avenir et le rendent imprévisible.

Comme ce point de rouille sur cet écrou.

À cause de ce minuscule obstacle, il allait devoir grimper au-dessus de la grille et s'écorcher la peau sur le fil barbelé. Sans compter les gardes. Car une chose était de passer de l'autre côté sans être découvert, une autre était de s'enfuir sans se faire voir. Une seule salve de mitraillette dans l'obscurité suffirait. Une nouvelle fois, le hasard aurait un rôle à jouer. Mais il ne pouvait pas le laisser décider de son sort. Pas s'il pouvait l'empêcher.

Après la cérémonie, qui s'acheva par un discours du commandant en chef de la sécurité – un discours plus enflammé qu'on n'aurait pu l'imaginer dans la bouche d'un être aussi falot – et par une vague de saluts nazis qui sembla ne jamais vouloir se terminer, la place se vida peu à peu de ses fauteuils roulants et de ses patients tétraplégiques, le sourire aux lèvres, suintants de fierté et d'amour de la patrie. Ou encore d'avoir fait leur part et d'être désormais à l'abri.

Les pins noirs ondulaient dans le vent. Le froid et les quelques centaines de mètres de marche jusqu'à leur dortoir les glacèrent tous jusqu'aux os. Personne n'eut besoin de les bousculer pour les faire avancer, cette fois. Tu n'as pas le droit de tomber malade, songeait Bryan.

À présent qu'il avait trouvé un moyen de s'évader, il ne fallait surtout pas qu'il prenne froid, sinon James et lui n'auraient pas le temps de s'enfuir avant la prochaine série d'électrochocs. Il fallait penser vite et bien. Et informer James de son projet. Qu'il le veuille ou non. Sans James, pas de plan viable.

Et sans James, pas d'évasion.

11

Quand les effets secondaires des électrochocs le tirèrent du sommeil, James se sentit horriblement mal. C'était chaque fois la même chose. Principalement parce qu'il était d'une maigreur effroyable. Chaque fibre de son corps était comme engourdie. Ses sens endormis, son esprit confus. Et puis il y avait cette nouvelle fragilité émotionnelle, cette hypersensibilité et cet auto-apitoiement. Toutes ces manifestations de son cerveau le mettaient dans un état d'anxiété et de tristesse indicibles.

La peur est un monarque puissant, James l'avait compris depuis longtemps déjà, mais il avait réussi à vivre avec cette peur et à la surmonter. Et à mesure que la guerre approchait, et qu'on commençait à entendre le bruit des bombes du côté de Karlsruhe, grandissait en lui le fragile espoir que bientôt il verrait la fin du cauchemar. Avec une extrême prudence et la plus grande vigilance, il s'efforçait de profiter des rares bons moments de son existence sédentaire et, sans bouger de son lit, il se mit à s'intéresser un peu à la vie autour de lui, quand il ne s'échappait pas dans ses rêves éveillés.

Ces derniers mois, il avait appris à jouer son rôle à la perfection. Personne n'aurait pu le soupçonner d'être un simulateur. On pouvait le réveiller à n'importe quelle heure du jour ou de la nuit, on lui trouverait toujours le même regard vide.

Il ne donnait aucun mal aux infirmières, mangeait ce qu'on lui donnait, ne salissait pas ses draps et, surtout, il prenait ses médicaments sans faire d'histoires. Par conséquent, il était constamment sans ressort, lent d'esprit et, la majeure partie du temps, parfaitement indifférent.

Les comprimés étaient incroyablement efficaces.

Les premières fois où il avait vu le médecin, il avait acquiescé à tout ce que celui-ci lui disait. Il ne faisait jamais rien sans qu'on le lui ait ordonné. Il arrivait que l'infirmière en chef lise son dossier médical à haute voix en sa présence, et la vie de l'individu dont il avait usurpé l'identité commençait à lui apparaître au fil des lignes. Si James avait ressenti de la culpabilité pour avoir jeté le cadavre de cet homme par la fenêtre du train ce jour-là, elle s'était évanouie à présent qu'il connaissait la vraie nature de sa doublure.

James et sa victime avaient à peu près le même âge. Après une carrière fulgurante, Gerhart Peuckert – puisque tel était son nom – avait atteint le grade de Standartenführer ou Staf, une sorte de colonel dans la police de sûreté SS, aussi appelée la Sipo. Il était de ce fait, mis à part Arno von der Leyen, l'homme qu'incarnait Bryan, l'officier le plus gradé de l'Unité. Son grade et sa réputation lui donnaient un statut particulier parmi les malades. Parfois, quand il surprenait un patient assis dans son lit, en train de le fixer d'un regard froid, il avait l'impression qu'on le haïssait et qu'on le craignait.

Cet homme avait commis tous les péchés de la terre. Il avait sans le moindre scrupule écarté les obstacles qui s'étaient présentés sur son chemin et exécuté sans pitié tous les individus qui le gênaient. Sur le Front de l'Est, il était comme un poisson dans l'eau. Un jour, ses subalternes en avaient eu assez de sa cruauté et ils avaient tenté de le noyer dans la baignoire qu'il utilisait pour torturer personnellement partisans soviétiques ou civils récalcitrants.

Cette agression l'avait conduit dans un hôpital militaire où il était resté un long moment dans un coma profond. Personne ne pensait qu'il s'en remettrait un jour.

Tous les auteurs de l'attentat, sans exception, étaient mystérieusement morts étranglés avec une corde de piano. Lorsque, contre toute attente, il s'était réveillé, on l'avait transféré dans une maison de repos de sa chère patrie. C'est pendant ce transfert que le véritable Gerhart Peuckert avait finalement payé pour ses crimes et que James avait pris sa place.

Son cas était représentatif de l'ensemble de la population de l'Unité Alphabet. C'était un dignitaire nazi, mentalement dérangé, mais trop important dans l'organigramme pour qu'on puisse l'éliminer à la légère. D'habitude, dans un cas clinique aussi désespéré que le sien, les SS ne faisaient pas de sentiment, c'était l'euthanasie. Mais pour un proche collaborateur du Führer, tant qu'il restait une once d'espoir de guérison, les médecins faisaient leur possible pour le soigner. Jusque-là, le sort de ces hommes avait été un secret pour tout le monde. On ne pouvait pas ramener chez lui un officier nazi devenu fou. Cela aurait eu un effet démoralisant, terni la grandeur du Reich et semé le doute sur les nouvelles du front. Les Allemands perdraient foi dans l'invulnérabilité de leurs héros, et la réputation des familles de ces officiers serait salie. Le chef de la sûreté avait maintes et maintes fois dû le répéter aux médecins.

En d'autres termes, un officier mort était de loin préférable à un scandale.

Cette circonstance et le fait que les officiers SS, blessés ou pas, constituaient une élite, faisaient de cet hôpital une cible stratégique aussi bien pour les ennemis extérieurs au pays que pour ses ennemis intérieurs, raison pour laquelle l'endroit avait été conçu comme une forteresse, dans laquelle on n'entrait qu'en montrant patte blanche et dont seuls les patients guéris et leurs gardiens étaient autorisés à sortir.

L'infrastructure était près d'éclater sous le nombre de nouveaux arrivants qui d'ailleurs, soit dit en passant, n'étaient plus des malades mentaux. Peut-être avait-on finalement décidé en haut lieu que, vu la tournure que prenait la guerre, le IIIe Reich n'avait plus de place pour les fous. Après la percée de Sedan sur le Front de l'Est, les Allemands ne pouvaient plus se payer le luxe de ce genre de fantaisie.

Ces derniers temps, l'état d'un grand nombre de patients s'était tellement amélioré qu'il aurait semblé suspect de continuer à ne pas réagir au traitement. James avait donc cessé de fredonner, espérant échapper à une nouvelle série d'électrochocs. Ces séances affectaient sa faculté de concentration et elles nuisaient à l'activité à laquelle il employait la plus grande partie de son temps. Pencher la tête en arrière, fermer les yeux, et faire défiler ses films intérieurs.

Gunga Din était l'un de ses films préférés. Un classique dans son répertoire cinématographique imaginaire. Mais il devait faire attention de ne pas éclater de rire en se repassant les scènes.

En général, il commençait par le début et les visualisait une par une, aussi précisément que possible. Une séance qui, au cinéma, aurait duré à peine plus d'une heure pouvait lui offrir une matinée ou une soirée entière de divertissement. Tant qu'il était concentré sur l'histoire, il restait inaccessible au monde qui l'entourait. C'est ainsi qu'il se consolait quand il était animé de pensées tristes et que la peur de ne plus revoir ses proches un jour devenait trop insupportable.

Dans sa grande générosité, sa mère leur avait souvent glissé quelques pièces, à ses sœurs et à lui, pour aller profiter des matinées du dimanche sur les strapontins du cinéma de leur quartier. C'est là qu'ils avaient passé le plus clair de leur enfance, devant les images animées de Deanna Durbin, Laurel et Hardy, Nelson Eddy ou Tom Mix, pendant que leurs parents se promenaient bras dessus, bras dessous, dans la rue piétonne, échangeant des politesses avec les notables de la ville.

James se souvenait de ses sœurs Elisabeth et Jill pouffant bêtement de rire dans le noir, chuchotant entre elles quand le héros embrassait l'héroïne tandis que le reste de la salle se plaignait parce qu'elles dérangeaient la séance.

Les souvenirs, les films et les livres vus, lus et mémorisés dans son enfance l'empêchaient aujourd'hui de devenir dingue. Mais plus ils lui faisaient d'électrochocs, plus il avalait de médicaments, plus il lui arrivait au milieu d'une scène d'avoir un brusque trou de mémoire.

Par exemple, en ce moment, il ne parvenait plus à se rappeler les noms des personnages joués par Douglas Fairbanks Jr et par Victor McLaglen dans *Gunga Din*. Il espérait que cela allait lui revenir.

Cela lui revenait toujours.

James reposa lourdement la tête contre son oreiller et glissa la main sous le matelas pour toucher le foulard de Jill.

« Vous ne croyez pas que vous devriez vous lever un peu et faire quelques pas, colonel ? Vous avez traîné au lit toute la matinée. Vous ne vous sentez pas bien ? »

James ouvrit les yeux pour les plonger dans ceux de l'infirmière. Elle lui sourit et se hissa sur la pointe des pieds pour pouvoir passer le bras sous son oreiller et le redresser. Depuis plusieurs mois, James avait envie de lui répondre quand elle lui parlait, et de lui faire comprendre par de minuscules détails que son état s'améliorait. Mais il continuait à la regarder d'un regard éteint dans un visage sans expression.

Elle s'appelait Petra et elle était la seule personne réellement humaine qu'il ait rencontrée dans cet endroit.

Petra était un ange venu du ciel. C'était elle qui avait convaincu les infirmières de laisser Werner Fricke tranquille avec son calendrier.

Ensuite, elle était montée au créneau pour que l'énurésie et l'incapacité de certains patients à manger proprement ne soient plus punies aussi sévèrement.

Et enfin, elle s'occupait particulièrement bien de James.

Elle s'était prise de sympathie pour lui dès la première fois où elle l'avait vu. D'autres patients bénéficiaient également de ses soins attentifs, mais seul James avait le privilège de la voir s'arrêter au pied de son lit, les épaules basses et le visage désolé. Comment pouvait-on ressentir la moindre tendresse pour un homme comme Gerhart Peuckert ? James avait du mal à le comprendre et la prenait pour une pauvre fille naïve et dépourvue d'imagination, passée directement du couvent à ses études d'infirmière à Bad Kreuznach.

Manifestement, elle ne connaissait rien à la vie. Quand Petra parlait à ses collègues de celui qui avait été son maître et son ange gardien pour son entrée dans le monde, le professeur Sauerbruch, ses yeux brillaient de dévotion et ses mains travaillaient plus vite et avec plus de précision. Quand un patient était pris d'une crise de violence, qu'il jurait et envoyait tout le monde au diable, elle commençait par faire le signe de croix avant de courir chercher de l'aide.

L'explication la plus plausible à l'affection que Petra témoignait pour James était tout simplement qu'elle était une romantique timide, animée de pulsions naturelles, et qu'elle le trouvait joli garçon avec ses épaules carrées et ses dents blanches. La guerre durait depuis presque cinq ans, déjà. Elle ne devait pas avoir plus de seize ou dix-sept ans quand la dure vie des hôpitaux était devenue son pain quotidien. Quand aurait-elle eu le loisir de laisser libre cours à ses rêveries de jeune fille ? Et comment aurait-elle pu connaître la joie d'aimer et d'être aimée ?

James n'avait rien contre l'idée de nourrir les fantasmes de Petra. Elle était jolie et gentille. Jusqu'à maintenant, il s'était contenté de profiter de ses bons soins. Tant qu'elle était là pour l'obliger à s'alimenter après ses traitements de sismothérapie et pour fermer la fenêtre quand les courants d'air lui donnaient des contractures dans la nuque, il avait une chance que son corps ne le lâche pas.

« Allons, colonel ! insista-t-elle. Vous ne pouvez pas vous laisser aller comme ça. Il faut faire un effort pour guérir ! On va commencer par se lever et marcher un peu, d'accord ? »

James accepta de se lever et il se fraya un passage entre les deux lits. Petra hochait la tête pour l'encourager. James se méfiait de ce genre de traitement de faveur. Il attirait sur lui l'attention des autres infirmières. Des privilèges comme ceux-là pouvaient lui valoir des représailles et des maltraitances au nom de l'équité entre les patients.

Mais ce n'était pas de ce côté-là que James craignait les pires attaques. Il se sentait traqué. Il avait constamment l'impression d'être surveillé. Et il ne se trompait pas. Il regarda Bryan à travers ses cils baissés.

C'était la troisième fois aujourd'hui qu'il cherchait à attirer son attention et à communiquer avec lui.

Arrête de me regarder, Bryan, nom de Dieu ! songeait James, fuyant le regard suppliant de son ami. Petra avait pris James par le bras et, comme à son habitude, elle insistait pour lui faire la conversation, lui disant toutes sortes de banalités tandis qu'elle le conduisait doucement vers la fenêtre qui se trouvait tout au bout du dortoir, près des tables roulantes. James sentit que Bryan luttait pour sortir de son lit. Il y avait tout juste vingt-quatre heures qu'il avait subi ses derniers électrochocs mais il refusait obstinément de se laisser abattre.

Le flot de paroles de la petite infirmière cessa quand James se débattit pour retourner se coucher. Il était hors de question qu'il se retrouve coincé dans un angle de la pièce avec Bryan. Bryan remarqua le manège de James et ses épaules s'affaissèrent. Il se rassit au bord de son lit, découragé.

Pour l'instant, tu te sens encore faible, mon vieux, mais demain, tu seras à nouveau plein d'énergie, pensait James. Je refuse de m'apitoyer sur ton sort. Je veux juste que tu me fiches la paix ! Tu sais que c'est pour le mieux ! Je t'ai dit que je nous sortirais d'ici, tu peux compter sur moi ! Patience ! On nous tient à l'œil ! James sentit le regard malheureux de Bryan lui transpercer le dos.

Kröner le Grêlé, qui les suivait, donna à Bryan une claque sur l'épaule en passant.

« *Guter Junge*[1] ! Petite promenade ! » grogna-t-il en secouant bruyamment et sans raison le cadre du lit voisin.

James s'arracha au bras de Petra et se recoucha. Comment s'appelaient ces fichus sergents, déjà ? Allez, James, réfléchis ! Tu le sais, pourtant !

Kröner s'assit et suivit des yeux le joli nœud blanc qui se balançait sur le postérieur de Petra quand, déçue, elle s'éloigna pour se consacrer à d'autres tâches. « Joli cul, n'est-ce pas, monsieur le Standartenführer ! » dit-il à James.

Chaque mot était un poignard glacé dans sa chair.

Le Grêlé croisa ses jambes et fit trembler le lit voisin en

1. « Bon garçon ! »

heurtant le cadre avec son genou. James ne répondait jamais à ses questions, dans l'espoir qu'un jour il cesserait de lui parler.

Les voisins de Kröner étaient assis dans leur lit, droits et raides, comme des vautours. Ils ne quittèrent pas Bryan des yeux tandis qu'il s'enterrait dans le tas désordonné de ses couvertures. Détends-toi, Bryan, le suppliait James en pensée, tu vas nous faire remarquer !

12

Les noms revinrent à James au milieu de la nuit, alors qu'il était plongé dans un sommeil profond, et cela le secoua au point qu'il ouvrit les yeux et les garda grands ouverts dans la pénombre du dortoir. Les deux derniers sergents dans *Gunga Din* s'appelaient MacChesney et Ballantine.

Les respirations profondes des dormeurs et quelques ronflements le ramenèrent lentement à la réalité. Un pâle faisceau lumineux entra dans la chambre à travers les lames des volets roulants. James compta jusqu'à quarante-deux et le faisceau revint. Les soldats dans le mirador qui se trouvait derrière le baraquement de la Gestapo faisaient leur boulot. C'était la quatrième nuit de suite qu'il pleuvait à verse, et il y avait deux nuits seulement que le bruit des bombes au-dessus de Karlsruhe avait résonné entre les flancs des falaises et fait courir les gardes dans tous les sens, lançant des ordres avec des voix excitées.

Le patient du lit n° 9, un Hauptsturmführer qui, alors qu'il combattait sur le Front de l'Est, s'était trouvé coincé sous un tronc d'arbre pendant plus de dix heures, tandis que les lance-flammes de sa division réduisaient en champ de ruines le paysage autour, pleurait en silence, les genoux remontés contre sa poitrine. Ils étaient les deux seuls à être éveillés cette nuit-là. Bientôt, il n'y eut plus que James.

Il inspira profondément et poussa un long soupir. Aujourd'hui, il avait fait rougir Petra. L'aide-soignant et brancardier Vonnegut, l'homme au crochet, avait comme toujours consulté les listes des pertes avant de se jeter sur sa minuscule grille de mots croisés, frappant sa prothèse sur la table avec une exclamation irritée quand il ne trouvait pas un mot.

L'ambiance dans le pavillon avait été particulièrement détestable ce jour-là.

Il y avait des tensions entre Petra et l'infirmière en chef qui avait commencé par redresser l'insigne que Petra portait sur sa coiffe et ranger quelques mèches folles de ses cheveux blonds. En représailles, Petra avait redressé l'emblème du parti sur le revers de sa supérieure puis lustré du revers de sa manche son écusson de la « Ligue des jeunes filles allemandes », avec sa couronne d'un rouge chatoyant entourant le texte en blanc.

En fin de journée, alors que Petra aurait dû débaucher, l'infirmière en chef avait expédié son assistante dans une autre unité pour encadrer des stagiaires et avait demandé à Petra de rester. Il s'agissait clairement d'une vengeance. Petra, furieuse, faisait des gestes de menace chaque fois qu'elle tournait le dos.

Comment ne pas tomber amoureux d'elle en la voyant ainsi furibonde, avec ses chaussures plates, sa robe grise et son tablier blanc ? À un moment où James l'avait regardée se pencher en arrière pour se gratter le creux du genou, à l'endroit où ses bas de laine la démangeaient toujours un peu, elle s'était retournée et l'avait surpris.

Et elle avait rougi.

Kröner commençait à s'agiter dans son sommeil, ce qui signifiait qu'il n'allait pas tarder à se réveiller. « Pourquoi est-ce que tu ne t'endors pas une bonne fois pour toutes, ordure ? » murmura James tout bas, s'efforçant de ramener ses pensées vers Petra. À cet instant, elle était peut-être en train de rêver à la façon dont il l'avait regardée, dans sa mansarde au-dessus de leurs têtes, comme il pensait à la lueur dans ses yeux quand elle s'en était aperçue. James se dit qu'il aurait peut-être mieux fait de s'abstenir. Il était douloureux d'être jeune et plein de fantasmes brûlants qui ne se réaliseraient jamais.

L'image de Kröner, le regard fixé sur lui, s'insinua entre ses cils. Il ferma prudemment les yeux et attendit que commencent les conversations nocturnes.

Le cauchemar avait commencé deux mois auparavant, à une heure avancée de la nuit. Il avait été réveillé par le pas rapide de l'infirmière revenant des toilettes du personnel. Quelques minutes plus tard, une ombre était passée devant son lit, voûtée, et s'était penchée au-dessus du lit voisin. Hormis deux rapides secousses sous la couverture, pas un son n'avait troublé le silence du dortoir. L'individu avait remis en place l'oreiller du patient, puis il était allé se recoucher tranquillement.

Le lendemain matin, quand Vonnegut était venu sonner le réveil avec son crochet, il avait trouvé le voisin de James raide mort, le visage noir. Sa langue pointait d'une manière grotesque et répugnante hors de sa bouche. Il avait les yeux exorbités et une expression terrifiée.

Quelqu'un suggéra qu'il avait pour habitude de cacher de la nourriture sous son oreiller et s'était probablement étouffé avec une arête de poisson. L'infirmière en chef avait murmuré quelques mots à l'oreille de Holst, l'assistant du chef de service, et il lui avait jeté un regard incrédule. Il avait enfoncé les poings dans les poches de sa blouse, balayé les questions de Vonnegut et ordonné que les brancardiers évacuent le cadavre avant que la Gestapo et le chef de service viennent faire des histoires au personnel du pavillon.

Dans son état semi-éveillé, James avait assisté à un meurtre.

Plusieurs têtes avaient émergé des couvertures pour suivre le travail des aides-soignantes qui changeaient les draps du mort et laissaient le lit frais, lisse et vide.

Vers midi, l'homme qui lui avait volé son idée quand il avait décidé de s'occuper en donnant un coup de main au personnel s'était levé et était allé se recoucher dans le lit tout propre. Il était resté là jusqu'à ce que les aides-soignantes viennent leur servir le déjeuner, composé ce jour-là de gnocchis et de tranches de lard. Malgré ses protestations, elles l'avaient renvoyé dans son lit. Mais il ne l'entendait pas de cette oreille. À la première occasion, il était revenu se coucher dans le lit, s'accrochant des deux mains à la couverture tirée jusqu'au menton. Il n'en démordait pas. Finalement, on l'avait laissé où il était.

James était maintenant couché à côté d'un assassin.

Les premières nuits, il avait eu trop peur pour oser s'endormir. Quelles qu'aient été les raisons du fou pour commettre son geste, en admettant qu'il en ait eu, il pouvait recommencer à tout moment. James décida de dormir le jour et de veiller la nuit, attentif aux grincements du lit de son voisin chaque fois qu'il se tournait dans son sommeil. S'il arrivait quelque chose, il appellerait à l'aide ou se mettrait debout contre le mur pour attraper le cordon d'alarme, qu'on avait placé assez haut pour que les patients ne dérangent pas le personnel pour un oui ou pour un non. Ce qu'ils faisaient le moins possible, d'ailleurs.

La troisième nuit après le meurtre et l'arrivée de l'assassin dans le lit voisin, le dortoir était plongé dans une obscurité totale. Contrairement à l'habitude, la lumière du couloir était éteinte. Et tous les volets hermétiquement clos. Les bruits des dormeurs calmaient l'anxiété de James et il commençait à se détendre. Après s'être raconté à sa manière une aventure de

Pinkerton, il avait revu dans sa tête une épopée grandiose d'Alexandre Korda, le dernier film qu'il était allé voir au cinéma, à l'époque des jours heureux à Cambridge. Puis il s'était assoupi.

Au début, les mots chuchotés à voix basse se fondirent dans les rêves de James sans qu'il y prête attention, malgré les détails troublants qui se mélangeaient à une scène d'amour. Soudain, il se réveilla et s'aperçut que la conversation se poursuivait au-delà du rêve. Son cœur s'accéléra. Les murmures qu'il entendait étaient réels, riches de détails, et parfaitement cohérents. L'histoire ne sortait pas de la bouche d'un dément mais de celle de Kröner, l'homme au visage grêlé, le meurtrier, son nouveau voisin.

Deux autres voix lui répondirent dans le noir, venant des deux lits suivants.

« J'ai été obligé de jouer le jeu. Cette garce d'infirmière en chef m'avait vu en train de feuilleter les classeurs de Vonnegut sur la table ! dit le patient le plus éloigné de James.

– C'était stupide, Dieter ! avait grogné Kröner.

– Il n'y a rien à faire ici ! On va devenir réellement fous à force de tourner en rond toute la journée !

– En tout cas, tu ne touches plus à ces classeurs ! Tu l'as fait une fois, mais tu ne recommences pas, tu m'entends ?

– Évidemment ! Tu crois que ça m'a amusé de devoir faire tout ce cinéma ? Figure-toi que je me serais bien passé de ce séjour en salle d'isolement à me casser la voix. Plus jamais ça. À ce propos, je te signale qu'ils sont en train de les liquider un par un en bas.

– Ils sont foutus, de toute façon, répliqua Kröner.

– Pourquoi ils gueulent comme ça ? Je croyais qu'il n'y avait que les pilotes de Stukas qui devenaient dingues à ce point », intervint Horst Lankau, Face de lune, dans le lit entre les deux autres.

James avait des palpitations à force d'essayer de suivre la conversation. L'excitation faisait battre ses tempes. Il s'obligeait à respirer doucement à travers ses dents pour que les mots ne soient pas étouffés par le bruit de sa respiration. Les trois continuèrent à discuter tranquillement. Aucun d'entre eux n'avait jamais été fou.

Ce n'est que le lendemain matin que James prit réellement conscience du danger que cela représentait pour Bryan et lui.

Bryan ne savait pas qu'ils n'étaient pas les seuls simulateurs. S'il continuait à essayer de communiquer avec lui, cela pourrait leur être fatal.

James devait à tout prix ignorer toutes ses tentatives d'approche et tout ce qui pourrait d'une façon ou d'une autre laisser suggérer qu'il puisse y avoir un quelconque lien entre eux.

Ce que Bryan en ferait était son problème. Ils se connaissaient si bien, tous les deux, qu'il finirait peut-être par comprendre que si James agissait ainsi, c'est qu'il y était obligé.

Bryan devait apprendre à se débrouiller tout seul.

Kröner parlait un très bel allemand. Derrière cet individu à la taille impressionnante et cette figure grêlée de petite vérole se cachait un être intelligent, cultivé et totalement égocentré. C'était lui qui intimait le silence aux deux autres chaque fois qu'il percevait un mouvement ou un bruit dans la salle. Il était constamment aux aguets.

Alors que Horst Lankau, Face de lune, et Dieter Schmidt, son chétif compagnon, dormaient la majeure partie de la journée pour pouvoir se tenir éveillés la nuit, Kröner semblait être en activité vingt-quatre heures sur vingt-quatre.

Tous ses actes avaient pour seul et unique but de vivre au mieux dans cet endroit jusqu'à ce que la guerre soit terminée. Le jour, il était ami avec tout le monde, il caressait la joue des patients et rendait de menus services au personnel. La nuit, il était prêt à tuer quiconque se mettrait sur son passage. Il l'avait déjà prouvé.

Leurs messes basses duraient parfois près de deux heures. Depuis l'affaire de la prétendue arête de poisson, les contrôles de nuit avaient été renforcés, et l'infirmière pouvait passer dans le dortoir à n'importe quel moment, sans horaire établi. Elle entrait, éclairait les visages des patients avec une lampe de poche à dynamo, et trouvait chaque fois la salle aussi silencieuse qu'un tombeau.

Quand le faisceau de la torche avait repassé le seuil de la porte et que le ronronnement de la dynamo s'était évanoui dans le corridor, Kröner tendait l'oreille pour être certain qu'ils étaient à nouveau tranquilles.

Les chuchotements ne reprenaient que lorsqu'il en donnait le signal.

Et James recommençait à écouter.

Kröner n'avait étouffé le patient que pour se rapprocher de ses camarades et pouvoir parler avec eux. Tant que James ne représentait ni une gêne ni une menace, il n'avait rien à craindre.

Si les histoires des simulateurs n'avaient pas été aussi passionnantes, il aurait pu recommencer à dormir sur ses deux oreilles.

13

Leurs récits étaient atrocement détaillés. Les trois hommes semblaient se délecter de leurs propres crimes et chaque nuit, ils prenaient un malin plaisir à surpasser leurs compagnons dans l'horreur. « Vous vous rappelez... », commençaient-ils, révélant anecdote après anecdote le parcours qui les avait menés dans cet endroit et les raisons pour lesquelles ils étaient si déterminés à y rester jusqu'à la fin de la guerre.

James était atterré par ce qu'il entendait.

Quand ces démons se décidaient enfin à dormir, leurs histoires hantaient ses cauchemars, et il se réveillait le matin baigné de sueur.

Entre 1942 et 1943, sur ordre de sa hiérarchie, le chef d'unité d'assaut principal Wilfried Kröner avait conduit sa division de la Wehrmacht sur les talons des blindés de la Waffen-SS, marchant sur le Front de l'Est. Il y avait vite appris qu'on pouvait briser la volonté de n'importe quel être humain, et cela lui avait fait adorer son métier.

« Avant d'arriver là-bas, on nous avait prévenus que les partisans soviétiques pouvaient se montrer extrêmement déterminés. » Kröner fit une courte pause. « Mais quand les dix premiers partisans avaient fini de gueuler, il n'y avait plus qu'à aller en chercher dix autres, n'est-ce pas ? L'un d'eux finissait toujours par parler, ne serait-ce que pour ne pas trop souffrir avant de retrouver le créateur. »

Lankau raconta des pendaisons où les victimes étaient hissées lentement jusqu'à ce que leurs pieds ne touchent plus par terre, et tenta de faire partager à ses auditeurs le plaisir physique que lui procurait la vue des orteils des pendus en train de pédaler sur le sol gelé. Il expliqua, très content de lui, la trouvaille d'un système de double potence qui permettait de faire mourir deux partisans de poids égal exactement en même temps, chacun à un bout de la corde. « S'ils gigotaient trop, il arrivait que cette technique échoue, bien sûr, et dans ce cas, je revenais à des méthodes plus traditionnelles. Mais c'était payant de montrer un peu d'originalité. Cela forçait le respect. Les partisans se montraient toujours plus bavards quand c'était moi qui conduisais les interrogatoires ! » Kröner jeta un coup d'œil alentour pour s'assurer que personne ne bougeait dans le dortoir. James avait eu le temps de refermer les yeux avant que le regard du Grêlé se pose sur lui. « Quand ils étaient encore en état de parler », conclut Face de lune, quand Kröner lui fit signe qu'il pouvait continuer.

James en avait la nausée.

Cela avait été une période faste pour Wilfried Kröner. Un jour il était parvenu à faire craquer un petit lieutenant soviétique plus résistant que les autres, malgré la volonté farouche et le silence obstiné qu'il lui avait opposés. Pour acheter son salut, l'homme avait extirpé de sa poche une petite bourse en toile. Son geste désespéré ne l'avait pas sauvé puisqu'il était mort sous les coups, mais le contenu de la bourse s'était révélé intéressant.

Des bagues et des reichsmarks, des bijoux en argent et en or et quelques roubles s'étaient éparpillés sur la table. Au moment du partage, son adjudant avait estimé la valeur totale de la prise à deux mille marks. Kröner avait donné quatre cents marks à chacun de ses hommes et en avait gardé huit cents pour lui. Il avait appelé cela une récupération de trésor de guerre et, à partir de ce jour, il avait fouillé personnellement chaque prisonnier avant son interrogatoire, ou plus exactement son euthanasie, comme il appelait laconiquement les exécutions de sa cour martiale. Le Grêlé relata en riant le jour où ses subordonnés l'avaient surpris en train de piller un partisan, sans intention de partager son butin avec eux. « Ils m'ont menacé de me dénoncer, ces imbéciles ! Eux qui avaient trempé dans les mêmes combines ! Tout le monde pillait, quand il y avait moyen de ne pas se faire prendre ! » Ses deux camarades, assis en tailleur, riaient en silence. Ils connaissaient déjà l'histoire. Kröner dit sur le ton de la confidence : « Il faut faire attention à soi. Alors je me suis débarrassé d'eux, pour éviter les problèmes. Lorqu'on a retrouvé deux cadavres sur les trois, on m'a interrogé, bien sûr, mais on n'a rien pu prouver. On a pensé que le troisième avait déserté. Bref, ça s'est bien terminé. Après ça, je n'ai plus eu besoin de partager avec quiconque. »

Horst Lankau se releva sur ses coudes. « Tu as partagé avec moi, quand même ! » dit-il. Cet homme avait vraiment le visage le plus rond que James ait jamais vu. Ses sourcils sombres sautillaient sans cesse et on lui aurait donné le bon Dieu sans confession.

Grossière erreur.

Kröner et lui s'étaient rencontrés la première fois au cours de l'hiver 1943, deux semaines avant Noël. Ce jour-là, Kröner faisait une razzia dans la partie sud du front. Il avait pour mission de faire le ménage après un raid aérien.

Les villages avaient été détruits, mais pas anéantis. À l'abri des cabanes en ruine, cachées derrière des murs de brande, quelques familles rescapées faisaient encore cuire la soupe sur les derniers os des bêtes mortes. Kröner les avait tous fait sortir et abattre par ses soldats. « Allez, on n'a pas que ça à faire ! » les bousculait-il. À ce stade du conflit, il ne s'agissait plus de capturer d'éventuels partisans, mais de débusquer des officiers soviétiques qui auraient pu avoir des choses à dire, et peut-être aussi quelques objets de valeur, dont il pourrait les soulager.

À la sortie du quatrième village, les hommes de sa division SS avaient déniché un individu dans les décombres d'une hutte à demi réduite en cendres et l'avaient jeté à plat ventre devant le véhicule de commandement de Kröner. Le loqueteux s'était relevé aussi sec, il avait essuyé la neige de sa figure et ricané. « Ordonnez-leur de s'en aller », avait-il dit avec autorité dans un prussien truculent, chassant les soldats du geste, le regard fier. « J'ai d'importantes choses à vous dire ! »

Kröner, agacé par l'audace du prisonnier, l'avait contraint à se mettre à genoux et avait pointé son arme sur la joue de l'effronté. Dans ses minables habits de paysan, l'homme lui avait expliqué sans vergogne qu'il était allemand et déserteur, colonel dans la division de chasseurs alpins et un sacrément bon soldat, hautement décoré. Pas le genre d'homme qu'on fusillait sans l'avoir jugé au préalable devant une cour martiale.

Son large visage brillant d'autosatisfaction, le colonel Lankau lui avait déclaré qu'il avait une proposition à lui faire, et la curiosité qu'il avait réussi à susciter chez le lieutenant-colonel Kröner lui avait sauvé la vie.

Le passé de Lankau était assez trouble. James crut comprendre qu'il avait déjà plusieurs années de métier lorsque la guerre avait éclaté. Apparemment, il était promis à une grande, glorieuse et assez banale carrière militaire.

Mais le Front de l'Est avait modifié les trajectoires les plus honorables.

Au départ, Lankau faisait donc partie du corps d'armée des chasseurs alpins, une carte maîtresse de l'offensive, mise en place pour capturer les officiers supérieurs soviétiques de l'arrière-garde ennemie qu'elle confiait ensuite au SD, le Sicherheitsdienst ou Service de la sûreté, ou bien à la Gestapo, afin de leur soutirer des renseignements. Horst Lankau avait rempli cette fonction pendant plusieurs mois, un travail salissant et dangereux.

Un jour, il avait eu la chance de capturer un major général qui, parmi ses objets personnels, détenait un coffret contenant trente diamants d'une grande pureté représentant une petite fortune.

Ces trente petits cailloux l'avaient décidé à survivre à cette guerre, coûte que coûte.

Kröner souriait quand Lankau arriva au passage où, l'air contrit, il avouait que le vol avait été découvert par ses propres soldats.

« Je les ai réunis autour du feu, et j'ai distribué à ces imbéciles trop confiants une double ration d'ersatz de café. » Kröner et lui rirent en chœur quand Lankau raconta la fin de l'histoire. Tandis qu'ils buvaient tranquillement leur café, il avait lancé une grenade dans le feu et fait sauter ses soldats d'élite. Ensuite, il avait éliminé tous les prisonniers jusqu'au dernier. Après quoi il était allé se réfugier dans une famille de paysans russes qu'il avait payés une misère pour garantir sa sécurité. Il s'était dit que tant qu'il était chez eux, la guerre devrait se passer de lui.

Et voilà que Kröner fichait son plan en l'air.

« Je vous offre la moitié des diamants en échange de ma vie », avait-il proposé pour allécher le lieutenant-colonel

Kröner. « Si vous les voulez tous, vous feriez aussi bien de me tuer tout de suite, parce que je ne vous les donnerai pas, et vous ne les trouverez pas non plus. Mais si vous me remettez votre pistolet et que vous me ramenez dans vos quartiers, je m'engage à vous en donner la moitié. En temps voulu, vous ferez votre rapport, dans lequel vous direz que j'avais été fait prisonnier par des partisans soviétiques et que vous avez pu me délivrer. D'ici là, vous me garderez auprès de vous et ferez en sorte que je n'aie pas à communiquer avec d'autres officiers. Je vous ferai savoir plus tard comment procéder pour la suite. »

Kröner et lui avaient négocié le partage pendant un long moment, pour arriver au même résultat. Quinze diamants chacun et la vie sauve pour Horst Lankau, qui resterait dans les quartiers de Kröner, un pistolet chargé dans la poche.

« Je veux un diamant pour chaque semaine où je vous garderai en pension », tenta Kröner à tout hasard. Le large visage se fendit d'un immense sourire. Kröner comprit que cela voulait dire non, et il se dit qu'il avait intérêt à se débarrasser de cet homme le plus rapidement possible s'il ne voulait pas attirer inutilement l'attention sur lui.

Kröner partit en permission pendant trois jours, et Lankau ne le quitta pas d'une semelle. Kröner ne savait pas ce qui le mettait le plus mal à l'aise chez lui, entre la main constamment posée sur l'arme dans sa poche et l'expression benoîte dont il ne se départait jamais et qu'on aurait eu tort de croire candide. Cependant, il commençait à avoir un certain respect pour le sang-froid et la détermination de son prisonnier. Petit à petit, il en vint à se dire qu'ensemble ils pourraient accomplir des choses que seul il ne pourrait faire.

Le troisième jour, ils partirent pour Kirovograd, où se rendaient la plupart des militaires quand ils trouvaient la cuisine de la cantine trop monotone et la vie sur le front trop pénible. C'est là que Lankau fit part à Kröner des plans qu'il avait élaborés durant son séjour dans le village russe.

« Je veux rentrer en Allemagne le plus vite possible et je sais comment faire, dit-il tout bas à l'oreille de Kröner. Dans quelques jours, vous expliquerez à la Kommandantur que vous m'avez libéré des Soviétiques, comme nous en étions convenus. Ensuite vous ferez établir un certificat médical disant que j'ai été si atrocement torturé par les partisans que j'ai totalement perdu la raison. Quand je serai à bord du train sanitaire qui me ramènera vers l'ouest, vous encaisserez deux diamants supplémentaires. »

L'idée ne déplut pas à Kröner. Il se débarrassait de Lankau et il y gagnait quelque chose par la même occasion. Sans compter que ce plan pourrait être une sorte de répétition générale de ce qu'il devrait peut-être faire lui aussi si sa vie sur le Front de l'Est devenait trop risquée.

Mais les choses se déroulèrent autrement. En plus des deux cabinets d'aisances à l'intérieur de l'établissement, il y en avait quatre autres, à l'extérieur, derrière le mess des officiers. Or, Kröner avait toujours préféré faire ses affaires à l'air libre. En sortant de la cabane, soulagé, il avait titubé un peu, fermé sa braguette et souri à l'idée des deux diamants supplémentaires. Dans la cour, presque invisible dans l'obscurité, un individu lui barrait le passage sans faire mine de vouloir se déplacer – ce qui, de l'avis de Kröner, n'était pas une bonne idée de la part d'un homme aussi chétif.

« Heil Hitler, Herr Obersturmbannführer », pépia le petit homme, sans s'écarter d'un pouce. À l'instant où Kröner fermait le poing et s'apprêtait à dégager le passage par la force, l'officier mit la main à sa visière et fit un pas en arrière pour se placer dans le halo de la lampe qui éclairait parcimonieusement le mur de la taverne.

« Auriez-vous un instant à m'accorder, je vous prie, Obersturmbannführer Kröner ? demanda l'inconnu. J'aurais une proposition à vous faire. »

Au bout de quelques courtes phrases, l'avorton d'officier avait retenu l'attention de Kröner qui avait jeté un coup d'œil alentour, pris le capitaine par le bras et lui avait donné rendez-vous plus loin dans la rue où était garée sa voiture. Il l'avait rejoint au bout d'une minute avec Lankau et ils étaient repartis ensemble.

Le petit homme sec répondait au nom de Dieter Schmidt. Il s'était approché de Wilfried Kröner sur le conseil de son supérieur hiérarchique. Celui-ci préférait ne pas révéler son identité, mais précisait que Kröner n'aurait aucune peine à la découvrir s'il décidait de s'en donner la peine.

« Si l'affaire devait mal tourner, il vaut mieux pour tout le monde que nous ne nous connaissions pas, expliqua Dieter Schmidt, s'adressant à Horst Lankau, qui ne se présenta pas. Sachant que c'est mon supérieur qui a mis le plan en œuvre et que, jusqu'à nouvel ordre et en attendant que tout soit réglé, c'est également lui qui risque d'être inquiété, il prie ces messieurs de bien vouloir respecter sa volonté d'anonymat. »

Le Chétif ouvrit les deux premiers boutons de son manteau et il les regarda longuement dans les yeux tour à tour avant de poursuivre.

Dieter Schmidt appartenait à une division blindée de la Wehrmacht. Mais, avant cela, il avait été Sturmbannführer et vice-commandant d'un camp de concentration. Ce que peu de gens savaient.

Il y avait quelques mois, lui et son commandant, qui dirigeait ce camp et trois autres camps de travail de moindre importance, avaient été déplacés, dégradés et mutés à des postes administratifs dans la Wehrmacht sur le Front de l'Est. Une alternative préférable à la disgrâce et au peloton d'exécution. Mais plus le temps passait, plus il leur était devenu évident qu'ils avaient peu de chances de quitter l'Union soviétique en vie. Les officiers allemands se battaient bec et ongles pour ne pas être renvoyés au casse-pipe, et il était de moins en moins probable que les troupes d'Hitler parviennent un jour à repousser les hordes de l'armée russe. Bien que Dieter Schmidt et son supérieur aient été affectés à des tâches administratives, le front n'était pas assez éloigné pour empêcher un char soviétique de les atteindre en moins d'une demi-heure.

Bref, leur existence était perpétuellement en danger. Le son des canons accompagnait quotidiennement le bruit de leurs machines à écrire. Sur les vingt-quatre officiers supérieurs qui avaient travaillé dans ce bureau, il n'en restait plus que quatorze.

C'était le Front de l'Est. On savait à quoi s'en tenir.

« La combine qui avait fait notre perte en Allemagne n'avait rien de très original, et ainsi que nous l'avons découvert plus tard, nous n'étions pas les seuls à l'avoir trouvée, expliqua Dieter Schmidt. Nous avions un budget de fonctionnement quotidien à respecter. On nous allouait par exemple mille cent marks par jour pour l'entretien des prisonniers, alors, il nous est venu l'idée de détourner l'argent de l'administration centrale en mettant les prisonniers à la diète un jour sur cinq. Ce n'était pas nos pensionnaires qui allaient se plaindre. Nous faisions passer cela pour une sanction générale, en punition de crimes individuels qui n'avaient jamais eu lieu. Quelques milliers de déportés ont lâché la rampe par manque de nourriture, bien sûr, mais à vrai dire, cela arrangeait tout le monde.

« D'autre part, nous ne tenions pas de comptabilité très précise concernant les prisonniers dont nous louions le travail. Et enfin, nous baissions les charges des entreprises qui les employaient, ce qui augmentait leur productivité. Les entreprises qui bénéficiaient de l'arrangement avaient tout lieu de s'en féliciter. Un accord gagnant/gagnant.

« À la fin de l'été, nous avions réalisé un bénéfice total de plus d'un million de marks. C'était une affaire florissante jusqu'à ce que, lors d'une inspection, un kapo bouscule accidentellement un fonctionnaire venu de Berlin et lui casse ses lunettes. Le kapo s'est jeté aux pieds de l'inspecteur, le suppliant de ne pas le tuer, comme si quelqu'un avait eu du temps à perdre avec sa misérable existence ! Il a pleuré et geint en s'accrochant aux jambes du rond-de-cuir qui n'y comprenait rien et tentait de se dégager, avec pour résultat que l'autre s'accrochait encore plus. Finalement, le kapo a juré qu'il lui dirait tout sur le fonctionnement du camp à condition qu'il veuille bien l'épargner.

« Il ne savait pas grand-chose, mais avant que nous réussissions à l'embarquer et à lui régler son compte, il avait eu le temps de dénoncer l'irrégularité dans les rations de nourriture. Le mal était fait.

« Le contrôle a révélé toutes nos malversations et la totalité de ce que nous avions détourné a été confisquée. Nous avons été condamnés à mort et enfermés un mois dans une prison à Lublin en attendant d'être exécutés. Nous ignorons encore ce qui a pu modifier le verdict. Mais quelqu'un, quelque part, a changé d'avis. Et nous avons atterri sur le Front de l'Est. »

James commençait à synthétiser les renseignements. Quelques informations par-ci, une bribe d'anecdote par-là et des heures de vantardises qui, ensemble, composaient l'histoire des trois simulateurs qui partageaient son quotidien.

Dieter Schmidt, le Chétif, celui qui était dans le lit le plus éloigné, parlait très bas et il n'était pas facile d'entendre ce qu'il disait. James ne savait pas s'il était d'une nature discrète ou si c'était la peur d'être découvert qui lui donnait une voix aussi ténue. Les gens changent en fonction de leur environnement. Leur morphologie peut également avoir une incidence. James avait remarqué par exemple que plus Dieter Schmidt avançait dans ses séances d'électrochocs, plus il paraissait effacé, alors que ni Kröner ni Lankau ne semblaient en être affectés. Quoi qu'il en soit, leur situation actuelle ne les empêchait pas d'échanger leurs souvenirs avec jubilation.

James priait pour qu'un jour une infirmière les surprenne, que ces trois monstres soient démasqués et que son cauchemar se termine.

En attendant, il devait se méfier d'eux et s'assurer qu'ils n'aient aucun soupçon à son égard.

Les histoires des simulateurs étaient horribles mais elles avaient aussi quelque chose de fascinant. Comme les films et les romans que James aimait à se remémorer, elles l'occupaient chaque jour un peu plus.

Il voyait chaque scène comme s'il y était.

Dieter Schmidt appelait son supérieur anonyme le Facteur, un surnom qui lui aurait été attribué parce qu'il s'était un jour servi de peaux humaines pour écrire ses cartes de vœux. Il avait même poussé le cynisme jusqu'à préciser : « N'est-ce pas leur souhait à tous d'être envoyés ailleurs ? »

Dieter Schmidt décrivait le Facteur comme un bon vivant plein d'imagination qui était parvenu à donner à leur séjour au camp de concentration une atmosphère de vie de famille.

Après que Schmidt et le Facteur avaient été dégradés et mutés, il leur avait fallu renoncer à la belle vie et aux combines. Ils avaient moins de moyens, plus de travail, et tous leurs faits et gestes faisaient l'objet d'une surveillance accrue.

Mais malgré toutes ces précautions, la chance leur avait souri d'une façon extraordinaire.

« L'idée est venue au Facteur un jour où plusieurs de nos divisions avaient été repoussées en même temps, ce qu'à Berlin, on préférait appeler un rétrécissement de la ligne de front. Vous savez comme moi que, dans ces cas-là, tout le monde réclame des hommes et du matériel à cor et à cri ?

« Ce jour-là, l'Obergruppenführer Hoth, commandant de la 4e division blindée, fou de rage, avait prétendu qu'un train entier de pièces détachées destinées aux chars d'assaut avait disparu et il avait chargé notre département de le retrouver au plus vite.

« Trois jours avant que la ville de Kiev soit reprise par les Russes, nous avons effectivement découvert les wagons manquants dans un dépôt ferroviaire de la ville. Hoth, très satisfait, a ordonné au Facteur de veiller personnellement à ce que le convoi soit aussitôt envoyé à Vinnitsa où on attendait les pièces de rechange pour réparer le matériel endommagé.

« Arrivés à Vinnitsa, nous avons déchargé dans un immense hangar des centaines de lourdes caisses remplies d'éléments de moteur, de chenilles, d'essieux et autres pièces. Des milliers d'autres caisses étaient déjà entassées au fond de cet entrepôt, dans une obscurité presque totale. Entre les piles, nous avons remarqué des tableaux qui n'étaient pas emballés, des étoffes et toutes sortes d'objets apparemment précieux qui ont excité notre curiosité. Le Facteur et moi étions bouleversés par cette découverte. Nous nous doutions qu'un énorme trésor de guerre avait été caché là, pour être ramené plus tard en Allemagne.

« Nous n'avons pas mis longtemps à constater que nous avions vu juste. Pendant toute l'année 1943, tous les objets d'une valeur supérieure à trois mille reichsmarks ayant été dérobés dans les églises, les administrations, les musées et les collections privées du district avaient été entreposés là, à la hâte. À présent que les fronts s'étaient rapprochés, ce butin ne tarderait pas à être évacué. C'est alors que le Facteur a eu l'idée géniale de déplacer deux cents de ces caisses cinquante mètres plus loin.

« "Ensuite, on verra", a-t-il ajouté. »

L'euphorie du Facteur et de Dieter Schmidt avait été incommensurable quand, cinq jours plus tard, ils étaient retournés à l'entrepôt pour découvrir que la combine avait fonctionné. Toutes les caisses avaient été enlevées.

Sauf celles qui avaient été rangées à part.

À ce moment-là, il avait fallu faire vite. Quand le train arriverait à Berlin, on vérifierait le chargement et on s'apercevrait qu'il manquait deux cents caisses. « Et c'est là que j'ai reçu l'ordre de vous contacter, Herr Obersturmbannführer Kröner, expliqua Dieter Schmidt dans la voiture, après qu'ils s'étaient éloignés de la taverne de Kirovograd. Nous avons besoin de l'aide d'un officier supérieur lié à la Sûreté. Personne ne met le nez dans les affaires du service de renseignement. En outre, les unités qui travaillent en collaboration avec le Sicherheitsdienst bénéficient d'avantages tels que la mobilité et la liberté d'action. Nous avons récemment appris, de manière tout à fait fortuite, que vous étiez l'homme de la situation.Nous travaillons sur la même zone de front et nous avons cru comprendre qu'à plusieurs reprises, vous avez fait preuve d'une grande initiative personnelle. Vous êtes un homme intelligent et imaginatif. Mais ce qui nous a frappés avant tout, c'est votre absence totale de scrupules. »

C'est ainsi qu'ils avaient fomenté leur plan.

Kröner avait été chargé d'envoyer de la main-d'œuvre forcée à Vinnitsa. Sur place, Lankau avait obligé les prisonniers à charger reliques, icônes et autres trésors dans un wagon de marchandises que le Facteur avait fait garer à quelques centaines de mètres du hangar. Officiellement, le wagon devait servir à entreposer des pièces détachées et il ne manquerait à personne.

On avait laissé à Kröner et à Lankau le soin de décider si les forçats devaient disparaître une fois le travail accompli.

Dieter Schmidt se chargerait ensuite de faire établir de faux titres de transport et de faire conduire le chargement au plus vite dans un village au cœur de l'Allemagne. Soigneusement verrouillé, il resterait là, sur une voie de garage, jusqu'à la fin des hostilités.

Kröner ne ferait son rapport à la Kommandantur sur la « libération » de Lankau qu'une fois la marchandise expédiée. Conformément au plan d'origine, il devrait être déclaré psychiquement épuisé et être renvoyé en Allemagne.

Avec un peu de circonspection, Dieter Schmidt finit par adhérer à l'aspect psychiatrique du plan. Le risque d'être découvert et fusillé, ou purement et simplement éliminé, l'inquiétait. Il avait lui-même donné l'ordre de tuer des centaines de malades mentaux par le passé. Mais il se dit que tout était une question de mesure. En suggérant qu'une rémission restait possible, l'idée pouvait fonctionner.

Et quelle autre option y avait-il, de toute manière ? Ces dernières semaines, la guerre avait viré à l'enfer. La riposte de l'ennemi était effroyablement efficace et les attaques n'en finissaient pas. Les Allemands ne gagneraient pas. À présent, il s'agissait uniquement de survivre. De surcroît, il valait mieux se trouver le plus loin possible du lieu du crime, si celui-ci venait à être découvert.

L'idée de se faire passer pour fou tombait à point nommé. Qui irait soupçonner une bande de soldats souffrant de névroses dues à la guerre, à plusieurs milliers de kilomètres du front, d'avoir dérobé plusieurs tonnes d'objets de valeur ? Dieter Schmidt adhéra à l'idée de Lankau. Ils se feraient passer pour fous. Tous ! Lui, Kröner, Lankau et le Facteur.

Le plan semblait bon et sûr. Sans parler de l'énorme bénéfice à venir, ils avaient tous d'excellentes raisons de se faire oublier.

Aussitôt que le Facteur leur enverrait le code « protection du patrimoine », l'« opération folie » serait déclenchée. Kröner irait réduire en cendres quelques villages ukrainiens et ferait comme s'il venait de libérer Lankau dans l'un d'entre eux.

Ensuite, il demanderait officiellement à rencontrer Dieter Schmidt afin de requérir une protection particulière pour les soldats du renseignement à qui incombait la difficile et urgente tâche de surveiller le ravitaillement des unités qui se trouvaient encore en première ligne.

Lors de ce rendez-vous, ils se débrouilleraient pour passer un moment en tête à tête, en plein après-midi, à l'heure où l'artillerie russe avait coutume de lancer des obus derrière les lignes. Quand les bombardements commenceraient, ils iraient se mettre à couvert après avoir fait sauter les quartiers de Dieter Schmidt. On penserait qu'un obus soviétique avait tapé dans le mille. Lorsqu'on dégagerait les gravats, on trouverait Kröner et Schmidt hébétés, sous le choc. Et ils entretiendraient cet état jusqu'à la fin de la guerre.

Le Facteur prendrait ses propres dispositions. « Je me montrerai en temps voulu », avait-il fait savoir. Dieter Schmidt avait eu quelque peine à convaincre Kröner et Lankau que le Facteur était un homme de parole.

14

Ces trois dernières nuits, James n'avait dormi que d'un œil. Le matin, il était en nage.

Je vais nous sortir d'ici, Bryan ! Je te le jure ! se répétait-il en boucle. Il agita la tête pour chasser les images qui l'avaient hanté et se cogna violemment l'arrière du crâne à l'extrémité du lit, ouvrant grand les yeux sous le choc. Le Grêlé était déjà réveillé, couché sur le côté, son oreiller replié sous sa tête. Il avait le regard fixé sur James qui lui tourna le dos et se mit à fredonner son air atonal. Il continua à sentir sur lui le regard froid de Kröner tandis qu'il clignait des yeux dans le soleil matinal.

Il se souvint que ce matin-là, sur la falaise à Douvres, il y a de nombreuses années, il y avait une lumière exactement comme celle-là.

La famille de Bryan possédait une maison à Douvres dans laquelle James adorait être invité. Quand le printemps arrivait, la famille Young était capable, sur un coup de tête, même au beau milieu de la semaine, de prendre la voiture et de parcourir les vingt-cinq kilomètres jusqu'à la côte, à travers la belle campagne anglaise. Depuis l'époque où Mr Young était encore un jeune célibataire, la maison était prête à l'accueillir, à n'importe quel moment de l'année. Un couple d'employés de maison y veillait.

Mr Young adorait la mer, le vent et la vue sur le chenal. Quand il décidait d'aller passer le week-end à Douvres, avec le reste de la famille, il était rare que James ne soit pas du voyage.

La mère de James disait de Douvres que ce n'était pas une ville dans laquelle on séjournait mais une ville qu'on traversait. Toutefois, si l'endroit l'indifférait, il lui évoquait également l'inconnu et le danger. C'était une femme inquiète. James n'avait donc jamais raconté à ses parents les expériences que Bryan et lui réalisaient avec des bombes puantes et des pétards, ni leurs magnifiques inventions, entre autres un radeau fabriqué avec des tonneaux de harengs et un lance-pierre géant fait de boyaux de pneus de bicyclette.

Mrs Teasdale n'aurait pas aimé apprendre que son fils était capable de projeter une brique avec une telle force et une telle précision qu'elle pouvait transpercer un sac de blé à cinquante mètres de distance.

Douvres était leur espace de liberté. « Tiens, voilà les fils de Mr Young », disaient les gens quand ils voyaient les deux amis déambuler ensemble sur la promenade, le long de la côte.

Ils avaient toujours adoré qu'on les prenne pour des frères et, quand cela arrivait, ils se prenaient par les épaules et entonnaient à tue-tête leur chant de guerre, une chanson qu'un petit ami d'Elisabeth avait entendue dans un film que ni lui ni Bryan n'avaient jamais vu.

Ils hurlaient à se casser la voix, recommençaient à n'en plus finir, rendaient les gens fous.

I don't know what they have to say
It makes no difference anyway

Whatever it is, I'm against it
No matter what it is or who commenced it
I'm against it !
Your proposition may be good
but let's have one thing understood
Whatever it is, I'm against it[1] *!*

À travers les passionnants récits de Mr Denham, leur cher professeur, les deux jeunes gens avaient été initiés aux courageuses entreprises des grands hommes et des grandes femmes de l'histoire. Cromwell, la reine Victoria et Marie Stuart peuplaient leur imaginaire. Les sabots des chevaux martelaient les pupitres sous la selle de preux chevaliers.

Pendant les leçons de Mr Denham, ils avaient connu les plus belles heures de leur existence.

Ils avaient découvert Jules Verne, voyagé au centre de la Terre, plongé sous les mers et volé à bord d'étranges machines.

Dès que l'un voyait l'autre tracer quelques traits sur une feuille, il devinait de quoi il s'agissait. Heure après heure, ils illustraient leurs idées respectives sans avoir besoin de se concerter.

Pendant cette extraordinaire période de leur jeunesse, ils avaient dessiné une machine géante capable de creuser un tunnel sous la Manche pour aller jusqu'en France et une automobile assez grande pour déplacer des villes entières là où le soleil brillait.

À l'automne, pendant une tempête, Mr Denham avait mesuré que le vent soufflait à vingt-sept yards par seconde.

1. « Je ne sais pas ce qu'ils ont à dire / Et je m'en fous / Quoi qu'ils racontent, je suis contre / Quoi que ce soit et quel que soit celui qui en a eu l'idée / Je suis contre ! / Votre proposition est sûrement excellente / Mais que ce soit bien entendu / Quelle qu'elle soit, je suis contre ! »

Bryan et James avaient regardé le petit anémomètre, sidérés. Quatre-vingt-dix kilomètres à l'heure !

Un chiffre affolant.

En rentrant de l'école, ils s'étaient assis au bord du trottoir devant la coopérative agricole et avaient passé de longues heures à discuter, oubliant tout le reste.

Avec une poussée de quatre-vingt-dix kilomètres à l'heure et des conditions favorables, ils devaient pouvoir voler jusqu'en France en une demi-heure.

Avant la fin de la journée, une idée avait germé qui allait sceller leur destin. Ils allaient confectionner un ballon et éprouver la fabuleuse force du vent.

Ils allaient voler.

Le week-end, sur les chantiers navals du port de Douvres, ils avaient commencé par dérober les morceaux de la future toile. Mr Young assurait à son insu la livraison des paquets jusqu'à Canterbury, sous la banquette arrière de sa voiture.

Pendant presque un an, les deux garçons cousirent leur montgolfière en secret, dans la serre de la famille Young. Personne ne devait être au courant. Et il fallait faire vite, car après les prochaines vacances d'été, ils devraient quitter la King's School de Canterbury pour entrer à l'université d'Eton.

Et ils iraient moins souvent à Douvres les week-ends.

Les vacances avaient commencé depuis trois jours quand ils mirent la dernière touche à leur œuvre.

Ce fut Jill, la sœur de James, qui apporta la solution au problème de transport du ballon jusqu'à Douvres, où les attendaient la falaise et le vent.

Le 10 juillet 1934, Jill aurait dix-huit ans. Dans ces contrées, il était de bon ton qu'à cet âge, les jeunes filles de bonne famille commencent à se préparer au mariage. Mais avant de se marier, elles devaient avoir rassemblé argenterie et vaisselle.

Selon Jill et ses amies, ce trousseau devait être rangé dans un vaisselier vitré. Et Jill n'en possédait pas. Un matin, elle vit dans le journal une petite annonce disant : « Vaisselier à vendre. Échange possible avec un vélo de dame en bon état d'une marque homologuée. Vous adresser à Briggs & Co. ! » Lorsqu'elle lut l'adresse à haute voix, James et Bryan sautèrent de joie.

Ils allaient à Douvres.

Et ils allaient troquer le vélo de Mrs Teasdale contre le meuble convoité.

Emballé dans la toile du ballon.

Arrivés à destination, les garçons cachèrent la toile sous une rampe de chargement, pendant que Mr Teasdale et sa fille faisaient affaire.

Malheureusement, le vaisselier était déjà vendu. James avait caressé la main de sa sœur inconsolable pendant tout le chemin du retour et lui avait proposé son mouchoir. Jill avait regardé d'un air incrédule les miasmes qui souillaient le bout de chiffon. Elle avait éclaté de rire. « Je crois que c'est plutôt moi qui vais te prêter le mien, petit frère ! »

James revoyait les fossettes qu'elle avait ce jour-là. Le mouchoir qu'elle lui tendait était bleu et ourlé de motifs qu'elle avait elle-même brodés.

Depuis lors, James avait noué chaque jour autour de son cou ce talisman, le mouchoir de Jill.

Pendant des semaines, chaque fois qu'ils étaient à Douvres, les garçons attendaient que le vent se lève.

Un matin, au réveil, ils avaient roulé des oreillers et des couettes dans leurs lits et ils étaient partis. La tempête était si violente que les mouettes avaient peine à maîtriser leurs plongeons. Les deux amis se prirent par les épaules et contemplèrent un long moment le pays enchanté de l'autre côté du canal.

Ils allèrent chercher le panier en osier qu'ils avaient caché entre les arbres l'automne précédent. Avec cinq filins solides, ils fixèrent sous l'ouverture du ballon cette nacelle improvisée. Puis ils laissèrent le vent d'ouest remplir la toile avant d'allumer le feu. Quand le ciel pâlit à l'est, le feu crépitait sous le ballon qui gonflait à vue d'œil.

Avant qu'il soit rempli aux deux tiers, le soleil s'était levé pour une journée radieuse et ils avaient vu apparaître les reliefs des côtes françaises. En contrebas de la falaise, quelques vacanciers matinaux commençaient à déambuler sur la plage publique le long des cabines de bain.

Jamais James n'oublierait leurs voix.

Dans les minutes critiques où l'aventure allait commencer, James commit plusieurs erreurs. En voyant les baigneurs, il voulut décoller aussitôt pour plus de discrétion. Bryan n'était pas d'accord. La toile du ballon n'était pas assez gonflée. « Fais-moi confiance, avait riposté James, tout ira bien ! »

Le vent soulevait la montgolfière de quelques pouces et James était sûr de son fait. Le ballon paraissait impressionnant au-dessus de leurs têtes. Ovale, bouffi et énorme. Il lâcha la dernière amarre et jeta deux sacs de lest par-dessus bord.

Le gigantesque ballon allait quitter la terre quand Bryan leva les yeux. Plusieurs coutures semblaient laisser échapper l'air chaud dans les rafales de vent, fit-il remarquer à son camarade. « Faisons plutôt cela un autre jour, James », proposa-t-il, pas rassuré. Mais James secoua la tête en regardant le cap Gris-Nez. Le diable sembla prendre possession de lui et il jeta hors du panier les derniers sacs de sable, leur pique-nique et leurs vêtements de rechange.

Le panier quitta la terre ferme avec un petit bond élégant et au même instant, la toile se vida et s'aplatit comme une voile de bateau livrée à une imprévisible rafale. Bryan avait déjà sauté de la nacelle pour se mettre en lieu sûr tandis que James le regardait, éberlué.

Leur aérostat de fortune bascula dans le vide.

Les spectateurs qui avaient assisté à la scène depuis la plage racontèrent que le ballon avait aussitôt été projeté contre la falaise par les turbulences et qu'il était miraculeusement resté suspendu à une corniche dans un grand bruit de toile déchirée.

« Imbécile ! » hurla James à Bryan qui, livide, se penchait au-dessus du bord de la falaise. Le rêve dégonflé au-dessus de sa tête émit une succession de pets las et de mauvais augure. Les rochers et le vent étaient en train de mettre le ballon en lambeaux. Ils comprirent pourquoi les voiles volées n'avaient manqué à personne, elles étaient complètement pourries.

James se lassa bientôt d'invectiver Bryan qui avait commencé prudemment à descendre la paroi pour le secourir. Ces dernières années, on n'avait eu à déplorer aucun accident à cet endroit. Mais ils savaient tous les deux que la falaise avait fait de nombreuses victimes par le passé. On disait que les cadavres étaient aussi plats que des limandes quand on les retrouvait ensuite sur la plage en contrebas.

Quand le ballon descendit encore de quelques mètres dans un claquement sinistre et que les filins cassés se mirent à voler dans le vent, Bryan pissa dans sa culotte – sans pour autant interrompre sa périlleuse mission de sauvetage. La cascade coula tout droit par les jambes du pantalon, se dispersant dans le vent.

James se mit à brailler leur chant de bataille, criant à tue-tête, sa voix rebondissant sur la paroi.

I don't know what they have to say
It makes no difference anyway
Whatever it is, I'm against it

James ne se souvenait plus très bien de la suite des événements. Les yeux mouillés de larmes, Bryan était parvenu à saisir une corde, à la tirer jusqu'à lui, à la démêler et à la faire redescendre de toute sa longueur. Quand ils furent tous les deux en lieu sûr, le pantalon de James avait lui aussi une grande tache sombre à l'entrejambe. Bryan avait longuement regardé son ami qui chantait toujours tandis qu'il essayait de se calmer et de reprendre son souffle.

Pendant leurs années studieuses à Cambridge, l'opération à El-Alamein ou leurs vols de nuit, James avait souvent repensé à cet épisode.

Il s'efforçait à présent de revenir à la réalité. Les premiers bruits de vaisselle lui parvenaient de l'étage en dessous. L'air du dortoir était épais d'effluves nocturnes. Il tourna prudemment la tête vers Bryan. Derrière son lit, les rideaux flottaient légèrement dans un courant d'air bien que les volets soient encore fermés. Dans sa rangée, seul le petit homme maigrichon aux yeux rouges était réveillé. Il croisa le regard de James et sourit pour établir un contact. Comme James ne réagissait pas, il tira la couverture sur son visage et se rendormit.

Je te sortirai d'ici, Bryan ! se répéta James en boucle, puis il se laissa à nouveau glisser dans la léthargie et l'abrutissement qui suivaient toujours les électrochocs.

15

La chaleur arriva. Et tous les menus changements qui l'accompagnent.

Les infirmières troquèrent leurs bas de laine contre des petites socquettes blanches.

L'odeur de la chambrée devint lourde. De pesantes nappes d'air humide et nauséabond venant des toilettes et de la salle de douches pénétraient dans le dortoir chaque fois qu'on poussait les portes battantes. Pour régler le problème, Vonnegut fit appel à un jeune SS qui avait été menuisier dans le civil. Il joua si efficacement du rabot qu'après son intervention, la puanteur entrait à travers la fenêtre du couloir quand elle était ouverte, mais également quand elle restait fermée.

Toutes les autres fenêtres étaient solidement vissées à leur cadre.

Le temps des incessants chants d'oiseaux sous les avant-toits, à un étage et demi au-dessus de leurs têtes, était déjà terminé. Seules de longues traînées blanches sur les appuis de fenêtre témoignaient de leur passage.

Vonnegut avait cessé de regarder les listes nécrologiques dans les journaux. Il jugeait sans doute qu'il avait passé suffisamment de temps à ruminer. À présent, il se contentait de lire les aventures du Juif Süss et autres parutions satiriques et de remplir les grilles de mots croisés avant tout le monde.

L'état de nombreux patients dans l'hôpital s'était amélioré à tel point que ce n'était plus qu'une question de semaines avant qu'on les renvoie dans leurs garnisons.

En revanche, jusqu'à une date indéterminée, aucune autorisation de sortie ne serait accordée pour les patients appartenant aux catégories Z15.1, L15.1, vU15.1 et vU15.3. Ces catégories étaient largement représentées dans leur bâtiment et renvoyaient à la plupart des maladies mentales connues, qu'elles soient chroniques ou passagères. En temps de paix, des pathologies de ce genre auraient automatiquement conduit à une exemption de service ou à une mutation à un poste moins contraignant. Personne n'avait jamais expliqué aux patients ce que ces codes signifiaient exactement et de toute façon, à mesure que le temps passait, personne ne se souciait plus de cette classification. Ne restait que le nom que le personnel donnait à ce service.

L'Unité Alphabet.

Le chef de service, Manfried Thieringer, avait été convoqué par deux fois chez le Gauleiter[1], responsable local de l'administration centrale à Berlin, et sommé de lui fournir rapidement des résultats probants. Le bien-être de certains de ses patients était d'une importance capitale pour le haut commandement, et il serait tenu pour personnellement responsable dans le cas où ces soldats d'exception ne guérissaient pas à la vitesse souhaitée.

Manfried Thieringer ne se privait pas de répéter ces recommandations à ses subalternes et, tortillant sa moustache, consi-

1. Le Gauleiter est à la fois responsable régional politique du NSDAP (le Parti nazi) et responsable administratif d'un Gau, subdivision territoriale de l'Allemagne nazie.

dérait ces patients prétendument si exceptionnels qui n'étaient pour l'instant pas capables de distinguer leurs propres pantoufles de celles de leur voisin. « Mais un traitement est un traitement, et il faut laisser le temps au temps, disait-il. Et tout ce qu'Himmler en personne y trouverait à redire ne changera rien au problème. »

De semaine en semaine, James avait de plus en plus de mal à réfléchir et craignait pour sa raison.

Il avait envisagé d'innombrables fois d'arrêter de prendre ses comprimés. Mais en les jetant sous son lit, on courait un risque important d'être découvert. Le ménage quotidien était superficiel, mais suffisant. Si on les emportait avec soi aux toilettes et qu'on se faisait prendre, les conséquences étaient imprévisibles. Il n'y avait pas beaucoup d'autres possibilités.

Et puis il y avait Petra.

Car, à vrai dire, c'était uniquement à cause d'elle qu'il ne stoppait pas son réflexe de déglutition lorsque celle-ci posait délicatement les pilules sur sa langue en approchant son visage tout près du sien.

Son haleine était douce et féminine.

Elle envahissait constamment ses pensées et elle le perturbait. Elle était son ennemie, mais aussi sa bienfaitrice et son ange gardien. Il prenait ses médicaments pour ne pas lui créer de problème.

De toute façon, pour l'instant, il était hors de question de s'évader. Il courait sans cesse le risque que ses voisins de lit s'aperçoivent de quelque chose. Il se sentait constamment surveillé. S'ils venaient à se douter qu'il était un simulateur, ils le tueraient. Ils avaient déjà frappé à deux reprises. La première fois quand Kröner avait étouffé son voisin pour prendre son lit.

La seconde, il y avait moins d'une semaine.

Un nouveau patient, transféré d'un service de médecine classique avec une plaie à la jambe et le cerveau HS, avait passé la journée à gémir sur son lit, à côté de l'Homme-Calendrier.

Certaines nouvelles diffusées sur la radio de Vonnegut avaient fait état de rebondissements si graves sur le Front de l'Ouest que l'aide-soignant manchot avait couru dans le service pour les répéter au médecin qui avait aussitôt jeté les papiers qu'il tenait à la main sur le lit le plus proche et l'avait suivi dans la salle de garde. Dans la soirée, les rumeurs s'étaient transformées en une véritable information qui s'était propagée dans l'unité grâce au bavardage des infirmières et aux discussions à voix basse des brancardiers.

« Ils ont débarqué en France », avait enfin claironné Vonnegut. James avait sursauté ; l'idée que les troupes alliées se battaient désormais à quelques centaines de kilomètres de l'endroit où ils se trouvaient, avec l'intention de se rapprocher encore, lui fit monter les larmes aux yeux. Si tu savais, Bryan ! Peut-être que ça t'aiderait à te détendre, songea-t-il.

Alors que James se tournait vers le mur pour se rendormir, le nouveau patient se mit à rire. Au bout d'un moment, son fou rire provoqua une agitation dans le lit d'à côté, celui de Kröner. Il repoussa la couverture sur ses jambes, se leva lentement et braqua son regard sur l'importun. Puis James sentit le regard de Kröner sur lui. Une vague de chaleur l'envahit pour aussitôt refluer. Enfin, le rire stoppa comme il avait commencé, mais Kröner ne se recoucha pas.

Les jours suivants, les simulateurs se relayèrent pour surveiller le nouvel arrivant. Quand on venait le nourrir, quand il était sur le bassin, quand on le changeait et qu'on le nettoyait à l'alcool. Quoi qu'il fasse, l'un ou l'autre des simulateurs le surveillait. Les chuchotements nocturnes cessèrent, rendant le scénario des nuits imprévisible. La quatrième nuit, Lankau se leva et il assassina le nouveau patient presque sans un bruit. Le petit claquement de ses cervicales résonna moins fort que lorsque le crétin du bout du dortoir faisait craquer ses doigts. Ensuite, ils le portèrent jusqu'à la fenêtre que le soldat SS avait si soigneusement rabotée et le jetèrent dehors la tête la première.

Il se passa moins de trois minutes entre le moment où les gardiens se mirent à crier dehors et l'arrivée d'un officier de la Gestapo dans le dortoir. On alluma toutes les lumières. L'officier gueulait et faisait des allers-retours entre la fenêtre et l'infirmière de garde qui se tordait les mains. L'homme était enragé. La fenêtre devait être instantanément condamnée et celui qui avait fait en sorte qu'elle puisse être ouverte serait tenu pour responsable. L'infirmière cessa de se tordre les mains. Au moins, elle n'était pour rien dans cet aspect du désastre.

L'officier se mit ensuite à faire les cent pas dans l'allée centrale, regardant attentivement chaque patient. James avait l'air bouleversé, et pour cause. L'officier s'arrêta plus longtemps devant son lit.

Puis ce fut l'officier supérieur de la sûreté qui entra dans le service, du sommeil plein les yeux, suivi de près par deux soldats SS visiblement fatigués, tenant à peine sur leurs jambes. Le médecin-chef les rejoignit et resta imperméable aux reproches qu'on lui fit.

« La fenêtre sera condamnée dès demain », répondit-il. Puis il tourna le dos à ses inquisiteurs et retourna dans ses quartiers.

Un peu avant qu'on éteigne à nouveau la lumière, Bryan se réveilla du semi-coma consécutif aux électrochocs de la veille et regarda autour de lui, désorienté. James s'empressa de fermer les yeux.

Plus tard cette nuit-là, les conversations à voix basse reprirent et une inquiétante normalité avec elles. Il s'avéra que Kröner avait reconnu le nouveau patient et qu'il était convaincu d'avoir également été reconnu par lui. Il félicita Lankau, mais ajouta qu'il allait falloir à l'avenir trouver des moyens moins expéditifs de régler les problèmes qui pourraient survenir dans le service.

« Pourquoi ? riposta Lankau. Quelle importance qu'ils condamnent les fenêtres ? Qu'est-ce qui va empêcher un homme qui veut se suicider de se jeter à travers une fenêtre fermée ? » gloussa-t-il. Mais Kröner ne partagea pas son hilarité.

La situation devenait préoccupante. Bientôt, les petits signes que Bryan envoyait régulièrement à James et ses incessantes tentatives de communiquer avec lui allaient recommencer.

Schmidt et Lankau continueraient à dormir la journée, mais Kröner ne resterait pas dupe très longtemps.

Bryan devait le comprendre une fois pour toutes.

16

Depuis le matin, les infirmières n'arrêtaient pas de sourire à Bryan.

Le Grêlé, poussant son chariot rempli de draps et de serviettes, avait hoché gaiement la tête en passant devant son lit, pointant du doigt la porte battante où une délégation d'infirmières entrait d'un pas martial en chantant. Bryan n'en reconnaissait que quelques-unes. La force et la ferveur de leurs voix faisaient penser à une chorale interprétant Wagner, mais prétendre que le résultat était agréable à entendre eût été un mensonge.

Bryan enfonça la tête dans son oreiller, espérant qu'elles s'en iraient. Mais au contraire, la plus âgée se pencha sur lui, une main sur la poitrine. Elle avait une voix de baryton. Bryan craignit un instant qu'elle grimpe sur son lit et qu'elle s'allonge à ses côtés. Un patient applaudit. L'infirmière en chef tendit à Bryan un petit paquet, soigneusement enveloppé dans du papier de soie, et lança un bref regard par-dessus son épaule pour alerter l'arrière-garde. Une aide-soignante s'avança avec entre les mains une assiette contenant une matière brune sans forme définie. Bryan reconnut au bord dentelé une part de gâteau, décorée d'un petit drapeau orné d'une croix gammée. Tout le monde avait l'air enchanté. Le médecin-chef jeta un coup d'œil amusé sur le gâteau et lui sourit gentiment pour la première fois. Il avait les dents pourries.

Bryan se redressa et regarda longuement le morceau de pâtisserie desséchée. Il était le héros de la fête d'anniversaire de quelqu'un d'autre. Le premier anniversaire qu'on ait fêté dans le service.

Peu de temps auparavant, James avait eu vingt-deux ans. Un événement qui, par la force des choses, avait été passé sous silence. Bryan avait tenté de lui faire un signe, mais il avait gardé les yeux rivés au plafond, dans la position qu'il adoptait la majeure partie du temps.

Il pouvait comprendre que James se laisse aller à la tristesse le jour de son anniversaire. Mais quid des autres jours ? Pourquoi avait-il décidé de s'isoler de la sorte ?

Bryan commença à grignoter des petits morceaux de gâteau qu'il détachait du bout des doigts, tendant quelques miettes à son voisin qui, fidèle à son habitude, claqua des talons et mangea comme s'il en avait reçu l'ordre. Il ne tarderait pas à être renvoyé en enfer et l'imbécile brûlait d'impatience d'y retourner. Il passait le plus clair de son temps devant la fenêtre, le dos tourné au dortoir, à contempler le paysage vert et vallonné s'étendant au-delà des miradors.

Alors que le Grêlé et son camarade au visage rond poussaient le chariot des repas dans la salle, un grondement sourd se fit entendre, venant du nord. Pas longtemps, mais suffisamment pour qu'un officier de l'armée de l'air anglaise, connaissant son métier, s'interroge. Bryan se tourna vers James qui était couché, les mains derrière la nuque.

Le bruit venait d'assez loin. Certains parlaient de Baden-Baden. D'autres de Strasbourg. Enfin, Vonnegut pointa son crochet vers la fenêtre et aboya le nom des deux villes à une femme de ménage qui à quatre pattes lavait le sol entre les chaises, comme si rien n'avait plus d'importance.

Mais le bruit s'amplifia et plusieurs patients se levèrent pour suivre le feu de l'artillerie antiaérienne, plus visible à mesure que la lumière du jour baissait. Strasbourg brûla toute la nuit, projetant une faible aura d'un jaune rougeoyant dans la nuit estivale.

Ils se rapprochent, songea Bryan, priant pour ses compagnons à bord de leurs zincs, pour lui-même et pour James. La prochaine fois, ce sera peut-être Fribourg. Et si c'est le cas, on dégage, James !

Un patient qui jusqu'ici était resté couché, dans un état végétatif avancé, avait maintenant commencé à se promener partout, toujours accompagné par un type maigre à la nuque raide qui préférait vriller son corps tout entier que de tourner la tête. Les deux inséparables étaient restés toute la matinée devant la fenêtre de l'Homme-Calendrier à regarder la vallée patiemment et sans un mot, comme s'il allait bientôt se passer quelque chose. Au plus fort du bombardement de Strasbourg, alors que les explosions résonnaient faiblement entre les parois montagneuses, le plus maigre avait pris l'autre par le bras et posé doucement la tête sur son épaule.

L'Homme-Calendrier, revenant de l'une de ses rares visites aux toilettes, trouva les inséparables la tête entre les barreaux de la fenêtre. Il grogna, mécontent, et attrapa le moins costaud par le genou pour le chasser de son territoire.

Curieux, Bryan se tourna lui aussi vers la fenêtre. Il y avait effectivement quelque chose dans l'air. Les inséparables ne s'étaient pas trompés. Un ronronnement emplissait la montagne avant d'être absorbé par les arbres. Ils vont vers le sud. En Italie, peut-être ! songea Bryan en regardant James.

À présent, le bruit arrivait par-derrière, il ricocha sur l'hôpital, rebondit sur la paroi de la montagne huit ou neuf cents mètres plus loin, puis revint sous forme d'échos au son creux se succédant sans interruption. Les avions devaient venir de l'ouest suivant une ligne passant au sud de l'hôpital. Les escadrilles avaient dû voler au-dessus de Colmar, à moins que le vent ait faussé la perception de Bryan.

Quoi qu'il en soit, le bombardement de Fribourg était maintenant une réalité.

« *Schnell ! Schnell !* » les pressèrent les infirmières sans donner aucun signe de surprise, de peur et, a fortiori, de panique. Les patients inconscients restèrent dans leur lit. Mais en quelques minutes, tous les autres furent en bas.

Dehors retentissaient des sirènes, des crissements de pas précipités et des claquements de portes. À la sortie du bâtiment, un gardien pointait son fusil pour leur indiquer la direction à prendre. Ils passèrent en convoi serré devant lui, contournèrent la rampe d'escalier et descendirent dans la cave du pavillon Alphabet. Les fous bousculaient les sains d'esprit marchant devant eux pour avancer plus vite. Le traumatisme qui les avait fait sombrer dans la folie était réactivé par le bruit des bombes.

Dans la cave, une rangée de cellules étaient fermées par des portes métalliques grises à travers lesquelles passait un concert déchirant de cris et de plaintes. Sur la droite, une porte unique conduisait dans un local moitié moins grand que leur dortoir. Après avoir essayé en vain de rester en arrière pour que James le rattrape, Bryan se laissa pousser jusqu'à se retrouver coincé dans l'angle le plus reculé de la pièce, tandis que des dizaines de patients des autres services entraient par l'étroite porte.

Plusieurs patients montrant des traumatismes physiques avaient l'air de souffrir de la station debout et cherchaient un endroit où s'accroupir.

Le personnel était occupé à calmer les éléments les plus agités de crainte que des patients se fassent piétiner. Un jeune aide-soignant, en proie à la panique, tremblait et respirait avec difficulté, laissant la sueur dégouliner sur son visage sans l'essuyer. Il avait peut-être de la famille dans le quartier où pleuvaient les bombes.

Bryan se mit à se balancer d'avant en arrière en fredonnant, comme James le faisait au début. À chaque aller-retour, il créait un petit espace devant lui, dans lequel il pouvait faire un pas sans s'attirer les foudres de ceux qui étaient autour. Si seulement cette alerte pouvait durer, songeait Bryan en s'approchant progressivement de James. La lumière dans la cave était stable à présent. Le bruit de la bataille, assourdi.

L'un de ses compagnons de dortoir saisit tout à coup Bryan par le revers de sa chemise et il se mit à l'injurier en postillonnant. Il avait les paupières lourdes et la poigne molle. Bryan ne comprenait pas comment il trouvait assez d'énergie pour être agressif. Il tordit le pouce de l'homme pour le forcer à le lâcher puis recommença sa lente approche vers James.

Il s'arrêta de fredonner et toussa bruyamment, pour forcer James à le regarder. Jamais il n'avait vu une telle expression dans les yeux de son ami. Ce n'était pas de la colère, mais un regard dissuasif, menaçant, presque meurtrier.

James détourna les yeux. Bryan fit à nouveau quelques pas vers lui et l'expression revint aussitôt. Le Grêlé inclina la tête pour voir dans quelle direction regardait son protégé. James n'était pas certain d'avoir baissé les yeux à temps.

Jusqu'à ce qu'il soit de retour dans son lit, Bryan eut l'impression d'être surveillé en permanence. Le séjour dans la cave lui avait donné de nombreux sujets de réflexion. D'abord, il y avait les cris venant des petites cellules dans le couloir, que tous avaient entendus mais auxquels personne n'avait réagi. Qui étaient ces gens ? Était-il envisageable que le docteur Holst et Manfried Thieringer ne maîtrisent pas autant qu'ils le pensaient le nombre de chocs électriques qu'un cerveau humain était capable de supporter à la longue ? Ou bien était-ce la punition qui attendait Bryan et James si on découvrait leur imposture ? Leur destin était-il de finir comme les pauvres diables qui hurlaient dans cette cave ?

Et puis, il y avait les regards de James et du Grêlé.

En distribuant les assiettes et les couverts, le Grêlé et Face de lune s'étaient montrés aussi prévenants qu'à l'accoutumée. Le deuxième passait presque toutes ses journées à dormir, mais aux heures des repas, il se promenait dans les couloirs et allait chercher les seaux de nourriture à la cuisine. En les voyant passer avec leur lourde charge, tout le monde leur souriait, les malades comme le personnel.

Ce soir-là, Bryan vit le Grêlé faire un clin d'œil à son compagnon. Le geste était à peine visible, mais il était indiscutable. Aussitôt après avoir cligné, il tourna le visage vers Bryan qui se fit surprendre en train de le fixer mais eut la présence d'esprit de laisser une bave blanchâtre couler sur ses lèvres et son menton.

Le Grêlé remplissait au même moment l'assiette d'un patient et, distrait, il lui servit une double ration de saucisses. Le patient chanceux tenta avec ingratitude de refuser ce traitement de faveur. Mais le Grêlé ne le voyait pas. Il regardait la salive sur le menton de Bryan.

Depuis son arrivée à l'hôpital, Bryan avait appris quelques mots d'allemand, même si leur sens n'était pas toujours très clair pour lui. À force d'écouter leurs intonations et d'observer leurs visages, il finissait par percevoir l'état d'esprit des autres patients. Dans une certaine mesure, il arrivait aussi à deviner ce que les médecins attendaient de son évolution psychique.

Cet apprentissage lui demandait une concentration énorme, ce qui était au-dessus de ses forces pendant les traitements aux électrochocs. Même après les premiers jours de fatigue intense, il voyait le monde alentour sous forme d'images déformées et mouvantes.

Mais il avait compris qu'il devait éviter dans la mesure du possible de croiser le regard du Grêlé. Si son instinct ne le trompait pas, il se passait des choses dans cette unité qui dépassaient son entendement et auxquelles il devait prendre garde. Le Grêlé se penchait souvent au-dessus de son lit pendant son sommeil, changeait sans cesse de ton en lui parlant et terrorisait Bryan avec son aimable bavardage et ses sourires bienveillants. Bryan n'y comprenait rien. Reprends-toi ! se fustigeait-il, luttant pour s'extraire de son engourdissement.

Depuis le bombardement, l'atmosphère avait changé. Plusieurs jeunes aides-soignants avaient été envoyés au front ou bien à la reconstruction des villes alentour. La charge de travail pour ceux qui restaient était plus lourde, et le nombre des blessés entrant par les grilles dépassait largement celui des valides qui en ressortaient. On avait dû transformer le gymnase en hôpital de campagne. L'Unité Alphabet ne tarderait pas à être réquisitionnée elle aussi. Les soldats blessés étaient prioritaires.

L'inquiétude se lisait sur le visage des membres du personnel. Beaucoup d'entre eux avaient perdu des proches lors des bombardements. La petite Petra faisait le signe de croix quinze fois par jour et ne parlait pratiquement plus qu'à James. Ses sourires et ses petites attentions étaient devenus plus rares.

Tout le monde faisait ce qu'il avait à faire, et rien d'autre.

17

La sixième fois que Bryan avait fait l'aller-retour aux toilettes avait été la fois de trop pour l'infirmière qu'ils appelaient sœur Lili. Bien que tout le monde sache que le deuxième jour après des électrochocs, les patients avaient une soif inextinguible et ne tenaient plus en place, elle avait autre chose à faire que de le surveiller et sa patience était à bout.

Bryan n'en pouvait plus d'avoir la bouche sèche. Il avait suivi des yeux les gestes sûrs des aides-soignantes retournant housses de couette et taies d'oreiller, et reposé lourdement la tête sur l'oreiller qui sentait fort la lessive. Il avait beau se mordre la joue, il ne parvenait pas à produire une seule goutte de salive.

Du lit de l'un des inséparables lui parvinrent des exclamations contrariées et Bryan leva la tête. Le Grêlé voulait donner de l'eau au patient, mais le plus maigre détestait qu'on le touche, et repoussait obstinément sa main. Bryan observait mollement l'altercation et il essaya de déglutir en regardant le Grêlé forcer le verre entre les lèvres scellées. Le contenu limpide du verre clapotait de manière ensorcelante tandis que le patient remuait la tête comme un gamin capricieux. Bryan leva le bras pour que le Grêlé cesse de tyranniser sa victime et qu'il se tourne vers lui. Son visage s'éclaira d'un large sourire et il se précipita vers Bryan, tenant le verre au bout de son bras tendu.

L'eau lui parut fabuleusement désaltérante, il vida le verre goulûment et son bienfaiteur voulut aussitôt retourner à la table roulante pour le remplir de nouveau. Mais en se retournant, il heurta la tête de lit. Les comprimés cliquetèrent si bruyamment à l'intérieur du montant métallique que Bryan eut l'impression un instant que tout le monde se figeait. La sécheresse dans sa bouche revint aussitôt. Le Grêlé se retourna lentement et posa sur lui un regard soupçonneux. Il redonna un coup de genou dans le montant, mais pas assez fort pour que les comprimés se remettent à cliqueter. Bryan toussa bruyamment à tout hasard et l'aide-soignante qui se trouvait au chevet de l'Homme-Calendrier accourut pour lui taper dans le dos. Le Grêlé resta encore un instant auprès de Bryan, puis il se résolut à aller lui chercher un autre verre d'eau, à la demande de la petite aide-soignante.

Le restant de la journée, Bryan osa à peine bouger, alors que les comprimés étaient probablement tombés tout au fond du montant de lit et n'en bougeraient plus.

Le Grêlé était manifestement le seul à les avoir entendus.

Vers minuit, plusieurs nuages passèrent devant la lune. Bryan avait décidé qu'il était temps de se débarrasser des comprimés. Quand il fut convaincu d'être tranquille, il sortit de son lit et en souleva le pied, du côté droit. Le bouchon n'avait manifestement jamais été retiré depuis le jour où le fabricant l'avait placé là. Bryan dut tellement forcer pour le retirer qu'il s'arracha la peau au bout des doigts. Quand enfin le bouchon sortit, il était si fatigué qu'il n'avait même plus la force de savourer son triomphe. En une fraction de seconde, il pressentit la catastrophe et passa sa main sous l'orifice, juste avant que les pilules se mettent à couler comme le grain d'un silo. Quelques-unes lui échappèrent et roulèrent sur le sol. Bryan écarquilla les yeux dans la lumière chiche.

L'un des comprimés avait atterri au milieu du passage, deux ou trois autres sous les lits voisins. Bryan rassembla doucement un petit tas. Puis il souleva le bas de sa chemise de nuit pour en faire un petit panier dans lequel il les ramassa, rampant à quatre pattes, cherchant à tâtons avec des gestes fébriles ceux qui lui avaient échappé. Quand il se fut persuadé qu'il les avait tous récupérés, il remit le bouchon. Pendant un court instant, un nuage se déchira, faisant un trou dans le ciel nocturne au travers duquel passa un rayon de lune qui éclaira toute la salle. À la tête d'un lit dans la rangée opposée, une silhouette se dressa lentement et l'individu regarda en direction de Bryan, qui s'aplatit sur le sol.

Il savait qu'il s'agissait du Grêlé.

La lumière froide de la lune se répandait doucement dans la forêt des pieds de lit, dessinant des dizaines de lignes d'ombre sur le carrelage. Parmi elles, un trait de l'épaisseur d'une aiguille à tricoter avec au bout une tache blanche, comme un point sur un i. Une ultime pilule avait roulé de l'autre côté de l'allée pour aller s'immobiliser traîtreusement sous le lit de Wilfried Kröner.

Son lit grinça. Il n'avait manifestement pas l'intention de se recoucher.

Quand le nuage passa, Bryan replia les coins de sa chemise d'une main et il tendit la deuxième vers sa couverture qu'il fit tomber par terre en même temps qu'il se relevait de manière que le Grêlé ne puisse pas voir dans l'obscurité s'il sortait de son lit ou s'il y remontait.

Bryan sentit qu'il le suivait des yeux sur le chemin des toilettes. Il évita de regarder de son côté et se concentra sur les coins de sa chemise et sur les obstacles susceptibles de le faire trébucher.

Il dut tirer trois fois la chasse avant que les derniers comprimés disparaissent dans les tourbillons écumants de la cuvette.

Dans le dortoir, la lumière de la lune était revenue. À présent, le Grêlé était assis au bord de son lit, ses énormes pognes posées au bord du matelas comme s'il était prêt à s'élancer. Il avait le haut du corps penché en avant, les yeux plissés et attentifs. Manifestement, il n'avait pas l'intention de le laisser passer. Et à ce moment précis, il avait l'air d'un homme parfaitement normal.

Convaincu qu'il avait été découvert, Bryan s'arrêta au pied du lit du Grêlé, la mâchoire tombante et la langue pendante. L'homme ne le quittait pas des yeux. Bryan le surprit en se penchant jusqu'à toucher la barre horizontale du lit avec sa poitrine. Leurs visages étaient si proches que leurs haleines se mélangeaient. Bryan pencha la tête sur le côté comme s'il allait s'assoupir et tendit prudemment le pied vers l'endroit où il pensait avoir vu s'arrêter la petite pilule. À l'instant où il sentit qu'il avait mis le pied dessus et replié ses orteils pour l'attraper, le Grêlé bondit et leurs fronts s'entrechoquèrent dans un bruit sourd. Bryan tomba en arrière et son crâne cogna violemment sur le sol. Il sentit une douleur insupportable.

Il s'était pratiquement sectionné la langue dans sa chute.

Il rampa sur le dos, lentement, s'éloignant de l'homme qui le fixait. Quand Bryan fut retourné dans son lit, le cœur battant, essayant de se persuader qu'un jour tout s'arrangerait, le Grêlé lâcha l'affaire et retourna se coucher, inconscient de la grave blessure qu'il venait de lui infliger.

Les heures suivantes, sa langue enfla et se mit à pulser douloureusement. Bryan souffrait le martyre. Il passa le restant de la nuit à gémir assez discrètement pour ne réveiller personne.

Lorsqu'il se sentit un peu mieux et alors que le sommeil s'emparait miséricordieusement de lui, il se souvint du comprimé.

Il était toujours par terre.

Bryan resta longtemps à regarder le plafond en se demandant s'il allait repartir le chercher.

C'est alors qu'il entendit les chuchotements pour la première fois.

18

Quand elle vit Bryan, la jeune Petra eut un choc terrible. Ç'avait été une longue nuit de souffrance et d'angoisse. Son lit était trempé de sueur. Une énorme bosse déformait son front à cause du coup de tête, ses lèvres et son menton étaient tuméfiés. Le col de sa chemise et son oreiller couverts de sang. Bryan n'avait pas fermé l'œil. Même quand les voix s'étaient tues, quand il n'y avait plus eu autour de lui qu'un silence effrayant, son corps n'avait pas fait valoir son droit au repos. Bryan était trop nerveux, à présent qu'il savait.

La révélation était effroyable. Il y avait trois simulateurs dans le dortoir en plus de lui et de James. Des hommes malins, ingénieux, prudents, imprévisibles et, à n'en pas douter, dangereux. Sans compter tout ce qui lui avait échappé parce qu'il ne comprenait pas l'allemand. Bryan avait toujours eu peur des choses qui lui échappaient.

Le Grêlé l'avait à l'œil, à présent. La question était de savoir ce qu'il avait déjà eu le temps de remarquer. Il comprit que James avait essayé de le prévenir contre les simulateurs. Il était bouleversé à l'idée de ce que son ami avait dû endurer à cause de lui ces derniers mois. Il s'en voulait terriblement de ne pas avoir été plus attentif aux signaux. Je te jure de ne plus te rendre la vie impossible, James ! promit-il en pensée.

Il pria pour que James se rende compte de son épiphanie. L'épisode de la nuit n'avait pas pu échapper à son attention.

Le lien invisible qui les unissait existait à nouveau.

Plusieurs patients sursautèrent quand l'une des nouvelles infirmières poussa la porte d'un coup sec et se mit à crier le nom d'Hitler d'une voix hystérique avant de parler d'une tanière de loup et d'un attentat contre le Führer.

Bryan la suivit des yeux tandis qu'elle traversait le dortoir, bousculant Petra qui fit le signe de croix et Vonnegut qui se contenta de la regarder, hébété. Bryan espéra que cela signifiait qu'Hitler était mort. Holst l'écouta longuement sans rien dire. Les bégaiements et l'excitation de la jeune femme ne semblèrent pas le bouleverser. Derrière eux, James, assis dans son lit pour une fois, écoutait son histoire avec un air un peu trop éveillé sous le regard curieux du Grêlé.

Brusquement, le docteur Holst planta là infirmière, Führer et tanière de loup. Son travail et la bonne marche de l'hôpital passaient avant tout. James, en revanche, avait été si secoué par la nouvelle qu'il n'était pas encore retombé dans son apathie. Le Grêlé, lui, se borna à sourire et à repousser sa couverture pour permettre au médecin de l'ausculter plus facilement quand son tour viendrait.

Malgré l'absence de réaction du docteur Holst, il avait dû se passer quelque chose d'important. L'atmosphère était électrique, l'activité à l'extérieur fébrile et, pour la première fois depuis plusieurs semaines, ils eurent la visite d'un officier de la Gestapo.

Ils ne l'avaient jamais vu auparavant. C'était un tout jeune homme. Bryan jugea qu'il devait être encore plus jeune que lui. Passant les lits en revue, il salua les patients d'un bras demi-tendu, hochant la tête quand ils répondaient à son salut.

Puis il inspecta le couloir qui menait aux toilettes et à la salle de douches, marchant à pas lents, ouvrant brusquement des portes et les claquant bruyamment. La présence de l'homme en noir ne semblait impressionner personne. Même les simulateurs le regardèrent droit dans les yeux en répondant à son salut militaire, et lorsqu'il tendit le bras, claqua les talons et aboya un « Heil Hitler ! » qui fit sursauter tout le monde, Face de lune sourit plus largement encore que d'habitude.

Son maigre complice dans le lit voisin se montra nettement moins insolent. Son fin visage se fendit certes d'un sourire, mais son bras ne se tendit qu'à moitié. En le soulevant, il fit glisser sa couverture de sorte qu'elle traînait par terre entre son lit et celui d'à côté, c'est-à-dire juste à l'endroit où se trouvait le comprimé que Bryan avait essayé en vain de récupérer. Il dut lutter contre le réflexe de fixer l'objet de son inquiétude.

Si l'officier le voyait, il ne pourrait évidemment pas deviner qui l'avait fait tomber. Mais que dirait le simulateur si on l'interrogeait ? Et à la lumière de cette découverte, que déduirait le Grêlé des événements de la nuit précédente ? Bryan conclut rapidement que ce comprimé insignifiant pouvait le mener droit à sa perte. Tôt ou tard, quelqu'un d'autre allait le ramasser. Car lui ne s'y risquerait plus.

Le voisin du Chétif avait le visage sévèrement brûlé. Il s'agissait de l'un des patients qui étaient déjà là à leur arrivée. Il ne portait plus de bandage et sa peau commençait à avoir une couleur presque normale. Il avait été l'un des nombreux soldats de cette guerre à s'être trouvé enfermé dans un tank en flammes, à la différence que lui avait survécu, au prix d'une souffrance qui l'avait plongé dans un état de confusion mentale dont il avait peine à s'extraire et qui l'avait privé de l'usage de la parole. Voyant qu'il avait des difficultés à lever le bras pour répondre à son salut, l'officier s'engagea dans l'espace entre les deux lits pour l'aider.

Le bout de sa botte heurta le comprimé qui alla ricocher contre le mur avec un bruit presque imperceptible. Bryan poussa un discret soupir de soulagement. Malheureusement, deux minutes plus tard, l'officier marcha sur la même pilule alors qu'il approchait de la porte pour sortir. Le craquement sous sa semelle le stoppa net.

En entendant le cri du jeune officier, une infirmière accourut et le trouva un genou à terre en train de triturer la poudre blanche du bout du doigt. Il lui tendit son index et obligea la pauvre femme à la goûter. À en juger par l'expression sur son visage, elle avait commencé par essayer de dédramatiser la situation et clamé ensuite son innocence et son incompréhension devant ce phénomène inexplicable. Le jeune homme lui posa quelques questions auxquelles elle répondit chaque fois en secouant la tête, son visage changeant progressivement de couleur. Après plusieurs minutes d'interrogatoire, son regard devint flottant et elle aurait sans doute aimé trouver un trou de souris par lequel s'échapper.

Quand il en eut terminé avec l'infirmière, l'officier se mit à quatre pattes entre les lits, rampant au ras du sol comme un chien de chasse qui a trouvé une piste, le derrière en l'air et le nez collé au carrelage. Au bout de quelques minutes de recherche, il avait trouvé deux comprimés supplémentaires. Bryan était horrifié.

Tout le monde fut convoqué. Les infirmières assurant la garde de jour et celles, à moitié endormies, qui venaient de terminer leur garde de nuit. Les brancardiers dont le travail était d'emmener les patients du dortoir à la salle d'électrochocs et, exceptionnellement, de donner un coup de main pour les manipulations courantes. L'officier interrogea aussi les gardiens et parmi eux Vonnegut, les aides-soignants, le personnel d'entretien, le docteur Holst et le médecin-chef Thieringer. Personne ne fut en mesure de lui donner une explication. Manifestement, plus il entendait de témoignages, plus l'officier était convaincu qu'il y avait un gros, très gros problème dans ce service.

L'officier supérieur qui les avait interrogés dans le gymnase fut appelé et mis au courant de la situation. Parmi les innombrables mots qu'il l'entendit vociférer, Bryan n'en comprit qu'un seul.

Simulation.

En moins de temps qu'il n'en faut pour le dire, une inspection générale de l'Unité Alphabet fut mise en place. Plusieurs soldats SS retirèrent leur veste d'uniforme et se mirent à fouiller le dortoir, à genoux, sur le ventre ou debout sur la pointe des pieds. Chaque centimètre carré fut examiné à la loupe. Pas une cachette n'échappa à leur vigilance. Les armoires de toilette furent vidées, les journaux épluchés, les vêtements et les draps palpés, les matelas soulevés, les rebords de fenêtres et les volets vérifiés. Seuls quelques patients incapables de se tenir debout furent autorisés à rester couchés. Tous les autres furent rassemblés contre le mur du fond où, jambes nues, ils assistèrent, impuissants, à la fouille des locaux. Profitant d'un moment d'inattention, James prit le foulard de Jill sous son matelas et le noua autour de son cou, caché sous le col de sa chemise de nuit.

Thieringer, le médecin-chef, tenta en vain de raisonner les militaires, contrarié d'être dépassé par la situation. Mais quand quelqu'un retira le bouchon au pied d'un lit et que des dizaines de comprimés se répandirent sur le sol, il ne trouva plus rien à dire.

L'espace d'un instant, ce fut comme si tout s'était figé dans la pièce. Le sergent SS à la tête des opérations donna l'ordre que tous les bouchons soient retirés des pieds de lit. L'officier de la Gestapo posa une question à Vonnegut. Avec autant de réticence que si on lui avait demandé d'accuser l'un de ses propres enfants, le vieux gardien leva lentement son crochet et désigna un point au milieu du groupe amassé contre le mur. Le plus maigre des inséparables poussa un cri et se mit à trembler des pieds à la tête avant de tomber à genoux devant l'officier.

Tandis qu'on enlevait les bouchons de tous les pieds de lit, Bryan pria de tout son cœur pour qu'aucun comprimé ne soit resté coincé dans le tube la nuit précédente. Quand on emmena le petit homme maigre, sanglotant, et que le calme fut revenu dans le dortoir, Bryan réalisa qu'il avait été la cause de son malheur. Il réalisa aussi que sur les vingt-deux patients du service, au moins six étaient des simulateurs. Un chiffre incroyable qui pouvait encore augmenter. Pas une seconde il n'avait soupçonné le plus maigre des inséparables. Il avait donné l'illusion parfaite d'un authentique malade mental dont l'état évoluait progressivement, bien que très lentement, vers la guérison. Depuis la toute première fois où Bryan l'avait vu dans le camion qui les avait emmenés jusqu'ici, il avait joué son rôle à la perfection.

Quatre lits plus loin, son compagnon se curait tranquillement le nez, comme il l'avait toujours fait. Si lui aussi faisait semblant, sa performance était réussie. Il ne montrait aucune inquiétude, aucune peine face à ce qui venait de se passer et ne semblait s'intéresser qu'à ce que son doigt pêchait dans sa narine.

Quand le patient maigre fut ramené dans le dortoir, pâle et meurtri, cela ne l'affecta pas plus. Il se contenta de sourire, le doigt profondément enfoncé dans son nez. Bryan avait du mal à y croire. Il ignorait comment le maigre avait réussi à s'en tirer avec la vie sauve, mais il n'était pas tranquille.

Tout le monde avait l'air soulagé de la conclusion de cette affaire. Les médecins souriaient et les infirmières de garde se montraient presque aimables.

Le lendemain matin, on revint chercher le patient maigre qui avait passé toute la nuit à trembler comme une feuille.

Vers midi, le jeune officier entra dans le dortoir accompagné d'un soldat SS. Après avoir reçu une série d'ordres, les patients se dirigèrent docilement vers les fenêtres du côté du lit de Bryan. Il fut le dernier à les imiter et se trouva de ce fait en deuxième ligne, d'où il ne pouvait regarder dehors qu'en se hissant sur la pointe des pieds. Dans cette position, il était gêné par les barreaux et les petits-bois des fenêtres, et il dut tendre le cou pour voir au-dessus de l'épaule du patient devant lui.

De ce côté, on avait une vue panoramique de la paroi montagneuse qui s'élevait à quelques mètres du mur de l'hôpital jusqu'à la chapelle, cent mètres plus loin. Seul un poteau qui devait marquer l'emplacement d'un ancien forage arrêtait l'œil sur cette étendue nue.

Ils y attachèrent le petit homme maigre et le fusillèrent sous les yeux de ceux qui partageaient sa chambre, sa vie et l'air qu'il respirait depuis plus de six mois. Au moment où le coup de feu éclata, Bryan tourna la tête vers James, debout un peu plus loin dans la salle, au premier rang, auprès du Grêlé qui le dominait de sa haute stature. James sursauta violemment et son regard fébrile brilla l'espace d'une seconde d'une lueur trop vive. Pourtant ce ne fut ni l'exécution ni la réaction de James qui couvrit de sueur le front de Bryan à ce moment-là, mais le hochement de tête que le Grêlé adressa à Face de lune après avoir regardé James d'un air entendu.

Le camarade du fusillé ne montra aucune émotion. Manifestement, il n'avait rien compris à ce qui s'était passé. Personne ne fit mine de le consoler. Personne ne vint l'interroger. Ils enlevèrent le lit du patient, lessivèrent le sol dans tout le service et distribuèrent de l'ersatz de café à tout le monde. Vonnegut fut autorisé à brancher ses haut-parleurs, sans doute parce que la musique adoucit les mœurs.

Après tout, il ne fallait pas oublier qu'ils étaient là pour se soigner.

Quelques jours passèrent avant qu'à nouveau on attache un condamné au poteau dans la cour. Bryan ne sut jamais qui il était. Il ne venait pas de l'Unité Alphabet. Mais visiblement, il avait d'une façon ou d'une autre tenté de se soustraire à son devoir militaire. Ce genre de crime était puni sévèrement et sans pitié : c'était le message qu'on voulait faire passer.

19

Après ces deux premières victimes de l'implacable autorité nazie, il ne se passa plus un jour sans que des coups de feu éclatent dans l'enceinte de l'hôpital. Mais, hormis les simulateurs qui ne chuchotaient plus la nuit, et James qui restait constamment immobile dans son coin et ne réagissait que lorsqu'on apportait les repas, la vie continua comme avant.

Les simulateurs, le Grêlé en particulier, étaient en alerte. Il prodiguait toujours aussi ouvertement ses soins attentifs aux autres patients mais gardait ses discours pour lui. Bryan lisait dans ses pensées et se posait la même question que lui. Combien d'entre eux étaient des simulateurs ?

Le Grêlé semblait surveiller James tout spécialement. Un soir, Bryan avait surpris les trois complices, assis en rang d'oignons, fixant James avec la même expression féroce. Ils se méfiaient de lui. Deux d'entre eux avaient du mal à rester concentrés très longtemps et, au bout de quelques minutes, leurs regards devenaient troubles et ils cédaient à l'effet des médicaments. Le Grêlé, lui, pouvait rester conscient pendant des heures.

Bryan espérait qu'ils finiraient par laisser James tranquille. Qu'avaient-ils à craindre d'un type qui désormais passait tout son temps plongé dans un semi-coma ? Mais un jour, l'Homme-Calendrier se mit à pousser des cris d'orfraie en battant des bras et en pointant James du doigt, et Bryan comprit qu'il y avait un problème. Sœur Lili accourut et lui tapa dans le dos. Il était blanc comme un linge et toussotait faiblement.

Le lendemain à l'heure du déjeuner, le même scénario recommença.

Les jours suivants, Bryan resta assis dans son lit pour manger, au lieu de s'installer les pieds par terre sous la table de chevet comme il faisait d'habitude. Dans cette position, il pouvait observer James tandis qu'il avalait avec difficulté sa nourriture réduite en purée. Alors que les cliquetis des couverts, les bruits de mastication et d'occasionnels rots satisfaits remplissaient la salle, James regardait son assiette sans manger. Enfin, juste avant qu'on vienne débarrasser, ses épaules s'affaissaient et il se résignait à avaler deux bouchées de nourriture.

Aussitôt après, il était pris d'une quinte de toux.

Quand le même manège se fut répété six jours de suite, Bryan se leva de son lit au moment où on apporta les repas et il traversa en chantonnant le dortoir, son assiette tendue devant lui, jusqu'à la table de Vonnegut. Si Vonnegut ou sœur Lili avaient été là, on l'aurait renvoyé dans son lit. Mais ce jour-là, un patient avait réagi si violemment aux électrochocs que gardiens et infirmières avaient du travail à rattraper avant la tournée du médecin de l'après-midi. Bryan posa son assiette au bord de la table de Vonnegut et commença à manger. Sa langue était toujours enflée, mais la cicatrisation progressait normalement. Les simulateurs suivaient attentivement ses mouvements de déglutition prudents, leurs regards posés alternativement sur lui et sur la silhouette pétrifiée de James, dans le dernier lit. James se doutait que Bryan ne le regardait pas mais il prenait quand même garde à ne pas lever les yeux.

James prit une première bouchée, puis une deuxième. À l'instant où sa quinte de toux démarra, Bryan tapa sur le bord de son assiette qui vola et atterrit précisément au pied du lit de son ami. Le bruit fut assourdissant et chacun leva la tête de sa gamelle pour voir Bryan se précipiter, faussement mortifié, vers l'assiette qui lui avait échappé.

En arrivant au chevet de James, il s'arrêta brusquement et se mit à rire dans un gloussement un peu honteux en montrant du doigt le sol sali et l'assiette fautive. James garda les yeux braqués sur sa propre assiette où, parmi les morceaux de porc et les tranches de céleri grises et trop cuites, gisait une matière indéfinissable qui ressemblait à s'y méprendre à des excréments humains.

Bryan se pencha en fredonnant et, avec l'air de vouloir plaisanter, il piocha dans la nourriture de James avec sa propre cuillère. Il eut beaucoup de mal à refouler la nausée quand elle survint. Au milieu de la ration de son ami se trouvait effectivement un étron humain.

Le Grêlé rigola et Face de lune se précipita pour arracher son assiette à James. Puis il se baissa pour ramassa le contenu de l'assiette de Bryan qu'il versa dans celle de James avant de courir vers les toilettes.

Bryan ne comprenait pas comment ils avaient fait pour mettre des excréments dans la nourriture de son ami, mais deux choses étaient sûres, c'était l'œuvre des simulateurs et ils ne voulaient pas que cela se sache.

Ils tyrannisaient James de cette manière depuis plusieurs jours. C'était une guerre inégale, ouverte et sans pitié, ayant pour unique but de l'obliger à se trahir. Peut-être avaient-ils réussi. James avait réagi. Il avait refusé de manger.

Cet après-midi-là, ils le laissèrent tranquille.

Bryan ne pouvait rien faire de plus pour lui.

Bryan fut réveillé par le bruit d'un volet roulant battant contre une vitre. Dans le lit voisin, le grand brûlé dormait. Plus loin, l'homme qui avait regardé droit dans le jet de la douche, assis en tailleur au pied de son lit, suivait d'un regard indifférent ce qui se passait dans la rangée d'en face.

Dans la lumière pâle de la nuit estivale, les silhouettes des trois simulateurs dans la pénombre glacèrent le sang de Bryan. Ils encerclaient le lit de James. Régulièrement, un bras se levait et frappait. Il était impossible de juger de sa douleur car James ne poussa pas un cri. Mais plus tard dans la nuit, quand ils le laissèrent enfin tranquille, Bryan l'entendit gémir doucement.

Plus jamais je ne vous laisserai vous en prendre à lui ! menaça-t-il, les mâchoires serrées, lorsqu'il vit son ami se diriger en titubant vers les douches le lendemain matin.

Ce qui ne les empêcha pas de recommencer. Pour l'instant, ils n'avaient pas laissé de marques sur son visage, mais chaque nuit, les coups mats résonnaient au fond du dortoir.

Bryan craignait tant pour la vie de James que le désespoir le gagna. Il faillit se mettre à crier plusieurs fois, appeler l'infirmière de nuit en tirant sur le cordon et se jeter entre James et ses bourreaux. Mais des années de guerre enseignent à un homme certaines règles de survie. Réduit à l'impuissance, accepter l'inacceptable était la seule réaction raisonnable.

Un matin, Petra trouva James inanimé dans une mare de sang. L'étonnement et la panique que Bryan lut sur le visage de l'infirmière en disaient long sur la gravité de l'état de son ami. Le docteur Holst ainsi qu'un médecin du service de traumatologie furent appelés à son chevet. Vous voyez bien qu'il n'a pas pu se faire ce trou à la tête tout seul, pesta Bryan en silence quand il les vit examiner les traverses, la tête et le pied du lit, et se mettre à quatre pattes par terre pour essayer de comprendre comment ces lésions avaient pu apparaître. Salopards, songea-t-il, serrant les dents et priant pour que James survive.

Malgré la mauvaise volonté des médecins, on mena tout de même une enquête de routine. Le jeune officier de la Gestapo examina soigneusement la plaie qui était profonde, il posa la main sur le front de James comme s'il avait eu les compétences médicales pour le faire et inspecta chaque centimètre carré du lit. Puis il vérifia le sol, les murs et les montants du lit. N'ayant rien trouvé, il alla de patient en patient, arrachant leurs couvertures pour voir s'ils avaient quelque chose à cacher. Faites qu'il y ait des marques sur leurs mains ou des taches de sang sur leurs chemises de nuit, se disait Bryan. Car le sang avait dû gicler copieusement pour que James soit aussi pâle. Mais l'officier ne trouva rien de suspect nulle part. Il pressa les infirmières qui ne savaient plus où donner de la tête et couraient dans tous les sens comme des poules affolées, jusqu'à ce que Petra revienne enfin avec le nécessaire.

Avant que Bryan ait eu le temps de réaliser la gravité de ce qui allait suivre, ils avaient placé une perfusion dans le bras de James. Le contenu de la bouteille qui pendait au-dessus de la tête du blessé était noir comme du charbon.

Tu es foutu, James, bon Dieu ! se dit Bryan en essayant de se souvenir de la conversation qu'ils avaient eue sur les groupes sanguins et les transfusions, il y avait une éternité de cela, dans le train sanitaire. « Fais ce que tu veux, Bryan, mais moi en tout cas, je vais me tatouer A+. » C'était ce qu'il avait dit ce jour-là, sans savoir qu'il signait son arrêt de mort. À présent, le plasma meurtrier s'écoulait à travers le tube. Deux groupes sanguins différents étaient en train de se mélanger goutte après goutte dans un organisme déjà très affaibli.

Les simulateurs n'avaient pas eu l'intention de tuer James. Ils auraient pu le faire s'ils l'avaient voulu. N'importe qui, une fois mort, cesse de constituer un danger. Mais Gerhart Peuckert n'était pas n'importe qui. Il était colonel SS dans la Gestapo. Et si on venait à découvrir qu'il avait été battu à mort ou qu'il n'était pas mort de cause naturelle, tout serait mis en œuvre pour mettre la main sur le ou les coupables.

Les simulateurs avaient besoin de certitudes et ils voulaient garder le contrôle. Pour l'instant, ils n'avaient ni l'un ni l'autre.

Plus tard, on dévêtit James pour sa toilette. Il était pâle comme la mort. Bryan poussa un soupir de soulagement en voyant qu'il ne portait pas son foulard autour du cou. Mais c'était bien la seule bonne nouvelle. Les trois brutes suivirent attentivement les opérations.

Les tentatives répétées de Petra pour découvrir ce qui avait provoqué ce drame furent systématiquement tuées dans l'œuf, et sévèrement réprimandées par sa supérieure. La petite Petra faisait des vagues. Sœur Lili, quant à elle, s'évertuait à ramener le service à la normale le plus vite possible. Elle partait manifestement du principe simple qu'une explication criminelle retomberait sur sa tête. Une enquête mènerait à de longs interrogatoires qui entraîneraient un blâme et le blâme à une mutation. Une mutation qui pouvait la conduire tout droit dans un hôpital militaire sur le Front de l'Est.

Sœur Lili ne manquait pas d'imagination.

Les jours suivants, malgré tous les efforts de Petra, la garde de James fut confiée exclusivement à sœur Lili. Le patient n'allait pas bien. Deux bouteilles de plasma lui furent transfusées. On fit entrer dans les veines de James plus d'un litre de sang d'un groupe incompatible avec le sien.

Et il survécut.

20

Mais le cauchemar était loin d'être terminé.

Un matin, Bryan se réveilla pour découvrir Petra assise au bord du lit de James, tremblante, serrant sa tête contre sa poitrine, le câlinant comme un enfant malheureux.

Un soir, plus tard dans la semaine, James fut pris de vomissements, assis tout droit dans son lit. Bryan se risqua à s'approcher de lui, profitant de ce que le Grêlé et Face de lune étaient sortis chercher les seaux de nourriture. Le troisième simulateur dormait.

James était extrêmement pâle. Sa peau avait la couleur du parchemin et ses tempes bleutées laissaient voir le dessin de son artère temporale.

« Dépêche-toi de guérir, James, je t'en supplie ! murmura Bryan sans le regarder. Nos troupes seront bientôt là. Tu vas voir, dans un mois, deux tout au plus, on sera libres. » James lui répondit par un minuscule sourire et il avança les lèvres comme s'il disait : *chut*. Puis, tellement bas que Bryan dut se pencher et coller son oreille aux lèvres sèches de James pour entendre, il murmura : « Reste loin de moi ! »

Alors que Bryan se redressait, le Chétif fit claquer sa couverture.

Les Alliés bombardèrent Karlsruhe, envoyant d'interminables colonnes de réfugiés sur les routes vers l'intérieur des terres et le havre de la Forêt-Noire.

Dans le courant de la deuxième semaine de septembre, plusieurs événements obligèrent Bryan à changer ses plans, peut-être pour la dernière fois.

En un matin radieux, on trouva une fois de plus James en train de perdre son sang. Ses bandages étaient arrachés et ses plaies à la tête, pourtant presque cicatrisées, étaient à nouveau à vif. Il était aussi blanc que ses draps. Ses mains étaient noires de sang coagulé. Pensant que James s'était lui-même infligé ces blessures, on lui mit d'épais pansements sur les mains pour l'empêcher de recommencer.

Et on lui fit une nouvelle transfusion.

Bryan ne savait plus à quel saint se vouer quand il vit la nouvelle bouteille en verre se balancer au-dessus de la tête de lit.

Les simulateurs et lui se surveillaient mutuellement avec une hostilité passive. Pendant cette guerre froide, James sombra un jour dans un sommeil si profond que le docteur Holst parla de coma. Il secoua la tête, désolé, puis se tourna en souriant vers l'un puis vers l'autre voisin de Bryan qui, tous deux, venaient d'obtenir le tampon vert autorisant leur sortie de l'hôpital.

C'était la première fois que Bryan voyait un malade du service habillé autrement qu'en chemise de nuit. Depuis le premier jour, ils se promenaient le cul à l'air dans cette liquette qui descendait aux genoux et se fermait dans le cou avec un cordon. De temps en temps, rarement, ils portaient un slip en dessous.

Les deux officiers étaient enchantés et, avec leurs culottes de cheval fraîchement repassées, leurs casquettes hautes et rigides et les breloques pendant sur leurs vestes empesées, ils avaient retrouvé toute leur dignité et leur autorité. Le docteur Holst leur serra la main et les infirmières leur firent la révérence. Quelques jours auparavant, les mêmes infirmières leur claquaient les fesses s'ils refusaient de défiler nus devant elles après la douche. Quand le voisin de Bryan voulut serrer la main de Vonnegut, celui-ci fut tellement intimidé qu'il lui tendit son crochet au lieu de sa main gauche valide.

Comment les médecins parvenaient à faire la différence entre un homme fou et un homme sain d'esprit, cela dépassait l'entendement. Mais pour servir de chair à canon, tous feraient probablement l'affaire.

Les deux hommes étaient fiers comme des princes et faisaient montre de joie candide. Bryan les entendit prononcer le nom de la ville d'Arnhem.

Ce devait être l'endroit où ils allaient.

Quand son voisin prit congé de lui, le regard droit et fier, Bryan eut du mal à reconnaître le patient qui depuis huit mois dormait à côté de lui.

Dès que les premières nouvelles des victoires allemandes près d'Arnhem commencèrent à arriver, l'ambiance changea dans l'unité. Les patients qui étaient les prochains sur la liste des sortants se tenaient plus droits et ne manquaient pas une occasion de montrer leurs progrès. L'état des autres sembla au contraire se détériorer. Ils se réveillaient la nuit en hurlant, se balançaient de manière exagérée, ils avaient de plus en plus de tics et recommençaient à manger comme des porcs.

Les simulateurs ne firent pas exception à la règle.

Le Grêlé mit tant d'enthousiasme à vouloir servir les patients que les aides-soignantes durent le freiner pendant quelques jours, afin d'éviter qu'il ébouillante quelqu'un ou bouscule les médecins en courant dans tous les sens pour accomplir ses tâches. Face de lune s'était lancé dans un numéro quotidien consistant à beugler « Heil Hitler ! » au garde-à-vous et le bras tendu chaque fois qu'il croisait Vonnegut ou un malade. L'infirmière de garde accourait régulièrement au milieu de la nuit parce qu'il laissait exploser sa liesse en chantant à tue-tête et en battant le rythme sur les barres métalliques du lit.

Bryan, à l'instar du Chétif, se mit en boule dans son lit, tira la couverture au-dessus de sa tête et ne prononça plus un mot.

Son grade apparemment élevé, les responsabilités importantes qui devaient être celles d'Arno von der Leyen, sa faiblesse apparente et le peu de progrès qu'il semblait faire vers une éventuelle guérison étaient sa garantie de ne pas repartir au front comme ses voisins et également son assurance-vie. Avec un peu de chance, personne ne saurait à quoi l'employer.

Bryan ne craignait pas grand-chose pour lui-même. Il avait peur pour son ami et peur de ce que les simulateurs allaient encore inventer pour lui faire du mal.

Quand il avait enfin repris connaissance, James n'était plus que l'ombre de lui-même, mentalement absent et physiquement amaigri.

Il y avait plus de quatre mois que Bryan réfléchissait à leur évasion. Et James n'était pas près de se lever de son lit.

Premier problème : leur tenue vestimentaire. Hormis sa chemise d'hôpital, Bryan ne possédait pas d'autres vêtements qu'une paire de chaussettes, remplacée tous les trois jours par une autre, encore plus délavée que la précédente. Depuis qu'il allait seul aux toilettes, il avait également été équipé d'une robe de chambre. Il comptait sur celle-ci pour le protéger des violentes rafales de vent, mais malheureusement elle avait mystérieusement disparu. Il y avait un moment qu'il voyait un gardien lorgner dessus avec envie. Quant à ses pantoufles, on les lui avait volées depuis longtemps aussi.

La distance jusqu'à la frontière suisse ne l'inquiétait pas. Cinquante ou soixante kilomètres tout au plus. Le temps était encore doux et le terrain se dessinait clairement dans la lumière estivale. En revanche, les nuits étaient froides et il devait le prendre en compte.

Depuis quelques semaines, un vent d'ouest s'était levé, apportant avec lui de nouveaux bruits, entre autres un sifflement et le roulement sourd d'un train, le doux son de la liberté. La voie ferrée n'est pas loin, James ! On montera à bord du train et on roulera jusqu'à la frontière ! On l'a fait une fois. On peut le refaire. Il nous emmènera jusqu'à Bâle !

Mais James restait le principal problème.

Les cernes sous ses yeux semblaient ne jamais vouloir disparaître.

Petra paraissait plus soucieuse chaque jour.

Une nuit, Bryan se rendit à l'évidence. Il allait devoir s'évader seul. Il s'était réveillé en sursaut avec la terrible sensation d'avoir parlé en dormant. Le Grêlé était debout près de son lit, tourné vers lui. Les sourcils froncés, le regard suspicieux.

Il devait partir. Il ne pouvait plus attendre.

Dans les moments difficiles, il avait caressé l'idée d'assommer un gardien et de lui voler ses vêtements. Il restait également la possibilité qu'un médecin ait rangé sa tenue de ville quelque part dans le pavillon ou dans l'un des bureaux. Mais ses rêves et la réalité ne s'étaient jamais rejoints. Le circuit quotidien de Bryan n'était pas très étendu. Il connaissait par cœur le dortoir, la salle des consultations, le local de sismothérapie, les toilettes et les douches. Aucun de ces endroits-là ne lui serait d'une quelconque utilité.

La solution se présenta un jour où un patient qui venait de pisser contre la porte des douches se mit à hurler comme un cochon qu'on égorge jusqu'à ce qu'on vienne lui faire une piqûre pour le calmer. Tandis que Vonnegut passait la serpillière, Bryan entra dans les toilettes, marchant en crabe et secouant la tête, l'air désapprobateur.

La porte en face des W-C était grande ouverte. Bryan entra dans un W-C et s'assit sans fermer la porte. C'était la première fois qu'il avait l'occasion de voir l'intérieur de la réserve.

Ce n'était en réalité qu'un grand placard dans lequel chiffons, paillettes de savon, balais et seaux étaient remisés sur des étagères ou posés sur le sol. Vonnegut se démenait toujours avec sa serpillière, envoyant au diable la terre entière à grand renfort de jurons. En quelques pas, Bryan fut devant la réserve. Il examina l'encadrement de la porte et constata qu'il était pourri. Les ferrures tenaient à peine dans le bois corrompu. La porte s'ouvrait vers l'intérieur et il suffirait d'une bonne poussée sur la poignée pour entrer.

Une vieille blouse de travail usée était suspendue à une patère en porcelaine sur la face intérieure de la porte. Vonnegut le fit sursauter en entrant subitement dans le local. Le cœur battant et le souffle coupé, il retourna dans son lit, traîné par la poigne de fer du gardien.

En attendant que la lune se couche et que le dortoir soit plongé dans l'obscurité, Bryan se remémora ce qu'il avait vu dans ce placard à balais. Il quitta son lit quatre fois dans la nuit pour aller aux toilettes, prétendument plié de douleur. Les crises de diarrhée étaient fréquentes dans le service, sans doute à cause de la nourriture qui devenait de plus en plus mauvaise.

La première fois, il força la porte et démonta les deux étagères supérieures de la réserve.

Le local disposait d'une petite fenêtre, située au-dessus de l'étagère supérieure et pas facile d'accès, mais assez grande pour laisser passer un homme de corpulence normale. Contrairement aux étroites meurtrières sous le plafond de la salle de douches et des W-C, elle n'était pas munie de barreaux.

Les loquets de la fenêtre s'ouvrirent sans un bruit.

Bryan prit sa décision très rapidement. À sa prochaine visite aux toilettes ou à la suivante, il tenterait sa chance. Il enfilerait la blouse, monterait sur l'étagère, grimperait à la fenêtre en espérant atterrir dehors entier et vivant. Ensuite, il se faufilerait jusqu'à la cour d'honneur et passerait la clôture barbelée à cet endroit. C'était un plan suicidaire, comme la plupart des missions auxquelles James et lui avaient survécu. Maintenant, James gisait dans son lit, à demi mort. Le destin était cruel. Le sentiment de devoir vivre le restant de ses jours avec des remords le taraudait.

Mais avait-il un autre choix ?

Il lui fallut deux visites supplémentaires aux toilettes pour mettre son plan à exécution. À la deuxième, il fut dérangé par le Petit Homme aux yeux rouges. Ils tirèrent la chasse d'eau en même temps et retournèrent dans leurs lits.

La troisième fois, il se sentit assez tranquille pour enfiler la blouse. Une bien mince protection contre la fraîcheur nocturne.

Quand Bryan s'élança pour attraper le rebord de la fenêtre, l'étagère grinça dangereusement. L'ouverture s'avéra nettement plus étroite que prévu. Concentré sur ce problème, il n'entendit pas les bruits venant du dortoir.

Il se tortilla jusqu'à ce que son centre de gravité repose sur le cadre et s'arrêta en équilibre. Malgré l'obscurité, le gouffre lui apparut avec une netteté effrayante. La distance pour atteindre le sol était un pari avec la mort.

Le saut en parachute et les simulations de crash rendaient Bryan mieux armé pour l'exercice que quiconque. Mais tomber de six mètres de hauteur laissait assez peu de chances d'arriver au sol indemne. En général, une telle chute ne pardonnait pas. S'il devait mourir, il espérait que ce serait sur le coup. Car s'il était seulement blessé, la Gestapo serait sans pitié.

Le bâtiment abritant les cuisines s'appuyait, sombre et paisible, à la paroi de la montagne. Le pas familier des vieux gardes faisant leur ronde nocturne résonna au pied du mur. Un nuage de vapeur sortait de leurs bouches et Bryan les entendit pouffer à voix basse.

Après avoir passé le bâtiment, l'un d'eux éclata d'un rire bruyant. Au même instant, l'étagère sur laquelle étaient posés les pieds de Bryan se décrocha du mur.

Il jura en silence, joua des coudes pour se propulser dehors. Ses pieds n'avaient plus d'appui à l'intérieur, ce qui rendait l'exercice plus difficile.

Bryan était trempé de sueur malgré le froid. Les gardes n'avaient pas encore tout à fait disparu au fond de la cour d'honneur et les chiens, distraits par la gaieté de leurs maîtres, jouaient et couraient autour d'eux.

Dans un court moment, ils seraient de retour.

La planche fit en tombant un vacarme indescriptible. Bryan voulut se laisser basculer par la fenêtre, mais une main puissante se referma sur sa cheville.

C'était déjà trop tard.

21

James souffrait toujours de nausées et d'un malaise général causés par les transfusions. Il avait l'impression que tout le monde parlait en même temps et cela le plongeait dans la confusion.

Ses pertes de connaissance lui avaient volé son temps, ses rêves éveillés avaient cessé de venir à son secours.

Les trop nombreuses séances d'électrochocs, les coups et les effets secondaires des transfusions avaient eu raison de sa mémoire. La plupart des films et des livres qu'il aimait à se remémorer avaient disparu ou s'étaient fondus en un seul. Et puis il y avait cette peur omniprésente.

Il était seul, à bout de forces et à bout de larmes. Autour de lui, il n'y avait qu'impuissance et démence. Visages moroses, manies vaguement atténuées par les neuroleptiques et attitudes dépressives ou grotesques. Il y avait ses bourreaux et puis il y avait Bryan.

Maintenant que les simulateurs avaient trouvé une nouvelle victime, James pouvait se reposer un peu et la majeure partie du temps, il était ailleurs.

Sans avoir besoin de faire semblant.

Les simulateurs avaient empêché Bryan de s'évader. « Prenez-le vivant », avait ordonné Kröner entre ses dents, tandis que les deux autres le tiraient par les pieds. « Lavez le sang sur le mur et remettez les étagères en place ! » Ils s'exécutèrent en un temps record. Dans le dortoir, seul le survivant des inséparables montra des signes d'inquiétude, son regard allant nerveusement du sol au cordon d'alarme au-dessus de sa tête. Kröner s'approcha de son lit, feula comme un chat sauvage et l'homme se réfugia en geignant sous sa couverture en position fœtale.

Bryan se laissa entraîner sans résistance. Ses mains étaient couvertes de sang. Les simulateurs l'assaillirent de questions jusqu'à ce que les premières lueurs de l'aube viennent timidement les interrompre. Avait-il connaissance d'autres simulateurs que lui ? Avait-il des complices ? Que savait-il ?

Mais Bryan se tut et les trois brutes ne surent plus que penser. Était-il vraiment fou ? Avait-il essayé de s'évader ou bien voulait-il mettre fin à ses jours ?

Bryan surmonta également l'épreuve le jour suivant. Mais son découragement était visible.

La femme de ménage avait remarqué des traces sur le mur. Elle alla aussitôt signaler l'anomalie et montra l'étagère branlante à l'infirmière de garde qui n'eut pas l'air de s'en inquiéter.

La toilette matinale était terminée depuis longtemps. Les simulateurs surveillaient Bryan du coin de l'œil avec un étrange mélange de haine et de soulagement quand, complètement ankylosé, il alla dans la salle de douches effacer les traces que la nuit avait laissées sur ses bras, ses mains, sa chemise et son torse.

Les égratignures qu'il s'était faites aux mains en s'accrochant au bord de la fenêtre ne disparurent pas au lavage. Un aide-soignant remarqua les petites plaies ensanglantées et, montrant Bryan du doigt, il partagea ses soupçons avec son remplaçant de l'équipe de jour.

James vit que Bryan avait vu.

L'officier vint en milieu de matinée. Avant qu'il commence à passer tous les malades en revue, l'aide-soignant l'entraîna vers Bryan et lui montra ses mains. Bryan souriait en hochant la tête. Ses doigts couverts de sang étaient hérissés d'une multitude de petites échardes. On aurait dit une dizaine de petits porcs-épics. L'officier fronça les sourcils et secoua Bryan comme un jeune chiot qui a fait pipi sur un tapis. Alors Bryan lui tourna le dos et il se mit à frapper sur le volet derrière lui en fermant les yeux d'un air extatique.

La colère de l'officier de la Gestapo se manifesta si bruyamment que les patients se firent tout petits dans leur lit. Il saisit Bryan par le col de sa chemise et l'obligea à se lever. « Je vais vous apprendre à vous payer ma tête », hurla-t-il. Bryan resta là, les épaules basses, regardant son destin en face.

Il jouait sa vie.

Les simulateurs avaient bu du petit-lait ce matin en voyant Bryan frotter ses doigts contre le vieux volet en bois pour y enfoncer des échardes, dans une course contre la montre avant l'inspection.

L'officier examina Bryan des pieds à la tête. Sa chemise était froissée et grisâtre, encore un peu alourdie par l'humidité après sa toilette du matin. « Il a dû prendre sa douche avec », dit l'aide-soignant en haussant les épaules.

L'explication ne convint pas à l'officier qui souleva la chemise. Doucement, presque comme une caresse, il palpa les testicules de Bryan en le regardant tranquillement dans les yeux. « Vous aviez envie de rentrer chez vous, colonel ? Vous pouvez vous confier à moi, vous savez. Je ne vous veux aucun mal. » Il resta comme ça un petit moment, durcissant sa prise, sans baisser le regard.

« Et bien entendu, vous ne comprenez rien à ce que je vous dis, n'est-ce pas, colonel ? » poursuivit-il. La douleur sur le visage de Bryan à mesure que l'officier augmentait la pression sur ses bourses ne suffit pas à cacher l'impuissance et la confusion qu'y lisait James. Les questions de l'officier étaient aussi incompréhensibles pour Bryan que pour le malade mental Arno von der Leyen pour qui il se faisait passer. Mais dans cette situation, il valait bien mieux ne rien comprendre. Sa passivité agaçait l'officier. Mais elle le déstabilisait aussi.

À la cinquième question, il pressa si fort que le hurlement de Bryan fut noyé par la gerbe de vomissure qui gicla de sa bouche. Dans un gargouillis sonore, il tomba convulsivement, s'écrasant les reins contre le haut de son lit, se cognant la tête sur le volet roulant. Fort de son expérience, le jeune officier avait lâché ses couilles et fait un pas de côté pour éviter de se salir. Puis il avait gueulé qu'on vienne laver par terre devant la pointe de ses bottes.

Tout à coup, un patient se leva, le doigt tendu vers le mur derrière Bryan.

James ne savait pas grand-chose sur lui à part qu'il s'appelait Peter Stich et qu'il avait toujours les yeux rouges.

À partir de cet instant, il serait pour lui l'homme qui avait sauvé la vie de Bryan.

Au lieu de le renvoyer dans son lit, le jeune officier suivit des yeux la direction de l'index. Derrière Bryan, vacillant sur ses jambes, le store en bois était à moitié remonté. Sur le rebord de la fenêtre, on distinguait clairement une série de longues traînées sombres dans les veines du bois clair. Le Sipo approcha, passa la main sur le bois brut et examina à nouveau les doigts de Bryan. Puis il tourna les talons et quitta la salle d'un pas furieux, bousculant au passage l'Homme aux yeux rouges.

On fit à Bryan une piqûre de calmants et quelqu'un vint raboter le bord de fenêtre.

Personne ne pensa à réparer l'étagère cassée dans la réserve.

Les nuits suivantes, les chuchotements nocturnes reprirent de plus belle.

Dieter Schmidt, le Chétif, était convaincu que le colonel Arno von der Leyen connaissait tout de leurs projets et il était d'avis qu'on lui enlève l'envie de parler.

Kröner, le Grêlé, estimait quant à lui qu'il fallait cesser ce genre de violence dans le service. Leur situation ne tarderait pas à changer. La chance semblait sourire aux Alliés. La guerre pouvait être terminée d'un jour à l'autre.

Si Arno von der Leyen mourait, il y aurait des interrogatoires à n'en plus finir. Lankau et lui savaient mieux que personne ce qui en découlerait. Personne ne parviendrait à se taire, et tout le monde devrait payer.

Y compris eux.

« Pour lui faire avouer ce qu'il sait, il faut le piquer dans les yeux, conseilla-t-il. Mais pas trop fort. Vous pouvez aussi lui pincer la glotte ou appuyer sur son conduit auditif. Surtout évitez de laisser des marques visibles. Et débrouillez-vous pour lui faire assez peur pour qu'il la boucle ! D'accord ? »

Les nuits suivantes, Bryan pleura et gémit, mais il ne parla pas. Les simulateurs étaient perplexes. James ne pouvait rien faire pour l'aider et puis il savait, pour l'avoir vécu, que ce jeu du chat et de la souris cesserait un jour.

Kröner réfléchissait. Ses yeux allèrent de Bryan à James. « Fous ou pas, du moment qu'ils ont saisi que nous les tuerons s'ils ne se taisent pas, le reste, je m'en moque ! »

Le Chétif secoua la tête. « Je vous dis qu'Arno von der Leyen sait tout ! Le Facteur refusera que nous le laissions en vie. Je le connais !

– Vraiment ? » Kröner était sceptique. « Et comment nous le fera-t-il savoir, je te prie ? s'enquit-il, sarcastique. Par télépathie, peut-être ? » Kröner ne souriait plus. Le Facteur était une Arlésienne, avec tous les avantages de son côté. « Tu ne crois pas qu'il a filé depuis longtemps, ton Facteur ? Tu es sûr qu'il se rappelle encore son fidèle laquais ? Et si c'est le cas, qu'est-ce que cela fait de toi, Herr Haupsturmführer ? Un bouffon et un petit pilleur de Juifs. Comme nous tous.

– Vous verrez ! » Une lueur qu'ils n'y avaient encore jamais vue brilla dans les yeux de Dieter Schmidt.

David Copperfield ! Aujourd'hui, je vais me repasser *David Copperfield.* James enfonça sa nuque dans l'oreiller. Le dortoir était calme. Dans la quiétude de l'après-midi, tandis que les infirmières vaquaient à leurs nombreuses occupations, Dickens serait comme un baume au cœur.

Mais dès le début, James comprit qu'il n'irait pas au bout. Les noms des personnages du roman lui échappaient. Comment s'appelait la deuxième femme de David Copperfield, son amie d'enfance ? James réfléchit longtemps. Sa première épouse s'appelait Dora. Est-ce que la seconde s'appelait Emily ? Non, pas Emily. Elisabeth, peut-être ? Mais non, pas du tout !

Alors que James se débattait avec cette tragique prise de conscience et la peur croissante que son cerveau ait subi des dommages irréversibles, il fut interrompu par les deux aides-soignants qui frappaient dans leurs mains, relevaient les panneaux au pied des lits et en sortaient les dossiers médicaux. « On vous déménage ! Prenez vos affaires, vous montez à l'étage au-dessus ! »

Tous les patients du dortoir sortirent dans le couloir et on en fit entrer de nouveaux à leur place. Quand James passa devant elle, Petra sourit. Rougissant un peu.

Vonnegut était chargé de les emmener. Ils formaient un groupe effrayant, composé de sept hommes en tout. Les trois brutes, Bryan et lui, l'Homme aux yeux rouges et l'Homme-Calendrier. Cinq simulateurs dans un même dortoir.

« Le médecin trouve que ces messieurs font de nets progrès », déclara Vonnegut, son incrédulité inscrite dans chaque ride de son visage. « On vous sépare des autres. Vous êtes presque guéris, d'après lui. Une salle s'est libérée à l'étage au-dessus. Ils sont tous repartis au front ! »

22

Aussitôt arrivé dans sa nouvelle chambre, l'Homme-Calendrier suspendit son bloc-notes avec la date du jour sur le mur derrière lui. 6 octobre 1944.

La pièce était plus petite que leur ancien dortoir. Les sons étaient feutrés, ne laissant pas filtrer la folie de l'étage du dessous.

De son lit, placé à l'écart, James avait une vue parfaite et effroyable. Sur sa droite, Dieter Schmidt et Face de lune étaient couchés de part et d'autre de Werner Fricke, l'Homme-Calendrier. En face de lui, la porte battait dans les courants d'air.

Il posa un regard absent sur le lit vide de Bryan, coincé entre celui de l'Homme aux yeux rouges et celui de Wilfried Kröner. Dans quelques heures, quand il reviendrait de sa séance d'électrochocs, Bryan serait à nouveau livré à la violence des simulateurs, mais abruti par les sédatifs et sans connaissance. Les jours à venir allaient leur paraître des mois. Chacune de ses articulations lui faisait souffrir le martyre. Son corps était en veille. Il se sentait vidé.

Je vais te sortir d'ici, Bryan, songea-t-il, avec un peu moins de conviction que d'habitude.

D'abord, il devrait reprendre des forces.

Plusieurs fois déjà, Kröner avait interrompu Lankau d'un geste alors qu'il s'apprêtait à dire quelque chose. Pour la première fois, James le sentait inquiet. Il inspectait chaque recoin de la pièce. On aurait dit qu'il se sentait surveillé.

Ce ne fut qu'après la visite d'inspection du soir, quand il fut tout à fait certain qu'il n'y avait pas de micros dans la chambre, qu'il osa ouvrir la bouche.

Manifestement, le médecin était réellement satisfait de leurs progrès et puisque le traitement fonctionnait si bien, il avait demandé qu'on double les doses. Dans quelques mois, ils seraient aptes à servir leur Führer.

« Thieringer n'a pas le moindre soupçon, commença-t-il, à voix basse, regardant alternativement Lankau et Dieter Schmidt. Mais en dehors de cela, les perspectives ne sont pas réjouissantes. Sous peu, nous risquons de nous retrouver à nos anciens postes. Je vous laisse imaginer ce que cela veut dire, en ce qui nous concerne. Ton Facteur a-t-il une solution à ce problème, mon petit Dieter ?

– Une chose est sûre, je ferai tout ce qu'il faut pour ne pas retourner au front. Rien ne vous empêche de faire pareil. » Lankau grogna et baissa la voix. « Selon moi, nous avons un problème plus grave que celui-là ! » Il se leva et vint se poster devant l'Homme-Calendrier.

« Allez, Fricke, lève-toi. Ton lit, c'est celui-là », lui dit-il en tapotant le matelas de son propre lit. Dans un premier temps, l'Homme-Calendrier ne prit pas sa requête au sérieux et resta où il était. Lankau le gifla trois fois, puis brandit son énorme poing devant son nez. « La prochaine fois, c'est celui-là que tu vas prendre dans la gueule, compris ? Alors ?

– Le personnel va commencer à trouver suspects tous ces déménagements. Tu crois vraiment que tu peux choisir ton lit comme ça ? grommela Kröner avec lassitude.

– Du moment qu'ils ont le bon dossier sur le bon lit, ils ne s'en apercevront même pas. Je fais ce qui me plaît et personne ne m'en empêchera ! » Il intervertit les plaques au pied des lits et dit à Dieter Schmidt qui était redevenu son voisin : « Nous voilà de nouveau en famille, pas vrai, le gnome ? Et maintenant, tu vas arrêter tes cachotteries, camarade ! Explique-nous où se cache ton Facteur et tout ce que tu sais sur son plan. Ensuite, tu me diras ce qu'il veut qu'on fasse de ces deux-là ! » Lankau montra la place vide de Bryan et fit un geste du pouce vers le lit de James. « Ils en savent trop. Pour moi, notre plus gros problème, pour l'instant, c'est eux. » Il se tourna vers le lit de James qui respirait calmement, les yeux fermés. « Qu'est-ce qu'on fait si cet imbécile de von der Leyen essaye encore de s'évader ? Ton mystérieux Facteur a peut-être une idée ?

– Sans aucun doute, répondit Dieter Schmidt en le regardant froidement.

– Alors c'est le moment ! »

Un bruit de pas dans le couloir avertit Lankau. Quand Petra entra pour s'assurer que tout allait bien, ils gisaient tous, apathiques, sur leurs lits. N'ayant d'yeux que pour James, elle ne remarqua pas que deux autres patients avaient changé de place.

Dans la nuit, les simulateurs se remirent à discuter du Facteur et des trésors entreposés dans le wagon de marchandises. Ils parlèrent aussi de Bryan.

L'affaire prenait mauvaise tournure. James n'osait pas bouger. Sa nausée était devenue chronique et il s'inquiétait pour Bryan. Il n'avait jamais passé autant de temps en salle de sismothérapie. À vrai dire, ils étaient tous nerveux. Mais pas pour les mêmes raisons.

Dans un sens, James espérait le voir réintégrer le dortoir rapidement, sain et sauf. Lorsqu'un patient mettait longtemps à revenir d'une séance d'électrochocs, cela voulait dire qu'il avait convulsé et qu'il fallait le garder en observation quelques heures. On pouvait aussi l'avoir transféré dans un autre service. Et même si cela réduisait James à la solitude et à l'incertitude, en fin de compte, c'était ce qu'il pouvait arriver de mieux à son ami.

Car les simulateurs étaient déterminés à assassiner Arno von der Leyen dès son retour dans la chambre. Leurs chuchotements portaient sur les nerfs de James. Lui aussi alimentait leurs messes basses, mais pour l'instant, ils semblaient penser qu'en ce qui le concernait, la situation était sous contrôle. Ils ne se souciaient ni de l'Homme aux yeux rouges ni de l'Homme-Calendrier.

Contrairement à son habitude, Kröner était le plus réservé. Lankau avait proposé d'enrouler un drap autour du cou de Bryan et de le jeter par la fenêtre. Kröner s'était contenté de bougonner. On ne les avait changés de dortoir que quelques heures auparavant. Un suicide dans cette salle minuscule lui paraissait une très mauvaise idée.

« Nous ne sommes que six et nous serions tous interrogés, fit-il remarquer. Vous êtes sûrs que vous êtes capables de résister à un interrogatoire ? »

La réponse vint du lit où on l'attendait le moins. Kröner se figea.

« Moi oui ! » La voix était inconnue, autoritaire et glaciale. On aurait dit que la chambre était tout à coup baignée d'une lumière froide. « Vous, j'en doute. » La provocation venait du plus proche voisin de James, celui qui occupait le lit à droite de celui de Bryan, l'insignifiant Homme aux yeux rouges, Peter Stich.

« Je suis heureux de me présenter à ces messieurs que je connais depuis longtemps bien qu'eux ne me connaissent pas encore », dit-il, faisant une courte pause pour s'assurer qu'il avait l'attention de tous. Comme vous l'avez peut-être deviné, je suis celui qui occupe depuis si longtemps vos pensées sous le surnom du "Facteur". »

La réaction de son auditoire fut étonnamment modérée. Un grognement venant du lit de Horst Lankau fut aussitôt interrompu par Kröner : « Voyez-vous cela ! Que de beau monde, dans ce dortoir ! » Kröner salua l'Homme aux yeux rouges d'un simple signe de tête, sans montrer beaucoup d'intérêt. « Le grand chef lui-même a fait tomber le masque. Et quel masque ! Efficace, je dois dire.

– Et il continuera à l'être, répliqua le Facteur, ignorant le ton ironique de Kröner. Mais pour ce qui est du beau monde, je confirme. Dois-je vous rappeler que l'homme que ces messieurs envisagent d'expédier *ad patres* est l'officier le plus gradé d'entre nous ? Je suis évidemment de votre avis. Comme vous, je suis convaincu qu'Arno von der Leyen n'est pas plus fou que vous ou que moi-même. Je l'ai vu de mes yeux accomplir des actes qui n'auraient pas pu lui venir à l'idée s'il l'était. La dissimulation de comprimés, par exemple. Mais il y a une autre facette de von der Leyen que nous ne devons pas sous-estimer, messieurs. Car je doute qu'un seul d'entre vous connaisse aussi bien que moi les mérites de l'Oberführer von der Leyen. »

Lankau renifla avec mépris. « C'est une chiffe molle, ce type ! Un de ces bons garçons qui se contentent de regarder pendant que nous agissons, et qui ensuite récoltent tout le mérite ! » La hargne de Lankau s'adressait à tous ceux qui étaient d'un rang supérieur au sien dans la hiérarchie. Dans ce dortoir, Arno von der Leyen était le seul. « Vous avez vu la facilité avec laquelle nous l'avons rattrapé, ce minable ! Un vrai chien de canapé !

– Certes, mais c'est un opportuniste qui a un passé, figurez-vous. Hormis ses talents indéniables de lèche-bottes, c'est aussi un fidèle soldat de notre cause, un authentique nazi. Et accessoirement, je dois ajouter qu'il est un protégé d'Hitler. L'un des intouchables du régime. Mais tout prestige mis à part, vous pouvez vous féliciter d'avoir eu aussi peu de mal à l'arrêter, colonel Lankau. Car le Arno von der Leyen que je connais n'est pas seulement un enfant prodige, mais aussi un tueur de premier ordre. » L'Homme aux yeux rouges regarda autour de lui en hochant la tête. Lankau le fixait d'un air dubitatif et peu avenant. « Si, si, je vous assure, cher colonel. Comment croyez-vous que ce gamin soit arrivé là où il est ? Je peux vous affirmer qu'Arno von der Leyen n'avait pas encore de poil au menton qu'il avait déjà amplement mérité sa place dans l'unité de protection rapprochée de notre Führer. Ce n'est pas donné à tout le monde d'accéder à un tel poste à un si jeune âge. Un chouchou, je vous l'accorde, mais également un héros de guerre. Ses médailles ont trempé dans le sang, comme il se doit. Et c'est à cause de sa position qu'on fait si grand cas de lui. Sans Arno von der Leyen, nous n'aurions pas été transférés dans cette chambre. Nous ne sommes rien et lui est très important. Nous sommes simplement ses compagnons de dortoir, ses faire-valoir ! Est-ce clair, messieurs ? »

James était horrifié par la voix froide et monocorde du Facteur. Pendant des mois, sans rien dire, il avait évalué ses ennemis et pesé ses amis. Il était leur marionnettiste. James trembla a posteriori à l'idée qu'il aurait pu se trahir devant lui.

« Maintenant, je dois vous dire que j'ai eu l'occasion de l'apercevoir il y a longtemps, à une époque où je n'avais pas de raison de le remarquer particulièrement, reprit le Facteur.

Et c'est là que vient le plus intéressant ! Car le Arno von der Leyen que j'ai vu ne ressemblait pas à celui qui va revenir tout à l'heure. Je n'ai jamais croisé cette personne avant d'arriver dans cet établissement. Alors je m'interroge, vous comprenez ? »

Il coupa Kröner qui allait intervenir. James tremblait de plus en plus fort. Son drap était humide de sueur. Le pire était arrivé. La fausse identité de Bryan venait d'être mise en doute. Même Kröner resta silencieux.

Le simple fait qu'il ne réagisse pas était mauvais signe.

« Nous devons donc réfléchir de manière rationnelle et examiner nos options. Vaut-il mieux qu'il se suicide avec notre aide modeste et disparaisse de notre vie au prix de quelques séances de torture dont pour ma part je préfère être dispensé, ou qu'il soit démasqué comme usurpateur et comme simulateur ? Si nous lui laissons la vie sauve et qu'il se révèle être le véritable Arno von der Leyen, tout va bien – à ceci près qu'avec votre mauvaise habitude de chuchoter la nuit, vous lui avez tout appris sur nos plans. S'il n'est pas Arno von der Leyen, il y a peu de chances que nous ne soyons pas soupçonnés nous aussi par la Gestapo. On creusera dans notre passé. Voilà pourquoi je l'ai sorti du pétrin avec cette histoire de volet roulant ! S'il avait été démasqué ce jour-là, il se serait vengé parce que vous lui aviez saboté son évasion. Là encore, notre destin aurait pu se retrouver intimement lié au sien. » Il les regarda à tour de rôle. « Je vois à la tête que vous faites que vous m'avez parfaitement compris. Nous sommes face à un dilemme qui mérite réflexion. Je l'observe depuis le jour de notre arrivée et je le trouve perturbé, jeune et instable. Qu'il soit Arno von der Leyen ou pas, je ne le crois pas capable de tenir son rôle de fou jusqu'au bout. » Il les jaugea l'un après l'autre. « En ce qui me concerne, la douleur est un stimulant et une source de sensations inédites, si j'ose m'exprimer ainsi. C'est une façon d'expérimenter les limites de mon corps. Mais nous ne sommes pas tous égaux devant la souffrance. » Dieter Schmidt haussa les épaules. Il était pâle. « Je me trompe ? » s'enquit le Facteur, en conclusion.

Visiblement, Lankau ne partageait pas l'admiration de Dieter Schmidt pour le Facteur. Kröner, lui, semblait s'accommoder de la nouvelle donne. « La ferme ! Nous savons ce que tu as sur le cœur, dit-il quand Lankau se remit à grogner. À partir de maintenant, on marche ensemble ! D'accord ?

– Nous pourrions convenir, dit le Facteur avec mansuétude, que le colonel Lankau, qui est un homme d'action, sera également le plus apte à expédier le prétendu Arno von der Leyen dans un monde meilleur, le cas échéant. »

Lorsqu'on ramena Bryan dans la chambre, tout avait été mis en place pour le liquider.

James se tourna vers les sapins et se mit à les compter, machinalement. Quand il eut fini, il recommença. Le calme dont il avait tant besoin tardait à venir.

Comme il l'avait deviné, Bryan avait eu des convulsions sévères pendant sa séance et on avait dû le garder en observation toute la nuit. Il n'était pas en état de se défendre, au bord de la catatonie, vidé psychiquement et physiquement.

Pendant que les aides-soignants distribuaient la nourriture dans les autres salles au même étage, Lankau avait trempé le drap de Bryan dans le lavabo avant de le tordre jusqu'à ce qu'il soit aussi fin et serré qu'une corde de chanvre. Il était maintenant attaché à la tête du lit de Bryan et caché sous son oreiller.

Les infirmières avaient déjà fait le lit. Elles ne s'occuperaient plus d'Arno von der Leyen avant son réveil.

« Est-ce qu'on ne ferait pas mieux de le balancer par la fenêtre ? » se demanda tout à coup Lankau à voix haute. « Cela aurait l'air d'une tentative d'évasion. La distance jusqu'aux sapins de l'autre côté de la clôture n'est pas très grande. En se propulsant depuis le rebord de la fenêtre, on doit pouvoir y arriver.

– Et... ? » Le Facteur n'avait pas l'air d'attendre une réponse.

« Et il aura mal calculé son saut, évidemment ! »

Le Facteur rétorqua d'un ton indulgent : « ... Et une tentative d'évasion ayant eu lieu dans notre salle, nous aurons droit à un interrogatoire. Sans parler du fait qu'ils condamneront les fenêtres, ce qui rendra notre fuite impossible, si la situation nous obligeait à partir plus vite que prévu. Et s'il survivait à sa chute ? Non. Nous le pendrons à la nuit tombée. »

James était le seul à ne pas disposer d'un cordon d'alarme au-dessus de son lit. L'ajout d'un septième patient dans cette chambre de six places était une mesure provisoire. La situation était critique.

L'aide devrait venir de l'extérieur et il était le seul à pouvoir la solliciter.

Mais si on découvrait la corde de fortune, il y aurait aussitôt une enquête et la prophétie de l'Homme aux yeux rouges se réaliserait dans toute son horreur. Seule Petra était en mesure d'éviter le pire et de diriger les soupçons vers les véritables coupables.

Mais Petra ne venait plus aussi souvent.

Il fit nuit de bonne heure. Dès le milieu de l'après-midi, le ciel s'assombrit comme pour illustrer le destin de Bryan.

Soudain, Petra entra dans la chambre de façon tout à fait inattendue. Kröner fut visiblement surpris quand elle alluma le plafonnier. Après avoir rempli son broc au robinet, elle s'arrêta devant chaque table de nuit pour verser de l'eau dans les verres.

Quand elle arriva à celui de James, il tenta de se lever. « Herr Peuckert, voyons ! » dit-elle en le forçant doucement à se recoucher. James positionna sa tête de façon à ce que celle de l'infirmière le dissimule aux autres patients. Mais les mots refusèrent de sortir et Petra ne comprit pas le regard suppliant et les mimiques désordonnées de James.

Elle alla quérir l'infirmière en chef.

Cette femme autoritaire à la sensibilité bien cachée étudia James avec attention. Alors qu'elle était penchée au-dessus de lui, son visage s'illumina tout à coup. Elle secoua la tête avec indulgence, écarta la jeune infirmière inquiète et se dirigea vers la fenêtre où elle tira légèrement le rideau, faisant ainsi disparaître une petite lueur grise qui, s'infiltrant à travers les lames du store, dansait sur la joue de James. Ravie de sa judicieuse intervention, l'infirmière en chef se tourna ensuite vers Bryan à qui elle administra une gifle sonore.

Bryan grogna vaguement et détourna la tête de l'endroit d'où était venu le coup. « Il ne va pas tarder à se réveiller, dit-elle, sans se préoccuper de savoir si Petra la suivait. Il est temps ! » ajouta-t-elle, déjà dans le couloir.

Petra retourna auprès de James et lui caressa tendrement les cheveux. Un faible murmure passa ses lèvres. Sa supérieure l'appela et elle s'empressa de la rejoindre.

Les secondes qui suivirent lui semblèrent une éternité.

« Alors, mon ami ! dit Lankau à l'Homme-Calendrier. Maintenant, on va s'amuser un peu. Viens ici ! » dit-il après avoir noué le drap autour du cou de Bryan, exactement au niveau de l'artère carotide. La chute serait brève et la mort immédiate. L'homme devait être pendu, mais il devait aussi se briser la nuque. Les simulateurs savaient ce qu'ils faisaient, pensa James, affolé. L'Homme-Calendrier se marrait comme un gamin. À la demande de Lankau, il chargea Bryan sur son épaule. Sautant de joie sur place, il se mit à claquer ses fesses nues. Face de lune rit avec lui et ouvrit grand la fenêtre. Les autres simulateurs regardaient la scène d'un œil torve.

Les fessées, les éclats de rire et les sauts de l'Homme-Calendrier finirent par réveiller Bryan. Épouvanté de ne pas se retrouver dans son lit et étonné par le contact froid et tranchant du rebord de la fenêtre, il se mit à gesticuler en poussant des cris inarticulés.

« Tenez-lui les bras, bon Dieu ! » aboya Kröner, sautant de son lit pour donner un coup de main à Lankau. Le tour sérieux qu'avait pris ce qu'il croyait être un jeu surprit l'Homme-Calendrier qui arrêta de sauter et lâcha prise. Il se retourna contre Kröner et Lankau en beuglant et en leur martelant la poitrine. Bryan luttait pour sa vie. Avec l'énergie du désespoir, il gardait une jambe bloquée à l'intérieur de la chambre tandis que l'autre pendait déjà à l'extérieur.

Le Chétif bondit de son lit et, tel un bélier, il fonça la tête la première dans l'estomac de Bryan, avec toute sa haine et sa détermination.

Son action n'eut pas l'effet escompté. En rugissant, Bryan retomba dans la chambre et son front vint percuter le sommet du crâne de l'avorton avec le bruit d'une masse. Dieter Schmidt s'écroula sans un cri.

« Arrêtez ! s'écria le Facteur, retournez dans vos lits ! » Il avait entendu avant tout le monde les pas précipités dans le couloir.

Les deux brancardiers se figèrent en découvrant Bryan sur le sol. Il avait un regard dément et poussait des gémissements étouffés à cause du drap serré autour de son cou.

« Il a complètement perdu la tête ! Tiens-le, dit l'un en refermant la fenêtre. Je vais chercher la camisole. »

Mais les sirènes ne lui en laissèrent pas le temps.

23

Tout le monde fut évacué d'urgence dans la cave et les brancardiers eurent d'autres chats à fouetter.

Plus les jours passaient, plus James se sentait convaincu qu'ils avaient omis de rapporter l'épisode, et il remercia le ciel qu'ils n'aient pas eu le temps de mettre la camisole de force à Bryan. Elle aurait fait de lui une proie facile.

Le bombardement de Fribourg avait provoqué peu de dégâts autour de la ville.

Des baraquements provisoires et de moindre taille étaient en cours de construction sur la place d'honneur, pour délester les bâtiments existants. Toute évasion de ce côté était désormais inenvisageable. En outre, toutes les clôtures avaient été équipées d'isolateurs en porcelaine et de panneaux de mise en garde. À part ça et les mines déconfites du personnel, les choses étaient à peu près revenues à la normale pour tout le monde, sauf pour Bryan.

Pendant les deux nuits qui suivirent la tentative de défenestration dont il avait été victime, il resta éveillé. Malgré l'épouvantable expérience qu'il venait de vivre et les effets secondaires des électrochocs, il se sentait fort et plus résolu que jamais à s'évader. En dépit de la surveillance constante des simulateurs et du ton menaçant avec lequel ils s'adressaient à lui, Bryan ne ressentait ni peur ni découragement.

L'Homme aux yeux rouges lui souriait gentiment. Il l'observait avec curiosité et amusement depuis le lit voisin. Quand Bryan cherchait à se remémorer les événements, il gardait le souvenir que c'était lui qui était intervenu et lui avait sauvé la vie. L'écho de son cri résonnait encore dans sa tête.

C'était la deuxième fois que cet homme venait à son secours. Lors de la tournée du médecin, Bryan nota son nom. Il s'appelait Peter Stich. Bryan lui rendit son sourire comme s'il s'était noué entre eux une alliance secrète.

Petra venait régulièrement prendre des nouvelles de James. Bryan ne parvenait toujours pas à communiquer avec lui, mais il avait l'impression qu'il n'allait pas bien. Petra, elle, semblait satisfaite de son état.

Pendant la tournée du lendemain, le médecin et son équipe restèrent un long moment à discuter au pied du lit de James. Ensuite, on vint le chercher plusieurs fois pour lui faire subir divers examens.

Contrairement à son habitude, ce soir-là, le médecin-chef lui serra cordialement la main. Petra se tenait à son chevet, passant d'un pied sur l'autre, les bras croisés et l'air intimidé. Tous lui parlaient d'un ton parfaitement normal et James les regardait dans les yeux comme s'il comprenait ce qu'ils disaient, mais sans leur répondre.

Bryan était content de l'évolution de la situation. Il commençait de nouveau à croire que James pourrait s'évader avec lui.

Le soir suivant, les simulateurs parlèrent à voix basse, tous en même temps et avec animation. L'Homme aux yeux rouges mettait parfois son grain de sel dans la conversation, couché tranquillement, les yeux au plafond, commentant les remarques des trois autres. Il donnait l'impression de se moquer d'eux et Bryan se demandait s'ils le laissaient faire à cause de sa maladie ou parce qu'ils avaient peur de lui. Chaque fois qu'il regardait l'Homme aux yeux rouges, il avait l'impression de lire un sentiment de dégoût sur le visage de James.

Mais Bryan ne s'attarda pas à cette impression.

Une nouvelle infirmière entra et alluma la lumière dans le dortoir. Tout le monde se tut instantanément. Elle tenait la porte ouverte à un jeune officier, suivi par le docteur Thieringer arborant un large sourire.

L'officier dit quelques mots, puis il se retourna pour serrer la main de l'infirmière et du médecin. Enfin, il claqua des talons avec un Heil Hitler solennel. Et la délégation quitta à nouveau le dortoir.

Les simulateurs semblaient émus par l'épisode. Ils reprirent leur discussion à voix basse et Bryan faillit s'assoupir au rythme susurré de leur échange.

Le jeune officier était arrivé en même temps que lui. Il était donc parvenu à se remettre suffisamment sur pied pour qu'on le renvoie sur le terrain des opérations, plutôt vivant que mort, plutôt en bonne santé que malade. Un exemple pour eux tous.

Les pensées de Bryan commencèrent à se mélanger et les voix autour de lui à s'éteindre.

Et il s'endormit.

Tout son métallique véhicule son propre message. Quand c'est une aile qui est arrachée d'un bombardier B-17, ça ne fait pas le même bruit que lorsque la carlingue se déchire. Un gros marteau tapant sur un petit clou ne produit pas le même son qu'un petit marteau sur la tête d'un gros clou.

Le son traverse les éléments métalliques et il raconte son trajet. Toutefois, ce son-là était difficile à déchiffrer. Il était métallique et harmonieux, mais nouveau. Les paupières de Bryan étaient si lourdes qu'il dut se résoudre à ne pas chercher immédiatement une réponse à cette question. Une lueur blanche signala à son cerveau qu'il faisait jour et qu'il avait donc survécu à la nuit. Mais la pièce dans laquelle il se trouvait lui sembla différente.

À mesure que le bruit clair et impérieux prenait forme, s'imposèrent à lui des images de machines futuristes soufflant et cliquetant, dignes d'une invention d'H.G. Wells, ou de ces machines infernales que, dans la candeur de l'enfance, il pouvait passer des heures à observer pour un penny sur les foires ou dans les roulottes de forains.

Bryan ouvrit les yeux. Il ne savait pas où il était.

À côté de lui, un deuxième lit. La chambre n'en contenait pas d'autre. Sous la couverture, un individu perfusé avec un liquide jaunâtre d'une bouteille aux trois quarts vide respirait de manière saccadée et irrégulière. Il ne voyait pas son visage, caché derrière un masque alimenté par une bouteille d'oxygène de l'autre côté du lit. Au-dessus, sur une étagère peinte en vert, une sorte de ventilateur soufflait des bouffées d'air tiède et humide. La pale du ventilateur était tordue. C'était la source du bruit métallique que Bryan ne parvenait pas à identifier plus tôt.

La pièce tout entière semblait détachée de la vie quotidienne de l'hôpital avec ses odeurs, son hystérie et son absence totale de décorum. Il y avait un tapis au sol. Les murs étaient couverts d'illustrations. Des lithographies avec des motifs religieux, des photographies en noir et blanc de jeunes garçons et de jeunes filles du IIIe Reich posant avec fierté.

Bryan regarda autour de lui. On l'avait donc mis seul dans cette chambre en compagnie d'un autre patient.

Bryan ne comprenait pas pourquoi on l'avait installé ici. Est-ce qu'on lui avait attribué le lit de l'officier qui venait de repartir au front ? Et dans ce cas, pourquoi à lui ? Quelqu'un avait-il soupçonné quelque chose et décidé de l'éloigner de ses bourreaux ? Ou bien l'avait-on mis là pour mieux l'observer ?

Sa nouvelle chambre se trouvait en face du dortoir qu'il venait de quitter. Le personnel soignant était le même.

Le visage de Petra n'exprimait rien qui lui donnât lieu de s'inquiéter. Aussi gaie et serviable qu'à l'accoutumée, elle souriait, lui tapotait la joue et parlait comme une pipelette sur un ton respectueux et enthousiaste qui laissait à penser qu'on le considérait en bonne voie de guérison. Bryan décida qu'il allait lui montrer des signes de progrès. Ce qui lui donnerait une plus grande mobilité.

Mais il fallait que le changement se fasse progressivement.

Un nouveau monde s'offrit à lui à l'occasion d'une visite aux toilettes. Le corridor faisait environ trois mètres de large. La distance entre les portes du côté où se trouvait sa chambre n'était pas très importante et il en déduisit que les pièces étaient petites. Celle dans laquelle il venait d'emménager était la plus proche du mur de pignon. Ensuite il y avait une petite pièce, une autre chambre à deux lits, la salle de consultation, des toilettes et des douches. Son univers n'allait pas au-delà. De l'autre côté du couloir se trouvait un deuxième dortoir identique à l'ancien.

Kröner avait repris son rôle d'homme à tout faire, toujours prêt à rendre service, ce qui ne semblait déranger personne.

Ses fonctions lui permettaient de circuler librement dans les dortoirs, comme s'il faisait partie du personnel.

Bryan aurait préféré que ce rôle incombe à quelqu'un d'autre.

24

Petra Wagner était apparentée à la famille du Gauleiter Wagner à Baden. Un lien familial qu'elle n'avait jamais eu besoin de révéler, Wagner étant un nom très répandu.

Depuis sa mutation, elle avait pris goût à la région et à la Forêt-Noire. Elle avait trouvé sa place dans cet hôpital, même si le ton abrupt et militaire avec lequel on donnait les ordres était nouveau pour elle. Les quelques amitiés que son travail pénible lui laissait le temps de cultiver appartenaient toutes au personnel, et les heures passées dans la salle des infirmières à faire du crochet et à bavarder entre filles étaient si paisibles qu'il lui arrivait d'oublier la guerre.

Presque toutes ses amies pleuraient un fiancé au front, mort, disparu ou blessé. Elles vivaient au quotidien dans la haine et la peur. Mais si Petra ne portait pas cette douleur-là sur ses jeunes épaules, elle avait son propre fardeau : les abus au sein de l'hôpital qu'elle avait remarqués. Tests de molécules expérimentales sur des cobayes humains, décisions arbitraires, diagnostics inexplicables et favoritisme flagrant. Un hôpital militaire obéissait à la hiérarchie et au code de l'armée et, même si cela la choquait, tout comme la dérangeait la pratique occasionnelle de l'euthanasie thérapeutique, l'exécution des déserteurs et des simulateurs était partie intégrante de ce mode de fonctionnement. Elle avait eu l'occasion de soigner un patient qui en avait fait les frais.

Petra n'arrivait pas à comprendre comment ce patient avait réussi à se faire passer pour fou aussi longtemps sans être démasqué. À le voir se promener bras dessus, bras dessous avec son ami, au point qu'on les avait surnommés les inséparables, pas une seconde elle ne l'aurait soupçonné de simuler. Depuis cette révélation et l'épisode des comprimés, elle voyait les choses d'un autre œil.

Le service dans lequel elle travaillait était réservé aux malades mentaux. La plupart d'entre eux étaient gravement atteints et ne guériraient probablement jamais. Elle doutait de l'efficacité des terribles séances de sismothérapie qu'on leur faisait subir. Ceux qu'elle avait vus repartir au front lui semblaient aller vers un avenir bien incertain. Ils étaient physiquement affaiblis et intellectuellement diminués, nullement stabilisés et bien trop vulnérables pour quitter le milieu protégé de l'hôpital. Le médecin-chef était de son avis, mais on avait besoin de lits, et c'était un problème auquel il fallait faire face.

Bientôt, d'autres malades de son service seraient renvoyés en service actif.

Certains étaient mutiques et ne réagissaient pas lorsqu'on s'adressait à eux, à l'exemple de Werner Fricke qui restait toujours seul dans son coin et ne s'intéressait qu'à son calendrier. L'illustre Arno von der Leyen ne semblait pas saisir un mot de ce qu'elle lui disait, contrairement à Gerhart Peuckert qui comprenait tout, elle en était convaincue, même si elle n'était pas encore parvenue à communiquer avec lui.

Gerhart Peuckert montrait divers symptômes qui ne pouvaient pas s'expliquer uniquement par l'explosion qui l'avait fait basculer psychiquement. Plusieurs de ses comportements évoquaient des douleurs auxquelles elle avait eu affaire dans les services de médecine générale dans lesquels elle avait travaillé par le passé. Il semblait anormalement affaibli et sans ressort, et montrait des réactions qui faisaient penser à un choc allergique. Les médecins rejetaient cette hypothèse, ce qui ne faisait qu'augmenter son inquiétude et la renvoyer à son impuissance.

C'était le plus bel homme qu'elle ait jamais rencontré. Elle ne parvenait pas à croire qu'il puisse être le démon que décrivait son dossier médical. Pour elle, il y avait deux explications : soit le contenu des notes était erroné, soit son dossier avait été échangé avec celui d'un autre.

Sa connaissance de l'être humain était assez étendue pour qu'elle puisse l'affirmer.

Elle ne comprenait pas non plus ce qui avait pu pousser Gerhart Peuckert à s'infliger des blessures aussi terribles. Ses nombreuses plaies et ecchymoses la laissaient perplexe et la rendaient suspicieuse. Mais les voies de l'automutilation sont impénétrables. L'angoisse avait des racines profondes qui pouvaient pousser une personne à se punir de la façon la plus cruelle et dans les moments les plus inexplicables. Elle l'avait souvent observé. Comment quelqu'un pouvait-il se sectionner la langue comme l'avait fait Arno von der Leyen ? Et pourtant c'était arrivé. Et pourquoi lui et pas Gerhart Peuckert ? Elle l'ignorait, mais que Gerhart aille mieux depuis quelque temps était une consolation, même s'il était encore très faible.

Quand pour la première fois il avait réagi à ses soins affectueux en essayant d'articuler quelques mots, elle avait résolu de faire tout ce qui était en son pouvoir pour soulager son angoisse et lui éviter le destin qui était réservé à beaucoup d'autres. S'il ne tenait qu'à elle, il resterait interné jusqu'à la fin de la guerre. Munich, Karlsruhe, Mannheim et des dizaines d'autres villes allemandes étaient actuellement sous le feu des bombes. Nancy était occupée. Même Fribourg avait été attaquée. Les Américains gagnaient du terrain, les Alliés s'étaient regroupés en Allemagne. Quand tout ceci serait terminé, elle voulait que Gerhart Peuckert soit toujours en vie.

Pour lui, et pour elle-même.

« Nouvelles directives de Berlin. La commission sanitaire de la Wehrmacht a maintenant statué. » Manfried Thieringer retroussa les manches de sa blouse, dévoilant ses poignets fins, en regardant lentement autour de lui dans le petit dortoir. « Elle demande une vigilance accrue vis-à-vis de la simulation. L'hôpital de campagne d'Ensen a déjà réagi en expédiant au front tous les patients dont le cas était discutable. » À sa demande, on avait transformé l'ancienne salle de réunion en unité de soins quand les services du bâtiment s'étaient trouvés saturés. La construction de nouveaux baraquements ne suffisait plus au nombre toujours croissant des arrivées. Les combats sur le Front de l'Est et la bataille d'Aix-la-Chapelle leur avaient donné trop de travail. On commençait tout juste à revenir à la normale.

Et les nouvelles directives de Berlin allaient faire de la place.

Le docteur Holst plissa les yeux derrière les verres épais de ses lunettes. « L'hôpital de campagne d'Ensen ne traite pratiquement que des cas de névroses dues à la guerre. En quoi est-ce que cela nous concerne ?

– Cela nous concerne, docteur Holst, dans le sens où, si nous ne les imitons pas, notre taux de réussite apparaîtra comme médiocre. Et on nous demandera d'euthanasier ceux qui restent ou de leur administrer des dosages plus importants de vos chers Trional, Véronal et autres composés chlorés. Ensuite, nous n'aurons plus qu'à nous porter volontaires pour aller au front nous-mêmes, n'est-ce pas ? » Manfried

Thieringer posa un long regard sur son collègue avant de reprendre. « Est-ce que vous vous rendez compte, docteur Holst, à quel point nous sommes privilégiés ? Si l'épouse de Goebbels n'avait pas demandé expressément à son mari que les patients soient mieux traités dans les hôpitaux, notre tâche consisterait principalement aujourd'hui à liquider des malades mentaux. Euthanasies thérapeutiques, si vous préférez. Cause de la mort : grippe. Ça vous parle ? Au moins, ici, nous pouvons réserver ce traitement aux gueulards que nous gardons dans la cave. » Il secoua la tête. « Conclusion, mon cher confrère, nous allons obéir aux ordres de Berlin. Nous allons commencer à signer des bons de sortie. Sinon, vous pouvez faire une croix sur les recherches de l'Unité Alphabet. Terminées, les expérimentations sauvages avec vos médicaments de synthèse, terminés, vos tests pour mesurer l'effet des différentes techniques de sismothérapie. Terminée, la vie relativement confortable que nous menons ici ! » Le docteur Holst baissa la voix. « Frau Goebbels nous a rendu un fier service en conseillant à son mari d'assurer la protection de nos soldats d'élite ! Cela nous a fourni des cobayes tout en nous permettant de maintenir la foi du peuple allemand en l'invulnérabilité du fier corps des SS ! »

Manfried Thieringer se tourna vers Petra et les autres infirmières. Il ne leur avait pas encore accordé un regard mais ses préconisations valaient aussi pour elles. Il ramassa quelques dossiers.

« Nous allons commencer par baisser les doses des patients du bâtiment IX. Les traitements d'insuline devront être arrêtés dès aujourd'hui. Wilfried Kröner et Dieter Schmidt devront avoir cessé de prendre des psychotropes d'ici décembre. En ce qui concerne Werner Fricke, on laisse tomber. Il est irrécupérable. Sa famille est riche, je crois ? » Personne ne répondit.

Le médecin continua à feuilleter les dossiers. « Nous allons garder Gerhart Peuckert en observation encore un peu, mais il semble qu'il soit sur la bonne voie. » Petra joignit ses mains en prière.

« Enfin, il y a le cas d'Arno von der Leyen, poursuivit-il. Nous avons été informés qu'un invité de marque allait venir de Berlin lui rendre visite pour Noël. Nous devons faire notre possible pour qu'il aille mieux d'ici là. Il m'a été rapporté qu'il avait essayé d'attenter à ses jours. Quelqu'un parmi vous peut-il me confirmer cette information ? »

Les infirmières se consultèrent du regard et secouèrent la tête en silence.

« Quoi qu'il en soit, nous ne pouvons pas prendre de risque. On me confie deux patients qui sortent de traumatologie pour un traitement de suite en psychiatrie. Ils le surveilleront pour éviter que cela se reproduise. Nous pouvons les garder trois mois. Ça devrait suffire, non ?

– Ils monteront la garde vingt-quatre heures sur vingt-quatre ? » demanda l'infirmière en chef. Elle posait la question pour s'assurer que son équipe n'aurait pas une surcharge de gardes de nuit.

Thieringer secoua la tête. « La nuit, Devers et Leyen dorment. C'est votre rôle d'y veiller.

– À ce propos, que pensez-vous de l'état du nouveau compagnon de chambre d'Arno von der Leyen ? s'enquit le docteur Holst, timidement.

– Le général Devers a peu de chances de s'en sortir. Le gaz a gravement endommagé son cerveau et ses poumons. Mais nous ferons de notre mieux, et il doit continuer à bénéficier du traitement maximal. Compris ? Il a des amis puissants.

– Est-ce qu'il est la bonne personne ? Pour partager la chambre d'Arno von der Leyen, je veux dire ? Enfin... » Le docteur Holst ne savait pas comment formuler la chose et se tortillait sur sa chaise sous le regard du médecin-chef. « Il est complètement inerte.

– Oui, je trouve cela parfait. En outre, je précise que ni Horst Lankau, ni aucun des autres patients de la chambre 3, ne doit avoir accès à celle d'Arno von der Leyen et du général Devers.

– Vous savez que Wilfried Kröner donne un coup de main pour diverses tâches dans le service. Cette restriction le concerne-t-elle également ? intervint sœur Lili.

– Kröner ? » Manfried Thieringer réfléchit un instant. « Non, je ne vois pas pourquoi. Il semble en net progrès. En revanche, je n'aime pas le comportement du colonel Lankau depuis quelque temps. Il paraît instable. Avant de le laisser sortir, nous devons veiller à ce qu'il se tienne tranquille et qu'il cesse de harceler ses compagnons de chambre. »

Le cas de Gerhart Peuckert ayant déjà été évoqué, Petra n'avait plus qu'une seule question à poser. « Comment devons-nous traiter l'invitée du général Devers, monsieur le médecin-chef ? Comme elle vient assez souvent, ne serait-il pas approprié que nous lui offrions de quoi se sustenter ?

– Qu'entendez-vous par “souvent” ?

– Plusieurs fois par semaine, monsieur. Presque tous les jours, en fait.

– Alors oui, bien sûr. Vous le lui proposerez. Elle sera une agréable distraction pour Arno von der Leyen. » Il se tourna vers son collègue, l'air enchanté. « Ce sera parfait. Je lui en parlerai moi-même quand je la verrai. »

Dès le premier jour où elle la vit, Petra fut jalouse de l'épouse du général Devers. Pas à cause de son physique, ni parce que, apparemment, la vie ne lui demandait pas beaucoup d'efforts, mais à cause de ses vêtements. Quand elle passait devant elle, droite et fière, et qu'elle la saluait d'un signe de tête aimable, Petra n'avait d'yeux que pour ses bas et son tailleur. « De la soie byzantine », avait-elle rapporté à ses amies dans leur chambre sous les combles. Aucune d'entre elles n'avait jamais rien porté d'aussi beau.

Un jour, Petra avait discrètement effleuré la jupe de Gisela Devers pendant qu'assise à son chevet, elle faisait la lecture à son mari. Le tissu était merveilleusement lisse, presque frais.

Petra avait remarqué qu'Arno von der Leyen ne quittait pas des yeux la femme du général Devers. Elle remerciait Dieu en son cœur que Gerhart n'ait pas la même vue depuis son lit.

Les nouveaux gardes postés dans le corridor étaient deux gringalets pâlichons qui, comme beaucoup de jeunes hommes de leur âge, avaient déjà dans le regard des plaies profondes. Leurs uniformes SS Rottenführer étaient flambant neufs, mais les distinctions déjà usées témoignaient de nombreuses opérations sur le terrain. L'insigne de leur division représentait deux grenades croisées. Petra avait déjà eu l'occasion de voir ce motif et elle le trouvait extrêmement laid.

Devant Gisela Devers, les deux jeunes recrues étaient au garde-à-vous. C'était une élégante femme d'officier et la seule civile ne faisant pas partie du personnel à être autorisée à pénétrer dans le service.

Mais aussitôt qu'elle était passée, ils se remettaient à bavarder entre eux. Ils regardaient tout le monde avec indifférence, y compris les médecins. Ils connaissaient leur tâche et ils l'accomplissaient de manière irréprochable et sans jamais se plaindre. Tant qu'ils rempliraient leur rôle, ils ne risquaient rien. Ils préféraient faire le pied de grue dix-huit heures par jour dans ce couloir que de passer une heure au front.

Petra partageait l'avis du chef de service Thieringer. Horst Lankau avait changé. Son large visage buriné, jovial et rougeaud, ne souriait plus. Les autres patients avaient peur de lui. Il était plusieurs fois entré dans la chambre du général Devers et du héros du pavillon, Arno von der Leyen, alors qu'il n'avait rien à y faire.

Il se mit dans une colère terrible quand on lui interdit de sortir de son dortoir. On dut lui faire une piqûre pour le calmer.

Ensuite, il retrouva une partie de son charme naturel.

Il s'était passé beaucoup de choses ces derniers temps. Wilfried Kröner allait mieux et il se déplaçait à présent partout dans l'Unité Alphabet. Il portait le linge au sous-sol et poussait le chariot de ménage dans tous les étages, au grand amusement de tous. Hormis certains symptômes qui se traduisaient surtout par une tendance à pisser de manière incontrôlée et à avoir brusquement des crispations qui gênaient son élocution et lui donnaient des crampes dans la nuque, il semblait sur la voie de la guérison.

L'étrange Peter Stich au sourire sardonique avait cessé d'ouvrir les yeux sous le jet de la douche mais, à la place, il s'était mis à se curer le nez avec une telle brutalité qu'on aurait dit qu'il cherchait à se débarrasser des migraines qui visiblement l'affectaient en permanence. Pendant ces crises, un flot de sang giclait de ses narines, ce qui horrifiait la pauvre Petra. C'était absolument dégoûtant et cela agaçait prodigieusement toute l'équipe. Sans compter le répugnant bruit de succion de son doigt dans sa narine qui leur donnait à tous la nausée.

Les deux gardes avaient un nouveau patient à surveiller : un autre général, installé dans la chambre voisine de celle d'Arno von der Leyen. Les brancardiers qui l'avaient amené l'avaient décrit avec précision, mais personne ne connaissait sa véritable identité, à l'exception de Manfried Thieringer et son assistant, le docteur Holst. Petra savait seulement que c'était un homme distingué, d'âge moyen, et qu'il avait l'air complètement gâteux.

Personne n'était autorisé à entrer dans sa chambre sans y être accompagné par le médecin-chef. Officiellement, il avait besoin de calme pour reprendre des forces. Cela aurait été un terrible scandale si l'on apprenait que l'un des piliers du IIIe Reich se trouvait dans cet endroit.

Gisela Devers avait usé de son pouvoir pour obtenir l'autorisation d'aller le saluer, mais même elle avait essuyé un refus. La rumeur disait que c'était par la séduction qu'elle en était arrivée là où elle en était aujourd'hui, mais Petra avait des doutes. Son sac portait le sigle du groupe pharmaceutique IG Farben et on disait que sa famille possédait la société, ce qui était plausible eu égard aux vêtements qu'elle portait et au mariage qu'elle avait fait. Cela expliquait aussi pourquoi elle pouvait circuler librement dans l'hôpital et dans ce service en particulier.

25

Par la force des choses, Lankau cessa donc de tyranniser Bryan.

Dans le couloir, c'étaient les gardes qui faisaient la loi, à présent. Bryan ne savait pas pourquoi on les avait postés là, mais le nouveau patient de la chambre d'à côté ne devait pas être n'importe qui.

Les deux SS étaient plus jeunes que lui et leurs regards plus froids que celui d'un cadavre.

Deux fois par jour, ils laissaient grande ouverte la porte de la chambre afin de renouveler l'air du couloir. Le Grêlé en profitait en général pour entrer bavarder avec lui quelques minutes.

Son amabilité était feinte. Sous la façade couvait une méchanceté terrible.

Le contraste était saisissant.

Quand il entrait dans la chambre, il commençait toujours par aller regonfler l'oreiller de son voisin et lui caresser la joue. Ensuite il se tournait très lentement vers Bryan avec une expression sadique en passant l'index sur sa gorge. Puis, à nouveau, il tapotait doucement la joue du comateux et poursuivait sa tournée avec un léger sourire sur son visage si sympathique.

Le Chétif le fixait également avec insistance chaque fois qu'il voyait la porte ouverte. Les gardes n'autorisaient rien de plus.

Ils ne semblaient pas l'aimer beaucoup.

La nuit, Bryan était livré à lui-même. Il suffisait d'un soupir de son voisin sans connaissance pour le réveiller en sursaut.

Le plus souvent, on laissait ses comprimés sortis sur la table de nuit pour qu'il les prenne lui-même. Après la tombée de la nuit, il n'avait plus le droit d'aller aux toilettes, et on fermait la porte à clé. La chambre n'avait pas de lavabo. Après avoir essayé de faire fondre les comprimés dans l'urine de son bassin, il dut renoncer à ce moyen de s'en débarrasser. Maintenant, il attendait qu'il n'y ait plus un bruit dans le service, il allait retirer le masque à oxygène de son camarade de chambre et il lui écrasait les comprimés dans la bouche. L'homme toussait un peu dans son sommeil quand Bryan essayait de le faire boire, mais le réflexe de déglutition finissait toujours par survenir.

Les infirmières donnaient également des médicaments au patient. Il ignorait s'ils avaient pour but de le faire continuer à dormir ou de le réveiller, et espérait que le mélange n'aurait pas de conséquences fatales. Mais il n'arriva rien. Son souffle devenait simplement plus lent, plus régulier.

Si les simulateurs cherchaient encore à se débarrasser de lui, ils seraient obligés d'agir la nuit. Si Bryan voulait avoir une chance de pouvoir se défendre, il fallait que ses nuits deviennent des jours et vice versa.

Il n'avait nullement l'intention de leur rendre la partie facile. S'il criait, la salle de garde était assez proche pour que les secours arrivent à temps.

Et Bryan avait bien l'intention de hurler à réveiller son voisin de chambre et le mystérieux pensionnaire de la pièce à côté.

Un jour, Gisela Devers était venue interrompre son repos diurne.

Une délicieuse et périlleuse interruption.

Sa présence fit renaître en lui le souvenir des soirées que ses parents organisaient dans la maison de Douvres, lorsque l'été touchait à sa fin, avant que les nantis ne se dispersent aux quatre vents pour retrouver leurs quartiers d'hiver. C'était au cours de ces soirées que Bryan avait connu pour la première fois l'ivresse du parfum des femmes.

Frau Devers n'était son aînée que de quelques années. Elle avait beaucoup d'allure et s'habillait avec goût. La première fois qu'il l'avait vue, Bryan avait gardé les yeux mi-clos, hypnotisé par son profil ravissant et le duvet de sa nuque sous ses cheveux relevés. Il huma son parfum et sentit le désir monter en lui. Elle avait une odeur délicate et subtile qui lui faisait penser à un panier de fruits mûrs.

Elle était assise légèrement en biais, sa jupe moulant les courbes de ses cuisses.

Personne ne s'occupait de Bryan. Il se passerait au moins quatre jours avant qu'on s'attende à ce qu'il retrouve une activité normale. Ainsi, il put tranquillement admirer Gisela Devers dans un agréable état de somnolence.

Le soir du troisième jour, il vit le dos de Gisela tressauter comme si elle pleurait. Elle posa son front au bord du lit de son mari. C'était un spectacle émouvant. Bryan compatit.

Ses sanglots cessèrent un instant, remplacés par de brefs éclats de rire qui, bientôt, la secouèrent tout entière. Quand elle se mit à rire à haute voix, Bryan oublia toute prudence et il rit avec elle.

Gisela se retourna brusquement. Elle avait complètement oublié la présence de Bryan et ne l'avait jamais vraiment regardé. Ses yeux brillaient de larmes d'hilarité.

Le regard du jeune patient qui partageait la chambre de son mari la séduisit.

Les jours suivants, Gisela se rapprocha peu à peu de Bryan. Son silence et sa réserve l'intriguaient. Bryan n'avait jamais entendu parler autant allemand. Elle avait une voix calme, choisissait ses mots et s'exprimait avec lenteur, comme si elle devinait qu'elle ne pourrait percer sa carapace que de cette façon. Et elle y parvint. Peu à peu, la répétition des mêmes mots les rendit compréhensibles. Et pour finir, il lui indiqua qu'il la comprenait. Cela l'amusa. Quand il hochait la tête, elle lui tapotait la main pour le féliciter. Bientôt, elle commença à caresser sa main, même s'il ne hochait pas la tête. Elle était irrésistible.

Un jour, les gardes en eurent assez de la curiosité du Chétif. Il ignora leurs réprimandes une fois de trop lors de ses éternelles rondes et, sur le seuil de la chambre de Bryan, l'un des deux le ceintura par-derrière, tandis que l'autre lui enfonçait si profondément les doigts dans la gorge qu'il éructa bruyamment avant de vomir. Ensuite ils le firent rouler à coups de pied dans son propre vomi avant de l'obliger à nettoyer le sol avec les manches de sa chemise d'hôpital. Durant l'inspection de l'après-midi, l'infirmière en chef l'engueula si fort de s'être ainsi sali que Bryan l'entendit de sa chambre.

Gisela entendit les gardes s'esclaffer et elle regarda Bryan d'un air interrogateur.

La jeune Frau Devers était très étrangère à ce qui se passait dans l'unité. D'après ce que Bryan pouvait comprendre, elle lui parlait principalement d'elle-même. Bien qu'il ne doutât pas une seconde qu'elle le dénoncerait si elle apprenait la vérité sur son compte, il la désirait passionnément. Il était aussi amoureux d'elle qu'elle l'était d'Arno von der Leyen.

Malgré ou peut-être à cause de la présence de son mari à deux mètres d'eux, l'instant où elle glissa sa main sous la couverture en lui susurrant des mots doux dans la langue de Goethe fut inoubliable.

Le jour où Bryan s'attendait le moins à ce que la jeune femme concrétise ses avances, Petra venait de passer un long moment sur le pas de la porte, bavardant comme une pie tout en admirant discrètement le tailleur de Gisela Devers.

Frau Devers hochait la tête sans faire beaucoup d'efforts pour se montrer aimable, ni même intéressée par ce que racontait l'infirmière.

Enfin, on l'appela dans la salle de garde et, aussitôt, Gisela Devers se tourna vers Bryan, se leva, fit tomber le livre posé sur ses genoux sans prendre la peine de le ramasser et elle alla fermer doucement la porte. Elle resta appuyée au chambranle quelques instants, le regarda, les lèvres entrouvertes, respirant plus fort.

Un frisson d'excitation traversa Bryan. Il se sentait brûlant et offert. Elle fit quelques pas vers lui et s'arrêta si près que ses cuisses moulées dans sa jupe emplirent tout son champ visuel. Elle se pencha et posa un genou au bord du lit. Bryan se redressa un peu pour venir à sa rencontre et elle mit un bras autour de son cou. Toutes les épaisseurs de ses vêtements avaient la même fluidité, la même douceur et la même fraîcheur. Son sexe était humide.

Leurs étreintes devinrent récurrentes, quoique brèves. Les habitudes du service changeaient constamment. L'un comme l'autre avaient toutes les raisons d'être prudents.

Après quelques jours, ils se contentèrent de se regarder pendant des heures, ne cédant que rarement à l'appel de leurs sens. Sa voix le transportait. Elle effaçait toutes les autres femmes.

Puis il perçut dans ses monologues une nouvelle tonalité. Grave et factuelle.

Bryan crut comprendre que le général Devers attendait un visiteur prochainement et cela ne l'inquiéta pas immédiatement.

Jusqu'à ce qu'il réalise que c'était de lui qu'elle parlait, enfin d'Arno von der Leyen. Elle lui disait l'admiration qu'elle avait pour lui et sa conviction qu'il serait chez lui pour Noël. Et elle lui annonça qu'il allait recevoir une visite importante de Berlin.

Et aussi qu'il allait lui manquer.

Elle jeta un coup d'œil méprisant à son mari.

S'il ne s'était pas trompé, ces nouvelles étaient dramatiques.

Depuis son changement de chambre, Bryan avait perdu la notion du temps et il s'en voulait de son inconséquence. Quand il avait entendu parler de la dernière grosse attaque de Karlsruhe, il avait calculé qu'on était le 5 novembre, deux jours avant son anniversaire. Il estimait que deux semaines avaient dû passer ensuite.

On ne se battait plus sur l'autre rive du Rhin, mais il ignorait comment évoluait le conflit. En revanche, il était à peu près certain que les patients de l'hôpital seraient évacués si les Alliés approchaient.

Cette certitude et l'imminence d'une visite rendaient son évasion plus urgente que jamais.

Cette fois, il n'avait pas le droit d'échouer.

Chaque nuit, tandis qu'il veillait à sa propre sécurité, il élaborait des plans et pensait à James.

Il devait réfléchir à une infinité de détails tels que les vêtements et les chaussures. Comment sortir sans se faire remarquer ? Et, une fois dehors, comment s'éloigner de l'hôpital sans se faire abattre ? Il y avait les chiens et la nouvelle clôture électrifiée. Les dangers de la montagne dans le noir. La circulation dans la vallée, à présent que la mobilisation était à son comble. Le froid montant de la terre humide et les torrents. La longue plaine viticole bordant le Rhin sur au moins dix kilomètres. Est-ce qu'on vendangeait encore en cette saison ?

Et puis il y avait les villages au pied de la montagne, les rencontres imprévues qu'il pourrait y faire, et la vie de ces communautés rurales dont il ne savait rien. Autant de difficultés à surmonter.

Bryan savait qu'il ne pouvait plus partir vers le sud. La concentration des troupes le long de la frontière suisse était probablement plus dense que n'importe où ailleurs. Il allait donc prendre le chemin le plus court vers l'ouest, tenter de traverser la voie ferrée au pied de la montagne à travers la vallée du Rhin, et essayer d'arriver jusqu'au fleuve.

À en croire le bruit des bombardements, ces dernières semaines, les troupes alliées devaient se trouver juste de l'autre côté du Rhin. Mais arriverait-il jusque-là ?

Cet immense fleuve que Bryan avait si souvent utilisé comme repère lors de ses opérations de reconnaissance aérienne était probablement, en ce moment, le cours d'eau le mieux surveillé de la planète. Tout civil suspect serait immanquablement pris pour un déserteur et fusillé sans autre forme de procès.

Et une fois sur la berge allemande du Rhin, il fallait encore arriver sur l'autre rive ! Quelles étaient la largeur et la profondeur du fleuve ?

La dernière question qu'il se posait était la pire ou presque. En admettant qu'il arrive de l'autre côté, ses compatriotes n'ouvriraient-ils pas le feu sur lui ?

Bref, son pronostic de réussite n'était pas très bon. Quand Bryan était enfant, son beau-père lui avait appris qu'il n'y avait que les imbéciles qui refusaient d'évaluer leurs chances de réussir dans une entreprise. Ils préféraient s'accrocher à des rêves et à des espoirs que de faire des choix raisonnables. Ce pragmatisme qu'ils méprisaient pouvait leur éviter un échec alors que leur arrogance avait toutes les chances de les mener tout droit dans une impasse. Au bout du compte, la plupart de ceux qui agissaient ainsi étaient aussi ceux qui finissaient par se contenter d'une existence médiocre.

Malgré ces excellents conseils, Bryan choisit de prendre le risque d'improviser. On lui avait également enseigné qu'il n'y avait pas de problème sans solution.

La question était maintenant de savoir si James viendrait avec lui.

Bryan aurait donné son bras droit pour une promenade autour des bâtiments ou au moins pour avoir une meilleure vue de sa fenêtre.

Le premier obstacle était la clôture électrique. Même s'il choisissait de passer par la montagne, il s'y heurterait. Et en optant pour cet itinéraire, il devrait faire tout le tour de l'hôpital pour arriver à la route qui conduisait vers l'ouest.

Le plus simple était de sortir par la porte d'entrée – mais c'était aussi le meilleur moyen d'être abattu.

Creuser un tunnel pour passer sous la clôture ? Mais partout où le terrain était meuble, il y avait des baraquements, et il ne pourrait pas creuser sans qu'on le voie. Et là où il aurait été tranquille, la clôture était plantée dans la roche.

Il fallait donc qu'il passe au-dessus, sans la toucher.

Le souvenir de leur retour glacial de la place d'honneur, le jour de l'anniversaire d'Hitler, et des grands pins qui bordaient l'enceinte à l'est, était toujours présent dans sa mémoire. Une simple petite promenade, et il saurait avec certitude si un saut à cet endroit était une possibilité.

Il y avait un autre moyen de le découvrir. Depuis les fenêtres du dortoir de James, on pouvait évaluer la distance jusqu'aux grands pins.

Bryan hocha la tête. Ainsi soit-il.

James devait de toute manière être mis au courant au plus tôt.

Prise en flagrant délit, Gisela bondit sur ses pieds, attrapa son sac et se précipita dans le couloir. Elle avait entendu la porte grincer une demi-seconde avant d'embrasser Bryan. Kröner, immobile sur le pas de la porte, la regarda en souriant lorsqu'elle se faufila dehors, la mine outragée. Depuis un moment déjà, il les surveillait et avait remarqué leurs échanges de caresses. Bryan et Wilfried Kröner se jaugèrent avec froideur. La douceur des courbes de Gisela et le sourire sarcastique du Grêlé mêlaient en lui la passion et la haine.

Kröner souriait encore quand Bryan se leva, menaçant, de son lit. Le Grêlé recula et s'éloigna dans le corridor, riant sous cape. Les gardes s'étonnèrent de voir Bryan lui emboîter le pas. Ils cessèrent de s'intéresser à eux quand ils virent Kröner s'enfermer dans les toilettes. Bryan n'avait aucune idée de ce qu'il allait faire à présent. Derrière la porte, Kröner ricanait toujours.

Est-ce qu'il allait vraiment attendre qu'il sorte et lui casser la figure ?

Bien qu'il en meure d'envie, ça n'avait pas beaucoup de sens.

Les gardes avaient recommencé à parler à voix basse. Le service était plongé dans sa léthargie habituelle. À côté de la porte des toilettes, où Kröner s'était enfin tu, la porte des douches, entrouverte, battait doucement. La suivante, quelques mètres plus loin dans le couloir, était également entrebâillée. Jusqu'à ce jour, Bryan n'avait pas identifié cette dernière surface vert pâle comme une porte. Il avait toujours pensé qu'il s'agissait d'un pan de mur avant la porte vitrée donnant sur l'escalier de service.

Les gardes n'eurent aucune réaction lorsqu'il s'en approcha puisqu'il s'avéra qu'il s'agissait d'un deuxième W-C.

Ce soir-là, Kröner ricanait toujours en faisant sa tournée avec le chariot repas. Devant le lit de Bryan, il haussa les sourcils d'un air complice et se pencha vers lui en murmurant avec une joie sadique quelques mots dont Bryan ne comprit pas le sens : « *Bald, Herr Leyen ! Sehr bald... Sehr, sehr bald*[1] *!* »

L'un de ses problèmes était désormais résolu car les toilettes qu'il venait de découvrir avaient une fenêtre. La mince

1. « Bientôt, monsieur Leyen ! Très bientôt... très très bientôt. »

huisserie en aluminium était boulonnée au cadre, ce qui en compliquait l'ouverture, mais la vue était parfaite.

Ce cabinet avait été aménagé dans la cage de l'escalier de service qui elle-même avait été ajoutée à l'extérieur du bâtiment. De la fenêtre de ce W-C, on avait de ce fait une vue dégagée sur la façade qui abritait l'autre W-C, la salle de douches, le bureau du médecin, une chambre à deux lits, la mystérieuse chambre individuelle et, tout à fait à l'angle du bâtiment, la chambre de Bryan. Une vue superbe, avec en prime des descentes de gouttière tous les trois ou quatre mètres. Celle qui se trouvait près de la fenêtre du bureau du chef de service était particulièrement intéressante. Pas seulement parce qu'elle se terminait à côté d'un local poubelle, mais parce que dans sa partie haute elle était fixée à côté d'un chien-assis.

Bryan décida qu'il s'enfuirait vers le haut et non vers le bas.

Les jours suivants, Gisela Devers ne vint pas.

Il en ressentit une souffrance douce-amère.

Après deux nuits de cauchemar et deux journées de solitude intense, elle réapparut soudain le troisième jour, dans la matinée, et s'assit au chevet de son mari pour lui faire la lecture comme s'il ne s'était jamais rien passé entre Bryan et elle. Elle resta plusieurs heures dans la chambre sans lui adresser un mot et ne se retourna pas vers lui. Avant de s'en aller, elle vint s'asseoir un instant sur une chaise à côté de son lit. Elle tapota sa main avec gravité, le regard fier. En quelques phrases, elle lui fit comprendre que le Führer était dans la région. Elle mentionna une attaque dans les Ardennes. Elle semblait très heureuse et souriait en prononçant le nom d'Adolf Hitler.

Elle lui fit un clin d'œil de connivence. Le héros Arno von der Leyen allait bientôt avoir une visite. Sinon du Führer lui-même, au moins de l'un de ses plus proches collaborateurs.

Le regard d'admiration que Gisela Devers adressa à Bryan avant de sortir fut le dernier souvenir qu'elle lui laissa.

26

« Toi, mon ami, tu vas dormir bien gentiment », murmura Bryan. Herr Devers pesait son poids et Bryan ne réussit à le porter dans son propre lit qu'au prix d'un immense effort. Puis il roula la robe de chambre de Devers sous sa couverture pour lui donner la forme d'un corps, enfila sa propre robe de chambre et sortit après s'être assuré que la voie était libre.

Il était à peine sept heures du soir. Le dîner, trop cuit, avait été vite englouti. Plusieurs exercices d'évacuation avaient mis le personnel dans tous ses états une grande partie de la journée. La première fois, Bryan avait cru que c'était sérieux et que c'était aujourd'hui qu'ils allaient tous être emmenés ailleurs. Il s'était maudit d'avoir laissé passer sa chance de s'évader.

Mais les aides-soignants étaient souriants et Vonnegut lui-même était venu lui dire bonjour. La dose de médicaments pour la nuit avait déjà été distribuée, plus tôt que d'habitude.

C'était maintenant ou jamais.

Les gardes éclatèrent de rire en découvrant Bryan planté au milieu du corridor, se grattant la nuque d'un air perplexe. Brusquement, son visage s'illumina et il se dirigea vers le dortoir à sept lits avec un haussement d'épaules indifférent.

Ils ne le retinrent pas. Au contraire, ils eurent l'air presque aussi soulagé que lui.

Les simulateurs étaient déjà couchés, à part Kröner qui se redressa sur ses coudes et accueillit Bryan avec un regard moqueur. James occupait maintenant l'ancien lit de Bryan, entre le Grêlé et l'Homme aux yeux rouges.

Dans le lit du fond, un visage inconnu lui jeta un regard sans expression au-dessus de sa couverture et suivit Kröner des yeux quand il alla réveiller Lankau. Face de lune grogna quand Kröner le secoua et James ouvrit les yeux également. Son regard exprimait une lassitude allant bien au-delà de la fatigue.

C'était tout ce que Bryan avait besoin de savoir.

James n'était pas en état de venir avec lui.

Bryan passa entre le lit de Kröner et celui de James et alla regarder par la fenêtre. Les pins au sud de la paroi se trouvaient pour la plupart à au moins six mètres du mur, mais à droite de cette fenêtre-ci, et d'une autre un peu plus loin, ils étaient plus proches.

Leurs branches étaient d'un vert sombre et pleines de sève, élastiques et serrées. Il y avait des tas d'endroits pour s'accrocher, du moment qu'on tombait dans le bon axe.

De son lit à l'étage en dessous, Bryan avait regardé tous les jours la danse envoûtante de la partie basse de ces immenses arbres sombres. Fragments d'un ensemble mouvant et inaccessible.

À présent, l'image était complète.

Kröner et Lankau se postèrent derrière Bryan, entre les lits, bloquant toute issue. Kröner était aussi calme et patient que Lankau tremblait d'excitation. Sous le sourire ironique du Grêlé, le foulard de Jill ajoutait une note coquette à son cou de taureau. Quand Kröner vit que Bryan l'avait remarqué, il caressa le morceau de tissu du dos de la main avec un rictus diabolique. Les simulateurs avaient arraché à James la dernière chose qui le rassurait un peu. Bryan baissa les yeux vers James sous le regard faussement candide de l'Homme aux yeux rouges, dans le lit d'à côté.

James ne cilla même pas quand Bryan lui fit un sourire désolé.

Bryan leva sa chemise et il leur montra son cul. Kröner et Lankau éclatèrent de rire, mais le rire cessa quand Bryan se baissa et compressa son abdomen, laissant échapper un long pet humiliant juste sous leur nez. Le Grêlé recula de dégoût, mais le rugissement de rire de Lankau fut si contagieux que, lorsque Bryan regarda au-dessus de son épaule avec une expression de fausse candeur, Kröner explosa de rire lui aussi.

Bryan jeta un dernier coup d'œil discret à James. Il eut vaguement l'impression de le voir cligner des paupières, mais il n'en était pas sûr. Son visage était très pâle. Devant la souffrance de son ami, Bryan dut détourner les yeux. Après s'être redressé, il se retourna, s'approcha de Kröner au point que leurs fronts se touchèrent et il lui rota à la figure.

Le visage du Grêlé se crispa. La seconde qu'il lui fallut pour se remettre de sa surprise laissa à Bryan le temps d'armer son coup de poing qui atterrit droit et fort sur la pommette de Kröner qui tomba en arrière dans les bras de Lankau. La rage des deux simulateurs se déchaîna et ils se jetèrent sur Bryan sans se préoccuper du cri de l'Homme aux yeux rouges.

Bryan avait obtenu ce qu'il voulait.

Lankau n'avait pas eu le temps de refermer les mains autour de son cou que Bryan se mettait à hurler assez fort pour réveiller les morts. Tout le monde dans le dortoir sortit de son sommeil pour voir les trois hommes rouler au sol et les deux gardes entrer en trombe et se jeter sur les belligérants. L'un des gardes dégagea Bryan de leur emprise, tandis que les coups de Lankau pleuvaient sur son uniforme.

En moins de temps qu'il n'en faut pour le dire, les jeunes soldats avaient maîtrisé le trio et Bryan était assis par terre, les jambes écartées, pleurant toutes les larmes de son corps. L'Homme aux yeux rouges tira sur son cordon d'alarme et les aides-soignants accoururent à leur tour. Peter Stich s'enfonça dans son oreiller avec un soupir résigné.

Bryan chercha à croiser une dernière fois le regard de James tandis qu'il sortait du dortoir à reculons en sanglotant. Mais son ami lui tourna le dos et s'emmitoufla soigneusement dans sa couverture.

En quelques pas rapides, Bryan traversa le couloir. Il ouvrit une porte, la referma derrière lui, et cessa aussitôt de pleurer. Il se trouvait maintenant dans la chambre du milieu, celle où reposait le mystérieux patient VIP.

La pièce était plongée dans le noir.

Bryan resta sans bouger le temps d'accommoder ses yeux à l'obscurité. On allait probablement administrer un calmant à Kröner et Lankau. Le personnel soignant ne quitterait certainement pas le dortoir de James durant les dix ou quinze prochaines minutes.

Il entendit de l'autre côté du mur qu'on ouvrait la porte de sa chambre. Les voix des gardes étaient soulagées. Ils avaient constaté que Bryan s'était recouché. Dans son nouveau lit, Herr Devers ne s'était heureusement pas retourné. Bryan lui avait donné assez de somnifères pour s'en assurer.

Dans le noir, la silhouette d'un homme en train de le fixer se dessinait peu à peu.

Bryan fut surpris de la totale indifférence du patient. Son absence de réaction était incompréhensible, comme beaucoup de choses dans ce pavillon. Il mit le doigt sur ses lèvres pour lui intimer le silence et s'accroupit à côté de son lit. La respiration de l'homme s'était accélérée, comme s'il allait crier. Son souffle chaud et fébrile se fit rauque. Sa lèvre inférieure tremblait.

Bryan arracha l'oreiller sous sa tête, le posa sur sa figure et appuya aussi fort qu'il put. L'homme n'avait même pas eu l'air étonné.

Bryan pensa à Mr Jones, leur valet de chambre, à Douvres, quand il prenait le cou d'une palombe entre ses deux doigts pour lui enlever lentement la vie. L'homme ne se débattit pas, il n'eut pas un soubresaut. Son corps tout mou, sans défense, semblait abandonné, infiniment seul.

Deux bras maigres se soulevèrent et enlevèrent à Bryan l'envie de continuer. Il retira l'oreiller et regarda au fond des yeux effrayés qui venaient de voir la mort reculer.

Bryan, aussi soulagé que lui, posa la main sur sa joue. Quand il lui sourit, l'autre lui renvoya un regard triste.

Sur une patère était suspendue l'inévitable robe de chambre. Bryan l'enfila par-dessus la sienne et serra la ceinture. Malgré son envie d'allumer la lumière afin de mieux se repérer dans la pièce et de voir s'il y trouvait quelque objet utile à son évasion, il n'en fit rien.

La fenêtre s'ouvrait dans le mauvais sens, empêchant l'accès à la gouttière. Le patient gloussa doucement au fond de son lit en voyant Bryan la dégonder et l'appuyer au lavabo, derrière le rideau.

Le remue-ménage dans le service était terminé. Le personnel avait cessé de crier. Les gardes ricanaient à voix basse dans le couloir. Ils avaient prouvé leur valeur.

Ou du moins, ils le croyaient.

Bryan estimait que si tout se passait comme prévu, on mettrait au moins six ou sept heures avant de s'apercevoir de sa disparition.

Mais avant d'être parvenu au bout de sa pensée, il se pétrifia.

Une intuition inexplicable lui fit lâcher le rideau alors qu'il allait poser le pied sur l'appui de la fenêtre. La vague impression d'avoir entendu une clé cliqueter au fond d'une poche de pantalon.

Avant que l'importun ait posé la main sur la poignée de la porte, Bryan s'était propulsé en arrière, manquant faire un faux pas et tomber. Sa cheville lui fit un mal de chien, il serra les dents. Un mince rayon de lumière entra dans la chambre, lui frôla le bout des orteils.

À moins de dix centimètres de lui, un garde passa la tête dans l'entrebâillement de la porte. La lumière du couloir, l'éclairant de derrière, faisait un halo autour de sa tête. Le moindre bruit, le moindre mouvement et c'était la fin. Dans le lit, le patient souriait béatement. Le rideau flottait légèrement dans la brise du soir. Bryan sentait le courant d'air froid qui risquait de le trahir et il vit avec horreur un angle de la fenêtre dépasser du rideau dans le faisceau de la torche. Le garde se racla la gorge, ouvrit plus grand la porte et prit le temps de s'accoutumer suffisamment à l'obscurité pour apercevoir la silhouette dans le lit. Bryan avait si mal à la cheville, maintenant, qu'il crut défaillir. Avait-il la moindre chance de s'en sortir ? Il se ressaisit. Si on le prenait maintenant, on trouverait une robe de chambre dans le lit de Devers et Devers dans celui d'Arno von der Leyen. Et Bryan avec deux robes de chambre sur le dos.

Une situation difficile à expliquer.

Tout à coup, le général s'assit dans son lit, l'air parfaitement conscient. « Bonne nuit », dit-il, doucement, tranquillement et si distinctement que même Bryan le comprit. « Bonne nuit ! » répondit le garde en refermant la porte avec une telle délicatesse que cela le rendit presque humain.

Le temps était humide et la fraîcheur de la nuit déjà tombée. Il n'y avait pas âme qui vive sur la place en contrebas. La gouttière semblait bien fixée, mais elle était plus lisse que Bryan ne s'y attendait.

Sa cheville lui faisait mal.

Son ascension jusqu'au chien-assis fut plus pénible que prévu. Il y avait à peine la largeur d'une main entre la dalle et le chien-assis, mais la fenêtre était évidemment fermée. Bryan appuya doucement sur le verre embué. Le mastic était vieux et friable, donnant à la vitre une élasticité trompeuse qui lui fit perdre du temps. Enfin, il donna un coup sec et un éclat de verre lui arracha un copeau de chair de la taille d'un penny. Le loquet était hors de portée et Bryan tenta de tirer sur le croisillon pour le tordre sur lui-même. Les deux vitres supérieures se détachèrent en même temps et allèrent se fracasser dix mètres plus bas sur le toit du local poubelle. Le bruit de verre brisé sonna aussi fort aux oreilles de Bryan qu'un coup de tonnerre.

Pourtant, il fut le seul à l'entendre.

Malgré la chance qui semblait lui sourire, il n'était pas plus avancé. Nouveau coup du sort. Même si la fenêtre n'était plus un obstacle, il allait devoir trouver un autre moyen d'entrer dans le bâtiment. Entre le moment où il avait repéré la lucarne deux jours auparavant et maintenant, quelqu'un avait eu la mauvaise idée d'y pousser une grosse commode.

Beaucoup trop grosse pour qu'il ait seul la force de la déplacer.

Plutôt que de devoir redescendre par le même chemin, il examina les accès qu'offrait la toiture et ses éventuels dangers. Le faible éclairage des lampadaires derrière les cuisines se reflétait sur les ardoises glissantes, faisant vibrer l'air au-dessus comme un mirage. Il vit que la surface noire était jalonnée d'innombrables lucarneaux avec des cadres métalliques.

Une succession d'éclairs lumineux dirigés dans un axe nord-nord-ouest augurait de nouveaux tirs d'obus. Les combats sur la rive gauche du Rhin s'étaient intensifiés depuis une heure. L'armée nazie à Strasbourg cédait sous la pression des troupes alliées.

Bryan entendit des voix claires résonner à travers une fenêtre à quelques mètres de lui. Il devait se trouver en face des mansardes des infirmières. Un remue-ménage l'informa que l'équipe de jour était en train d'aller se coucher pour laisser place à l'équipe de nuit. Il risquait d'être découvert d'un instant à l'autre. Si une infirmière aérait sa chambre ou regardait dehors pour voir d'où venaient les éclairs et les détonations qui crevaient le ciel, il serait pris. Un coup d'œil le long du toit et l'aventure se terminait ici. Malgré le froid, Bryan se mit à transpirer et il sentit qu'il lâchait prise. Il n'y avait plus de temps à perdre, il devait trouver un moyen d'entrer dans le bâtiment. Dans quelques secondes, les gardes et leurs chiens allaient revenir.

Agrippé à la façade comme il l'était, ils ne pouvaient pas le rater.

Bryan réexamina la toiture. Et retrouva espoir en apercevant, quelques mètres au-dessus de lui, une fenêtre de toit cachée par un chien-assis qui lui avait échappé. Si son pied trouvait appui sur la gouttière, il devrait réussir à l'atteindre.

Les premières prises furent les plus difficiles. Il progressait sur une surface glacée et grasse de feuilles pourries déposées par le vent. Alors qu'il allait glisser vers le vide et qu'il s'aplatissait, paniqué, contre la pente du toit, il entendit les aboiements funestes annonçant l'arrivée des gardiens de nuit.

Ils faisaient en général leur ronde par deux. Mais cette fois, deux équipes avaient dû se croiser et se donner rendez-vous exactement en dessous de l'endroit où il était à plat ventre pile à ce moment.

Les vieux soldats se mirent à discuter à voix basse, cherchant machinalement leurs cigarettes dans leur poche de poitrine. Le halo du réverbère sous lequel ils s'étaient réunis éclairait leurs visages. Leurs fusils semblaient lourds à leur épaule et les chiens tiraient sur leurs laisses, impatients de repartir. Ils ne réagirent à sa présence que lorsque Bryan glissa à nouveau et dut caler son pied contre la fenêtre en saillie.

Une plaque de feuilles agglutinées se détacha du solin et rebondit sur la gouttière pour aller s'écraser tout en bas. Deux des chiens commencèrent aussitôt à aboyer. Les hommes inspectèrent les alentours sans comprendre. Puis ils secouèrent la tête, perplexes, écrasèrent à contrecœur leurs cigarettes et se séparèrent.

Dès que le son de leurs voix se fut évanoui, Bryan reprit son ascension. Quelques secondes de plus dans cette position et il aurait eu une crampe au mollet.

Le grenier n'avait rien d'intéressant à lui offrir. Des tas de vieux lits et de matelas défoncés avaient trouvé leur dernière demeure sur le plancher poussiéreux. De vieilles planches et des morceaux de tissus mis au rebut offraient aux souris un paradis dans lequel elles pouvaient s'ébattre et se reproduire à leur aise. Si Bryan n'avait pas laissé derrière lui autant de traces, il aurait pu rester ici pendant plusieurs jours, en attendant une météo plus clémente et un moment moins risqué pour s'en aller.

Malheureusement, les circonstances l'obligeaient à poursuivre sa route. Mais avant, il devait trouver quelque chose à se mettre aux pieds et ce n'était pas ici qu'il le dénicherait.

Au pied d'une échelle de meunier qui reliait le grenier à l'étage en dessous se trouvait une porte. Elle avait peut-être été verrouillée à un moment donné, mais à présent l'humidité et la crasse la rendaient difficile à ouvrir. Le corridor dans lequel il déboucha était heureusement désert. Les bombardements y avaient un son différent. Les vieux murs tremblaient. Le processus de destruction erratique semblait plus grave, plus déprimant dans cet endroit.

L'étroit couloir traversait tout le bâtiment, percé d'innombrables portes de part et d'autre. Bryan resta planté là dans la faible lumière, couvert d'une sueur froide. Un homme en robe de chambre dans les quartiers des femmes. Personne ne douterait une seconde qu'il puisse être autre chose qu'un patient en fuite.

La mansarde dans laquelle il n'avait pas réussi à entrer de l'extérieur se trouvait derrière l'une des trois premières portes. Grâce à un bruit d'eau derrière la première sur sa droite, il devina qu'il s'agissait d'un W-C. La pièce qui se trouvait au-dessus de la consultation devait donc être celle du milieu et celle de gauche forcément celle de la mansarde.

Quelqu'un tira la chasse d'eau et se moucha. Bryan referma la porte de la mansarde derrière lui à l'instant où la femme sortit des toilettes. Elle alla d'une démarche lasse frapper à la porte voisine de celle derrière laquelle Bryan retenait son souffle et transmit un message. Soudain tout le couloir se transforma en un capharnaüm de pas et de conversations désordonnées.

Dans la fente au-dessus du gros bahut qui obstruait la fenêtre, le ciel nocturne s'illuminait d'explosions répétées. Dans la cour, un bruit de moteurs retentit.

Une activité pour le moins inhabituelle à cette heure de la soirée.

Bryan regarda autour de lui. Des tas de linge soigneusement plié apparurent dans les éclairs des détonations. Pas de chaussures, seulement des draps. Une chemise ou un pantalon auraient suffi à son bonheur.

Mais il n'y avait rien. Rien qui puisse lui être utile.

À mesure que le calme revenait dans le couloir, un bourdonnement de conversations prit le relais dans les chambres. Il ne voyait plus personne à travers le trou de la serrure. Ses options étaient limitées. Il pouvait remonter l'escalier du grenier et tenter d'atteindre les pins en sautant du toit pieds nus dans ses deux robes de chambre. C'était une longue chute. Ou il pouvait entrer dans une chambre de l'autre côté du couloir et espérer maîtriser ses occupants. Il y trouverait peut-être des vêtements et un accès plus facile aux arbres. Les deux idées le faisaient frémir. Toi, tu saurais quoi faire, James ! songea-t-il.

Son estomac se serra.

Un enfer sonore d'explosions rapprochées fit vibrer les vitres et s'élever les voix dans les mansardes. Plusieurs portes s'ouvrirent de l'autre côté du corridor et des filles en sortirent pour entrer dans celles qui donnaient vers l'ouest. Sans réfléchir une seconde, Bryan ouvrit la porte et il traversa le couloir. Plusieurs infirmières se trouvaient encore dans le corridor un peu plus loin. L'écho d'une nouvelle salve de détonations rebondit sur le bâtiment. Personne ne le vit entrer dans la chambre d'en face.

La pièce était petite et sombre, le lit quitté depuis peu. Un rideau à motifs, d'un bleu presque noir, occultait la fenêtre. Dans un placard à côté de la porte, Bryan trouva une partie de ce qu'il cherchait. Un pull délavé, une paire de longues chaussettes en laine et un caleçon. Sans hésitation, il ouvrit la fenêtre et jeta le tout dehors, en direction du pin le plus proche, qui s'éclairait de temps à autre comme pendant un feu d'artifice de la Saint-Sylvestre. Les chaussettes ricochèrent sur le tronc et tombèrent du mauvais côté de la clôture.

Les pensionnaires de cette chambre ne manqueraient pas de remarquer la fenêtre ouverte malgré l'épais rideau, mais Bryan sauta tout de même vers l'arbre et s'accrocha des deux bras aux branches qui le fouettèrent cruellement au passage. Sa plaie à la main se remit à saigner. C'était un saut terrible. Il glissa en chute libre sur plusieurs mètres, les épines du conifère lui déchirant le visage. Puis il s'immobilisa un instant dans un enchevêtrement de branches piquantes, avant de glisser par à-coups quelques mètres de plus et de tomber dans le vide.

Il faillit s'assommer à l'atterrissage. Rapidement, il leva la tête et regarda autour de lui. Un mètre plus loin, sa tête aurait touché un rocher pointu. Le caleçon long et le pull-over étaient à portée de main. La clôture brillait, grise, à deux pas devant lui. Seuls quelques carrés de lumière indiquaient que le bâtiment qu'il venait de quitter était occupé.

Cependant, derrière une fenêtre au deuxième étage, Bryan eut l'impression de deviner une silhouette floue, mais familière.

27

Bryan mit plusieurs minutes à trouver la force d'enfiler les vêtements volés. Il regrettait amèrement les chaussettes. Ses pieds étaient déjà si froids qu'ils le brûlaient. Dès qu'il serait sur un sol moins caillouteux, il accélérerait le pas pour les réchauffer. Bien que sa cheville soit encore enflée et certainement abîmée, elle ne lui faisait plus mal. Le froid a ses vertus.

Une activité fébrile régnait alentour.

Des camions venant des villages à l'intérieur des terres défilaient en direction de l'ouest, obligeant Bryan à marcher dans le fossé.

Sur la première partie du trajet, il suivit le cours d'un torrent, froid et noir. Mais au moins les chiens ne pourraient pas flairer sa trace.

Cette certitude le consolait de ses douleurs.

L'air vibrait d'ordres incessants de soldats semblant venir de partout à la fois. Au nord-nord-ouest, les canons tonnaient sans discontinuer. Cette nuit, le ciel avait son existence propre.

Bryan vit apparaître des toitures dans l'obscurité et il remonta dans les contreforts pour contourner un village. Une nuit comme celle-ci, tout le monde était éveillé. Chaque détonation pouvait signifier qu'un père, un mari, un fils ne reviendrait pas.

Une nuit comme celle-ci, chacun apprenait à prier.

Après ce premier village, il savait qu'il trouverait une ville et ensuite des vignobles jusqu'aux berges du Rhin. Ce paysage idyllique et fertile était enlaidi par une unique voie de communication vitale, une large route bétonnée, traversant toute la vallée.

C'était des dangers de ce terrain qu'il allait maintenant devoir triompher.

Plusieurs fermes étaient disséminées dans la campagne aux confins du village. Des bêtes beuglant nerveusement, des vêtements pendus sur des fils à linge, une bêche prête à se planter dans un plant de pommes de terre, tout témoignait de la vie qui continuait, malgré la guerre, jour après jour. Il vit aussi des hangars abandonnés, des granges en ruine, des masures délabrées, beaucoup de fossés.

Derrière lui, le bruit sourd des explosions résonnait dans la Forêt-Noire. Il n'avait jamais été aussi près d'un champ de bataille au sol. Plusieurs lignes de canons, enterrées de ce côté du Rhin, tentaient en vain de riposter. Bien que Bryan n'ait pas vu tomber un seul obus, la zone était une gueule ouverte exhalant la mort et le désespoir.

Pourtant, ce n'était qu'un avant-poste de l'horreur.

C'était sur l'autre rive du fleuve que l'inconcevable se jouait, que la déraison régnait et que l'amour du prochain perdait toute signification.

Il atteignit la route.

La traverser sans être vu lui parut littéralement impossible. La route mouillée reflétait la lumière des phares rétrécis par des caches. Malgré l'absence d'éclairage, sur les rectangles en béton gris de la chaussée, il serait aussi visible que le nez au milieu de la figure.

Il vit défiler un cortège ininterrompu de camions transportant des troupes et du matériel du ou vers le théâtre des opérations. À quelques mètres de lui un groupe de courriers à moto en longs manteaux de cuir essayaient de réguler la circulation. Derrière eux, sur la voie de droite, gisait une énorme pancarte arrachée. À l'origine, elle avait indiqué une bretelle d'entrée à quelques kilomètres, destinée aux véhicules venant de la montagne.

Bryan s'approcha discrètement de la pancarte parce qu'il avait remarqué une autre voie qui semblait passer en dessous de la route principale à peu près à la hauteur des motards. Si des véhicules pouvaient traverser à cet endroit, il pouvait le faire aussi.

La route sous le viaduc était presque constamment plongée dans le noir. Elle n'était éclairée que sporadiquement par des fourgons de marchandises surchargés et des voitures de particuliers emportant des civils loin des villages situés trop près du Rhin. Il entendit des voix étouffées à l'entrée du pont qui le firent hésiter. De petits groupes de gens plus ou moins vêtus contemplaient le spectacle devant leur maison, les bras croisés pour se réchauffer.

Ébloui par les explosions qui, par intermittence, éclairaient le ciel comme en plein jour, un conducteur de camionnette ignora les consignes des soldats et omit de réduire sa vitesse. Le hurlement des freins, quand il aperçut la pancarte, envoya les soldats se réfugier sur le bas-côté. Ils crièrent si fort que Bryan perçut la panique dans leurs voix. Alors que le chauffeur allait s'engager sur le viaduc, il bloqua ses freins et mit son véhicule en travers de la route. La camionnette, entraînée par sa lourde charge, dérapa sur plusieurs mètres et percuta la pancarte qui fut poussée plus loin sur la voie. Les camions roulant derrière elle étaient déjà trop près du lieu de l'accident pour pouvoir reculer, ce qui créa un embouteillage qui stoppa la circulation et plongea provisoirement la route dans l'ombre.

Bryan regarda vers le sud. Dans peu de temps, le flot des véhicules repartirait et il serait coincé. La voie était libre également côté nord. Profitant de cette interruption du trafic et de ce coup de chance inouï, Bryan traversa la chaussée clopin-clopant, aussi vite qu'il put, et disparut dans l'obscurité.

En se retournant une seconde pour s'assurer que ni les villageois ni les motards ne l'avaient vu, il eut l'étrange impression de voir d'autres silhouettes sombres traverser derrière lui.

Les vendanges étaient terminées depuis longtemps. La terre entre les pieds de vigne avait été retournée et d'innombrables morceaux de ceps coupés pointaient dangereusement, l'obligeant à prendre garde à chacun de ses pas pour éviter de se déchiqueter les pieds. Bryan aurait donné n'importe quoi pour une paire de chaussures.

Le froid était mordant. Il ne sentait plus ses orteils. Comme sa cheville, ils se fondaient à présent dans une sensation de douleur généralisée.

Plusieurs salves de mitraillette crépitèrent du côté français du fleuve pendant un inexplicable intervalle entre deux bombardements au nord. Quand les mitraillettes se turent elles aussi un court instant, Bryan entendit très nettement un bruissement derrière lui. Il se redressa, mobilisant ses cinq sens pour inspecter les rangs de vigne nus et à moitié desséchés. Moins de dix rangs derrière lui, il aperçut une silhouette grise, mobile et inconnue.

Il accéléra le pas.

À quelques dizaines de mètres devant lui, les vignes s'arrêtaient et une végétation sombre et apparemment impénétrable commençait. Marchant dans ce paysage hostile, Bryan sentit bientôt qu'il approchait du fleuve. La succion de la terre sous ses pieds était plus forte. Le sol devint glissant et il dut écarter les bras pour garder l'équilibre. Il s'arrêta brusquement lorsqu'un oiseau effrayé s'envola devant son nez. Comme un écho tardif de son pas hésitant, il entendit un clapotis derrière lui. Il se retourna, et se recroquevilla.

Il n'était pas seul.

Moins de dix pas derrière lui, son poursuivant le regardait, les mains sur les hanches. Bryan ne voyait pas son visage, mais il reconnaissait sa stature. Un frisson glacé lui parcourut l'échine.

C'était Lankau.

Face de lune n'avait pas l'intention de le laisser s'échapper.

Il ne parlait pas et ne bougeait pas non plus alors qu'il aurait pu rattraper Bryan en quelques pas. Son attitude était circonspecte, mais pas seulement. Elle était paisiblement attentive.

Le paysage qui les entourait était surprenant. Bryan n'avait jamais rien vu de semblable. Les abords du Rhin tenaient à la fois du marécage et de la jungle. Un chef-d'œuvre botanique de ruisseaux et de forêt étroitement entremêlés. L'endroit rêvé pour se cacher en cette nuit idéale. Son poursuivant avait de toute évidence considéré tous ces facteurs dans ses calculs.

Ils se surveillèrent un long moment. Beaucoup trop long, réalisa Bryan en considérant la gravité de la situation. Mais bien sûr, Lankau avait tout son temps. Bryan lança un coup d'œil en arrière. Nouveau bruissement dans les vignes. Et tout à coup, il comprit. Ils allaient lui tomber dessus à deux, du fond de l'obscurité. Alors, au lieu de chercher à se cacher dans l'épaisse végétation et de continuer à avancer sur ce sol incommode, Bryan bifurqua vers le sud et le bord du fleuve. Ce brusque changement de direction surprit Lankau et il dut sauter par-dessus plusieurs rangs de vigne pour essayer de garder la même distance avec sa proie.

Bryan avait soudain pris une avance considérable. Aussitôt qu'il trouva un passage, il traversa la haie de végétation dense et peu familière. Au bout de quelques pas, il s'enfonçait dans l'eau jusqu'à la taille. Mais il sentit que le fond était stable malgré la couche grasse sous ses pieds. La première question qui se posait à lui était de savoir s'ils allaient lui couper la route par l'autre côté, et la seconde, plus importante encore, de savoir si le fond resterait assez ferme pour avancer. L'idée d'une mort lente dans un sable mouvant ne le séduisait pas et il préférait tâter prudemment le terrain du bout des orteils à chaque pas.

Derrière lui résonnaient des voix excitées. Il ne s'était pas trompé, Lankau n'était pas seul. Pour l'instant, ils avaient perdu sa trace, et Bryan s'efforça de progresser en faisant le moins de vagues possible. Mais le froid de l'eau allait vite devenir un problème. Dans peu de temps, sa température corporelle serait si basse qu'il perdrait connaissance.

L'un des deux hommes poussa un grognement sonore derrière lui. Ils étaient entrés dans l'eau.

Dans le sous-bois, on n'entendait plus aussi distinctement les crépitements des fusils-mitrailleurs. L'artillerie légère des Allemands était mobile et la digue longeant le Rhin n'était pas encore une cible directe.

Par une belle journée estivale, l'endroit aurait été idyllique. À cet instant, il était effroyable.

Bryan avançait avec difficulté sur un banc boueux où poussaient de nouveaux arbrisseaux.

Il commençait à s'inquiéter de l'heure. Il était parti depuis six ou sept heures déjà. Était-il trois heures du matin, quatre heures ?

Bryan pria pour qu'il ne soit pas cinq heures. Sinon il ne lui restait plus que deux heures avant le lever du jour !

Il approchait de la digue. Un véhicule passa sous ses yeux à toute vitesse. On aurait dit qu'il volait.

Les bruits étaient différents, plus nets que tout à l'heure. Le terre-plein ne devait pas se trouver à plus de deux ou trois cents mètres. Comment monter sur la digue et arriver jusqu'au fleuve sans se faire abattre ? Terrifié à l'idée de la marmite grouillante d'hommes acculés qu'il trouverait sur l'autre rive, Bryan mobilisa tous ses sens, se laissa lentement glisser dans le marais et poursuivit sa route.

Comme si une grenade lui avait explosé en pleine figure, l'air s'emplit soudain de battements d'ailes et d'une cascade de cris stridents. Une odeur de pourriture lui sauta au visage. Parmi la centaine de corbeaux qui venaient de prendre leur envol sous ses pieds, un corbeau qui avait des difficultés à décoller lui donna des coups de bec. Bryan resta pétrifié sous la lumière pâle de la lune, de l'eau jusqu'à la taille, regardant la nuée d'oiseaux se rassembler dans les arbres et se figer à mesure qu'ils se posaient sur les branches. Tous avaient le bec en l'air, comme s'ils s'attendaient que l'ennemi vienne du ciel. Les frondaisons étaient leur château fort et la végétation, coulant des branches comme des lianes, leur armure. On se serait cru dans la forêt vierge.

Le vacarme infernal des oiseaux avait dû résonner à des lieues à la ronde et pourtant Bryan ne perçut plus aucun mouvement. Il tendit l'oreille un long moment avant de repartir. Alors qu'il avançait péniblement vers un bouquet de roseaux, Dieter Schmidt lui tomba dessus, venu de nulle part et sans un bruit. Le Chétif l'avait pris à la gorge et essayait sans y parvenir de lui donner un coup de pied dans l'entrejambe. Lorsqu'ils tombèrent ensemble, les oiseaux reprirent leur envol. Bryan atterrit sur une branche fichée dans le sol boueux qui lui entra dans l'oreille. Il poussa un hurlement de douleur sous l'eau et donna un coup de talon si puissant sur le fond que leurs deux corps emmêlés rejaillirent à la surface. Le Chétif lâcha prise et, furieux, il tituba en frappant l'eau du plat de la main. Bryan en profita pour jeter un coup d'œil nerveux derrière lui, mais il ne vit Lankau nulle part.

Quand Schmidt lui bondit dessus, Bryan l'attendait avec un bâton qu'il venait de trouver, flottant à portée de sa main. Le petit homme ne cria même pas. Le morceau de bois lui était entré dans la bouche et il avait traversé sa joue gauche, sans parvenir à calmer sa rage meurtrière. Bryan s'éloigna et parvint à se stabiliser dans une eau moins profonde et sur un sol plus ferme. Il se mit en position. Son adversaire le fusillait du regard, la bouche grande ouverte. Ils se jaugèrent un instant, le temps de reprendre leur souffle. Bryan regardait le bout de bois fiché dans la joue de Dieter Schmidt, fasciné. Malgré le danger de la situation, il ne pouvait s'empêcher de lui trouver un air grotesque. Il n'était vêtu que d'une mince robe de chambre sale et trempée, d'où émergeaient deux jambes nues et maigres, d'un noir bleuté semblable à celui de l'eau dans laquelle ils se trouvaient. Lankau et lui avaient dû partir précipitamment. Il était difficile de ne pas admirer leur réactivité.

Mais à présent, Bryan allait devoir briser la détermination qui les avait amenés à le suivre jusqu'ici pour le tuer.

Lankau n'était plus très loin. Le bruit du combat l'avait conduit jusqu'à eux. Bryan plissa les yeux et montra les dents, tel un animal traqué, et le Chétif s'élança, mains écartées. Bryan n'avait plus peur. Son assaillant perdit pied un instant dans l'eau boueuse et se pencha en avant pour reprendre son équilibre. Le pied de Bryan partit et l'atteignit à la gorge.

Dans sa chute, il poussa un vague cri étranglé. Ses gargouillis muets, tandis que Bryan lui maintenait la tête sous l'eau de toutes ses forces, ne durèrent qu'une poignée de secondes.

Alors que la vie abandonnait le corps du Chétif, Lankau arriva du sous-bois, sautant maladroitement dans la fange. Le concert des mitraillettes avait recommencé avec leur bruit sec de machine à coudre. Beaucoup plus proche, cette fois. Face à face, de l'eau jusqu'aux genoux, Bryan et Lankau étaient aussi silencieux et farouchement décidés l'un que l'autre.

Lankau était immobile. Dans sa main droite, il tenait un couteau. La lame dentée pointait à l'oblique. Bryan avait utilisé un instrument comme celui-là bien plus souvent qu'il ne l'aurait souhaité. C'était l'un de ceux avec lesquels ils prenaient leurs repas tous les jours à l'hôpital. Comment ce diable d'homme avait réussi à le subtiliser, c'était un mystère. Comment il avait réussi à l'aiguiser ainsi en était un autre.

Il était aussi pointu qu'un poignard.

Lankau regarda longuement Bryan et se mit à lui parler à voix basse. Il avait manifestement un profond respect pour l'homme qui se trouvait en face de lui. Mais ce sentiment ne le freinerait pas dans son entreprise.

Le combat était inévitable et inégal.

Sans un événement extérieur, ils auraient pu rester ainsi indéfiniment. Aucun d'eux ne voulait céder l'initiative et aucun ne voulait la prendre. Mais un bruit presque imperceptible sortit Bryan de sa léthargie. Le cadavre du freluquet avait fait un quart de tour dans l'eau tandis qu'une dernière bulle d'air montait de sa bouche. Bryan se souvint tout à coup que l'eau était son alliée. Elle, l'obscurité et la différence d'âge jouaient en sa faveur.

Tous les autres avantages étaient du côté de Face de lune.

D'étranges lianes pendaient au-dessus de la tête de Bryan. De minces racines mêlées à l'enchevêtrement des branches. Juste devant son visage, plusieurs d'entre elles formaient un nœud gordien moussu. Le sol instable réduisit l'élan de Bryan. Mais en trois tractions, il était au-dessus de son adversaire. Il lui tomba sur la nuque de tout son poids et le grand corps s'affaissa. Bryan ne sentit aucune résistance. Juste une chair molle et passive qui tomba et resta sous l'eau.

Le combat était terminé. Bryan fit quelques pas en arrière et s'assit lourdement sur la butte en terre tandis que s'apaisaient les remous au-dessus du corps de Lankau. Le contour des choses devenait plus net. Il ferait jour dans moins d'une heure. Pendant plusieurs secondes, Bryan ne pensa plus à rien. Au moment où il se demandait pourquoi les bulles avaient cessé de remonter à la surface, il était déjà trop tard.

Face de lune avait ouvert les yeux et s'était redressé. Ses cils étaient englués de vase et son regard, derrière le masque de boue, effrayant.

Il tenait encore le couteau et il le tenait bien, mais Bryan eut le temps de se remettre sur ses pieds et en un réflexe épuisé, il para le coup de son bras gauche. La lame s'enfonça profondément. Le couteau plongé jusqu'à la garde juste au-dessus du coude, Bryan tira le bras vers lui assez fort pour que son adversaire, qui n'avait pas lâché le manche, trébuche en avant. Ce fut son poids qui occasionna la blessure lorsque Bryan lui enfonça les doigts dans les yeux.

Lankau poussa un cri déchirant. Il bascula en arrière, les mains pressées sur son visage. Et il resta là, dans la vase, ses jambes pédalant inutilement. Brusquement, une salve de mitraillette résonna, dangereusement proche. Sans regarder derrière, Bryan gravit le talus et abandonna son ennemi à son sort.

Au pied de la digue, Bryan se laissa tomber à genoux, épuisé. Avec beaucoup de précautions, il sortit le couteau de son bras et constata avec soulagement qu'il saignait très peu. La plaie était franche. Il avait eu de la chance.

Faute de mieux, il arracha quelques lambeaux du deuxième peignoir en guise de pansement. Il faisait si atrocement froid que la température probablement glaciale de l'impressionnant cours d'eau ne lui fit pas peur. Le spectacle qui s'offrait à ses yeux depuis le haut de la digue était à la fois terrifiant et extraordinaire.

Plus loin sur la rive ronronnait le moteur d'un véhicule blindé. Une série de barrières ouvertes laissaient passer des colonnes de camions roulant vers le nord avec leur chargement de ravitaillement.

Bryan se mit à plat ventre. Il devait s'en aller d'ici au plus vite. Il n'y avait aucun endroit où se cacher sur cette digue. Au milieu du fleuve, il apercevait une zone sombre qui s'étendait sur une centaine de mètres vers le nord et disparaissait ensuite dans une eau plus noire et plus profonde. Il se trouvait face à une longue bande de terre, couverte de végétation, qui séparait le Rhin en deux.

Ce nouveau cadeau du destin signifiait que Bryan allait pouvoir s'y prendre en deux fois pour forcer le courant. Un moment sur cette île providentielle lui laisserait le temps de reprendre son souffle. Juste avant que le faisceau des phares ne vienne éclairer un tas de tourbe à quelques mètres de lui, il s'était laissé rouler jusqu'au cours d'eau qui, il l'espérait, lui sauverait la vie.

Bryan s'était trompé. L'eau était plus froide que le froid lui-même et il était à la limite de l'hypothermie. Il connaissait les symptômes. Il lui était arrivé de voir des parachutistes congelés tomber au sol comme des pierres. Ce froid-là s'insinuait dans le corps d'un homme sans que sa volonté et son instinct de survie aient les moyens de résister.

L'organisme s'arrêtait tout simplement de fonctionner.

Et puis, il y avait le courant. On se serait cru au plus fort de la fonte des neiges. Bryan se laissa porter. Il ne pouvait rien faire d'autre et dut se contenter de voir défiler le banc de terre et de le voir disparaître derrière lui.

Le Rhin était particulièrement large à cet endroit. Au niveau de l'eau, Bryan ne pouvait pas se rendre compte à quel point exactement, mais assez en tout cas pour que son corps tantôt flottant, tantôt nageant, soit invisible depuis les deux rives dans la lumière faible de l'aube. À moins d'être pris dans le feu des projecteurs qui balayait le fleuve de temps en temps.

Les cadavres apparurent de nulle part. Ils dérivaient, inertes, à la surface. Gonflés comme ils l'étaient, ils avaient dû passer un long moment dans l'eau. Le visage d'un soldat avait déjà éclaté malgré le froid et l'autre était trop immergé pour que Bryan puisse distinguer ses traits.

Les escarmouches sur la rive ouest ne s'arrêtaient plus. Bryan s'accrocha au deuxième cadavre et guetta un mouvement à terre. Sa température était tellement basse qu'il ne tiendrait plus très longtemps dans l'eau. Un pont traversait le fleuve à quelques centaines de mètres. De la lumière plus loin vers le nord lui en signala un deuxième, plus grand. Entre ces deux ponts, les ingénieurs militaires avaient parfaitement pu faire construire d'autres ouvrages de défense provisoires. L'accès d'une rive à l'autre du Rhin était primordial, cette nuit-là.

Les tirs de mortier éclairaient la nuit. L'air vibrait dans le vacarme ambiant. Plusieurs fois, Bryan entendit un cri entre deux coups de feu.

Le soldat mort roula sur son dos et tangua mollement sur place quand Bryan le lâcha. Bryan ne mit pas longtemps à comprendre pourquoi il n'avait pas continué sa course dans le courant. Un lacis quadrillé émergea de la surface de l'eau. Le corps du soldat était pris dans un grillage. C'était peut-être une illusion d'optique, mais on aurait dit que le barrage longeait le fleuve, le divisant en deux.

Cet obstacle signifiait qu'il serait visible depuis la rive dès l'instant où il essaierait de passer par-dessus. Bryan saisit résolument les pointes émergées et se laissa tomber en arrière du côté de la liberté. À bout de souffle, il inspectait la berge, accroché au grillage.

Il fallait qu'il retourne sur la terre ferme. L'endroit semblait idéal. Le vent agitait les arbres. La végétation était épaisse. Il y trouverait un moyen de se réchauffer avant de continuer sa route.

Seul un animal aurait pu flairer le danger. Quand il sentit une poigne de fer se refermer sur son bras, Bryan fut aussi surpris qu'un vieillard terrassé par une crise cardiaque.

Bryan crut voir surgir un zombie quand il se trouva à nouveau face à face avec la figure bestiale de Face de lune. Un vague couinement sortit de sa bouche. La main qui lui serrait la gorge le tira vers le fond et l'eau se referma sur lui. Il vit sa dernière heure arriver. En un ultime effort désespéré, il trouva cependant un appui sur la base du grillage et il parvint à remonter à la surface. Lankau n'avait pas l'intention de lâcher prise et il hurla de douleur quand il se retrouva les deux bras coincés sous le grillage qui les séparait. Ce fut ce qui sauva Bryan.

Puis on se mit à leur tirer dessus depuis un point sur la rive derrière eux. Face de lune cria encore plus fort. Cessa ensuite, se recroquevilla sur lui-même et lâcha le cou de Bryan. Il avait presque l'air d'un homme apaisé, agrippé à ces barres de fer, en train de regarder d'un œil Bryan qui nageait vers la terre ferme. Mortel et vulnérable. Les coups de feu cessèrent aussi vite qu'ils avaient commencé.

Les soldats allemands sur la berge du fleuve avaient d'autres chats à fouetter.

Bryan dut renoncer avant d'avoir atteint la rive. Il était à bout de forces, les muscles de ses bras et de ses jambes ne répondaient plus. Le courant près du bord n'était pas assez fort pour le maintenir à la surface. Si près du but, Bryan dut abandonner la lutte. Quelques remous le firent rouler sur lui-même. Puis il coula à pic.

Plus tard, Bryan se souvint qu'il avait éclaté de rire. Au moment où il croyait se noyer, il avait senti le fond sous ses pieds.

Il fit les derniers pas jusqu'au bord dans la fraîcheur du lever du jour. Des mitraillettes crépitaient au sud de sa position. Malgré la densité de la végétation, le rivage lui donna un aperçu du tribut humain qu'avaient pris les affrontements de cette nuit et il trembla en reconnaissant l'uniforme.

Le soldat américain s'était laissé surprendre en se retrouvant soudain à découvert à la sortie du bois. Il avait l'air étonné. Bryan s'allongea contre le cadavre et glissa ses mains bleuies sous les aisselles du mort pour les réchauffer.

L'uniforme du soldat allait apporter à son corps une merveilleuse chaleur.

Bryan regarda autour de lui. L'île au milieu du fleuve était loin derrière. Plusieurs péniches y étaient amarrées. Sur la rive ouest, l'une d'elles venait d'accoster, lourdement chargée de fumier. L'odeur flottait jusqu'à lui, réminiscence d'une époque révolue. Les coups de canon venant du nord le ramenèrent à la réalité, faisant voler en éclats les images paisibles qu'avait suscitées la barge.

La gueule cassée de Lankau n'était plus qu'une tache dans l'eau noire.

28

« Parlez-moi de ce général. Était-il sous surveillance ? Était-il prisonnier ? Était-il fou ? Êtes-vous certain de ce que vous avancez ? » Les doigts de Wilkens, l'agent des services secrets, étaient complètement jaunis par la nicotine. Il alluma nerveusement une énième cigarette. Ses collègues avaient dû l'avertir que Bryan Underwood Scott Young n'était pas très communicatif.

Bryan fronça les narines, gêné par la fumée. « Je ne sais pas, monsieur ! Je crois qu'il était fou. Mais je n'en suis pas sûr. Je ne suis pas médecin, monsieur.

– Vous avez passé plus de dix mois dans cet hôpital. Vous devez bien avoir une idée de qui était fou et qui ne l'était pas !

– Ah, vous croyez ? » Bryan ferma les yeux. Il était fatigué. Le capitaine Wilkens lui posait sans arrêt les mêmes questions. Il voulait des réponses simples. Il inhala une longue bouffée, observant Bryan par en dessous. Il leva la main, la cigarette serrée à la base de l'index et du majeur, et fit un geste brusque vers Bryan, comme si cela allait l'aider à retrouver la mémoire. Sa cendre tomba sur le drap blanc. « Je vous ai déjà répondu que le général était fou. En tout cas, je le pense. » Bryan baissa la tête et poursuivit d'une voix lasse. « J'en suis convaincu, même.

– Alors, comment allons-nous, aujourd'hui ? » Le médecin venait d'entrer dans la chambre. « On fait des progrès, monsieur Young ? » Bryan haussa les épaules. Wilkens s'enfonça dans sa chaise. S'il était agacé par l'interruption, il le cachait bien.

« Je n'ai pas envie de parler. Ma langue ne fonctionne pas bien.

– Le contraire serait étonnant, n'est-ce pas ? » Le médecin sourit et fit un signe de tête au capitaine qui était déjà en train de rassembler ses notes.

Bryan reposa sa tête sur l'oreiller. Il y avait à peine trois semaines que la division d'infanterie américaine l'avait récupéré, et il commençait à détester sa langue natale. On l'avait interrogé inlassablement. Ses nombreux mois d'isolement linguistique l'avaient rendu hypersensible aux questions et donner des réponses l'indifférait.

Bien que les médecins aient essayé de le persuader que son séjour à l'hôpital psychiatrique ne lui laisserait aucune séquelle, il était sûr du contraire. Si les cicatrices sur son corps finiraient par se résorber, il n'était pas du tout certain que ses inexplicables sautes d'humeur disparaîtraient et que le tissu de son cerveau détruit par les électrochocs se reconstruirait avec le temps. Il espérait que la peur de mourir cesserait un jour de lui donner des cauchemars, mais sa blessure la plus grave, son sentiment de trahison, était plus profonde chaque jour. Celle-là, ils ne pourraient pas la guérir et n'essayaient d'ailleurs pas.

Les nuits surtout étaient interminables.

Alors qu'il était encore à l'hôpital américain de Strasbourg, il avait appris la destruction totale du centre de Fribourg. « En moins de vingt minutes », disait-on avec fierté. Depuis ce jour, la pensée de James n'avait cessé de le hanter.

James et Bryan avaient été portés disparus lorsque leur avion avait été abattu. Tout ce temps, leurs familles avaient été inconsolables. Comment Bryan allait-il pouvoir regarder Mr et Mrs Teasdale dans les yeux ? Eux ne reverraient jamais leur fils. Bryan en avait l'amère conviction. Toute autre hypothèse lui paraissait impossible.

« Vous verrez que votre langue ne vous créera pas de problèmes dans l'avenir. C'est une simple question de rééducation. Mais si vous acceptiez de parler un peu plus lors de ces entretiens, elle guérirait plus vite. Il faut vous forcer à parler, monsieur Young, c'est la seule façon pour vous d'avancer. » La pluie avait succédé à une courte averse de neige et la buée empêchait le médecin de voir à travers la fenêtre. Souvent, il se tenait ainsi, tournant le dos à Bryan, frottant la vitre tout en parlant.

« Vous avez été cité pour recevoir la *Military Cross* pour acte de bravoure face à l'ennemi. Si j'ai été bien informé, vous avez l'intention de la décliner. C'est vrai ?

– Oui.

– À cause de votre compagnon d'armes qui est resté là-bas ?

– Oui.

– Vous savez qu'il n'y a qu'en collaborant avec les officiers du renseignement que vous pouvez espérer le revoir un jour ? »

La bouche de Bryan se tordit en une moue dubitative.

« Quoi qu'il en soit, je vais vous garder ici encore quelque temps. Vos traumatismes physiques devraient être guéris d'ici peu. Je ne pense pas que les tendons de votre avant-bras soient très abîmés. De manière générale, vous cicatrisez vite et bien. » Le médecin eut un sourire un peu étrange et ses sourcils épais se réunirent sur une seule ligne. « Mais pour soigner vos bleus à l'âme, il y a encore du travail.

– Alors renvoyez-moi chez moi.

– Si nous vous renvoyons chez vous, nous n'aurons jamais de réponses à nos questions, monsieur Young. Et puis, ce serait médicalement irresponsable de ma part, vous ne croyez pas ?

– Je l'ignore. » Bryan tourna les yeux vers la fenêtre, de nouveau couverte de buée. « Ce que je sais, c'est que je n'ai rien de plus à vous dire. Je vous ai dit tout ce que je savais. »

Une jeune fille, mince et élancée, se détourna du lit où gisait son frère, gravement blessé, et croisa le regard de Bryan. C'était une Galloise franche et naturelle avec un gros chignon sur la nuque. Elle lui inspirait confiance et elle l'apaisait. Elle lui sourit avec des fossettes pleines de promesses.

Quelques jours après la Saint-Sylvestre, on commença à parler de renvoyer Bryan chez lui. Il avait passé Noël tout seul. L'envie de retrouver ses proches était devenue pressante.

La jeune Galloise serait la seule personne qu'il serait triste de quitter.

Mi-janvier, on cessa de l'interroger. Bryan était capable de se lever. Et il n'avait plus rien à leur dire.

La dernière visite de l'officier du renseignement Wilkens eut lieu un lundi. La veille, on avait informé Bryan qu'il sortirait de l'hôpital le lendemain, c'est-à-dire le 16 janvier 1945 à midi. Il devrait se présenter à sa base de Gravely le 2 février à quatorze heures. Castle Hill House lui ferait parvenir des instructions complémentaires directement à son domicile de Canterbury.

Pendant ce dernier interrogatoire, Bryan répondit mécaniquement aux questions qu'on lui posa. L'idée de voler à nouveau lui était odieuse. Il craignait sincèrement de ne pas en être capable.

« Nous aimerions nous assurer encore de la position de cet hôpital, monsieur Young.

– Mais pourquoi ? Je vous l'ai donnée des dizaines de fois. » L'officier pompait tellement sur sa cigarette que Bryan se retourna, écœuré, et sortit dans le couloir. L'activité y était intense. Il y avait plus de malades dans les couloirs que dans les chambres. Un large escalier conduisait à l'étage inférieur où les lits étaient alignés les uns derrière les autres au point qu'il était impossible de distinguer le pied de l'un de la tête du suivant.

« Vous voulez savoir pourquoi nous insistons tant pour connaître la localisation de cet hôpital, monsieur Young ? » L'officier lui avait emboîté le pas et suivait, indifférent, la direction de son regard. « Alors, je vais vous le dire : c'est parce que nous tenons à être sûrs d'avoir pulvérisé cette fosse à serpents !

– Que voulez-vous dire ? » Bryan se retourna brusquement et croisa son regard glacial.

« Je veux dire qu'une escadrille de cent sept Boeing américains B-17 a bombardé hier la ville de Fribourg-en-Brisgau. Ils ont lâché deux cent soixante-neuf tonnes de bombes sur le secteur, ce qui personnellement ne me parle pas, mais il paraît que c'est beaucoup. Et puisque vous êtes si curieux, je peux également vous préciser qu'au moins deux tonnes de bombes étaient spécialement destinées à votre ancienne adresse. Je crois qu'il n'y a plus lieu de craindre que ce sanatorium renvoie de la chair à canon sur le front. Qu'en pensez-vous ? »

Bryan fut lui-même incapable de dire par la suite s'il l'avait fait exprès ou pas. La jeune Galloise put simplement témoigner qu'à cet instant, il était tombé à la renverse dans l'escalier. Les médecins dirent ensuite qu'il s'était cassé un os à chaque marche qu'il avait dévalée.

Dans son dossier, on fit état d'une chute accidentelle.

DEUXIÈME PARTIE

PROLOGUE

1972

Depuis plus d'une demi-heure, elle écoutait le flot des voitures roulant vers Londres. À l'office, la radio jouait déjà à plein volume. Comme d'habitude, la bonne fredonnait un peu faux. Il faisait trop chaud dans la chambre. Le soleil avait été sans pitié tout l'été.

Elle étudiait son visage dans le miroir sans complaisance.

C'était un matin comme ça. Il y avait quelque temps que son mari la regardait avec cette sorte de tristesse que les psychologues expliquent par la crise de la quarantaine, mais elle n'était pas dupe. Le reflet dans le miroir ne trompait pas. Elle avait vieilli.

Elle remonta les coins de ses yeux avec ses doigts. La peau était encore souple, mais l'effet insuffisant. Le temps avait passé.

Ce matin encore, elle s'était levée seule. La silhouette qui lui tournait le dos avait passé une partie de la nuit à scruter l'obscurité. Elle connaissait ces crises et leur lot d'insomnies et de cauchemars récurrents.

La nuit dernière avait été longue, comme beaucoup d'autres avant elle.

Il n'était descendu qu'après le petit déjeuner et était resté longtemps debout sur le seuil de la salle à manger, perdu dans ses pensées. Son regard très doux était légèrement flou. Il n'avait pas l'air tout à fait réveillé. Un léger sourire avait finalement trouvé le chemin de ses lèvres et il avait dit d'un ton désolé : « Il faut que j'y aille. »

La pièce avait semblé trop grande après son départ.

Le téléphone sonna et elle décrocha à contrecœur. « Laureen à l'appareil », dit-elle, portant la main à sa nuque pour vérifier sa coiffure, comme si sa belle-sœur avait été dans la pièce.

Mais le chignon était lisse et solide.

29

« Je regrette, je ne sais pas quand Mr Scott sera là. Oui, c'est exact. Il arrive en général avant dix heures. » La secrétaire raccrocha le téléphone avec un sourire d'excuse pour les deux messieurs qui attendaient depuis neuf heures vingt-neuf. Eux aussi commençaient à regarder leur montre. Des Rolex, nota-t-elle machinalement en laissant son regard glisser sur le pantalon à pattes d'éléphant du plus jeune. Dandy ! ajouta-t-elle pour elle-même.

Un minuscule voyant rouge clignota enfin sur le téléphone intérieur.

« Mr Scott est prêt à vous recevoir. » Le patron avait dû garer sa voiture dans le parking souterrain de Kensington Road et préféré monter par l'escalier de service. Il devait y avoir des bouchons sur Brook Drive.

Mr Scott réserva à ses visiteurs un accueil circonspect. Il ne savait pas qui ils étaient et il ne leur avait pas demandé de venir. Il avait comme toujours une semaine chargée. Peut-être aurait-il dû s'en réjouir puisque ce n'était que la rançon du succès de son entreprise, mais à vrai dire il commençait à en avoir sa claque. Qui plus est, il avait trop peu dormi ces derniers jours.

« Je vous prie de bien vouloir m'excuser, messieurs, mais le trafic était épouvantable sur la M2, aujourd'hui.

– Vous arrivez par l'est ? en conclut le plus âgé en souriant. Habiteriez-vous toujours Canterbury ? »

Mr Scott plissa les yeux en étudiant plus attentivement ses visiteurs : Clarence W. Lester, directeur, et W.W. Lester, directeur associé. Cabinet Wyscombe, Lester & Sons, Coventry, d'après son agenda. « Tout à fait. Je n'ai jamais vécu ailleurs. » Le sourire qui accompagna cette réponse ferma ses paupières un peu plus encore. D'aucuns s'accordaient à trouver séduisantes les rides profondes qu'il avait au coin des yeux. « Nous serions-nous déjà rencontrés, monsieur Lester ?

– Je le crains. Il y a bien longtemps et dans des circonstances assez différentes. »

Mr Scott pointa l'index sur Lester père. « Vous ne venez pas de Canterbury, je l'entends à votre accent. Laissez-moi deviner. Wolverhampton ?

– Vous y êtes presque. Je suis né à Shrewsbury et j'ai passé toute ma jeunesse à Sheffield.

– Et maintenant, Coventry, semble-t-il. » Il jeta un nouveau coup d'œil sur son agenda. « Avons-nous déjà fait des affaires ensemble, monsieur Lester ?

– Non, pas encore. C'est-à-dire que toutes les entreprises pharmaceutiques de ce pays finissent par se heurter à l'un de vos brevets à un moment ou à un autre, mais jusqu'à aujourd'hui, nous ne nous étions jamais vus dans un contexte professionnel.

– Le Rotary ? Eton ? Cambridge ? L'Union nationale des gentlemen sportifs ? »

Le plus jeune équilibra son attaché-case sur ses genoux et sourit. Mr Lester père secoua la tête. « Nous ne sommes pas venus aujourd'hui pour évoquer des souvenirs de jeunesse, monsieur Scott, et je crois que je ferais mieux d'éclairer tout de suite votre lanterne. Je sais que vous êtes un homme très occupé. Notre première rencontre remonte à il y a fort longtemps, voyez-vous. Et nous n'étions pas alors ce que nous sommes aujourd'hui. Ce qui brouille les pistes.

– Il est exact que j'ai changé de patronyme. Ma mère et mon beau-père ont divorcé. Je n'y pense plus jamais. À l'époque, je m'appelais Young. Bryan Underwood Scott Young, mais désormais, je n'utilise plus que le nom de Scott. Et vous ?

– Lester est le nom de ma femme. Elle trouvait le mien trop provincial. Mais je me suis vengé en gardant les deux. Je m'appelle Clarence Wilkens Lester, monsieur. »

Bryan étudia longuement la physionomie du vieil homme. Bien que le temps se soit évertué à marquer ses traits, Bryan trouvait qu'il n'avait pas beaucoup changé. En revanche, il avait le plus grand mal à retrouver les traits sévères de l'intraitable capitaine Wilkens dans ce personnage presque chauve au visage rond et bonhomme.

« Je suis plus vieux que vous, monsieur Scott. » Il lissa ses cheveux gris et clairsemés en hochant la tête d'un air appréciateur. « Et vous êtes particulièrement bien conservé. Je vois avec plaisir que vous vous êtes bien remis de votre vilaine chute.

– En effet. » Bryan Underwood Scott avait la réputation d'être un homme froid et sûr de lui, qui ne baissait jamais les yeux devant ses interlocuteurs. On disait également de lui qu'il était capable d'aplanir n'importe quel désaccord avec des arguments solides. Quant aux traitements de faveur sous prétexte d'anciennes camaraderies et de souvenirs passés, c'était pour lui un concept étranger.

Après ses études de médecine, il avait commencé par s'installer comme spécialiste en stomatologie, puis, dans une volonté avouée de moins travailler, était devenu médecin du sport, chercheur, et enfin homme d'affaires. Sa détermination farouche et son absence totale de sentimentalité lui avaient parfois coûté cher, mais jamais financièrement. À la mort de sa mère, quatre ans auparavant, il était déjà à la tête d'une fortune si considérable que les six millions de livres partagés avec ses frères et sœurs n'avaient pratiquement pas fait de différence.

Sa réussite se résumait en un seul mot : brevets. Droit de fabriquer des produits médicaux, des instruments chirurgicaux, des composants pour l'imagerie médicale et des pièces détachées destinées aux écrans de monitoring américains et japonais. Bref, il ratissait large dans le domaine de la santé. Un secteur en pleine expansion et peu compatible avec la légendaire réserve britannique.

Sa fulgurante ascension professionnelle n'était pas allée sans heurts, mais aucun ne le déstabilisa autant que de se retrouver en face du capitaine Wilkens. Un homme qu'il n'avait jamais eu la moindre raison d'apprécier.

« Je me souviens parfaitement de vous, capitaine Wilkens.

– Autres temps autres mœurs. » Clarence W. Lester croisa les bras devant sa poitrine et s'enfonça dans le fauteuil de conférence. « L'époque était dure pour tout le monde. » Il haussa les sourcils. « Avez-vous réussi à savoir ce qu'il était advenu de votre camarade, monsieur Scott ?

– Non.

– Et vous avez exploré toutes les pistes, je suppose ? »

Bryan hocha la tête et détourna les yeux. Avant la capitulation allemande, le dossier Teasdale était déjà refermé. Au bout de huit longs mois, les services de renseignement avaient finalement révélé du bout des lèvres que les archives de la

Gestapo étaient entre les mains des Russes et que, de ce fait, le sort de l'officier SS Gerhart Peuckert resterait inconnu. Bryan avait été réduit à l'impuissance. James Teasdale n'était qu'un cas parmi tant d'autres. Ni les relations haut placées de son père, ni son pouvoir politique ne lui avaient permis de découvrir ce qui était arrivé à son ami. Plusieurs années après, Bryan avait essayé d'acheter des informations. Avec le temps, son sentiment de culpabilité s'était atténué. Vingt-huit années avaient passé.

Wilkens feignit la compassion.

Quelques pas seulement séparaient Bryan de la porte de son bureau. Il eut terriblement envie de sortir et de claquer cette porte derrière lui. Il avait la nausée. Les mauvais rêves de la nuit dernière l'assaillaient à nouveau.

« Je racontais justement à mon fils ce matin avec quelle obstination vous continuiez encore aujourd'hui à rechercher la trace de votre ami. Êtes-vous retourné en Allemagne, depuis ?

– Non, jamais.

– C'est assez surprenant, monsieur Scott, quand on pense au métier que vous faites. » Bryan s'interdit de réagir à la provocation. « Vous ne m'en voulez pas, j'espère, de ranimer ainsi le passé ? » dit Wilkens avec l'air de quelqu'un qui sait parfaitement ce qu'il fait. Bryan resta impassible. Le rendez-vous fut terminé avant que l'horloge de l'accueil n'ait sonné la demi-heure. Les deux hommes étaient venus demander à Bryan l'autorisation de fabriquer des médicaments génériques à partir de plusieurs licences qu'il avait déposées. Ils en furent pour leurs frais et durent repartir sans aucune promesse concrète. Un seul de leurs projets fut transmis à Ken Fowles, l'assistant de Scott. En partant, le père et le fils avaient l'air déçus.

Ils s'attendaient à mieux.

Allumer une Pall Mall sans filtre était devenu, dans la vie de Bryan, un événement des plus exceptionnels.

Malgré la chaleur, il remonta le col de son trench-coat. Appuyé contre un mur, il contemplait, le regard absent, la devanture du kiosque à journaux devant la station de métro Elephant & Castle autour de laquelle se pressait une foule de plus en plus nombreuse. La pause du déjeuner était terminée.

« Je ne reviendrai pas aujourd'hui, madame Shuster », avait-il informé sa secrétaire en partant.

Ce n'était pas dans ses habitudes. Laureen allait se douter de quelque chose. Bien que sa femme ne montre jamais beaucoup d'intérêt, ni pour ses sautes d'humeur, ni pour leur cause, elle avait un inexplicable sixième sens qui lui permettait de détecter le moment précis où les problèmes venaient empiéter sur la quiétude de leur existence. Et quand, mue par son intuition, elle téléphonerait au bureau, Mrs Shuster ne saurait pas masquer son étonnement. Son épouse était capable de tout. C'est pour cette raison qu'on pouvait sans exagération lui attribuer la plus grande part de la réussite de Bryan. Sans elle, il se serait noyé dans les états d'âme et l'auto-apitoiement.

Laureen était une fille toute simple du pays de Galles qui lui avait souri un jour et qui avait continué à le faire, bien que ce jour-là il ne lui ait pas rendu son sourire.

Après sa chute à l'hôpital militaire britannique, elle s'était occupée de lui. Elle avait des cheveux épais, noués en macaron dans la nuque. Il s'était longtemps demandé ce qu'il pouvait bien y avoir à l'intérieur du chignon. Peut-être un coussin en crépon. Ou un simple morceau de fil électrique. Il n'avait jamais découvert son secret.

La guerre avait emporté huit hommes de sa famille. Son frère était mort dans ses bras, à l'hôpital, sous les yeux de

Bryan. Elle avait perdu trois cousins, deux autres frères, un oncle et son père dont elle parlait encore avec tristesse. Elle savait ce qu'était le chagrin et elle laissait Bryan tranquille avec le sien. Sa conviction que la vie mérite d'être vécue et le passé honoré constituait une grande part de sa personnalité.

Bryan l'aimait pour cette raison et pour beaucoup d'autres.

Le prix à payer avait été de devoir vivre seul avec son passé, son cauchemar, ses souvenirs et sa peine. Ils ne fréquentaient pas la famille Teasdale alors qu'ils vivaient dans le même quartier, à quelques rues les uns des autres. Bryan n'avait jamais parlé d'eux à son épouse, ni de leur malheur. De cette façon, Laureen pouvait garder pour elle son monde intérieur, comme Bryan gardait le sien.

En revanche, elle avait un talent extraordinaire pour assumer le monde extérieur pour eux deux.

« Pourquoi te soucier des problèmes de diarrhée et de constipation des riches si cela ne t'amuse plus, Bryan ? avait-elle déclaré un jour, faisant ainsi changer le cours de leur vie en quelques secondes. Ils ne cesseront jamais de t'en vouloir de leur enlever leurs chocolats de luxe, leurs cigares et leurs alcools », dit-elle simplement, acceptant avec le sourire la perspective de vivre sur un moins grand pied. Une semaine plus tard, Bryan mettait son cabinet en vente.

Au départ, ses recherches n'avaient pas donné de résultats probants. Laureen ne s'était jamais plainte. Peut-être parce qu'elle se doutait que la mère de Bryan les aiderait s'ils étaient en difficulté. Sans Laureen, la vie de Bryan aurait été très différente.

Quand le succès arriva, ce fut dans les grandes largeurs.

« Non, papa ! » avait soupiré sa fille quand il avait finalement été question de s'établir à Londres. « Tu ne vas pas installer tes bureaux à Lambeth ! Ce n'est pas un quartier vivant ! Pourquoi pas Tudor Street ou Chancery Lane ? » Sa fille Ann, jeune femme séduisante et naturelle qui avait une passion pour l'athlétisme et les corps déliés des athlètes du sexe opposé, avait incité Bryan à continuer à exercer en parallèle avec ses travaux de chercheur, et à mettre ses connaissances au service de la médecine du sport.

Il s'était spécialisé dans les régimes alimentaires et les pathologies gastriques aiguës des sportifs. Dès qu'un problème touchait la région abdominale, ceux-ci préféraient le consulter plutôt que d'aller voir les médecins de la ligue ou les spécialistes de Harley Street.

Bref, aujourd'hui, ils avaient la belle vie.

Bryan alluma une deuxième Pall Mall qui lui rappela les doigts jaunes de Wilkens pendant ses interrogatoires. À cette époque, Bryan ne fumait pas. Il inspira une longue bouffée. La visite de Wilkens était un hasard incroyable.

Bryan n'était pas souvent confronté à son passé, et son cauchemar de la nuit dernière l'avait hanté toute la matinée. Bien que chaque rêve soit différent du précédent, sa signification était toujours la même : il avait trahi son ami ! La honte qu'il ressentait au réveil durait ensuite plusieurs jours. En général, quand cela arrivait, il se rendait directement au musée de la Guerre – l'Imperial War Museum – pour se vautrer dans les images. Il était contraint d'absorber une masse colossale de souffrance et de misère humaines avant de parvenir à relativiser ses propres malheurs. La monumentale arrogance du bâtiment symbolisait à elle seule les siècles d'erreurs et les fleuves de sang versés par des centaines de milliers de victimes.

Ce jour-là, le courage lui avait manqué.

La veille, une délégation du Comité national olympique l'avait appelé chez lui, à Canterbury, pour lui demander de rejoindre l'équipe médicale à Munich, comme consultant.

C'est ce qui avait fait revenir le cauchemar. Pendant des années, il avait refusé toute invitation nécessitant un déplacement en Allemagne et soigneusement évité tout ce qui pourrait raviver les souvenirs du passé. Les enquêtes successives qu'il avait menées après la guerre avaient toutes abouti au même point. Inutile de s'obstiner. James était mort.

Pourquoi continuer à se flageller ? avait-il fini par se dire.

Puis étaient arrivés à quelques heures d'intervalle cette proposition alléchante, son cauchemar et la visite de Wilkens. Le Comité ne lui avait donné que quelques heures pour prendre sa décision. Les Jeux débutaient dans moins d'un mois. Quand on l'avait invité comme consultant aux Jeux de Mexico, quatre ans auparavant, on lui avait donné plus de temps pour y réfléchir.

Harper Road, Great Suffolk Street, The Cut. Le quartier grouillait de vie.

Mais Bryan ne remarquait rien.

« Tu veux dire que tu as déambulé dans les rues, par ce temps, dans cette tenue, et à Southwark qui plus est, pour décider si, oui ou non, tu devais accompagner l'équipe médicale à Munich ? En quoi cette question te perturbe-t-elle autant, Bryan ? Tu aurais pu y réfléchir, bien au chaud, à la maison ! » Une goutte de plus et la tasse de thé de Laureen allait déborder. « Bien sûr que je te l'aurais déconseillé. Mais tu sais que je vais le faire de toute façon, n'est-ce pas ?

– Vraiment ?

– Je n'ai pas envie de réentendre les jérémiades que j'ai entendues après Mexico.

– Mes jérémiades ?! » Bryan haussa les sourcils. Remarqua que Laureen était allée chez le coiffeur.

« Trop chaud, trop de monde. Des horaires de garde insensés. » Elle sentit son regard. Bryan détourna la tête.

« Il ne fait pas chaud, en Allemagne.

– C'est vrai. Mais il y a des tas d'autres inconvénients. Tout y est terriblement… allemand ! » La goutte et les suivantes débordèrent de la tasse.

Ils partageaient la même répugnance à voyager. Laureen, parce qu'elle avait horreur de l'inconnu, et Bryan, parce qu'il fuyait les souvenirs liés à la plupart des endroits qu'il connaissait. Alors, quand ils partaient, c'était uniquement pour des voyages d'affaires et des destinations lointaines, de préférence anglophones.

Si Laureen ne pouvait pas empêcher Bryan de partir, elle faisait en sorte de l'accompagner et d'en finir le plus vite possible, après avoir organisé leur séjour dans ses moindres détails. C'est ainsi qu'avaient commencé beaucoup de déplacements professionnels et apparemment, il en serait de même cette fois-ci.

Dès le lendemain, elle lui présenta, à contrecœur, mais fidèle à ses habitudes, un planning de voyage et des billets. Elle ne fut pas surprise quand Bryan l'informa qu'il avait finalement décidé de décliner la proposition du Comité olympique. Il n'irait pas à Munich.

La nuit suivante fut la plus agitée qu'il ait eue depuis des années.

30

Quand Bryan s'était levé le lendemain matin, Laureen était déjà en pleine action.

Tout à sa joie d'avoir échappé au voyage, elle courait dans la maison, prenant des mesures pour changer les rideaux en vue de la réception pour leurs noces d'argent qui devait avoir lieu à l'automne. Bryan avait filé en douce pour aller travailler. Deux heures plus tard, le Comité olympique le rappelait. Il fit signe à Mrs Shuster qui se leva pour fermer silencieusement la porte de son bureau. L'insistance du Comité était inhabituelle.

« Je regrette, répondit Bryan, nous sommes sur le point de lancer à l'échelle européenne un nouvel antalgique rapide et efficace pour les patients souffrant d'ulcère gastrique. Je dois être présent pour l'élaboration de notre stratégie de marketing et la mise en place de nos circuits de distribution. »

La communication n'alla pas plus loin. Son excuse n'était pas tout à fait fausse, son entreprise était effectivement sur le point de commercialiser un nouveau produit et elle était à la recherche de commerciaux. Mais depuis les débuts de son activité, Bryan n'avait pas une seule fois assisté à l'entretien d'embauche d'un commercial ou d'un distributeur.

Pour que son pieux mensonge devienne une réalité, il ferait une exception.

Sur cinquante distributeurs possibles, Ken Fowles, responsable de la logistique de l'entreprise, en avait convoqué dix pour n'en retenir que quatre qui seraient chacun responsable d'un secteur géographique.

Aux yeux de Bryan, tous ces commerciaux se valaient, et il ne fit que de très rares remarques pendant les entretiens.

Par courtoisie, Ken Fowles profitait des courtes pauses entre deux candidats pour lui demander son avis, mais tous deux savaient qu'en fin de compte ce serait lui qui prendrait la décision.

Le deuxième jour, un certain Keith Welles se présenta. C'était un type jovial, à l'humour de carabin qui, malgré l'enjeu, se permit de plaisanter lors de son entretien. Il avait attendu presque toute la journée et il était le dernier candidat en lice. Bryan comprit tout de suite que l'homme rougeaud ne faisait pas partie du carré de tête de Ken Fowles. La Scandinavie et l'Allemagne, l'Autriche et la Hollande – le territoire sur lequel il devrait œuvrer – étaient des marchés beaucoup trop importants pour être confiés à quelqu'un avec qui Ken Fowles n'avait pas d'atomes crochus.

« Qu'est-il arrivé à votre dernier secteur commercial ? » lui demanda Bryan, coupant l'herbe sous le pied de son subalterne.

Welles regarda Bryan quelques secondes avant de répondre. Il s'attendait à cette question, mais pas venant de lui. « Il y a différentes raisons pour lesquelles ça n'a pas marché. Un étranger travaillant à Hambourg doit proposer de meilleurs produits que ceux de ses concurrents. Sinon, les Allemands préfèrent traiter avec un étranger basé à Bonn, ou mieux encore, avec un Allemand vivant à l'étranger. C'est comme ça que ça marche depuis toujours.

– Et vos produits n'étaient pas meilleurs que ceux de vos concurrents ?

– Ils n'étaient ni meilleurs ni moins bons. » Il haussa les épaules et se tourna vers Ken Fowles qui avait posé cette question. « Ils étaient comme les autres ! Mon domaine est trop spécifique depuis quelques années pour permettre de grandes innovations, et il ne faut pas s'attendre au miracle.

– Psychopharmacologie ?

– Neuroleptiques, principalement. » Ken Fowles se déplaça d'une fesse sur l'autre, agacé par le ton désabusé de Welles. « Et la mode change. La chlorpromazine n'est plus la panacée dans le traitement des psychoses. Bref, je me suis laissé dépasser. J'ai fini par avoir trop de stock, trop de passif, et mes chances d'écouler ma marchandise se sont réduites comme peau de chagrin. »

Bryan se souvenait du produit que Welles avait cité à la demande de Fowles. Il le connaissait même sous de nombreux noms différents. Largactil, Prozil. La molécule commune était effectivement la chlorpromazine. De nombreux cobayes humains de l'Unité Alphabet s'étaient étiolés sous ses yeux sous l'effet d'un médicament de ce type-là. Et bien que lui ait réussi à éviter de le prendre pendant la majeure partie des dix mois où il était resté dans cet hôpital militaire, il lui arrivait de sentir encore aujourd'hui certains effets secondaires de l'ancêtre de ce produit. Rien que d'y penser, il se mettait à transpirer, il avait la bouche sèche et des pics de stress.

« Vous êtes canadien, je crois, monsieur Welles ? se ressaisit-il.

– Fraserville sur le Saint-Laurent. Population francophone. De mère allemande et de père anglais.

– Un bon point de départ pour une carrière en Europe. Et cependant, vous ne souhaitez pas couvrir la France, puis-je vous demander pour quelle raison ?

– Trop compliqué. Ma femme a envie de me voir de temps en temps, monsieur Scott.

– C'est pour elle que vous êtes installé à Hambourg plutôt qu'à Bonn ? »

Fowles regarda sa montre. Il s'efforçait de sourire poliment, mais la vie privée de Welles ne l'intéressait pas.

« J'ai débarqué en Italie en 1943, dans la baie de Salerne, avec le 10e Corps de la 8e armée britannique, sous le commandement du général McCreery. En tant que pharmacien diplômé, j'étais une recrue toute trouvée pour l'hôpital de campagne et j'ai suivi le régiment jusqu'en Allemagne.

– Et la femme de votre vie vous attendait à la frontière ? » Fowles sourit mais Bryan effaça son sourire d'un bref regard.

« Pas du tout. Nous nous sommes rencontrés un an après la capitulation. J'avais été recruté pour le programme de reconstruction. » Bryan le laissa parler. Son récit commençait à lui faire entrevoir de nouvelles perspectives.

Welles avait été enrôlé dans la 2e armée britannique du commandant Miles Christopher Dempsey, quand celle-ci avait libéré le camp de Bergen-Belsen. Il était monté deux fois en grade et avait assisté aux interrogatoires qui avaient conduit au procès de Nuremberg au cours duquel les médecins nazis, entre autres, avaient été jugés pour leurs exactions dans les camps de concentration. Pour finir, il avait fait partie d'un groupe d'experts, réunis par les services secrets, ayant pour tâche d'inspecter les hôpitaux nazis.

Il existait des centaines d'hôpitaux, disséminés dans tout le pays. Leur mission terminée, la plupart d'entre eux avaient été désertés. Quelques-uns avaient été réhabilités à des fins civiles et fonctionnaient comme hôpitaux de proximité ou comme cliniques privées. Enfin, il y avait des endroits comme l'hôpital psychiatrique de Hadamar où l'on avait découvert les patients dans des fosses communes. Les défigurés, les estropiés, les handicapés et les déments.

Ce travail avait été éprouvant pour le groupe d'inspection. Y compris quand il s'était agi de patients normaux souffrant seulement de blessures physiques. Le mépris des nazis pour les faibles n'avait même pas épargné leurs propres hommes. Il n'était pas rare de voir des patients nazis dont l'alimentation avait été si pauvre en graisses pendant les derniers mois de la guerre que leur système nerveux en était durablement affecté. Parmi tous les hôpitaux militaires qu'ils avaient visités, seuls quelques-uns, dans le sud de l'Allemagne et à Berlin, avaient été jugés de qualité acceptable. Les autres étaient une véritable misère.

Après des mois de recensement, Welles ne ressentait plus rien. Il ne faisait plus attention à l'endroit où il se trouvait, aux personnes avec qui il était ni à ce qu'il buvait. Il ne pensait même plus à rentrer chez lui.

La notion de patrie avait perdu toute signification.

Pour sa dernière visite, on avait envoyé Welles à l'hôpital de Bad Kreuznach où il avait rencontré une jeune infirmière dotée d'une incroyable joie de vivre et d'un rire merveilleux qui l'avait réconcilié avec la vie. Bryan se souvenait avoir vécu quelque chose de similaire.

Ils étaient tombés amoureux et deux ans plus tard ils étaient partis vivre à Hambourg, où sa femme avait de la famille et où on accepterait avec un peu d'indulgence son mariage avec l'*ennemi*.

Welles y avait démarré une société qui avait fort bien marché pendant plusieurs années. Ils avaient trois enfants. Dans l'ensemble, il avait tout lieu d'être satisfait.

Son récit fit à Bryan une forte impression.

Quand, le soir même, Ken Fowles lui remit la liste des agents sélectionnés, le nom de Welles n'y figurait évidemment pas. Il avait été pesé dans la balance et trouvé trop léger, trop vieux, trop jovial, trop flegmatique et trop canadien.

Il ne restait plus à Bryan qu'à signer la lettre par laquelle on refusait sa candidature.

Celle-ci resta toute la soirée et toute la nuit sur son bureau. Elle fut la première chose qu'il vit en venant travailler le lendemain.

Personne n'aurait pu détecter la moindre déception ou la moindre surprise dans la voix de Welles lorsque Bryan lui téléphona. « Je pense que je devrais survivre, monsieur Scott, dit-il, mais je vous suis reconnaissant d'avoir pris le temps de m'appeler en personne pour me le dire.

– Il va sans dire que nous vous rembourserons vos frais de déplacement, monsieur Welles. Cela étant dit, il est possible que je puisse tout de même vous aider. Combien de temps comptez-vous rester à votre hôtel ?

– Je pars pour l'aéroport dans deux heures.

– Pourrions-nous nous rencontrer avant votre départ ? »

La pension dans laquelle Welles avait pris une chambre, dans le quartier de Bayswater, était loin de répondre aux critères de qualité que Bryan exigeait pour y loger ses propres collaborateurs. Alors que cette avenue à la mode abritait plus de pensions qu'il n'y avait de banques dans la City de Londres, Keith Welles avait réussi à dégotter la plus miteuse de toutes. Il suffisait de voir les quelques marches conduisant au perron pour comprendre que la grandeur de ce modeste établissement remontait à une époque depuis longtemps révolue.

Welles s'était déjà versé un verre quand Bryan arriva. Assis tout seul, ne se croyant pas observé, l'homme n'eut pas le loisir de cacher la déception sur son visage. Son masque bon enfant ne réapparut que lorsque Bryan s'adressa à lui. Mais l'homme était trop exubérant, trop indifférent pour être crédible.

Il était également gauche et mal rasé, mais Bryan l'aimait bien et il avait besoin de lui.

« Je vous ai trouvé un travail, monsieur Welles. Si vous et votre famille acceptez malgré tout de vous installer à Bonn, la place est à vous à partir du milieu du mois prochain. Vous serez pharmacologue anglophone auprès d'un de nos sous-traitants. Vous avez exactement le profil que cette société recherche. Le poste s'accompagne d'un logement de fonction au bord du Rhin à quelques kilomètres de la ville. Salaire correct et couverture sociale. Ça vous intéresse ? »

Welles connaissait la société dont parlait Bryan et il ne cacha pas son étonnement. Il n'était pas le genre d'homme à qui les choses arrivaient facilement, en général.

« Vous allez pouvoir faire quelque chose pour moi, en échange, monsieur Welles.

– Du moment que c'est légal et que vous ne me demandez pas de chanter, plaisanta-t-il gaiement, très surpris.

– Quand vous avez mentionné la tournée d'inspection à laquelle vous avez participé après la guerre, vous avez parlé d'établissements psychiatriques, entre autres au sud de l'Allemagne, c'est exact ?

– Oui, j'en ai vu plusieurs.

– Certains se trouvaient-ils dans le district de Fribourg ?

– Fribourg-en-Brisgau ? Absolument. J'ai beaucoup tourné dans le pays de Bade.

– Je m'intéresse tout particulièrement à un hôpital qui se trouvait au nord de Fribourg aux confins de la Forêt-Noire, près d'une petite ville du nom de Herbolzheim. L'hôpital soignait uniquement des soldats nazis. Entre autres des malades mentaux. Est-ce que cela vous dit quelque chose ?

– Il y a un grand nombre de sanatoriums à Fribourg. C'était également le cas à l'époque.

– Celui dont je vous parle se trouvait au nord de Fribourg. Il était grand. Situé dans les montagnes. C'était un véritable hôpital comprenant au moins dix bâtiments.

– Vous ne vous souvenez pas comment il s'appelait ?

– J'ai entendu quelqu'un mentionner le nom d'Unité Alphabet, c'est tout ce que je sais.

– J'ai peur de devoir vous décevoir, monsieur Scott. On a mis en service un nombre incalculable d'hôpitaux de campagne, pendant la guerre. Et cela remonte à loin, maintenant. Il m'arrivait de visiter plusieurs établissements par jour. J'ai peur d'avoir oublié beaucoup de choses de cette époque.

– Vous pourriez quand même essayer, n'est-ce pas ? » Bryan se pencha au-dessus de la table, les yeux plantés dans ceux de son interlocuteur. Le regard de Keith Welles était vif et intelligent. « Retournez en Allemagne, parlez avec votre famille, mettez de l'ordre dans vos affaires pendant un jour ou deux. Ensuite vous partirez pour Fribourg et vous enquêterez pour moi pendant une semaine. Deux, si cela s'avère nécessaire. Vous avez un peu de temps avant de prendre vos nouvelles fonctions. Je vous promets de veiller à votre intérêt et de couvrir largement vos frais. Voilà ce que vous pouvez faire pour moi, en échange du service rendu.

– Qu'est-ce que je dois trouver exactement ? Juste l'hôpital militaire dont vous venez de me parler ?

– Non, il a été détruit en 1945. Je cherche la trace d'un homme qui était interné là-bas. J'ai séjourné dans cet établissement et m'en suis enfui le 23 novembre 1944. Je vous raconterai les circonstances exactes plus tard. L'homme dont je parle y est resté et je n'ai plus jamais eu de ses nouvelles. J'aimerais savoir ce qui lui est arrivé. Il a été admis sous le nom de Gerhart Peuckert. Je ferai en sorte de vous faire parvenir sous quelques jours les renseignements dont vous pourriez avoir besoin, comme son grade, son apparence physique et d'autres détails qui pourraient vous être utiles.

– Vous êtes sûr qu'il est vivant ?

– Non, je pense qu'il est mort. Je crois qu'il se trouvait encore à l'hôpital quand nous avons bombardé les installations.

– Vous avez consulté les archives des services de renseignement ? J'imagine que vous avez épuisé toutes les pistes traditionnelles ?

– Vous pouvez me croire. J'ai soulevé le moindre caillou. »

Bien que Bryan n'ait à cette occasion raconté que le strict minimum, Keith Welles avait, légèrement perplexe, accepté la tâche qu'il lui avait confiée. Il avait le temps et savait qu'il était redevable. Mais malgré l'excellente description que Bryan fit des lieux, des autres patients et du personnel, sur lesquels il avait mis à la fois des noms et des visages, Keith Welles ne parvint pas, dans son premier rapport, à lever le voile sur le destin de Gerhart Peuckert. Presque trente ans avaient passé. Il se plaignit que la mission était quasiment impossible. Il n'avait pas trouvé la moindre trace, ni de l'hôpital, ni de l'homme que recherchait Bryan. En outre, un patient interné dans un hôpital psychiatrique pendant les derniers jours du IIIe Reich avait de fortes chances d'avoir été liquidé. L'euthanasie thérapeutique était le traitement usuel en Allemagne en ce temps-là pour répondre à ce genre de pathologie.

Bryan fut profondément déçu. Le hasard invraisemblable qui avait voulu qu'il rencontre à la fois Welles et Wilkens ces dernières semaines et qu'il soit invité aux Jeux olympiques à Munich avait fait germer en lui l'espoir de retrouver enfin sa tranquillité d'esprit et de mettre un point final à cette tragique affaire.

« Ne pourriez-vous pas venir me rejoindre ici quelques jours, monsieur Scott ? lui demanda Welles. Je suis sûr que votre présence m'aiderait beaucoup. »

Trois jours après cette conversation, Bryan appela le Comité national olympique pour leur expliquer qu'il avait un rendez-vous d'affaires dans le sud de l'Allemagne. S'ils souhaitaient mettre à sa disposition un appartement dans le village olympique, ils pourraient le consulter en cas de problème grave. On accepta sa proposition. On comptait fermement augmenter le quota britannique des Jeux de Mexico, c'est-à-dire cinq médailles d'or, cinq d'argent et trois de bronze.

Quoi qu'il en coûte.

Laureen n'était pas contente. Pas parce que Bryan avait décidé de partir malgré tout, mais parce qu'elle ne l'avait appris que la veille du départ.

« Tu n'aurais pas pu me le dire hier, au moins ? Je ne peux plus t'accompagner, Bryan. Je ne vais pas subitement demander à ma belle-sœur de rester chez elle, je suis désolée de te dire que c'est trop tard ! À la minute où nous nous parlons, Bridget attend son train sur le quai de la gare de Cardiff. »

Laureen regarda sa montre l'air découragé et poussa un soupir à fendre l'âme. Bryan évita son regard. Il savait ce qu'elle pensait. Organiser la visite de sa belle-sœur avait déjà été un casse-tête. L'annuler serait un enfer.

Mais c'était précisément le plan de Bryan.

31

Keith Welles vint le chercher à pied. La circulation était complètement bloquée. Le spectacle qui attendait Bryan à l'aéroport de Munich correspondait mal à l'image qu'on se fait habituellement de l'ordre et de l'efficacité germaniques. La chaleur lui sauta au visage. Les voitures étaient garées si près les unes des autres que les gens ne pouvaient pas ouvrir leurs coffres.

« C'est le chaos ! » cria Welles en l'entraînant le long du trottoir. Seuls les bus circulaient encore. Tout le monde venait assister à l'ouverture des Jeux olympiques. Tout le monde, sauf Bryan.

La ville était en ébullition. Une expérience pittoresque de couleurs et de festivités. Une grande scène en plein air. Les places grouillaient de musiciens, de peintres, de dessinateurs. Chaque coin de rue reflétait des milliers de jours de préparation. Ça avait été une réalisation énorme et plus personne ne travaillait. Bryan était dans un état second.

Il avait l'impression de se déplacer dans une bulle, au milieu de tous ces Allemands et ces étrangers qui se croisaient, souriants et détendus. Il ne parvenait à refouler les fantômes du passé que pendant quelques secondes, puis les voix revenaient, rappelant une langue, une intonation, des cris qui jadis le faisaient se recroqueviller de peur et d'impuissance. Bryan suivait son guide qui lui tenait le bras, écoutant au passage les jeunes gens aux terrasses des cafés parler la langue avec aisance, naturellement, mélodieusement, et sans cette note de haine et de menace qu'elle contenait à l'époque. Enfin, il regardait le flot de femmes et d'hommes d'un certain âge dans les traits desquels il pouvait encore lire l'horrible marque de Caïn, héritage du passé.

Ce furent ces visages-là qui lui firent réaliser qu'il était de retour.

Welles eut le temps de vider deux chopes de bière avant d'avoir terminé d'expliquer à Bryan le détail de ses recherches infructueuses. La foule insouciante de la terrasse de café ne suffit pas à le distraire de sa honte d'avoir échoué. Quand le garçon revint une troisième fois, il le chassa d'un geste.

« Si je m'obstine, j'imagine que je finirai par tomber par hasard sur la trace de quelqu'un qui connaissait quelqu'un qui avait ses entrées dans ce sanatorium à Fribourg, mais je pense que cela prendrait des années. Je ne suis pas un professionnel et je ne suis pas convaincu d'être la bonne personne pour ce job. » Welles pinça les lèvres. « Je n'ai pas beaucoup de temps, vous le savez aussi bien que moi. Il y a trop de bureaux, trop d'archives, trop d'histoires de malades et trop de distance à parcourir. Et puis il y a le Mur. Qui vous dit que c'est en Allemagne de l'Ouest que se trouve l'indice qui nous mettra sur la voie ? S'il se trouve en Allemagne de l'Est, nous allons nous heurter à des problèmes de visa et ce genre de choses. Nous perdrons un temps fou. » Il sourit, désolé. « Ce dont vous avez vraiment besoin, c'est d'un bataillon de détectives et de documentalistes.

– J'ai déjà essayé.

– Alors pourquoi recommencer maintenant ? »

Bryan le regarda un long moment sans répondre. Il avait raison. Tout semblait prouver qu'il ne parviendrait jamais à percer le mystère de la disparition de James. Il aurait pu bien sûr confier cette tâche à des professionnels. Mais en réalité, Bryan avait renoncé à replonger dans le passé, avant que le hasard mette sur sa route l'homme mal rasé assis en face de lui.

Il avait toujours pensé que James était mort. À présent, il avait besoin d'en avoir la certitude.

« Ne m'obligez pas à avoir recours à la supplique ou aux menaces. Sachez que je serais extrêmement déçu de vous voir abandonner sans avoir réellement essayé. Si déçu, à vrai dire, que cela pourrait compromettre votre nouveau poste à Bonn. »

Bryan comprit au regard de Welles que ce n'était pas la bonne méthode. Il s'empressa de réparer son erreur.

« Mais je suis un homme de parole, monsieur Welles, et vous ne me devez rien. Vous aurez compris que je suis désespéré. Nous sommes sur un terrain où je n'aurais sans doute jamais dû m'aventurer. Mais, vous comprenez, l'homme que je vous demande de retrouver était mon meilleur ami. Il était anglais et s'appelait en réalité James Teasdale. Je l'ai abandonné dans cet hôpital et je ne l'ai jamais revu. Si je ne parviens pas à savoir ce qui lui est arrivé, je serai condamné à vivre le restant de mes jours avec cette terrible incertitude, car je n'aurai plus la force de réessayer. »

La place s'était vidée peu à peu. Même les serveurs, qui venaient sans cesse à leur table pour les inciter à commander autre chose, ou à payer l'addition et à s'en aller pour laisser la table à d'autres clients, avaient maintenant disparu derrière le comptoir. La retransmission de l'ouverture des Jeux avait commencé. Quand Bryan reprit, Welles semblait avoir retrouvé sa motivation. « Essayez encore deux semaines, monsieur Welles, jusqu'à la fin des Jeux. Concentrez-vous uniquement sur Fribourg et un certain périmètre autour de la ville. Si vous n'obtenez aucun résultat, je ferai autrement. Je vous propose de vous donner cinq mille livres supplémentaires pour ces quinze jours. Vous voulez bien faire ça pour moi ? »

De l'intérieur du restaurant ils entendirent un bruit de fanfare, la rumeur de milliers de personnes, un cri de liesse qui résonna simultanément dans toute la rue, de toutes les fenêtres. La chope en verre que Welles faisait rouler sur la nappe depuis le début de la conversation projeta un reflet de soleil sur son visage grave, éclairant la commissure d'une bouche où naissait un sourire. Il tendit lentement la main.

« Alors il faut m'appeler Keith ! »

Malgré la chaleur et les risques sanitaires auxquels on peut s'attendre quand des milliers de personnes sont rassemblées en un même endroit, Bryan n'avait rien à faire au village olympique. Aucune pathologie gastrique aiguë ne s'était présentée. Le seul contact que Bryan avait eu jusqu'à maintenant avec la délégation britannique avait été téléphonique. Dès son installation, on lui avait remis son badge d'accès aux stades et les habituelles invitations à diverses réceptions et soirées. Mais, bien que le temps lui parût long, il n'éprouvait pas le besoin de voir du monde. Comme la brise calme dans l'œil du cyclone, Bryan évoluait mollement au milieu de l'effervescence, comme si le monde autour de lui était devenu flou. « Je vous envie », lui disait Keith Welles quand il l'appelait, chaque matin, pour lui faire son rapport. « Je ne t'envie pas », mentait Laureen, lors de leur coup de fil quotidien.

La ville olympique était une marmite en ébullition. Tout le monde passait son temps à se déplacer d'un endroit à l'autre. Personne ne s'occupait de lui. Les rares heures qu'il ne passait pas dans sa chambre, il les passait en ville. Dans les cafétérias des grands magasins, dans les musées, sur les bancs des parcs étouffants en cet été implacable qui, malgré la saison avancée, refusait de lâcher prise.

L'attente était insupportable. Même la lecture ne parvenait pas à distraire son impatience, et la tentation de se renseigner sur les nombreuses entreprises pharmaceutiques locales n'était pas assez impérieuse.

Il ne pensait qu'à James.

Je me fais vieux, se disait-il, en regardant l'écran de télévision éteint, accroché au mur, dans le coin le plus reculé de la chambre d'hôtel. Il y aurait d'autres JO après ceux-ci. S'il avait envie d'y assister, ce serait une simple question d'argent. Et l'argent n'était pas un problème pour Bryan.

Le dixième jour, il décela dans la voix de Welles au téléphone une note différente.

« J'ai peut-être quelque chose. » Les mots provoquèrent en Bryan une sorte d'onde de choc. Il retint son souffle. « Ne vous montez pas trop la tête, mais je crois que j'ai trouvé votre Homme-Calendrier.

– Où êtes-vous ?

– À Stuttgart, mais lui est à Karlsruhe. On peut se retrouver là-bas ?

– Il faut que je loue une voiture. Vous voulez que je vienne vous chercher ? » Bryan n'attendit pas la réponse. Ses jambes s'animèrent d'une agitation fébrile. « Je dois signaler que je quitte le site. Je serai là dans trois heures. »

Manifestement, Welles n'aimait pas rouler vite. Le puissant moteur de la grosse cylindrée était parfaitement silencieux. Ce n'était d'ailleurs pas par amour de la vitesse que Bryan louait invariablement une Jaguar, mais par chauvinisme. Mais, effectivement, elle était rapide. Beaucoup trop, au goût de

Keith Welles qui se tenait le plus loin possible de la portière et évitait de regarder la route. « J'ai eu l'idée de me lancer à la recherche d'un authentique original. De quelqu'un pour qui tenir un compte exact des années, des mois, des semaines et des jours était l'épicentre de sa vie. J'ai cherché à savoir si ce Werner Fricke était encore de ce monde. Si c'était le cas, alors je n'avais plus qu'à passer suffisamment de coups de fil pour le retrouver. Ça semble simple, dit comme ça, mais je n'ai pas arrêté, pendant plusieurs jours. Un professionnel aurait sûrement procédé autrement, mais moi j'ai téléphoné à toutes les institutions que j'ai trouvées. Je crois que celle-ci était la cinquantième.

– Et sur Gerhart Peuckert, vous avez découvert quelque chose ? » Bryan avait les yeux braqués sur la route et les doigts crispés sur le volant.

« Non, je regrette, Bryan, je n'ai encore rien trouvé.

– Ne vous inquiétez pas, je ne m'attends pas à des résultats immédiats. Vous avez fait du bon travail, Keith. Un pas à la fois, n'est-ce pas ? » Bryan s'efforça de sourire. « Quand je pense que ce cher Homme-Calendrier est vivant ! » Puis son regard devint flou. « S'il n'est pas mort, il y a encore de l'espoir pour James. »

« Vous pouvez l'interroger, si vous le souhaitez, mais je ne vous promets pas qu'il sera en mesure de vous répondre. » Comme le reste de l'établissement, le bureau de la chef de clinique était lumineux et coloré. L'endroit était coûteux et pas à la portée de n'importe qui. « La famille de M. Fricke a été informée de votre visite. Elle n'y voit pas d'inconvénient, poursuivit le docteur Würtz sans sourire. Peut-être M. Welles, ici présent, pourrait-il agir comme interprète ?

– Puis-je voir le dossier de M. Fricke ?

– Vous êtes médecin, monsieur Scott. Est-ce que vous me laisseriez consulter les dossiers de vos patients ?

– Probablement pas.

– J'ai une fiche de synthèse, ici. Vous pourrez y lire l'essentiel. »

Bryan demanda à Welles de passer sur les termes psychiatriques. Fricke était malade et il était traité comme tel. Ce qui intéressait Bryan, c'était l'historique de son internement, pas de savoir s'il recouvrerait un jour sa santé mentale.

Il n'y avait sur sa fiche aucun renseignement antérieur à mars 1945. Elle ne disait pas d'où il était venu, ni l'origine de son mal. La ville de Fribourg n'était même pas mentionnée. Après avoir été porté disparu pendant plus d'un an, Werner Fricke semblait être arrivé de nulle part dans une clinique voisine de celle-ci, non loin de Karlsruhe, le 3 mars 1945, après un bref séjour dans une garnison SS provisoire à Tübingen. C'était tout ce qu'on pouvait lire sur son historique médical. Il ne semblait pas non plus exister de carnet militaire susceptible de lever le voile sur les années qui avaient été arrachées au curriculum vitae de l'Homme-Calendrier.

En raison de l'avancée des troupes alliées, la clinique de Tübingen, dans laquelle Werner Fricke avait provisoirement été admis, avait été évacuée et une partie des patients transférée dans ce nouvel établissement. Quand celui-ci avait été privatisé au début des années soixante, la plupart des pensionnaires avaient dû déménager, faute de moyens. Parmi les patients de l'époque, il ne restait que lui, sa famille étant en mesure de lui offrir un internement de luxe.

La liste des malades arrivés en même temps était courte. Bryan n'y reconnut aucun nom.

Werner Fricke était probablement le seul à avoir séjourné dans l'Unité Alphabet.

Une forte émotion s'empara de Bryan en revoyant le corps trapu aux jambes courtes et les yeux doux de son ancien compagnon de chambre. Les années s'effacèrent et une tendresse inattendue tempéra tous les autres sentiments. « Aaah ! » s'exclama Fricke en levant ses sourcils blancs très fournis, lorsque Bryan alla se planter devant l'écran de télévision. Il salua le malade d'un signe de tête, sentant les larmes lui monter aux yeux. « Il dit ça à tout le monde », le déçut Frau Würtz.

Un corps rabougri par des décennies d'oisiveté ne parvenait pas à enlever à l'homme sa dignité. Malgré la chemise sans manches et le pantalon sans braguette, c'était toujours un officier SS qui le regardait en ce moment avec curiosité. Les souvenirs de l'hôpital lui revinrent en mémoire, extraordinairement clairs et vifs. L'Homme-Calendrier était là, bien vivant, en train de regarder la retransmission des JO de Munich sur un petit écran en noir et blanc. La date de l'éphéméride accrochée au-dessus du poste de télévision était évidemment correcte.

Le 4 septembre 1972, lundi.

« Que voulez-vous que je lui dise ? demanda Welles, s'accroupissant entre les deux hommes.

– Je ne sais pas. Répétez-lui les noms que je vous ai donnés. Petra et Vonnegut. Demandez-lui s'il se souvient de moi, Arno von der Leyen, le type qu'il a failli jeter par la fenêtre. »

Les adieux furent brefs. Ils n'étaient pas ressortis de sa chambre que Werner Fricke s'était déjà replongé dans la contemplation passive des sprinteurs avant le départ de la finale du deux cents mètres.

« Je sais que vous êtes déçu, Bryan, mais cela ne sert à rien. Je me suis déjà renseigné partout sur ce Vonnegut. Je ne pense pas le retrouver en vie, si je le retrouve un jour. C'est un nom très commun, vous savez ?

– Et c'est le seul moment où Fricke a réagi ? Quand vous avez cité le nom de Vonnegut ?

– Oui, et quand vous lui avez donné du chocolat, bien entendu. Je ne crois pas qu'il faille y attacher trop d'importance. »

Keith Welles attendit un long moment que Bryan reprenne la parole. Depuis qu'ils étaient revenus s'asseoir dans la voiture, le parking avait quasiment eu le temps de se vider. Plusieurs personnes leur avaient jeté des regards curieux à travers le pare-brise. Bryan ne bougeait pas.

« Et maintenant ? » s'enquit Welles, décidant finalement de rompre le silence quand la dernière voiture eut quitté l'aire de stationnement.

« Maintenant ? » La réponse, ou plutôt, la répétition de la question, fut prononcée si bas que Welles ne pouvait rien en conclure.

« Je ne commence à travailler que dans dix jours, Bryan. Je vous offre volontiers cinq jours supplémentaires sans modifier notre accord. Il peut encore se passer beaucoup de choses. » Faire preuve d'optimisme en la circonstance était de la part de Keith Welles le fruit d'un louable effort.

« Vous devez rentrer à Stuttgart, n'est-ce pas ? lui demanda Bryan.

– En effet. J'y ai laissé mes notes, ma voiture et mes bagages.

– Ça vous ennuierait de louer un véhicule pour y retourner ? À mes frais, bien sûr.

– Non, mais pourquoi ?

– Je suis en train de me demander si je ne vais pas aller moi-même à Fribourg. »

Dans une petite pièce d'une clinique privée à Karlsruhe, l'homme que Bryan appelait l'Homme-Calendrier se balançait d'avant en arrière sur sa chaise. Sa perception de la réalité était limitée. Sa télévision déjà éteinte. La nuit était sur le point de tomber. Ses lèvres remuaient, en rythme avec les mouvements de la chaise. Personne n'entendit ce qu'il disait.

À soixante kilomètres au sud de Karlsruhe, Bryan en eut assez de rouler sur l'autoroute et sortit à la première bretelle. Il avait deux possibilités. Emprunter le chemin touristique longeant les bords du Rhin, ou prendre la nationale au pied du massif de la Forêt-Noire.

Il opta pour la nationale.

Il n'était pas d'humeur à repasser par l'endroit où il avait fui devant Face de lune et le Chétif.

Pas maintenant.

32

Avant que Bryan soit assez réveillé pour se rappeler où il se trouvait, le son inhabituel passa d'un grondement sourd à une note intermédiaire plus aiguë. Il avait déjà été accueilli la veille par les bruits du tramway en traversant Fribourg, et à présent ils lui souhaitaient le bonjour.

Le plafonnier de sa chambre était allumé. Il s'était endormi tout habillé. Et il était encore fatigué.

Un malaise comparable à celui qu'on ressent avant un examen s'empara de lui. Peut-être eût-ce été différent s'il avait eu Laureen à ses côtés. Il s'était lancé dans une mission bien solitaire.

Hôtel Rosenbeck, disait l'enseigne. Urachstrasse1, précisait la petite carte de visite que lui avait remise le concierge. Bryan ignorait dans quel quartier de la ville il s'était installé.

« Est-ce qu'il y a le téléphone dans la chambre ? » avait été sa dernière question avant de monter se coucher. Le réceptionniste l'avait regardé d'un air ironique et lui avait indiqué un téléphone à pièces en face de l'escalier étroit et raide.

« Vous pouvez me faire de la monnaie ? lui avait demandé Bryan, philosophe.

– Oui, demain matin ! » avait répondu l'homme. C'était la raison pour laquelle il n'avait pas encore appelé Laureen.

À présent les rues de Fribourg-en-Brisgau l'attendaient. Et les montagnes et la gare. La ville avait sur lui un pouvoir d'attraction quasi hypnotique. Pendant les mois qu'il avait passés dans cet hôpital, caché dans les hauteurs, il avait survécu grâce à des images. De sa vie à Canterbury bien sûr et de liberté, mais aussi de cette ville, si proche.

Et à présent, elle était là, derrière la porte.

L'hôtel était adossé à une oasis d'arbres murmurant dans la brise. Le vieux bâtiment avec son porche à lambrequins et sa lanterne en fer forgé se dressait au fond d'une ruelle sans issue donnant sur le parc. Urachstrasse n'était pas une adresse prestigieuse, mais c'était un emplacement pratique. La rue débouchait sur Günterstalstrasse, qui elle-même donnait sur Kaiser-Joseph-Strasse, l'artère qui pénétrait dans le centre-ville en passant sous la Martinstor et sa fameuse horloge.

Mal préparé et sans entrain, entouré par une foule bruyante qui l'empêchait de se concentrer, il marchait au hasard, au milieu des piétons, cyclistes, automobilistes, fonçant avec rage ou attendant patiemment devant les arrêts de tramway. Il avait l'impression de se déplacer dans un décor, entouré de figurants comme lui, composant une foule anonyme et bigarrée, de la ménagère grassouillette de plus de cinquante ans au gamin souriant, les mains enfoncées dans ses poches.

Une ville prospère.

Il s'attendait à ce que les façades du centre-ville soient encore défigurées par les bombardements. Il croyait que le cordon reliant Fribourg à son passé médiéval avait été coupé. Mais pas du tout. La ville était animée, coquette, parfaitement restaurée, rebâtie, multiple et accueillante.

Ce constat mettait Bryan mal à l'aise. La dette au passé était encore trop lourde pour autoriser tant de légèreté. Le tribut à la guerre pas assez visible à son goût.

Dans le hall d'entrée d'un grand magasin, un groupe de femmes s'arrachaient des vêtements dans un énorme tas menaçant de s'effondrer. Des shorts d'été qu'elles ne porteraient que l'année prochaine. Prix cassé garanti. Au milieu d'elles, un vieil homme, debout sur une seule jambe, enfilait un bermuda au-dessus de son propre pantalon fripé, pour s'assurer que la monstruosité était à sa taille. Une vision fugace de ce qu'on appelle la paix.

Bryan se dit qu'il n'avait rien à faire ici.

La Bertoldstrasse menait à la gare. La cohue sur les quais ne l'étonna pas. Mais il regarda les sept voies et les sept plates-formes sans les reconnaître. Plus rien ne lui rappelait les heures passées dans cet endroit, trente ans auparavant, à trembler de peur dans un froid glaçant. L'infrastructure avait dû être bombardée par ses camarades de la RAF et entièrement pulvérisée.

Il suivit des yeux la voie ferrée en direction du sud. Tout au fond du complexe ferroviaire, derrière les voies de garage, s'élevait un bâtiment trapu et sombre, très différent des autres. Bryan inspira longuement et relâcha l'air par à-coups.

Il s'était trompé, l'ancienne gare était toujours là.

La distance entre le mur en larges briques et le train de marchandises était de moins de quatre mètres. Dans son souvenir, le quai était au moins deux fois plus large. Un jour, il y avait de cela une éternité, il avait été couché sur cette plate-forme. Bryan ferma les yeux et il revit la silhouette de James, allongé un peu plus loin, contre un poteau à la peinture écaillée. Où étaient-ils, à présent, tous ces hommes tremblant de froid sur leur civière ? Morts et enterrés depuis longtemps, ou plongés dans la béatitude de l'oubli au sein de leur famille ?

Les mêmes coteaux vert mousse, à plusieurs niveaux, comme l'intérieur d'une maison de poupée, s'élevaient au loin, en pente douce. Une voie ferrée rouillée partait dans leur direction. Le souvenir d'un cheminot s'enfuyant avec sa barre de fer à l'épaule et celui de jeunes soldats en permission, heureux, balançant leurs masques à gaz à bout de bras lui revinrent, émergeant du labyrinthe facétieux de sa mémoire. Les vieux wagons, l'ancienne gare, les couleurs et le calme, identiques hormis la neige qui tombait en ce jour lointain, matérialisaient un décor qui ouvrit une porte bien close dans l'âme de Bryan et derrière laquelle se cachaient des émotions qu'il ne s'autorisait jamais à libérer.

Il se mit à pleurer.

Il laissa le concierge de l'hôtel Rosenbeck s'occuper de lui le reste de la journée. L'hôtel n'ayant pas de restaurant, l'homme accepta d'aller lui chercher des sandwichs indéfinissables dans un café voisin, à base de jambon et de salade flétrie. Malgré de généreux pourboires, il était toujours aussi désagréable. Bryan ne téléphona pas chez lui ce jour-là non plus. Il manquait d'appétit. Il n'avait envie de rien. Il se contentait de rassembler ses forces pour se lever le lendemain.

Et le lendemain arriva. Des enfants suivirent des yeux la Jaguar depuis le bord de la route quand Bryan laissa Waldkirch derrière lui pour se laisser engloutir par les premiers contreforts de la Forêt-Noire que domine le mont Hünersedel. S'il avait contourné le massif montagneux par l'ouest, il se serait sans doute laissé distraire par des détails. À vrai dire, il se serait probablement perdu. Son but était avant tout de retrouver l'emplacement de l'ancien hôpital militaire. Bryan savait par expérience qu'on se repère mieux d'en haut. Il se disait que depuis le plateau d'Ottoschwanden il aurait une vue dégagée sur la vallée, vers l'ouest.

Les parois rocheuses et la forêt semblaient s'étendre à l'infini, même à travers le pare-brise d'une voiture rapide. D'innombrables chemins et autant de torrents soulignaient l'absurdité qu'il y aurait eu à compter sur le hasard pour trouver ce qu'il cherchait. Bryan était un homme qui avait besoin de repères.

Comme point de mire, il se servirait du Kaiserstuhl, ce sommet luxuriant et si aisément reconnaissable, planté de vignes en terrasses, au milieu de la plaine viticole. L'angle sous lequel il lui était apparu jadis, sous la bâche du camion qui claquait au vent, lui indiquerait l'endroit où il ferait demi-tour.

Il mit longtemps à le découvrir, comme la première fois. De surcroît, le chauffeur avait dû faire un détour, à l'époque, afin d'éviter les témoins. Bryan parvint à retrouver l'endroit et il comprit ce qui avait emporté la bâche précisément là. Une brise ininterrompue, tiède et parfumée d'une forte odeur d'humus et d'ozone, s'élevait de la vallée. Le Kaiserstuhl se dressa sous ses yeux, exactement comme jadis, et à quelques centaines de mètres, d'étroits canaux de drainage striaient le paysage de haut en bas.

Au sud de l'emplacement où il gara la Jaguar, une petite route traversait la vallée vers le nord-ouest. Sur l'autre versant, il n'y avait qu'une forêt impénétrable. Un fossé longeait la route, et derrière, il reconnut le torrent le long duquel il avait couru, la nuit où il s'était évadé.

Le paysage était grandiose, beau et violent, parfaitement conforme à son souvenir.

Après qu'il eut marché quelque temps sur des chemins relativement dégagés, la forêt s'épaissit. Bryan s'arrêta pour examiner les alentours, essayant de se repérer. Il ne reconnaissait plus rien. Les arbres de l'époque étaient plus jeunes que ceux qui l'entouraient à présent. Ils lui semblaient pourtant déjà grands en ce temps-là. Pas un indice, pas le moindre objet ne permettaient d'imaginer l'activité intense et les bâtiments qu'il avait connus. Dans les sous-bois, les fourrés étaient épais. Seul un étroit sentier laissait deviner qu'il y avait eu ici une vie autre que végétale. Bryan remonta ses chaussettes au-dessus de son pantalon et, tête baissée et trébuchant, il pénétra dans la végétation. Il arriva à une petite clairière où trônaient trois sapins solitaires. Et face à lui, à moins de dix mètres, se dressa brusquement la paroi rocheuse de ses souvenirs. Bryan s'accroupit et examina attentivement ce qui l'entourait.

Il ne restait plus rien et pourtant c'était bien là. Il revit les cuisines, le logement du personnel, le poste des agents de sécurité, les cinq bâtiments à plusieurs étages, la chapelle, le gymnase, les garages et le poteau d'exécution.

Sur la route du retour, Bryan traversa des villages auxquels il put cette fois donner des noms. Il roula très lentement sur les derniers kilomètres avant les marais. Parfois, pendant d'interminables secondes, il ressentait le froid dans ses pieds nus, la peur, et il entendait le bruit des canons. Et brusquement, elle fut là, devant lui, la dernière jungle européenne, Taubergiessen, la forêt vierge dans laquelle il avait failli laisser la vie. Les escarpements, la vase, l'île au milieu du fleuve, la parcelle de bois dense sur l'autre rive. Tout était là. À part les tirs, les morts, Face de lune et le Chétif.

Tout cela avait disparu depuis longtemps.

Les distances n'étaient plus les mêmes. Elles avaient rétréci. L'atmosphère, elle, était intacte, malgré le raisin mûr prêt à être vendangé et les vols d'oiseaux migrateurs annonçant l'arrivée de l'automne.

Il avait probablement tué deux hommes, ici.

La ville apparut, noyée dans le brouillard. Les événements de la matinée auraient dû le libérer d'une frustration refoulée depuis des années. Mais dans le sillage de sa soudaine décision de se rendre à Fribourg s'était engouffré un flot de nouveaux espoirs et surtout celui de trouver enfin la paix. Bryan savait qu'il était capable de voir la vérité en face aussi cruelle soit-elle. Le passé était le passé, les images qu'il lui avait laissées dans la tête ne disparaîtraient pas, même si le temps les avait altérées. Mais que faire à présent ?

En revenant à Fribourg, il trouva les rues pratiquement désertes. Au bureau de poste, tout le monde lui sembla bizarre. La dame qui lui indiqua la cabine téléphonique avait l'air malheureuse. Plusieurs personnes attendant leur tour au guichet avaient le regard vide. Bryan laissa sonner de nombreuses fois. Laureen mettait parfois un certain temps à poser ses mots croisés avant de répondre.

« Oui, dit-elle simplement quand elle décrocha le combiné.

– Laureen, c'est toi ?

– Bryan ! » Dans cette simple exclamation, Bryan sentit à quel point elle était en colère.

« Pourquoi est-ce que tu ne m'as pas appelée ? Tu ne comprends pas que j'étais folle d'inquiétude ? »

Il ne l'avait pas entendue pester depuis des années. « Je ne pouvais pas appeler, Laureen.

– Pourquoi ? Il t'est arrivé quelque chose ? Tu es blessé ?

– Qu'est-ce que tu veux dire ? Pourquoi serais-je blessé ? J'ai simplement été occupé.

– Où es-tu, Bryan ? » La question tomba, franche et sans détour. « Tu n'es pas à Munich, n'est-ce pas ?

– Pas en ce moment. Je suis à Fribourg depuis hier soir.

– Pour affaires ?

– C'est possible, oui. »

Un bref silence lui répondit. Pas assez long pour qu'il ait le temps de mesurer les conséquences de son mensonge.

« Comment peux-tu ignorer ce qui se passe, Bryan ? » Sa voix était anormalement calme, on sentait qu'elle s'efforçait de la contrôler. « Tout le monde est au courant ! La nouvelle est en couverture de la presse du monde entier !

– Je ne sais pas de quoi tu parles. On est passés à côté d'une médaille d'or ?

– Tu veux vraiment le savoir ? » Le ton était sec, à présent et n'attendait pas de réponse. « Hier, plusieurs athlètes israéliens ont été pris en otage dans le complexe qu'ils occupaient au village olympique. Ce sont les Palestiniens qui ont fait le coup. Le monde entier a suivi l'affaire en direct. C'était atroce et choquant, et maintenant ils sont morts. Tous les otages et tous les terroristes. » Bryan n'aurait pas pu l'interrompre même s'il l'avait voulu. Il était blême. « Tout le monde en parle, tu comprends ? Le monde entier est en deuil ! Et toi, tu n'es même pas au courant ? Que se passe-t-il ? »

Bryan essayait de reprendre pied dans la réalité. Il était sonné. C'était peut-être le moment de confier à Laureen la véritable raison de son voyage en Allemagne, et à Fribourg. Laureen l'avait pris comme il était, en bonne épouse et en amie. Sans histoire et sans suspicion. Elle savait qu'il avait été pilote, et que son avion avait été abattu en Allemagne. Mais c'était tout.

Elle ne comprendrait pas son besoin de creuser le passé, même s'il lui parlait de James. Pour elle, la vie n'allait que dans un seul sens.

Elle était comme ça.

Peut-être qu'il lui raconterait tout en rentrant.

L'instant des révélations était passé.

Il ne dit rien.

« Rappelle-moi quand tu seras redevenu toi-même », dit-elle à voix basse avant de raccrocher.

Alors qu'il traversait la voie ferrée en sens inverse par Bertoldstrasse, la lassitude et l'incapacité à se concentrer s'emparèrent de lui à nouveau. Sa brève conversation téléphonique avec Keith Welles n'avait pas fait avancer sa recherche. L'Homme-Calendrier tournait les pages de son éphéméride dans une impasse.

Les quartiers proches des ponts étaient le poumon de la ville. Bryan trouva les abords du lac pratiquement déserts, les barques amarrées au ponton. Seuls les bancs étaient occupés par des vieux, plongés dans leur journal. Un bref coup d'œil sur la première page de n'importe quel quotidien lui aurait appris qu'il s'était passé quelque chose de grave. C'était ça qu'il avait ressenti, au bureau de poste. Les gens étaient en état de choc. *16 Tote !* disaient les gros titres. *Alle Geiseln als Leichen gefunden !* L'hebdomadaire *Das Bild* avait toujours trouvé les mots pour se faire entendre. Une expression comme *Blutbad*[1] ne requérait pas de grandes connaissances linguistiques.

À la lumière de ses expériences passées, Bryan ne voyait rien de surprenant aux événements de Munich. C'était juste une preuve supplémentaire que la haine engendre la haine qui engendre la haine dans une suite prévisible d'imprévisibilité. Aujourd'hui les habitants de Fribourg portaient, à l'instar du reste du monde, un masque de tristesse.

Marchant distraitement dans un labyrinthe de nouveaux quartiers résidentiels, Bryan se retrouva sans s'en apercevoir en périphérie de la ville. Perdu dans ses pensées, sans savoir où il allait, il se réveilla soudain au beau milieu d'un trottoir. Il était enfin calmé et ses yeux fixaient un rectangle gris à ses pieds. De l'autre côté de la rue, une enseigne banale se fondait dans le décor.

Dessus, il était écrit « Pension Gisela ». Gisela. Un nom commun dans une rue comme les autres. Il se figea.

Ce nouvel angle potentiel dans son enquête le bouleversa. Pendant des années, il avait gardé jalousement dans son cœur le souvenir de Gisela Devers. Elle était la seule personne de cette époque qu'il n'avait pas essayé d'oublier.

Bryan se mit à trembler. Malgré l'infime espoir que pouvait apporter cette nouvelle piste, il décida de faire confiance à son intuition.

Gisela pouvait être la prochaine clé pour ouvrir la porte de l'oubli.

Devers était un nom assez courant. À son hôtel on lui transmit, avec une amabilité remarquable, l'annuaire télépho-

1. « Seize morts ! » « Tous les otages retrouvés à l'état de cadavres ! » « Bain de sang ».

nique de la région, et on alla même jusqu'à lui servir une tasse de thé dans la cabine téléphonique du hall. Le tas de pfennigs que Bryan avait préparé avait considérablement baissé ces deux dernières heures. La journée de travail étant terminée, il parvenait à joindre presque tous les gens qu'il appelait. La plupart ne parlaient pas l'anglais. Et aucun ne connaissait une Gisela Devers, dans le milieu de la cinquantaine.

« Peut-être qu'elle est morte, ou qu'elle n'habite plus Fribourg, peut-être qu'elle n'a pas le téléphone », le consolait le concierge, presque avec gentillesse. Même s'il avait probablement raison, Bryan n'avait que faire de sa compassion. Quelques minutes plus tard, après avoir reconstitué sa provision de pièces, une voix douce au bout du fil lui donna tort et redonna courage à Bryan qui fouilla avec fébrilité dans la petite monnaie devant lui pour que la communication ne coupe pas.

« Ma mère s'appelait Gisela Devers et elle aurait eu cinquante-sept ans, cette année », disait la jeune femme dans un anglais correct, mais hésitant.

Elle s'appelait Mariann G. Devers. À en croire son nom, elle devait être célibataire. « Que lui vouliez-vous ? Vous la connaissiez ? » La jeune femme posait la question par politesse plutôt que par curiosité.

« Vous parlez au passé. Elle est décédée ?

– Il y a plus de dix ans.

– Vous m'en voyez navré. » Bryan se tut un instant, sincèrement désolé. « Je ne vais pas vous déranger plus longtemps.

– Ma mère ne m'a jamais dit qu'elle avait des amis anglais. Où l'avez-vous connue ?

– Ici, à Fribourg. » Bryan était mortifié. Pas uniquement à cause de James, mais parce qu'il venait d'apprendre la mort de Gisela Devers. Le passé se recroquevillait sur lui-même. Il ne la reverrait jamais. Étrangement, cela l'attristait. L'image de la couture de ses bas le long de ses mollets bien galbés était encore douloureusement vive dans sa mémoire. Elle était belle, et elle l'avait embrassé avec passion dans l'antichambre de l'horreur.

« Quand ? Quand avez-vous parlé à ma mère la dernière fois ?

– Pardonnez-moi de vous demander cela, mais peut-être auriez-vous une photo à me montrer ? J'aimerais revoir son visage. Votre mère et moi avons été proches, à une époque. »

Mariann Devers était un peu plus âgée que Bryan se l'était imaginée. En tout cas, plus âgée que ne l'était sa mère quand il l'avait rencontrée. Et elle était très différente. Sans maquillage et beaucoup moins belle que l'élégante grande femme avec ses bas de soie. Mais elle avait les mêmes pommettes.

L'appartement n'était pas bien grand, et sa décoration bohème, avec ses innombrables posters aux murs, correspondait bien à la personnalité décontractée de Mariann Devers ainsi qu'à sa façon désinvolte d'assortir ses vêtements. Elle avait l'air pauvre, et en même temps elle semblait habituée à mieux. Les fleurs de Bryan lui firent plaisir.

« Vous êtes donc née pendant la guerre ? Vous deviez déjà être là quand j'ai connu votre maman.

– Je suis née en 1942.

– En 42, vraiment ?

– Et vous me dites que vous avez aussi rencontré mon père ? » Mariann réarrangea sans complexe les nombreuses écharpes qu'elle avait autour du cou et passa une main dans ses cheveux.

« C'est exact.

– Parlez-moi de lui. »

Devant le plaisir que montrait Mariann Devers à ranimer le passé, Bryan ajouta de nouveaux détails aux rares informations que la jeune femme avait sur son père. Elle ne savait pratiquement rien de lui.

« Je sais qu'il est mort pendant un bombardement. Peut-être dans ce sanatorium dont vous parlez, mais je n'en suis pas sûre. Ma mère me disait que l'endroit n'avait pas d'importance.

– Elle habitait Fribourg ? Je ne sais pas pourquoi, cela me surprend. Elle n'était pas d'ici, au départ, n'est-ce pas ?

– En effet, mais ils sont nombreux à avoir été obligés de déménager après la guerre.

– Qui “ils” et pourquoi “obligés” ? Que voulez-vous dire, mademoiselle Devers ?

– Les nazis, à cause des procès, des confiscations. La famille de ma mère a tout perdu. Vos compatriotes y ont veillé. » Ce fut dit sans amertume, mais sa remarque blessa Bryan, malgré tout.

« Comment s'est-elle débrouillée ? Elle avait une formation ?

– Les premières années, elle ne s'en sortait pas. Mais elle n'en parlait jamais. Je ne sais pas où elle habitait, ni de quoi elle vivait. Moi j'avais été recueillie par un de ses cousins à Bad Godesberg. J'avais presque sept ans quand elle est revenue me chercher.

– Elle avait trouvé du travail ?

– Non, un mari. » Le coup que Mariann frappa sur la table pour accompagner le mot « mari » avait beau être léger, il disait bien ce qu'il voulait dire. *Elle* aurait sans doute trouvé une autre solution pour se sortir de la même situation. Son sourire était acide.

« Elle s'est mariée ici, à Fribourg ?

– Oui, malheureusement ! Elle s'est mariée à Fribourg et elle y est morte, après y avoir mené une existence pitoyable, si vous voulez mon avis. Ma mère a eu une vie misérable, pleine de déceptions. Mais quand on choisit un mari pour son argent et sa position, on ne mérite pas mieux, selon moi. Sa famille est tombée dans la pauvreté après la guerre et elle ne l'a pas supporté. Son nouvel époux ne lui a pas fait de cadeaux, non plus.

– Et avec vous, il était gentil ?

– Qu'il aille se faire foutre, ce connard ! » La violence de Mariann Devers surprit Bryan. « Mais au moins, il ne m'a jamais touchée, j'aurais voulu voir ça ! Il aurait trouvé à qui parler, cette ordure ! »

L'album photo était marron, raide et usé. Il était rempli de photos de paysages au milieu desquels une jeune fille, à peine plus âgée que la fille de Bryan, posait, virevoltant, une lueur espiègle dans l'œil, tantôt cachée derrière un tronc d'arbre, tantôt couchée dans les vertes estives de Norvège. D'après ce que Gisela Devers avait dit à sa fille, ces photos avaient été prises au cours de l'été le plus heureux de son existence.

Jusqu'aux dernières pages de l'album, la jeune fille livrait à l'œil du photographe toute son insouciante jeunesse. Mariann Devers montra à Bryan une photo de son père avec une fierté non dissimulée. C'était un bel homme en uniforme au bras duquel sa mère s'accrochait avec une enviable complicité. Le cliché était ancien.

« Vous savez que vous ressemblez beaucoup à vos deux parents, mademoiselle Devers ?

– Je sais, monsieur Scott. Et je sais aussi que je dois me lever tôt demain matin. Je ne voudrais pas me montrer grossière, mais je pense que vous avez vu ce que vous souhaitiez voir, non ?

– Pardonnez-moi, mademoiselle. Je suis navré de vous avoir empêchée d'aller vous coucher. En effet, je crois avoir vu ce que je voulais voir. Quoique. Vous n'auriez pas une photo plus récente de votre mère ? Je ne voudrais pas repartir sans vous avoir au moins posé la question. On ne peut pas s'empêcher d'imaginer, vous comprenez ? »

Elle haussa les épaules et s'agenouilla devant son lit bateau. Si Bryan ne s'en était pas déjà rendu compte, le panier en osier qu'elle extirpa de sa cachette lui prouva que Mariann Devers privilégiait d'autres occupations que le ménage. Elle plongea les deux mains dans le fouillis de photos jetées pêle-mêle, et les étala sur le sol, offrant à l'étranger qu'il était un pèlerinage à travers ce qui devait correspondre aux dix dernières années de sa vie. Autres coiffures, autres styles vestimentaires. Des changements fréquents et des métamorphoses radicales.

« La voici », dit-elle simplement, en lui tendant le portrait d'une femme fanée. Une Madame Tout-le-monde. Mariann Devers regardait le cliché par-dessus son épaule. Elle ne devait pas avoir contemplé cette photo depuis plusieurs années. L'occasion ne devait pas s'être présentée. Le visage de Gisela Devers était très proche de l'objectif. Ses traits étaient flous, la photo avait été prise sur le vif, dans un moment de joie. Les mains en porte-voix, elle disait quelque chose au photographe. Tout le monde autour d'elle souriait, à part une petite fille, allongée dans l'herbe parmi les adultes, qui regardait sa mère de dos. Mariann Devers avait été une très jolie petite fille. Au-dessus d'elle trônait un homme, les bras croisés. Il était le seul à ne pas regarder la scène. Il semblait ne pas du tout s'intéresser aux autres. Visiblement, il se fichait aussi de la petite fille qu'il bloquait entre ses pieds. Il était bel homme et sa façon de se tenir était celle de quelqu'un qui a réussi dans la vie. Des rayures sur son visage empêchaient Bryan de s'en faire une idée précise, mais il eut malgré tout un sentiment de malaise. Pas parce que la petite fille devenue grande s'était vengée de son beau-père en essayant de l'effacer de la photo de famille avec ses ongles. Ce qui le gênait était d'un autre ordre. Une impression de déjà-vu.

Mariann Devers s'excusa de ne pas avoir une meilleure photo à lui montrer. C'était tout ce qu'elle avait réussi à arracher au mari de sa mère quand celle-ci avait enfin trouvé la paix.

« Votre beau-père était un notable de cette ville, n'est-ce pas ? » Elle acquiesça, sans commentaire. « Vous n'avez pas quelque part des photos officielles, prises lors de différentes manifestations locales ? J'arrive à peine à reconnaître votre mère sur cette photographie.

– Lui, vous le trouverez sur des tas de photos officielles. Mais pas ma mère. Il avait honte d'elle, vous comprenez ? Elle buvait. » Mariann Devers s'assit à côté de Bryan sur le bras du fauteuil et pinça les lèvres. Son pull-over avait des trous sous les bras. Bryan sentit à nouveau le malaise l'étreindre. Il y avait quelque chose de glauque dans l'atmosphère. Quelque chose qui émanait de cette photo.

Il avait mauvaise conscience de s'être imposé, aussi. Son hôtesse se redressa et tira sur son gilet. « Est-ce que vous étiez amoureux de ma mère ? demanda-t-elle soudain.

– Peut-être. » La jeune femme se mordilla la lèvre. Bryan dut se reposer mentalement la question. « Je ne sais pas, reprit-il au bout d'un long moment. Votre père était très malade. Il était difficile d'analyser ses sentiments dans les circonstances particulières dans lesquelles nous nous trouvions tous. Mais elle était très belle. J'aurais pu tomber amoureux d'elle. Peut-être l'étais-je, en effet.

– De quelles circonstances particulières parlons-nous ? Mariann Devers le regardait dans les yeux.

– C'est assez difficile à expliquer, mais disons qu'elles l'étaient parce que je suis anglais, que je me trouvais dans ce pays et que nous étions en guerre.

– J'imagine assez mal que ma mère ait pu vous accorder un seul regard. » Elle rit. L'absurdité de la chose venait de lui apparaître. « Je ne connais pas de nazie plus convaincue que ma mère. Elle était fascinée par tout ce folklore. Je ne crois pas qu'il se soit passé un jour où elle n'ait pas rêvé du IIIe Reich. Les uniformes, les défilés au pas de l'oie, les parades. Elle adorait ça. Vous étiez britannique. Comment aurait-elle pu s'intéresser à vous ? C'est très étrange.

– Votre mère ignorait que j'étais anglais. J'étais interné dans cet hôpital sous une fausse identité.

– Vous étiez un espion, peut-être ? Vous êtes tombé du ciel, habillé en Père Noël, c'est ça ? » Elle rit à nouveau. « Écoutez, puisque vous semblez tellement y tenir, je crois que j'ai une autre photo d'elle. Elle date du jour de mon diplôme de fin d'études. Ma mère est en arrière-plan, mais on la voit mieux que sur celle-ci. »

Cette fois, elle dut retourner le panier. La photo était encadrée, mais le verre cassé. Il en restait des morceaux dans le cadre et plusieurs tombèrent du fond du panier. La Mariann Devers de la photo était différente de celle qui se trouvait dans cette pièce. Elle avait les cheveux lisses et, à la place du pantalon à pattes d'éléphant, elle portait une robe blanche ample qui gommait ses formes. Elle était la vedette de la journée et elle rayonnait de fierté.

Sa mère la regardait sans affection. C'était visiblement une femme brisée. Les années ne l'avaient pas épargnée, même photographiée à distance.

Bryan eut un véritable choc. Pas à cause des marques impitoyables du temps, ni à cause de la souffrance et de la déception qu'on lisait dans le regard de cette femme, mais à cause de l'homme qui se tenait derrière elle, les mains lourdement posées sur ses épaules. L'homme que Mariann Devers avait essayé d'effacer sur la première photographie.

« C'était lui, son mari ? » Mariann Devers remarqua que la main de Bryan tremblait en montrant le centre du cliché.

« Oui, son mari et son bourreau. On le lit sur son visage, n'est-ce pas ? Qu'elle était malheureuse.

– Et il vit toujours ?

– Qui, son mari ? Oui, il vit toujours. Celui qui arrivera à nous en débarrasser n'est pas encore né. Il va très bien, merci. Un homme connu et respecté dans la communauté. Remarié. De l'argent à la banque. Plein aux as, bordel ! »

Bryan ressentit une forte douleur dans la poitrine. Il déglutit une fois ou deux. Oublia de respirer. « Puis-je vous demander un verre d'eau, mademoiselle Devers ?

– Vous ne vous sentez pas bien ?

– Si, si, tout à fait bien. »

Bryan était encore très pâle, mais il déclina l'invitation de Mariann qui lui proposait de rester encore un peu. Il avait besoin de prendre l'air.

« Votre beau-père, mademoiselle Devers… » Elle était en train de l'aider à remettre son pardessus, mais s'arrêta.

« J'aimerais que vous cessiez de l'appeler ainsi.

– Il a pris le nom de sa femme, ou bien c'est vous qui avez gardé le nom de jeune fille de votre mère ?

– Vous plaisantez ! Ma mère a gardé son nom et lui le sien. Il s'appelle comme il s'est toujours appelé. Hans Schmidt. Original, n'est-ce pas ? Herr Direktor Hans Schmidt comme il aime s'entendre appeler. »

Pas très original, en effet. Bryan était surpris qu'un homme comme lui ait choisi un pseudonyme aussi commun. Mariann Devers fut étonnée qu'il lui demande l'adresse de Hans Schmidt, mais elle la lui donna.

La maison n'était pas grande, mais d'un standing évident aux yeux d'un connaisseur. Aucun détail n'avait été négligé, même si les choses avaient été faites sans ostentation. La demeure du dénommé Hans Schmidt était un discret chef-d'œuvre architectural. Le choix des matériaux témoignait d'un goût sûr, révélait un sens de la qualité et des moyens. Le petit palais se cachait dans une rue sans prétention. Une petite plaque en laiton renseignait les passants sur le nom de son propriétaire. « Hans Schmidt ». Menteur ! murmura Bryan, avec une furieuse envie d'effacer la gravure. En pensant que l'homme dont la vie entière était résumée dans cette plaque mensongère lui avait volé son amour de jeunesse, la ravissante Gisela Devers, et qu'il avait détruit sa vie, un frisson de haine le parcourut.

Il y avait de la lumière au premier étage, dans l'aile sud de la maison. Une ombre passa derrière un rideau, si fugitive qu'il aurait pu s'agir d'un courant d'air. Mais c'était bien la silhouette du bourreau de Gisela Devers. Celle d'un fantôme du passé, d'un homme dont l'existence même défiait la raison. L'ordure dissimulée derrière l'identité de Hans Schmidt n'était autre que l'Obersturmbannführer Wilfried Kröner, alias le Grêlé.

Le lendemain matin, l'activité dans le quartier ne tarda pas à se calmer. Depuis les premières lueurs de l'aube, Bryan observait le ballet des hommes d'affaires marchant vers leur Mercedes et leur BMW. Le spectacle n'avait rien de nouveau pour lui. Seules différences par rapport à ce dont il avait l'habitude : les marques des voitures et les épouses. Comme chez lui, les femmes sortaient sur le perron pour souhaiter une bonne journée à leur mari, mais à Canterbury une femme de la haute société aurait préféré voir fermer son compte en banque plutôt que de s'afficher en public dans la tenue dans laquelle se montraient les femmes de Fribourg. Laureen n'aurait jamais passé le pas de sa porte autrement qu'apprêtée jusqu'au moindre détail. Ici, le spectacle était le même sur chaque paillasson. Quels que soient la taille de la maison et le prix du costume du mari, sa femme venait l'embrasser sur le trottoir, en robe de chambre et bigoudis.

Devant la maison de Kröner, il ne se passait rien.

Bryan se disait qu'il avait eu tort de ne pas prendre certaines précautions. Il aurait peut-être dû emporter un revolver. L'idée d'une confrontation avec le plus implacable de ses bourreaux faisait remonter en lui toute la colère du passé. Il se souvenait de chacune des agressions de Kröner comme si elles dataient d'hier. Le masque grimaçant de la vengeance lui susurrait à l'oreille des mots oubliés comme « arme » et « violence ». Et en même temps, d'autres images lui revenaient à l'esprit. Le visage de James, les jours heureux, un regain d'espoir qui l'incitait à la prudence.

Quand il se produisit enfin quelque chose sous l'ombre des marquises, il était dix heures du matin. Une femme d'un certain âge ouvrit la porte et vint secouer un plaid dans l'allée.

Bryan sortit de sa cachette et se dirigea vers elle.

Elle sembla effrayée quand il s'adressa à elle en anglais. Elle secoua la tête et fit mine de retourner à l'intérieur. Bryan ouvrit son manteau et s'éventa le visage de la main en souriant. Le soleil chauffait déjà trop fort pour garder un pardessus.

Elle hocha la tête, un peu plus aimable. Elle comprenait et compatissait. « *I speak not english, leider nicht.* »

« Herr Schmidt ? » s'enquit Bryan en regardant vers la maison.

La femme secoua la tête de nouveau. Puis, tout à coup, un flot de paroles se déversa de sa bouche dans un mélange d'allemand et d'anglais approximatif. Bryan comprit que ses patrons n'étaient pas là, ni elle ni lui. Mais qu'ils allaient rentrer. Bientôt. Peut-être aujourd'hui.

33

Ce matin-là, Bridget avait été insupportable. « Tu es en préménopause, ma chère », lui avait dit Laureen, pour essayer d'éclairer sa belle-sœur de la manière la plus diplomatique possible.

Elle avait ses propres soucis.

Ces derniers jours à Canterbury sans Bryan avaient été difficiles. Son absence ne changeait pas grand-chose à sa vie, pour être honnête. La maison était son domaine et elle ne lui coûtait pas beaucoup d'efforts. Mais à cause de la présence de Bridget, elle aurait aimé qu'il soit là, avec elle. Il suffisait à Bryan de regarder sa belle-sœur dans les yeux pour qu'elle se tienne à carreau. Sans ce garde-fou, l'épouse de son frère aîné était absolument insupportable. Par exemple, quand Bridget était en visite, Laureen ne sortait que la vaisselle de tous les jours.

« Allons, calme-toi. » En général, elle n'avait pas le temps de placer un mot de plus avant que sa belle-sœur fonde en larmes, qu'elle se mette à transpirer abondamment, que son visage commence à gonfler et qu'elle soit prise de logorrhée. Laureen avait du mal à ne pas se sentir affectée par ses lamentations devant l'infidélité de son époux et ses jérémiades sur les changements de son corps.

« Tu verras, disait Bridget sans préciser si elle parlait de la première fatalité ou de la seconde, ton tour viendra ! »

Laureen avait hoché la tête sans se compromettre.

Bryan et Laureen n'étaient pas un couple très passionné, ils le savaient tous les deux. Le besoin de changement leur était étranger.

Cependant, son intuition lui disait qu'il se passait quelque chose d'anormal.

L'expérience avait enseigné à Laureen que la première étape de toute entreprise commerciale était de rassembler des informations sur le marché, la concurrence, le coût financier et les besoins du client. C'était vrai aussi pour leurs affaires privées.

Il lui semblait être assez au fait de leurs besoins. Pour le reste, elle allait devoir aller à la pêche.

Quand Laureen la salua d'un bref et autoritaire hochement de tête avant de se diriger droit sur le bureau de Ken Fowles, la secrétaire de Bryan la regarda passer, bouche bée. Il n'était encore jamais arrivé que Mrs Scott se présente au bureau de Lambeth en l'absence de son mari.

« En l'état, je ne vois pas ce que Mr Scott serait allé faire à Fribourg, madame Scott. » Ken Fowles la regarda attentivement. « Qu'est-ce qui vous fait croire qu'il est là-bas ? Je l'ai eu au téléphone lundi et je peux vous assurer qu'il était encore à Munich.

– Et depuis ? Quand lui avez-vous parlé pour la dernière fois, Ken ?

– Lundi. Je n'ai pas eu de raison de le déranger depuis.

– Et puis-je savoir qui sont nos collaborateurs en Allemagne ? » La question intrigua Ken Fowles. Il ne comprenait ni son intérêt pour le sujet, ni ce ton auquel elle ne l'avait pas habitué.

« À ce jour, nous n'en avons pas. Pas encore, en tout cas. Nous n'avons commencé à envisager la commercialisation de notre nouveau médicament contre l'ulcère à l'estomac que depuis quelques semaines. Nous venons d'engager il y a deux jours un homme qui sera responsable du développement de notre réseau en Europe du Nord.

– Et qui est l'heureux candidat ?

– Peter Manner, chez Heinz W. Binken & Breumann. Mais la société ne s'est pas encore établie en Allemagne.

– Et pourquoi ?

– Eh bien parce que Binken & Breumann est une société basée au Liechtenstein, que Peter Manner est aussi anglais que vous et moi et qu'il se trouve actuellement à Portsmouth. »

« J'ai promis d'aider Bryan avec une bricole, Lizzie », annonça Laureen en passant de nouveau devant Mrs Shuster, sans s'arrêter. L'immense bureau de Bryan sentait le renfermé. Sa table était aussi l'endroit où il archivait son travail. Chaque pile de documents correspondait à un succès. Certaines piles représentaient le fruit d'une vie de recherches sur le point d'être révélées. C'était le centre de tri des meilleures équipes de chercheurs et de laborantins du pays. Dans une position inconfortable, penchée au-dessus du bord tranchant de son bureau, Mrs Shuster la surveillait, la mine réprobatrice.

Tous les tiroirs étaient fermés à clé. Laureen n'en avait cure. Aucun des tas ne mentionnait la ville de Fribourg, ni l'Allemagne d'ailleurs. Les tableaux sur les murs, les meubles cossus, tout dans cette pièce respirait le conservatisme tranquille de Bryan. Il n'y avait même pas un calendrier pour venir troubler le raffinement de la pièce. Quelques rares portraits, tous vieux de plus de deux siècles, ornaient les murs. Des lampes en laiton les éclairaient, et c'était tout. Pas de tableau d'affichage, pas de planning de réunions, pas de chevalet de conférence couvert de notes. Un seul minuscule objet avait été autorisé à rompre le caractère directorial, efficace et un peu vieux jeu du décor, un pique-notes du genre de ceux sur lesquels on rassemble les factures impayées.

Laureen savait que Bryan s'en servait de banque à idées. Une pensée fugitive, une proposition de génie d'un collaborateur, une vision, et l'idée était consignée d'une écriture soignée avant d'être embrochée sur cette petite pique. D'après ce qu'elle put constater, pour l'instant, elle ne présentait que peu d'éléments porteurs de projets pour l'avenir. Cinq notes seulement y étaient fichées, mais celle du dessous retint son attention. « Keith Welles ! Verser 2 000 livres à Commerzbank, Hambourg », avait griffonné Bryan. Laureen observa la note un instant avant de retourner à l'accueil, d'un pas décidé.

« Dites-moi, Lizzie, pourriez-vous m'expliquer ce que c'est que ceci ? » Elle posa le petit bout de papier sous le nez de la secrétaire qui plissa les yeux pour l'examiner.

« Il semble que ce soit l'écriture de Mr Scott.

– Oui, ça, je suis capable de m'en rendre compte sans votre aide, Lizzie. Mais qu'est-ce que cela signifie ?

– Cela signifie qu'il a versé la somme de deux mille livres à un dénommé Keith Welles, je suppose.

– Qui est Keith Welles, Lizzie ?

– Je crois que Mr Fowles serait plus apte à répondre à cette question, Mrs Scott, mais il vient de partir.

– Alors vous allez devoir faire votre possible, ma chère Lizzie, pour me dire ce que vous savez.

– Je crois que c'est un homme tout à fait ordinaire. Si je me souviens bien, c'était l'un des derniers candidats que Mr Scott et Mr Fowles ont reçus il y a environ un mois. Je vais le vérifier dans l'agenda de Mr Scott, si vous avez une minute. »

Mrs Shuster avait la fâcheuse manie de fredonner lorsqu'on lui confiait une tâche. Laureen ne comprenait pas que Bryan puisse supporter cela. Mais il prétendait qu'il ne s'en rendait plus compte. Ce qui, songeait Laureen, était particulièrement surprenant étant donné le manque de sens musical de la pauvre femme. Heureusement qu'elle avait d'autres qualités.

« Voilà, j'ai trouvé. Semaine 33. Mr Welles était effectivement le dernier candidat de la liste.

– En quoi consistait le recrutement ?

– À trouver de nouveaux agents commerciaux pour le médicament contre l'ulcère. Mais Keith Welles n'a pas été engagé.

– Pourquoi lui a-t-on versé deux mille livres, alors ?

– Je ne sais pas. Pour couvrir ses frais de déplacement, peut-être ? Il a pris l'avion depuis l'Allemagne pour venir à l'entretien et passé une nuit à l'hôtel. » Lizzie Shuster n'avait pas l'habitude de devoir subir des interrogatoires. Elle perdait ses moyens dès qu'on la bombardait de questions. Depuis sept ans qu'elle faisait partie de l'entreprise, elle ne s'était jamais très bien entendue avec Laureen. Pendant leurs échanges téléphoniques quotidiens de quelques secondes, avant que Lizzie lui passe son mari, des stalactites avaient le temps de se former sur la ligne. Jusqu'à aujourd'hui, Laureen ne s'était jamais fendue du moindre sourire. Quand il survint enfin, il était trop large pour être honnête.

« Soyez gentille de me communiquer le numéro de Keith Welles, vous voulez bien ?

– Le numéro de Keith Welles ? Je ne suis pas sûre… Je devrais pouvoir le trouver. Mais est-ce qu'il ne serait pas plus logique que vous appeliez votre mari à Munich pour le lui demander ? »

Laureen sourit de nouveau, mais ses yeux lançaient des poignards que la secrétaire interpréta à juste titre comme : « Dois-je vous rappeler que je suis la femme du patron ? » Même Ken Fowles filait doux quand Laureen avait ce regard-là.

Laureen quitta le bureau sans se retourner, en pliant le papier avec le numéro. Mrs Shuster dut se passer de remerciements.

La fille de Keith Welles parlait mieux l'anglais que la femme au ton las qui avait décroché. Non, son père n'était pas là. Il était à Munich, à moins qu'il n'y soit déjà plus, quoi qu'il en soit, elle pensait qu'il devait être sur le départ. Il valait mieux vérifier. Bien que les cliquetis dans le combiné lui indiquent que la communication allait être coûteuse, Laureen attendit patiemment que la jeune fille revienne avec le numéro de l'hôtel où son père était descendu.

Deux minutes plus tard, elle posait la même question au réceptionniste de l'hôtel. Non, il était désolé. Mr Welles venait justement de partir. Il voyait le taxi s'en aller en ce moment même.

« Peut-être pourriez-vous me rendre un petit service, dit Laureen très lentement. Je voulais demander à Mr Welles le numéro de mon mari, à Fribourg. Je pense qu'il a dû l'appeler plusieurs fois de votre établissement. Mon mari s'appelle Bryan Underwood Scott. Est-ce que vous n'auriez pas une liste des appels passés de chez vous ?

– Malheureusement, madame, nos clients ont une ligne directe dans leur chambre. Nous ne contrôlons pas ce genre de choses. Mais je peux poser la question à notre barman. Je sais que Mr Welles s'est entretenu plusieurs fois avec lui durant son séjour. Ils sont canadiens tous les deux, vous comprenez ? Ne quittez pas. »

Laureen entendit un bourdonnement de voix sourdes. À plusieurs reprises, la conversation fut interrompue par des bruits de vaisselle et de brèves commandes. De nouveaux clients devaient être arrivés. Pendant deux minutes, il n'y eut plus d'autre bruit que celui du cliquetis du compteur de la compagnie de téléphone. Bridget, son manteau sur le bras, montrait sa montre-bracelet, impatiente. Le taxi klaxonnait dans la rue.

Laureen chassa sa belle-sœur d'un geste, l'autre main crispée sur le combiné. Elle avait le regard fixe, concentré. « Merci beaucoup. C'est très gentil à vous », dit-elle au bout d'un moment, avec un sourire.

Quelques heures plus tard, un autre chauffeur de taxi déposait leurs bagages devant l'hôtel Colombi, sur la place Rotteckring, dans un quartier huppé de Fribourg. Bridget regarda avec admiration la façade blanche et les baies vitrées immaculées, puis se tourna lentement vers le parc, de l'autre côté. Leur périple depuis l'arrivée à l'aéroport international Bâle-Mulhouse-Fribourg, où elles avaient dû prendre un autobus pour la gare centrale de Fribourg avant qu'on puisse enfin leur confirmer leur réservation, était déjà oublié. Elle se pencha sur l'une des nombreuses jardinières blanches qui décoraient la terrasse de l'hôtel, passa le doigt sur la tranche du bac de devant et inspecta son doigt, comme l'aurait fait n'importe quelle Galloise de bonne famille.

« Tu crois qu'il y a des mines de charbon dans cette ville, Laureen ? » s'exclama-t-elle.

34

À chaque respiration, Bryan sentait couler en lui une colère sourde, accumulée depuis des années et jamais exprimée. Lorsqu'une nouvelle voiture tournait dans la rue, il devait réprimer l'envie de se jeter comme une bête sauvage sur les gens qui en sortaient. Mais les passagers n'étaient jamais ceux qu'il attendait. Il jetait régulièrement un coup d'œil sur les fenêtres de la maison de Kröner pour s'assurer que la domestique ne s'était pas aperçue qu'il attendait toujours, sur le trottoir d'en face.

La maison semblait complètement endormie.

L'amertume que ressentait Bryan à découvrir que Kröner avait vécu une existence heureuse et confortable, toutes ces années, faisait naître dans son esprit des pensées folles. Je vais le ruiner, songeait-il. Je vais lui enlever tout ce qu'il a : sa maison, sa femme, sa domestique et sa fausse identité. Je vais le harceler jusqu'à ce qu'il me supplie à genoux de le laisser tranquille ! Il va payer pour ses crimes. Il va regretter de ne pas pouvoir revenir en arrière.

Mais d'abord, il va me dire ce qui est arrivé à James !

La voiture aux vitres teintées arriva sans bruit. Tout à coup, elle était stationnée dans l'allée devant la maison. Trois hommes en sortirent, riant et discutant en remontant leur pantalon et en rajustant leur veste. Bryan ne vit pas leurs visages avant qu'ils entrent, mais il entendit la voix de Kröner. Distinguée, grave, douce et chaleureuse, comme elle l'avait toujours été. Une voix virile, autoritaire, et terriblement reconnaissable.

Bryan s'accorda encore deux heures. Si Kröner n'était pas ressorti d'ici là, il irait sonner.

Ce ne fut pas nécessaire.

Une deuxième voiture vint se garer derrière la première. Un peu moins grande que celle de Kröner. Avec une légère hésitation, un visage se montra dans l'ouverture de la portière arrière. Le petit garçon avait des cheveux presque blancs. Ses jambes sortirent de la voiture et il foula avec précaution les graviers de l'allée. Une jeune femme toute menue encombrée de sacs de courses lui emboîta le pas. Le garçon rit quand sa maman le poussa du genou. Son rire résonna loin dans la silencieuse rue résidentielle.

Quelques minutes plus tard, les hommes repartirent, prenant gaiement congé de la jeune femme qui les avait raccompagnés à la porte, tenant son fils par la main.

Kröner sortit le dernier. Il souleva l'enfant et l'attira vers lui. Le petit resta assis sur le bras de Kröner un moment, son visage enfoui dans le cou de son père comme un bébé chimpanzé. Cet échange de tendresse coupa le souffle à Bryan. Kröner donna à la jeune femme un baiser qui n'avait rien de paternel et il mit son chapeau.

Avant que Bryan ait eu le temps d'analyser les implications de la scène à laquelle il venait d'assister, tous les hommes partirent dans l'Audi de Kröner. Tout s'était passé si vite que Bryan n'eut pas le temps de décider de ce qu'il allait faire. Sa longue attente l'avait engourdi. L'Audi avait atteint le bout de la rue quand Bryan monta à son tour dans sa Jaguar.

Et c'était déjà trop tard.

Dès le premier feu rouge, il les perdit de vue. Un passant le menaça longuement du poing après être arrivé sain et sauf sur le trottoir et une nuée de pigeons s'envola affolée, alors qu'il faisait hurler ses pneus au démarrage dès que le feu fut à nouveau passé au vert. La circulation était dense presque partout, la semaine touchait à sa fin. Les gens se préparaient à partir en week-end.

Il roula un moment au hasard et, au bout d'une demi-heure, il retomba miraculeusement sur l'Audi.

En stationnement.

La rue faisait à peine cinq mètres de large. Kröner et l'un des hommes bavardaient tranquillement sur le trottoir à côté de la voiture.

Plusieurs passants sourirent à Kröner et, chaque fois, il levait son chapeau et hochait imperceptiblement la tête. Manifestement, il était un homme connu et respecté.

Son compagnon était le prototype de ces individus propres sur eux qui atterrissent en général à un poste élevé dans la fonction publique. Il était plus bel homme que Kröner, et pourtant c'était ce dernier qui attirait l'attention, malgré son visage grêlé et son sourire trop aimable. Cela tenait à sa vitalité naturelle et il le savait. À l'hôpital, Bryan n'avait jamais pu lui donner un âge. C'était plus facile, maintenant. Il avait près de soixante ans, mais n'en faisait pas plus de cinquante.

Il avait encore de belles années devant lui.

Soudain, trop soudainement pour que Bryan baisse les yeux, Kröner leva la tête, regardant dans sa direction. Il se mit à applaudir puis posa une main sur l'épaule de son compagnon. En désignant Bryan de l'autre, il lui dit quelques mots. Bryan recula dans son siège de manière que son visage soit caché par le montant de la vitre.

C'était la Jaguar de Bryan qui avait tapé dans l'œil de Kröner. Il lui fit signe qu'il allait venir la voir, dès qu'il y aurait une petite trouée dans le trafic. Bryan regarda fébrilement derrière lui. Aussitôt que le flot de voitures diminua, il s'engagea sur la chaussée et accéléra, sous leur nez. Dans le rétroviseur, il vit les deux hommes secouer la tête, médusés, debout au milieu de la chaussée.

Il repéra la Volkswagen à son retour à Bertoldstrasse. Sa carrosserie avait visiblement arboré toutes les couleurs de l'arc-en-ciel avant de devenir noir corbeau. On pouvait encore deviner les anciens motifs psychédéliques par transparence. La peinture avait été faite à la va-vite avec une finition mate.

L'affiche dans la lunette arrière était bien lisible. Un prix suivi d'un numéro de téléphone long comme un jour sans pain. La voiture était garée devant un petit bâtiment jaunâtre au toit plat. Une énorme pancarte tape-à-l'œil occupait la presque totalité d'un mur. Des briques de verre faisaient office de fenêtres sous les panneaux publicitaires pour Lasser Bier et Bitburger Pils. L'authentique et monstrueux débit de bière devait être l'un des tout derniers vestiges d'une époque antérieure à l'incontournable progrès architectural baptisé *harmonisation du paysage urbain*.

Le local était étonnamment clair et le propriétaire de la voiture facilement reconnaissable. Parmi les ivrognes discrets et les piliers de bar à gros ventre et mines réjouies, le hippie faisait tache. Il fut le seul à remarquer l'entrée de Bryan dans l'établissement. Bryan fit un salut de la tête en direction du gilet en macramé et du T-shirt moulant. Avant que les négociations soient terminées, le type avait eu le temps de jeter sa longue tignasse au moins dix fois de suite derrière ses épaules. Bryan avait d'ores et déjà accepté son prix excessif, mais le hippie tenait apparemment à cette négociation stérile. Quand il jugea qu'elle avait assez duré, Bryan jeta l'argent sur la table et il lui demanda les papiers du véhicule. Il se chargerait des formalités plus tard. En admettant qu'il garde la voiture. Et s'il ne la gardait pas, il la laisserait en stationnement à l'endroit où il l'avait prise, la clé sur le contact. Il rangerait dans la boîte à gants les papiers et le contrat de cession qu'ils venaient de griffonner à la hâte. L'ancien propriétaire n'aurait plus qu'à la récupérer et à la vendre une deuxième fois, si bon lui semblait.

Ainsi Bryan put garer sa nouvelle acquisition, plus anonyme que son précédent véhicule, en face du domicile de Wilfried Kröner. Il arriva à treize heures précises, heure à laquelle les habitants du quartier devaient être en train de profiter de la pause déjeuner qu'ils avaient le temps de s'accorder. Cette fois, son ennemi sortit de la villa au bout de cinq minutes, l'air sombre et concentré. Le deuxième acte de sa journée de travail avait déjà commencé.

Pendant les heures qui suivirent, Bryan put se faire une idée de la vie bien remplie de Hans Schmidt et de ses nombreuses activités. Il s'arrêta six fois, à différentes adresses. Toutes situées dans les quartiers chics de la ville. Plusieurs de ces visites durèrent moins de dix minutes. Chaque fois qu'il sortait de l'un de ses rendez-vous, il avait un tas de courrier à la main. Bryan n'était pas dépaysé. Lui aussi dirigeait de nombreuses sociétés.

Kröner se déplaçait avec l'aisance de l'habitude. Il alla faire des courses dans une grande surface, passa à la banque et au bureau de poste et, plusieurs fois, il stoppa sa voiture et baissa sa vitre pour échanger quelques mots avec un passant.

Il connaissait manifestement tout le monde à Fribourg, et tout le monde le connaissait.

Dans un quartier un peu excentré, le Grêlé s'arrêta devant une grande bâtisse aux murs couverts de vigne vierge. Il rajusta ses vêtements avant de s'engager dans l'allée d'un pas lent, suggérant que cette visite était d'un autre caractère que les précédentes. Malgré les protestations véhémentes de la coccinelle, Bryan passa la marche arrière et recula jusqu'aux piliers qui encadraient le grand portail.

La plaque en émail craquelé avec ses lettres anguleuses, à demi effacées par le temps et les intempéries, était presque illisible.

Résidence médicalisée Sainte-Ursule
district de Fribourg-en-Brisgau

Des pensées chaotiques agitaient Bryan tandis qu'il attendait le Grêlé devant ce mausolée au faste décadent.

Plusieurs raisons pouvaient amener Kröner dans une résidence de ce genre. Il pouvait y avoir de la famille. Ou alors, il était souffrant, bien qu'il n'en ait pas l'air. Sa visite était peut-être liée à ses activités de politique locale. Ou bien il y avait une tout autre raison à sa présence ici.

Bryan n'osait pas aller au bout de sa pensée. Sur le trottoir opposé, deux buis taillés, plantés dans des pots en terre cuite, encadraient une porte ouvragée. Bryan entra dans un lieu qui tenait à la fois du pub et du restaurant raffiné. La vue sur la clinique d'en face était bonne, hormis depuis la cabine téléphonique.

Le premier appel que passa Bryan le laissa perplexe. Même si Laureen ne répondait pas au téléphone, il aurait normalement dû tomber sur la gouvernante, Mrs Armstrong, à qui il aurait pu laisser un message. Et si Laureen s'était absentée, pourquoi n'avait-elle pas branché le répondeur automatique ?

C'était elle qui avait voulu qu'ils achètent cette merveille de technologie qu'elle avait posée de manière fort irrévérencieuse sur une antiquité qui lui venait d'un héritage et qu'elle appelait : « le morceau de noyer le plus précieux jamais vu sur le sol britannique ». Après avoir commis un tel sacrilège, elle pourrait au moins utiliser ce foutu appareil ! Enfin…, se dit-il, philosophe, en recomposant le numéro. Laureen pouvait se montrer véhémente quand il leur arrivait, rarement, de ne pas être sur la même longueur d'onde. Elle était peut-être retournée à Cardiff avec Bridget.

Il eut plus de succès avec l'appel suivant. Keith Welles était à son poste, comme convenu, attendant patiemment le coup de fil de Bryan.

« Je ne sais pas si c'est très important, dit-il sans passion, en guise d'entrée en matière, mais il s'avère qu'il y a effectivement un Gerhart Peuckert dans une maison de retraite à Haguenau.

– Nom de Dieu, Keith ! C'est où Haguenau ? » Bryan pianotait nerveusement sur l'étagère de la cabine. Un client de l'auberge était arrivé subrepticement et le fixait avec impatience. Bryan se tourna vers lui et secoua la tête. Il n'avait pas l'intention de lui céder la place pour l'instant.

« C'est justement là le problème, poursuivit Welles avec un peu de réticence. Haguenau n'est qu'à trente ou quarante kilomètres de Baden-Baden, où je suis en ce moment, mais…

– Eh bien, allez-y !

– C'est que, voyez-vous, Haguenau se trouve en France.

– En France ? » Bryan cherchait en vain une explication logique à cette information.

« Vous avez parlé au directeur ?

– Non. C'est vendredi. En France, il n'y a plus personne dans les bureaux à cette heure-ci.

– Alors allez-y. Mais avant, je voudrais que vous me rendiez un service.

– Bien sûr. Si c'est dans mes cordes. Après tout, on n'est que vendredi après-midi.

– Je voudrais que vous appeliez la résidence Sainte-Ursule, à Fribourg.

– Je les ai déjà appelés il y a plusieurs semaines. C'est l'une des premières cliniques privées que j'ai contactées.

– Oui. Et sans résultat, je suppose. Mais j'ai besoin d'une excuse pour m'y présenter. J'ai vu l'un des hommes que nous cherchons y entrer, il y a quelques minutes.

– C'est vrai ? Qui ça ?

– Kröner. Celui que j'appelle le Grêlé.

– Wilfried Kröner ! C'est incroyable ! » Keith Welles se tut quelques instants. « Excusez-moi de vous demander cela, mais... est-ce que cela vous ennuie si j'arrête mes recherches dès lundi ? J'aimerais voir un peu ma famille avant de commencer à travailler à Bonn.

– Raison de plus pour nous dépêcher, Keith. J'ai l'impression qu'on tient quelque chose. Appelez Sainte-Ursule, je vous prie. Tout de suite. Dites-leur que vous avez un représentant de passage en ville et que vous aimeriez le leur envoyer. Vous pouvez ajouter qu'il ne vient pas les mains vides et que sa visite peut être d'un intérêt majeur pour eux. »

Bryan lui dicta le numéro de téléphone de la clinique ainsi que celui de la cabine et il coupa la communication sans raccrocher le combiné. Une file d'attente commençait à se former devant la cabine. L'homme qui jusque-là s'était montré remarquablement courtois lui envoya un regard assassin quand le téléphone sonna, moins de deux minutes plus tard. Keith Welles était désolé. La clinique refusait de recevoir un représentant sans avoir été prévenue plusieurs jours à l'avance.

De surcroît, elle ne prenait jamais ce genre de rendez-vous le week-end. Le personnel administratif des hôpitaux avait aussi le droit d'avoir des congés de temps à autre, avait fait remarquer la directrice.

Elle s'était montrée intraitable.

Normalement, Bryan n'aurait reculé devant aucune ruse pour passer outre. Mais tant que l'enquête qu'il menait avec Keith Welles n'avait pas abouti, il préférait ne pas se faire remarquer. Il ressentait encore dans son corps l'onde de choc des quelques pas qu'avait faits Kröner vers la Jaguar, un peu plus tôt. Il n'avait pas envie de se trouver trop près de son ancien bourreau. Pas encore.

Les habitués du pub s'étaient déjà mis en week-end. Ils semblaient appartenir à un milieu aisé et venaient de sortir de leurs bureaux. À travers les petites vitres fumées, il avait pu surveiller l'entrée de la clinique sans se faire remarquer. Kröner n'était pas ressorti. Moins d'une heure après sa conversation avec Keith Welles, Bryan alla rappeler la clinique. Il s'était calé tout au fond de la cabine téléphonique, avait couvert partiellement le micro et pris une longue inspiration. Il eut du mal à masquer le bruit autour de lui. Quand il se présenta en anglais, la directrice monta aussitôt sur ses grands chevaux. Elle refusait de lui parler.

« Je ne comprends pas ce que vous me dites, Frau Rehmann, dit Bryan, le combiné serré entre ses doigts. Vous ne pouvez pas avoir eu mon directeur au téléphone ! Il s'agit forcément d'un malentendu. Il devait s'agir de quelqu'un d'autre. » Bryan devina à son silence qu'il avait retenu son attention. « Moi, je vous appelle de la faculté de médecine d'Oxford, dont je suis le doyen. Mon nom est John MacReedy. Je représente un groupe de chercheurs, professeurs en médecine psychiatrique et directeurs de clinique qui participent actuellement à une conférence à Baden-Baden. Ils ont prévu une excursion à Fribourg demain et Mr Bryan Underwood Scott, l'un de nos maîtres de conférences, m'a demandé de vous contacter pour solliciter une visite de votre établissement demain, à l'heure qui vous conviendrait, dans la matinée, si vous préférez. Il ne prendra que très peu de votre temps, je vous assure.

– Demain ? » La question et le ton brusque sur lequel elle avait été posée désarçonnèrent Bryan un instant. Il n'avait pas l'habitude de jouer la comédie et il mit quelques secondes à retrouver l'accent affecté de MacReedy. Deux nouveaux consommateurs ouvrirent la porte du pub et exprimèrent d'une voix tonitruante leur joie de se trouver en si bonne compagnie. Bryan espérait que sa main sur le micro suffisait à étouffer le vacarme. Frau Rehmann trouverait sans doute étrange qu'on s'exprime en allemand, même au sein de la prestigieuse université d'Oxford.

« Je me rends compte, Frau Rehmann, que je vous préviens bien tard, reprit-il, mais la faute m'incombe entièrement. Mr Scott m'avait prié il y a plusieurs semaines déjà de vous transmettre sa requête. Mais j'ai honte de dire qu'avec mes nombreuses activités, j'ai totalement oublié de remplir ma mission. Peut-être pourriez-vous m'aider à réparer cette faute impardonnable ?

– Je regrette, Mr MacReedy. Mais je ne puis vous être d'aucun secours. Une visite le samedi est tout à fait inconcevable. Nous avons besoin de tout le repos que nous pouvons nous accorder. »

Son refus était catégorique.

Bryan n'avait plus d'autre solution que de marcher droit dans la gueule du loup et de voir ce qui allait se passer. Il irait frapper demain à la porte de Sainte-Ursule et se présenterait comme le Bryan Underwood Scott dont MacReedy avait fait si chaleureusement l'éloge. Il n'avait plus qu'à espérer que la directrice se trouverait dans son logement de fonction qui, selon le plan à l'entrée du site, était situé dans l'aile gauche de l'établissement.

La nuit était tombée depuis longtemps.

Les arbres dans l'allée conduisant à la résidence médicalisée oscillaient dans la brise du soir. La silhouette de Kröner apparut sous la lumière tamisée de la lanterne en fer forgé de la porte d'entrée.

Il échangea quelques politesses avec la femme qui l'accompagnait, puis il sortit avec à son bras un homme au dos voûté. Ils s'engagèrent dans l'allée. Kröner parlait sans que l'autre lui réponde. Bryan se cacha derrière un orme pour les regarder passer et il sentit les battements de son cœur s'accélérer et ses narines frémir.

Les attentions qu'avait Kröner pour le vieil homme étaient presque touchantes. Peut-être était-ce un membre de sa famille. Pas son père, en tout cas. Il était trop jeune pour l'être, même s'il n'était pas facile de lui donner un âge avec sa silhouette fluette, sa figure ridée et sa barbe blanche et fournie.

Le vieil homme silencieux avait l'air malade et fatigué. Bryan crut percevoir chez lui les signes de ceux qui ont perdu la force de lutter. Ce vieillard était donc l'objet de la visite de Kröner qui, à présent, l'emmenait passer le week-end chez lui.

Sûr de son explication, Bryan ne fut pas peu surpris de les voir dépasser la voiture du Grêlé et continuer tranquillement leur chemin sous la canopée bruissante, vers les rues piétonnières de Basler Landstrasse et Tiengener Strasse.

Devant la station de tram, les deux hommes se mirent à discuter à voix basse. Une bande de jeunes, excités à la perspective de la première sortie du week-end, se rassemblèrent autour d'eux en ricanant et en se poussant du coude, leurs rires rebondissant sur les façades des immeubles voisins. Bryan traversa la route et alla attendre le tram également, dissimulé par le groupe de fêtards. Il était à moins de deux mètres de Kröner et de son compagnon. La voix du vieil homme était rauque et tous les deux ou trois mots, il devait s'éclaircir la gorge, sans grand résultat.

Le tramway arriva.

Sans se retourner vers son compagnon, Kröner disparut dans la direction d'où ils étaient venus. Bryan hésita un instant à le suivre mais prit finalement la décision de monter dans le tram. Le vieillard voûté jeta calmement un coup d'œil dans la voiture et il repéra une place, au fond, à côté d'un homme basané. Il se planta devant la banquette en bois, pile devant cet homme, sans faire mine de s'asseoir. À l'arrêt suivant, il était toujours là. Tandis qu'ils se jaugeaient mutuellement, l'expression du plus jeune se modifia imperceptiblement. Puis, tout à coup, sans explication, il se leva et se dirigea vers la porte du tram, passant près du vieillard en prenant soin de ne pas le toucher. Il semblait tendu et oppressé.

Le vieux s'assit lourdement sur la banquette désormais libre, se racla la gorge à deux reprises, et regarda tranquillement par la fenêtre.

Ils prirent une correspondance avant d'arriver à l'arrêt en centre-ville où le vieux descendit et continua son chemin à pied le long des vitrines éclairées.

Il s'arrêta quelques minutes devant l'assortiment appétissant d'une pâtisserie et entra faire ses emplettes, ce qui laissa à Bryan le temps de réfléchir. Il avait le choix entre reprendre la surveillance de la maison de Kröner ou continuer à suivre le vieil homme. Il consulta sa montre. Il avait encore trois heures devant lui avant que Keith Welles l'appelle pour lui faire un rapport de sa visite à Haguenau. Et à peine dix minutes de marche pour revenir à son hôtel.

Quand le vieux quitta la pâtisserie avec un sourire satisfait, Bryan reprit sa filature.

Le vieillard balança le petit sachet en papier au bout de ses doigts jusqu'à l'élégante place Holzmarkt, où il s'arrêta quelques minutes pour parler à des promeneurs. Puis il s'engagea dans Luisenstrasse où il disparut par la porte décrépite de ce qui avait jadis été un bel immeuble.

Bryan attendit presque dix minutes avant qu'une lumière s'allume, au deuxième étage. Une femme âgée s'approcha des fenêtres et tira les rideaux. L'entreprise était malcommode, à cause des plantes vertes qui gênaient l'accès. Pour autant que Bryan puisse en juger, l'immeuble ne comportait qu'un seul appartement par étage. Ils devaient être immenses. Le reste du bâtiment resta plongé dans l'obscurité. Sous la lumière froide d'un lustre qui lui fit supposer qu'ils se trouvaient dans une salle à manger à l'ancienne, le vieux barbu rejoignit la femme devant la fenêtre et vint poser tendrement les mains sur ses épaules.

Bryan traversa la rue pour aller lire l'étroite plaque en laiton fixée entre l'encadrement ouvragé et l'interphone moderne. Le deuxième étage était occupé par une société du nom de Hermann Müller Invest.

35

« Tu as vu comme cet homme me regarde, Laureen ?

– Qui ça, Bridget ? Non, je n'ai pas remarqué. » Laureen observa les clients de l'hôtel Colombi. Il y avait dans le foyer au moins cent personnes venues se détendre devant un verre en attendant l'heure du dîner. Elle ne faisait pas attention au bourdonnement des conversations dans diverses langues. Elle ne pensait qu'à Bryan et à ce qui avait pu le pousser à se rendre subitement à Fribourg. L'inquiétude l'envahit de nouveau.

Elle ne se souvenait pas avoir eu ce genre de soupçon auparavant.

« Regarde, là-bas, à la table avec la nappe violette. Il nous fixe en ce moment même ! Il porte une veste à carreaux, tu ne vois pas ?

– Si. Effectivement.

– Il est bel homme, non ?

– Oui, absolument. » Laureen était surprise de l'aveuglement de sa belle-sœur. « Beau » était probablement le dernier adjectif qu'elle aurait utilisé pour définir l'individu.

« C'est excitant d'être ici, tu ne trouves pas ? »

Bridget appuya ses avant-bras sur la table et se pencha pour mettre en valeur son décolleté. Elle jeta la tête en arrière avec coquetterie, comme pour chasser une mèche tombée sur son visage alors que la demi-bombe de laque qu'elle venait de vider dans leur suite rendait la chose impossible.

Laureen avait prévu de faire le guet très tôt le lendemain, samedi, devant l'hôtel de Bryan, de le filer quand il sortirait puis d'aviser, en fonction de ce qu'il ferait. L'idée d'observer son mari à son insu ne lui déplaisait pas, mais elle regrettait de s'être encombrée de Bridget. Il fallait absolument qu'elle trouve un moyen de se débarrasser d'elle.

« Tu devrais lever ton verre pour le saluer, Bridget. »

Sa belle-sœur rougit et chuchota, outrée : « Voyons, Laureen ! En plus venant de toi, ma belle-sœur ! Tu es folle ?

– Moins que toi, sûrement. Quelle importance, de toute façon ?

– Mon Dieu, mais que va-t-il penser ?

– Qui ça ?

– Cet homme, là-bas ! » Bridget rougit à nouveau.

« La même chose que toi, ma chère Bridget », répliqua Laureen. Elle n'avait jamais vu sa belle-sœur aussi écarlate.

Le lendemain, Laureen se leva à quatre heures et quart. Elle avait mal dormi, fait cauchemar sur cauchemar et s'était battue avec son oreiller toute la nuit. Le lit de Bridget était vide. Laureen imaginait déjà ses faux remords quand elle reviendrait, elle l'entendait d'avance lui promettre que c'était la première et dernière fois qu'elle faisait une telle chose, et la supplier de garder le secret.

La brume était épaisse. Il n'y avait ni tram ni taxi en vue et la ville était si endormie que Laureen se dit qu'elle aurait aussi bien pu être le dernier être vivant sur terre.

Cependant, elle n'eut pas longtemps à attendre avant qu'il se passe quelque chose dans l'hôtel où était descendu Bryan. Si elle avait réfléchi, elle se serait cachée derrière les châtaigniers qui trônaient devant l'entrée de l'hôtel. De là, elle aurait pu surveiller la grille et l'allée sans être vue et réagir plus vite si Bryan décidait de sortir par l'arrière. En l'attendant sur Urachstrasse où elle se trouvait en ce moment, elle risquait qu'il s'en aille sans qu'elle s'en aperçoive.

Mais la question fut résolue avant qu'elle ait réellement eu le temps de se la poser. Des pas crissèrent sur le gravier de l'allée et, tout à coup, Bryan apparut dans la rue. À part lui, il n'y avait pas âme qui vive. Laureen était complètement à découvert. L'espace d'un éclair, avant de tourner le dos, elle eut le temps d'apercevoir son visage préoccupé tandis qu'il remontait le col de son pardessus. Il était tellement perdu dans ses pensées qu'il ne la remarqua pas. Elle ne l'avait jamais vu comme ça.

Bryan marchait d'un pas vif vers le centre-ville. Il avait soigné sa mise et il était très élégant. Laureen le suivait sur la pointe des pieds sur les pavés irréguliers, espérant que bientôt d'autres passants viendraient envahir les rues – et aussi que le revêtement deviendrait plus praticable pour ses talons hauts.

Malgré sa mine soucieuse, l'homme qui avançait quelques centaines de mètres devant elle lui paraissait plus jeune que celui avec qui elle avait vécu toute une vie. Son allure avait la vivacité, la souplesse de celui qui s'est libéré du carcan du quotidien.

Les travaux étant interrompus à cause du week-end, Bryan traversa un chantier de voirie sans se soucier de salir ses chaussures. Un instant d'hésitation suffit à Laureen pour le perdre de vue. Un peu désorientée, elle regarda de tous côtés. Il n'avait pas pu sauter dans un tram, elle l'aurait entendu. Bryan s'était tout simplement volatilisé.

Après quelques instants à se maudire, elle reprit courage et recommença à avancer d'un bon pas vers le centre-ville.

Elle fut infiniment soulagée de retrouver Bryan, marchant d'un pas décidé, à quelques centaines de mètres devant elle. Ses chevilles la faisaient souffrir. Il y avait quelques passants dans la rue, à présent. Laureen avait l'impression que tout le monde la regardait tandis qu'elle trottinait sur le trottoir à une vitesse vertigineuse, mais à foulées minuscules, gênée par ses talons hauts, ses chevilles douloureuses, sa tenue, son âge et le manque d'entraînement.

Les rues étaient devenues plus étroites et les maisons plus rapprochées. Elle l'avait presque rattrapé. Mais alors qu'elle se félicitait déjà, ils débouchèrent sur une nouvelle avenue. Il la traversa brusquement jusqu'au terre-plein central où se trouvait la station de tramway et sauta dans le wagon de queue d'un train qui démarrait. Laureen l'avait entendu arriver, mais elle n'y avait pas prêté attention.

Et maintenant, avec la meilleure volonté du monde, elle ne pourrait plus le rattraper.

Un flot de gros mots qu'elle n'avait pas prononcés depuis l'enfance refirent brusquement surface. Elle regarda la façon dont elle s'était habillée ce matin. De quoi avait-elle l'air à courir ainsi dans la rue en escarpins, avec au bout du bras un sac plein de tubes de rouge à lèvres et d'un tas d'objets inutiles ? À quoi avait-elle pensé en mettant ce tailleur étroit et ce manteau de couleur claire ? S'était-elle apprêtée pour lui dans l'hypothèse d'une confrontation ?

Elle réalisa que c'était sans doute ce qu'elle avait fait, et secoua la tête devant tant de vanité.

Elle suivit des yeux le tramway qui s'éloignait dans un roulement narquois.

En parcourant en sens inverse le chemin qu'elle venait de faire, elle se dit qu'elle aurait peut-être dû emmener Bridget.

Mais Bryan les aurait aussitôt repérées, et tout serait déjà terminé.

Sur l'autre rive du canal, le tramway s'arrêtait pour déposer les plus matinaux à leur travail et en ramasser d'autres. Elle plissa les yeux. Bryan était à nouveau là. Il n'était monté à bord du tram que jusqu'à l'arrêt suivant.

Cette fois, ignorant les regards surpris des passants, elle releva sa jupe et se remit à courir, aussi vite qu'elle put.

À distance, il est presque impossible de savoir dans quelle rue une voiture ou un piéton a tourné. Souvent, on est étonné par la taille d'une ville et la largeur d'une rue. De loin, on a l'impression qu'un quartier est compact pour s'apercevoir ensuite, en le voyant de plus près, qu'il est aéré d'artères plus ou moins grandes.

La première fois que Bryan tourna, Laureen était à peu près sûre de la direction qu'il avait prise, mais dès la deuxième fois, elle eut un doute. Elle devait donc se dépêcher d'arriver à l'angle des rues pour le suivre. Quelques piétons regardèrent son manège d'un air circonspect. Une petite fille tenant un porte-monnaie rouge à la main la suivit, fascinée, pendant un long moment, avant de reprendre ses esprits et de retourner en courant à la boulangerie où elle était supposée se rendre. Laureen retrouva Bryan à l'angle de Luisenstrasse et de la place Holzmarkt. Il était arrêté sur le trottoir, appuyé à un mur, la tête levée vers un appartement qui avait de grandes fenêtres à petits carreaux. L'immeuble était cossu, de style ancien et mal entretenu. Bryan semblait maintenant avoir tout son temps. Il alluma une cigarette.

À mesure que la ville s'éveillait à son intense activité – puisqu'il est bien connu que le samedi il faut réussir à tout caser en moitié moins de temps –, l'inquiétude de Laureen revint. Bryan s'était manifestement lancé dans une entreprise à laquelle il n'avait pas souhaité la mêler.

Si elle n'avait pas si bien connu son mari, Laureen n'aurait eu aucune peine à s'imaginer qu'il y avait une femme impliquée dans tout cela, tant la situation paraissait confuse et inexplicable.

Elle pensa à Bridget et secoua la tête.

« Nous ne savons rien des autres et pour la plupart, nous ignorons de quoi nous sommes nous-mêmes capables ! », aurait déclaré Ann. Laureen entendait d'ici la philosophie de comptoir de sa fille. Sauf que c'étaient des bêtises. Elle l'avait toujours su. Il fallait simplement montrer assez de courage pour accepter ses propres défauts et ceux de son entourage. Si on ne le faisait pas dès le départ, on s'exposait à de cruelles surprises.

En ce moment, force lui était d'admettre qu'elle avait manqué d'imagination en ce qui concernait son époux. Bien sûr que Bryan était capable de la tromper et de montrer une patience et un acharnement que Laureen n'aurait jamais suspectés. Mais du temps où il lui faisait la cour, il n'avait jamais fait le pied de grue devant ses fenêtres.

Cependant, son instinct lui disait qu'il s'agissait d'autre chose, d'une chose plus grave.

Le bruit de l'avenue lui parvenait de temps en temps, porté par la brise matinale. Après mûre réflexion, Laureen décida d'abandonner son poste. Elle devait se préparer à une deuxième filature. Et pour cela, il lui fallait d'autres vêtements et des chaussures plus confortables. Tout portait à croire que Bryan n'avait pas l'intention de bouger de ce trottoir avant longtemps.

Elle n'avait que quelques centaines de mètres à faire pour rejoindre l'avenue et ses magasins.

Après avoir enfilé un jean, elle alla choisir une paire de baskets dans les caisses contenant les articles en promotion qui encombraient le trottoir à l'entrée du grand magasin. Alors qu'elle les mettait aux pieds, elle vit passer son mari sur le trottoir opposé.

Leurs regards se croisèrent brièvement. Laureen se mordit la lèvre et elle s'apprêtait à lui faire un signe embarrassé, telle une collégienne prise en défaut, quand il tourna la tête et passa son chemin.

Il ne l'avait pas reconnue.

Sur le boulevard circulaire, elle fut de nouveau assez proche de lui pour être à peu près certaine qu'il ne lui échapperait pas. Il s'arrêta au milieu du passage piétonnier et regarda vers le parc, de l'autre côté de la route. Laureen croyait se souvenir qu'il s'appelait le Stadtgarten. Elle posa à ses pieds le grand sac en plastique contenant son tailleur, son manteau et ses escarpins, et noua les lacets de ses baskets. Elles étaient confortables, ses chevilles étaient bien tenues, mais elles étaient neuves. Avant la fin de la journée, elle aurait les orteils pleins d'ampoules.

36

Bryan commençait à avoir froid.

Bien que, ce matin encore, le ciel soit dégagé et les températures agréablement automnales, la rue était un couloir de vent glacial.

Depuis deux heures il attendait, tâchant de se faire une idée plus claire de la situation.

La conversation téléphonique de la veille avec Keith Welles lui avait causé une énorme déception. Le Gerhart Peuckert que Keith était allé voir à Haguenau n'était pas James. Si Welles avait eu la présence d'esprit de demander tout de suite l'âge de cet homme, il se serait épargné un voyage au-delà des frontières. Lorsqu'il était arrivé à destination, un seul regard sur le patient avait suffi. Le Gerhart Peuckert de Haguenau avait plus de soixante-dix ans, les cheveux complètement blancs et des yeux brillants et pleins de vie. Cette erreur leur avait fait perdre vingt-quatre heures précieuses dans leur enquête.

On était samedi et Bryan était convaincu que Welles n'accomplirait rien de plus. À partir de maintenant, il était seul.

Aujourd'hui, il avait prévu de commencer par se rendre à Sainte-Ursule, mais il avait passé une nuit blanche et agitée et, sans qu'il l'ait décidé, ses pas l'avaient conduit devant l'immeuble du vieil homme à Luisenstrasse. Une perte de temps. Ou peut-être un geste thérapeutique. Il savait qu'il ferait mieux d'aller chercher sa voiture, toujours garée près de la clinique, ou de monter la garde devant la maison de Kröner, mais c'était ainsi.

Il avait trop d'émotions contradictoires à gérer. Ce petit garçon doux et fragile dans les bras de Kröner l'avait perturbé. Que savait-il de cet homme, en fin de compte ? Pourquoi Kröner vivait-il à Fribourg ? Quelle avait été sa vie après son séjour dans l'Unité Alphabet ?

Tant de questions restaient sans réponse. Il n'y avait pas le moindre mouvement dans l'appartement du vieil homme. Personne ne vint ouvrir les rideaux fanés. Personne n'entra dans l'immeuble et personne n'en sortit. À dix heures, il décida de s'en aller.

Il avait encore un peu de temps devant lui avant d'aller frapper à la porte de la résidence Sainte-Ursule.

L'avenue grouillait de son activité coutumière. Il y régnait une ambiance détendue et rassurante. Les femmes avaient amené leur mari et les magasins à l'éclairage outrancier ouvraient leurs portes, sortant des présentoirs de promotions sur le trottoir. C'était un matin comme les autres.

Les couleurs de la rue étaient douces et limpides.

Devant le grand magasin sur le trottoir d'en face, là où deux jours plus tôt il avait vu un homme enfiler un bermuda par-dessus de son pantalon, une femme essayait la promotion du jour. Elle avait rapidement glissé les pieds dans une paire de chaussures et piétiné un peu, comme on donne des coups de pied dans les pneus d'une voiture qu'on envisage d'acheter. Elle avait levé les yeux et quelque chose en elle lui avait fait penser à Laureen. Bryan avait souvent accompagné sa femme dans les rues commerçantes de Londres et poireauté dans son manteau trop chaud devant une cabine d'essayage. Cette femme-là était pressée. Laureen, jamais.

Il aurait aimé que ce fût elle.

La cathédrale de Münsterplatz était le résultat d'un conglomérat d'influences architecturales des trois derniers siècles. À l'origine, elle avait été un chef-d'œuvre gothique, témoin des joies et des peines de la population depuis huit cents ans. Un lieu de rassemblement pour les habitants et une cible parfaite pour les avions des troupes alliées qui, trente ans plus tôt, avaient tenté d'anéantir la colonne vertébrale et le centre névralgique de cette ville.

Cette fois, le centre-ville lui sembla plus petit. Il ne lui fallut pas plus de deux minutes pour passer du marché en plein air devant la place de l'église à la rocade du Leopoldring et au Stadtgarten sur fond de collines avec son atmosphère trépidante et branchée.

Une longue passerelle, destinée aux piétons, accordait harmonieusement ses carreaux de béton aux couleurs du parc. Les cabines orange et blanc du funiculaire, en route pour le sommet du mont Schlossberg, se balançaient au-dessus. À mi-hauteur, un restaurant raffiné et romantique semblait figé dans le temps. La ville de Fribourg, le land d'Emmendingen et la montagne à l'horizon devaient être époustouflants vus de là-haut.

Bryan s'arrêta sur le pont au-dessus du Leopoldring et regarda autour de lui. Paranoïa ou réalité, il avait le sentiment que la ville le chassait. Elle ne voulait pas de lui. Elle l'ignorait. Les cloches de la cathédrale sonnaient sans interruption, comme à l'époque où il luttait pour sa vie et sa raison à moins de vingt-cinq kilomètres d'ici.

Cette fois, elles envoyaient un message de paix.

Personne ne faisait attention à lui. À part la grande femme qui s'était appuyée contre la rambarde du pont un peu plus loin pour admirer le Schlossberg, un énorme sac en plastique posé à ses pieds, il était le seul à ne pas se laisser emporter par le rythme de la ville.

Une bande d'enfants bruyants couraient devant leurs parents qui marchaient en bavardant gaiement. Quelques secondes plus tard, ils entraient dans le parc et se dirigeaient vers la gare du funiculaire. Un bruit de talons martelant le revêtement du pont résonna derrière Bryan.

Il se retourna et vit une autre femme.

Celle-là était petite et blonde et portait un pull-over à col roulé beige.

C'était la deuxième fois ce jour-là qu'il apercevait une femme dont le visage lui était familier. L'impression était plus diffuse, cette fois.

Il vit qu'elle n'était pas jeune, mais à cause de son ciré noir brillant et de sa jupe longue en coton indien multicolore, il était difficile de lui donner un âge.

C'est ce qu'il remarqua en premier. Ses vêtements. Et l'allure à laquelle elle marchait, aussi.

Elle était le genre de femme qu'on a l'impression d'avoir déjà vue quelque part. Il pouvait l'avoir rencontrée n'importe où. Dans le tram il y a vingt minutes, à l'université il y a vingt ans, au cinéma, l'espace d'une seconde à travers la fenêtre d'un train.

Quoi qu'il en soit, il fut incapable de se rappeler où il l'avait vue, et qui elle était.

Quand elle le dépassa, il se mit à la suivre, à distance. En arrivant dans le parc, elle ralentit l'allure. Elle se dirigea vers le guichet de la tyrolienne, s'arrêta quelques instants pour regarder les enfants qui poussaient des cris, encourageant leurs camarades, attendant leur tour avec impatience. Son expression, calme, attentive, ajoutait au sentiment de déjà-vu que ressentait Bryan. Il élimina plusieurs possibilités. À présent, la femme avait pris le sentier à l'intérieur du bois. C'était la troisième fois que Bryan l'empruntait depuis son arrivée à Fribourg. La femme contourna le lac par la gauche et disparut en direction de la rue Jakob quelque chose.

Quand Bryan sortit du bois, elle n'était plus là. La pelouse devant lui était bondée de gens, occupés à toutes sortes de choses. Il s'arrêta devant un groupe de curieux en train de regarder le numéro d'une troupe de saltimbanques, et scruta les gens autour de lui. L'image d'une version plus jeune de cette femme commençait à lui revenir et cela le rendait nerveux.

Il se remit à marcher d'un pas rapide, presque à courir, et arriva dans l'angle le plus reculé et le plus désert du parc où il s'arrêta de nouveau et se retourna, la cherchant du regard dans toutes les directions.

Un bruissement dans les feuilles le fit sursauter. Lorsque la femme sortit du fourré où elle s'était cachée, son visage exprimait la colère. « Pourquoi me suivez-vous ? Vous n'avez rien de mieux à faire ? » lui demanda-t-elle en allemand.

Bryan ne répondit pas. Il ne pouvait plus parler.

Il avait reconnu Petra.

« Je vous prie de m'excuser », dit-il.

Elle était différente, mais son expression inquiète était douloureusement la même que dans le souvenir de Bryan. Ce sont les détails de la physionomie d'un être qui restent et le rendent reconnaissable. Une vie entière, si dure soit-elle, ne peut rien y changer. À en croire son vieillissement prématuré, qui faisait d'elle une femme assez commune, entre deux âges, la sienne n'avait pas dû être facile.

Quel incroyable hasard. Il en avait des sueurs froides. Le passé lui revenait d'un seul coup avec une précision incroyable. Il se rappelait même sa voix.

« Bon, ça va pour cette fois-ci ! » dit-elle en tournant les talons et en s'éloignant d'un pas rapide, sans attendre de réponse.

D'une voix posée, il l'appela : « Petra ! »

La femme se figea.

Incrédule, elle revint vers lui et lui fit face. « Comment connaissez-vous mon prénom ? » Elle l'observa attentivement.

Le cœur de Bryan battait d'excitation. Cette femme qu'il venait de retrouver par le plus grand des hasards allait peut-être pouvoir lever le voile sur ce qu'il était arrivé à James.

Elle fronça les sourcils, comme si une idée lui était venue tout à coup, mais secoua la tête et la chassa. « Je ne connais pas d'Anglais. Donc je ne vous connais pas. Vous voulez bien me donner une explication ?

– Vous m'avez reconnu. Je le lis sur votre visage !

– Peut-être que je vous ai déjà rencontré. Je rencontre tellement de gens. Mais je suis sûre de ne connaître aucun Anglais.

– Regardez-moi bien, Petra ! Vous me connaissez, mais il y a des années que vous ne m'avez pas vu. Et vous n'avez jamais entendu le son de ma voix. Je ne sais parler que l'anglais, parce que j'ai toujours été citoyen britannique. Mais ça, à l'époque, vous ne le saviez pas. » À chaque mot que prononçait Bryan, l'expression de la femme devenait plus semblable à son souvenir. Une vague excitation teintait ses joues. « Je ne suis pas là pour vous faire du mal, Petra. Croyez-moi. J'ignorais même que vous étiez encore à Fribourg. C'est par hasard que je vous ai aperçue sur ce pont. Je ne vous ai pas non plus reconnue tout de suite, votre visage m'a seulement paru familier. Cela m'a intrigué.

– Qui êtes-vous et où nous sommes-nous rencontrés ? » dit-elle en faisant un pas en arrière, comme si elle craignait que la vérité lui saute au visage.

« À l'hôpital militaire SS. Ici, à Fribourg. J'y étais interné en 1944. Vous me connaissiez sous le nom d'Arno von der Leyen. »

Si Bryan ne l'avait pas rattrapée, elle serait tombée à la renverse. Elle se débattit et s'arracha à ses bras. Puis elle le regarda des pieds à la tête et faillit s'écrouler de nouveau. Elle porta la main à sa poitrine, la respiration saccadée.

« Pardonnez-moi, Petra, je ne voulais pas vous effrayer ! » Bryan la regardait, toujours sonné par la coïncidence. Il la laissa retrouver son calme. « Je suis venu à Fribourg pour retrouver Gerhart Peuckert. Pouvez-vous m'aider ? » dit-il au bout d'un moment en ouvrant humblement les mains. La tension entre eux était palpable.

« Gerhart Peuckert ? » Elle inspira profondément une dernière fois puis baissa les yeux sans répondre, comme si elle cherchait encore à se ressaisir. Lorsque leurs regards se croisèrent de nouveau, elle avait repris des couleurs. « Gerhart Peuckert, dites-vous ? Il est mort, je crois. »

37

Quelques nuages s'étaient rassemblés dans un ciel clair. La pièce baignait dans une lumière grise. Wilfried Kröner tenait encore le combiné à la main. Il y avait plus de deux minutes qu'il était figé dans cette position. Sa conversation avec Petra Wagner lui avait coupé le souffle. L'infirmière était bouleversée et incohérente et ce qu'elle lui avait raconté était tout simplement invraisemblable.

Enfin, il se redressa et prit quelques notes sur un calepin posé à côté de lui avant de composer un numéro.

« Hermann Müller Invest, répondit son interlocuteur d'une voix éteinte.

– Allô, c'est moi. » L'homme au bout du fil ne dit rien. « Nous avons un problème.

– Mais encore ?

– Je viens d'avoir Petra Wagner au téléphone.

– Qu'est-ce qu'elle a ? Elle va encore nous emmerder, celle-là ?

– Non, ne t'inquiète pas, elle est douce comme un agneau. » Kröner ouvrit le tiroir de son bureau et prit une pilule dans un bol en porcelaine. « Elle m'appelait pour me dire qu'elle avait vu Arno von der Leyen à Fribourg, aujourd'hui. »

Un long silence suivit. « Merde, alors ! s'exclama l'autre. Arno von der Leyen ? Ici à Fribourg ?

– Oui, dans le Stadtgarten. Il paraît qu'ils se sont rencontrés par hasard.

– Tu en es sûr ?

– Que c'était un hasard ? C'est ce qu'elle a prétendu, en tout cas.

– Et alors, que s'est-il passé ?

– Il s'est rappelé à son bon souvenir. Elle est sûre de son fait ! C'était bien lui ! Petra n'avait plus aucun doute quand il lui a donné son nom. Elle était complètement bouleversée.

– On le serait à moins ! »

Kröner porta les mains à son ventre. Il y avait pourtant plusieurs semaines que son ulcère à l'estomac le laissait tranquille. « Ce type est un assassin », dit-il.

Le vieux semblait pensif. Il se racla la gorge. « Oui, ce pauvre Dieter Schmidt, il m'était pourtant bien utile. Il ne l'a pas raté », commenta-t-il avec un rire sarcastique.

Kröner ne voyait pas ce qu'il y avait de drôle. « Petra a dit autre chose qui m'a paru inquiétant, poursuivit-il.

– Il est à notre recherche, c'est ça ?

– Non, il cherche Gerhart Peuckert.

– Gerhart Peuckert ? Vraiment ? Et que sait-il sur lui ?

– Seulement ce que Petra Wagner lui a raconté.

– Alors j'espère pour elle qu'elle ne lui en a pas trop dit.

– Elle lui a dit qu'il était mort. Cela a eu l'air de le choquer. » Kröner se gratta la joue. Il se serait bien passé de ce problème. Pour la première fois depuis de nombreuses années, il se sentit vulnérable.

Arno von der Leyen devait disparaître.

« Il a voulu savoir où il était enterré, ajouta-t-il.

– Et évidemment, elle n'a pas su le lui dire. » Le vieux allait se mettre à rire, mais dut à la place s'éclaircir la gorge dans un bruit caverneux.

« Ils sont convenus qu'elle essayera de le découvrir et qu'elle lui rapportera l'information. Ils ont rendez-vous à quatorze heures au bar à vin de l'hôtel Rappen. Elle l'a prévenu qu'elle n'était pas certaine de pouvoir l'aider. » À l'autre bout de la ligne, le vieux était plongé dans une intense réflexion. « Qu'est-ce que tu en penses ? Tu veux qu'on aille au rendez-vous ?

– Non ! répondit instantanément le vieillard. Tu téléphones à Petra et tu lui dis de faire croire à Arno von der Leyen que Gerhart Peuckert est enterré au mémorial qui se trouve au belvédère de Burghaldering. Près des colonnades.

– Il n'y a pas de mémorial, là-haut.

– C'est exact, Wilfried. Mais qui le sait ? Et on peut y remédier rapidement, n'est-ce pas ? Et dis aussi à Petra Wagner de conseiller à Arno von der Leyen de prendre le funiculaire pour aller là-haut et de l'informer que le trajet ne prend que quelques minutes à partir du Stadtgarten à Karlsplatz. Et enfin, demande-lui de le prévenir que le site n'est accessible qu'à partir de quinze heures.

– C'est tout ?

– Non, ce n'est pas tout. Il faut que nous mettions la main sur Lankau. C'est un travail pour lui, tu ne crois pas ? Le Schlossberg est un endroit merveilleusement tranquille. »

Kröner sortit une deuxième pilule de son tiroir. Dans un an, son petit garçon irait à l'école. Les parents de ses petits camarades conseilleraient à leurs enfants de jouer avec lui. Il aurait une vie facile, et c'est ce que Kröner lui souhaitait avant tout. La vie l'avait bien traité depuis la guerre. Et il n'avait pas envie que cela cesse. Il ne voulait renoncer à rien de ce qu'il avait aujourd'hui. « Il y a un autre détail qui me dérange dans cette affaire, dit-il.

– Je t'écoute.

– Il a fait croire à Petra qu'il était anglais. Il lui a parlé anglais tout le temps.

– Voyez-vous cela ! » Le vieux se tut quelques instants. « Et alors, qu'est-ce que cela change ?

– Ce que cela change ? Cela change qu'on ne sait pas qui il est, en réalité. Est-ce qu'il est venu ici tout seul ? Pourquoi tient-il tant à retrouver Gerhart Peuckert ? Pour quelle raison Arno von der Leyen se ferait-il passer pour un Anglais ? Je n'aime pas ça. Il y a trop d'inconnues dans cette histoire.

– Les inconnues, je m'en occupe, Wilfried. Tu sais que c'est ma spécialité ! Ne vous ai-je pas toujours dit à l'époque que ce type n'était pas clair ? Eh bien voilà, nous y sommes ! » Il essaya de rire, mais s'étrangla et eut une quinte de toux. « Les inconnues sont ma marque de fabrique, ce sont elles qui me font gagner ma vie. Est-ce que nous serions où nous sommes si je n'avais pas été capable d'exploiter les inconnues ? acheva-t-il, à bout de souffle.

– Et la spécialité d'Arno von der Leyen, c'est quoi, à ton avis ? Avec tout ce qu'il a appris à l'hôpital militaire, je crois deviner ce qu'il vient chercher.

– Ne dis pas de bêtises, Kröner ! » La voix de Peter Stich se fit tranchante. « Il serait revenu il y a des années s'il avait su que nous étions là. Il l'ignorait et il l'ignore toujours, à mon avis. Nous avons changé d'identité. Ne sous-estime pas le pouvoir du temps. Mais l'homme doit disparaître, c'est un fait. Calme-toi, appelle Petra Wagner, et je me charge de contacter Lankau. »

Quand il entra dans l'appartement de Luisenstrasse, Lankau était fou de rage. Il était étrangement habillé. Son pull-over pendait un peu de travers, comme s'il avait encore eu son sac de golf à l'épaule. Il ne dit bonjour à personne. « Vous n'avez pas compris, encore ? » rugit-il. Kröner le regarda d'un air inquiet. Sa face exceptionnellement large était d'un rouge cuivré. Il avait beaucoup grossi ces dernières années, et son embonpoint faisait dangereusement grimper sa tension artérielle. Andrea Stich prit son manteau et disparut aussitôt. La lumière dans le vaste appartement était éblouissante, bien qu'il ne soit pas orienté au sud. Le vieux se caressa la barbe en le regardant s'énerver tout seul et finit par l'inviter très calmement à aller rejoindre Kröner sur le canapé dans l'angle de la pièce.

« Vous savez bien que le samedi, je joue au golf, bon Dieu ! Que le Freiburger Golf Club est mon refuge et que je déjeune toujours avec mon partenaire au Colombi, entre le neuvième et le dixième trou ! Même quand ma fille aînée a accouché, j'ai demandé qu'on ne me dérange pas ! Putain, ce n'est pas nouveau, pourtant ! Qu'est-ce qu'il peut bien y avoir d'assez important pour que vous me fassiez venir aujourd'hui ? » Il alla s'asseoir lourdement dans le canapé. « Au moins, essayez de faire vite ! aboya-t-il.

– Tout doux, Horst. Nous avons des nouvelles intéressantes à te communiquer. » Peter Stich s'éclaircit longuement la gorge puis mit brièvement l'homme colérique au courant de la situation. Le large faciès perdit rapidement ses couleurs. Stich croisa ses grosses mains et se pencha en avant.

« Alors si tu tiens à garder ce refuge à ton club de golf, ou n'importe où ailleurs, tu vas appeler ton camarade de golf et lui dire que cet après-midi, il va devoir envoyer tout seul sa petite baballe dans les neuf derniers trous. Tu n'as qu'à lui dire que tu as eu la visite d'un vieil ami que tu n'as pas vu depuis longtemps ! » Une fois encore le rire du vieil homme se termina en éructations grasses.

« La priorité c'est de régler ce problème », confirma Kröner, s'efforçant d'ignorer le regard furieux de Lankau. Quelques années en arrière, l'ordre hiérarchique entre eux était plus clair. « Je propose que nous éloignions nos familles jusqu'à ce que tout soit complètement terminé. »

Lankau fronça les sourcils, ce qui eut pour effet de fermer entièrement son œil mort, la signature d'Arno von der Leyen. « Tu crois que ce salopard sait où nous habitons ? demanda-t-il à Kröner.

– Je pense qu'Arno von der Leyen est bien préparé et qu'en ce moment, il est déjà en train de prévoir son prochain coup. Stich n'est pas de mon avis. Il croit qu'il est ici par hasard.

– Je ne sais pas ce que je crois, intervint Peter Stich, mais quoi que vous décidiez pour vos familles, c'est votre problème. Du moment que vous le faites avec discrétion. Cela étant dit, ça m'étonnerait beaucoup que vous parveniez à faire bouger Andrea d'ici, je me trompe, Andrea ? » Le petit personnage qui était revenu entre-temps dans la pièce pour poser les tasses sur la table secoua lentement la tête.

Kröner l'observa. Elle était littéralement un appendice attaché à son mari. Elle semblait ne pas se considérer comme une personne à part entière. Et pourtant, c'était une femme dure et implacable. À l'inverse de l'actuelle épouse de Kröner qui était l'innocence même, Andrea Stich avait tout vécu. Une longue existence aux côtés de son mari l'avait immunisée contre la douleur. La femme du commandant d'un camp de concentration a peu de chances de garder un cœur pur. Si son époux avait un ennemi, celui-ci devait disparaître, il n'y avait pas à discuter. Elle ne posait jamais de questions. C'était l'affaire des hommes. Elle prenait soin de la maison et d'elle-même. Kröner, quant à lui, n'embarquerait pas sa famille dans cette histoire. Il ne le pouvait pas et il ne le voulait pas. Lankau bougonna un long moment dans son coin et, brusquement, il se projeta en avant sur le canapé, l'air belliqueux.

« Et vous comptez sur moi pour le tuer ! C'est ça que je dois comprendre ? Eh bien, sachez que ce sera avec grand plaisir. Ça fait des années que j'attends ce moment. Par contre, vous n'auriez pas pu choisir un endroit plus pratique que le Schlossberg ?

– Détends-toi, Lankau ! C'est parfait, au contraire. Après quinze heures, tous les scolaires seront redescendus. En plein mois de septembre, il n'y aura personne dans la galerie à cette heure de la journée. Tu seras parfaitement tranquille pour accomplir ta vengeance. » Le vieillard trempa un biscuit dans sa tasse de café. C'était un petit plaisir qu'il s'accordait le samedi et que son médecin aurait réprouvé. Kröner avait le même problème avec son fils. Les diabétiques sont des malades désobéissants. « Toi, Wilfried, tu feras en sorte que vos deux familles partent en week-end quelque part. Ensuite, quand tout sera terminé, je suggère que nous nous retrouvions tous au Dattler. Nous ferons disparaître le corps ensemble. Je trouverai une solution à cette question accessoire. Mais d'ici là, nous avons des choses à faire. Pour commencer, j'ai une petite mission pour toi, mon cher Wilfried. »

Kröner le regardait distraitement. Il avait décroché un instant, se demandant ce qu'il allait dire à sa femme. Elle allait lui poser des questions. Peter Stich posa sa main sur la sienne.

« Avant toute chose, Wilfried, je voudrais que tu ailles rendre visite à Erich Blumenfeldt. »

38

La peine, l'appréhension et le soulagement, la peur et la tristesse le submergeaient par vagues imprévisibles et contradictoires. Un instant il fermait les paupières et il avait l'impression d'étouffer, et la seconde suivante il prenait une longue inspiration, jusqu'au fond de ses poumons, les yeux écarquillés comme quelqu'un qui se noie.

Ses larmes effaçaient le contour des choses.

James ne s'en était pas sorti. Pour Bryan la nouvelle n'était pas une surprise, mais il la ressentit comme une accusation. Le sentiment d'avoir trahi son ami n'était plus latent mais bien réel, à présent.

« Vous êtes allé voir sa tombe ? » lui demanda Welles au téléphone. Bryan pouvait presque voir son air incrédule.

« Non, pas encore.

– Vous êtes sûr qu'il est mort ?

– C'est ce que m'a dit l'infirmière.

– Mais vous n'avez pas vu sa tombe ! Vous ne voulez pas que je continue quand même mes recherches jusqu'à la fin du week-end ?

– Faites ce que vous voulez, Keith, mais je crois que nous avons terminé notre enquête.

– Vous *croyez.* » Keith Welles exprimait avec cette intonation les doutes de Bryan. « Vous n'en êtes pas sûr ? »

Bryan poussa un soupir. « Est-ce que j'en suis sûr ? » Il se gratta la nuque de sa main libre. « Oui. Je crois que oui. Je vous promets de vous tenir au courant dès que je saurai où j'en suis. »

Une serveuse jeta à Bryan un regard indigné. Le téléphone à pièces se trouvait sur le chemin entre la cuisine et la salle de la cafétéria. Il avait bien remarqué que les serveuses attiraient toutes son attention sur un panneau fixé au mur au-dessus du téléphone mais Bryan ne comprenait pas ce qu'il disait. Il supposait toutefois qu'il incitait les usagers à descendre téléphoner dans les cabines situées au rez-de-chaussée du grand magasin. Bryan se contentait de hausser les épaules d'un air désolé tandis qu'elles se frayaient un passage derrière lui avec des plateaux surchargés. C'était son troisième appel. Enfin, sa troisième tentative d'appel.

Après avoir essayé de la joindre à maintes reprises, il ne put que conclure que Laureen ne devait pas se trouver à Canterbury. Tout laissait croire qu'elle était repartie à Cardiff avec Bridget.

Son dernier appel était à destination de Munich. Il n'avait manqué à personne au village olympique. L'échange fut bref. On ne parlait plus là-bas que de la victoire des Anglais au pentathlon féminin. Apparemment, l'événement était dans toutes les conversations. Mary Peters avait dépassé d'un point le score historique des 4 800 points. Légendaire. Le record du monde était à portée de main. Malgré plusieurs pauses dans la conversation, ni lui ni son interlocuteur ne jugèrent utile d'aborder le drame de ces derniers jours. La profanation des Jeux avait été discutée, pleurée, et condamnée à grands cris, mais le drame avait cessé de faire couler de l'encre avant même que les victimes soient enterrées. C'était la loi des Jeux olympiques. Le sport avant tout.

Son cœur battait fort lorsqu'il arriva au rendez-vous. La salle était presque pleine. Mais Bryan ne voyait que Petra. Elle était assise près de l'entrée, tournée vers la porte, en train de siroter une pression, son manteau sur le dos. La mousse sur le rebord supérieur du verre avait déjà séché. Il devait y avoir un moment qu'elle attendait. Il avait bien fait de venir en avance.

Il était treize heures cinquante.

Avant que l'horloge sonne quatorze heures, elle lui avait enlevé son dernier espoir. Les lèvres de Bryan tremblèrent. Petra baissa les yeux, désolée. Puis elle releva la tête et posa la main sur son bras.

Le chauffeur de taxi dut lui faire répéter trois fois avant de comprendre où Bryan souhaitait se rendre. Bryan regrettait déjà de ne pas être resté avec Petra pour partager avec elle des souvenirs du passé. Mais sur le coup, il en avait été incapable.

Il fallait qu'il sorte de ce café et qu'il s'en aille, le plus vite possible.

Petra lui avait confirmé que Gerhart Peuckert était mort. Il s'était remis à trembler comme une feuille. James avait été enterré dans la fosse commune d'un mémorial. Le choc l'avait assommé. Il y avait eu de nombreux morts lors de l'attaque du 15 janvier 1945. Et beaucoup avaient été enterrés sans avoir été identifiés. Il venait de réaliser que James avait été inhumé sans nom, sans pierre tombale et sans aucun signe de reconnaissance. C'était odieux.

Il comprenait mieux à présent le sens des conversations qu'il avait eues avec le capitaine Wilkens, et qui avaient conduit les bombardiers alliés à l'hôpital militaire.

Il les comprenait mieux que personne.

Quand Bryan arriva près de la résidence Sainte-Ursule, dans l'allée où il avait garé la Volkswagen délabrée la veille, il ne tenait plus sur ses jambes.

Face à une situation stressante, chacun réagit à sa propre manière. Bryan se souvint que James avait brusquement sommeil et qu'il cherchait aussitôt un endroit pour s'allonger, qu'ils soient en train de reprendre leurs forces avant un vol de reconnaissance ou sur le point de passer un examen, à Eton ou à Cambridge. Il était déjà arrivé qu'un examinateur soit obligé de secouer James, plongé dans un profond sommeil, pour qu'il aille s'asseoir devant sa feuille.

Un don merveilleux et ô combien enviable.

Bryan, lui, n'avait jamais été comme ça. Attendre le rendait nerveux. Une attente pénible l'obligeait à se lever et se rasseoir sans cesse. À remuer les jambes, sortir respirer à l'air libre, relire ses cours, rêver de liberté. Agir.

Cette impatience qu'il n'avait pas ressentie depuis une éternité le reprenait aujourd'hui. La fièvre de l'attente s'était à nouveau emparée de lui. Il avait encore une heure à tuer avant de monter sur le Schlossberg se recueillir sur la tombe de son meilleur ami. En attendant, il allait laisser l'agitation décider de son emploi du temps. Il était sous pression et ne tenait pas en place.

Il contempla l'antique Volkswagen. Elle détonnait terriblement parmi les autres véhicules sur la route. En admettant qu'une telle chose fût possible, elle était encore plus sale que lorsqu'il l'avait achetée. Il n'y avait pas un endroit de la carrosserie que la poussière ait épargné. Elle était d'un gris uniforme au lieu d'être noire.

Il avait prévu de la laisser devant le petit bar près du pont de la voie ferrée pour être sûr que son ancien propriétaire la retrouve facilement.

Sans se soucier de salir ses manches, Bryan s'appuya au toit de la Volkswagen pour surveiller la clinique. Le bâtiment brillait au soleil.

Comme n'importe quel établissement de soins psychiatriques, Sainte-Ursule avait ses secrets. Il avait espéré que James était l'un d'entre eux. Et il avait été déçu. L'assassin Kröner, dit le Grêlé, avait cependant un rapport avec ce lieu, mais Bryan ignorait lequel. Avec cet homme, on pouvait tout imaginer.

Il frappa rageusement sur le toit de l'épave. Il venait de prendre une décision.

La fièvre de l'attente avait porté ses fruits.

Plusieurs minutes s'écoulèrent avant que Frau Rehmann, la directrice, daigne se présenter à l'accueil. Un infirmier peu coopératif avait essayé de le chasser, sans succès. Bryan avait brandi un bouquet de fleurs et le type avait été si décontenancé qu'il l'avait fait entrer dans le bureau du secrétaire de Frau Rehmann. Bryan regarda les fleurs qui commençaient déjà à courber la tête dans la chaleur et se félicita de sa présence d'esprit.

Au départ, le bouquet était destiné à fleurir la sépulture de James.

Le bureau était d'une propreté irréprochable. Pas un papier ne traînait. Bryan hocha la tête, appréciateur. Le seul bibelot visible était la photo d'une jeune femme regardant l'objectif au-dessus de l'épaule d'un petit garçon brun. Il en avait déduit que le secrétaire de Frau Rehmann était un homme. Il s'attendait au pire de la part de cette directrice.

Il n'avait pas tort. Enfin, pas tout à fait.

Frau Rehmann se révéla aussi incorruptible qu'au téléphone. Dès le premier instant, il sut que son intention était de l'éconduire. Mais alors qu'elle s'apprêtait à le mettre poliment à la porte, Bryan exécuta un quart de tour qui plaça le bouquet dans la main qu'elle avançait pour le congédier. Les fleurs la pacifièrent assez longtemps pour que Bryan ait le loisir de s'asseoir au bord de la table de son secrétaire et de lui asséner un sourire à la fois large et plein d'assurance.

La négociation avait commencé et Bryan était expert en la matière, même si dans le cas présent il ignorait ce qu'il cherchait à obtenir.

« Je suis confus, madame Rehmann ! Mr MacReedy et moi-même avons dû mal nous comprendre. J'ai trouvé un message à mon hôtel m'indiquant qu'une visite dans la matinée ne vous convenait pas et j'en ai déduit que vous préfériez me recevoir dans l'après-midi. Souhaitez-vous que je m'en aille ?

– Oui, monsieur Scott. Je vous en saurais gré.

– C'est quand même dommage, maintenant que je suis là. Les membres de la commission que je représente vont être très déçus. Nous savons, bien entendu, que votre clinique est administrée selon les meilleurs procédés de gestion. Cependant – et vous ne me contredirez sans doute pas sur ce point – je ne connais pas d'entreprise médicale qui ne trouverait pas avantage à une petite subvention de la part d'un fonds de dotation ou un autre.

– Une subvention ? Je ne sais pas de quoi vous parlez, monsieur Scott. Et de quelle commission s'agit-il ?

– J'ai dit commission ? Oui, pardon, c'est peut-être un peu prématuré tant qu'elle n'a pas été nommée, disons que nous représentons un ensemble de fondations, si vous préférez.

– Je vois », dit Frau Rehmann, hochant la tête. La curiosité de la directrice était charmante derrière le vernis brillant de sa froide autorité. « Et vous faites partie de la "commission" en question, monsieur Scott ?

– J'en fais partie et je n'en fais pas partie. J'en suis pour ainsi dire le président, même si nous sommes tous égaux. Considérez-moi comme une sorte de porte-parole, si vous voulez.

– Je veux bien, si vous trouvez que le terme convient à ce que vous êtes, monsieur Scott. »

Bryan était sur des charbons ardents. Duper cette femme était une épreuve de force. Il consulta sa montre. Il était déjà deux heures et demie. Il n'aurait plus le temps d'aller déposer la voiture du hippie devant son bar de prédilection.

« La commission que j'ai l'honneur de représenter gère une série de fonds de donation de la Commission européenne qui doivent être mis en place dans le cadre d'une phase d'expansion que nous pouvons enfin considérer comme imminente. Toutes les cliniques privées comme la vôtre, madame Rehmann, devraient bénéficier à l'avenir d'aides substantielles.

– La Commission européenne, vraiment ! dit-elle, un peu hésitante. Il me semble en effet avoir entendu parler de ce projet quelque part. » Frau Rehmann était une comédienne exécrable. « Vous dites que cette commission n'est pas encore nommée. Quand le sera-t-elle, monsieur Scott ? se renseigna-t-elle. Je veux dire, quand les montants des subventions attribuées et leurs bénéficiaires seront-ils votés ?

– C'est extrêmement difficile à dire. Cela dépend beaucoup de qui seront les pays membres après le nouvel an et de notre travail sur le terrain. Nous nous heurtons à de nombreux obstacles. Des écueils qui compromettent et retardent les choses, de petits détails insignifiants. Vous voyez, Mr MacReedy, par exemple. Il a dû commettre une erreur quelque part, n'est-ce pas ? » Bryan, toujours assis sur le coin de bureau, se pencha de sorte que son visage se trouva à peu près à la hauteur des épaules osseuses de la directrice. « Sincèrement, madame

Rehmann, tout cela est réellement nouveau pour vous ? J'en suis très surpris !

– Je le confesse. » Frau Rehmann rit, embarrassée. Et c'était gagné, Bryan l'avait dans sa poche.

Frau Rehmann lui fit visiter la clinique. Elle se montra chaleureuse et volubile. Bryan écoutait en acquiesçant, l'air intéressé, posant peu de questions, ce qui semblait convenir parfaitement à sa guide. Malgré les connaissances de Bryan, la plupart des termes psychiatriques, dont la directrice n'était pas avare, lui passèrent loin au-dessus de la tête. Il était concentré sur autre chose.

Sainte-Ursule était un établissement moderne. Clair et accueillant, décoré dans des tons pastel. Le personnel était souriant. Dans l'aile principale, les patients étaient tous rassemblés dans la salle commune pour assister à la retransmission des finales qui allaient marquer la fin des Jeux.

Ceux-là étaient majoritairement frappés de démence sénile et ils étaient passifs, abrutis de médicaments, la salive coulant sur leur menton. Certains se grattaient tranquillement l'entrejambe.

Il y avait peu de femmes.

Frau Rehmann hésita un peu à le lui accorder, mais Bryan insista pour jeter un coup d'œil dans toutes les chambres.

« J'ai rarement vu une telle qualité d'accueil, madame Rehmann. Pardonnez-moi ma curiosité insatiable. J'ai du mal à croire que vous parvenez à maintenir un tel niveau dans tout l'établissement ! » La directrice sourit. Elle dépassait d'une demi-tête tous les hommes qu'ils avaient croisés. Cette différence était principalement à mettre au compte de jambes particulièrement longues mais surtout d'un chignon gigantesque qui menaçait sans cesse de s'écrouler. Chaque fois que Bryan lui faisait un compliment, elle portait la main à l'impressionnant édifice.

Lorsqu'ils passèrent devant le comptoir de la réception pour se rendre dans l'autre aile, il était quinze heures. De chaque côté du hall d'entrée, d'immenses plantes exotiques dont Bryan aurait été bien incapable de dire le nom projetaient leur luxuriance vers la verrière du plafond. Outre leur fonction décorative, elles avaient le mérite de dissimuler deux horribles portants métalliques servant de vestiaire, où Bryan avait laissé son manteau en arrivant.

Un personnage au visage couvert de cicatrices se cachait derrière ces plantations éléphantesques et ces portemanteaux. En alerte, contrôlant sa respiration, les poings serrés, il suivait des yeux l'homme qui accompagnait Frau Rehmann.

Frau Rehmann n'interrompit la visite qu'en ouvrant la porte de la dernière salle. On l'avait appelée plusieurs fois sur le haut-parleur, sans qu'elle y prête attention.

Bryan regarda autour de lui. La pièce ressemblait à la précédente.

Mais les patients qui l'occupaient étaient différents. Il y avait un monde entre les psychoses liées à l'âge, conduisant lentement les patients à une mort relativement paisible, et ce dont souffraient les malades qui se trouvaient dans ce service.

Un frisson lui parcourut l'échine. Cet endroit lui rappelait son séjour en hôpital psychiatrique pendant la guerre. L'impression venait de la forme inarticulée du langage et des gestes de certains patients. De leur apathie probablement due à de puissants calmants.

Depuis son arrivée à Sainte-Ursule, Bryan n'avait vu que des vieux. Ici, l'âge moyen ne devait pas dépasser quarante-cinq ans. Quelques pensionnaires qui à première vue paraissaient en parfaite santé saluèrent la directrice avec courtoisie et elle leur rendit leur salut d'un hochement de tête si discret que son chignon ne bougea pas d'un cheveu.

La schizophrénie de quelques-uns sautait aux yeux. Expressions éteintes, fuyantes, regards inquiétants.

Tous avaient la tête tournée vers l'écran de télévision, quel que soit l'endroit de la pièce où ils se trouvaient. La plupart étaient assis en rang d'oignons sur des chaises de designer à accoudoirs, en chêne clair, d'autres dans des sofas aux couleurs vives et d'autres enfin dans de lourds fauteuils à oreilles alignés dos à la porte, au milieu de la salle commune.

Tandis que Bryan observait les pensionnaires, il nota une expression de gravité sur le visage de Frau Rehmann qui parlait dans l'interphone près de la porte. Après un bref échange avec son interlocuteur, elle rejoignit Bryan d'un pas rapide et le prit gentiment mais fermement par le bras.

« Excusez-moi, monsieur Scott, mais nous devons poursuivre la visite. Je regrette de vous presser, mais nous avons encore un étage à voir et un événement s'est produit qui requiert malheureusement ma présence imminente. »

Un grand nombre de patients tournèrent leur regard las vers eux et les suivirent des yeux jusqu'à ce qu'ils soient sortis de la pièce. Un homme était resté sans réaction, dans le fauteuil à oreilles que de nombreuses années d'ancienneté lui permettaient d'avoir pour lui seul. Derrière le haut dossier, ses yeux bougeaient régulièrement de gauche à droite dans leurs orbites.

Bryan se dit qu'il devait être captivé par ce qui se passait à l'écran.

39

Aussitôt que la directrice et son visiteur eurent quitté la pièce, l'homme dans le fauteuil reprit là où il s'était interrompu. Il commença par une série de flexions-extensions des chevilles. Puis il écarta les orteils jusqu'à ce que la douleur survienne, inspira à fond et s'accorda un temps de relaxation. Ensuite il crispa les mollets, attendant une fois encore d'avoir mal pour s'arrêter, puis il fit le même exercice avec les cuisses. Après avoir fait travailler ainsi chaque muscle de son corps, il recommença la même opération depuis le début.

L'image légèrement floue du téléviseur changeait constamment de couleur. Les personnages défilant sous ses yeux se démenaient et transpiraient depuis des heures. C'était la troisième fois qu'il voyait les mêmes coureurs se placer sur la même ligne de départ. Ils balançaient leurs bras et donnaient des coups de pied dans le vide. Certaines chaussures avaient trois rayures, d'autres n'en avaient qu'une seule. Au coup de feu, ils s'élançaient, bougeant les bras, d'abord d'avant en arrière, puis vers le haut quand ils avaient passé la ligne d'arrivée. Tous étaient très musclés. Et presque tous étaient noirs.

L'homme s'extirpa lentement de son fauteuil et leva les mains très haut au-dessus de sa tête. Les autres patients ne détournaient pas les yeux de l'écran. Ils ne faisaient pas attention à lui. Il recommença à bander ses muscles, groupe par groupe. Son corps était comme celui des hommes de couleur, fort de la pointe des orteils à la racine des cheveux.

Il arrivait que certains coureurs s'écroulent sur la pelouse, au milieu de la piste. Aucun de ceux là n'était noir, et tous portaient des shorts de couleur claire. Il y avait beaucoup de shorts clairs. Tout en levant les bras vers le plafond dix fois de suite, il comptait le nombre de policiers alignés le long des barrières, face au public. Profitant de chaque nouvel angle de caméra, il refit le compte plusieurs fois. Il y en avait vingt-deux.

Il se rassit et recommença son programme d'entraînement au début.

D'autres athlètes démarrèrent une épreuve sur une distance plus longue, les bras le long du corps. Cette course-là aussi, il l'avait déjà vue.

Entre deux courses, il se releva de son fauteuil, se pencha en avant jusqu'à attraper ses chevilles et colla son torse sur ses cuisses. Il ferma les yeux et écouta. La rumeur du public s'éteignit à l'annonce du départ d'une nouvelle course.

Il étira son dos jusqu'à toucher ses genoux avec son front et commença le compte à rebours : Cent, quatre-vingt-dix-neuf, quatre-vingt-dix-huit, quatre-vingt-dix-sept… Nouveau coup de feu ! Il regarda de gauche à droite puis de droite à gauche et ainsi de suite, continuant à compter en regardant la pièce à l'envers. Le visage du type assis sur le fauteuil le plus proche fut gommé dans le mouvement de pendule de ses yeux. Ses traits s'effacèrent. Le public poussa une exclamation. Une large et profonde clameur inarticulée. Il se redressa, jeta un bref coup d'œil à l'écran et laissa s'imprimer sur sa rétine un kaléidoscope de bras et de couleurs. Puis il ferma les yeux et compta les têtes dans l'image qu'il venait de mémoriser. Le bruit en arrière-plan s'assourdit progressivement. C'était le moment de ses exercices où le vertige le prenait. Il effectua les trente dernières flexions du buste sans réfléchir, respira rapidement, plusieurs fois de suite, et se redressa. Après quelques assouplissements de la nuque, il s'étira vers le plafond et ne se rassit que lorsque les points sur l'écran se réunirent de nouveau pour former une image.

Enfin il inspira profondément, retint sa respiration et expira. Plusieurs fois. À la dernière, il resta en apnée. C'était sa récompense après chaque séance. Il était dans un état de concentration et de calme absolus. Tous ses pores étaient dilatés. Pendant ces quelques instants, il vivait intensément.

Puis il ferma les yeux et se souvint des pas des visiteurs derrière lui.

Ainsi que de chacun de leurs mouvements dans la pièce.

Les semelles de l'étranger étaient dures. Leur impact sur le sol, bref. Il faisait des pas rapides et nombreux. Très nombreux. Pendant que la directrice parlait dans l'interphone près de la porte, il s'était arrêté de marcher. Ensuite la directrice et lui avaient recommencé à parler.

Les mots refusaient de sortir de sa tête.

Il fixa son regard sur l'écran et recommença depuis le début, chevilles, orteils, mollets. Entendit des pas dans le couloir. Se redressa brusquement. Il n'avait jamais laissé personne le surprendre tandis qu'il exécutait ce rituel.

Ensuite il resta sans bouger jusqu'à ce que le Grêlé vienne s'asseoir à côté de lui. Il le laissa lui caresser le dos de la main et compta le nombre de caresses. Comme d'habitude. L'homme était plus calme qu'à l'accoutumée. « Viens, mon ami, dit-il. Nous allons rendre visite à Hermann Müller, tous les deux. » Il lui pressa délicatement les doigts et ajouta : « Allez, Gerhart, allons nous promener, c'est samedi. »

Pour la première fois depuis des années, le prénom par lequel il l'avait appelé lui parut étranger.

40

À l'entrée du Stadtgarten, Bryan se souvint que les fleurs qu'il voulait poser sur la tombe de James trônaient maintenant sur le bureau de Frau Rehmann. Après avoir brusquement mis fin à la visite, la directrice était redevenue froide et distante.

Quelques minutes plus tard, elle le mettait à la porte.

Son idée n'avait mené nulle part. Il n'avait rien appris de plus à propos de Kröner, ou plutôt de Hans Schmidt comme il s'appelait désormais. À aucun moment l'occasion ne s'était présentée de poser les bonnes questions. Vouloir aborder un sujet d'ordre privé en utilisant le prétexte de cette histoire de subvention de la Communauté européenne avait été une erreur. Frau Rehmann avait compris qu'il y avait anguille sous roche. Kröner aurait rapidement vent de la chose et Bryan n'était pas encore prêt à une confrontation avec lui.

Il s'occuperait du Grêlé en temps voulu.

Bref, il avait perdu du temps pour rien.

Il se baissa pour cueillir une fleur, une pauvre chose minable, violette, à moitié déplumée, qui ressemblait vaguement à une ortie. Elle se laissa arracher avec la racine et le gardien du parc n'y trouverait sans doute rien à redire. Bryan redressa les pétales pour lui donner meilleure mine. La fleur illustrait mieux sa solitude et l'émotion qu'il ressentait que n'aurait pu le faire un joli bouquet.

Le trajet en funiculaire lui parut interminable. L'oscillation de la nacelle lui donna la nausée. Son sentiment de malaise ne fit qu'augmenter quand, suivant les indications de Petra, il emprunta les pavés envahis d'une herbe moussue menant à la galerie. Ces colonnades grecques s'élevant à flanc de coteau, entourées de murets surmontés d'une rampe en fer forgé, étaient à ses yeux un grotesque anachronisme.

Malgré les bonnes intentions de l'architecte, l'édifice était d'une grande laideur et, de surcroît, il avait été très mal entretenu. Il y régnait cependant une atmosphère de tristesse qui concordait bien avec la vocation du lieu.

Un mémorial en Allemagne brille rarement par sa discrétion. L'imposante stèle plantée au pied du Schlossberg n'échappait pas à la règle. Elle avait été posée là après la Première Guerre mondiale, en mémoire des soldats allemands tombés au front, et on avait eu la prescience de laisser de la place pour l'avenir. Quelques décennies plus tard, la Seconde Guerre avait comblé l'espace vacant. Apparemment, l'Allemagne prévoyait d'en rester là.

On trouvait ce genre de monuments un peu partout dans le pays, et ils avaient en commun d'indiquer clairement leur fonction. C'est pourquoi, après avoir inspecté soigneusement le pilier sous tous les angles, Bryan fut surpris de n'y voir aucune plaque commémorative, ni aucun renseignement permettant de trouver le lieu de la sépulture elle-même.

Il s'accroupit et resta ainsi un long moment, les bras croisés sur ses cuisses. Puis il bascula sur ses genoux et ramassa une poignée de terre.

Elle était humide et noire.

41

Quarante-cinq minutes avant lui, un type à la stature imposante avait fait le même trajet.

Ses derniers pas à travers les fourrés l'avaient essoufflé. Il y avait près de cinq ans qu'il était venu ici pour la dernière fois. Les colonnes néoclassiques qui avaient été témoins de nombreux baisers volés n'avaient aucune raison d'émouvoir Horst Lankau qui n'avait pas grandi dans cette ville.

Au contraire, l'endroit le mettait en colère.

Sa fille aînée, Patricia, avait entretenu pendant trois ans une relation de vacances avec un jeune voyou dont la famille avait la mauvaise idée de passer chaque année plusieurs semaines de leurs misérables congés payés dans un camping au sud du Schlossberg. Les amoureux n'avaient que quelques pas à faire pour atteindre la Schwabentor où ils s'élançaient sur les marches pour emprunter ensuite main dans la main les sentiers menant à la galerie où Lankau se trouvait en ce moment.

Le troisième été qu'il avait passé avec sa fille avait également été le dernier séjour du jeune homme à Fribourg, et depuis Patricia n'avait plus jamais mentionné son nom.

Lankau avait pris les amants en flagrant délit. Le pantalon sur les chevilles, pour ainsi dire. Le garçon avait pratiqué ce genre d'activité pour la dernière fois de sa vie. La plaisanterie avait coûté cher à Lankau, mais les parents s'étaient montrés satisfaits du dédommagement qu'il leur avait proposé.

L'émasculé allait au moins pouvoir faire des études.

Depuis, Patricia avait fait un bon mariage et ses deux cadettes avaient compris la leçon : elles ne s'étaient pas risquées à suivre l'exemple de leur sœur.

Quant à son fils, il était libre d'agir à sa guise.

À en croire les préservatifs usagés, collés un peu partout dans la galerie où Horst Lankau attendait en ce moment, d'autres continuaient à y chercher l'aventure.

Il était bientôt trois heures et demie. Mais Horst Lankau, assoiffé de vengeance depuis tant d'années, aurait attendu bien plus longtemps, s'il avait fallu.

Après cette nuit fatidique sur le Rhin, Arno von der Leyen avait totalement disparu. En dépit de son acharnement et de ses relations haut placées, les recherches de Horst Lankau avaient toutes échoué sur les rives marécageuses du fleuve.

Depuis lors, il devait vivre avec les séquelles physiques de son règlement de comptes funeste avec cet homme. Il était devenu laid. Son œil fermé déséquilibrait son visage. Quand il voulait approcher une femme, elle se détournait avec horreur. Sa cécité à droite l'empêchait d'améliorer son handicap au golf. Ses vertèbres cervicales écrasées lui donnaient des migraines qui pourrissaient son existence et affectaient celle de ses proches. La balle qui lui avait traversé le torse avait endommagé ses muscles pectoraux et dorsaux, et il n'arrivait plus à lever le bras gauche au-delà de la hauteur des épaules, ce qui gênait son drive.

Mais le pire était cette plaie à l'âme appelée la haine, qui ne guérit jamais et consume peu à peu celui qui en souffre.

Pour se venger de tout cela, Horst Lankau était prêt à attendre tout le temps qu'il faudrait.

Il avait repéré sa victime au moment où celle-ci se baissait pour cueillir une fleur à l'entrée du parc. Alors, il s'était assis lourdement sur le toit de la galerie, les jumelles posées près de son automatique.

Ce pistolet était l'un des pires que l'industrie des armes ait jamais produits. La rumeur voulait qu'il ait causé la mort de plus d'amis que d'ennemis. Le pistolet Type 94 aussi connu sous le nom de Shiki Kenju 94 était l'un des rares exemples prouvant que les Japonais pouvaient commettre des erreurs, y compris en matière de mécanique de précision.

Le Type 94 n'était pas un pistolet fiable. Si la chambre était pleine, il suffisait d'effleurer la sécurité, trop facilement accessible sur le dessus de la crosse, pour faire partir le coup.

Mais c'était la seule arme de Lankau à être pourvue d'un silencieux.

Il avait vu ce pistolet pour la première fois chez un Japonais avec qui il était en affaires. Un homme jaloux de ses traditions, pour qui le temps semblait s'être arrêté. Un doux après-midi d'été à Toyohashi où il recevait Lankau chez lui, l'homme avait fièrement sorti le Kenju du morceau d'étoffe dans lequel il était enveloppé, et lui avait raconté combien cette arme l'avait protégé au cours de sa vie malgré sa piètre réputation.

L'intérêt manifeste qu'avait montré Lankau à cette occasion lui avait valu de recevoir l'objet en cadeau, un mois plus tard, joint à une expédition de marchandises.

L'hospitalité japonaise avait obligé son hôte à faire ce geste pour préserver son honneur.

Depuis, ils n'avaient plus jamais fait d'affaires ensemble.

Le Japonais espérait peut-être que Lankau lui retournerait le cadeau.

Ce dont il s'était bien gardé.

Lankau inspecta les alentours. Il ne vit personne à cinquante mètres à la ronde, ce qui correspondait à peu près à la distance où portait le son. L'activité au Dattler, la meilleure table de la région et l'image de marque de la ville, semblait normale. Les gens venaient rarement se promener dans cette partie isolée du Schlossberg en cette saison.

Il devait le concéder à Peter Stich.

Face de lune regarda vers la vallée et ferma son œil pour mieux voir. Le funiculaire lui parut particulièrement lent.

Lorsque la cabine disparut entre les arbres, il s'allongea à plat ventre sur le toit de la galerie et serra la crosse du pistolet. Pour que le Shiki Kenju atteigne sa cible et que le coup soit fatal, il fallait qu'elle soit proche. Il avait testé l'arme sur du gibier. Avec l'âge et la surcharge pondérale, il n'était plus capable de courir.

La proie devait venir à lui. Elle était tout près, maintenant.

Arno von der Leyen resta visible à peine une seconde, avant de disparaître sous les colonnades. Il avait conservé la souplesse de ses jeunes années. Il était différent de l'image que Lankau avait gardée de lui, mais c'était bien lui. Lankau sentit un goût métallique sur sa langue, comme s'il avait déjà étanché sa soif de tuer. Il avait si souvent rêvé de recroiser son ennemi dans des circonstances comme celles-ci.

À portée de tir et inconscient du danger.

Les pas dans la galerie étaient lents et hésitants. Arno von der Leyen devait être à la recherche de la tombe de Gerhart Peuckert. Lankau respirait doucement. On ne pouvait jamais savoir avec un type comme ça. Cette rencontre devait être la dernière, et Lankau ne comptait pas prendre le moindre risque. Si le démon qui lui avait pris un œil et détruit la vie entrait dans le périmètre de sa distance de tir, son compte était bon. Il l'abattrait comme un chien.

Les cris sur le sentier vinrent de plusieurs endroits à la fois. Les voix étaient claires, mais elles n'appartenaient pas à des enfants. Lankau jura en silence. Ces jeunes gens allaient tout gâcher. Ils couraient partout comme des lièvres et pouvaient tout à coup sortir d'un buisson et l'empêcher d'agir.

Les crissements de pas sous la galerie cessèrent.

42

Les taches d'humidité sur ses genoux s'élargissaient. Bryan se rassit sur ses talons et poussa un long soupir. Tâcha de s'arracher aux souvenirs et de reprendre pied dans la réalité.

Les toits et les oasis de verdure en contrebas se diluaient en une image floue. Il n'avait pas pleuré ainsi depuis des années. Il retomba à genoux.

Les rires insouciants de jeunes gens qui jouaient à se poursuivre quelque part en amont, le parfum puissant de la résine, la pureté du décor qui s'étendait sous ses yeux lui donnaient un sentiment de solitude plus fort qu'il n'en avait jamais ressenti auparavant. Il n'y avait aucun indice nulle part lui permettant de trouver l'endroit où reposait le corps de son meilleur ami.

Bryan se mordit la lèvre et essuya ses yeux, se maudissant de ne pas avoir pris les coordonnées de Petra. Peut-être avait-il mal compris ses indications. Peut-être s'était-elle mal exprimée ou alors on l'avait mal renseignée.

Soudain, il se releva. Dans cet environnement baigné de lumière, avec l'activité fébrile de la ville à ses pieds, son découragement avait brusquement cédé la place à une détermination farouche.

La dépouille de James reposait ici, il en était convaincu.

Profitant d'un instant de silence, il inclina la tête et il se recueillit en pensant à son ami. Il lissa lentement les pétales fanés de la fleur et chercha des yeux un emplacement où la poser. Si au moins il y avait eu une pierre tombale…

Il examina le mémorial qui dominait la galerie en son milieu. À quelques mètres au-dessus, un sentier courait vers le sommet, disparaissant dans la végétation. Les racines affleurantes, patinées par les pas des promeneurs, montraient que le chemin était encore utilisé.

Il n'avait pas encore cherché de ce côté.

Alors qu'il marchait sur ce sentier depuis quelques minutes, un bruit inattendu attira son attention. Un cliquetis imperceptible, quasi inaudible, mais totalement déplacé en ce lieu.

Le soupçon est un sentiment impérieux. Il se manifeste d'un seul coup et laisse peu de place au doute. En l'occurrence, plusieurs explications lui traversèrent l'esprit : Petra Wagner, Mariann Devers et Frau Rehmann. Toutes avaient été en contact avec Kröner, un homme qui avait voulu le tuer par le passé et qui n'avait sans doute aucune envie de voir ce passé remonter à la surface.

Il reconnaissait ce bruit. Un son métallique. Tout prend subitement un sens quand une idée est nourrie par un soupçon instinctif et puissant.

Bryan alla se cacher dans un fourré au bord du chemin et attendit.

Tel un diable sortant de sa boîte, l'individu apparut dans le champ de vision de Bryan à moins de cinq mètres de distance. Il resta un moment sur l'étroite plate-forme qui prolongeait le toit de la galerie et inspecta le chemin qui passait à quelques centimètres des jambes de Bryan, qui le reconnut aussitôt.

Le choc lui tordit l'estomac.

Jamais il n'aurait pensé revoir un jour ce visage large et repoussant. Rien sur cette terre n'aurait pu le surprendre plus que cette rencontre. Les eaux froides du Rhin s'étaient refermées sur cet homme devant ses yeux. Il l'avait vu disparaître dans les remous, troué de balles et à bout de forces. Il le croyait mort depuis trente ans.

Horst Lankau était plus gros qu'à cette époque mais à part ça, le temps ne semblait pas avoir eu de prise sur lui. Certaines personnes qui ont la peau tendue par la graisse et le teint coloré ressemblent à des enfants en vieillissant. Sans son orbite vide et ses jointures blanches crispées sur une arme de poing, Face de lune aurait pu être de ceux-là.

La probabilité que le colosse passe près de lui sans le voir était minime. Bryan recula doucement son pied, s'aplatit par terre et posa une main sous son torse, paume contre le sol, pour qu'elle lui serve de ressort s'il devait bondir sur son adversaire.

Bryan saisit les chevilles de Lankau dès qu'elles furent à portée de main, sans parvenir à le déséquilibrer.

Le coup partit quand même.

L'impact de la balle surprit Bryan autant que le coup de feu. Il ne ressentait aucune douleur et ne savait pas où il avait été touché. L'écho assourdi résonnait encore qu'il se lançait déjà sur la silhouette vacillante qui faisait le grand écart entre le chemin et le ravin. Un deuxième coup partit et toucha un arbre derrière Bryan, qui s'attaqua au visage de Lankau, toutes griffes dehors, et lui administra un furieux coup de genou dans les testicules.

Le grand bonhomme le regarda bouche bée. Il ne cria pas, malgré la douleur. Il s'écroula et bascula en arrière, entraînant Bryan avec lui dans la pente par le col de sa veste. Le sol meuble lui évita de s'assommer dans sa chute. Son volumineux adversaire roula sur lui plusieurs fois, jusqu'à ce que leurs deux corps emmêlés soient stoppés par la double haie vive conduisant de la galerie au sentier. Aussi sonnés l'un que l'autre, ils s'observaient, allongés côté à côte, grognant de douleur. De fines rigoles de sang coulaient du front de Lankau, se rassemblant dans les cils de son œil valide d'où elles débordaient ensuite sur sa joue. En roulant, il s'était déchiré le cuir chevelu. Il clignait des yeux, secouait la tête, aveuglé par son sang. L'arme se trouvait vingt centimètres au-dessus de lui dans l'humus qu'ils avaient labouré dans leur chute.

Bryan, profitant de la cécité momentanée de Lankau, lui administra un puissant coup de boule, sentant trente-six chandelles éclater dans sa propre tête.

Face de lune gueula comme un veau. Bryan chercha à se dégager, tendant la main pour saisir l'arme quand soudain il sentit sa tête tirée en arrière par les cheveux.

Lankau venait de bénéficier d'une aide imprévue. Plusieurs jeunes gens entouraient les combattants, braillant des injures incompréhensibles. Les filles se tenaient derrière les garçons, enchantées de cette distraction. Ils venaient chercher l'aventure. Une fois encore, les colonnades ne les avaient pas déçus.

Deux garçons aidèrent Lankau à se lever et brossèrent son dos couvert de terre. Le sang dégoulinant sur son visage, il porta les mains à son front et regarda autour de lui, l'air affolé, à la recherche de son arme, tout en débitant un flot de phrases en allemand. Bryan sentit qu'on lui lâchait les cheveux, et les muscles de son cou se détendirent. Discrètement, il remonta la pente en marche arrière de quelques centimètres, glissant sur ses fesses. Personne ne vit l'arme derrière son dos.

Bryan n'avait pas compris un mot de ce que Lankau avait raconté à ses sauveurs, et quelques secondes plus tard il s'était volatilisé.

Le demi-cercle autour de Bryan, par contre, ne semblait pas avoir l'intention de se dissoudre pour l'instant.

Avec d'infinies précautions, Bryan trouva à tâtons une prise sur le pistolet. Il était plus lourd qu'il ne le pensait. Sous ses doigts, il sentait le dispositif de sécurité au-dessus de la crosse. Personne ne l'entendit le remettre en place. Il glissa avec précaution le pistolet sous la ceinture de son pantalon, caché sous sa veste. En ressortant la main du pantalon, la douleur le frappa pour la première fois et il poussa un gémissement. Une fille glapit quand Bryan tendit sa main couverte de sang.

« *He shot me* », dit-il simplement, sans s'adresser à personne en particulier et sans s'attendre à ce qu'on le comprenne.

Une deuxième fille se mit à hurler. Un jeune homme si blond que ses cheveux étaient presque blancs aida Bryan à se relever. Une grande tache rouge sur sa poche arrière continuait de s'élargir, mais moins qu'il le craignait. La balle avait traversé le muscle glutéal, vulgairement appelé la fesse. Bryan en conclut que l'orifice par lequel le projectile était entré et la plaie qu'il avait laissée en ressortant étaient déjà presque refermés. La perte de sang serait minime. Mais quand il voulut se lever, sa jambe gauche céda sous son poids.

Le demi-cercle s'écarta.

Le jeune homme lança quelques mots, et le groupe se sépara en un instant. Tous, hormis celui qui avait lancé les ordres, se précipitèrent dans la direction dans laquelle Lankau était parti. Quand ils furent seuls, le jeune homme demanda à Bryan dans un anglais hésitant : « Vous êtes capable de marcher ? » Bryan trouva réconfortant de l'entendre parler dans une langue qu'il comprenait.

« Oui, je crois, merci.

– Mes amis vont essayer de le rattraper. » Le jeune homme se tourna vers l'aval où résonnaient les cris de ses camarades peu discrets dans leur chasse à l'homme. Bryan doutait fort qu'ils réussissent. « Je suis désolé, je crains que nous n'ayons fait une erreur. C'est lui qui vous a agressé et pas l'inverse, n'est-ce pas ?

– En effet.

– Vous savez pourquoi ?

– Oui.

– Pourquoi ?

– Pour me prendre mon argent.

– Il faut appeler la police.

– C'est inutile. Ça m'étonnerait qu'il recommence.

– Qu'est-ce qui vous fait dire ça ? Vous le connaissez ?

– Je l'ai connu, à une époque. »

La fesse humaine a beau être composée d'un groupe de plusieurs muscles solidaires, Bryan dut se raccrocher à ce qui lui tomba sous la main pour faire ses premiers pas.

Le garçon aux cheveux blancs l'abandonna sans autre commentaire et courut rejoindre ses camarades.

Cinq minutes plus tard, on ne les entendait plus.

Bryan trouva le chemin jusqu'à la gare du funiculaire interminable. Tous les dix pas, il se retournait pour regarder l'arrière de ses cuisses. La tache sombre avait cessé de s'étendre.

Quand le mince câble du funiculaire apparut derrière les cimes des arbres, le saignement s'était arrêté. La victime et le médecin qu'il était jugèrent tous deux qu'il n'aurait besoin ni d'un pansement compressif ni d'une hospitalisation. Il avait d'autres problèmes à régler dans l'immédiat.

Le premier étant de rester en vie. Il ne pouvait pas savoir d'où viendrait la prochaine attaque, ni à quel moment. Il savait seulement qu'elle était inévitable. On voulait le tuer, et c'était Petra Wagner qui l'avait attiré dans ce piège.

Mais pour quelle raison ? C'était sa deuxième interrogation.

Pourquoi Petra lui avait-elle menti ? Et pourquoi sa disparition était-elle assez importante pour qu'ils prennent un tel risque en plein jour ?

Un nouveau problème se présenta sous la forme de brindilles cassées et aplaties sous les buissons auxquels elles appartenaient. La niche sur laquelle elles avaient attiré le regard de Bryan était quasiment invisible, mais le mouvement des feuilles était suspect, en l'absence de tout souffle d'air. Bryan mit la main derrière son dos et il dégagea l'arme de sa ceinture. Il jeta un dernier coup d'œil alentour et ne vit personne, y compris à la gare du funiculaire.

« Sortez de là ! » ordonna-t-il à voix basse, donnant un coup de pied dans les graviers du chemin qui giclèrent dans la broussaille. Lankau se leva aussitôt. Une substance brunâtre, mélange de sang et de terre, lui souillait la figure.

Il cracha quelques mots entre ses dents. Bryan ne reconnaissait que trop bien ce ton.

« Parlez-moi en anglais, Lankau. Vous devez bien parler anglais, non ?

– Pourquoi me donnerais-je cette peine ? » Une véritable terreur apparut sur le visage de Lankau quand Bryan braqua le pistolet sur lui et lorsqu'il le vit retirer la sécurité, son visage se tordit littéralement. Il fit un brusque pas de côté pour sortir de la trajectoire du canon.

« Je n'hésiterai pas à tirer si vous recommencez ! fit Bryan. À partir de maintenant, vous allez venir avec moi et vous tenir tranquille. Un faux mouvement, volontaire ou pas, et vous n'aurez plus jamais l'occasion d'en faire. »

Lankau regardait Bryan, incrédule. « Vous avez oublié votre langue natale, ordure ? »

Il suivait attentivement des yeux chaque mouvement du pistolet. Il avait l'air minable, sortant de son buisson, la chemise hors du pantalon, de larges taches humides sur les genoux et ses cheveux rares ramenés sur sa calvitie. Malgré les apparences, Bryan se méfiait. Avec sa précision d'homme de l'art, il assena au géant deux coups au plexus solaire qui lui firent quasiment perdre connaissance. Quand Lankau fut à nouveau solide sur ses pieds, Bryan se mit à le pousser devant lui, à un mètre de distance.

En arrivant à la plate-forme du funiculaire, il glissa le pistolet dans sa poche et se colla assez près de Lankau pour qu'il puisse sentir le canon de l'arme à travers leurs vêtements respectifs.

« Je vous conseille de vous tenir tranquille quand on montera dans cette cabine ! » Lankau poussa un grognement. Puis il se retourna très lentement, regardant Bryan dans les yeux. Son œil mort était à moitié ouvert. « Faites un peu attention avec ce pistolet, connard ! Il part tout seul ! »

Que l'homme qui se trouvait à la gare du funiculaire soit contrôleur ou pas, il ne jugea pas utile de se faire connaître. Voyant le visage ensanglanté de Lankau, il recula, prudent, vers la cahute, et n'en bougea plus.

« Ne vous inquiétez pas, je suis médecin, lui lança Bryan, j'emmène ce monsieur à l'hôpital. » L'homme secoua nerveusement la tête. Il ne comprenait pas l'anglais. Bryan poussa Lankau dans la nacelle. « Il est tombé, vous comprenez ? » L'homme ne ressortit pour les suivre des yeux que lorsque la cabine eut passé le premier pylône.

« Votre voiture ! » aboya Bryan quand ils furent arrivés en bas. Lankau traversa la route sans faire d'histoires et il sortit ses clés de sa poche. Bryan laissa Lankau prendre le volant. Il observait son ennemi dans cette activité coutumière alors qu'ils s'éloignaient lentement de la ville et ne put s'empêcher de songer aux insondables mystères de l'âme humaine. Si l'on faisait abstraction de son visage ravagé, Lankau ressemblait à un bon père de famille. Partout dans la voiture traînaient les témoignages d'une vie ordinaire, paquets de cigarettes, emballages de Snickers... Assis près de lui, Bryan avait un homme comme les autres, un contribuable et un bon vivant. Le sac de golf sur la banquette arrière parachevait le tableau. Quand il avait mis le contact, la musique de Wagner avait éclaté dans l'habitacle. Mais on peut être un amoureux de Wagner, un assassin, un sadique et un simulateur à la fois. Qui pouvait se défendre d'avoir un peu de Lankau en lui ?

« Emmenez-nous dans un endroit où nous ne serons pas dérangés, dit Bryan en baissant le son du dernier mouvement de l'ouverture.

– Pour que vous puissiez m'abattre sans témoin, je suppose. »

Le gros homme ne semblait pas particulièrement inquiet.

« C'est ça. Pour que je puisse vous tuer si j'en ai envie », rétorqua Bryan en gardant les yeux sur la route.

La ville disparut dans les rétroviseurs. Une lumière pâle et rasante éclairait encore la chaussée. Trempé comme un jeune chiot, un petit garçon roulait à bicyclette dans les flaques, avec une insouciance estivale. Les caniveaux de Fribourg semblaient charrier en permanence des torrents d'eau de pluie.

« Depuis quand êtes-vous revenu ? Qu'est-ce que vous nous voulez ? C'est pour l'argent ?

– Quel argent ?

– Petra Wagner prétend que vous cherchez Gerhart Peuckert. C'est lui qui devait vous mener jusqu'à nous ? Il vous a promis de vous dire où se trouve le magot ?

– Pourquoi ? Gerhart Peuckert est encore en vie ? » Bryan espéra lire une crispation sur la figure de Lankau. Mais celui-ci tourna vers lui un visage sans expression.

« Non, répondit-il en fixant à nouveau la route devant lui avec un petit sourire. Non, von der Leyen, il ne l'est plus. »

Lorsque maisons et fermes commencèrent à s'espacer dans le paysage, remplacées par des champs de vignes, Bryan dut prendre une décision. Lankau prétendait avoir des informations et il possédait une propriété où ils pourraient parler tranquillement. Un piège probablement. Ils n'étaient qu'à quelques kilomètres du centre-ville, mais l'endroit était anormalement calme. Malgré les nombreuses routes transversales et les automobilistes rentrant de leur travail, une maison isolée pouvait renfermer des secrets que Bryan n'avait nulle envie de connaître.

Quand Bryan demanda à Lankau à quoi lui servait la ferme vers laquelle ils se dirigeaient, sa question parut l'amuser.

« Ce n'est pas là que je vis, si c'est ce que vous croyez, fit Lankau. Ma famille et moi habitons en ville où, d'ailleurs, vous ne les trouverez pas non plus. Ils sont partis. » Il rit. « Je vous emmène dans ma petite garçonnière. »

Un panneau au bord de la route interdisait l'accès aux étrangers.

Contrairement aux fermes avoisinantes, celle-ci était de plain-pied et prolongée par plusieurs bâtiments attenants à la maison principale.

Si cet endroit était sa garçonnière, Lankau devait être un homme très riche. La maison était en retrait de la route et entourée de vignes dont le nombre de pieds indiquait que la viticulture n'était pour son propriétaire qu'un simple passe-temps.

Bryan s'enfonça dans son siège et pressa le canon de l'arme dans le flanc de Lankau. Dès le moment où le moteur serait éteint, sa survie dépendrait entièrement de sa vigilance. S'il s'agissait d'un piège, le danger pouvait venir de n'importe où.

« Détendez-vous, pauvre trouillard ! se moqua Lankau en ouvrant la porte. Il ne vient jamais personne ici, sauf pour les vendanges et la chasse. »

Dès qu'ils furent à l'intérieur, Bryan donna un coup si fort sur la nuque de son otage qu'il perdit connaissance. Le séjour était une monstruosité. Près de cinq cents têtes de cerf ornaient les murs, témoignant de l'instinct de chasseur prononcé du maître des lieux. Il y avait aussi un vaisselier sculpté, de lourds ouvrages reliés en cuir, des couteaux de chasse et des fusils anciens, des chaises en chêne massif et des tableaux de couleur sombre représentant tous des scènes de chasse en forêt.

La pièce sentait le renfermé. Son hôte ne devait pas recevoir souvent.

Un long moment, il tendit l'oreille. Mis à part quelques aboiements au loin et des bruits de pneus sur la route, tout était calme.

Ils étaient seuls.

De l'autre côté de la cour se trouvait une grange tout en longueur. Là aussi, les murs étaient couverts de trophées, de peaux de bête, de crânes et de couteaux de toutes les formes et de toutes les tailles. Dans le fond du bâtiment, des étagères croulaient sous une quincaillerie de pots de peinture, de chutes de papier à tapisser, de pots de colle, de caisses remplies d'équerres, de vis et de clous. Il y avait aussi de la ficelle. Des pelotes de ficelle de chanvre dont se servaient les paysans à la moisson.

Bryan ligota soigneusement Lankau à un fauteuil à haut dossier.

Malgré sa position inconfortable, un peu de travers, les pieds et les mains si bien attachés qu'il n'aurait pas pu se remettre d'aplomb quand bien même il aurait essayé, son prisonnier recommença à fanfaronner aussitôt qu'il reprit connaissance. Puis il regarda Bryan et attendit. À cet instant, il avait l'air d'un vieil homme.

La situation qu'il était en train de vivre défiait toute logique. Pourquoi diable cet homme semblait-il prêt à risquer sa vie pour cette vieille histoire ? En quoi von der Leyen constituait-il une menace pour lui, trente ans plus tard ? Bryan observa Lankau attentivement. Les commissures de Face de lune descendaient presque jusqu'à son double menton. Son regard était froid et patient. Bryan tourna la tête et se trouva nez à nez avec les yeux de verre d'une tête de cerf naturalisée. Deux des simulateurs avaient mis leur vie en jeu pour essayer de le tuer en cette nuit de 1944. Ils avaient forcément une bonne raison pour le faire, mais Bryan n'avait jamais compris laquelle. Et cela avait failli lui coûter la vie.

Il ne commettrait pas une deuxième fois la même erreur.

« Racontez-moi tout, dit-il. Si vous voulez rester en vie, dites-moi tout.

– Vous n'aurez jamais notre argent.

– Quel argent ? Je me fous complètement de vous et de votre argent. C'est donc de cela qu'il a toujours été question ? » Il se pencha vers lui. « Il y en a tant que cela ? » Bryan le regarda attentivement dans les yeux. Il n'avait pas cillé. On aurait dit un homme d'affaires en pleine négociation. Auquel cas, il avait trouvé à qui parler. « Je suis riche, Lankau, dit Bryan. Vos petites économies suffiraient probablement à peine à satisfaire les besoins de mes animaux de compagnie. Parlons de choses sérieuses. Si vous tenez à revoir votre famille, il va falloir vous décider rapidement. Racontez-moi d'abord ce qui s'est passé à l'époque et ensuite, vous me direz ce qui s'est passé depuis. » Bryan s'assit et fixa l'œil valide de son prisonnier. « Commençons par le commencement. Parlez-moi de l'hôpital.

– De l'hôpital ! » La voix était pleine de mépris. « Je n'ai aucune envie de revenir là-dessus. S'il n'avait tenu qu'à moi, on vous aurait tué là-bas, déjà. C'est tout ce que j'ai à dire à propos de ce foutu hôpital.

– Mais pourquoi ? Pourquoi est-ce que vous ne pouviez pas simplement me laisser tranquille ? En quoi pouvais-je vous nuire puisque j'étais un simulateur comme vous !

– Vous pouviez faire exactement ce que vous avez fait. Vous évader ! Et si vous aviez voulu, vous auriez aussi pu nous trahir.

– Mais je ne l'ai pas fait. Qu'est-ce que j'y aurais gagné ?

– Vous auriez pu garder le wagon pour vous, salopard ! siffla Lankau entre ses dents.

– Je ne vous ai pas entendu. Répétez-moi ça. » Bryan recula d'un pas. Lankau cracha, avec une expression de haine incommensurable.

Bryan braqua le pistolet sur lui et tira, si près de la figure de Lankau que la poudre lui brûla un sourcil. Il jeta à Bryan un regard affolé et tourna brusquement la tête pour essayer de voir le trou minuscule que la balle avait creusé dans le dossier du fauteuil, à quelques centimètres de sa joue.

« Si vous ne me racontez pas ce qui s'est passé après que nous nous sommes quittés cette nuit-là sur le Rhin, je vous préviens que je n'hésiterai pas à vous tuer, reprit Bryan, levant à nouveau le Type 94. Je sais que Kröner est en ville. Je sais où il habite. J'ai parlé à sa belle-fille, Mariann. Je l'ai vu avec sa nouvelle femme et son petit garçon, et j'ai suivi tous ses déplacements en ville. Si vous refusez de me dire ce que je cherche à savoir, je suis sûr que, lui, j'arriverai à le faire parler ! »

Lankau s'avachit légèrement sur le fauteuil. Savoir que son bourreau connaissait l'adresse de Kröner et ses faits et gestes l'avait plus déstabilisé que le coup de feu. Il releva enfin la tête.

« Par où voulez-vous que je commence ? » dit Lankau d'une voix lasse, détournant à regret les yeux d'un poster brun et vert, accroché sur le mur. « Cordillera de la Paz », disait le texte d'un orange flamboyant qui n'avait pour effet que de rendre le paysage encore plus lugubre. Bryan attendait, immobile, le Kenju dans sa main droite. Lankau priait intérieurement pour qu'il continue d'en être ainsi.

Pour l'instant, la situation paraissait bloquée. Lankau ferma les yeux. Une douleur sourde battait dans ses avant-bras.

Arno von der Leyen semblait ne rien savoir sur le rôle de Peter Stich dans l'affaire, ni sur leur histoire. Et ça, c'était une bonne chose. Si la situation devait virer à leur avantage, c'était peut-être de ce côté-là que ça viendrait.

Dans une course, il faut avoir une longueur d'avance. C'est la règle numéro un. Horst Lankau venait donc de décider qu'Arno von der Leyen aurait son histoire. La deuxième règle consiste à garder son adversaire à distance en attendant de trouver son point faible. Lankau allait s'y employer. Souvent, il suffisait de comprendre ses motivations. Arno von der Leyen était-il poussé par la cupidité ou par un désir de vengeance ? La suite le dirait.

Mais le plus important était de cacher ses propres armes et leur portée le plus longtemps possible. C'est la troisième règle essentielle, et c'est pourquoi il devait taire le rôle de Peter Stich et son identité pour l'instant.

Arno von der Leyen avait sûrement entendu parler du Facteur lors de leurs conversations nocturnes à l'hôpital. Mais il ne pouvait pas savoir que le Facteur et Peter Stich étaient une seule et même personne, pour la simple et bonne raison qu'il était en pleine séance d'électrochocs au moment où le Facteur avait jeté le masque.

En prenant en compte ces trois règles, il pouvait raconter son histoire sans risque. Lankau regardait von der Leyen avec l'air de se demander par où commencer. Quand le silence eut duré suffisamment longtemps, son geôlier se pencha vers lui et brisa la glace.

« Je propose que vous commenciez avec l'épisode du Rhin », dit-il, plein de curiosité, soutenant le regard de Lankau, comme si une sorte de complicité était née entre eux. « Je vous ai cru mort là-bas. Mort et disparu de la surface de la terre. Racontez-moi ce qui est arrivé ensuite. » Lankau se redressa un petit peu. Pour la première fois, il observa son interlocuteur avec une réelle attention. Il n'était plus l'athlète qu'il avait été dans sa jeunesse. Son corps s'était ramolli. Sans les liens qui lui sciaient la peau, Lankau aurait facilement eu raison de lui. Il testa une nouvelle fois la solidité de ses entraves en pressant ses doigts contre les accoudoirs.

« Je n'ai pas besoin de vous décrire l'état dans lequel vous m'avez laissé, connard. Je vous assure que cela n'avait rien de réjouissant. Amoché comme j'étais, j'étais incapable de retourner à l'hôpital et, de toute façon, je ne pouvais pas revenir sans Dieter Schmidt. » Lankau ferma son œil mort. La peau du cou de son geôlier était fine et sa gorge traversée par un réseau de veines superficielles. « C'est la haine que je vous portais qui m'a maintenu en vie, ordure. C'était un hiver glacial, vous vous souvenez ? J'ai rarement vu autant de neige de toute ma vie. Mais la Forêt-Noire est pour celui qui souffre un havre de miséricorde. Au bout de deux jours, caché, j'ai su que je survivrais. Dans cette région, la moindre ferme est flanquée d'une grange ou d'un cellier où on entrepose la nourriture. Alors je me suis débrouillé, malgré les patrouilles de maîtres-chiens lancées à notre recherche. Ceux qui sont restés ont eu moins de chance. Entre autres, Gerhart Peuckert. » Lankau vit avec satisfaction que von der Leyen avait réagi. La partie était commencée.

L'adversaire avait dévoilé son point faible. Pendant l'heure qui suivit, Lankau fit revivre le passé en racontant une partie de l'histoire.

Chaque mouvement inconscient, crispation des traits ou battement de cils qu'Arno von der Leyen ne parvenait pas à réprimer lui était une indication supplémentaire. Lankau n'omit pas le moindre détail, hormis l'identité du Facteur qu'il ne révéla à aucun moment. Quand il le jugeait nécessaire, il sautait quelques épisodes et les remplaçait par d'autres.

En restant toujours très près de la vérité.

Quand Vonnegut s'était réveillé ce matin-là, à la fin du mois de novembre, il s'était aperçu, catastrophé, qu'il manquait trois hommes à son étage. Il avait couru de chambre en chambre en s'arrachant les cheveux. Les fenêtres ouvertes dans les deux salles en disaient assez long sur ce qui s'était passé. Les malades qui se trouvaient encore dans leurs lits souriaient d'un air béat, sans partager son affolement, attendant tranquillement qu'on leur apporte leur bassine pour la toilette et que le petit déjeuner soit servi. L'Homme-Calendrier alla même jusqu'à lui faire une courbette.

Moins de dix minutes plus tard, les hommes de la Gestapo étaient sur place, sombres, perplexes et absolument furieux. Même les médecins avaient dû se soumettre à un interrogatoire brutal, comme s'ils étaient responsables de la disparition des trois patients. Les quatre malades qui partageaient la chambre de Lankau avaient été mis à l'isolement pendant quarante-huit heures et conduits un par un dans un local au rez-de-chaussée. On les avait interrogés et torturés avec tous les instruments possibles. Plus leurs bourreaux mettaient de temps à se convaincre que ceux qu'ils interrogeaient étaient innocents, plus la torture était cruelle. C'était pour Gerhart Peuckert que le calvaire avait été le plus long. Malgré son grade, l'officier chargé de son interrogatoire n'avait montré aucune indulgence. Personne n'y avait échappé, ni Peter Stich, ni Kröner, ni l'Homme-Calendrier. Même le général de l'autre côté du couloir avait été passé à la question. On l'avait raccompagné dans sa chambre au bout de quelques heures sans qu'il ait dit un seul mot.

Les jours suivant, Gerhart Peuckert était tombé dans le coma. On avait pensé qu'il ne s'en remettrait pas et tout le monde avait été convaincu qu'il allait mourir.

Mais, contre toute attente, il s'était réveillé au bout de quelques jours. Hormis les séquelles consécutives aux séances de torture, les choses étaient revenues à la normale. Ni l'Homme-Calendrier pleurnichard, ni aucun des autres n'avaient pu expliquer aux jeunes bourreaux où étaient passés les trois patients disparus.

Une semaine plus tard, deux messieurs très stricts, habillés en civil, étaient venus chercher l'officier qui avait conduit les interrogatoires. Ils l'avaient emmené en plein repas et s'étaient enfermés avec lui dans un bureau pendant plusieurs heures. Puis ils l'avaient entraîné dans la cour devant le service de traumatologie et ils l'avaient pendu malgré ses protestations véhémentes. Une humiliation publique tout à fait inédite. On ne lui avait même pas accordé un peloton d'exécution. L'erreur qui lui avait été fatale, la seule qu'il ait commise en huit ans de loyaux et monstrueux services, était d'avoir laissé Arno von der Leyen s'enfuir et de ne pas en avoir immédiatement référé à Berlin.

Après cet épisode, Kröner et Peter Stich avaient guéri à une vitesse prodigieuse. Dès les premiers jours de la nouvelle année, ils avaient été déclarés sortants et aptes au service avec quelques heures de préavis. Depuis un long moment, déjà, Gerhart Peuckert ne réagissait presque plus à rien.

Ils l'avaient laissé sur place sans inquiétude.

Les combats avaient été terribles. Pour Kröner, être au front représentait un gros risque. Les officiers dont on savait qu'ils avaient fait partie du service de renseignement de la SS se retrouvaient entre deux feux. Beaucoup d'entre eux tombaient sous les balles de leurs compatriotes. Mais malgré sa présence en divers endroits du front qui ne cessait de reculer, dans les mêmes répugnantes fonctions que celles qu'il avait occupées au début de la guerre, il avait toujours réussi à éviter que ses propres hommes lui tombent dessus par surprise. À la minute où l'on avait appris la mort du Führer, Kröner avait mystérieusement disparu de sa caserne, sans paquetage et sans une égratignure.

Avant de raconter ce qu'il était advenu de Peter Stich après la guerre, Lankau réfléchit quelques instants. « Quant à Peter Stich, nous n'avons plus jamais entendu parler de lui », dit-il enfin. Arno von der Leyen ne remua pas un cil. Il le regarda avec attention, mais ne fit aucun commentaire. « Beaucoup de gens sont morts à ce moment-là », ajouta Face de lune.

Ce que son interlocuteur n'avait nul besoin de savoir était qu'après être sorti de l'hôpital, Peter Stich avait été aussitôt renvoyé à Berlin pour y reprendre son ancien poste d'administrateur général des camps de concentration.

Et ce pour deux raisons.

D'abord parce que dans cette phase de la guerre, on avait soudain eu besoin de déplacer un grand nombre de prisonniers et de personnel entre les différents camps et ensuite parce que les nazis avaient compris qu'il était de la plus haute importance de régler cette question au plus vite. Le processus requérait l'organisation, la compétence et la fermeté d'un homme comme Stich. Les divisions blindées dans lesquelles il avait servi avant son internement avaient subi d'importantes pertes, certaines étaient exsangues et d'autres complètement décimées. Il n'avait plus rien à faire là-bas. En revanche, on savait que, dans les camps d'extermination, on pouvait s'attendre de sa part à un engagement total.

De cette façon, Stich avait pu se rendre utile jusqu'au dernier jour de la guerre. Non seulement il était à l'abri mais il avait une mission à remplir.

« Notre chef se faisait appeler le Facteur, mais ça, vous le saviez, je suppose ? » dit Lankau en se demandant si le hochement de tête de von der Leyen était sincère.

« Ne vous occupez pas de ce que je sais et de ce que je ne

sais pas. Contentez-vous de tout me dire et si vous omettez quelque chose, ce sera à vos risques et périls. Compris ? »

Lankau masqua un sourire en passant sa langue au coin de sa bouche. « Sa véritable identité ne présente aucun intérêt pour vous puisqu'il est mort, à présent. Sachez juste qu'en fin de compte, c'était un type bien. »

Arno von der Leyen ne cilla pas.

Lankau se félicita que le pouvoir de la narration ait déjà ensorcelé son interlocuteur.

À Berlin, au sein du gouvernement du IIIe Reich en exil, le Facteur avait pris la direction du grand nettoyage, sous les ordres de Goebbels. Il avait eu accès à la liste des déportés, des condamnés à mort, des fusillés, des disparus et des prisonniers de guerre.

À l'abri de cette position, il s'était mis en quête de quatre identités dont le sexe et l'âge pouvaient correspondre aux siens et à ceux de ses complices. Il n'avait pas encore renoncé à l'idée que Horst Lankau et Dieter Schmidt aient pu se tirer indemnes de leur évasion.

Parmi les traîtres au IIIe Reich sans attaches familiales et subitement disparus, il n'eut aucune difficulté à dénicher les trois premières. Elles appartenaient à des hommes qu'on considérerait comme des héros et des combattants de la liberté lorsque la guerre serait terminée. En prenant la place de ce genre d'individus, ils n'auraient rien à craindre des procès pour crime de guerre qui avaient déjà commencé.

Le Facteur était également bien placé pour faire disparaître les preuves.

Après quelques recherches infructueuses, par un hasard non dénué d'ironie, il découvrit le quatrième candidat parmi les pensionnaires de la prison de Potsdam, en la personne d'un juif qui avait passé toute la guerre sous la fausse identité d'un notable de sa ville. Son curriculum regorgeait d'affaires de corruption, de pots-de-vin et de tromperies en tous genres. Beaucoup souhaitaient l'envoyer dans un camp de concentration sans autre forme de procès, et le Facteur se fit un plaisir de satisfaire à leur demande.

Le juif disparut du jour au lendemain sans laisser de trace.

Pour le Facteur, un homme de plus ou de moins dans le grand schéma ne faisait pas de différence notable. Il avait donc réussi à fabriquer quatre nouvelles identités dont les âges, l'apparence et la stature correspondaient à son plan.

Au moment de l'effondrement du IIIe Reich, le Facteur s'était volatilisé.

Huit jours après la capitulation, le 17 mai 1945, Kröner et le Facteur se retrouvaient sur une voie de garage isolée, à proximité d'un petit village en plein cœur de l'Allemagne.

Le pays était dans un chaos total. Le pillage régnait partout. Un vent de panique dispersait à tous vents les biens, les bêtes et les gens.

Tous deux avaient déjà disparu de la circulation depuis longtemps. Chacun de leur côté, ils attendaient, non loin du lieu de rendez-vous, la nouvelle de la capitulation. Par un coup du destin, les troupes alliées s'étaient arrêtées à quelques kilomètres de là, sur la même voie de chemin de fer, alors que la majeure partie du réseau était contrôlée par les troupes soviétiques.

Au bout de quelques jours, Lankau était venu les rejoindre, amaigri et aussi infesté de poux qu'un vagabond. Lui aussi se cachait depuis plusieurs semaines. Ils étaient heureux et surpris d'avoir surmonté tous les obstacles et profité de la débandade générale pour arriver en temps et en heure à ce rendez-vous, à cet endroit précis, dès la fin des hostilités, comme ils l'avaient convenu pendant leur séjour dans l'Unité Alphabet. Un vieux wagon abandonné, rempli d'objets de valeur pour lesquels un grand nombre de forçats soviétiques avaient donné leur vie, allait maintenant leur permettre de rebâtir la leur.

Mangé par les mousses, mais intouché, le wagon les attendait, oublié sur une voie de garage rouillée, près de Hölle, au nord de Naila, en haute Franconie, avec son inestimable trésor d'icônes, de reliques et autres objets de culte juifs en argent.

Les trois hommes étaient extatiques. Malgré l'épuisement des deux premiers et les graves blessures du troisième, ils étaient prêts à mettre leur plan à exécution.

Aucun ne se montra inconsolable de la mort de Dieter Schmidt. Cela faisait une part de plus pour les autres. Le Facteur et Kröner furent très contrariés, en revanche, qu'Arno von der Leyen ait réussi à s'enfuir. Le Facteur était particulièrement fâché. Il leur déclara qu'il fallait déplacer le wagon de toute urgence et passer à la phase suivante de leur projet.

Le cadenas qu'ils avaient posé sur la porte coulissante du wagon était rouillé, mais intact. À l'intérieur, étendu en travers de la première rangée de caisses, comme un vieux tas de chiffons sales, ils trouvèrent les restes d'un forçat qui, dans la précipitation, avait échappé à la liquidation massive de ses camarades d'infortune. Derrière son squelette s'empilaient jusqu'au plafond des rangées de malles en bois. Dans la première, deux avaient été marquées d'une croix presque invisible. Le Facteur les ouvrit avec impatience. Après avoir réparti entre eux trois leur contenu de dollars américains, de boîtes de conserve et de vêtements civils, le Facteur ouvrit sa serviette et il remit à ses acolytes leurs nouvelles identités.

Le Facteur était bien préparé et ils ne discutèrent pas la suite de son plan. À partir de cet instant, ils endossaient une nouvelle identité. Ils ne devaient plus utiliser leurs véritables noms en présence de qui que ce soit. Ils renieraient leur ancienne vie. Et surtout, ils seraient d'une loyauté absolue les uns envers les autres, en toutes circonstances.

Maintenant et à jamais.

Ce jour-là, Kröner dut jurer à ses camarades qu'il ne mettrait plus les pieds en Allemagne du Nord, où il était né, où il avait vécu toute sa vie et où il avait probablement encore une femme et des enfants. Il était déjà arrivé tout seul à cette conclusion.

Pour Lankau, la question ne se posait pas. Il avait aimé sa femme avant la guerre. Ils avaient eu quatre enfants et ils avaient été heureux. À présent, la région où il était né et où il avait grandi, sur les berges du fleuve Peene, et Demmin, la ville où il avait vécu, étaient occupées par les Russes.

Il ne pourrait jamais y retourner.

Le cas du Facteur était différent. Il était déjà honni chez lui avant la guerre, ayant cru bon de dénoncer les sceptiques au régime nazi. Beaucoup de femmes de son village avaient dû dire adieu à leur bien-aimé par sa faute.

Revenir sur ses pas n'était pas une bonne idée de toute façon.

Il n'avait pas d'enfant, mais il avait à ses côtés une femme qui l'avait suivi toute sa vie et en toutes circonstances, avec une vénération muette. Il avait affirmé aux deux autres qu'ils pouvaient lui faire confiance et ils n'avaient eu aucune raison d'en douter.

Au bord de cette voie de garage, Kröner, Stich et Lankau, vêtus de leurs nouveaux habits, firent alors le serment d'effacer leur passé et de considérer leurs familles comme mortes et enterrées.

Puis ils se répartirent les tâches. Le Facteur s'occuperait de faire conduire le wagon dans la région frontalière un peu floue des environs de Munich. Pendant ce temps, Kröner et Lankau partiraient pour Fribourg afin de remettre la main sur Gerhart Peuckert qui connaissait tout de leur projet, mais dont ils ne savaient pas ce qu'il était devenu.

Dans le cas improbable où ils le retrouveraient vivant, ils avaient pour mission de le liquider.

Le déplacement du wagon de marchandises se déroula de manière étonnamment fluide. Quelques milliers de dollars changèrent de mains. Peu de temps après, l'officier de liaison américain qui avait accepté l'argent disparut mystérieusement entre l'hôtel de ville de Naila et sa base.

Munich était en pleine décadence. Le marché noir et la corruption étaient monnaie courante.

Tout le monde était à vendre. Il suffisait d'y mettre le bon prix. Le déchargement de la marchandise s'était fait dans la plus grande discrétion et, avant la fin du mois, la plupart des objets de valeur avaient été transférés dans des coffres, à l'abri des murs épais de cinq banques suisses à Bâle.

La tâche de Kröner et de Lankau se révéla plus compliquée.

Ils avaient traversé un pays violé, déchiré par une idée qu'il fallait à présent faire disparaître. Le trajet à bicyclette leur avait pris huit jours. Ils avaient parcouru près de quatre cent cinquante kilomètres dans une zone occupée où tout le monde soupçonnait tout le monde, et franchi des dizaines de postes de contrôle.

Retourner à Fribourg avait été comme passer de Charybde en Scylla. La ville avait beau avoir été quasiment anéantie, ils risquaient constamment de tomber sur des gens qui les avaient connus à l'hôpital militaire.

Arrivés à destination, leur inquiétude avait fondu comme neige au soleil. Seuls des barres d'acier tordues, des débris de murs et quelques fondations en béton témoignaient encore de la présence de l'hôpital qui, pendant un temps, les avait protégés contre la mort certaine qui les attendait à l'extérieur. Une confusion totale régnait dans la ville. Les gens avaient assez à faire à penser à eux-mêmes et à leurs familles. Ils avaient choisi de regarder vers l'avenir.

Personne ne semblait savoir exactement ce qui s'était passé, y compris dans les villages voisins d'Ettenheim et d'Ottoschwanden. Les quelques renseignements qu'ils avaient réussi à glaner s'accordaient cependant à décrire un bombardier qui, lors de la dernière attaque sur Fribourg, était sorti de l'escadrille et était allé lâcher toute sa cargaison dans les hauteurs. La conclusion logique étant qu'il s'agissait d'une erreur. Une montagne était une montagne et des arbres n'étaient après tout que des arbres. Les plus observateurs avaient simplement remarqué qu'on avait vu passer moins de transports de malades, après ce jour-là.

L'hôpital SS était un secret bien gardé que ceux qui étaient morts dans l'attaque aérienne avaient emporté dans leur tombe.

Après s'être retrouvés à Munich, ils avaient profité pendant quelque temps d'une existence oisive. La ville était occupée. Les Alliés avaient, de manière très efficace, pris la direction de tous les organes décisionnaires. Il était devenu de plus en plus difficile de mener une vie discrète, et le Facteur avait fini par faire à ses deux compagnons une proposition aussi étonnante que libératrice. Pourquoi n'iraient-ils pas s'installer à Fribourg, joyau de toutes les villes allemandes ?

Une période d'insouciance avait suivi, jusqu'à ce que le Facteur apprenne par hasard qu'avant la destruction de l'hôpital SS, plusieurs camions de transport avaient évacué des malades vers un hôpital de campagne entre Ensen et Porz, près de Cologne. Une équipe de psychiatres avait été chargée d'étudier les névroses et autres syndromes de stress liés à la guerre et de déterminer si ils pouvaient avoir une cause organique. La majorité des patients s'étaient révélés de mauvais sujets d'étude et on les avait renvoyés en service actif après un examen superficiel. Mais d'après ce que le Facteur avait pu apprendre, certains anciens pensionnaires de l'Unité Alphabet s'y trouvaient encore.

En arrivant sur place, ils avaient appris que Gerhart Peuckert était mort et ne faisait pas partie des sujets d'étude.

Lankau s'enfonça dans son siège. Il avait terminé son récit sans avoir révélé l'identité du Facteur. Dans l'ensemble, il était assez satisfait.

Bryan gardait la tête baissée. Il était blême. « Donc vous êtes sûr que Gerhart Peuckert est mort ?

– Oui, c'est ce que j'ai dit.

– Où est-il mort ?

– Dans l'hôpital d'Ottoschwanden, bon Dieu !

– Vous parlez de l'endroit qu'on appelait l'Unité Alphabet ? Celui où nous étions internés ensemble ? Il s'y trouvait au moment du bombardement ?

– Oui, oui et oui ! » Lankau roula des yeux, excédé. « Et alors ?

– Je voulais vous entendre me le redire. Il fallait que je sois sûr. » Bryan scrutait le visage de son prisonnier, essayant d'y déceler la moindre crispation susceptible de trahir un doute, un mensonge. Lankau le regardait sans ciller.

Tout à coup, il dit d'une voix glacée : « C'était une histoire passionnante, Lankau. Un magnifique scénario. Vous avez dû beaucoup y travailler. Il doit s'agir d'une très grosse somme. »

Lankau détourna les yeux. « Vous n'imaginez même pas ! Mais si vous croyez que vous allez réussir à nous faire chanter, vous vous mettez le doigt dans l'œil. Vous n'aurez pas un centime.

– Est-ce que je vous ai demandé quoi que ce soit ? La seule chose que je veux savoir, c'est ce qui est arrivé à Gerhart Peuckert.

– Maintenant vous le savez. Il est mort il y a longtemps.

– Vous savez ce que je crois, Lankau ?

– Je ne vois pas en quoi cela pourrait m'intéresser ! » Lankau ferma les yeux et essaya de se concentrer sur un bruit qu'il venait d'entendre. Un grincement imperceptible qui se produisait chaque fois qu'il se penchait en avant. Le coup que Bryan lui assena dans la poitrine lui fit immédiatement penser à autre chose. Son visage passa du gris au rouge. Son geôlier le frappa une deuxième fois avec le canon du Kenju. Lankau retint son souffle, les yeux fixés sur l'arme.

« Je vais vous abattre ici et maintenant si vous refusez de me dire la vérité et quel rôle Petra Wagner a joué dans cette histoire ! » Nouveau coup dans la poitrine avec le pistolet. La respiration de Lankau devint saccadée.

« Vraiment ? Je ne suis pas sûr d'être particulièrement effrayé par cette menace. Qu'est-ce que vous croyiez, au juste ? Que vous pouviez venir comme ça et nous extorquer tout ce que nous avons mis tant d'années à accumuler. Vous avez vraiment cru que ce serait aussi facile ?

– Jusqu'à il y a dix minutes, j'ignorais tout de vos magouilles. Et surtout, je ne savais pas qu'il s'agissait d'une simple histoire d'argent. Je vous dis et je vous répète que je suis uniquement venu ici pour retrouver la trace de Gerhart Peuckert. »

Lankau réentendit le grincement qu'il avait perçu précédemment. « Oh ! Fermez-la, hein ! » lança-t-il d'une voix tonitruante tout en éprouvant la solidité de ses liens. « Vous voulez vraiment me faire croire ça ? J'ai l'impression que vous avez oublié que nous avons vécu des mois ensemble dans le même dortoir. Je me souviens parfaitement vous avoir entendu bouger pendant que nous parlions entre nous ! Et maintenant vous allez aussi essayer de me faire croire que vous ne vous êtes pas évadé pour tirer bénéfice de ce que vous aviez appris ?

– Ce que j'avais appris ? Mais je n'ai rien appris du tout ! Je ne comprenais rien à ce que vous racontiez. Je ne parle que l'anglais. Je me suis évadé pour partir le plus loin possible de vous et de ce foutu hôpital ! »

Lankau n'en croyait pas un mot. Ce type jouait son rôle depuis des décennies. Il était machiavélique, cupide et dangereux. Les doutes de Stich sur la véritable identité de von der Leyen résonnèrent dans sa tête, venues d'un lointain passé. Terrible était l'ennemi capable de semer le doute dans l'esprit de son adversaire.

Il baissa la tête. Il avait les mollets ankylosés dans ses chaussettes de sport. Il tendit les muscles, sans parvenir à refaire circuler le sang dans ses jambes. Mais il n'avait plus mal. Soudain, dans un brusque mouvement en avant qui fit grincer la chaise, il lança un torrent d'injures. Bryan sursauta. « Ça non plus, vous ne l'avez pas compris, je suppose ? » Il ricana brièvement de l'humiliation qu'il pensait avoir fait subir à son ennemi. Enfin, il ferma les yeux et se remit à parler anglais, d'une voix volontairement basse, si basse que son geôlier devait se pencher vers lui pour entendre ce qu'il disait. « En ce qui concerne Petra, vous ne saurez rien. D'ailleurs, je ne vais plus rien vous dire du tout. Vous me fatiguez ! Alors tuez-moi, ou foutez-moi la paix ! »

Ils se regardèrent dans les yeux et Lankau sut qu'il allait s'en tirer avec la vie sauve.

43

Le restaurant Dattler sur le Schlossberg n'était pas la table favorite de Kröner. Malgré une carte exceptionnelle et une cuisine que sa femme qualifiait de raffinée, les portions étaient généralement minuscules et les serveurs d'une amabilité qui frisait l'obséquiosité. Kröner préférait manger plus, plus simplement et chez lui. Sa précédente épouse, Gisela, ne savait pas cuisiner. Au cours des presque vingt années où ils avaient vécu ensemble, il avait vu défiler un nombre incalculable de cuisinières sans jamais trouver la perle rare. Sa femme actuelle, en revanche, était une magicienne aux fourneaux. C'était une qualité qu'il appréciait, et il veillait à lui montrer sa gratitude. Pour cela et d'autres choses, aussi.

Stich était assis en face de lui et c'était déjà la cinquième fois en quelques minutes qu'il regardait sa montre. La journée avait été difficile. Il sentait encore les bras de son petit garçon autour de son cou quand il avait dû l'éloigner avec sa mère. Pour ce câlin-là et pour tous ceux que lui ferait son fils à l'avenir, Arno von der Leyen devait disparaître.

Stich lissa sa barbe blanche et se tourna pour la énième fois vers les baies vitrées et la vue panoramique qu'elles offraient. « Je sais ce que tu ressens, Wilfried », dit-il, pianotant sur la nappe blanche de ses doigts maigres et noueux, sans regarder son vis-à-vis. « Moi aussi, je voudrais en avoir fini avec cette histoire. La situation est entre les mains de Lankau, à présent. Espérons que tout se sera passé comme prévu. Jusqu'ici, nous avons eu de la chance. C'est bien que tu aies pu récupérer Peuckert à temps. Je me doutais que ce serait nécessaire. Tu es sûr que von der Leyen ne t'a pas vu ?

– Absolument sûr.

– Et Frau Rehmann ? Elle n'a pas pu t'en dire plus ?

– Non, rien d'autre que ce que je t'ai déjà raconté.

– Et elle a vraiment cru qu'il était psychiatre et qu'il faisait partie de je ne sais quelle commission ?

– Oui, il ne lui a donné aucune raison d'en douter. »

Après quelques instants de réflexion, Stich sortit ses lunettes de leur étui et se remit à étudier la carte. Il était bientôt cinq heures et quart. Lankau aurait dû être là depuis un quart d'heure. Il posa les lunettes à côté de sa tasse à café. « Il se fait attendre », constata-t-il à haute voix.

Kröner se frotta le front et soutint le regard froid de Stich. Il sentait une douleur dans sa poitrine. Le souvenir de l'étreinte de son fils, son regard tendre et confiant l'empêchaient de se concentrer. « Tu crains qu'il lui soit arrivé quelque chose ? » dit-il en se frottant à nouveau le front.

« Une chose est sûre, Arno von der Leyen n'a pas débarqué dans cette clinique par hasard. Quant à Lankau, il n'est jamais en retard. »

Quand Kröner se frotta le front pour la troisième fois, sa peau était moite. « Tu ne crois pas qu'il a tout simplement décidé de faire disparaître le corps sans notre aide ? » Kröner regarda du côté du funiculaire. « Il peut être un peu buté, parfois !

– Peut-être. C'est possible. Mais pourquoi ne nous a-t-il pas appelés, dans ce cas ? »

Bien que Kröner soit devenu plus coulant avec les années, et un peu moins agressif avec son entourage, la naïveté n'était pas son principal défaut. L'évolution de cette journée et le retard de Lankau ne lui disaient rien qui vaille. Depuis des années, les simulateurs craignaient de voir débarquer quelqu'un qui viendrait ébranler les fondations de leur nouvelle existence. Horst Lankau avait même envisagé plusieurs fois de vendre son entreprise et d'émigrer. En Argentine, au Paraguay, au Brésil, au Mozambique, en Indonésie. Il est vrai que la perspective de vivre au soleil dans un lieu paradisiaque avait de quoi séduire. Mais sa famille n'avait jamais voulu partir.

Évidemment, sa femme et ses enfants ignoraient les raisons qui le poussaient à vouloir s'en aller.

Stich et Kröner avaient toujours privilégié leur confort matériel. Mais depuis quelque temps, Kröner avait changé. Il n'était plus prêt à tout sacrifier pour de l'argent. Depuis qu'il avait fondé une nouvelle famille et commencé à laisser de la place aux sentiments, il avait d'autres priorités. Il avait vieilli. L'idée de changer de vie et de pays avait perdu son attrait, même si cela restait une possibilité. Sa femme était jeune et capable de refaire sa vie n'importe où. Mais sa nouvelle existence faite de compromis, bâtie autour des petits rêves accessibles d'un enfant, l'avait emprisonné sans qu'il s'en rende compte ni que cela le dérange.

Il consulta l'heure à son tour. « Petra, dit-il simplement.

– Oui », acquiesça Stich. C'était la seule explication. Il se racla la gorge et s'essuya la bouche. « Qui sait ? Peut-être que toutes ces années, elle a attendu qu'une occasion se présente. Et cette occasion vient de se présenter.

– Elle lui aurait tout raconté ?

– C'est possible.

– Dans ce cas, Lankau n'est plus de ce monde !

– C'est possible. » Sur un signe discret de Stich, le chef de rang fut près de leur table. « Nous partons », déclara-t-il.

L'inspection du sol de la galerie leur prouva sans aucun doute possible qu'une bagarre avait eu lieu. Quand Kröner et Stich furent certains qu'aucune trace de sang susceptible de leur donner une indication sur l'issue de la bagarre ne leur avait échappé, ils se rendirent à l'appartement de Peter Stich, dans Luisenstrasse, où ils avaient laissé Gerhart Peuckert plus tôt dans la journée, sous la garde très maternelle d'Andrea.

À part Petra, Andrea était la seule à pouvoir amener un sourire sur le visage de Gerhart. Le phénomène était rare et tenait plus de la grimace, mais c'était bien un sourire. Et Andrea s'efforçait de mériter la confiance qu'il lui témoignait. Chaque fois qu'on l'emmenait dans l'appartement de Stich, elle était aux petits soins pour lui. Kröner leva les yeux vers les fenêtres du deuxième étage. Il n'avait jamais compris d'où lui venaient ces accès de gentillesse qui n'étaient pourtant pas dans son caractère.

Toutes ces années où le mari d'Andrea et ses amis payaient la chambre de Gerhart Peuckert à la clinique Sainte-Ursule, elle n'avait jamais cessé d'exprimer son mépris pour lui. Andrea estimait que la société devait se débarrasser de ses parasites. C'était la tâche qui lui avait été attribuée dans les camps d'extermination et elle s'en était acquittée aussi bien que possible. L'élimination systématique signifiait moins de frais et moins de travail pour le personnel. Cependant, l'étrange affection que son mari et ses amis semblaient porter à ce déficient mental en particulier l'incitait à faire semblant de lui vouloir du bien.

Andrea excellait dans l'art de faire semblant.

Pour cette raison entre autres, Kröner faisait en sorte que son épouse le rencontre le moins possible.

Andrea sentit qu'il y avait un problème à la seconde où ils passèrent la porte. Kröner la vit reculer dans l'étroit corridor comme un spectre. Avant même de leur dire bonjour, elle avait pris Gerhart Peuckert par le coude et l'avait conduit dans la salle à manger. Elle le laissait souvent dans cette pièce, assis, seul, dans le noir.

Cette fois, elle alluma une unique applique.

« Qu'est-il arrivé ? » demanda-t-elle avec un regard vers la carafe de porto sur le buffet. Son mari refusa d'un bref signe de tête.

« Rien à quoi nous puissions remédier, j'en ai peur.

– Où est Lankau ?

– Nous l'ignorons. C'est bien là le problème. »

Andrea Stich essuya ses mains dans un torchon et, sans un mot, alla chercher le répertoire de téléphone de son mari posé sur le buvard de son bureau. Il le lui prit des mains sans la remercier.

Le téléphone sonna dans le vide aussi bien au domicile de Lankau en ville que dans sa propriété à la campagne. Kröner se mordit la joue. Il fronça les sourcils, essayant de se rappeler les alentours de sa propre demeure au moment où il avait envoyé sa femme et son fils se mettre à l'abri. Il n'avait rien noté d'inhabituel. Un frisson le parcourut et ses épaules se mirent à trembler. Il fallait qu'il se débarrasse de ses mauvais pressentiments. Pour l'instant, le problème était Lankau qui semblait avoir disparu.

« Voyons », dit Stich en venant se placer derrière Kröner qui regardait les voitures en stationnement au pied de l'immeuble. Il examina la rue, encore animée dans la lumière pâle de cette fin d'après-midi. « Si von der Leyen s'est débarrassé de Lankau, nous devons supposer qu'il va bientôt se manifester. Il semble que Gerhart Peuckert soit particulièrement important pour lui. Mais pourquoi ? Tu peux répondre à cela, Wilfried ? Pourquoi ce démon tient-il tant à retrouver ce pauvre idiot incapable de prononcer un mot ?

– Moi, je crois que c'est l'inverse. Je crois que c'est nous qu'il cherche et je pense qu'il voulait se servir de Peuckert pour arriver jusqu'à nous. Je ne sais pas pourquoi, mais j'ai la ferme conviction qu'Arno von der Leyen est revenu pour nous faire chanter.

– Certes, nous n'avons pas été tendres avec lui à l'époque, mais je ne crois pas que ce soit la vengeance seule qui l'anime. Pas autant d'années après. » Stich se tourna, dos à la fenêtre, et réfléchit. « Il n'en a rien à foutre de se venger, il laisse ça aux imbéciles. Et je ne sais ni qui il est, ni ce qu'il est, mais c'est tout sauf un imbécile. »

Manifestement, toutes ces questions sans réponse le perturbaient. Il avait l'air très énervé.

« Tu crois que Peuckert pourrait nous mettre sur la voie, d'une manière ou d'une autre, Peter ? » Stich se tourna vers Andrea. Kröner n'était pas étonné qu'elle soit restée à l'autre bout de la pièce pour poser cette question. Quand son mari était de cette humeur-là, il n'était pas rare qu'il la batte. Même s'il le regrettait ensuite et s'il tapait un peu moins fort qu'avant, Kröner la soupçonnait de préférer désormais qu'il s'en prenne à d'autres. Comme par exemple au demeuré qui se trouvait dans la lumière tamisée de la pièce voisine. Elle aussi était devenue plus fragile avec l'âge.

Après quelques appels supplémentaires, Stich ferma les yeux, dépité. Il secoua la tête à l'intention de Kröner. Tous deux avaient accepté l'idée que Lankau avait trouvé plus fort que lui.

Le Grêlé regarda le téléphone. Sa femme et son enfant devaient être arrivés à destination, à présent. Alors qu'il était sur le point de les appeler, Andrea entra, traînant derrière elle la pauvre loque humaine, avec sa démarche de robot. Il était en train de mâcher quelque chose. Stich le prit doucement par le bras et le fit asseoir à côté de lui sur le canapé. Il lui caressa les cheveux. C'était une habitude qu'il avait prise depuis quelque temps. Le fou était devenu une sorte d'animal de compagnie. Leur mascotte. Une sorte de petit chat ou de ouistiti. Il n'y avait que Lankau qui ne se comportât pas comme ça avec lui.

« Tu as bien mangé, mon petit Gerhart ? Andrea s'est bien occupée de toi ? » Les traits du visage de l'imbécile s'éclairèrent comme chaque fois qu'on prononçait le nom d'Andrea. Peuckert se tourna vers Andrea qui venait d'allumer le plafonnier, et il sourit. « Tu es content d'être dans le salon avec nous ? Tu veux que Kröner vienne s'asseoir à côté de toi ? » Stich prit les mains de Gerhart entre les siennes et se mit à les frotter comme si elles étaient gelées. « Tu aimes bien quand je fais ça, n'est-ce pas, mon petit Gerhart ? » Il tapota encore un peu la main décharnée de Gerhart. « Andrea et moi voudrions savoir si Petra vient toujours te rendre visite. » Kröner remarqua l'esquisse d'un sourire sur les lèvres de Peuckert. Un sourire qui en disait long. Stich continua de lui caresser la main. « Nous aimerions aussi savoir si elle te pose des questions, Gerhart. Des questions bizarres. Est-ce qu'elle te demande de lui reparler du passé, par exemple ? Ou bien de ce que nous faisons quand nous allons nous promener en forêt ? Tu te souviens si Petra te demande des choses comme ça, Gerhart ? » Gerhart Peuckert serra les lèvres et leva les yeux au plafond, comme s'il réfléchissait. « Je comprends. Ça ne doit pas être facile pour toi de te rappeler. Alors, est-ce que tu pourrais me dire si elle a déjà mentionné devant toi le nom d'Arno von der Leyen, mon ami ? » Le muet le regarda en pinçant les lèvres.

Stich se leva et lâcha les mains de Gerhart de manière aussi soudaine qu'il les lui avait prises. « Tu comprends, mon petit Gerhart. Cet Arno von der Leyen te cherche. Et nous voudrions savoir pourquoi. Le plus étrange, c'est qu'il se présente sous un autre nom. Tu sais comment Kröner dit qu'il se fait appeler ? » Peuckert se tourna mollement vers Kröner dans le silence qui suivit la question. Kröner n'aurait pas su dire s'il le reconnaissait ou si son regard s'était posé sur lui par hasard. « Il se fait appeler Bryan Underwood Scott, reprit Stich avec un petit éclat de rire qui l'obligea aussitôt à s'éclaircir la voix. C'est drôle, non ? Il est allé se présenter à la clinique Sainte-Ursule. Et il a parlé anglais à cette chère Frau Rehmann. J'aimerais bien savoir ce que tu en penses, mon petit Gerhart, c'est bizarre, non ? »

Kröner approcha et il s'accroupit pour observer de plus près le visage de Peuckert. Mais, comme d'habitude, il était impassible. Ils allaient devoir se débrouiller sans lui. « Je vais aller chercher Petra », annonça-t-il en se relevant.

Le vieux continua à regarder Peuckert en s'étirant le dos. L'idiot écarquillait les yeux, ce qui les rendait légèrement proéminents. « D'accord, Wilfried. Et quand tu la trouveras, je compte sur toi pour lui soutirer la vérité, tu m'entends ? Et si, pour une quelconque raison, tu as le sentiment qu'elle nous a trahis, tue-la ! Tu m'entends ? » ordonna-t-il en attrapant Peuckert par la nuque dans un geste de camaraderie.

« Et la fameuse lettre avec laquelle elle nous menace depuis toujours ?

– Nous devons choisir entre la peste et le choléra, Wilfried. En ne faisant rien, nous sommes sûrs d'avoir un problème ! Si tu fais ce que je t'ai demandé de faire, en admettant que tu en aies le courage, on verra bien ! » Stich lui lança un regard arrogant. « Il s'est passé trente ans, Wilfried ! Qui prendrait au sérieux un vulgaire morceau de papier, après tout ce temps ? Avons-nous seulement une preuve que ce papier existe ? Comment sais-tu que la petite Wagner ne nous a pas menti depuis le début ? Allez, vas-y et ne me déçois pas !

– Tu n'as pas besoin de me donner des ordres, Stich. Je sais ce que j'ai à faire ! » répliqua le Grêlé. Mais à vrai dire, il n'en savait rien du tout. Il avait du mal à réfléchir. Quelle que soit l'issue de sa rencontre avec Petra, la situation était inédite. Inédite et imprévisible. Deux caractéristiques qui s'accordaient très mal avec la vie paisible qu'il avait bien l'intention de continuer à mener. Avant de quitter la pièce, il se tourna vers Gerhart Peuckert. Les lèvres de la marionnette avachie avaient un peu tremblé sous la pression des doigts de Stich tout à l'heure. À présent, son regard insondable exprimait la lassitude d'un homme qui rentre d'une longue journée de travail.

Quand Kröner mit son chapeau sur la tête, il sentit plus qu'il ne vit le geste de Stich. Au-dessus de son épaule, il eut juste le temps de le voir frapper sa victime innocente à la tempe. Peuckert s'écroula au sol et leva les mains pour se protéger la tête.

« Qu'est-ce qu'Arno von der Leyen te veut, pauvre crétin ? Quelle valeur peux-tu bien avoir ? » hurla le vieillard en lui donnant un coup de pied si violent avec la pointe de son soulier qu'on entendit le maigre genou craquer. Il grogna et son regard glacé contempla la silhouette recroquevillée à ses pieds.

« Qu'est-ce que cette ordure a à voir avec toi ? » Malgré la douleur à son genou, il lui administra un deuxième coup de pied. Kröner saisit une expression fugitive sur le visage de Gerhart Peuckert. Il avait l'air plus surpris que suppliant. « Qu'est-ce qu'il y a entre vous pour que ce monstre ait passé trente ans à l'étranger sans réussir à t'oublier ? J'aimerais bien le savoir ! Alors, mon petit Gerhart, tu veux bien nous le dire, à Andrea et à moi ? » Il lui donna un nouveau coup de pied sans attendre de réponse. « Tu veux bien nous expliquer ce que le prétendu Bryan Underwood Scott attend de toi ? »

L'homme à ses pieds sanglotait, à présent. C'était déjà arrivé par le passé. Il se mettait à produire une série de sons inarticulés qui, Kröner le savait sans l'avoir jamais vu lui-même, agaçaient tellement Stich qu'il se mettait à frapper encore plus longtemps et encore plus fort. Kröner revint dans le salon et il prit Stich par l'épaule. Il vit dans ses yeux que son geste était inutile. Le vieil homme avait déjà compris que cela suffisait comme ça. Ils n'avaient peut-être pas beaucoup de temps. Il fallait qu'il se calme.

Andrea Stich passa tranquillement devant Kröner et se rendit dans la cuisine où elle versa dans un petit verre sale une rasade de schnaps parfumé et glacé. Son mari vida le verre d'un trait, puis il alla s'asseoir dans son vieux fauteuil usé, devant le sous-main en cuir de son bureau. Il appuya la tête sur sa main et réfléchit.

Andrea partit éteindre la lumière de la salle à manger. La pauvre silhouette meurtrie se releva, la suivit et s'assit à sa place, dans la pénombre, sans un bruit. Quatre biscuits beurrés étaient posés sur une assiette devant lui. On savait qu'il les aimait.

Mais il n'y toucha pas. Il se mit à se balancer d'avant en arrière sur sa chaise, les poignets appuyés au tranchant de la table. D'abord lentement. Puis de plus en plus fort.

Kröner enfonça son chapeau sur sa tête et partit sans dire au revoir.

11

C'était à cause de la douleur que Gerhart se balançait d'avant en arrière, mais c'était l'absence de Petra qui accélérait sa respiration à la limite de la panique.

Il avait entendu des mots si forts qu'ils avaient traversé sa carapace.

Il arrêta de se balancer et se mit à compter les rosaces dans les stucs du plafond.

Quand il les eut comptées plusieurs fois, le balancement s'arrêta.

Mais les mots revinrent. En appui sur la pointe des pieds, ses jambes sautillaient nerveusement sous la table. Il se remit à compter. Cela ne suffit pas à faire disparaître les mots. Il essaya de se pincer le lobe de l'oreille entre le pouce et l'index, se balança encore puis s'arrêta, subitement.

Regardant autour de lui, Gerhart laissa la pièce s'écrouler. Elle l'avait protégé longtemps. Exiguë et intime, elle l'enveloppait et le tenait prisonnier. Le vieil homme était presque toujours à proximité quand il comptait les rosaces, mangeait des biscuits et remuait fébrilement les jambes. Et Petra ne venait jamais dans cette pièce.

Il reprit le compte des rosaces au plafond en sautillant sur ses pointes de pied. Puis il prit un biscuit et le cassa contre ses dents du bas.

Le vieil homme lui avait fait mal.

Peu à peu, les mots qui avaient énervé le vieux grandirent. Gerhart se remit à compter de plus en plus vite. Quand la pièce commença enfin à tournoyer au-dessus de sa tête et le plafond à se renverser sur lui, il s'arrêta de mâcher.

Il cessa de lutter contre les pensées qui prenaient possession de lui.

Une tenture claqua dans son esprit et s'ouvrit sur un monde qui avait cessé d'exister depuis longtemps. Gerhart reconnaissait ce nom : Arno von der Leyen. Il avait une longueur et une structure qu'on ne rencontre pas souvent. C'était un bon nom. À une époque, il l'avait répété à l'infini jusqu'à ce qu'il lui fasse tourner la tête. Plus tard, il avait refusé de le contenir.

Et voilà que ce nom revenait perturber sa paix intérieure.

Gerhart savait qu'une trop longue succession d'idées ne lui valait rien. Cela provoquait chez lui un conflit intérieur. Les mots et les émotions se mélangeaient et donnaient naissance à d'autres idées. Des idées parasites qu'il n'avait pas convoquées.

Il valait mieux les laisser suivre leur cours sans interférence venant de l'extérieur.

Mais on l'avait inquiété.

Et à cette inquiétude se mêlait un élément angoissant.

Le nom Arno von der Leyen n'avait pas de visage. Il s'était effacé il y a des années et avait disparu. Le nom diffusait de la chaleur, mais l'homme qui était derrière dégageait du froid. Il n'y avait rien qui lui donnât cette impression, d'habitude.

Les trois hommes qui venaient le voir de temps en temps avaient le pouvoir de le secouer sur ses fondations, mais pas de le perturber. Après leur départ, il les oubliait aussitôt. Leurs actes disparaissaient avec eux.

Mais le nom éveillait quelque chose en lui.

Il se remit à compter. Les mouvements de ses jambes dépassèrent les nombres dans sa tête et le nom revint déchirer le silence. Enfin l'orage éclata et libéra son énergie.

Il laissa la tempête se déchaîner.

Quand, un peu plus tard, Andrea entra dans la pièce et qu'elle jeta un regard sarcastique sur son assiette, un autre nom était venu rejoindre le premier. Il venait de l'intérieur, comme s'il avait toujours été là. Les syllabes de ce nom racontaient à elles seules toute une vie. Une vie lointaine et inaccessible. Bryan Underwood Scott était un coup de poignard dans son inconscient qui faisait saigner ses souvenirs et ses sentiments en un seul flot intarissable, le laissant dans un état d'impuissance, de confusion et de peur.

Et puis, le Grêlé était parti faire du mal à Petra.

Tel un homme qui aurait perdu son amulette, Gerhart ne se sentait plus intouchable. Sa carapace était fendue. Ses sentiments dispersés, maintenant qu'il avait prêté l'oreille aux mots.

Il essaya de compter les rosaces et sentit la haine remonter du tréfonds de sa mémoire. Les pensées déferlaient en un salmigondis indescriptible.

Il avait été Gerhart Peuckert d'aussi loin qu'il s'en souvienne. Bien qu'on l'appelle également Erich Blumenfeldt, il était aussi Gerhart Peuckert. Ces deux identités cohabitaient sans difficulté. Mais il y avait autre chose en lui. Ou quelqu'un d'autre. Pas seulement un homme portant deux ou trois noms différents, mais également quelqu'un qui vivait une vie parallèle à celle qu'il avait actuellement. Et cet homme était malheureux. Et il avait beaucoup souffert.

C'était une bonne chose qu'il se soit absenté si longtemps.

Gerhart fixa les biscuits dans son assiette, se mit à en tripoter un, distraitement, ses doigts luisant bientôt de beurre.

L'homme malheureux reprenait le pouvoir sur lui, avec tout son savoir enfoui et toute sa rage refoulée. Un jeune homme plein d'espoirs à jamais déçus. Plein d'amour jamais exprimé. Cet homme avait été bouleversé d'avoir entendu citer le nom de Bryan Underwood Scott, alors que d'habitude c'était Gerhart Peuckert qui était assis dans cette salle à manger.

Les années s'étaient écoulées avec ses petites manies et les visites qu'il recevait. Au début, ses invités lui inspiraient méfiance et frayeur. La terreur de se faire assassiner l'empêchait de dormir, lui ôtait toute volonté et toute envie de vivre. Ce premier stade passé, il s'était installé dans la tranquille passivité que plusieurs milliers de jours d'oisiveté finissaient par générer chez les plus actifs. Puis il avait commencé à compter et à faire les exercices physiques qui rythmaient ses journées et faisaient passer le temps sans que personne n'y trouve à redire. Cette routine avait fini par lui faire oublier pourquoi il existait, où il se trouvait, et pourquoi il ne parlait pas. Il se taisait, voilà tout. Il mangeait, dormait, écoutait la radio – des émissions pour enfants ou des pièces radiophoniques – et quand la télévision était arrivée, il s'était mis à la regarder. Il souriait de temps en temps ou restait assis à ne rien faire dans son fauteuil, pendant que les autres tressaient des martinets ou couvraient les livres de la directrice. Il était capable de rester des heures les mains jointes sur ses genoux, la tête et l'âme vides. Il était devenu Gerhart Peuckert et Erich Blumenfeldt.

Pendant ses premières années à la clinique Sainte-Ursule, il avait continué à ne vivre que pour les films, les pièces de théâtre ou les romans qu'il se racontait. Puis il avait commencé à perdre le fil au beau milieu de l'histoire. De plus en plus souvent, ses pensées le détournaient de son récit, il se mettait à tout mélanger et il sombrait dans la confusion. Il confondait les personnages, oubliait leurs noms, les remplaçait par d'autres, et ses récits n'avaient plus de sens. Alors il avait cessé de se les raconter. Pour une raison inexplicable, parmi toutes ces histoires dénaturées et avortées, une seule question l'avait toujours hanté : comment s'appelait la deuxième épouse de David Copperfield ?

Un jour, celle-là aussi s'enfonça dans les brumes du passé, de l'indifférence et de l'oubli.

Une unique étincelle de vie brillait encore à l'intérieur de cette personnalité gommée. Une petite braise de joie, de confiance et d'harmonie. Mais la seule à pouvoir encore raviver cette braise en lui était Petra, cette gentille fille qu'il ne voyait pas vieillir, qui était toujours près de lui, caressant sa joue avec une infinie douceur. Elle était tout ce qui restait de ses rêves de bonheur.

Cette petite femme lui avait toujours parlé comme s'il faisait partie de sa vie. Elle lui racontait ses joies, ses peines, et lui décrivait les choses qui se passaient en dehors des murs. Il ne comprenait pas tout. Elle citait des pays dont il n'avait jamais entendu parler, des noms d'acteurs, de présidents et de peintres qui ne trouvaient aucune résonance dans son esprit.

Une seule fois, elle l'avait laissé pour aller visiter d'autres pays et elle était revenue avec des images aussi extraordinaires que des contes. Elle les lui avait racontées avec passion et lyrisme, mais tout ce qui lui importait, à lui, était qu'elle soit de retour. Douce et proche, pour lui prouver qu'il était en vie.

D'une caresse sur sa joue.

Il s'était habitué aux trois hommes qui venaient le voir à la résidence. Au fil du temps, leur attitude était devenue moins menaçante. Ils ne l'attrapaient plus aussi durement par le bras, ils ne lui murmuraient plus de menaces à l'oreille à la moindre occasion. Ils appartenaient à son quotidien. Et ils étaient très différents les uns des autres.

Le Grêlé était son ami, bien qu'il ne fût pas toujours très amical quand il lui rendait visite. Non pas parce qu'il ne manquait jamais de lui offrir une friandise quand il l'emmenait dans sa belle maison, mais parce que, quand il était là, le vieux et Lankau n'osaient pas le frapper.

Jusqu'à aujourd'hui.

Face de lune était le plus méchant. Le vieux s'en prenait parfois à lui pendant des journées entières mais il avait des circonstances atténuantes, et puis il avait Andrea.

C'était le vieux qui décidait des choses, mais c'était Lankau qui les exécutait. Les premières années, il était horrible à voir avec son orbite vide qui s'ouvrait, béante, quand il s'énervait et qu'il le punissait. Quels que soient les motifs des coups, ils aboutissaient toujours au même résultat : Gerhart Peuckert semblait être devenu imperméable aux sévices qu'on lui faisait subir. Avec le temps, ils avaient pratiquement cessé de le tyranniser. Et quand ils tapaient quand même, ils tapaient moins fort.

Jusqu'à aujourd'hui.

Gerhart compta les rosaces et réessaya de chasser les mots. Dans la pièce à côté, le vieux avait arrêté de se racler la gorge depuis un bon moment. Il l'entendait respirer profondément, régulièrement, comme s'il dormait.

Il arrivait rarement, désormais, que les trois hommes l'emmènent avec lui quand ils se réunissaient. Quand c'était le cas, ils chantaient des lieder en lui donnant des claques dans le dos, lui offraient un cigare ou un schnaps que Lankau lui versait à partir du récipient qui se trouvait sous le pommeau de sa canne ou bien de la flasque qui clapotait en permanence dans la poche de sa veste de chasse. Parfois ils se promenaient dans les rues de Fribourg ou bien ils se rendaient chez Kröner ou chez le vieux, quelquefois ils allaient jusqu'à la résidence secondaire de Lankau. Sans se préoccuper de sa présence, les trois hommes discutaient gaiement de leurs affaires. Pendant ces incursions hors de sa zone de confort, Gerhart comptait beaucoup et il attendait impatiemment de rentrer à la clinique. En général, il finissait par demander à attendre dans la voiture. Quand il était trop mal, ils le calmaient en lui donnant un ou deux comprimés.

Gerhart Peuckert, alias Erich Blumenfeldt, avait toujours pris des comprimés. Dans les hôpitaux, en déplacement, dans les maisons où il séjournait. Partout où il se trouvait, on lui faisait prendre des médicaments. Les infirmières, les aides-soignants, les trois hommes et leurs familles.

Chaque endroit où il allait avait sa propre pharmacie avec ses propres comprimés.

Une seule fois, ils l'avaient emmené dans un endroit où il y avait des gens qu'il ne connaissait pas. Petra était venue à leur rencontre et elle l'avait embrassé. C'était à une manifestation aérienne à laquelle assistaient des milliers de spectateurs. Il avait été totalement affolé par le bruit, la foule et les cris, mais le spectacle l'avait fasciné. Pendant plusieurs heures, il était resté immobile, sans rien montrer du doigt, ni hocher la tête, mais ses yeux exprimaient un grand étonnement et ce qu'il avait vu avait remué quelque chose au fond de lui. C'est à ce rassemblement que, pour la première fois en quinze ans, il avait parlé. En voyant les avions de chasse traverser le ciel dans un vacarme infernal, il s'était exclamé : « *So schnell !* »

45

Ça avait été une étrange journée pour Laureen. Elle était sur le point de découvrir une région du cœur de Bryan dont elle avait toujours été exclue, c'était désormais une certitude. En voyant son mari parler avec cette femme au Stadtgarten, elle avait eu la conviction que son destin était lié à celui de cette frêle créature.

Mais il y avait autre chose.

À distance, on aurait pu imaginer qu'il s'agissait d'une rencontre fortuite qui, à une vitesse incompréhensible, avait évolué en échange animé, puis en dispute. Mais en se quittant, ils semblaient tous deux si bouleversés qu'elle devina qu'ils allaient se revoir, sans doute dans des circonstances différentes. Elle avait serré ses bras autour d'elle comme si elle avait froid.

Bryan avait gardé sa chambre à l'hôtel Rosenbeck dans Urachstrasse. Elle pourrait toujours le retrouver là, lorsqu'elle l'aurait décidé. Avec la femme, c'était différent. À son corps défendant, elle avait besoin d'en savoir plus sur elle. Était-ce son appartement que Bryan avait surveillé pendant si longtemps, ce matin même ? Qui était-elle ? Comment une femme vivant dans une ville reculée en Allemagne, une femme qui n'était plus toute jeune, de surcroît, pouvait-elle émouvoir son mari à ce point ? Où s'étaient-ils connus ?

Quelle était la nature de leurs relations ? Laureen avait la ferme intention d'obtenir des réponses à ses questions. Et sans tarder.

Ce fut donc la femme et non son mari que Laureen prit en filature.

Elle fit de nombreux arrêts. Par deux fois, l'imperméable verni noir s'engouffra dans une cabine téléphonique. À plusieurs reprises, elle entra chez des gens, resta un moment, laissant une Laureen déconcertée et les pieds douloureux se fondre tant bien que mal dans le paysage urbain. C'était une femme très active. Quand, enfin, elle pénétra dans un bar à vin de Münsterplatz où elle s'installa à une table près de la porte et se mit à regarder distraitement par la fenêtre, Laureen s'assit quelques tables plus loin et retira ses chaussures neuves avec un gros soupir de soulagement. Elle allait enfin pouvoir réfléchir à ce qu'elle allait faire.

L'inconnue n'était pas séduisante.

Quand Bryan vint la rejoindre un peu plus tard, il semblait nerveux. Laureen savait qu'il viendrait mais elle se sentit blessée par la complicité qu'il semblait y avoir entre eux. La femme parlait bas et gardait les yeux baissés. Elle posa sa main sur celle de Bryan et la caressa. Quelques minutes après son arrivée, il était déjà reparti. Plus sombre que Laureen ne l'avait jamais vu. Derrière le voilage de la fenêtre, elle l'observa qui s'éloignait à grands pas, d'une démarche brusque et saccadée, comme s'il avait été ivre.

Cette fois, le dilemme de savoir qui elle allait suivre le restant de l'après-midi se résolut de lui-même. Elle n'avait aucune chance de le rattraper. La femme resta encore un petit moment, les yeux dans le vague. Elle avait l'air de quelqu'un qui a des difficultés à prendre une décision. Laureen alluma une cigarette et se tourna vers l'intérieur du bar pour ne pas se faire remarquer. Quand la femme partirait, elle se lèverait aussi.

46

Petra ne savait pas quoi faire. Au cours de sa tournée, plusieurs patients lui avaient demandé si elle était souffrante. « Vous êtes drôlement pâle aujourd'hui, Petra », disaient-ils. En effet, elle ne se sentait pas bien.

Depuis des décennies, elle avait vu les trois simulateurs de l'hôpital militaire SS vivre en toute impunité sans personne pour leur mettre des bâtons dans les roues. Mais malgré leurs personnalités très différentes, Petra ne doutait pas un instant que chacun d'entre eux se montrerait sans pitié envers toute personne qui oserait se mettre en travers de leur chemin.

Petra avait mis longtemps à le comprendre. Sans son amie Gisela Devers, qu'elle regrettait amèrement d'avoir présentée à Wilfried Kröner, son futur mari, elle n'aurait jamais su de quoi ces hommes étaient capables.

Et sans Gerhart Peuckert, elle n'aurait jamais eu à côtoyer cette engeance du diable.

Mais Gerhart était toute sa vie.

Elle avait toujours aimé cet homme. D'un amour impossible, que réprouvait son entourage et qui l'avait peu à peu isolée. Pendant des années, elle avait espéré que le traumatisme de Gerhart s'effacerait et finirait par disparaître. Elle avait vécu dans l'attente d'avoir un jour avec lui une existence normale.

À certains moments, rares et merveilleux, elle y avait presque cru. Jusqu'à ce qu'elle doive se rendre à l'évidence. Une vie auprès de Gerhart Peuckert était à jamais condamnée à être vécue dans l'ombre de ces trois sinistres individus.

En réalité, elle l'avait toujours su et elle avait repoussé cette idée.

Maintenant qu'elle l'avait acceptée et parce qu'elle était prête à tous les sacrifices pour rester auprès de l'élu de son cœur, son choix l'avait amenée à tromper et à mentir.

Elle avait eu un véritable choc en revoyant le patient de l'Unité Alphabet. Ses traits étaient ceux d'Arno von der Leyen, mais il s'était présenté sous un autre nom. La langue dans laquelle il s'était exprimé et la façon dont il s'était comporté l'avaient effrayée. Dans sa situation, s'entendre poser des questions sur Gerhart Peuckert avait toutes les raisons de la mettre sur la défensive.

Personne ne savait ce que Gerhart avait dans la tête. Depuis longtemps, les médecins considéraient que son esprit était en état de latence. Sa conscience en hibernation. D'après ce que Gisela avait rapporté à Petra, Kröner avait toujours eu peur qu'un jour Gerhart Peuckert revienne à son état normal. Son amie lui avait également confié que son mari pensait que ce jour-là, il allait tous les poignarder dans le dos. Chaque fois que Gisela lui demandait de laisser Gerhart Peuckert tranquille, ils finissaient par se disputer. La confrérie des simulateurs ne voulait ni ne pouvait lui rendre sa liberté. Ils étaient obligés de l'avoir à l'œil. Gerhart Peuckert en savait trop.

Les trois hommes ne lui laissaient le droit d'exister que parce qu'il était malade et que son état mental ne s'améliorait pas. D'après Gisela, c'était l'expression qu'ils avaient employée.

Ils lui laissaient le droit d'exister.

Petra était inquiète. Elle voulait qu'il continue à en être ainsi. Et voilà que venait se présenter un étranger qui déclarait avoir connu ces hommes jadis et posait des questions sur le seul être au monde pour lequel elle était prête à sacrifier sa vie. Sa visite constituait une menace à laquelle elle avait réagi instinctivement. Elle poussa un soupir en roulant son tensiomètre, hocha la tête à l'intention du patient qui la regardait d'un air soucieux et se tourna vers la fenêtre.

Le Schlossberg avait été baigné de soleil toute la journée. Comme si cette proéminence insignifiante cherchait à se montrer sous son meilleur jour. Elle ne savait pas ce qui allait arriver à Arno von der Leyen là-haut. Mais elle était capable de le deviner. Quand Hermann Müller laissait parler sa vraie nature et qu'il redevenait Peter Stich, il valait mieux ne pas se trouver en face de lui. Toute personne désirant rencontrer Gerhart Peuckert s'exposait à ranimer la face la plus sombre du vieux nazi.

Cette idée la rendait malade, à présent. La possible conséquence de son acte faisait d'elle l'égale de ces trois monstres.

Ce fut Dot Vanderleen, celle qui habitait Salzstrasse depuis la mort de son mari et la vente de leur boutique à Leiden, qui fit remarquer à Petra qu'elle était suivie. « Oh », s'exclama-t-elle en montrant par la fenêtre le trottoir d'en face. La grande femme mince semblait souffrir le martyre. Elle se tenait sur une jambe tandis qu'elle massait le pied de la deuxième. « La pauvre chérie, la plaignit Dot Vanderleen. Je crois bien qu'elle porte des chaussures neuves. »

Bien que Petra Wagner soit une petite femme, la toute légère Frau Vanderleen lui arrivait à peine à l'épaule. Debout sur la pointe des pieds, elle observait le trottoir d'en face à travers un mur de plantes vertes avec une expression de sincère compassion. « Les chaussures neuves sont une horreur, dit-elle tandis que Petra nettoyait avec difficulté une plaie sur son tibia. Heureusement que je n'ai plus ce problème », ajouta-t-elle, en conclusion.

Ensuite, Petra remarqua cette même femme à plusieurs reprises au fil de la journée. Un petit coup d'œil par la fenêtre, et chaque fois elle était là, de l'autre côté de la rue en train de se masser les pieds, aussi sûr que les fidèles disent Amen à la messe.

En temps normal, Petra aurait pris deux heures sur sa garde pour rendre visite à Gerhart. C'était au cours de ces samedis après-midi qu'ils étaient le plus proches. Pendant quelques minutes durant ces entrevues, ils s'aimaient avec les yeux. Et Petra vivait pour ces quelques minutes-là.

À quinze heures, elle se rendit chez Herr Franck, un vieil épicier souffrant d'escarres. Il était son dernier patient avant sa pause.

Mais au lieu de monter dans le tram qui l'emmenait à la clinique comme elle en avait l'habitude, elle traversa la place Kartoffelmarkt en sens inverse. En arrivant à la hauteur d'un groupe de badauds assis sur les pavés pour regarder danser de jeunes *breakdancers*, Petra accéléra le pas. Alors qu'elle passait près de l'attroupement, elle bouscula par mégarde un danseur et il se désynchronisa de la chorégraphie.

« Vous ne pouvez pas faire attention ! » lança-t-il, furieux, rajustant son T-shirt turquoise. Elle se mit à courir.

Wasserstrasse et Weberstrasse étaient deux rues presque parallèles. Petra alla s'asseoir dans un taxi vide, garé à la station de taxis située en face de l'embouchure de ces deux rues. Le chauffeur d'un autre taxi vint la prévenir que Fritz, le chauffeur, était allé pisser un coup à l'Automobile Club et qu'il serait de retour dans un instant.

La femme qui suivait Petra déboula à l'extrémité de Wasserstrasse. Les traits de son visage exprimaient un profond désarroi. Petra recula au fond de la banquette, dissimulant sa figure derrière le montant de la portière. Visiblement, l'inconnue ne savait plus que faire. Elle parcourut quelques mètres sur le trottoir, scruta la rue, puis fit demi-tour. Sa coiffure désormais hirsute jurait avec son élégance naturelle. Elle s'appuya à un mur, se pencha en avant et reprit son souffle, les mains sur ses genoux.

Petra savait ce qu'elle ressentait, mais elle savait aussi que cette technique ne soulagerait pas ses pieds douloureux.

La femme la suivait, cela ne faisait aucun doute, mais elle avait tout d'un amateur. Elle regarda autour d'elle plusieurs fois avant de poser à ses pieds son lourd sac en plastique et de pousser un soupir si profond que Petra eut presque l'impression de l'entendre de l'intérieur du taxi.

« Le voilà ! » lança le chauffeur de tout à l'heure en frappant à la vitre. Alertée par la voix, la femme leva la tête et aperçut Petra. Son regard alla des yeux de Petra au siège vide du chauffeur, puis elle regarda le deuxième taxi pour revenir à Petra. Elle comprit qu'elle était découverte.

« Eh bien, ma p'tite dame, je vois qu'on s'est déjà installée. Alors où allons-nous ? » Le petit homme qui venait de s'asseoir au volant posa la main sur le dossier du fauteuil et se retourna vers la passagère sur le siège arrière. Petra ouvrit sa sacoche et empoigna l'étroit manche en métal du scalpel qui se trouvait toujours dans la poche du milieu de sa trousse d'infirmière. La lame venait tout juste d'être changée et elle savait que c'était une arme redoutable. Avec cela à la main, elle se sentait prête à affronter les mystères de cette journée.

Petra sortit de la voiture et traversa la route pour rejoindre l'étrangère. Elle lui trouva un air triste. « On n'a plus le droit d'aller pisser, ou quoi ? » entendit-elle derrière elle. « Les chauffeurs de taxi aussi ont besoin de faire une petite pause de temps en temps ! Vous avez déjà essayé de passer une journée entière assise au volant d'une voiture ? » Déboîtant de la station et s'engageant sur la chaussée, il haussa encore la voix pour crier à travers la portière : « Deux minutes ! Vous ne pouviez pas attendre deux minutes ? »

Une expression de sidération apparut sur le visage de la femme quand Petra laissa briller la lame du scalpel dans l'ouverture de sa manche. Elle garda longuement les yeux fixés sur l'outil, la nuque ployée, sans faire mine de s'enfuir.

Alors Petra baissa son arme.

C'était la deuxième fois ce jour-là qu'elle affrontait quelqu'un qui la suivait. Elle était sûre qu'il y avait un rapport entre Arno von der Leyen et cette femme.

« Qu'est-ce que j'ai fait de mal ? demanda-t-elle simplement. Depuis combien de temps me suivez-vous ?

– Depuis ce matin. Depuis que vous avez rencontré mon mari au parc.

– Votre mari ? Comment ça ?

– Vous l'avez vu aujourd'hui, à deux reprises. La première fois dans le Stadtgarten et la deuxième dans le bar à vin de l'hôtel Rappen.

– Vous êtes l'épouse d'Arno von der Leyen ? » Petra regarda la grande femme avec une certaine surprise. Elle s'attendait à tout sauf à ça.

« Arno von der Leyen ? Alors c'est comme ça qu'il se fait appeler ? rétorqua-t-elle, aussi étonnée que Petra.

– C'est le nom sous lequel je le connaissais il y a trente ans. »

La grande femme maigre semblait décontenancée. « C'est un nom allemand ? demanda-t-elle, finalement.

– Oui, naturellement, répliqua Petra.

– Pour moi, ce n'est pas si évident que cela. C'est mon mari, voyez-vous ? Il est citoyen britannique et ne s'appelle ni Arno, ni rien de ce genre, mais Bryan Underwood Scott. C'est son nom depuis toujours. C'est celui qui figure sur son extrait de naissance et celui par lequel sa mère l'appelait jusqu'au jour où elle est décédée. Alors j'avoue avoir du mal à comprendre pourquoi vous l'appelez Arno von der Leyen. Vous me faites une blague ? Vous avez réellement l'intention de m'égorger avec ce machin que vous avez à la main ? »

Son discours fébrile avait quelque chose de fascinant. Petra n'avait saisi que la moitié des mots qu'elle avait prononcés en quelques secondes. Son fond de teint coûteux ne parvenait pas à cacher le rouge que la colère lui avait fait monter au visage. Elle disait manifestement la vérité.

« Tournez-vous. Qu'est-ce que vous voyez ?

– Rien du tout », répondit Laureen après avoir regardé au-dessus de son épaule très rapidement. « Une rue déserte. C'est ça que vous voulez dire ?

– Vous voyez le grand C sur la façade, là-bas ? Il s'agit du café de l'hôtel Carnis. Si vous me promettez de me suivre jusqu'à cet endroit sans faire d'histoire, je n'aurai pas à me servir de ça. » Petra agita le scalpel, puis le fit disparaître à nouveau dans sa manche. « Je crois que vous et moi avons des choses à nous dire. »

47

Pas contrariant, le serveur avait accepté de servir le thé dans une tasse à café. Laureen le laissa infuser une éternité avant de le goûter en plissant le nez, l'air réprobateur. Toutes deux se taisaient. Le petit bout de femme assis près de Laureen semblait sur le point d'imploser. Elle regarda l'heure à plusieurs reprises et fit plusieurs fois mine de commencer à parler, pour s'interrompre aussitôt.

Enfin, elle leva sa tasse et but une gorgée.

« Tout ceci est un véritable casse-tête pour moi, vous comprenez ? » dit-elle enfin.

Laureen acquiesça.

« Et j'ai peur que plusieurs personnes soient gravement en danger aujourd'hui. Quelqu'un est peut-être déjà blessé ou mort, à l'heure qu'il est et, dans ce cas, il n'y a plus rien à faire. Mais s'il est encore temps, alors nous devons essayer ensemble de résoudre ce casse-tête. Vous voulez bien ?

– Oui, je crois. » Laureen déglutit péniblement et s'efforça de contrôler sa voix : « Mais qui est en danger ? Pas mon mari, j'espère ?

– Je crains que si. Mais j'ai le regret de vous dire que c'est le cadet de mes soucis en ce moment. Je n'ai confiance ni en vous ni en lui, voyez-vous ?

– Ah vraiment ? Eh bien, vous voulez que je vous dise ? Moi non plus, je ne sais rien de vous ! Vous pourriez être n'importe qui. Vous le connaissez depuis trente ans sous une autre identité que la sienne et j'ai la désagréable impression que vous détenez des secrets qui pèsent sur mon mariage depuis de nombreuses années. Vous croyez que j'ai des raisons de vous faire confiance ? » Laureen mit un morceau de sucre supplémentaire dans le pâle breuvage que le serveur appelait du thé et elle gratifia Petra d'un sourire acide. « Mais ai-je le choix ?

– J'ai bien peur que non. » Le rire de la femme jurait avec sa frêle constitution. C'était un roulement grave et profond qui semblait sincère. Il cessa aussitôt. « Je m'appelle Petra, au fait, Petra Wagner. Vous pouvez m'appeler par mon prénom. » Elle hocha la tête pour appuyer son propos. « J'ai rencontré votre mari ici, à Fribourg, pendant la Seconde Guerre mondiale. Il était interné dans un grand hôpital militaire, à quelques kilomètres au nord de la ville. J'étais infirmière là-bas. Je ne l'ai pas revu depuis. Pas avant de le voir débarquer subitement, aujourd'hui. Vous avez été témoin de notre première rencontre en presque trente ans. Votre mari prétend que c'était un hasard. Vous pensez qu'il dit la vérité ?

– Je n'en ai aucune idée. Je ne lui ai pas parlé depuis plusieurs jours. Il n'est même pas au courant que je suis ici. Je ne sais absolument rien. J'ignorais même qu'il avait été hospitalisé en Allemagne pendant la Deuxième Guerre. En revanche, je sais qu'il a fait un long séjour à l'hôpital en Angleterre. Avant cela, il avait été porté disparu pendant presque un an.

– C'est certainement pendant cette année-là qu'il a été interné à Fribourg. »

Ce que Laureen découvrait en ce moment sur le passé de Bryan semblait incroyable. Et pourtant, elle était convaincue que la femme ne mentait pas. Elle se souvint d'une phrase de son père qui disait : « Tout comme le mensonge et le courage, la peur et la vérité vont souvent de pair. » Derrière le calme apparent de Petra Wagner, on sentait sa peur.

Elles allaient devoir se faire confiance.

« D'accord, je vous crois, si invraisemblable que me paraisse cette histoire. » Laureen but une nouvelle gorgée de l'amer liquide avant de reprendre. « Je m'appelle Laureen Scott Underwood. Vous pouvez m'appeler Laureen, si vous voulez. Bryan et moi nous sommes mariés en 1947. Nous célébrerons nos noces d'argent dans moins de deux mois. Nous habitons Canterbury, où mon mari est né. Il a fait des études de médecine et travaille maintenant dans l'industrie pharmaceutique. Nous avons une fille et faisons partie de ce qu'on appelle un milieu privilégié. Jusqu'à il y a quinze jours, mon mari n'avait jamais mis les pieds en Allemagne. Pas depuis que je le connais, en tout cas. Et jusqu'à maintenant, et vous m'en voyez honteuse, je n'avais jamais entendu parler de la ville dans laquelle nous nous trouvons. » Les deux femmes se regardaient dans les yeux, et c'est avec une prière dans la voix que Laureen dit à Petra Wagner : « S'il vous plaît… vous voulez bien me dire où est mon mari ? »

En ce qui concernait Petra Wagner, la grande femme maigre aurait aussi bien pu parler hébreu. Elle ne l'écoutait pas, de toute façon. À la place, toutes ses antennes dehors, elle cherchait la faille chez son interlocutrice. Les mots ne servaient en général qu'à dissimuler l'essentiel. Et pour l'instant, le plus important était de décider si elle pouvait oui ou non lui faire confiance. Elle devait d'abord penser à Gerhart. En ne se mêlant de rien, elle était à peu près sûre qu'elle ne le mettait pas en danger. Pas plus qu'il ne l'avait toujours été.

Si seulement Stich, Kröner et Lankau avaient trouvé un arrangement avec Arno von der Leyen, là-haut, sur la montagne. Mais elle ne pouvait s'empêcher de se sentir mal à l'aise, impuissante et inquiète. Et si, au contraire, leur rencontre s'était mal passée et que cette femme, quoi qu'il soit arrivé sur le Schlossberg, l'avait prise en filature avec de mauvaises intentions ? Était-elle en danger ? Et si elle disparaissait, qu'adviendrait-il de Gerhart ?

Visiblement, cette femme n'était pas une professionnelle. Et elle disait probablement la vérité quand elle prétendait qu'Arno von der Leyen était son mari.

« Puis-je vous poser quelques questions ? » lui demanda-t-elle. Laureen eut l'air étonnée, mais elle acquiesça. « Répondez sans réfléchir, s'il vous plaît. Vous pouvez considérer cela comme une sorte d'examen. Comment s'appelle votre fille ?

– Ann Lesley Scott Underwood.

– Anne ?

– Oui, sans *e*.

– Quelle est sa date de naissance ?

– Elle est née le 16 juin 1948.

– Quel jour de la semaine était-ce ?

– Un lundi.

– Comment se fait-il que vous vous le rappeliez ?

– Je me le rappelle, c'est tout.

– Que s'est-il passé ce jour-là ?

– Mon mari a pleuré.

– Et à part ça ?

– J'ai mangé des muffins avec de la confiture.

– C'est étrange de se souvenir de ce genre de détail. »

Laureen haussa les épaules. « Vous avez des enfants ?

– Non. » C'était la question que Petra détestait le plus au monde.

« Je m'en doutais. Si vous en aviez, vous sauriez que cela n'a rien d'étrange. L'interrogatoire est fini ?

– Non. Dites-moi pourquoi votre mari cherche à retrouver Gerhart Peuckert.

– Honnêtement, je n'en ai pas la moindre idée. Vous devriez le savoir mieux que moi, non ? » Laureen pinça les lèvres, ce qui creusa les rides de son visage.

« Non. Je l'ignore.

– Écoutez, Petra ! » Le serveur passa au même moment près de leur table, un plateau levé au-dessus de sa tête. En la voyant prendre la main de l'autre femme, il lança à Laureen un regard qui exprimait, sinon de la désapprobation, du moins un regret. « Dites-moi ce que vous savez. Je vous jure que vous pouvez me faire confiance. »

Laureen était sonnée. Le passé s'imposait lentement à elle et ce passé, celui de l'homme avec qui elle avait vécu près de la moitié de son existence, lui était totalement étranger. Il ne lui avait jamais rien raconté de tout cela. Petra Wagner était une bonne conteuse.

À mesure qu'elle avançait dans son histoire, l'hôpital militaire, la vie que Bryan avait eue là-bas, les chambres dans lesquelles il dormait devenaient une réalité. « Quelle horreur ! » disait-elle de temps en temps. « C'est vrai ? » murmurait-elle aussi souvent, sans attendre de réponse.

À travers la description que lui fit Petra des mois d'internement dans ces montagnes, elle réalisa le cauchemar que Bryan avait dû vivre. Frémit à l'idée du traitement médical acharné qu'il avait subi, trembla en pensant au harcèlement muet que lui avaient imposé les trois simulateurs qui avaient pris le pouvoir sur le service dans lequel il se trouvait.

Et un jour, Arno von der Leyen s'était évadé et deux de ses bourreaux avec lui.

« Et vous dites que pendant leur séjour dans cet hôpital, mon mari n'a jamais adressé la parole à ce Gerhart Peuckert ?

– Pas un mot. » Petra était perplexe. « Au contraire, je dirais. Gerhart tournait systématiquement la tête chaque fois qu'Arno von der Leyen était dans les parages.

– Et alors qu'est devenu ce Gerhart Peuckert ? »

Lorsque Laureen posa cette question, Petra reprit sa main. Tout à coup, elle se sentait horriblement mal. Machinalement, elle se retourna pour prendre son foulard pendu au dossier de sa chaise. Elle était très pâle et quand ses larmes se mirent à couler, elle accepta le mouchoir de Laureen.

Cet après-midi-là, Petra avait l'impression que les minutes étaient des heures et les heures des fractions de secondes. Mais cette minute-là se dilata en un long cri muet qui contenait son infinie solitude et toute la méfiance que lui inspirait son prochain. Petra rassembla son courage et sourit. Elle sourit en se mouchant, embarrassée et soulagée à la fois.

« Je peux vraiment vous faire confiance, n'est-ce pas ?

– Vous pouvez, lui assura Laureen en lui reprenant la main. Sauf que je ne suis pas du tout sûre que ma fille soit née un lundi, mais mis à part ce détail, vous pouvez. » Elle fit une petite grimace comique pour se faire pardonner. « Parlez-moi de vous. Je crois que cela nous fera du bien à toutes les deux. »

Petra était amoureuse de Gerhart Peuckert. Elle avait beau avoir entendu des choses terribles sur son compte, elle l'aimait malgré tout. Après que lui et les autres patients de l'hôpital avaient été transférés à Ensen-sur-Porz, près de Cologne, l'état de Gerhart ne s'était pas beaucoup amélioré. Il avait fallu toute sa force de conviction et un soupçon de corruption pour que Petra soit autorisée à l'accompagner.

Au moment de la reddition de l'Allemagne, Gerhart était encore faible, très faible. Il pouvait rester des jours dans un état à demi comateux, indifférent à ce qui l'entourait. Malgré les soins dont il avait bénéficié à la fin de la guerre, les nombreux électrochocs et la dureté des traitements infligés par la Gestapo et par ses voisins de lit à Fribourg avaient failli le tuer. Il semblait être dans un état de choc allergique chronique, que personne n'avait le temps de diagnostiquer et que personne n'était assez motivé pour prendre au sérieux. La vérité était que, la guerre terminée, le patient ne présentait plus aucun intérêt pour les médecins. Du jour au lendemain son statut changea. Tout à coup, Gerhart Peuckert appartenait à un passé que tout le monde préférait oublier. Le corps médical avait d'autres patients qui ne portaient pas la malédiction de la croix gammée. Et ceux-là passaient avant. Petra était la seule à se préoccuper encore du sort de Gerhart Peuckert. Mais elle n'avait ni la perspicacité, ni les compétences, ni l'intelligence suffisantes pour l'aider réellement. Il prenait les comprimés qu'il avait toujours pris, et à part ça, on le laissait dormir toute la journée.

Et il en fut ainsi jusqu'à ce que deux anciens pensionnaires de l'Unité Alphabet se présentent à l'hôpital psychiatrique de Ensen-sur-Porz.

À ce stade du récit, Laureen comprit pourquoi Petra avait de bonnes raisons d'avoir peur. Ces hommes étaient venus pour tuer l'homme qu'elle aimait. L'un des deux, un type costaud répondant au nom de Horst Lankau, s'était évadé de l'hôpital en même temps que le mari de Laureen.

Ils étaient entrés dans l'hôpital vêtus de blouses de médecin. Personne n'avait fait attention à eux en cette période où tant de prétendus observateurs des forces d'occupation étaient autorisés à circuler à leur guise. On ne leur avait pas demandé de pièce d'identité et le personnel leur avait obéi sans discussion. C'était une drôle d'époque, où les hauts fonctionnaires pouvaient changer du jour au lendemain, à mesure que s'intensifiaient les arrestations. Ce désordre général touchait les petites structures comme les grandes.

Tout partait à vau-l'eau et les Allemands laissaient faire.

Quand Petra était arrivée dans la chambre pour distribuer la deuxième prise de médicaments de la journée, la place de Gerhart était vide. On avait retiré son lit. Un aide-soignant avait montré du doigt une pièce qu'on utilisait pour y entreposer le linge et, en ouvrant la porte, elle avait trouvé Kröner et Lankau penchés au-dessus du lit de Gerhart. Sous l'effet du choc, elle avait reculé et était restée figée sur le pas de la porte ouverte. Gerhart tremblait et respirait avec difficulté. Petra lui avait sauvé la vie.

Quelques minutes plus tard, elle l'aurait trouvé mort.

Les deux hommes avaient épargné Gerhart Peuckert parce qu'elle les avait vus. Elle savait qui ils étaient et, dans leurs yeux pleins de haine, elle avait vu qu'ils l'avaient reconnue également. Ils avaient laissé Gerhart tranquille et ils étaient partis. Les jours suivants, ils étaient revenus séparément. Tant qu'ils venaient individuellement, Petra ne pouvait rien contre eux. Il en resterait toujours un pour finir le travail. Gerhart était une proie tellement facile.

À présent, elle aussi était devenue un témoin gênant.

Cinq jours avaient passé de la sorte, pendant lesquels Petra veillait à ne jamais être seule et à ne jamais perdre Gerhart de vue plus de cinq minutes d'affilée. Elle le voyait s'affaiblir de jour en jour. Depuis la visite des deux hommes, il était paralysé d'angoisse et n'avait pratiquement rien bu ni mangé.

Le sixième jour, un troisième patient de l'Unité Alphabet était venu rejoindre les deux premiers.

Ils l'attendaient dehors. L'amie avec qui Petra marchait bras dessus, bras dessous, s'était aussitôt mise à flirter avec celui qui avait des cicatrices de petite vérole et s'appelait Kröner. Elle faisait cela chaque fois qu'elle tombait sur un homme bien habillé.

La situation était surréaliste.

C'est le troisième arrivé, un petit homme chétif et courtois du nom de Peter Stich, qui lui avait proposé le marché. Pendant que Stich lui parlait, Lankau surveillait nerveusement les alentours.

« J'aimerais vous parler de Gerhart Peuckert, avait-il commencé avec un petit sourire. Ne trouvez-vous pas que nous devrions l'emmener dans un endroit plus sûr ? Par les temps qui courent, si vous voyez ce que je veux dire. C'est tout de même un criminel de guerre ! Et comme vous savez, ils n'ont pas bonne presse, en ce moment. »

Il l'avait prise gentiment par le coude et avait fait un signe à Lankau qui s'était éloigné. « Peut-être pourrions-nous en discuter tous les deux, avait-il continué. Quand cela vous conviendrait-il ? »

Petra n'avait pas été difficile à convaincre. La précarité de la situation de Gerhart ne lui avait pas échappé. Malade ou pas, il pourrait avoir à payer pour son passé. Plusieurs citoyens en vue de la ville de Cologne avaient déjà été arrêtés et les représentants de la Gestapo et de la Waffen SS étaient devenus des cibles. Il n'y avait de pitié à attendre ni de ses amis ni de ses ennemis, et de l'aide encore moins.

Ça avait été une étrange journée. Profitant du laxisme de ses collègues, des hommes en uniforme étaient allés tirer un patient de son lit et l'avaient embarqué. Petra en avait été malade.

Les anciens patients de l'Unité Alphabet lui avaient donné rendez-vous dans la salle d'attente de la gare routière. Les abords étaient déserts. Des voyageurs somnolents ou endormis attendaient, couchés ou assis sur le sol, l'arrivée des cars. Le lieu de rendez-vous avait été choisi à dessein. Petra voulait les voir dans un endroit où il y avait du monde. Elle avait demandé que tous les trois soient présents et exigé de ne parler qu'à un seul.

Ils avaient respecté toutes ses conditions.

Une famille attendait au milieu du hall : au moins six enfants en bas âge et deux jeunes adultes. La femme avait les traits tirés, elle était inquiète et lasse. L'homme dormait. Petra s'était jointe à eux et deux des enfants s'amusaient à tirer sur sa jupe pour la faire enrager.

Peter Stich l'avait remarquée tout de suite en entrant dans la gare. Kröner et Lankau suivaient à deux pas derrière. Ils s'étaient arrêtés et avaient laissé Stich continuer.

« Où sont les autres ? » avait-elle demandé avec un rapide coup d'œil au-dessus de son épaule. Un gosse s'assit entre eux, parfaitement à l'aise, les yeux écarquillés, d'abord pour regarder sous sa jupe puis pour fixer Peter Stich.

« De qui parlez-vous ? répliqua ce dernier.

– De ceux qui ont disparu le soir où Lankau s'est évadé. Arno von der Leyen et l'autre. Je ne me rappelle plus son nom.

– Dieter Schmidt ! Il s'appelait Dieter Schmidt. Ils sont morts. Ils se sont fait tuer la nuit où ils sont partis. Pourquoi ?

– Parce que je n'ai aucune confiance en vous et que je dois savoir combien vous êtes.

– Il n'y a que nous trois, et puis vous et Gerhart Peuckert. Je vous dis la vérité. »

Elle regarda de nouveau autour d'elle. « Tenez », dit-elle alors en lui tendant une enveloppe ouverte. Stich avait sorti la note qui se trouvait à l'intérieur et il l'avait lue en silence. « Pourquoi avez-vous écrit cela ? lui avait-il demandé avec un petit sourire, tendant le papier à Kröner qui s'était approché.

– Il s'agit d'une copie. J'ai rangé l'original avec mon testament. C'est une garantie qu'il ne nous arrivera rien, à Gerhart et à moi.

– Mauvais calcul. Si vous nous dénoncez, nous entraînerons Gerhart avec nous, vous vous en doutez ? » Elle hocha la tête en regardant Stich dans les yeux. « Je m'en doute, mais j'y tiens. Avec cet écrit, nous avons un moyen de pression l'un sur l'autre.

– Désolé, dit Stich après être allé discuter à part avec ses acolytes. Cela nous mettrait dans une situation où nous aurions constamment à craindre qu'il ne vous arrive quelque chose. Une assurance-vie entre associés doit être bilatérale. Nous devons vous demander de détruire l'original. Nous ne pouvons pas accepter qu'il se trouve entre les mains d'un avocat.

– Alors que me proposez-vous ?

– Nous vous proposons un contrat. Que vous pourrez déposer chez votre avocat, si vous voulez. Il contiendra des aveux. Nous formulerons les choses de manière que nous tirions profit de votre décès, ce qui nous mettrait dans le feu des projecteurs si vous ou Gerhart décédiez de cause suspecte.

– Je refuse. » Petra avait remarqué la fureur de Lankau quand il l'avait vue secouer la tête. « Je vais simplement conserver ce document ailleurs.

– Où ?

– C'est mon problème.

– Votre proposition est inacceptable. » À peine Stich avait-il terminé sa phrase que Petra tournait les talons et se dirigeait vers la sortie d'un pas décidé. Stich cria son prénom à trois reprises avant qu'elle s'arrête.

Ils avaient négocié toute la soirée sous les regards curieux de la foule. Peter Stich et elle avaient fini par trouver un accord. Il semblait satisfait mais ne lui avait pas caché qu'elle et Gerhart le regretteraient amèrement s'ils venaient à abuser de sa confiance.

De son côté, il avait réussi à la rassurer. Elle savait que ces hommes étaient, comme Gerhart, des officiers SS haut placés dans la hiérarchie. Des gens qui risquaient des condamnations de prison à vie, voire la peine de mort s'ils étaient arrêtés et entraînés dans la grande épuration judiciaire. Ils avaient intérêt à cacher leur véritable identité. Ils devaient tous rester solidaires si elle voulait que Gerhart vive. Elle devait leur promettre son silence et celui de Gerhart.

Si elle se sentait capable de cela, ils avaient une proposition à lui faire en contrepartie. Ils fourniraient à Gerhart une nouvelle identité, en l'occurrence celle qui était prévue pour Dieter Schmidt.

Si elle acceptait, il porterait le nom d'Erich Blumenfeldt. Avec ses traits émaciés, il pouvait facilement avoir l'air juif, à condition de raser ses cheveux blond foncé. Dans une unité psychiatrique et sous cette nouvelle identité, il ne risquait rien. Le monde allait vite comprendre pourquoi les Juifs avaient des raisons de devenir fous. Les simulateurs s'engageaient à lui offrir une nouvelle vie et à financer ses soins.

Ils ne voyaient aucun inconvénient à ce que Petra suive Gerhart Peuckert à l'endroit où il serait interné et qu'elle reste auprès de lui.

« Et c'est comme ça que vous êtes revenue à Fribourg ? » Laureen secoua la tête, perplexe. « Mais ici ils étaient tous en danger ! Pourquoi choisir cette ville-là, entre toutes ?

– Je n'ai pas eu mon mot à dire. Ils avaient déjà pris leur décision. Et puis moi, j'avais de la famille dans la région et aucune raison de me cacher. » Petra joignit ses mains et elle poussa sa tasse de quelques centimètres du bout des doigts. « D'ailleurs, tout s'est bien passé, n'est-ce pas ? Au moins jusqu'à votre arrivée, à vous et à votre mari. En vingt-sept ans, nous n'avons pas eu le moindre problème. Pour les simulateurs, Fribourg-en-Brisgau avait l'avantage de se trouver près de la frontière suisse. En outre, tous ceux qui auraient pu éventuellement les reconnaître avaient été tués dans le bombardement de cet hôpital militaire, excepté ceux qui avaient déjà été transférés ailleurs. Enfin, aucun d'entre eux n'avait grandi dans cette ville et n'y avait la moindre attache. A posteriori, cette ville s'est avérée un excellent choix. »

Ils avaient tous endossé de nouvelles identités, comme Stich l'avait dit. Lui-même était devenu Hermann Müller. Wilfried Kröner s'était désormais fait appeler Hans Schmidt. Horst Lankau avait du jour au lendemain répondu au nom d'Alex Faber et Gerhart Peuckert avait été interné dans une clinique psychiatrique sous le patronyme du Juif Erich Blumenfeldt. Pour une somme dérisoire, un vieux chirurgien de Stuttgart qui, bien que relaxé lors des procès de Nuremberg, avait quelques bricoles à se reprocher, avait fait disparaître leurs tatouages. Pour deux mille deutschemarks, toute preuve physique de leur ancienne identité avait été effacée.

« Je crois que Bryan a encore ce tatouage », admit Laureen. Il y avait des années qu'elle avait cessé de faire attention à ce détail qu'elle croyait être la conséquence d'une bêtise de jeune soldat en permission.

Le transfert de Gerhart Peuckert s'était déroulé sans encombre. De Cologne, il avait été emmené à Reutlingen, et de là à Karlsruhe. Quand, finalement, ils étaient venus le chercher pour le conduire à Fribourg, il était officiellement devenu Erich Blumenfeldt.

Petra était heureuse que Gerhart soit de retour à Fribourg, et longtemps elle avait espéré qu'il guérirait. C'était cet espoir qui l'avait empêchée de se marier. C'était le prix qu'elle avait payé.

La foi de Petra et son dévouement n'avaient pas suffi. Peuckert était resté inaccessible, apparemment présent et pourtant totalement absent.

Un amour sous cloche de verre.

À part elle, les trois simulateurs étaient son unique contact avec le monde extérieur. À sa connaissance, ils l'avaient toujours traité à peu près convenablement. Au bout de quelques années, ils avaient racheté la clinique dans laquelle il était interné, ce qui leur permettait d'entrer et de sortir de l'établissement à leur guise.

« Ils sont riches ? » Laureen avait une façon tout à elle de prononcer cet adjectif. Dans sa jeunesse, il était chargé de mépris. À Cardiff, les riches étaient ceux qui exploitaient les forces des pères et des hommes de la ville dans le port et les aciéries. Depuis qu'elle-même avait gravi l'échelle sociale jusqu'à un échelon où l'air était plus respirable, le mot avait pris une autre dimension qui l'obligeait à marquer une pause imperceptible, comme une légère hésitation, avant de le prononcer.

Petra avait le regard absent, comme si elle n'avait pas entendu la question. « À l'hôpital militaire, je m'étais fait une amie, Gisela, qui avait quelques années de plus que moi. Son mari était interné là-bas. Un cas désespéré. Quand il a péri sous les bombes qui ont anéanti l'hôpital vers la fin de la guerre, ça a été un soulagement pour elle. Nous avons appris à rire ensemble, vous vous rendez compte ? » Le sourire était imperceptible, mais l'émotion sincère. Petra n'avait pas dû avoir beaucoup l'occasion de rire dans sa vie, songea Laureen. « Le destin a voulu d'une part que mon amie ne puisse pas retourner chez elle et d'autre part que les trois simulateurs viennent bouleverser ma vie. Un après-midi, des années plus tard, j'avais rendez-vous avec les trois hommes et, bêtement, je l'ai emmenée avec moi. J'ai toujours regretté de lui avoir demandé de m'accompagner ce jour-là, car cela a fait de moi l'artisan de son malheur. Elle s'est mariée avec l'un d'entre eux, Kröner, celui qui a le visage grêlé. Il est certes le plus cultivé des trois, mais il l'a tout de même tuée à petit feu. Sans elle, je n'aurais pas réellement compris qui étaient ces hommes ni pourquoi ils ont fait ce qu'ils ont fait. » Petra s'interrompit, devint un instant songeuse et regarda sa montre. Puis elle se secoua pour chasser le nuage qu'elle avait attiré elle-même au-dessus de sa tête.

« Oui, ils sont riches. Très riches, même. »

À l'exemple de Stich, Kröner n'avait investi qu'une infime partie de sa part du trésor de guerre. Le restant de la fortune considérable avait été gagné à la sueur de leur front. La majeure partie de ce qui avait été entreposé dans les coffres d'une banque à Bâle s'y trouvait encore. Seul Lankau avait continué à puiser dans sa fortune, et d'après ce que Petra avait compris, il avait de quoi le faire encore très longtemps. Officiellement, il était propriétaire d'une entreprise d'usinage qui employait un grand nombre de salariés. Mais en réalité, l'usine était déficitaire. Elle lui servait simplement de couverture et de passe-temps. Comme sa propriété viticole, elle lui fournissait des contacts et des camarades de chasse. Il était le gai luron de la ville, toujours partant pour une bonne blague ou un dîner fin. Lankau était l'incarnation même d'une double personnalité.

Les activités professionnelles de Kröner étaient plus diversifiées, allant du commerce à l'investissement foncier et à la promotion immobilière. Des activités qui, toutes, nécessitaient un certain degré d'influence politique et beaucoup d'amis. Il avait passé toute sa vie à construire son image publique.

Stich était un chapitre à part. Malgré son style de vie modeste, il était de loin le plus riche des trois. Il avait investi dans la reconstruction de l'Allemagne et dans l'import-export. Dans les années soixante, il avait mis de l'argent dans l'industrie florissante du papier. Peu de risques et beaucoup de profit. Son métier ne demandait qu'un peu de clairvoyance et beaucoup de réactivité. Il avait toujours pris soin de rester discret et de se montrer en société le moins possible.

Même ses proches ignoraient tout de ses affaires.

Pendant toutes ces années, les relations entre les trois hommes s'étaient concentrées uniquement sur ce qui était dans leur intérêt à tous, garder leur passé pour eux. C'était aussi pour cette raison qu'ils rendaient régulièrement visite à Gerhart Peuckert et se mêlaient de son traitement.

Ils s'étaient habitués à l'état de Gerhart et avaient cessé de s'inquiéter pour le tort qu'il pourrait leur faire. À une seule occasion, une couche profonde de sa personnalité était remontée à la surface, et cela les avait tous choqués. Petra était présente, ce jour-là. Ils s'étaient rendus ensemble à une manifestation aérienne. Pour la première fois en de nombreuses années, il avait parlé. L'exclamation « *So schnell !* » avait passé ses lèvres sans que personne s'y attende. C'était en 1962. Il n'avait plus jamais rien dit depuis.

Petra avait souvent revu ce jour dans ses rêves et espéré que le miracle se reproduirait.

« Et maintenant nous sommes en 1972. Wilfried Kröner a cinquante-huit ans, Lankau soixante, Stich, soixante-huit. Gerhart a cinquante ans, comme moi. Et rien n'a changé. Nous avons simplement vieilli. » Petra poussa un soupir.

Laureen l'observa un long moment. Elle semblait soulagée d'avoir raconté son histoire. Le regard encore jeune de Petra était lucide et rempli de chagrin.

« Petra », dit-elle. Puis elle se tut un instant. « Merci de m'avoir fait partager tout cela. Je ne doute pas de votre sincérité, mais je ne comprends toujours pas ce que cela a à voir avec mon mari. Est-ce que ces trois hommes risquent de lui faire du mal ?

– Oui. Et ils n'hésiteront pas si votre mari n'accepte pas leurs conditions.

– Et quelles sont-elles ?

– Se taire. Rentrer chez lui. Je n'en sais rien, à vrai dire. » Elle hésita à continuer. « Vous dites que votre mari a une bonne situation ?

– Oui.

– Il peut le prouver ?

– Bien sûr qu'il le peut. Où voulez-vous en venir ?

– Je crois qu'il faudra qu'il les en persuade s'il veut avoir une chance de repartir vivant de Fribourg.

– De repartir vivant de Fribourg ?! s'écria Laureen. Bon sang, mais vous vous rendez compte de ce que vous venez de me dire ? Maintenant je veux que vous m'expliquiez ce que ces hommes reprochent à mon mari.

– Je ne peux vous en expliquer qu'une partie, car je ne suis pas au courant de tout. Mais en contrepartie, je dois vous demander de jurer sur votre vie que ni vous ni votre mari ne cherchez à nuire à Gerhart. »

En quelques heures, Laureen était passée d'une réalité à une autre plus rapidement que son intelligence n'était en mesure de l'appréhender. Et à présent, cette femme qui venait de se confier à elle lui demandait de s'engager. Elle aurait aimé pouvoir promettre à Petra que Bryan ne voulait aucun mal à ce Gerhart Peuckert. Quelques jours plus tôt, elle n'aurait eu aucun doute là-dessus.

Mais c'était avant.

« Oui, je vous le jure sur ma vie », mentit-elle.

48

En entendant la BMW démarrer, Lankau plissa son œil valide et sourit.

Son geôlier était enfin parti.

Apparemment, ils avaient surestimé von der Leyen et von der Leyen l'avait sous-estimé. Une parfaite combinaison d'erreurs de jugement. Et une issue prometteuse.

Horst Lankau était attaché à une chaise rustique que sa femme avait achetée une dizaine d'années plus tôt à un fabricant de mobilier de Müllheim. Antiquaire de province et beau parleur, celui-ci excellait dans l'art d'impressionner les femmes et de ponctionner les portefeuilles de leur mari. La chaise qui semblait robuste ce jour-là n'avait pas résisté au temps. Elle s'était révélée être une brocante de mauvaise facture qu'il avait souvent eu envie de briser sur la tête du marchand qui la leur avait fourguée. Mais finalement, il avait décidé – comme pour nombre d'autres objets achetés dans la précipitation – de l'utiliser dans sa résidence secondaire à la campagne.

Très près d'avoir réussi à démonter les accoudoirs et malgré ses avant-bras douloureux, Lankau se félicitait à présent d'avoir accepté l'achat de cette ruine. Résolument, il se mit à se balancer sur la chaise.

Presque sans un grincement, les tenons sortirent des mortaises et les accoudoirs s'arrachèrent d'un coup sec. Il essaya en vain d'attraper derrière lui les nœuds de la corde qui maintenait solidement le haut de son corps au dossier de la chaise. Quant à ses pieds, c'était son ventre qui l'empêchait de les atteindre. Il ne lui restait plus qu'à continuer à se balancer jusqu'à ce que la chaise se démonte en autant de morceaux qu'elle en comptait. Quand l'horloge marine au-dessus de la porte afficha six heures et quart, la chaise se démantibula enfin et il fut libre.

La voix de Peter Stich lui parut distante, donnant l'impression qu'il avait passé un long moment à réfléchir, son verre de schnaps posé devant lui, quand le téléphone avait sonné. « Où étais-tu passé, bon sang ? demanda-t-il, avec brutalité, en reconnaissant la voix de son interlocuteur.

– J'ai travaillé mon anglais. Tu serais étonné d'entendre les progrès que j'ai faits. » Lankau coinça le téléphone contre son épaule et se frotta les avant-bras. Il n'avait que des écorchures superficielles.

« Arrête tes plaisanteries, Horst, et réponds-moi. Qu'est-ce qui se passe ?

– Je suis à la propriété. Ce salaud de von der Leyen m'avait ligoté, mais j'ai réussi à me libérer. L'imbécile n'a rien trouvé de mieux que de m'attacher à la chaise en chêne de Gerda. » Lankau s'autorisa un éclat de rire.

« Et maintenant, où est-il ?

– C'est pour ça que je t'appelle. Il a vu Kröner. Il sait où il habite. Je viens de l'appeler, mais il ne répond pas.

– Et moi ? Il sait qui je suis ?

– Non, je suis sûr que non.

– Tant mieux. » Un clapotement au bout de la ligne révéla à Lankau qu'Andrea devait avoir rempli le verre de son mari. « Et tu crois qu'il est allé voir Wilfried ? demanda le vieux après une brève quinte de toux.

– Ce n'est pas impossible.

– Il ne sera pas chez lui. Il est parti à la recherche de Petra Wagner.

– Pourquoi ? » Décidément, cette journée était pleine de surprises.

« Nous pensons qu'elle ne nous a pas raconté toute la vérité. Comme nous n'avions pas de tes nouvelles, nous nous sommes dit qu'elle avait pu prévenir von der Leyen de ce qui l'attendait sur le Schlossberg.

– Il ne savait rien du tout. Où est Petra, en ce moment ?

– Elle doit être partie faire sa tournée, je suppose. Kröner est en train d'essayer de savoir où exactement. Quand il la retrouvera, je ne serais pas surpris qu'il la liquide.

– Pauvre petite Petra », grogna Lankau. En réalité, il s'en fichait comme d'une guigne. « Quand Arno von der Leyen aura fait ce qu'il avait à faire, il va revenir ici, tu peux en être sûr. Et je te jure que je vais prendre bien soin de lui. Mais pour l'instant, débrouille-toi pour prévenir Kröner. Arno von der Leyen roule dans ma BMW avec mon Shiki Kenju dans la ceinture de son pantalon.

– Bonne voiture, tu es un garçon généreux, Horst. Mauvaise arme. Est-ce qu'il sait qu'il n'a qu'à effleurer la sécurité pour qu'il parte ? »

Lankau explosa d'un rire bruyant. Il se représenta Stich en train d'écarter le téléphone de son oreille. « Je ne crois pas, non. Mais jusqu'à preuve du contraire, il reste au moins une balle dans le chargeur et Arno n'hésitera pas une seconde à tirer dans la tronche grêlée de Kröner. Je crois que tu ferais mieux d'y aller, Peter.

– Ne t'inquiète pas. Je suis déjà en route », dit d'une voix très calme son interlocuteur avant de raccrocher.

49

Depuis que Bryan avait laissé Lankau ligoté à sa chaise, il avait eu le temps de réfléchir. Pour commencer, il avait réalisé qu'à un moment donné, il allait devoir retourner l'interroger. Ses explications sur les circonstances de la disparition de James étaient probablement exactes, mais s'il devait trouver la paix de l'esprit, il fallait qu'il lui arrache d'autres détails. Il ne doutait pas que le colosse morde encore, mais Bryan soupçonnait son armure d'avoir quelques failles. S'il était capable de les trouver, il parviendrait à rassembler assez d'informations pour obtenir une version des faits dont il pourrait se satisfaire. Ensuite, il le relâcherait.

En attendant, il devait rendre visite à Kröner. Il lui poserait les mêmes questions. Peut-être le Grêlé se montrerait-il plus coopératif. Il voulait connaître l'adresse de Petra et en savoir un peu plus sur le mystérieux personnage qu'ils appelaient le Facteur. Bryan porta la main à sa ceinture où se trouvait toujours le pistolet.

Quand il aurait obtenu tous ces renseignements, Bryan téléphonerait chez lui, à Canterbury. Si Laureen n'était toujours pas là, il appellerait à Cardiff, lui demanderait de faire sa valise dès le lendemain matin et de sauter dans le premier vol pour Paris. Il se disait que quelques jours à l'hôtel Meurice, une belle promenade dominicale dans le jardin des Tuileries et les vêpres à l'église Saint-Eustache en sa compagnie la mettraient peut-être dans de meilleures dispositions à son égard.

La maison de Kröner était la seule de toute la rue à ne pas être éclairée. Dans toutes les autres, une lampe au-dessus du perron ou bien dans l'allée témoignait d'une présence humaine.

Mais il devait y avoir quelqu'un puisqu'il venait de voir un vieux monsieur sortir de chez lui. Qui marchait dans sa direction.

Debout devant la grille, au bout de l'allée, Bryan était à découvert. Deux solutions : poursuivre sa route ou rester sur place et jouer la partie, puisqu'elle était déjà engagée. Comme s'ils se connaissaient, le vieil homme s'arrêta à quelques pas de Bryan, sourit et demanda : « *Suchen Sie jemand ?* » Puis il se racla la gorge.

« *Excuse me ?* » répondit Bryan en anglais, pour cacher sa surprise. Le vieillard était celui qu'il avait vu en compagnie de Kröner devant la clinique Sainte-Ursule. Le vieux tiqua en entendant la langue étrangère, puis il reprit en anglais, comme si c'était la chose la plus naturelle du monde.

« Je vous demandais si vous cherchiez quelqu'un.

– Oui, en effet, répondit Bryan en le regardant droit dans les yeux. Je cherche Herr Hans Schmidt.

– Je vois. Bien. Bien. J'aurais aimé pouvoir vous être utile, monsieur... ?

– Bryan Underwood Scott. » Bryan prit la main tendue du vieillard et sentit sa peau fine et glacée.

« Je suis désolé, monsieur Scott, mais Herr Schmidt s'est absenté quelques jours avec sa famille. J'étais justement venu arroser ses plantes. Il faut bien que quelqu'un s'en occupe, n'est-ce pas ? » ajouta-t-il avec dans le regard une lueur bienveillante qui parut vaguement familière à Bryan. « Mais peut-être puis-je vous aider quand même ? »

Derrière la barbe blanche souriait une bouche qui titillait l'inconscient de Bryan. La voix lui était inconnue, mais les traits du vieillard éveillaient en lui une inquiétude et des sentiments mitigés qu'il avait peine à identifier. « Oh, je ne sais pas », dit-il d'un ton hésitant. Une chance comme celle-là ne se présenterait pas deux fois. « En réalité, ce n'est pas avec Herr Schmidt que je souhaite m'entretenir, même si cela pourrait être intéressant, mais avec l'un de ses amis.

– Eh bien, il n'est toujours pas exclu que je puisse vous aider. Je pense connaître à peu près toutes ses relations aussi bien qu'il les connaît lui-même. Comment s'appelle celui que vous cherchez, je vous prie ?

– Il s'agit d'une personne que nous connaissions l'un et l'autre, il y a de nombreuses années. Je doute fort que vous ayez eu l'occasion de le rencontrer. Il s'appelait Gerhart Peuckert. »

Le vieil homme le regarda longuement, comme pour le cerner. Il fit une moue et plissa les yeux avec une expression pensive. « Je vais vous surprendre, déclara-t-il enfin, haussant les sourcils. Mais je crois que je me souviens de lui. Il était malade, n'est-ce pas ? »

Bryan ne s'attendait pas à cette question. Un peu déconcerté, il regarda son interlocuteur. « Il me semble, en effet, finit-il par dire.

– Je sais de qui vous parlez. Je crois même avoir entendu Hans parler de cet homme très récemment. C'est possible, à votre avis ?

– Je l'ignore.

– Écoutez. Je vais me renseigner. La nature a doté mon épouse d'une mémoire hors du commun. Je pense qu'elle pourra nous éclairer. Vous êtes pressé ? Vous séjournez en ville ?

– Oui et non.

– Alors faites-nous la joie de bien vouloir dîner avec nous. Disons huit heures et demie ? Cela vous convient-il ? En attendant, nous ferons notre petite enquête pour savoir où se trouve ce Gerhart Peuckert. Qu'en pensez-vous ?

– Ce serait merveilleux. » Ce nouvel espoir lui fit tourner la tête. Le vieux avait un regard doux et gentil. « C'est vraiment très aimable à vous.

– Alors, c'est entendu. Je vous attends ce soir à la maison. » Il haussa les épaules. « Nous ne sommes plus tout jeunes, ma femme et moi, ne vous attendez pas à un festin. Nous habitons Längenhardstrasse, au 14. C'est facile à trouver. Je vous conseille de venir par le Stadtgarten. Vous connaissez le Stadtgarten, monsieur Scott ? »

Bryan voulut avaler sa salive mais il avait la bouche sèche. Le vieux habitait Luisenstrasse et il venait de lui donner une tout autre adresse. Il s'efforça de sourire, baissa les yeux pour cacher son trouble. Être confronté à un mensonge aussi éhonté alors qu'il venait de reprendre espoir était une sacrée douche froide.

« Je connais, oui, bien sûr.

– Alors, vous ne pouvez pas vous tromper. À partir du Leopoldring, le boulevard circulaire, vous traverserez le Stadtgarten en faisant le tour du lac. Puis vous prendrez la Mozartstrasse. Längenhardstrasse sera la deuxième rue à main droite. Numéro 14, vous vous souviendrez ? C'est écrit *Wunderlich* sur la porte. » L'homme sourit, prit congé. Avant de disparaître au coin de la rue, il se retourna plusieurs fois pour lui dire au revoir.

50

Ce ne serait pas une tâche facile. Kröner avait eu tant d'occasions de tuer Petra Wagner par le passé qu'il en était malade.

Et dire qu'aujourd'hui il ne savait même pas où la trouver !

Où pouvait bien être Petra Wagner ?

Kröner avait terriblement envie de faire demi-tour et d'aller rejoindre femme et enfant au Titisee, où ils devaient être en train de déguster des gâteaux à la sauge à l'hôtel Schwarzwald. Il crispa les mains sur le volant en approchant du croisement et s'arrêta au rouge. À droite, la route conduisait vers les quartiers résidentiels et la sortie de la ville, si attrayante. À gauche, il pouvait déjà apercevoir sa destination. Quand le feu passa au vert, il accéléra lentement, puis tourna brusquement le volant vers la gauche et l'immeuble où habitait Petra.

La rue était déserte. Ni la porte d'entrée ni celle de l'appartement ne lui résistèrent. Une pression brève et énergique au bon endroit en y mettant tout son poids suffit à désolidariser le vieux chambranle de la maçonnerie.

C'était la première fois que Kröner entrait chez elle. Une odeur de femme vieillissante flottait, lourde, dans les deux pièces. Le logement était bien entretenu et sans âme.

Les tiroirs du bureau n'étaient pas verrouillés, à l'exception d'un seul, et ils étaient étrangement vides. Quelques dossiers mal alignés en bas de la bibliothèque attirèrent son regard, mais il n'en tomba que des recettes de cuisine découpées dans un magazine féminin. Kröner ne prit pas la peine de les ramasser. Une étagère de la bibliothèque avait été enlevée afin de laisser la place à une galerie de photos dans des cadres en argent ciselé. Sans doute les portraits de la famille et des amis proches de Petra. Dans celui du milieu, le plus grand, on reconnaissait une version jeune de Petra Wagner, en uniforme d'infirmière, avec un chemisier rayé bleu et blanc, une jupe démodée et un tablier à bretelles. Kröner ne l'avait jamais vue aussi resplendissante. Sur une chaise devant elle était assis Gerhart Peuckert, le regard droit dans l'objectif, avec un sourire tellement imperceptible qu'il donnait l'impression d'avoir été gommé.

Dans la chambre, le lit n'était pas fait. Des sous-vêtements et sa tenue de la veille traînaient pêle-mêle devant le miroir. Une autre série de photos était fixée au mur au-dessus de sa tête de lit avec des punaises. Aucune des personnes figurant dessus n'avait de lien avec la partie de la vie de Petra dont Kröner avait connaissance.

Il retourna dans le séjour et sortit son canif de sa poche pour ouvrir le tiroir. Il enfonça la lame dans la serrure d'un coup sec puis la fit tourner avec précaution.

Le verrou céda aussitôt.

Parmi divers papiers, elle avait rangé d'autres photos d'elle et de Gerhart. Il prit délicatement tout le contenu et le posa à l'envers sur le bureau. Aucun document n'avait plus de quelques années. Les relevés bancaires de Petra et ses souvenirs de voyage témoignaient de sa parcimonie et de son manque d'imagination. L'argent qu'ils s'étaient sentis obligés de lui donner ne lui avait manifestement pas servi à grand-chose.

Kröner remit les choses à leur place, repoussa le tiroir et tira doucement sur le manche du couteau jusqu'à ce qu'il entende un clic. Il ramassa la corbeille à papier sous la table, la fouilla, étala papiers d'emballage, plastiques et prospectus sur le sol, puis les remit dedans. Tandis qu'il rangeait la corbeille en osier où il l'avait prise, son regard se posa de nouveau sur les recettes de cuisine qui étaient toujours par terre. Il poussa un soupir, s'agenouilla et les rassembla en un petit tas. Alors qu'il allait les réinsérer entre les pages du magazine, l'angle d'un morceau de papier jauni attira son attention.

Il n'avait rien à faire là.

Avant même d'avoir déplié la feuille, il sut que Petra venait de perdre son pouvoir sur leur vie et aussi sur celle de Gerhart. Il survola les quelques lignes qu'il se rappelait mot pour mot. À cause de ce bout de papier, ses compagnons et lui avaient vécu dans l'angoisse durant des dizaines d'années.

Le visage de Kröner s'illumina d'un bref sourire et il replia soigneusement le document qu'il glissa dans sa poche intérieure. Il regarda un long moment le cadran du téléphone puis décrocha le combiné. Il se passa près d'une minute avant qu'une femme essoufflée décroche.

« Bonjour, Frau Billinger, Hans Schmidt à l'appareil. » Tout en parlant, il referma son canif d'une seule main, d'un geste aguerri, et le remit consciencieusement dans sa poche. « Pourriez-vous me dire si Petra Wagner est passée à la clinique, aujourd'hui ? » Frau Billinger était l'une des plus anciennes infirmières de Sainte-Ursule. Quand elle n'était pas à son bureau, elle était le plus souvent dans la cuisine pour se faire une tasse de thé, avant de se rendre dans la salle de séjour commune de l'aile A, celle où se trouvait le poste de télévision le plus récent et où les fauteuils étaient recouverts de matière plastique, ce qui leur évitait de puer l'urine.

Quand elle s'asseyait dans l'un de ces fauteuils et qu'elle se laissait emporter par l'un de ses feuilletons, elle oubliait parfois qu'elle avait un appartement où elle aurait dû rentrer.

« Petra Wagner ? Non ! Pourquoi serait-elle passée ? Vous avez amené Erich Blumenfeldt chez Hermann Müller que je sache ?

– Effectivement, mais Petra Wagner l'ignore.

– Ah, je vois. » Kröner imaginait son visage luisant et perplexe. « Alors, vous avez raison, c'est plutôt bizarre. Il est plus de dix-huit heures, elle devrait être là ! Mais pourquoi me demandez-vous cela, au fait ? Il y a un problème ?

– Absolument aucun, j'avais simplement une proposition à lui faire.

– Une proposition ? Quelle proposition, Herr Schmidt ? Si vous vous imaginez qu'elle acceptera de venir travailler chez nous, vous vous trompez. Elle gagne bien mieux sa vie en tant qu'infirmière libérale.

– Certainement, Frau Billinger, certainement. Soyez gentille de me téléphoner si elle refait surface. J'apprécierais beaucoup que vous me préveniez à la minute où elle arrivera. Je peux compter sur vous, Frau Billinger ? » Un silence au bout de la ligne signifiait généralement que Frau Billinger acquiesçait.

« Ah ! Encore une chose. Nous vous saurions gré de ne pas la laisser s'en aller tout de suite lorsqu'elle s'apercevra qu'Erich Blumenfeldt est parti pour le week-end. Demandez à un aide-soignant d'aller acheter des gâteaux. Je paierai, ne vous inquiétez pas. Offrez-lui une tasse de thé, cela nous laissera le temps d'arriver. Mais surtout, n'oubliez pas de nous appeler dès qu'elle sera dans vos murs.

– Ouh ! Comme c'est excitant ! J'adore les gâteaux et les secrets ! » Kröner pouvait presque voir ses yeux briller.

51

La conversation, si on pouvait l'appeler ainsi, avait duré quelques secondes. Gerhart leva lentement la tête, il s'arrêta de compter et se pencha pour apercevoir Andrea. Elle était plantée au milieu du salon, bouleversée. Peu de personnes pouvaient se vanter de l'avoir vue ainsi. Plus jeune, elle aurait mieux dissimulé son émotion. Elle jura. Gerhart se fit tout petit sur sa chaise.

Quelqu'un allait forcément payer.

« Foutue sorcière ! » s'exclama-t-elle, masquée par la porte de communication entre la salle à manger et le salon.

Le silence retomba et Gerhart se remit à compter les rosaces en stuc du plafond. Un instant plus tard, elle entra tranquillement dans la pièce, prit Gerhart sous le bras et l'entraîna dans la cuisine.

Il resta aussi immobile qu'une petite souris, sous le néon, à l'écouter marmonner ses doléances, jusqu'au retour de son mari. Le regard de Gerhart s'était éteint. Il s'efforçait de laisser les mots le traverser sans les écouter.

« Je l'ai vu ! J'ai rencontré Arno von der Leyen ! beugla littéralement Stich. C'était fantastique ! Il parlait anglais, exactement comme nous l'a dit Lankau, et il s'est présenté sous le nom de Bryan Underwood Scott. Aller chercher un nom pareil ! Bryan Underwood Scott, voyez-vous cela ! »

Stich s'interrompit brusquement, puis il reprit de manière un peu moins théâtrale et sur le ton de la confidence : « Nous nous sommes parlé. Il m'a dit : *"Excuse me."* Il ne m'a pas reconnu ! » Il pinça tendrement la joue de sa femme. « Il ne m'a pas reconnu, Andrea ! Et ça, c'est grâce à toi ! Merci de m'avoir convaincu de me faire refaire le visage ! Tu l'aurais entendu, c'était incroyable. » Il s'écroula lourdement sur une chaise et s'éclaircit de nouveau la gorge, essoufflé par tous ces efforts, l'émotion, la précipitation avec laquelle il avait fait le chemin pour rentrer, la montée de l'escalier. « Je lui ai donné rendez-vous dans à peine deux heures, Andrea. » Il sourit. « Il croit qu'il est invité à dîner. Nous devons nous voir à vingt heures trente au 14 Längenhardstrasse. Dieu seul sait qui habite là-bas. » Il pouffa et retira l'une de ses bottes. « Arno von der Leyen ne le saura jamais non plus. Nous allons y veiller toi et moi, pas vrai, Andrea ? Je lui ai conseillé de passer par le Stadtgarten.

– Elle a téléphoné », dit Andrea d'une voix prudente, et elle tira sa chaise un peu en arrière, de manière que Gerhart Peuckert se retrouve assis entre elle et son mari. Peter Stich fit tomber la deuxième botte et fronça les sourcils.

« Petra Wagner ? »

Gerhart ouvrit grand les yeux et jeta autour de lui un regard affolé, avant de s'arrêter sur les pois du tablier d'Andrea. Il commença sous la poche de poitrine et se mit à compter, consciencieusement, de gauche à droite et de haut en bas. Andrea se leva doucement. Point par point, Gerhart la suivit des yeux.

« Elle a appelé il y a dix minutes et a demandé à te parler.

– Et après… ?

– Après, elle a raccroché quand je lui ai dit que tu n'étais pas là.

– Idiote ! hurla-t-il, ramassant la botte qu'il venait de retirer. Pauvre conne ! » Le bord de la table s'enfonça dans les reins d'Andrea Stich, tandis qu'elle essayait de fuir, déformant le paysage à petits pois de Gerhart. Les coups de Stich étaient d'une précision redoutable. Quand son regard croisa celui de sa femme, il se figea dans son mouvement et laissa son bras retomber. « Tu savais pourtant que Kröner était à sa recherche, pauvre imbécile ! »

Même si Gerhart Peuckert s'était trouvé beaucoup plus loin, il n'aurait pas pu se protéger contre le coup de Stich. La botte était vieille et avait été maintes fois ressemelée. Elle était lourde et la tempe de Gerhart exposée. Pendant un instant, tout disparut, mais quand il revint à lui, le vieux était toujours en train de le frapper.

« Tout est de ta faute ! hurlait-il, tapant à tour de bras. À toi et à ce foutu connard d'Anglais. *Excuse me*, mon cul ! Nous avons déjà assez de problèmes avec toi. »

Il ponctua sa phrase d'un dernier coup de botte, puis il la lança par terre et sortit de la cuisine. Comme si de rien n'était, Andrea posait des tasses sur un plateau qu'elle emporta au salon. Gerhart resta sans bouger, appuyé à un placard, immobile. Il ne toucha pas son visage tuméfié. Il remua d'abord une cheville, puis la deuxième et commença lentement à contracter chacun des muscles de son corps, un par un. Andrea revint chercher le café en marmonnant et, d'énervement, lui donna un coup de pied dans le tibia au passage. Quand la douleur monta à son cerveau, il leva vers elle des yeux étonnés.

Ensuite, ils le laissèrent tranquille un long moment. Il recommença à compter, dans le vain espoir de mettre de l'ordre dans ses pensées en plein chaos. Idées fugitives et sentiments nouveaux se succédaient sans interruption et le faisaient bouillir à l'intérieur. Tout le monde était excité et irritable. Kröner était parti dans l'intention d'éliminer Petra. Les noms tournaient dans sa tête. Arno von der Leyen, Bryan Underwood Scott, Petra.

Peter Stich l'avait battu deux fois aujourd'hui, cependant ce n'étaient pas ses coups qui l'avaient réveillé, mais le son étranger qui était sorti de sa bouche.

Gerhart Peuckert se leva et il resta un long moment immobile sous le ronronnement du néon. *Bryan Underwood Scott.* La musique de ces mots était comme le baiser du prince à la Belle au bois dormant.

Dans le séjour, Stich engueulait toujours sa femme, mais Gerhart savait que cela ne durerait pas.

Il y avait encore un peu de lumière, mais pas suffisamment pour voir ce qu'ils fabriquaient. Le dos du vieil homme était courbé par la concentration. Gerhart sortit de la pénombre de l'entrée et regarda, hébété, la scène qui se jouait dans la pièce. Le sous-main du bureau était couvert de pièces détachées en métal. Un énorme buffet noir, derrière lui, plongeait la scène dans une aura macabre. Gerhart l'avait déjà vu à l'œuvre. Bientôt, il aurait fini d'assembler son pistolet et il allumerait le plafonnier pour admirer le résultat. Poli, efficace et prêt à servir. À ce moment-là, Andrea soupirerait d'aise parce que enfin elle pourrait de nouveau voir les points de son ouvrage.

Baignés dans une lumière trop vive.

Il revoyait en pensée ses bourreaux rire et plaisanter, insouciants, dans cet appartement, pendant toutes ces années, en dépit des horreurs qu'ils avaient fait subir à leurs congénères.

« Qu'est-ce que tu fais ici ? » Sans avoir besoin de lever la tête, le vieux avait senti sa présence. « File dans la cuisine, erreur de la nature ! » lui ordonna-t-il, finissant tout de même par le regarder.

« Prends garde au mobilier ! » lui recommanda sa femme, levant le nez de son ouvrage. Gerhart Peuckert resta sans bouger sur le pas de la porte, fixant Stich avec l'air d'un garçon désobéissant. Stich se leva lentement et il alla allumer le plafonnier.

« Tu as entendu ce que je t'ai dit, crétin ? » Calme et menaçant, comme un vieux chien montrant les crocs, sûr de sa supériorité, Stich s'approcha. Gerhart resta immobile, malgré l'arme braquée sur lui. « Il a pris ses comprimés, Andrea ?

– Oui. Je les ai posés sur la table, à l'heure du déjeuner, juste après ton départ, et ils n'y sont plus. »

Stich avançait à pas mesurés. Soudain, Gerhart fit un geste, mais ni Peter Stich ni son épouse ne s'attendaient à voir soudain une cascade de petites pilules blanches tomber en pluie au-dessus de sa tête. L'effet fut spectaculaire.

Andrea réagit en premier. « Merde ! » dit-elle. La mâchoire du vieillard tomba. Puis il se précipita vers Gerhart et lui assena un grand coup avec la crosse de son pistolet.

Une plaie s'ouvrit, sèche, dans sa joue. Le sang n'avait pas eu le temps d'affluer. Il sentit la confusion et la nausée l'envahir et tomba à quatre pattes, comme un animal, tandis que les coups de crosse pleuvaient sur sa nuque. « Maintenant, tu vas les bouffer, pauvre demeuré ! » glapit Peter Stich avant de devoir s'asseoir par terre, épuisé par l'énervement et l'énergie déployée à tabasser sa victime. Gerhart laissa les comprimés où ils étaient.

« Je crois que je vais te tuer », murmura Stich. Andrea secoua la tête. Elle saisit le bras de son mari et lui fit valoir que c'était une solution aussi bruyante que salissante.

Et un risque tout à fait inutile.

Andrea s'agenouilla devant Gerhart pour soigner sa blessure à l'aide d'une compresse et d'un sparadrap, son regard était froid. « Je fais ça pour le tapis, pas pour toi ! » dit-elle, les dents serrées. Puis elle le prit sous les aisselles et le transporta jusqu'à la chaise la plus proche. Sur un simple signe de tête de son mari, elle alla ramasser les comprimés.

Peter Stich regarda l'heure et s'assura qu'il avait mis la sécurité avant de glisser le semi-automatique dans la poche de son manteau. Il posa sur son souffre-douleur un regard très doux. Gerhart se recroquevilla en voyant l'homme tirer une chaise et l'approcher. Il le prit par les épaules avec autant de tendresse que s'il avait été son fils.

« Tu sais pourtant que tu dois faire ce qu'on te dit, mon petit Gerhart. Sinon, nous sommes obligés de nous fâcher et de te corriger. Ça a toujours été comme ça, n'est-ce pas ? Quand tu refuses d'obéir, nous devons te frapper et t'y contraindre par un moyen ou par un autre, tu comprends ? Lankau, Kröner et moi sommes toujours là et nous pouvons t'obliger à faire n'importe quoi. Tu te rappelles quand nous t'avons fait manger ta merde, mon petit Gerhart ? » Stich appuya son front contre la joue de Gerhart. « Tu ne voudrais pas recommencer l'expérience, si ? »

Ce fut presque avec révérence qu'Andrea vint déposer les comprimés dans la main tendue de son époux.

« Maintenant, tu vas prendre tes médicaments bien sagement, Gerhart, ordonna Stich avant de se racler la gorge. Sinon je vais devoir trouver une idée pour te punir. »

Gerhart n'opposa aucune résistance lorsque Peter Stich écarta ses lèvres sèches. Il était passif et sans ressort, le remous incessant de ses pensées l'avait vidé lui aussi de toute son énergie.

« Mâche, Gerhart. Ou avale-les tout entiers, ça m'est égal. »

Après une troisième claque dans la nuque, Gerhart n'avait toujours pas dégluti. Le vieux se leva et il alla chercher l'arme dans la poche de son manteau. En le voyant enlever la sécurité, Andrea s'empressa d'aller se cacher derrière le canapé – elle avait souvent vu son mari mettre ses menaces à exécution. Gerhart regarda Stich fixement et il poussa un long soupir.

« Attends, Peter, prends les coussins ! » Le vieux haussa les épaules et il prit l'un des deux coussins qu'elle lui apportait. Il le pressa contre la tempe de Gerhart Peuckert avec le canon du pistolet. « Elle a raison, ça fera moins de bruit », dit-il. Le coussin était frais, Andrea tenait le deuxième contre son autre tempe. Il était plus chaud, comme si quelqu'un s'était assis dessus juste avant.

« Écoute-moi bien, pauvre singe ! » dit le vieux, appuyant son discours par une pression accrue sur le coussin. « Tu vas sortir de scène, maintenant. Petra morte, on n'aurait pas su quoi faire de toi, de toute façon. Un excellent arrangement, jusqu'ici. Mais si elle n'est plus là, il va falloir que tu disparaisses aussi. » Bien que sa tête soit prise dans un étau, Gerhart parvenait à ne pas lâcher son bourreau des yeux. « Je te laisse une dernière chance, poursuivit le vieux. Prends tes comprimés tout de suite et on te ramènera à Sainte-Ursule dès ce soir. Et sinon, on trouvera bien une histoire pour expliquer ton absence, tu ne crois pas ? Allez, avale ! Je compte jusqu'à dix. »

Il y avait de nombreuses heures, à présent, que Gerhart n'avait pas pris ses antipsychotiques. Il ne s'était jamais passé autant de temps entre deux prises. Tout à l'heure, quand il s'était retrouvé à quatre pattes, en train de regarder les petites pilules blanches dispersées sous la table, tandis qu'on le rouait de coups, il avait ressenti une sorte d'étonnement.

C'était comme si la pièce était plus longue que d'habitude. Dans sa bouche, la salive coulait plus librement, l'obligeant à déglutir sans arrêt. Il avait l'impression que son corps grandissait et se rétrécissait, et cela le faisait rire. Les pas d'Andrea lui firent penser à la course d'un buffle.

Les mots lui parvenaient comme s'ils sortaient d'un porte-voix.

Le vieux commença à compter : « Un, deux... » Gerhart sentit un vent de révolte monter en lui. Le visage du vieillard lui bouchait la vue. Il assombrissait la pièce et lui inspirait un profond dégoût. « ... Trois... quatre... » Il dégageait une odeur rance, les poils au-dessus de sa lèvre lui donnaient un air négligé.

À cinq, Stich lui cracha au visage, sans qu'il réagisse. Le vieil homme était blême de rage. Il avait l'écume aux lèvres. « ... Six... sept... » Andrea le regardait d'un air inquiet. « Dépêche-toi ! » lui cria-t-elle avant de reculer légèrement et de s'écarter pour s'assurer que le projectile ne pourrait pas l'atteindre après avoir traversé la tête de Gerhart. Dans cette position, elle serait déséquilibrée d'une pichenette.

À sept, Gerhart Peuckert leva la main pour essuyer la salive sur sa figure. Les hurlements de Stich n'avaient pas l'effet escompté. C'était quand il parlait bas qu'il avait de l'emprise sur lui. Tout à l'heure, quand il l'avait pris tendrement par l'épaule, sur le canapé, il avait sans le savoir éveillé en Gerhart la seule chose contre laquelle il ne pouvait pas lutter.

L'envie de ressentir quelque chose.

Sans la dernière pièce, un puzzle n'est jamais terminé. Sans pensée, il n'y a pas de sentiments, et quand on ne ressent rien, on ne réagit pas. Le geste tendre de Stich avait déclenché cet enchaînement dans un ordre chaotique. Ses mains avaient réveillé les sentiments. Et la menace envers Petra avait été la dernière pièce du puzzle. Quand la tendresse de Stich avait disparu et que la menace s'était accentuée, la réaction était survenue.

Le puzzle était complet.

« ... Huit... neuf... », Gerhart cracha les comprimés à la figure de Stich avec une telle force qu'il fut un instant aveuglé et recula instinctivement la tête.

Andrea cria comme un putois et se mit à frapper Gerhart avec le coussin comme s'il s'était agi d'une arme mortelle.

Gerhart cracha une deuxième fois et saisit le poignet du vieux en enfonçant ses ongles brutalement dans la peau fragile.

Quand Gerhart identifia le bruit métallique que fit le pistolet en tombant, il était déjà trop tard. Dans le profond silence qui s'abattit sur la scène, Andrea vint se camper devant lui, l'arme tenue à deux mains et braquée sur lui. Si elle l'avait ramassée, c'était pour s'en servir. Le regard de Stich suintait la haine. Tout son corps tremblait de colère. L'épaisse bouillie blanche de comprimés délités dans la salive coulait sur ses joues, mais il ne pensait même pas à l'essuyer.

Gerhart se détourna de lui et regarda Andrea. Il tendit le bras vers elle, la tête penchée d'un côté. Ses cils étaient collés par le sang, ses lèvres tremblaient. « Andrea », dit-il, doucement. C'était la première fois qu'il prononçait son nom. Ses sentiments devinrent confus et il se mit à rire et à pleurer en même temps.

« Eh bien, mon ami, tu me sembles bien agité », dit une voix calme derrière lui. À mesure que son visage se colorait de nouveau, Stich se redressait et laissait son flegme naturel reprendre le dessus. « Je ne t'avais jamais vu dans cet état, mon petit Gerhart. Mais tu vas voir. Dans un instant, tu vas te sentir plus calme. Je te le promets. Tu veux me donner ce pistolet, Andrea ? ordonna-t-il à sa femme. Il faut mettre un terme à cette comédie ! »

À la vitesse d'un éclair, le bras de Gerhart se tendit en même temps que celui du vieux et il prit l'arme des mains d'Andrea. On aurait dit qu'elle la lui avait remise de son plein gré. Ni elle ni son mari n'eurent le temps de comprendre ce qui se passait. Gerhart attrapa Andrea par les bras et il la projeta contre le mur derrière lui avec une telle violence qu'elle tomba et ne se releva pas.

La haine entre le vieux et Gerhart Peuckert s'exprima en une brève chorégraphie muette. Sans se préoccuper de sa femme, Stich referma ses doigts squelettiques autour de la gorge de son adversaire. Malgré des années d'immobilité, Gerhart se dégagea en une pirouette de la prise féroce et il administra un coup de poing qui fit craquer la mâchoire de Stich.

Le vieux renonça à lutter.

« Qu'est-ce que tu veux ? » demanda Stich, s'exprimant avec difficulté, lorsque Peuckert le poussa dans le fauteuil. La ceinture qui lui liait les poignets le faisait manifestement souffrir. « Combien tu veux ? »

Gerhart essuya le liquide qui s'écoulait de sa narine et leva les yeux au plafond, cherchant à retrouver son calme pendant que Stich se raclait bruyamment la gorge. Le vieux l'observa longuement. Alors qu'il allait recommencer à parler, Gerhart se baissa pour ramasser le pistolet tombé à ses pieds.

Il soupira, incapable de dire un mot. Il aurait voulu que le vieux répète le nom qu'il avait dit tout à l'heure. Pas Arno von der Leyen, mais l'autre, celui qui l'avait fait rire.

Soudain, le nom lui revint tout seul.

Bryan Underwood Scott.

Gerhart se reprit et, brusquement, il frappa Stich avec la crosse du pistolet. Le vieux tomba du fauteuil. Gerhart alla s'asseoir et il essaya de compter les rosaces au plafond. Mais chaque fois le nom revenait dans sa tête et l'obligeait à recommencer. Finalement, il baissa les yeux et réfléchit. Il alla dans la cuisine où il ouvrit plusieurs tiroirs. Quand il eut trouvé ce qu'il cherchait, il éteignit soigneusement la lumière derrière lui et se rendit au fond du corridor où il ouvrit un étroit placard dont il sortit un rouleau de papier d'aluminium avec lequel il confectionna une boule.

Il dévissa un fusible du tableau, s'assura de sa destination, coupa le disjoncteur principal, inséra la boule d'aluminium à la place du fusible qu'il avait retiré et remit le disjoncteur en place.

Le vieux était encore couché par terre quand Gerhart vint débrancher la lampe posée sur le buffet, arracher le fil électrique, séparer et dénuder les deux brins, puis rebrancher la prise murale. Stich grogna un peu lorsqu'il le remit dans son fauteuil. Ils échangèrent un long regard. Les yeux de Stich étaient aussi rouges qu'à l'époque de l'hôpital militaire, quand il les ouvrait sous la pomme de douche.

Mais ils n'exprimaient aucune peur.

Peter Stich regarda alternativement le pistolet et le fil électrique que tendait Gerhart. Il secoua la tête et détourna les yeux. Après quelques coups supplémentaires, il était devenu trop faible pour protester. Gerhart le força à prendre un fil dans chaque main. La peau était plus souple à l'intérieur de la paume. Puis il tendit la pointe de sa chaussure vers l'interrupteur en bakélite sur le mur qui grésilla légèrement lorsque Gerhart l'actionna. Le vieux lâcha le fil en prenant la décharge électrique. Gerhart coupa l'interrupteur, il remit les fils entre les mains de Stich et recommença l'opération.

À la cinquième décharge, le vieux avait du mal à respirer et son souffle était devenu un râle.

La ceinture n'avait pratiquement pas laissé de marque sur ses poignets. Gerhart Peuckert la lui retira avec précaution et la lui remit autour de la taille.

En glissant sur le sol, Andrea avait poussé le tapis si haut contre le mur qu'il retombait sur sa tête. Les rideaux et les plantes vertes qu'elle avait entraînés dans sa chute complétaient le ridicule tableau, ne laissant dépasser que ses chevilles et ses chaussures. Elle ne se réveilla pas quand Gerhart la tira par les pieds pour l'allonger près de son mari. Il leur entrelaça les doigts et les installa l'un à côté de l'autre, comme s'ils s'étaient couchés par terre pour dormir.

En ouvrant la bouche du vieillard pour y insérer les fils électriques, Gerhart vit que la salive aux coins de ses lèvres était presque sèche. Il caressa doucement le dos de la main d'Andrea et sa joue. Après avoir contemplé une dernière fois son visage dénué d'expression, il actionna l'interrupteur une dernière fois. À l'instant où le choc électrique les traversa, Andrea ouvrit des yeux effarés. Sous l'effet des crampes, elle serra plus fort les mains de son mari. Gerhart contempla les derniers soubresauts de ses bourreaux jusqu'à ce qu'une vague odeur de chair brûlée monte à ses narines. Le bracelet de la montre de Stich émit un petit cliquetis métallique en touchant le sol. L'aiguille continuait obstinément sa course autour du cadran. Il était dix-neuf heures.

Gerhart alla remettre le tapis et les rideaux en place et il regarda les plantes vertes. Après un instant de réflexion, il balaya la terre sous le tapis et reposa les pots sur le rebord de la fenêtre. Enfin, il alla dans le corridor retirer la boule de papier d'aluminium et remit le fusible en place. Quand il releva l'interrupteur général, tous les plombs sautèrent en même temps avec un claquement sec.

Il ne se mit à pleurer que lorsqu'il fut de retour dans le salon plongé dans l'obscurité et le silence. Trop d'émotions fortes et contradictoires d'un coup. Il s'était tellement agité qu'à présent il était paralysé par le poids de ses actes, et des mots qu'il avait entendus. Le téléphone se mit à sonner alors que ses pensées allaient se remettre à tourner dans sa tête à la vitesse d'une centrifugeuse.

Gerhart souleva le combiné. C'était Kröner.

Un « Oui » hésitant passa ses lèvres.

« J'ai eu ton message. Ne t'inquiète pas, Peter. Je suis sur mes gardes. Par contre, je n'ai pas réussi à localiser Petra. Elle n'est pas chez elle et je l'ai cherchée partout. J'ai demandé à Frau Billinger de m'appeler quand elle se montrerait à la clinique. Je suis rentré chez moi. »

Gerhart inspira profondément. Ce n'était pas terminé. Il s'entraîna dans sa tête à former les mots avant de les prononcer.

« Reste où tu es », dit-il enfin, avant de raccrocher.

52

Petra avait envie de hurler de dépit, mais elle se retint. La grande femme à ses côtés était pâle et silencieuse, tout en retenue. Leur quête sur le Schlossberg n'avait donné aucun résultat. Tandis qu'elles examinaient chaque mètre carré de la galerie dans l'espoir de trouver une trace susceptible de les informer sur l'issue de la rencontre de l'après-midi, le soleil avait commencé à décliner. Dans la lumière rougeoyante qui adoucissait les contrastes et les lignes de la ville, plus bas, Petra s'arrêta un instant pour tenter de faire le point sur les sentiments qui l'animaient depuis quelques heures.

« Si votre mari est britannique, qu'est-ce qu'il faisait à Fribourg pendant la guerre ? demanda-t-elle enfin.

– Tout ce que je sais, c'est qu'il était pilote et que, pendant une mission avec un ami, leur avion a été abattu au-dessus de l'Allemagne », répondit Laureen. Une réponse simple qui expliquait bien des choses. Petra eut le vertige tout à coup. Encore une fois, elle dut se retenir de hurler. À la lumière de cette information, d'autres questions se bousculaient dans sa tête.

Des questions qui pour l'instant restaient sans réponse.

« Vous pensez que l'ami en question pourrait être Gerhart Peuckert ? » demanda-t-elle malgré tout. Laureen se contenta de hausser les épaules.

Petra leva les yeux sur le Schlossberg et une nuée de gros oiseaux noirs qui essayaient de se poser sur la cime d'un même arbre. La gravité de la situation lui apparut soudain avec une clarté effrayante. Les trois hommes qui, depuis des années, tenaient sa vie et celle de Gerhart entre leurs mains avaient toutes les réponses. Pour avancer vers la vérité, une confrontation serait nécessaire. Si Petra avait eu le moindre doute à ce sujet, il venait de s'envoler. Le mari de Laureen courait un terrible danger, s'il n'était pas déjà mort. Une certitude que Petra allait devoir garder pour elle.

Une raison supplémentaire pour avoir envie de hurler.

À l'hôtel de Bryan, le concierge se montra presque aimable. « Non, Mr Scott n'a pas encore quitté l'établissement. Nous espérons l'avoir encore parmi nous jusqu'à demain. » Il fouilla en vain dans sa mémoire pour répondre à leur deuxième question. « Non, il ne me semble pas avoir vu Mr Scott aujourd'hui. Mais si vous voulez, je peux demander à la personne qui était de garde avant moi, ajouta-t-il avec une grande amabilité et une totale indifférence. Mesdames souhaitent-elles que je l'appelle ? »

Petra secoua la tête.

« Puis-je emprunter votre téléphone ? » demanda-t-elle. Il lui désigna la cabine à pièces d'un geste nonchalant.

Elle dut laisser sonner de nombreuses fois avant que quelqu'un décroche.

« Maison de repos Sainte-Ursule, Frau Billinger à l'appareil, récita enfin son interlocutrice.

– Bonjour, Frau Billinger, c'est Petra Wagner.

– Oui ? répondit la femme, attentive.

– Je suis un peu en retard, aujourd'hui. Je voudrais que vous préveniez Erich Blumenfeldt pour qu'il ne s'inquiète pas. Il va bien ?

– Très bien, pourquoi n'irait-il pas bien ? Il va parfaitement bien. Mais il est impatient de vous voir, bien entendu. » Frau Billinger lui sembla étrangement exaltée. Elle avait sans doute reçu une bouteille de porto de la part de quelque famille en guise de remerciements pour les soins prodigués à leur proche.

« Il a eu de la visite ?

– Pas à ma connaissance.

– Vous n'avez vu ni Hans Schmidt, ni Hermann Müller, ni Alex Faber, aujourd'hui ?

– Non, je ne crois pas. Je n'étais pas là ce matin, mais il me semble que non. »

Petra hésita un instant. « Est-ce que, par hasard, un monsieur parlant anglais serait venu le voir ? reprit-elle.

– Un monsieur parlant anglais ? Ah non, je suis sûre que non. Mais maintenant que vous le dites, nous avons reçu la visite d'un Anglais, aujourd'hui. C'était il y a plusieurs heures de cela et il venait pour voir Frau Rehmann, il me semble.

– Vous ne vous souviendriez pas de son nom, par hasard, Frau Billinger ?

– Mon Dieu, non ! Je ne crois même pas l'avoir entendu. Alors, quand pensez-vous arriver, Fräulein Wagner ?

– Bientôt. Soyez gentille d'aller le dire à Erich, s'il vous plaît. »

Parfois, le samedi, les trois hommes allaient chercher Gerhart à la clinique et ils l'emmenaient faire un tour en voiture. Ils allaient à Karlsruhe ou bien dans un village près du Kaiserstuhl pour chanter des lieder en buvant des bières dans une auberge. Gerhart était capable de rester des heures dans cette ambiance festive sans broncher.

Petra fut soulagée que ce ne soit pas le cas, ce jour-là. Tant que Gerhart était en sécurité à la clinique, elle pouvait aider Laureen et peut-être, de ce fait, s'aider elle-même.

« Qu'est-ce que vous avez dit, Petra ? » demanda Laureen alors qu'elle raccrochait le téléphone. Petra la regarda, surprise. C'était la première fois qu'elle l'appelait par son prénom. Elle lui avait demandé cela tranquillement. Et pourtant, Laureen n'avait aucune raison d'être tranquille.

« J'ai demandé des nouvelles de Gerhart Peuckert. Il va bien, apparemment. Mais on m'a dit une autre chose que j'ai du mal à comprendre.

– Oui ?

– Il semble que votre mari soit passé à la clinique, aujourd'hui.

– C'est bizarre. Si Bryan a déjà rencontré là-bas ce Gerhart Peuckert qu'il semble chercher avec autant d'acharnement et que Gerhart Peuckert s'y trouve encore, où est-il ?

– Je ne sais pas, Laureen. » Elle prit les mains de la grande femme et les pressa avec empathie. Elles étaient glacées. « Êtes-vous sûre qu'il n'a pas l'intention de faire du mal à Gerhart ?

– Oui, répondit Laureen, distraitement. Pourrait-on passer à mon hôtel ?

– Vous pensez qu'il peut y être ?

– Si seulement cela pouvait être aussi simple ! Malheureusement, Bryan ignore que je suis ici. Non. C'est simplement que… Il faut que je change de chaussures. Ces ampoules me font un mal de chien ! »

Une Bridget joviale et un peu ivre avait tenu compagnie à Petra dans le hall de l'hôtel Colombi pendant que Laureen montait dans sa chambre enfiler une paire de chaussures confortables. Petra regardait sa montre toutes les deux minutes, en proie à une angoisse insoutenable.

« Ce que les hommes sont séduisants, dans cette ville ! Mais je ne devrais pas raconter ce genre de choses en présence de ma belle-sœur, lui dit Bridget, faussement pudique, en voyant Laureen sortir de l'ascenseur et les rejoindre dans le hall.

– Si tu as des distractions dont je ne dois pas parler à mon frère, je préfère ne pas être au courant, en effet », fit Laureen.

Bridget rougit.

« Qu'est-ce qu'on fait, maintenant ? demanda Laureen à Petra, se désintéressant de sa belle-sœur.

– Je ne sais pas. » Petra évitait de croiser son regard. « Je crains que nous ayons à passer un coup de fil à l'un de ces trois démons. D'habitude, à cette heure-ci, Peter Stich est chez lui. Il doit être au courant de ce qui se passe. » Petra se mordit la lèvre en réalisant sa bévue.

« Vous allez téléphoner à qui ? demanda aussitôt Bridget. Qui est Peter Stich ? »

Laureen ne lui accorda pas un regard et demanda : « Vous croyez que c'est une bonne idée, Petra ?

– Vous en avez une meilleure ? Votre mari n'est pas à son hôtel. Nous ignorons où il se trouve. La seule chose que nous savons, c'est qu'il est monté sur le Schlossberg il y a environ deux heures pour rencontrer ces hommes. Qu'est-ce que vous voulez qu'on fasse ?

– Que nous appelions la police.

– Pour leur dire quoi ? Nous ne sommes même pas vraiment sûres qu'il a disparu.

– D'accord. Alors appelez ce Peter Stich. Je vous fais confiance. »

Tandis que Petra cherchait des yeux la cabine téléphonique, Bridget prit la main de sa belle-sœur entre les siennes. Sa voix n'était pas très assurée. Elle essaya de se justifier. « Il faut que je te parle, Laureen. Il faut que tu m'aides. Je dois sortir de ce mariage, je ne peux plus continuer à vivre comme ça, tu comprends ?

– Oui. Et non, répondit Laureen, sans s'engager. C'est ta vie, Bridget. Et pour l'instant, j'ai assez à faire avec la mienne. Je suis désolée, mais c'est ainsi. »

Les lèvres de Bridget tremblaient un peu.

Petra revint en secouant la tête. Ce n'était pas bon signe. « Je n'ai eu que l'horrible bonne femme avec qui il est marié. Elle était seule. Il y a un problème. J'en suis sûre.

– Vous avez essayé d'appeler les deux autres ?

– Ils ne répondent pas non plus. »

Laureen sentait l'angoisse monter.

« On dirait que vous jouez à cache-cache ! » Bridget souriait. Elle souriait toujours face à quelque chose qu'elle ne comprenait pas.

« Cache-cache ? » Laureen échangea un regard avec Petra. Il était presque sept heures moins le quart. Il y avait bientôt cinq heures que Petra avait parlé à Bryan dans ce bar à vin de Münsterplatz. Manifestement, les trois simulateurs avaient pris la situation en main. Ils pouvaient être n'importe où. « C'est à cela que nous jouons, Petra ? À cache-cache ?

– Hmm... » Petra regarda Laureen qui sentait lentement le désespoir l'envahir. « Oui. J'imagine qu'on peut appeler cela comme ça. »

53

Si Laureen et Petra avaient pris le temps de tourner légèrement la tête en quittant l'hôtel Colombi, elles auraient vu que les saltimbanques des rues piétonnières avaient maintenant élu domicile sur la pelouse. Ce petit parc qui portait le même nom que l'hôtel était l'espace vert le plus central de la ville. Une excellente scène en plein air pour les artistes de rue. En arrière-plan de ces jeunes gens gais et pleins d'énergie, la végétation encore verte en cette fin d'été foisonnait dans la pénombre, encadrant un autre hôtel illuminé. L'établissement était sobre et raffiné, mais moins luxueux que le Colombi. À peine cinq minutes plus tôt, ayant opté au hasard pour cet endroit afin d'y accomplir la tâche la plus urgente qu'il s'était fixée cet après-midi, Bryan avait garé la BMW devant cet hôtel qui portait le nom pompeux de Hôtel Rheingold.

Sa rencontre avec le vieil homme devant la maison de Kröner lui avait fait peur.

Si son intuition ou peut-être son indécision ne l'avait pas poussé à filer le vieux jusque chez lui à Luisenstrasse la veille, il serait tombé dans un guet-apens.

Et il aurait très probablement disparu de la surface de la Terre non loin d'une rue portant le nom de Längenhardstrasse.

Mais il y avait autre chose qui troublait Bryan chez ce vieillard. Une inexplicable succession d'images, de mots, de sentiments et d'idées ne cessaient de le hanter sans qu'il parvienne à les rassembler en un tout cohérent.

Tout cela avait affaibli sa détermination. L'envie d'aller au bout de sa quête diminuait petit à petit, inexorablement. Il se disait qu'il pourrait quitter Fribourg dès ce soir et avancer d'au moins deux heures sur son trajet vers l'est. Ainsi, il arriverait à temps à Munich, le lendemain, pour la cérémonie de clôture des Jeux olympiques. Comme c'était son intention au départ. De là, il continuerait vers Paris.

Un jour de plus ou de moins ne changerait pas grand-chose à la grande équation de l'univers.

S'il restait à Fribourg et qu'il commettait la moindre erreur, Kröner, Lankau et le vieux ne le rateraient pas. Pourquoi courir un tel risque ? Il savait où les trouver, à présent. Il valait peut-être mieux revenir une autre fois. Il laisserait les compères de Lankau se charger de le libérer. Ils allaient forcément s'inquiéter de son absence. Un ou deux jours de jeûne ne feraient pas de mal à un homme de la constitution de Lankau.

Bryan avait étudié la question sous tous ses angles et prit sa décision quand il se gara devant l'hôtel. À présent, la seule chose qui l'intéressait était de savoir si Laureen allait accepter de le rejoindre à Paris, la capitale de l'amour.

Le concierge de l'hôtel Rheingold était gros et serviable et il s'illumina comme un arbre de Noël en voyant l'argent liquide de Bryan. Sans hésitation, il lui permit d'entrer dans le petit bureau derrière la réception et le laissa téléphoner tranquillement.

Ce fut Mrs Armstrong qui décrocha. Bryan pouvait en déduire avec certitude que Laureen n'était pas à la maison. En effet, dès l'instant où la femme de ménage passait le seuil de leur domicile, on pouvait être sûr de voir Laureen attraper son sac dans l'entrée et s'enfuir discrètement.

« Non, Madame n'est pas là, Monsieur.

– Savez-vous quand elle a prévu de rentrer, madame Armstrong ? demanda Bryan, sachant pertinemment qu'elle n'en aurait aucune idée.

– Non, je regrette.

– Savez-vous où elle est allée ? » Elle ne saurait évidemment pas cela non plus.

« Non, je n'ai pas encore lu le mot, Monsieur.

– Quel mot, madame Armstrong ?

– Celui qu'elle a laissé avant de partir pour l'aéroport avec Mrs Moore.

– Elle a accompagné Mrs Moore à l'aéroport ?

– Oui. Elles ont même pris l'avion ensemble.

– Je vois. » Bryan n'était pas particulièrement surpris. « Elles sont à Cardiff ?

– Non, Monsieur.

– Écoutez, madame Armstrong, j'apprécierais que vous ne m'obligiez pas à vous tirer les vers du nez. Ayez l'obligeance de bien vouloir me dire où se trouvent ma femme et Mrs Bridget Moore.

– Je ne sais pas, Monsieur. Madame a dit que tout serait sur le mot et je n'ai pas encore lu le mot. Ce que je sais, c'est qu'elles ne sont pas allées à Cardiff. Je crois qu'elles sont quelque part en Allemagne. »

L'information ne manqua pas de désarçonner Bryan.

« Vous voulez bien me lire ce mot, madame Armstrong, s'il vous plaît ? dit-il en s'efforçant de garder son calme.

– Ne quittez pas ! » répondit la femme de ménage inutilement, avant qu'une série de bruits étouffés informe Bryan qu'elle accédait à sa demande. Quant à lui, il ne tenait plus en place. Le compteur cliquetait inlassablement. Le concierge semblait sur le point de lui réclamer de l'argent. Il tiqua quand Bryan répéta à haute voix le nom de l'endroit où se trouvait Laureen.

« Hôtel Colombi à Fribourg ! » s'exclama-t-il.

Bryan quitta précipitamment l'établissement et le concierge, outré que son client de passage ait claironné à haute voix le nom de son concurrent, alors qu'il avait été assez aimable pour le laisser utiliser son téléphone privé.

Mais Bryan était déjà trop loin pour l'entendre.

La réceptionniste de garde derrière le comptoir de l'hôtel Colombi savait parfaitement qui Bryan cherchait. « Mrs Scott est sortie, mais Mrs Moore est juste là, si vous voulez lui parler », dit-elle en désignant d'un ongle écarlate un coin du hall.

« Bryan ! s'exclama Bridget, très étonnée. Incroyable ! Comme quoi, quand on parle du loup ! »

Ce n'était pas la première fois que Bryan la voyait dans un léger état d'ébriété.

« Où est Laureen ? lui demanda-t-il, sans préambule.

– Elle vient de sortir avec cette drôle de bonne femme qu'on ne connaît ni d'Ève ni d'Adam. Et moi, je me retrouve toute seule, comme une pauvre idiote. » Après quoi, elle se tut et se mit à rire tellement fort que le jeune bagagiste qui passait non loin d'eux dut détourner la tête, gêné. « Enfin, toute seule, ce n'est pas tout à fait exact. Ebert ne va pas tarder à me rejoindre.

– De quoi tu me parles, Bridget ? Qui est Ebert, et avec qui Laureen est-elle partie ? » Il la prit doucement par les avant-bras pour l'obliger à se concentrer. « Pourquoi êtes-vous ici ? Est-ce que c'est à cause de moi ? Comment s'appelle la femme avec qui Laureen est partie ?

– Euh... Petra, je crois », répondit-elle, réprimant un hoquet.

Le sang de Bryan se figea dans ses veines. « Petra ?! » Bryan prit Bridget par les épaules et l'obligea à le regarder dans les yeux. « Bridget ! Ressaisis-toi, maintenant. Laureen est peut-être en danger !

– Mais je les ai entendues dire que c'était toi qui étais en danger !? » Elle le regarda comme si elle venait de s'apercevoir de sa présence.

« Où est-ce qu'elles allaient ? Tu les as entendues mentionner une adresse, un nom ? » Sa question la plongea dans une totale perplexité. Il se mit à la secouer comme un prunier, ce qui fit sourire le bagagiste.

« Je les ai entendues mentionner plusieurs types. Je ne me rappelle plus lesquels, mais je sais qu'elles ne les aimaient pas. Cette femme, Petra, les appelait les trois démons. »

Bryan n'avait pas ressenti une telle frayeur depuis la naissance de leur fille, quand Laureen s'était mise à saigner si abondamment que l'une des infirmières avait fondu en larmes. Il respira entre ses dents, aussi lentement que possible, les yeux braqués sur sa belle-sœur qui avait les paupières de plus en plus lourdes.

« Est-ce qu'elles ont cité le nom de Kröner ? »

Elle se réveilla brusquement. « Comment le sais-tu, Bryan ?

– Lankau ? » Bryan luttait contre une crise de panique. Il avait l'impression d'étouffer.

Elle le regarda, éberluée. « Si tu me donnes le troisième nom, je vais être carrément épatée.

– Je ne le connais pas.

– Ça tombe bien, parce que c'est le seul dont je me souvienne. Je l'ai retenu parce qu'il était rigolo. » Elle mima le nom avec ses lèvres. « On aurait dit une onomatopée dans une bulle de bande dessinée.

– Allez, Bridget, crache !

– Il s'appelait Stich ! Ce n'est pas génial, comme nom ? Peter de son prénom. Ça, au moins, on connaît. Elles ont surtout parlé de celui-là, en fait. »

Bryan se pétrifia.

Trouver en une seule seconde une explication à toutes les questions qu'on se pose est une expérience peu commune. La brutale épiphanie de Bryan au moment où Bridget prononça le nom lui fit perdre toute notion de lieu et de temps.

C'était évidemment Peter Stich que Bryan avait reconnu dans le vieil homme. Et c'était cette impression, au fond de lui-même, qui l'avait perturbé ces dernières heures. Peter Stich, le vieillard de Luisenstrasse avec sa barbe blanche, président de Hermann Müller Invest, l'Homme aux yeux rouges de l'Unité Alphabet et le Facteur étaient une seule et même personne.

Bryan avait le vertige. Dans sa tête défilaient des images de ce fou qui regardait droit dans le jet cinglant de la douche, de ses yeux qui lui souriaient en le regardant cacher ses comprimés dans le montant du lit, de l'homme discret et doux qui par deux fois lui avait sauvé la vie. Il repensa, troublé, à la première fois, quand l'Homme aux yeux rouges avait désigné le volet en bois brut et ses échardes à l'officier de la Gestapo, et à la deuxième fois, quand il avait empêché les simulateurs de le jeter par la fenêtre. Cette révélation, la coïncidence de détails qu'il n'avait jamais reliés les uns avec les autres, déclencha des réactions en chaîne qui faillirent le terrasser.

Tout cela n'avait été qu'une seule et énorme manipulation.

Plusieurs minutes s'écoulèrent avant que Bryan ne parvienne à se calmer. Après quelques vagues excuses, il partit. Il ne pouvait plus faire confiance à personne à part Laureen.

Et Laureen était peut-être en ce moment en route pour le domicile de Peter Stich en compagnie de Petra. La même Petra qui venait de l'envoyer tout droit dans la gueule de l'un des trois démons.

54

Hormis l'appartement de Luisenstrasse, la maison de Kröner était le seul endroit que Gerhart connaissait dans cette partie de la ville. Il faisait froid et l'éclairage public était trop vif et trop agressif. Des cris et des exclamations sortant d'un bar le chassèrent sur le trottoir d'en face. Il fronça les sourcils et serra autour de lui son anorak trop léger. Puis il se secoua et reprit avec détermination le chemin de la maison de Kröner, tel un pigeon voyageur qui rentre au pigeonnier. C'était là que Kröner attendait Stich.

Sauf que ce ne serait pas Stich qui viendrait.

Il s'arrêta devant la porte de la grande demeure, examina longuement la façade. Il n'y avait de la lumière qu'au premier étage. Tous les rideaux étaient tirés à l'exception de ceux de la fenêtre de la bibliothèque. Le vent était en train de se lever. Le perron devant l'entrée n'offrait qu'un abri précaire. Gerhart regarda longuement son doigt qui se tendait, indécis, vers la sonnette.

Comme chaque fois qu'il parlait au téléphone, Kröner était debout, près de la fenêtre. Une habitude qui agaçait sa femme. « Mais va donc t'asseoir, lui disait-elle, ce n'est pas l'empereur que tu as au bout du fil ! » Mais c'était comme ça qu'il était le plus à l'aise. Et plus que jamais aujourd'hui, alors qu'Arno von der Leyen pouvait débarquer chez lui n'importe quand. Il ne tenait pas en place. Dans cette position, il lui suffisait de se pencher pour surveiller la rue.

L'appel venait de Frau Billinger. Elle parlait plus bas qu'à l'accoutumée.

« Vous plaisantez ! aboya Kröner. Petra Wagner vous a appelée il y a près de deux heures ? Mais je vous avais dit de me prévenir immédiatement.

– Non, vous m'avez dit de vous dire quand elle se présenterait ici.

– Vous deviez bien vous imaginer que cela pouvait m'intéresser de savoir qu'elle avait téléphoné à la clinique, non ?

– Oui. C'est pour ça que je vous appelle.

– Ce que vous auriez dû faire il y a deux heures.

– C'est vrai. Je suis désolée, Herr Schmidt, mais j'étais complètement captivée par une série télé.

– Ça ne dure pas deux heures, un épisode de série, tout de même !

– Non, mais après, il y en a eu un autre et je n'ai pas pu décrocher.

– Que vous a-t-elle dit, exactement ?

– Rien de particulier. Juste qu'elle n'allait pas tarder. Et puis elle m'a posé des questions sur l'Anglais.

– Quel Anglais ?

– Je ne sais pas qui il est. Mais j'ai dit à Petra que Frau Rehmann avait eu la visite d'un homme de cette nationalité plus tôt dans la journée.

– Et ?

– Et c'est tout. »

Furieux, Kröner raccrocha brutalement, frappa du poing sur la table et balaya par terre tous les papiers qui s'y trouvaient. Il considérait la négligence comme un péché impardonnable.

Il se retourna pour ouvrir la fenêtre. Il avait besoin de respirer un peu d'air frais. Mais il n'alla pas au bout de son geste et s'empressa de se cacher derrière le rideau. Soudain, la bourde de Frau Billinger était devenue sans importance. Le problème s'était résolu de lui-même, car au même moment Petra Wagner venait d'apparaître sur le trottoir d'en face accompagnée d'une inconnue.

Elles avaient le regard tourné vers sa maison.

Il s'écarta de la fenêtre. Il était à peine revenu de sa surprise qu'on sonna à la porte.

Un officier dans la caserne de la Wehrmacht qu'il commandait près de Kirovograd avait appris à Kröner un truc qu'il avait souvent utilisé par la suite. Un jour de grand *nettoyage*, pour tromper son ennui, ce jeune officier avait, avec l'aide d'un autre officier de la garnison, eu l'idée d'embrocher un condamné pendant qu'on le pendait. Pour cette petite entorse à la discipline, il avait écopé d'une peine légère, mais tout le monde s'était bien amusé.

Ce n'était pas l'acte lui-même que Kröner avait imité, mais la technique employée.

C'était très simple. Il suffisait d'avoir un couteau à fine lame et de savoir précisément à quelle hauteur de la colonne vertébrale il fallait traverser les côtes pour atteindre le cœur. Au bout de quelques tentatives, il était devenu un expert en la matière.

Nul besoin de toucher la victime, ni même de la regarder dans les yeux, puisqu'on intervenait par-derrière. Il pensait utiliser cette méthode pour tuer Arno von der Leyen afin de profiter de l'effet de surprise. Son adversaire n'aurait pas le temps de réagir, ce qui, avec un homme comme lui, ferait toute la différence. À en juger par les nouveaux rebondissements de cette affaire, il allait même pouvoir s'entraîner sur une ou deux autres personnes avant.

Et en plus, il serait débarrassé de Petra.

Kröner glissa son coupe-papier dans sa poche, ne laissant dépasser que le pied de chevreuil. Il était prêt. Tuer ces deux femmes ne serait qu'une simple formalité.

Il eut un choc en ouvrant la porte.

Au lieu de la petite infirmière et de sa compagne inconnue, c'est avec Gerhart Peuckert, les épaules basses et l'air contrit, qu'il se trouva nez à nez. Son sourire se figea.

L'imbécile était la dernière personne au monde qu'il s'attendait à voir débarquer chez lui.

« Gerhart ! » s'exclama-t-il, l'attirant si précipitamment dans le vestibule qu'ils faillirent trébucher tous les deux. « Qu'est-ce que tu fais là ? » Sans attendre sa réponse, il entraîna le calme et docile Gerhart au premier étage et l'installa devant son bureau, où l'on ne pouvait apercevoir aucun d'entre eux depuis la rue.

Kröner avait un mauvais pressentiment. Le pauvre garçon ne s'était jamais déplacé plus de quelques mètres sans surveillance. Petra l'avait-elle envoyé en éclaireur ? C'était la seule explication plausible. Mais pourquoi était-il parti de chez Peter et Andrea ? Et où était Stich en ce moment ?

Hormis ses lèvres qui étaient bleu foncé, Gerhart était tout blanc. Kröner prit ses mains tremblantes entre les siennes, elles étaient glacées.

« Que s'est-il passé, mon ami ? lui demanda-t-il doucement, en appuyant son front contre celui de Gerhart. Comment es-tu arrivé jusqu'ici ? »

Lankau avait souvent prétendu que le malade mental observait et mémorisait chacun de leurs mouvements. Kröner avait encore quelques doutes à ce sujet. « Tu es venu avec

Petra ? » s'enquit-il. En entendant ce prénom, la bouche de Gerhart se crispa, ses yeux se voilèrent. Quand le voile se transforma en larmes, son regard revint se fixer sur Kröner, bouche ouverte. « Petra ! » dit-il, laissant sa mâchoire pendre quelques secondes.

« Dieu du ciel ! » Kröner recula d'un pas. « Oui, c'est ça, Petra ! Tu sais dire son nom ! Pourquoi t'a-t-elle conduit ici ? Que s'est-il passé ? Où est Peter Stich ? »

Kröner scrutait le visage tourmenté de Gerhart Peuckert qui semblait sur le point d'exploser. En décrochant le téléphone, il observa que le débile serrait les poings et que ses phalanges étaient livides. Imperceptiblement, son corps commença à se balancer.

« Gerhart ! lui dit-il, tu vas rester ici bien tranquille jusqu'à ce que je te dise ce que tu dois faire ! » Puis il téléphona à Stich. Après un grand nombre de sonneries, il jura à voix basse. « Allez, vieux trou du cul, réponds ! » Il raccrocha et recomposa le numéro. Toujours pas de réponse.

« Il ne répondra pas », commenta doucement une voix un peu rauque.

Kröner se tourna vers Gerhart à la vitesse de l'éclair et eut juste le temps de noter une expression nouvelle dans ses yeux avant de prendre son poing dans la figure.

Une expression calme et concentrée.

Avant que Kröner ait touché le sol, Gerhart Peuckert le frappa une deuxième fois. Kröner s'affala de toute sa hauteur.

Il n'était pas assommé, juste sonné.

Mais son instinct reprit le dessus et il se jeta sur son adversaire qui se borna à écarter les bras, comme pour étreindre sa fiancée. Kröner le prit en étau, croisa les mains derrière son dos et le serra comme s'il voulait le broyer. Il avait déjà utilisé cette prise par le passé. En général, il se passait moins de deux minutes avant que l'autre ne se transforme en chiffe molle.

Quand Kröner sentit que Gerhart ne respirait plus, il le lâcha et recula d'un pas, attendant qu'il s'écroule à ses pieds.

Mais Gerhart Peuckert le fixait toujours, le regard vide. Ses bras pendaient mollement le long de ses flancs, sa respiration était lente et profonde. Il ne montrait aucun signe d'épuisement.

« Un zombie ! Tu me fais penser à un zombie ! » cracha Kröner en s'éloignant de lui pour pouvoir glisser sa main droite dans sa veste et y prendre le coupe-papier.

Un grondement sourd résonna dans la poitrine de Gerhart Peuckert. Avec la lenteur mécanique d'un homme revenu du royaume des morts, il détacha sa ceinture et il la sortit des passants de son pantalon, le visage aussi impassible que celui d'une statue.

« Attention, Gerhart ! Tu me connais, tu sais de quoi je suis capable, depuis le temps ! » Kröner s'écarta encore d'un pas, il envisagea son adversaire et le jugea trop léger. « Lâche cette ceinture ! » dit-il en le regardant droit dans les yeux tandis qu'il sortait le couteau de sa poche. Kröner connaissait par cœur ce moment qui précède le corps à corps. Il était essentiel de contrôler chacun de ses gestes. Un seul mouvement précipité pouvait provoquer une réaction inattendue. Gerhart se tenait face à lui, indifférent, presque apathique. Il regardait placidement le couteau dont la lame acérée était pointée vers lui. Il avait l'air résigné, comme s'il se disait que le coup était inévitable. Kröner allait vite s'apercevoir à ses dépens qu'il l'avait sous-estimé.

« Je t'ai dit de poser cette ceinture », répéta-t-il, en vain. Les traits de Gerhart se tordirent en une grimace qui tirait ses commissures vers le bas et plissait son nez comme celui d'un fauve. Kröner sentit une douleur cinglante lui lacérer la figure d'une joue à l'autre. Un feu d'artifice l'éblouit quand la ceinture toucha ses yeux. Il poussa un hurlement aigu. Peuckert envoya valser le couteau à l'autre bout de la pièce d'un coup de pied, puis il coucha Kröner par terre avec une force inexplicable et lui attacha les poignets derrière le dos avec sa ceinture. Le Grêlé ne put qu'assister passivement à ce renversement de situation qui dépassait l'entendement.

Après quelques minutes, il ramena ses jambes sous lui et réussit avec difficulté à s'asseoir dans une position bancale et inconfortable. Souvent, il avait été de l'autre côté de la barrière et c'était lui qui regardait ses victimes malmenées attendant le coup de grâce, recroquevillées à même la terre froide et nue.

C'était son tour.

« Où est Lankau ? » demanda la voix inconnue, au-dessus de lui. Kröner haussa les épaules et ferma plus fort les paupières, dans une vaine tentative pour atténuer la douleur. Mauvaise réponse ! La réaction ne tarda pas. La traction sur la ceinture derrière son dos fut d'une telle puissance qu'elle faillit lui déboîter les épaules. Malgré sa douleur, il resta muet.

L'atroce souffrance d'être traîné sur le dos dans les escaliers de sa propre maison, aveuglé et impuissant, incapable de distinguer quelles pièces on lui faisait traverser, d'identifier les obstacles qu'il essayait en vain d'amortir sur son passage, n'était rien comparée à la rancœur sans bornes qui était en train de le submerger.

Depuis des décennies, Lankau les avait conjurés, Stich et lui, de régler le problème de Gerhart Peuckert. « Butons-le ! Tout simplement ! De quoi avez-vous peur ? On peut l'éliminer sans que personne s'en rende compte. Des fous disparaissent tous les jours. Du jour au lendemain, on trouve leur lit vide.

Où sont-ils ? Personne n'en sait rien. On n'en entend plus jamais parler. Et alors ? À qui est-ce qu'ils vont manquer ? À des femmes comme Petra Wagner ? Eh bien, on n'a qu'à la faire disparaître avec lui, si on ne peut pas faire autrement ! Je ne vois pas ce qui vous arrête. » Lankau avait raison. La lettre de Petra Wagner ne leur avait jamais porté préjudice. Il y avait longtemps qu'ils auraient dû se débarrasser de ces deux-là.

Kröner sentit qu'il se trouvait sur un sol dur et froid. On faisait couler l'eau dans la baignoire, il était donc dans la salle de bains. Cette pièce serait celle où il allait dire adieu au monde.

« Relâche-moi, Gerhart, dit-il lentement, sans une nuance de plainte. Tu sais que j'ai toujours été là pour toi et que sans moi, tu serais mort depuis longtemps. »

Un silence presque total régnait autour de lui. Il sentait le souffle léger de Gerhart sur son visage. Qu'il fasse ce qu'il veut, après tout, songea Kröner, dans une tentative stoïque pour accepter l'inéluctable. Mais quand Gerhart laissa éclater son rire dément tout près sa figure, son envie de vivre et ses mécanismes de défense reprirent le dessus.

Malgré tout, ni ses injures ni ses coups de pied fébriles et maladroits n'atteignirent leur cible.

Gerhart Peuckert n'eut aucun mal à faire parler Wilfried Kröner. Après lui avoir plongé vingt fois la tête sous l'eau, sa face haletante, pleurnicharde, aveugle et grêlée avait craché le renseignement qu'il lui réclamait. « Lankau est dans sa propriété à la campagne. »

Gerhart, satisfait, avait mis fin à ses souffrances.

Quand les pieds de Kröner cessèrent de gigoter et flottèrent entre deux eaux en une chorégraphie fluide et symétrique,

Gerhart contempla le visage de son bourreau une dernière fois avant de le retourner pour détacher la ceinture qui lui liait les poignets. Puis il monta sur la baignoire, un pied de chaque côté du bassin et se pencha sur le noyé. Il le souleva aussi haut qu'il put, l'eau dégoulinant de ses vêtements comme un torrent de montagne, et le lâcha brusquement. Sa tête vint se fracasser sur le rebord de la baignoire en faïence émaillée. Le bruit était déplaisant mais la méthode efficace, puisqu'il eut la moitié du visage enfoncée. Le mort glissa dans l'eau, entraînant avec lui un canard en plastique. Une grosse bulle d'air gonfla un instant sa veste avec un glouglou très doux. Alors que les remous s'effaçaient, Gerhart vit apparaître à la surface un morceau de papier. L'encre se diluait peu à peu en nuages transparents. L'espace d'une seconde, Gerhart crut lire un nom, mais il fondit également.

Il resta un long moment à regarder Kröner et le petit canard jaune qui se balançait à la surface noire de l'eau au-dessus de la nuque du mort. Il ne regrettait pas son acte. Il avait si souvent entendu les simulateurs expliquer comment ils procéderaient pour se débarrasser de lui, le cas échéant.

À mesure que les derniers frémissements disparaissaient à la surface de la baignoire, une partie du passé s'effaçait de son esprit. Deux cruelles épines avaient été enlevées de son âme meurtrie. Kröner et Stich. Il se détourna de la baignoire et l'armoire à pharmacie se trouva dans son champ de vision.

Tout son corps se mit à trembler.

La pièce lui parut soudain glacée. Les objets autour de lui se vrillèrent et changèrent de forme et de taille. La réalité et la fausse sécurité dans laquelle il s'était réfugié entraient en conflit. Il contempla son reflet dans le miroir. L'homme qu'il y voyait lui était étranger.

Dans l'armoire presque vide, il identifia sans hésitation le flacon contenant les médicaments que lui distribuaient si généreusement ses gardiens et le glissa dans sa poche.

Les tapis gondolés suite au tractage de sa victime à travers la maison étaient la seule trace de leur rencontre.

Après les avoir remis en place, Gerhart se rendit dans la bibliothèque. Il ramassa le coupe-papier avec son manche en pied de chevreuil et le reposa sur le bureau de Kröner. Dans le coin de la pièce se trouvait une corbeille haute et étroite en bambou épais, remplie de cannes et de tubes en carton. Il regarda un instant la forêt de piques hérissées, puis enfonça le bras dans la corbeille jusqu'au fond. Après avoir tâtonné quelques secondes, il trouva ce qu'il cherchait. Un mince rouleau, enveloppé dans du papier kraft. Il le contempla un moment. Quand les simulateurs se réunissaient pour boire un coup, Gerhart avait souvent vu agiter cet objet sous son nez, en guise de provocation.

Il le glissa à l'intérieur de son anorak et le serra contre sa poitrine.

Alors qu'il allait sortir de la maison, on sonna à la porte et il s'immobilisa au milieu du vestibule obscur, insensible, l'esprit vide, jusqu'à ce que le visiteur renonce.

55

Après que les deux femmes avaient quitté l'hôtel Colombi, Laureen avait soudain fondu en larmes.

Elle était à bout de nerfs.

Petra l'avait poussée sous une porte cochère pour essayer de la calmer. « Je vous promets que nous retrouverons votre mari à temps », lui dit-elle avec conviction, se demandant si elle devait la gifler pour stopper sa crise d'hystérie.

Elle y renonça et l'entraîna jusqu'à sa voiture. Il fallut dix minutes à Laureen pour se ressaisir. « Où nous conduisez-vous ? s'enquit-elle avec un faible sourire.

– Nous devons absolument voir Wilfried Kröner.

– Est-ce vraiment une bonne idée d'aller rendre visite à cet homme ? » La rue était bien éclairée. Les voitures étaient garées le long des trottoirs, pare-chocs contre pare-chocs. On était samedi, le jour où les gens se rendent visite. « On se croirait à Canterbury », remarqua Laureen distraitement, face à cette vision nostalgique d'une vie tranquille dans un passé qui lui semblait bien lointain.

Devant la maison de Kröner qui, en dehors de l'Audi parquée dans l'allée et d'une unique fenêtre éclairée, paraissait vide et abandonnée, Laureen s'était appuyée à la carrosserie rutilante d'une automobile gris métallisé.

« Moi non plus, je ne sais pas si c'est une très bonne idée d'aller le voir, mais on verra bien, dit Petra au bout d'un moment. Vous n'avez pas vu un rideau bouger, à l'instant ? demanda-t-elle tout à coup.

– De l'endroit où je suis, je ne vois rien du tout », répondit Laureen.

Un riverain les salua de la tête pour la deuxième fois, alors qu'il revenait de promener son chien. Petra prit résolument la main de Laureen et l'entraîna vers la maison.

« Qu'arrivera-t-il si ce Kröner est chez lui. Il pourrait nous faire du mal ? »

Petra s'arrêta et regarda Laureen d'un air sombre. « En tout cas, Laureen, si quelque chose devait arriver, je veux que vous vous rappeliez que vous êtes venue ici de votre plein gré. N'allez pas vous plaindre plus tard que vous ne saviez pas. »

Quand Petra sonna à la porte, elle sentit la grande femme à ses côtés faire un pas en arrière.

Après qu'elles eurent attendu un long moment devant la porte close, Petra rompit le silence la première. « Je pense qu'ils sont partis ensemble quelque part, mais pas ici. Stich et Lankau ont dû venir chercher Kröner.

– Qu'est-ce qui vous fait croire cela ?

– Qu'il soit apparemment absent et que sa voiture soit garée dans l'allée.

– Où peuvent-ils être ? » Laureen frissonna.

« Je ne sais pas, Laureen ! Est-ce que vous voulez bien vous mettre ça dans la tête, une bonne fois pour toutes ? En général, ils passent le week-end en famille. Mais je ne sais pas pourquoi, j'ai l'impression que ce n'est pas le cas. Pas ce soir. Ce soir, ils sont ensemble, tous les trois, le tout est de savoir où.

– Comment pouvez-vous en être à ce point certaine ?

– Quand j'ai appelé tout à l'heure de l'hôtel Colombi, Andrea Stich était seule chez elle. Or Peter Stich ne sort jamais sans sa femme. On peut dire beaucoup de choses sur cet homme, mais il ne laissera jamais sa femme à la maison si les autres lascars ont emmené la leur. D'autre part, la voiture de l'épouse de Kröner n'est pas là non plus. Elle est sûrement partie avec le gamin rendre visite à ses parents, ou quelque chose comme ça. Quant à Lankau, il n'hésitera pas non plus à éloigner sa compagne s'il le faut. » Elle hocha doucement la tête pour elle-même. « Oui, plus j'y pense, plus je sais que c'est ça qu'ils ont fait.

– Et Bryan ?

– Évidemment, cela ne nous dit pas où est votre mari, mais une chose est sûre, cette situation inhabituelle est liée à sa présence à Fribourg. » Petra fouilla dans son sac à main et, pour la première fois ce jour-là, alluma une cigarette. Elle en proposa une à Laureen qui refusa.

« Est-ce que la maison a une autre issue ? demanda-t-elle.

– La porte de la cuisine donne sur le jardin. Mais l'allée est le seul moyen de sortir de la propriété, si c'est à cela que vous pensiez.

– Ce n'était pas à cela que je pensais. »

Laureen disparut derrière l'angle de la maison. Qu'allait-elle faire ? Pour elle et Gerhart, songeait Petra, la vie à Fribourg allait devenir compliquée. Toute leur existence reposait sur les liens tissés au fil des années entre eux et les trois hommes. Face à une situation qui risquait de leur échapper, elle savait qu'ils seraient dangereux. Très dangereux.

Y avait-il moyen de les éviter ? Et par où commencer ? Après tout, c'était le mari de Laureen qui les intéressait et pas l'homme qu'elle aimait. Elle pouvait ficher le camp. Ou alors, elle pouvait aller rendre visite à Gerhart comme prévu, puis rentrer tranquillement chez elle, retrouver ses livres et sa télévision, ses meubles et ses insipides voisins.

Cette dernière pensée glaça Petra. Il y avait trop longtemps maintenant que sa vie se résumait à cette routine. Tout sauf ça. Qu'avait-elle à perdre, après tout ?

À en juger par l'état de ses souliers, Laureen avait dû faire le tour de la maison et retourner chaque mètre carré du jardin. Elle avait de la terre jusqu'en haut des mollets. « On ne peut pas entrer, fut son constat laconique. J'ai secoué toutes les fenêtres et la porte de la cuisine, également », poursuivit-elle, sans avoir idée qu'au moment où elle s'escrimait contre cette porte, un individu se pressait contre le chambranle à l'intérieur, à quelques centimètres d'elle, retenant son souffle.

Petra téléphona à Lankau depuis une cabine du quartier. Il n'y avait personne chez lui non plus. Elle resta quelques instants appuyée à la paroi de la cabine. Tout cela était vraiment très étrange.

« Nous allons devoir attendre demain. Je ne sais plus où chercher.

– Non, Petra, on ne peut pas faire ça ! Réfléchissez. Il n'y a pas un endroit où ils ont l'habitude de se retrouver pour se parler ? Un bureau, un bâtiment isolé ? »

Petra lui fit un sourire, ironique et plein de compassion à la fois. « Écoutez, Laureen, Lankau, Kröner et Stich possèdent des maisons à peu près partout dans la ville. Et ils peuvent se trouver dans chacune d'entre elles. Ils peuvent aussi être revenus dans les endroits où nous nous sommes déjà rendues. À la clinique, chez Stich ou chez Kröner. Ils peuvent être allés dans la maison de villégiature de Kröner au bord du

Titisee, dans la propriété de Lankau à la campagne, sur le bateau de Kröner qui est amarré sur le Rhin près de Sasbach. Attendons demain.

– Non ! Maintenant c'est vous qui allez m'écouter ! » Laureen la prit par les épaules et la regarda avec fermeté. « Il s'agit de mon mari ! Je sais qu'il y a des tas de choses dans cette histoire qui appartiennent au passé. Mon époux n'a jamais rien mentionné devant moi de ce que vous m'avez raconté. Mais je suis certaine d'une chose, c'est qu'il ira au bout de ce qu'il est venu faire ici. Parce qu'il est comme ça ! Bryan et moi sommes mariés depuis de nombreuses années, et à beaucoup de points de vue, nous sommes très différents. Mais il y en a un sur lequel nous nous ressemblons tous les deux. Nous sommes d'indécrottables pessimistes. J'imagine toujours le pire, et Bryan est pareil. C'est pourquoi je peux vous affirmer que jusqu'ici il a forcément pris en compte la pire des issues et qu'il a fait en sorte de s'en prémunir. » Laureen avait cessé de trembler. « Quelle est le pire scénario que vous puissiez imaginer ? »

Petra n'hésita pas une seconde à répondre. « Que Stich, Kröner et Lankau aient décidé d'effacer les traces d'un passé qui les poursuit. À tout prix. Et sans le moindre scrupule !

– Alors, c'est à cela que Bryan a pensé, Petra. Il n'est peut-être jamais allé sur cette montagne. S'il en a trouvé le moyen, c'est peut-être lui qui est en train de suivre ces gens à la trace. Pour le trouver, il faut les trouver eux.

– Ils peuvent être n'importe où. » Le regard de l'infirmière se perdit dans le vague. C'est d'une voix éteinte qu'elle reprit : « Il y a bien la propriété viticole de Lankau, un endroit isolé. Il n'y a aucun voisin à des lieues à la ronde.

– C'est loin d'ici ?

– À vingt minutes à vélo.

– Où est-ce que je peux trouver un vélo ?

– Et si on prend ce taxi, on y sera dans dix », répliqua Petra en agitant le bras.

56

Malgré son âge et ses nombreux handicaps physiques, Lankau était avant tout un ancien soldat. Il gardait une vision globale en toutes circonstances. Après le départ d'Arno von der Leyen, il n'y avait plus grand-chose d'autre à faire que d'attendre. Il s'était libéré, il avait prévenu Stich et, depuis, il attendait. La première vertu du soldat.

Il s'asseyait souvent près de cette fenêtre donnant du côté de la route pour laisser libre cours à ses rêveries. Les montagnes de Bolivie regorgeaient de possibilités pour un homme de sa trempe. Il y avait des ressources humaines à commander, des plateaux désolés qu'on pouvait acquérir pour quelques bolivianos. Lors de sa dernière expédition de chasse, entouré de créoles au visage sombre et à l'attitude servile, il avait longé le fleuve Mamoré et pris sa décision. La végétation en constante mutation, l'ensorcelante richesse du sous-sol, les rades de San Borja et d'Exaltación aux parfums mélangés, où les juke-box déversaient comme par hasard des chants de patriotes magistralement interprétés par Elisabeth Schwarzkopf.

Son avenir était là-bas.

L'arrivée d'Arno von der Leyen avait rendu ce rêve plus urgent que jamais. Dès que tout ceci serait terminé, il préparerait son départ.

Il irait chercher la sécurité, le cœur et le pied légers.

Lankau sourit. Il aimait se trouver seul dans une maison plongée dans le noir. Cette solitude accentuait sa détermination et optimisait sa concentration.

Son œil le brûlait, son épaule le faisait souffrir, et à l'endroit où la corde avait entamé la chair de ses jambes et de ses bras, la peau était lacérée d'écorchures écarlates qui le lançaient. Et il s'était fait une bosse derrière la tête en brisant le fauteuil.

Il était impatient de rendre à Arno von der Leyen la monnaie de sa pièce.

Car Arno von der Leyen allait revenir, Lankau en était convaincu.

Il se contentait donc d'attendre, partagé entre sa haine passée et présente et ses rêves futurs de jeunes métisses et de plantations de canne à sucre, de cacao et de café.

La maison était obscure et telle qu'Arno von der Leyen l'avait laissée. Dans la cour luisait une faible et unique lampe qui restait toujours allumée. De temps en temps, de l'autre côté de sa vigne, une voiture passait sur la route, dont les phares illuminaient de façon sinistre les trophées de chasse de Lankau qui, pendant quelques secondes, semblaient reprendre vie.

Quand l'une d'entre elles ralentit sur la nationale, Lankau sut qu'il allait avoir de la visite.

Le véhicule s'arrêta un petit moment au début de l'allée, ses phares éclairant la maison. Puis il recula et repartit en direction de Fribourg.

Lankau se cacha derrière le rideau et regarda dehors. L'allée paraissait déserte. Peut-être s'agissait-il seulement d'un automobiliste qui avait voulu faire demi-tour. Bien que l'explication semblât logique, il était contraint malgré tout de ne pas s'en satisfaire. La voiture pouvait avoir déposé quelqu'un. Dans le meilleur des cas, Kröner et Stich.

Il se passa ensuite un laps de temps qui lui parut interminable où il ne vit ni n'entendit rien.

Enfin, des pas hésitants résonnèrent sur les pavés de la cour et il aperçut deux silhouettes qui avançaient prudemment. Petra Wagner et une inconnue. Kröner avait échoué à se débarrasser d'elle.

Lankau se déplaça à tâtons d'une fenêtre à l'autre en frôlant le mur. Sous les ombres dansantes des buissons, dans la lumière projetée par les phares sur la route nationale, tout semblait calme et normal.

Les femmes étaient venues seules.

À l'instant où elles actionnèrent la poignée de la porte d'entrée qui s'ouvrit sans résistance, il alluma une petite lampe près du canapé.

« Qui est là ? lança-t-il en glissant un court poignard à large lame et double tranchant dans l'élastique de sa chaussette haute.

– C'est moi, Petra ! Petra Wagner ! Je suis venue avec une amie. » Lankau cligna des yeux lorsqu'elles allumèrent le puissant plafonnier de l'entrée. Il eut l'impression qu'en passant le pas de la porte, Petra avait mis un doigt sur ses lèvres, intimant à l'autre femme l'ordre de se taire. Lankau mit du temps à s'habituer à l'éclairage violent. Depuis sa rencontre avec Arno von der Leyen dans les marais de Taubergiessen, son œil valide lui jouait des tours en cas de brusque changement de luminosité et il n'était pas très sûr d'avoir bien vu.

« Petra ! » Il se frotta les yeux. « En voilà une visite agréable et inattendue ! »

De ses doigts courts, Lankau lissa machinalement ses cheveux rares et hirsutes. « Que me vaut l'honneur ? poursuivit-il, lui tendant la main.

– Excuse-nous d'arriver comme ça, sans prévenir. Je te présente mon amie Laura, dont je t'ai parlé. C'est elle qui est sourde et muette. » La femme fixait les lèvres de Lankau en souriant. « On ne te dérange pas, au moins ? reprit Petra, une main sur sa poitrine. Il faisait tellement noir ! J'ai carrément eu peur, tout à l'heure.

– Tu n'as aucune raison d'avoir peur, Petra. » Lankau rentra sa chemise dans son pantalon. « Je m'étais endormi. Il ne faut pas m'en vouloir. »

Petra n'avait jamais mentionné d'amie du nom de Laura, et encore moins une amie sourde et muette. Elle ne parlait jamais de sa vie privée en dehors de ce qui la liait à Gerhart. Si elle était la complice d'Arno von der Leyen, c'était lui qui l'avait envoyée. Lankau devait envisager cette éventualité.

Il n'était pas exclu qu'il soit tapi dans le noir, quelque part.

« Je n'ai pas ton numéro de téléphone ici », expliqua Petra. Lankau haussa les épaules. « Et personne ne répond nulle part, alors je suis venue, à tout hasard.

– Et tu m'as trouvé. Alors que puis-je faire pour toi ?

– Kröner et Stich sont là ?

– Non. C'est ce que tu voulais savoir ?

– Je voulais savoir ce qui s'est passé sur le Schlossberg.

– En quoi est-ce que cela te regarde ?

– Je voudrais être sûre qu'Arno von der Leyen est bien mort. Je ne me sentirai pas tranquille avant.

– Ah bon ? s'étonna Lankau avec un sourire amusé.

– Alors, il est mort, oui ou non ?

– Mort ? » s'exclama Lankau, pour gagner du temps. Si Petra pensait qu'elle réussirait à l'attirer dans un piège, elle se fourrait le doigt dans l'œil. « Non, il est tout ce qu'il y a de plus vivant !

– Alors, où est-il, en ce moment ?

– Je n'en ai pas la moindre idée. Dans un avion, en route pour une destination très lointaine, j'espère.

– Je ne comprends pas. Il semblait tellement déterminé à retrouver Gerhart. Que s'est-il passé sur le Schlossberg ?

– Ce qui s'est passé ? Tu le sais, ce qui s'est passé. Il a trouvé son Gerhart Peuckert, n'est-ce pas ? » Lankau sourit de son air de totale perplexité et il haussa les épaules. « Mon fils aîné a simplement fait graver une petite plaque de laiton cet après-midi, sur laquelle il était écrit : "En mémoire des victimes du bombardement de Fribourg-en-Brisgau, le 15 janvier 1945". Il l'a fixée sur un poteau qu'il a planté là-haut, sous la galerie. » Lankau hocha la tête, candide. « Il est dégourdi, mon Rudolf !

– Et ensuite ?

– Quand il est allé la retirer deux heures plus tard, il y avait une fleur au pied du poteau. Touchant, non ? » ironisa l'homme, son large faciès fendu d'un grand sourire. Si Arno von der Leyen avait été caché dehors, attendant le moment adéquat pour apparaître, il l'aurait vu sur leurs visages. Elles auraient été plus inquiètes, leurs regards plus fuyants. Lankau était à présent convaincu qu'elles étaient venues seules, ce qui ne signifiait pas qu'il devait leur donner le bon Dieu sans confession. Le léger sourire frisant au coin des lèvres de Petra lui parut sincère.

Elle semblait rassurée.

« Quand Rudolf est-il remonté chercher cette plaque en laiton ? demanda-t-elle avec une fausse indifférence.

– En quoi est-ce que cela te regarde, Petra ?

– Parce que nous sommes montées là-haut vers dix-huit heures et que nous n'avons rien vu de ce genre.

– Rudolf a bien nettoyé derrière lui. C'est un bon garçon. Pourquoi étiez-vous là-haut ?

– Pour la même raison qui nous a amenées ici. Nous voulions savoir ce qui s'était passé. Pour nous rassurer.

– Pour vous rassurer ?

– Pour me rassurer. Je voulais dire *me*, bien entendu. Pour me rassurer. » Lankau trouva que Petra se justifiait un peu trop rapidement. « Quand on n'est pas tranquille, cela affecte notre entourage. Laura est venue passer quelques jours avec moi, précisa-t-elle inutilement.

– Et que sait-elle, au juste ?

– Rien du tout, Horst. Absolument rien, ne te fais pas de souci. À vrai dire, elle ne comprend pas grand-chose à ce qui se passe. » Petra sourit avec tant de naturel que Lankau songea qu'elle disait la vérité, au moins sur ce point.

« Et pourquoi ne t'es-tu pas contentée de téléphoner à Stich ou à Kröner ? » Lankau s'approcha. Le cou de Petra était extrêmement frêle. Les veines très apparentes. « Ils auraient pu répondre à tes questions comme moi.

– J'ai essayé. Ils n'étaient pas chez eux, ni l'un ni l'autre. En appelant Stich, je suis tombée sur Andrea, et elle n'a rien voulu me dire. Tu la connais. » Son regard fit le tour de la pièce, elle observa les murs et les trophées. Lankau s'était assuré que tout ait l'air normal, y compris le petit tas de bois cassé empilé près de la cheminée. Si Petra avait été plus observatrice, elle aurait remarqué l'absence du trône de Lankau au milieu de la pièce. En pièces détachées, le fauteuil brisé ne prenait pas beaucoup de place. « Tu sais où ils sont, toi ?

– Aucune idée. »

Petra haussa les épaules et regarda la grande femme avant de revenir vers Lankau avec un sourire. « Enfin, en tout cas, me voilà rassurée. Je n'ai plus à me soucier d'Arno von der Leyen. Tu veux bien nous appeler une voiture, Horst ? Nous avons dû laisser repartir notre taxi, tout à l'heure.

Bien sûr. » Face de lune se leva en étouffant un gémissement. Il y avait une inconnue de trop dans l'équation. On s'inquiéterait sûrement de la disparition de la muette s'il les éliminait toutes les deux. Elle devait avoir une famille. Il allait devoir remettre cela à plus tard, même si l'occasion était exceptionnelle. Gerhart Peuckert et Petra Wagner mourraient dès qu'il se serait occupé d'Arno von der Leyen. Il avait encore le temps de trouver une fin digne à leur relation sans espoir, leur petite histoire tragique, version moderne et banale de *Roméo et Juliette*. La muette n'avait pas sa place dans ce chapitre. Pour l'instant, il allait devoir laisser repartir les deux femmes.

« Je n'ai pas vu ta voiture, Horst, au fait. Comment es-tu arrivé ici ? » Elle avait demandé cela spontanément, sans réfléchir. Un fait assez rare chez Petra pour qu'il le remarque.

La question était simple. Lankau aurait pu y répondre en toute simplicité : « Comme vous, ma chère, en taxi », mais il avait été un instant désarçonné, il s'était senti percé à jour et il avait hésité. Il regarda la petite femme, suspicieux, et raccrocha le téléphone.

« Tu poses beaucoup de questions, Petra. » Ils échangèrent un long regard, intense, puis elle haussa encore les épaules. « Maintenant je crois que c'est à moi d'en poser », poursuivit Lankau. La grande femme recula un peu en voyant son regard sombre. « Pourquoi prétends-tu m'avoir déjà parlé de cette femme alors que nous savons tous les deux que c'est faux ? » Il avança brusquement vers Petra qui fut aussitôt sur ses gardes. « Est-ce qu'elle est réellement sourde et muette, d'ailleurs ? Je suis presque sûr de t'avoir entendue lui intimer le silence quand vous êtes arrivées, tout à l'heure. » La brute bouscula Petra qui n'offrit pas plus de résistance qu'un sac de plumes. La femme derrière elle leva les bras pour se protéger le visage. Son sac se balançait à hauteur de son coude. Son geste fut inutile. Après une seule gifle, elle s'écroula, sans un mot.

Même si elle avait voulu dire quelque chose, elle en aurait été incapable, sa mâchoire était déboîtée. Elle perdit connaissance.

« Tu vas où comme ça ? » Avant que Petra ait eu le temps d'atteindre la porte, une main de fer s'était refermée sur son poignet.

« Qu'est-ce que tu fais, Horst ? Qu'est-ce qui t'arrive ? » Elle se dégagea de son emprise. « Lâche-moi ! Et calme-toi, tu veux ! » Il l'envoya bouler contre la femme à terre, sans effort.

« Qui est-ce ? demanda-t-il, la montrant du doigt.

– C'est Laura. Je l'appelle Laura, mais son prénom est Laureen.

– Donne-moi son sac. »

Petra soupira et elle retira le sac du bras inerte de l'Anglaise. Il était beaucoup plus lourd que Lankau ne l'aurait cru en voyant le gabarit de sa propriétaire. Il le renversa et plongea la main dans le fatras, se saisissant d'un portefeuille rouge-brun qui, par sa taille, promettait d'être une caverne d'Ali Baba.

Il contenait une palette multicolore de cartes de crédit. Lankau en prit quelques-unes au hasard. La femme s'appelait effectivement Laureen. Laureen Underwood Scott. Ni l'adresse ni le nom ne lui disaient rien.

« Ton amie est anglaise, constata-t-il en agitant une carte sous le nez de Petra.

– Non, elle habite Fribourg. Sa mère est anglaise et Laura est mariée à un Britannique.

– Tu ne trouves pas ça étrange, tous ces Anglais qui débarquent aujourd'hui ?

– Je te dis qu'elle est de Fribourg ! »

Lankau vida le portefeuille. Parmi divers tickets de caisse, il dénicha une petite photo de la taille d'une photo d'identité. Petra retint sa respiration. « Elle a une fille, dit-il, simplement. Comment s'appelle-t-elle ? Tu dois le savoir ?

– Elle s'appelle Ann. »

Lankau regarda au dos de la photo, grogna et alla se placer sous le plafonnier pour mieux voir le portrait. « Où as-tu rencontré cette Laureen ? Et pourquoi l'as-tu amenée ici ? » Face de lune se retourna subitement. Il saisit Petra par le bras et serra.

« Qui est cette femme ? Quel rapport a-t-elle avec Arno von der Leyen ? » Il pressa plus fort et l'infirmière gémit de douleur.

« Lâche-moi ! » Elle retint ses larmes et le regarda avec défi. « Elle n'a absolument rien à voir avec lui, pauvre imbécile ! Lâche-moi, tu m'entends ! »

Le combat avait été terriblement inégal. Le gros homme se frotta la nuque et fit bouger ses cervicales. Il connaissait cette sensation pour l'avoir expérimentée sur le terrain de golf, quand il tapait une balle maladroitement. C'était aux muscles du cou qu'il sentait qu'il avait mal frappé une balle. Il savait d'expérience que la douleur disparaîtrait en quelques heures.

La fragile Petra n'avait pas suffisamment résisté à ses coups. Il aurait aussi bien pu cogner dans le vide.

Il posa la grande gigue sur un siège semblable à celui qu'il avait réduit en miettes, exactement à l'endroit où von der Leyen l'avait laissé ligoté quelques heures plus tôt. Bien qu'il ait serré une corde autour de ses chevilles, si fort que la peau commençait à marquer, elle ne s'était pas réveillée de son profond évanouissement.

Petra jetée sur son épaule et à moitié groggy, Lankau coupa au passage le disjoncteur de la grange. L'éclairage extérieur s'éteignit et un vaste ciel étoilé les accueillit dans la cour.

Au milieu de la dépendance se trouvait un outil qui faisait sa plus grande fierté. Bien qu'il ne produisît que quelque deux cents bouteilles de vin blanc par an, il avait, dans une crise d'achats compulsifs, fait l'acquisition d'un pressoir à vis sans fin, qui n'aurait pas déparé une propriété viticole plus importante que la sienne. Dans quelques semaines, l'appareil allait être soigneusement nettoyé pour remplir sa fonction première. Pour l'instant, il serait parfait pour y attacher Petra, qui n'avait pas encore compris qu'elle ne parviendrait pas à se libérer. Lankau tira sur le foulard qu'il avait utilisé comme bâillon et constata qu'il était assez serré.

« Si tu ne bouges pas, cela devrait bien se passer », jugea Lankau à voix haute après l'avoir allongée contre la gigantesque vis horizontale. Petra connaissait ce mécanisme. Dans une région où on produit du vin, tout le monde le connaissait. Il avait pour fonction d'entraîner les raisins dans sa rotation et d'en extraire toute substance. Il ferait sans difficulté la même chose à un corps humain. « Promets-moi d'être sage, petite Petra, je ne voudrais pas que tu te coupes. » Il leva le bras et, pétrifiée d'horreur, elle le vit actionner un énorme interrupteur. Elle ferma les yeux. « Du calme. Tant que le disjoncteur principal est coupé, tu ne risques rien. Dans quelques heures, tout sera terminé. Pour l'instant, tu vas rester gentiment ici. Après... je ne te promets rien. »

En retraversant la cour, Lankau inspira une longue goulée d'air frais. L'automne et la saison de la chasse ne tarderaient plus à présent.

Deux heures plus tôt, il aurait pensé à chercher une place sur les murs pour y ajouter un trophée ou deux. À présent, il avait autre chose en tête.

57

C'était une catastrophe, mais c'était un fait.

Laureen était à Fribourg.

En une seconde, la réalité s'était imposée à lui de plein fouet, terrifiante. Bryan accéléra l'allure. À partir de maintenant, il devait s'attendre au pire. Malgré sa résolution, plus tôt dans la soirée, de tourner le dos aux événements de Fribourg, il semblait que le destin en ait décidé autrement. Les nouvelles que venait de lui donner Bridget lui faisaient froid dans le dos.

À présent, il était engagé dans un combat à mort.

Laureen avait appris où il était, bien qu'il ne parvienne pas à comprendre de quelle façon. Et à présent, c'était lui qui ne savait pas où elle se trouvait. Seulement qu'elle était en ville. Bryan frémit à cette idée.

Elle serait une proie si facile pour Petra, Kröner, Lankau et Stich.

Bryan pesa les avantages et les inconvénients de sa position. La balance penchait dangereusement d'un seul côté. Pour autant qu'il puisse en juger, ses seuls atouts étaient d'être encore libre de ses mouvements, de connaître la véritable adresse de Peter Stich, d'avoir neutralisé Lankau et d'avoir un pistolet dans la ceinture de son pantalon.

Il ne fallait pas plus d'une dizaine de minutes pour aller de l'hôtel Colombi à Luisenstrasse. Un trajet trop court pour s'éclaircir les idées et se préparer à faire face à une situation de crise.

Il se demanda un instant s'il ne devait pas faire appel à la police. Malheureusement, il y avait peu de chances qu'elle accepte de le croire. Elle risquait de se montrer circonspecte devant les accusations fragmentaires et diffuses qu'il envisageait de lancer contre trois des plus éminents citoyens de cette ville. Brosser un tableau crédible de leurs méfaits prendrait beaucoup trop de temps.

Et du temps, il n'en avait pas.

Bryan poussa un soupir. Il n'était pas naïf. Partout, la police se soumet aux règles tacites de la communauté qu'elle encadre. Ces hommes dont l'ombre pesait sur lui n'étaient pas n'importe qui à Fribourg. L'arme munie d'un silencieux qu'il portait à la ceinture et Lankau ligoté dans son fauteuil n'allaient pas non plus plaider en sa faveur. Le bourreau passerait pour la victime et vice versa. Au moment où les forces de l'ordre accepteraient peut-être de lui venir en aide, les autres auraient sans nul doute disparu depuis longtemps, après avoir pris les dispositions nécessaires.

Pour la troisième fois en deux jours, il se retrouva sur le trottoir, le nez levé vers l'appartement de Luisenstrasse. Comme le reste de l'immeuble, il était plongé dans l'obscurité. Bryan craignit d'être venu pour rien. Il resta une minute, au même endroit que le matin même, à observer attentivement les rectangles noirs des fenêtres au deuxième étage.

Un nouveau détail attira son attention. Une absence de symétrie. La banalité du décor qu'il avait contemplé le matin avait été dérangée. À toutes les fenêtres, à l'exception d'une seule, trois pots de fleurs ornaient l'appui intérieur, encadrés par d'épais rideaux. Plus il la regardait, plus cette fenêtre lui semblait chamboulée, alors que rien ou presque ne la distinguait des autres. Mais alors qu'à chacune on pouvait observer un géranium rouge puis un blanc et à nouveau un rouge, celle-là était décorée par deux fleurs rouges côte à côte, la troisième étant posée toute seule un peu plus loin. Bryan était perplexe. Il n'arrivait pas à s'expliquer ce désordre apparent.

Peter Stich, l'homme qui depuis trente ans dictait aux deux autres simulateurs chaque lieu où ils devaient se rendre et ce qu'ils devaient y faire. C'était certainement lui qui avait envoyé Lankau sur le Schlossberg pour le tuer. Les simulateurs n'avaient pas oublié leurs anciennes fonctions et ils n'avaient jamais perdu leur instinct meurtrier.

En débarquant tout à coup, comme il l'avait fait, il avait inquiété Kröner et Stich. Peut-être les deux hommes avaient-ils peur de lui. S'ils découvraient que Laureen était sa femme, ils allaient lui faire du mal.

Lankau était son prisonnier, mais Kröner était encore en liberté et il était capable du pire. Si tendre qu'il se soit montré avec son petit garçon, il restait un assassin. Sur leur terrain, Bryan était vulnérable. Eux connaissaient chaque rue et chaque impasse de la ville. Ils étaient deux contre un, sans doute parfaitement préparés et sûrement armés. Kröner et Stich devaient être au courant que le guet-apens de Lankau avait échoué puisqu'il avait croisé le deuxième devant la maison du premier.

Stich réfléchissait sans doute au coup suivant. Dans quelques heures, Bryan traverserait le Stadtgarten pour se rendre dans une rue appelée Längenhardstrasse. Le vieil homme avait pris soin de bien lui expliquer l'itinéraire à suivre.

S'il suivait ses consignes, il avait intérêt à faire très attention.

Avait-il le choix ? Sauf erreur, Stich pouvait le conduire à Laureen.

Bryan leva de nouveau les yeux vers les fenêtres de l'appartement. Une idée venait de lui traverser la tête. Actuellement, la balle était dans le camp des simulateurs, mais qui sait s'il ne se trouvait pas dans cet appartement quelque indice susceptible de réduire son handicap.

Il traversa la rue et sonna à l'interphone. Aucune lumière ne s'alluma au deuxième étage. Il reprit sa surveillance. Manifestement, il n'y avait personne. Ils étaient peut-être en train de se mettre en place pour la phase suivante.

Stich habitait dans un quartier assez proche du centre-ville. La rue Holzmarkt et les rues perpendiculaires à celle-ci étaient encore très animées en ce début de soirée et de week-end. Les boutiques étaient fermées, mais les gens commençaient à sortir de chez eux pour aller dîner.

Bryan jeta un coup d'œil alentour. Tant d'inconnus. Heureux et impatients d'aller s'amuser. Vingt minutes plus tard, il était seul sur le trottoir.

La porte de service était verrouillée. Bryan secoua la poignée et écouta. Rien ne bougea. Du côté droit de la cage d'escalier, les fenêtres étaient toutes munies de rideaux blancs, à mi-hauteur. Bryan se hissa sur la pointe des pieds et essaya de regarder au-dessus d'un rideau, au rez-de-chaussée. Bien qu'il fasse trop sombre pour y voir, il jugea qu'il devait s'agir d'une cuisine.

Il leva les yeux.

La gouttière avait l'air solide et s'élevait entre les fenêtres de la cage d'escalier et celles des cuisines. Il s'y accrocha. Revit en pensée le toit de l'Unité Alphabet.

La descente offrait une bonne prise. Elle était sèche et solide. Il commença son ascension, s'élançant depuis le sol d'un saut énergique.

Il dut vite se rendre à l'évidence. Il était plus lourd que la dernière fois qu'il s'était prêté à ce genre d'exercice. C'était tout juste s'il avait la force de se hisser.

Il faillit se décourager avant d'atteindre l'entresol. Son cœur battait à se rompre et il avait mal aux orteils. Chaque étage avait au moins trois mètres de hauteur. Il avait encore un sérieux effort à fournir.

En arrivant au deuxième, il ne sentait plus ses doigts. Alors qu'il se penchait pour atteindre la fenêtre de la cuisine, il entendit craquer l'un des colliers qui retenaient la gouttière au-dessus de sa tête. Il appuya sur le carreau du bas. Le craquement recommençait chaque fois qu'il mettait de la pression sur la vitre. À la sixième tentative, le collier céda, projetant une pluie de poussière de ciment sur sa figure. Il n'avait plus de temps à perdre. Il changea sa prise, de manière à libérer sa main gauche, placée du côté de l'escalier de service. Le cadre de la fenêtre était pourri et friable et légèrement en contrebas par rapport à l'endroit où il se trouvait. Avec le plat de la main, il pressa plus énergiquement. La vitre céda et alla se fracasser sur le plancher à l'intérieur.

Il ouvrit la fenêtre et se laissa tomber sur le palier.

Il gravit les quelques marches conduisant au palier du dessus, longeant le mur, et s'arrêta un instant avant de saisir prudemment la poignée de la porte. Fermée à clé. Il la poussa doucement avec le pied, du côté opposé aux gonds. Sentit qu'elle se désolidarisait légèrement du cadre. Il appuya très fort à l'endroit du verrou, où la résistance était plus importante. Par chance, il n'y en avait qu'un. Bryan en éprouva encore la résistance. Il avait souvent vu faire cela au cinéma.

Il fallait qu'il donne un grand coup de pied dans le bas de la porte tout en abaissant la poignée et en la poussant aussi fort que possible. Après quoi, il n'aurait plus qu'à se laisser tomber en avant dans une pièce inconnue.

Ce n'était pas plus difficile que cela. Il frémit à l'idée de ce qu'il était sur le point de faire.

Une seconde plus tard, Bryan se tordait de douleur sur le plancher… du palier. Son gros orteil lui faisait un mal de chien, il était probablement cassé. L'intervention n'avait pas fait autant de bruit que prévu et la porte était toujours fermée.

Il se releva avec difficulté et poussa le bas de la porte avec son pied valide à plusieurs reprises. Comme un gosse qui veut faire tomber une dent qui bouge.

Et la porte finit par s'ouvrir, bien gentiment, lui offrant une vue dégagée sur une pièce obscure.

La cuisine dégageait une prégnante odeur de moisi.

Il alluma le néon au plafond et la lumière froide l'aveugla un instant. La cuisine était une réminiscence du passé avec ses assiettes rangées à la verticale sur un vaisselier en bois sombre, ses murs verts fanés, ses ustensiles en émail et son épais plan de travail en bois, rayé et usé comme un billot de boucher. Un pot de beurre et un rouleau de biscuits étaient encore posés sur la table. Bryan traversa la pièce en quelques enjambées et ressortit dans un couloir sombre où il chercha l'interrupteur à tâtons.

Apparemment, il ne fonctionnait pas. Il eut brusquement un sentiment de malaise à être ainsi condamné à rester dans le noir et se colla contre le mur, le pistolet tendu. La lumière du plafonnier de la cuisine éclairait faiblement la pièce suivante, dans laquelle il distingua une table ronde couverte d'une nappe cirée. Et une vieille chaise bancale devant une assiette sur laquelle étaient posés quatre biscuits.

Bryan déglutit plusieurs fois, la bouche sèche. On avait l'impression que cet endroit s'était soudain figé dans le temps. La place à table abandonnée, la lumière qui ne fonctionnait pas, tout cela était de mauvais augure. Bryan essuya la sueur sur son front et tomba lentement à genoux. Dans cette position, il passa une main dans la pièce suivante par l'entrebâillement de la porte. Après avoir cherché un peu, ses doigts rencontrèrent l'interrupteur en bakélite. Le cliquetis mécanique résonna normalement, mais la lumière ne s'alluma pas.

Sans réfléchir, il ouvrit grand la porte, se releva et se trouva dans le faisceau de l'éclairage urbain ; il plongea au sol de nouveau.

La porte à double battant de la pièce suivante était ouverte, et il entra résolument. À un mètre à l'intérieur du grand salon, il trébucha sur quelque chose de mou.

Il regarda nerveusement autour de lui, essayant de situer son adversaire. Quand il se fut assuré que rien ne bougeait, Bryan regarda sur le côté et se trouva nez à nez avec une femme morte aux yeux grands ouverts.

Il mit près de cinq minutes à se remettre du choc. Les deux corps reposaient, sans vie, sur le sol. Il ne connaissait pas la femme, mais l'homme auquel elle s'accrochait d'une main crispée était l'Homme aux yeux rouges, Peter Stich. Lui aussi était mort. Encore tiède, mais bien mort.

Malgré la pénombre, il ne pouvait pas s'y tromper. Leurs visages étaient encore tordus par les crampes et leurs yeux cireux aussi opaques que la membrane d'un œuf pas frais.

Le vieillard serrait encore entre ses mains le fil de lampe qui l'avait tué. C'était pour ça que la lumière n'avait pas fonctionné. Bryan eut la nausée en regardant les deux fils.

Un rai blanc de chair morte barrait les lèvres du cadavre. La fin de Stich avait été à l'image de ce que l'homme avait été durant son existence, abominable.

Et il avait emmené sa pauvre femme avec lui dans la mort.

58

En arrivant à la ferme, Bryan décida de laisser la BMW au bord de la nationale. Il valait mieux ne prendre aucun risque. Il avait vécu trop de choses durant cette dernière heure.

Et il n'avait pas avancé.

Laureen et Petra s'étaient volatilisées.

Lors de sa visite prudente de l'appartement de Stich, il avait fait de nombreuses découvertes morbides. Malgré la faible lumière de la flamme de son briquet, les preuves de la véritable nature du propriétaire lui avaient sauté aux yeux. Tiroir après tiroir, étagère après étagère, pièce après pièce, tout lui avait montré que le vieil homme n'avait jamais cessé de revivre son passé macabre. Partout des photos de cadavres, des armes, des médailles et des drapeaux.

Bryan avait quitté l'appartement de Peter Stich sans rencontrer personne. Depuis Luisenstrasse, il avait pris résolument la direction du petit palais de Kröner, devant lequel il avait déjà par deux fois eu l'occasion de faire le guet. Il espérait que cette fois serait la dernière.

Devant la demeure du Grêlé, il avait failli perdre courage. Le jardin était aussi sombre que l'intérieur d'une grotte et seule une petite lampe au premier étage témoignait d'une présence.

Sans elle, la maison aurait eu l'air morte.

Après avoir sonné plusieurs fois, il était retourné dans l'allée ramasser un petit caillou avec lequel il avait visé la fenêtre éclairée. Le bruit sur la vitre n'avait duré qu'une fraction de seconde, alors il en avait lancé d'autres. Pour finir, il s'était mis à bombarder toutes les fenêtres, les graviers ricochant sur la pelouse.

Avant de réaliser à quel point ce qu'il était en train de faire était stupide.

Bryan jeta un coup d'œil par la vitre. La lune n'était pas levée. La vigne était invisible dans l'obscurité.

Dès son arrivée, Bryan avait remarqué qu'il n'y avait pas de lumière dans la cour. Quand il avait éteint ses phares, tout était devenu noir.

Après avoir marché deux cents mètres au bord de la route, il traversa à tâtons le fossé et continua son chemin entre les pieds de vigne. À l'abri du premier rang, il put contourner la maison de maître et s'approcher suffisamment du pignon pour pouvoir inspecter par une fenêtre le salon dans lequel il avait laissé Lankau ligoté à sa chaise.

La pièce était sombre et silencieuse.

Bryan resta un long moment l'oreille tendue. Rien ne laissait à penser que Kröner l'avait devancé ici. Il n'entendait que les cris rauques des oiseaux qui avaient si souvent accompagné ses promenades nocturnes à Douvres. La propriété viticole était leur domaine.

Il leva les yeux vers le ciel obscur puis, le dos courbé, il courut sur les vingt derniers mètres qui le séparaient de la première dépendance.

59

Cette fois, Lankau ne se laisserait pas surprendre. Après avoir laissé Petra attachée au pressoir, il s'était installé près de la fenêtre dans la salle de chasse pour scruter l'obscurité. À un moment, la femme ligotée avait piqué une crise d'hystérie. Elle s'était réveillée en sursaut et avait regardé autour d'elle dans le noir, complètement désorientée. Quand elle avait compris qu'elle était prisonnière, elle avait tiré sur ses liens et poussé des grognements derrière son bâillon. Lankau était sorti de son coin et aussitôt elle s'était tue, comme par enchantement. Ses yeux exprimaient l'étonnement plus que la peur. « On n'est pas si muette que cela, alors », lui chuchota Lankau à l'oreille. Elle recula la tête, dégoûtée, tandis qu'il tripotait le foulard qui lui sciait les commissures des lèvres. « On est muette, ou on n'est pas muette ? essaya-t-il à nouveau, en anglais. Eh oui, vous êtes toute seule, dit-il dans les deux langues successivement. La petite Petra n'est plus là. Elle vous manque ? » Lankau éclata de rire. Mais la femme ne réagit pas.

« Vous voulez bien me faire entendre votre voix, chère Laura ? dit-il en s'accroupissant à ses pieds. Et si on poussait un petit cri, par exemple ? » Il leva le poing et frappa. Le cri vint, mais pas un mot ne lui succéda.

« Je parie que je réussirai à vous faire parler », susurra-t-il, se relevant pour la regarder de haut, sûr de son fait. Le disjoncteur commandant l'alimentation électrique de la grange et du pressoir se trouvait dans l'arrière-cuisine. Il lui suffirait d'expliquer à la femme ce qui allait arriver à Petra s'il le relevait pour qu'elle se mette à parler. Si elle en était capable.

Il resserra le bâillon et retourna s'asseoir à son poste d'observation près de la fenêtre.

Il repéra Arno von der Leyen dès qu'il sortit de la BMW. Voir courir cet homme traqué, penché en avant, le réjouit et l'excita. Il tâtonna le long du rebord de la fenêtre, sans quitter son ennemi des yeux. Après avoir refermé la main sur le manche du couteau qui attendait depuis des heures, à côté d'un trognon de pomme, il se retourna vers sa prisonnière, réfléchit quelques secondes au sort qu'il allait lui réserver et décida finalement de la laisser en vie pour le moment. Un coup à la gorge, au-dessus de la clavicule, et elle retomba inanimée sur son siège.

Pendant un long moment, Lankau ne revit plus la silhouette se déplacer dans l'obscurité, sans doute parce qu'elle était dissimulée par les pieds de vigne. Il s'écarta de la fenêtre.

Bien que le temps soit sec, la cour semblait humide. Bryan foulait avec prudence les pavés et il faillit plusieurs fois glisser sur leur surface moussue. Il était inquiet à l'idée d'entrer dans la maison sans comprendre au préalable pourquoi la lumière extérieure était éteinte. Malgré le pistolet dans sa main dont il avait retiré la sécurité, il ne se sentait pas rassuré. Depuis qu'il était entré dans l'appartement de Stich, il était constamment dans le noir.

Et il en avait assez.

Dès le premier pas qu'il fit dans le vestibule, il éprouva un sentiment de familiarité. Avant d'avoir eu le temps de réaliser de quoi il s'agissait, il sentit une lame s'enfoncer profondément dans son flanc. Alors qu'il s'affalait sur le sol de la grande pièce, en état de choc, la sensation revint. Plus prégnante.

Son adversaire le désarma d'un coup de pied et alluma la lumière.

Bryan devina plus qu'il ne vit l'imposante masse de Lankau au-dessus de lui. La lumière du plafonnier lui faisait une auréole autour de la tête. Bryan était aveuglé. Il roula instinctivement sur le côté et alla cogner contre un morceau de bois qu'il saisit et lança de toutes ses forces à la tête de Lankau.

Le résultat dépassa toutes ses espérances. Son agresseur s'écroula avec un rugissement de douleur.

Bryan se remit avec difficulté sur son séant et rampa pour se caler contre le mur. À présent, il voyait la pièce dans tous ses détails. Lankau, couché par terre, le regardait avec férocité. Il tenait encore le couteau, mais il n'était pas prêt à reprendre le combat, et pour cause. Une plaie lui barrait la racine du nez, dévoilant un morceau de cartilage bleuté.

Bryan prit conscience d'une douleur intense et pivota la tête pour se faire une idée de la blessure. Il avait été poignardé sous la troisième côte. Trois centimètres de plus, le coup lui aurait perforé le poumon. Cinq centimètres, il serait mort.

La blessure saignait peu, mais elle gênait les mouvements de son bras gauche.

Alors qu'il venait de s'apercevoir de ce handicap, Lankau commença à ramper vers lui. Bryan empoigna un deuxième morceau de bois semblable à celui qu'il venait d'utiliser. Quand Lankau plongea sur lui, le couteau en avant, il arrêta son geste à mi-course en faisant voler couteau et morceau de bois qui allèrent ricocher contre le mur.

« Salaud ! » gueula Lankau, hissant péniblement sur un genou son corps énorme. Ils se jaugèrent, à un mètre l'un de l'autre, le souffle court.

« Tu ne le trouveras pas ! » dit Lankau en voyant Arno von der Leyen chercher des yeux le Kenju. Il ne pouvait pas être loin. Le regard de Bryan s'arrêta brusquement sur un briquet qu'il avait offert à sa femme deux mois auparavant. Il se figea. Un par un, les objets de Laureen lui apparurent, éparpillés sur le plancher rustique. Il tourna la tête, et eut un terrible choc en apercevant deux jambes ligotées au pied d'une chaise. Aussitôt, il comprit l'intuition qu'il avait eue en entrant. Une sensation olfactive qui aurait dû l'alerter. L'effluve puissant du parfum que Laureen portait depuis bientôt dix ans.

Le parfum qu'il lui avait offert.

Un cri de détresse mourut sur ses lèvres.

Profitant de la seconde d'inattention où les yeux d'Arno von der Leyen cherchèrent à croiser le regard de sa femme à moitié évanouie, Lankau se jeta sur lui avec une puissance colossale.

Son visage n'exprimait plus que la rage de faire mal. Les deux mains de Bryan ne suffiraient pas à le défendre contre ce char d'assaut. Il devait intercepter les poings, bloquer la lame du poignard, éviter les coups de pied et de genou.

Bryan réussit à dégager un bras et à saisir les testicules du colosse, mais Lankau roula sur le côté et parvint à le repousser.

Assis à deux mètres l'un de l'autre, ils reprirent leur souffle en évaluant leurs options. Un homme qui avait tout appris sur l'art de tuer et un médecin entre deux âges qui savait d'expérience que la chance était quantité négligeable. Ils n'avaient pas les mêmes perspectives. Lankau était en quête de n'importe quel objet susceptible de devenir une arme, tandis que Bryan cherchait désespérément la trace du Kenju.

Lankau trouva le premier. Bryan n'eut pas le temps de le voir lancer le petit guéridon que déjà, il percutait sa clavicule, lui coupant le souffle. Presque simultanément, son adversaire lui sauta dessus, comme s'il lui était soudain poussé des ailes.

Tandis qu'un bras de Lankau lui enserrait la taille, l'autre cherchait sa nuque. La pression ne fut pas loin de lui briser les cervicales. Puis Lankau se releva et il propulsa Bryan avec une force surhumaine contre le mur couvert de trophées. Les plus récents étaient à hauteur d'homme. Les bois pointus déchirèrent l'étoffe de la veste de Bryan comme s'il s'était agi d'un vieux chiffon moisi.

Laureen hurla et Bryan tourna la tête pour voir toute la masse de Lankau lui tomber dessus. Douleur ou intuition, Bryan eut le réflexe de lever les bras et ses mains trouvèrent un autre trophée auquel elles s'agrippèrent.

Alors que ses doigts se refermaient sur les merrains des bois, il sentit le sang chaud couler dans son dos. De toutes ses forces, il arracha le trophée et frappa avec une telle violence que deux andouillers se plantèrent profondément dans la nuque puissante de Lankau. Le géant recula brusquement avec une expression étonnée, les bois en auréole au-dessus de sa tête.

Lankau trébucha sur quelques mètres avec le tangage caractéristique qui précède la perte de connaissance. Voyant qu'il s'approchait de Laureen en marche arrière, Bryan comprit qu'il avait encore un atout dans sa manche.

Avant que Bryan ait eu le temps de réagir, le gros homme avait contourné la chaise et il s'appuyait au dossier, son bras enroulé autour du cou de Laureen. La façon dont il lui tenait le menton ne laissait aucun doute sur ses intentions. Un seul geste de cette force de la nature et elle était morte.

Respirant bruyamment, Lankau se taisait, sans quitter Bryan des yeux. De sa main libre, il cherchait à arracher le trophée planté dans sa nuque. Simultanément, Bryan se détacha du mur et Lankau tira sur les cors. Leurs hurlements de douleur se confondirent.

« Restez où vous êtes ! aboya Lankau. Un geste et je lui brise le cou ! Allez chercher de la ficelle. Vous savez où elle est !

– Je vais perdre tout mon sang si je ne m'occupe pas d'abord de mes blessures. »

Lankau haussa les sourcils et son œil crevé s'ouvrit légèrement. Ils s'observèrent quelques instants en silence.

L'expression de Laureen fendait le cœur. La prise sous son menton étirait les tendons de son cou comme des cordes. Bryan arracha sa chemise et se fit un pansement provisoire. Lankau souriait en le regardant faire péniblement un bandage sur son torse.

Enfin, Bryan remit son pull-over et alla chercher un morceau de ficelle.

« Je ne vous embaucherais pas comme infirmier, ricana Lankau en portant la main à sa nuque.

– Et maintenant, je suppose que vous voulez que je me ligote tout seul ? rétorqua Bryan.

– Commencez par les pieds, connard ! »

Bryan se baissa avec difficulté. « Vous savez que vous ne vous en tirerez pas comme ça, n'est-ce pas ?

– Qu'est-ce qui m'en empêcherait ?

– On sait que je suis ici. »

Lankau lui jeta un regard ironique. « Ah oui ? Et je suppose que la cavalerie attend dans la cour ? » Il éclata de rire. « Et en ce moment, il y a un type derrière moi avec une arme braquée sur ma nuque ? Vous me prenez vraiment pour un con ?

– J'ai informé le concierge de mon hôtel que je serais ici, ce soir.

– Je vois. » Lankau fit la grimace. « Eh bien, dans ce cas, je vous remercie pour cette information, Herr von der Leyen. Je vais devoir réfléchir à une explication logique à votre départ, pas vrai ? Cela ne devrait pas poser de problème, je ne manque pas d'imagination.

– Je ne m'appelle pas von der Leyen, est-ce que vous allez bientôt faire entrer cela dans votre tête ?

– Parlez un peu moins et attachez vos pieds !

– Vous savez que cette femme est mon épouse ?

– Je sais beaucoup de choses. Je sais qu'elle est sourde. Et muette aussi, sauf quand on la bâillonne, alors là, ça va tout de suite beaucoup mieux. Je sais qu'elle se fait appeler Laura, alors qu'en réalité elle s'appelle Laureen. Qu'elle est de Fribourg mais préfère vivre à Canterbury. Vous n'habiteriez pas Canterbury, vous aussi, par hasard ?

– J'y ai habité toute ma vie, à part quelques mois pendant la guerre où vous savez comme moi où je me trouvais.

– Et tout à coup, vous avez décidé de faire un petit voyage en amoureux à Fribourg-en-Brisgau ? Comme c'est romantique ! » Son sourire disparut et il inspira longuement. « C'est bon, les chevilles sont attachées ? Vous avez bien serré ?

– Oui !

– Alors levez-vous, prenez le reste de la ficelle et approchez-vous de la table. Je vais vérifier que c'est assez serré. Sautez jusqu'à moi en gardant vos mains dans le dos ! »

Lankau éprouva la tension de la ficelle et la jugea suffisante. « Penchez-vous au-dessus de la table ! » Bryan posa la joue sur le plateau. Il craignit que son épaule ne se déboîte quand la brute lui tordit le bras dans le dos.

« Ne bougez pas, je n'hésiterai pas à vous le casser », grogna Lankau en enroulant la ficelle autour du poignet droit de Bryan et de son pouce avant d'en relier l'extrémité à sa ceinture et de tirer très fort. Bryan poussa un hurlement.

« Eh bien, vous faites une jolie paire, tous les deux ! » s'exclama Lankau en retournant Bryan qui sentit le rebord de la table s'enfoncer dans sa blessure. Il serra les dents et ravala ses larmes de douleur. « De vrais tourtereaux ! Sympathiques, et tellement mignons !

– Stich est mort », annonça Bryan à voix basse, tandis que le gros homme attachait également son poignet gauche à sa ceinture, devant, cette fois.

Lankau s'interrompit. On aurait dit qu'il hésitait à le frapper. « Vous n'allez pas bientôt fermer votre gueule, sale con ? Vous en avez d'autres, des nouvelles de ce genre ?

– J'ai trouvé son cadavre et celui d'une femme dans l'appartement de Luisenstrasse il y a un peu plus d'une heure. Ils étaient encore chauds. » Bryan ferma les yeux quand Lankau amorça son geste. Le coup fut net et brutal. Son adversaire le poussa devant lui et le jeta aux pieds de Laureen.

« Laissez-moi vous regarder. » Il mit la main sur sa nuque, frotta un peu, puis retira son bâillon à Laureen qui se mit à pleurer.

« Pardon, Bryan ! sanglota-t-elle, les larmes coulant sur ses joues. Je suis désolée ! Tellement désolée !

– Vous avez entendu, je vous l'avais dit ! » Lankau fut pris d'une quinte de toux tellement il riait. « Elle parle drôlement bien l'anglais pour une sourde-muette allemande. » Laureen continua à parler et il alla s'asseoir au fond de la pièce pour reprendre son souffle en écoutant distraitement leur dialogue tendre et désespéré.

Bryan pencha la tête pour caresser le genou de son épouse avec sa joue. Elle leva les yeux au plafond pour retenir ses larmes, murmurant des excuses, sourde aux paroles apaisantes de son mari. La respiration du géant était presque inaudible à présent. Le calme avant la tempête, songeait Bryan, regardant Laureen avec une immense tendresse. Il ne se faisait aucune illusion. C'était l'heure des adieux. À la douceur de la voix de Laureen et à sa soudaine quiétude, il sut qu'elle aussi l'avait compris. Ils allaient mourir.

« C'est terminé, mes chers amis ! » déclara soudain Lankau, se levant et frappant dans ses mains.

Bryan se retourna. Ses yeux étaient aussi humides que ceux de Laureen. « Ma femme et moi ne vous voulons aucun mal. Je suis venu uniquement parce que je voulais retrouver la trace de Gerhart Peuckert. Il était mon ami. C'était un Anglais, comme nous. Quant à mon épouse, elle m'a suivi à Fribourg. Je vous assure que je n'en savais rien. Elle n'a rien fait de mal. Si vous nous libérez, nous vous aiderons.

– Vous ne lâchez jamais, vous, hein ? » Lankau secoua la tête, découvrant dans un sourire sardonique ses dents jaunies. « Vous voulez m'aider, moi ? Vous êtes pitoyable, mon pauvre ami !

– Lorsqu'ils découvriront Stich, ils trouveront des indices qui les conduiront jusqu'à vous. Vous serez interrogé. On creusera dans ses affaires. Et vous savez comme moi ce qu'on y trouvera. Peut-être feriez-vous mieux de disparaître, votre famille et vous. Loin d'ici. Très loin, même. Nous pourrions vous aider à partir. » Bryan vit que le doute commençait à s'insinuer en Lankau. « Êtes-vous absolument sûr que Stich n'a rien gardé qui puisse vous faire du tort ? insista-t-il.

– Vous allez la fermer, oui ? » rugit Face de lune en bondissant de son fauteuil. Il vint assener un coup de pied à Bryan, qui lui fit faire un demi-tour sur lui-même.

Quand il se trouva de nouveau face à Laureen, il remarqua son expression figée. Elle avait le souffle court, regardait ailleurs, tentait de contrôler sa respiration, les yeux exorbités. Bryan la connaissait assez pour savoir que ce n'était pas seulement de la peur.

Il essaya en vain de comprendre les phrases inaudibles qu'elle murmurait. Elle se mordit la lèvre, puis tourna la tête, comme agacée, et baissa les yeux plusieurs fois de suite.

Bryan sentit sa tension quand Lankau fit mine d'approcher. « Je regrette, Laureen, lança-t-il. J'aurais dû tout te dire. Sur l'hôpital à Fribourg, sur James et… » Elle secoua énergiquement la tête et il s'interrompit. Il faisait fausse route. Elle frappa ses genoux l'un contre l'autre et par réflexe, Bryan baissa les yeux. Elle écarta légèrement ses genoux et, sur le plancher, à moins de cinquante centimètres derrière ses pieds entravés, il aperçut le Kenju.

Lankau était maintenant dans son dos. Bryan se retourna et il le regarda avec arrogance. « Vous allez finir comme votre ami Stich, gros lard. Et ce sera tant pis pour vous, puisque vous ne voulez pas écouter la voix de la raison ! » Son crachat n'atteignit pas sa cible et lui coula sur le menton. Mais l'intention y était. Lankau réagit par un nouveau coup de pied, faisant bouler Bryan contre les tibias de Laureen.

Comme il l'avait prévu.

Discrètement, couché aux pieds de son épouse, haletant pour reprendre son souffle, de sa main droite attachée dans son dos, Bryan ramena à lui le pistolet.

« Je ne crois pas un mot de ce que vous me dites, von der Leyen, dit le gros homme en touchant la racine de son nez, où le sang étais en train de coaguler. Il est possible que vous vous fassiez maintenant appeler Underwood Scott. Vous ne seriez pas le seul à avoir changé d'identité après la guerre. N'empêche que vous avez été Arno von der Leyen et qu'en ce qui me concerne, vous l'êtes toujours. Je me demande ce que je vais faire de vous. Nous n'avons pas droit à l'erreur, vous comprenez ?

– Nous ? Vous ne pensez tout de même pas que nous allons vous aider à nous tuer ? » Bryan s'allongea un peu plus, gémit et grimaça de douleur. Se coucha complètement sur le côté. Le Kenju se trouvait à présent sous son coude gauche.

Le visage de Lankau était impénétrable, sombre et pensif. « Admettons que quelqu'un sache que vous êtes venu ici ce soir ? Vous mentez probablement là-dessus comme vous mentez sur tout le reste, mais admettons. Qu'est-ce que j'ai intérêt à faire ? Vous briser le cou ? Et la grande asperge, là ? Je la mets dans le pressoir, avec Petra ? Est-ce que votre concierge sait qu'elle est ici, elle aussi ? Ça m'étonnerait beaucoup ! »

Bryan était en train d'essayer de retrouver des sensations dans sa main gauche. Pour l'instant, elle était totalement ankylosée. Lorsqu'il aurait réussi à saisir l'arme, il n'aurait qu'une seule chance. Il ne devait pas la gaspiller.

« Vous avez dit que Petra était où ? » s'enquit brusquement Laureen, à la surprise générale. Elle était calme et, en posant cette question, elle regarda Lankau en face pour la première fois.

« Ah ! Enfin ! J'ai bien cru que vous n'alliez jamais me le demander. Je trouvais bizarre que cela ne vous inquiète pas, sachant que vous étiez tellement amies. Des amies d'enfance, c'est bien ça ?

– Je ne l'avais jamais vue de ma vie avant aujourd'hui. Où est-elle ?

– Écoutez, je crois qu'une telle honnêteté mérite d'être récompensée. Vous serez bientôt réunies, si j'ose m'exprimer ainsi. En un sens un peu spécial et plus propre que figuré, mais il faut savoir ce qu'on veut.

– De quoi est-ce que vous parlez ? gueula Bryan avant de partir brusquement dans une quinte de toux qui le secoua des pieds à la tête et durant laquelle il remua frénétiquement ses doigts.

– Dans l'arrière-cuisine se trouve un disjoncteur. Je l'ai coupé. Vous avez peut-être remarqué en arrivant que l'éclairage extérieur était éteint alors qu'il était allumé quand vous m'avez laissé ici, ligoté à ce fauteuil. »

Bryan l'écoutait attentivement. « Et alors ?

– Et alors, ce disjoncteur commande également le courant du garage, du chai et du pressoir qui se trouve à l'intérieur.

– Espèce d'ordure ! » s'écria Laureen. Elle se jeta en avant comme si elle voulait attaquer Lankau. Ses yeux lançaient des éclairs. « Vous voulez dire que Petra... ! » Puis elle se mit à sangloter.

« Non, pas encore. Mais si j'actionne ce disjoncteur... » Son visage s'assombrit. « Malheureusement, cela devra attendre un peu car je n'en ai pas tout à fait fini avec elle. Enfin, chaque chose en son temps. »

« Laureen, calme-toi. » Bryan pencha la tête et il lui caressa les jambes avec son front pour la réconforter. « Cela n'arrivera pas, je te le promets. Tu es venue ici avec elle ?

– Oui.

– Elle n'est pas leur complice ?

– Non ! »

Bryan leva les yeux vers Lankau. Son annulaire gauche était en train de se réveiller. La sensation était infime, mais indéniable. Dans peu de temps, il serait opérationnel. Mais ce temps, c'était à lui de le gagner.

« Que vous a fait Petra pour que vous vouliez l'éliminer, elle aussi ? s'enquit-il.

– Je n'aurai la réponse à cette question qu'après votre disparition, Herr von der Leyen. Vous ne le saurez donc jamais. Problème de *timing*, vous comprenez ? » Il éclata de rire. « Ce n'est pas comme ça qu'on dit, chez vous ? Cela étant, quoi qu'elle ait fait, le résultat sera le même. » Il leur tourna le dos. « J'ai un ami qui a un magnifique chenil à Schwarzach. Je possède trois superbes dobermans que je laisse là-bas. Mauvais chiens de chasse, mais excellents gardiens. Dommage que je ne les aie pas pris ce week-end. Tout aurait été réglé en une seule fois. »

Laureen baissa les yeux. Bryan ne bougeait plus. Elle s'efforça de maîtriser sa respiration. Ce n'était pas le moment de perdre le contrôle de ses nerfs.

« Ça a bon appétit, trois chiens comme ceux-là ! » poursuivait tranquillement Lankau, montrant les dents. « Ils ne devraient pas mettre plus de deux jours à venir à bout d'une petite bonne femme comme Petra Wagner et d'un grand sac d'os comme vous. Et s'ils n'y arrivent pas, ce ne sont pas les congélateurs qui manquent, dans cette maison. »

60

Alors que Gerhart s'apprêtait à quitter la maison de Kröner, on sonna à la porte. Le bruit résonna à ses oreilles avec une puissance diabolique. Il eut du mal à ne pas se mettre à gémir. Sur le perron, pas un bruit. Le visiteur attendait simplement qu'on lui ouvre.

Puis le paradis sonna ses cloches pour lui.

Pendant les quelques secondes où il put se reposer sur les notes rassurantes de la voix de Petra, il recommença à exister. Le cadavre dans la baignoire, à quelques pas de lui, reprit vie et son âme réintégra son corps. Le cauchemar s'éloigna. Les résolutions macabres contenues dans chaque fibre de son être, sa soif de vengeance, sa haine pour ces hommes qui depuis si longtemps lui faisaient subir violences et humiliations, tout s'effaça au son de cette voix.

Cet état de grâce ne dura pas. Il se rappela soudain que la trahison était partout, tapie dans l'ombre. Petra parla de nouveau, et ses mots lui firent l'effet d'un coup de poignard au cœur. Elle s'était exprimée dans l'idiome qui faisait naître en lui douleur et anxiété. Chaque son qui sortait de sa bouche faisait de lui un être vulnérable, écorché. Petra utilisait cette langue oubliée qui exhalait l'haleine fétide du mal. Gerhart inclina la tête et se boucha les oreilles. La voix de l'autre femme était plus aiguë et plus inquiétante. Elle parlait la langue parfaitement, sans aucun filtre. Gerhart resta longtemps ainsi, les mains sur les oreilles, attendant que leurs voix s'éloignent.

L'image de la petite femme blonde qui avait une si grande place dans son cœur devint floue et difforme. Il ne parvenait plus à se souvenir de son sourire. Un vertige le prit et il se laissa glisser contre le mur. Il finit accroupi dans l'entrée, la tête appuyée contre la porte en chêne.

Gerhart voulait rentrer chez lui. Dans l'endroit où on lui donnait à manger et où il pouvait dormir. À la clinique.

Son seul foyer.

Il secoua la tête, pleura doucement. Il n'arrivait pas à chasser de son esprit ce qu'il venait d'entendre. Y avait-il quelqu'un sur cette terre qui soit digne de confiance ? Pourquoi lui voulait-on autant de mal ?

L'abominable brute au large faciès qui l'avait maltraité était encore de ce monde. À présent que Kröner n'était plus là pour désamorcer ses agressions, il allait pouvoir lui faire tout ce qu'il voudrait. Gerhart connaissait si bien son regard, éternellement à l'affût, brillant de mauvaises intentions. Cet homme était un démon qui tyrannisait tout le monde autour de lui. Tout le monde, sauf Kröner et Stich. Et ils étaient morts tous les deux.

Ils l'avaient bien mérité.

Gerhart faillit se mettre à compter les chevrons du parquet, mais il s'arrêta. Il ne regrettait rien.

Il se releva et entreprit de bander ses muscles, l'un après l'autre. Il devait se tenir prêt. Pour affronter Lankau et l'autre aussi, celui qui était revenu. Pour le moment, il ne voulait penser ni à Petra ni à la femme qui l'accompagnait. Il s'en occuperait plus tard.

D'abord, Lankau, ensuite, Arno von der Leyen. Le premier le mènerait au second. C'était aussi simple que cela. Tant que ces deux-là seraient vivants, il n'aurait pas la paix. Et la paix était la seule chose à laquelle il aspirait. Comme avant. Tant qu'ils seraient en vie, ils continueraient à venir le chercher et à le martyriser. Ils le frapperaient et l'obligeraient à se rappeler le passé.

Il ne pouvait pas les laisser faire ça.

Dans le passé ne se cachait que de la souffrance.

Gerhart cessa ses exercices et décontracta ses épaules. Dans le salon si raffiné de Kröner, la pendule marine sonnait l'heure. Il était temps de partir.

Lankau était dans sa propriété à la campagne. C'était la dernière chose que Kröner avait dite avant de mourir. La ferme était en dehors de la ville. Dans les vignes.

Il y avait longtemps que Gerhart n'avait pas marché aussi longtemps. Il n'était pas fatigué, mais la solitude était une compagne lourde à porter. D'aussi loin qu'il s'en souvienne, elle ne l'avait jamais quitté.

Au-dessus de sa tête, la Voie lactée s'était depuis longtemps posée sur le ciel comme une couverture. Le brouillard et la nuit ne le dérangeaient pas. La lune baignait le paysage dans une lumière douce. De la terre montait une odeur puissante. Les vendanges étaient pour bientôt.

S'ils avaient été là, Stich et Kröner auraient chanté.

Gerhart écoutait le bruit de ses semelles sur la route. Il était en marche. Il avait passé le point de non-retour. À chacun de ses pas, sa haine pour les deux hommes grandissait. Il remonta le col de son anorak.

Quand Arno von der Leyen s'était évadé, il avait ressenti une grande peine. Mais avec les années, sa peine avait disparu. Il était revenu et il avait libéré cette peine. Pour cette raison, il devait le haïr.

Sans lui, tout serait encore comme avant.

Et l'image de Petra serait toujours claire dans sa tête.

Il y avait de la lumière partout dans la maison comme s'il y avait une fête. Gerhart s'arrêta un instant.

Dans le premier virage de l'allée, il se jeta dans un fossé et se mit à ramper. Il était déjà arrivé par le passé que Lankau s'amuse à lâcher les chiens dehors, au moment où ses invités s'en allaient. Il se plantait au milieu de la cour, les mains sur les hanches, et faisait ramper les chiens à ses pieds, pendant que ses invités se hâtaient de rejoindre leurs voitures, mesurant leurs pas pour ne pas avoir l'air de fuir.

Quand il jouait à ce jeu-là, il avait le plus grand mal à cacher sa jubilation.

Mais il n'y avait pas de fête chez Lankau. Au contraire, il n'y avait pas un bruit. On n'entendait même plus de voitures sur la nationale. Gerhart siffla. Les sons aigus et soudains avaient le pouvoir de rendre les chiens hystériques et de lancer le plus gros d'entre eux, un monstre cruel, dans un concert d'aboiements. À la deuxième tentative, il fut convaincu que les chiens n'étaient pas là.

Le fossé conduisait derrière le chai. Gerhart parcourut les derniers mètres à plat ventre dans l'herbe humide et il jeta un coup d'œil dans la cour déserte. D'habitude, elle était éclairée. Elle aurait dû l'être. Gerhart comprit qu'il se passait quelque chose d'anormal. La lumière extérieure était toujours allumée quand il y avait quelqu'un dans la maison. L'inquiétude l'envahit.

Il ne fallait jamais ignorer les signaux envoyés par Lankau.

L'éclairage venant du cellier luisait, pâle et mat sur les pavés. Il n'y avait aucune voiture garée nulle part. Pas même celle de Lankau.

Gerhart se releva avec précaution et regarda soigneusement autour de lui. Quelqu'un pouvait parfaitement se dissimuler derrière les petites fenêtres carrées des différentes pièces de la maison. D'un pas vif, il atteignit la demi-porte de la remise.

Il y était souvent venu. Par rapport à l'atelier bien rangé qu'on l'obligeait à fréquenter à la clinique pour y pratiquer diverses activités thérapeutiques, cet endroit était une caverne d'Ali Baba désordonnée, un capharnaüm d'objets, d'outils de jardin et de bricolage et de débris de toutes sortes. Un couteau à manche court, dont la lame avait été si souvent affûtée qu'il n'en restait presque plus rien, était en général suspendu à un fil derrière la porte.

Il était toujours extrêmement tranchant. Gerhart s'appuya à une poutre et palpa le fil du couteau. Il se concentra sur sa respiration. Les contours des objets avaient recommencé à se déformer.

Il disposait d'une arme bien plus efficace que ce couteau, l'effet de surprise. Quand il entrerait chez Lankau, il serait calme et posé. Le tas de viande se croirait supérieur et en sécurité, et Gerhart le laisserait aborder lui-même le sujet d'Arno von der Leyen.

Et là seulement, il parlerait, comme s'il n'avait jamais cessé. Il était certain d'y arriver. Les mots lui venaient à présent, presque sans hésitation. Il avait l'esprit clair. Les psychotropes ne faisaient plus écran à ses pensées.

Pour finir, il agacerait Lankau jusqu'à le mener à l'état où il était le plus vulnérable. Là où sa nature profonde s'exprimait sans masque. Là où il le haïrait le plus. Et c'est à ce moment-là qu'il frapperait. Il trouverait un moyen. N'utiliserait le couteau qu'en dernier recours. Gerhart recommença ses exercices musculaires et il respira si profondément que le parfum lointain d'anciennes vendanges éveilla ses sens.

Tout à coup, aussi ténu que le bruit d'un rat courant sur la terre battue, il entendit un son dans l'obscurité. Un gémissement humain. Gerhart serra le manche du couteau. Est-ce qu'il avait manqué quelque chose ? Est-ce que Lankau l'attendait dans le noir ? Il ne fit plus qu'un avec la poutre et son regard scruta chaque recoin.

La deuxième fois qu'il entendit le bruit, il sut d'où il venait. La porte du chai attenant était mal fermée. En période de vendange, une telle erreur eût été impensable.

Gerhart entra, vit le pressoir se découper dans la pénombre et la silhouette blanche allongée sur la vis sans fin, fixant sur lui un regard terrorisé et suppliant. En le reconnaissant, la peur disparut aussitôt des yeux de Petra.

Gerhart resta immobile.

61

Lankau s'approcha de Bryan toujours roulé en boule sur le sol. Derrière lui, Laureen était assise, bouleversée et muette, paralysée par la peur.

Le gros homme dégagea du pied les débris du fauteuil qui avaient servi de projectiles dans le feu du combat. Bryan bascula la nuque en arrière et nota la présence de plusieurs peaux de bête tendues sur le mur derrière lui. Entre les peaux, une poignée se confondait avec la couleur du mur. Lorsque Lankau l'actionna, un souffle d'air frais venant du dehors suivit le déclic du mécanisme. Cette soudaine bouffée d'air pur donna le vertige à Bryan. La double porte invisible s'ouvrit sur la lune montant doucement dans le ciel nocturne.

Lankau appuya sur un interrupteur. Baignée de lumière, la propriété de Horst Lankau apparut dans son ensemble.

Bryan sentait qu'il avait une bonne prise sur le Kenju, à présent. Il allait devoir se tourner puis se redresser pour avoir une chance de toucher sa cible. Il était presque impossible d'effectuer un tir précis à un angle aussi aigu, la main bloquée à hauteur de la hanche. Bryan se tourna silencieusement vers la terrasse et attendit que Lankau recule, une fois qu'il aurait terminé de contempler avec orgueil ses installations. Laureen avait pratiquement cessé de respirer.

Quand Lankau revint en marche arrière dans la pièce, il se trouvait à une distance de moins de quatre mètres. Le coup partit alors qu'il se retournait.

Le bruit que fit la balle en se fichant avec un bruit mat dans le colombage à quelques centimètres de son oreille lui fit tourner la tête avec étonnement.

Quand Bryan tira le deuxième coup, Lankau avait disparu dans la lumière aveuglante de la terrasse.

Il était peu probable que la deuxième balle l'ait touché. Bryan regarda par la fenêtre du côté de la route et ne vit que les vagues silhouettes des arbres immenses.

Face de lune se contentait sans doute d'attendre. À vrai dire, c'était ce qu'il avait de mieux à faire. Même si Bryan avait un joker en main, sa situation n'était pas bonne. Laureen était une arme qu'à tout instant il pouvait diriger contre lui. S'il s'éloignait, leur geôlier reviendrait aussitôt près d'elle et son joker aurait été mal employé. Sans compter que sa mobilité était compromise par la ficelle autour de ses jambes. Ses mains ne valaient guère mieux.

Les cris des oiseaux nocturnes crevaient le silence, au loin. Le son le plus proche était le ronronnement de la piscine. On ne percevait pas un souffle, pas un mouvement, pas le moindre signe de vie au-delà de ces étranges portes.

« Il va nous tuer, Bryan », dit Laureen, faiblement. Elle sursauta lorsque Bryan dit : « Chut ! » La porte d'entrée venait de s'ouvrir. Il ne l'avait pas entendue mais il avait senti un courant d'air dans la pièce.

Bryan se coucha sur le dos et braqua le canon de l'arme vers la porte donnant sur le vestibule. L'idée que Lankau pouvait avoir eu une arme cachée quelque part lui faisait froid dans le dos. Il tira aussitôt qu'une silhouette se dessina dans l'encadrement. Le chambranle éclata avec un bruit sec. Le trou avait la taille d'une tasse à thé.

Quand il reconnut l'individu qui venait d'entrer dans la salle de chasse, Bryan sentit son cœur s'arrêter. Il faillit s'évanouir.

Éclairé par-derrière se tenait l'être qu'il avait pleuré, à qui il avait pensé, qui l'avait plongé dans un abîme de tristesse et de manque presque toute sa vie. Le frère depuis longtemps quitté. L'ami trahi et abandonné.

Le premier détail qu'il remarqua fut son lobe d'oreille atrophié.

James.

James qui le regardait, tel un fantôme revenu du passé. À peine plus âgé, mais différent. Il n'avait pas remué un cil quand Bryan lui avait tiré dessus. Il s'était contenté de rester immobile à essayer de comprendre la scène qu'il avait sous les yeux.

Quand il s'avança, Bryan dit son nom, plusieurs fois.

Il avait littéralement oublié la présence de son épouse. Sa main qui tenait le Kenju avait cessé de lui obéir, ses yeux étaient remplis de larmes.

« James ! » murmura-t-il encore.

Bryan s'agenouilla et scruta chacun de ses traits, comme s'il risquait de disparaître aussi brusquement qu'il était apparu. Tu es en vie ! disait son regard heureux.

Celui de James ne disait rien.

Il se tourna vers Laureen et la porte ouverte de la terrasse. Puis de nouveau, il regarda Bryan. « Fais attention à Lankau, le supplia ce dernier, sentant le souffle de son ami sur son visage. Il est ici quelque part ! »

James lui prit doucement le pistolet. Bryan poussa un long soupir. Tout cela était si merveilleux et incompréhensible. Il leva les yeux vers James et lui dit : « Libère-moi, dépêche-toi ! »

Le crachat qu'il reçut en plein visage lui fit l'effet d'un coup de fouet. James était méconnaissable tout à coup. Il braquait le Kenju sur la tempe de Bryan. Le changement avait été si soudain que ce dernier souriait encore.

Un instant plus tard, Lankau entrait dans la pièce, son imposante stature occultant la lumière vive de la terrasse.

James leva vers lui un regard indifférent.

62

« Qu'est-ce que tu fais là, Gerhart ? » Malgré sa rudesse naturelle, Lankau s'adressa à lui avec douceur. « Non pas que tu me déranges, pas du tout. » Il s'approcha, sur ses gardes. « Je suis content de te voir, mon ami ! » Il lui tendit la main gentiment mais avec un peu de méfiance. « Merci d'être venu à mon secours. Je suis fier de toi ! »

Arno von der Leyen tremblait. Ses yeux étaient suppliants. « *Please !* » dit-il.

La formule en anglais fit à Gerhart Peuckert l'effet d'une gifle.

Pris dans le feu croisé des paroles de l'homme à terre et du bavardage hypocrite de Lankau, il partit à reculons vers la porte, impassible. Personne n'aurait pu soupçonner son trouble.

« Allez, Gerhart, dit Lankau avec un large sourire pour cacher son énervement. Donne-moi ce pistolet. Il n'est pas très fiable. »

Lankau l'implorait, le bras tendu. Gerhart secoua la tête. « Calme-toi, Gerhart ! Et donne-moi ce pistolet ou je me fâche ! » Lankau l'avait presque rejoint. « Donne ! » ordonna-t-il, la main ouverte. Les yeux de Gerhart étaient pleins de défi, à présent. Il remit la sécurité, mais refusa de rendre l'arme.

Lankau se plaça au centre de la pièce et regarda Gerhart comme on regarde un enfant indiscipliné. « Allons, mon garçon, tu vas me donner ce pistolet, maintenant ! Que penses-tu que Kröner et Stich diraient de cette attitude ? » essaya-t-il à tout hasard.

La réaction de Gerhart le laissa pantois. « Ils ne diront rien, parce qu'ils sont morts. »

Lankau en resta bouche bée. C'était la première fois qu'il entendait Gerhart articuler une phrase cohérente.

La situation était critique. Arno von der Leyen aurait-il dit la vérité ? Lankau alla aussitôt composer le numéro de Stich. Après avoir laissé sonner plusieurs fois, il raccrocha et appela Kröner chez lui. « Il n'y a personne. Tu as peut-être raison. » Gerhart eut l'air d'avoir été dérangé en plein dialogue intérieur. Toutes ces émotions nouvelles commençaient visiblement à le perturber. « Je ne sais plus ce que je dois croire, poursuivit Lankau, perplexe. Comment es-tu arrivé jusqu'ici, Gerhart ?

– J'ai marché », répondit celui-ci, les lèvres pincées.

Lankau l'observait avec attention. « Tu as bien fait, Gerhart, le complimenta-t-il avec un sourire aussi large que répugnant. Tu as très bien fait ! Mais pourquoi n'es-tu pas resté chez Peter et Andrea ? Que s'est-il passé, là-bas ? demanda-t-il sans quitter l'imbécile des yeux. Tu as été témoin de quelque chose ? Et Petra ? Pourquoi n'es-tu pas allé chez Petra ? Elle habite beaucoup plus près de chez Stich.

– Petra était avec cette femme, dit Gerhart d'un ton accusateur en désignant Laureen qui gardait obstinément les yeux fermés.

– Tu penses que Petra est de mèche avec ces deux-là ? » Lankau laissa la question en suspens un moment, les yeux posés sur le Kenju que Gerhart tenait mollement à bout de bras.

Mais plus Lankau s'approchait de lui, plus le canon remontait à la verticale. « On peut se faire confiance, tous les deux, mon petit Gerhart. Ne t'inquiète pas, je ne vais pas te prendre le pistolet. Pourquoi voudrais-tu me faire du mal ? Je suis le seul sur qui tu puisses compter, à présent, n'est-ce pas ? »

Les sourcils de Gerhart Peuckert s'élevèrent lentement sur son front, marquant son incrédulité. « Tu n'en as plus besoin, maintenant. Va le poser sur la table et viens m'aider avec von der Leyen. » Il constata avec satisfaction que Gerhart obéissait. « On va écrire ensemble le dernier chapitre de son histoire. »

Malgré le désespoir de sa femme, Arno von der Leyen ne tenta pas de résister. Il se laissa aller entre les bras de Peuckert et de Lankau.

La terrasse était pavée de gris pâle. La piscine s'inscrivait harmonieusement dans l'architecture des lieux. Des feuilles mortes flottaient déjà à la surface. Lankau, qui tenait les pieds, haletait un peu en marchant vers le bord du bassin. Le niveau de l'eau était haut. Il n'avait pas encore mis la piscine en hivernage. L'été avait été long.

Quand ils le lâchèrent, von der Leyen se cogna la nuque contre la margelle. Peuckert se tenait au-dessus de lui. Von der Leyen leva un regard infiniment triste vers lui avant de sombrer dans une miséricordieuse inconscience.

« Il n'a que ce qu'il mérite, ce salaud ! dit Lankau en se relevant. Maintenant, on va arranger un peu la scène, ajouta-t-il pour lui-même. Il est possible qu'on vienne ici le chercher. Je ne voudrais pas qu'on trouve quoi que ce soit de suspect. Des empreintes qui ne devraient pas se trouver là, par exemple. » Il poussa un grognement de satisfaction.

« Alors faisons en sorte qu'on découvre son cadavre et rien d'autre. » Avec mépris, il poussa le corps sans connaissance avec le bout de sa grosse chaussure.

« Qu'est-ce qu'ils vont trouver, finalement ? » Il grogna encore. « Un étranger noyé, l'estomac plein d'alcool ! » Il dévoila sa denture irrégulière.

Quand Lankau revint dans le séjour, la femme ne devait plus rien voir tant ses yeux étaient emplis de larmes. Il lui lança un regard taquin. « Et alors ? On ne peut plus aller boire un petit coup entre hommes ? fanfaronna-t-il, brandissant à hauteur de ses yeux un magnum, avant de ressortir dans la nuit. Qu'en dis-tu, Gerhart ? demanda-t-il à la silhouette immobile, perdue dans la contemplation de l'homme évanoui. N'est-ce pas de circonstance ? Quand j'y repense, c'est exactement comme ça que ce démon a cru m'avoir tué. » Il se pencha au-dessus du bassin et remplit le creux de sa main d'eau chlorée. « S'il n'avait tenu qu'à lui, je serais mort noyé dans le Rhin. »

63

Bryan tourna la tête quand l'eau glacée lui gicla au visage. Pendant quelques instants, il ne sut plus où il était. Il ne commença à avoir peur qu'en voyant les yeux bleus de James posés sur lui.

Alors, la réalité revint de plein fouet.

Les années lui avaient pris son ami d'enfance et lui avaient rendu un monstre. Il était le seul fautif. Une révélation qui le terrassa. Une prise de conscience qui l'empêcherait de sortir indemne de cette histoire, même s'il réussissait à s'en tirer. Bryan fut secoué d'un tremblement. Il se réveilla tout à fait et comprit où il se trouvait. Ses bras toujours attachés tressautèrent.

« C'est bien, monsieur von der Leyen ! dit une voix au-dessus de lui. Il faut vous réveiller maintenant, parce que nous allons vous noyer. C'est l'heure de récupérer la monnaie de votre pièce ! »

Bryan tenta en vain de se défendre. Ses cervicales craquèrent quand on lui tira la tête en arrière. Le goulot de la bouteille trouva ses lèvres sans difficulté. Chaque fois qu'il détournait la tête, Lankau lui serrait la gorge de sa main libre. Ses doigts puissants stoppaient la circulation de sa veine jugulaire avec une précision diabolique, jusqu'à ce que tout devienne noir autour de lui et que sa mâchoire inférieure s'affaisse.

Rapidement, il se mit à boire sans y être forcé.

Après une lampée de vodka plus longue que les autres, sa gorge commença à le brûler, son larynx à se nouer. Lankau le lâcha et le laissa tousser tout son saoul. « Ne vous étouffez pas ! Ce n'est pas ce qui est prévu.

– Il y aura une autopsie, marmonna Bryan. On trouvera des marques sur mon corps. J'ai des plaies profondes. Elles ne seront pas faciles à expliquer, pauvre imbécile !

– Peut-être, et peut-être pas ! Qui vous dit qu'on trouvera quoi que ce soit ? Peut-être celui qui est supposé partir à votre recherche a-t-il eu une mauvaise journée. Ça lui arrive fréquemment, me suis-je laissé dire. » Lankau avala une unique gorgée de l'énorme bouteille. « Aaah ! soupira-t-il d'aise. Il vaut mieux dire que nous avons bu ensemble, mais que vous teniez moins bien l'alcool que moi. »

Bryan commençait à voir le contour des choses devenir flou.

Quand Lankau se fut un peu calmé, il poussa du pied Bryan, qui se retrouva ainsi suspendu de l'eau jusqu'à la taille, et il lui versa une nouvelle rasade de vodka dans la gorge. « Vous feriez aussi bien de boire, cher ami. Ce sera moins dur, comme ça. »

La vodka lui chauffait les lèvres. La bouteille était bientôt vide et l'alcool avait rempli sa fonction. Bryan trouvait que l'eau était bien jolie avec ses nuances vert pâle. Il ne sentit pas que Lankau lui plongeait la tête dedans. Elle l'enveloppa, aussi fraîche et douce qu'un oreiller propre quand on a la fièvre. Une seconde avant qu'il soit à bout de souffle et qu'il inspire l'eau dans ses poumons, Lankau le repêcha.

Après deux plongeons supplémentaires, une totale indifférence quant au sort qui lui était réservé s'empara de lui. L'alcool avait du bon.

« Je ne vous entends pas ! » Lankau lui soufflait son haleine fétide au visage. L'eau dégoulinait le long des épaules de Bryan. « Vous n'avez rien dans le ventre, pauvre type ? Ou vous êtes trop saoul pour vous révolter ? Vous n'allez pas me gâcher le plaisir, quand même ? »

Plus joueur que réellement agacé, Lankau l'envoya rouler sur le carrelage. « J'ai bien peur que nous soyons obligés de changer de méthode. Je veux vous entendre implorer ma pitié ! » Son regard de brute traversa les brumes du cerveau de Bryan. « Vous allez voir votre femme se faire réduire en chair à pâté dans le pressoir, là-bas. Et Petra subira le même sort sous vos yeux. D'ailleurs, on va commencer par elle, puisqu'elle y est déjà. Ça vous donnera le temps de reprendre vos esprits et d'être un peu plus en forme quand ce sera au tour de votre épouse. Une petite pression sur le disjoncteur, et… terminé ! C'est le genre de choses qui arrivent quand on me contrarie. Je crois que cela devrait vous émouvoir un peu. » Il pointa le menton en avant et mit une main sur sa hanche, la grosse bouteille presque vide pendant au bout de ses doigts. « C'est dommage pour Stich et Kröner que je ne vous aie pas capturé un peu plus tôt. Mais tant pis pour eux, après tout. Et puis comme on dit, rira bien qui rira le dernier. »

Lankau ricana et avala une deuxième gorgée de vodka. Il avait les cheveux hirsutes, le torse trempé. Il se pencha sur Bryan avec difficulté. « Aide-moi, Gerhart ! On va le transporter dans la grange ! »

64

Alors que Lankau soulevait sa victime inconsciente, il vit une ombre passer au-dessus de lui. Une seconde plus tard, un choc violent lui coupa les jambes et le fit basculer dans la piscine.

« Bon Dieu, Gerhart, espèce de cinglé ! Ça, tu vas me le payer ! » gueula-t-il en attrapant l'échelle et en se hissant hors du bassin.

Il avait commis une toute petite erreur. Il avait laissé Gerhart entendre ce qu'il avait l'intention de faire à Petra. Quand il pensa au pistolet sur la table, c'était déjà trop tard. Derrière sa victime agenouillée qui ne se rendait plus compte de rien, Gerhart Peuckert braquait l'arme sur lui, raide comme une statue de sel.

« Qu'est-ce qui te prend, Gerhart ? dit-il, écartant les mains en un geste lénifiant. Nous ne sommes plus amis, alors ? » Il laissait au sol des traces humides en s'approchant de lui. « C'est à cause de Petra ? Excuse-moi, je ne pensais pas ce que je disais. » Les yeux de Peuckert étaient remplis de haine. Lankau évalua ses options. « C'était pour rire, bien sûr ! Tout ça, c'est pour rabattre son caquet à cette ordure de von der Leyen, tu le sais bien ! » Il n'avait plus qu'un seul pas à faire. « Petra n'a rien fait de mal. C'est une bonne fille. »

Il n'eut pas le temps d'aller plus loin, ni de se justifier davantage. Gerhart se mit à hurler.

Lankau se pétrifia. L'écho de ce cri de haine se prolongea dans la nuit. Le message était clair. Gerhart Peuckert n'avait pas l'intention de le laisser approcher. Son visage s'empourprait, ses lèvres retroussées dévoilaient ses dents serrées. Lankau fit deux pas en arrière, mit les mains en l'air et recula vers la double porte du salon en faisant un grand arc de cercle. Peuckert ne bougeait pas et suivait calmement des yeux sa tentative maladroite de s'enfuir en marche arrière.

Dès que Lankau fut rentré dans le salon, il tourna les talons et courut vers le cellier.

Gerhart le rattrapa à l'instant où sa main se posait sur l'interrupteur général. C'est ce que voulait Lankau.

« Donne-moi ce pistolet, maintenant, Gerhart ! Sinon, j'actionne ce disjoncteur, le prévint-il, le doigt tendu. Et tu ne reverras plus jamais Petra. Est-ce que cela en vaut vraiment la peine ?

– Je t'ai entendu tout à l'heure ! » Plusieurs muscles tressautaient dans le visage de Gerhart. « Je sais que tu vas le faire de toute façon ! » Il appuya le canon du Kenju sur la tempe de Lankau.

« Ne dis pas de bêtises, Gerhart. Tu ne vas pas assez bien pour distinguer le vrai du faux. »

Lentement, Gerhart Peuckert approcha sa main de celle de Lankau toujours posée sur le disjoncteur. « Si tu me touches, je la tue ! » menaça le gros homme, la sueur perlant sur son visage tandis qu'il suivait des yeux les doigts qui avançaient.

Mais ce fut Gerhart lui-même qui releva le disjoncteur. Le flash dans la grange précéda celui de l'éclairage extérieur. Lankau n'était pas sûr d'avoir entendu crier. Néanmoins le roulement caractéristique du pressoir ne laissait aucun doute : sa rotation diabolique avait démarré.

Pendant les trois minutes qui suivirent, Lankau obéit aux ordres de Gerhart Peuckert sans broncher en priant intérieurement pour que le fou ne touche pas la sécurité du Kenju pointé sur lui. À la demande de Peuckert, il transporta von der Leyen à l'intérieur, auprès de la femme qui geignait toujours. Tout en se demandant où pouvait bien se trouver le minuscule fusil que sa femme avait rangé quelque part des années plus tôt. En passant à côté des trophées et des armes exotiques suspendus derrière la prisonnière, il faillit en décrocher un, au péril de sa vie.

Mais Gerhart ne relâcha jamais sa vigilance.

« Assieds-toi à cette table », dit-il, quand Face de lune eut fait tout ce qu'il lui avait demandé. Il n'y avait plus un bruit dans la pièce. Arno von der Leyen était assis par terre, la tête basse, le regard flou.

Parallèlement aux pensées de haine et de colère qu'il était pour l'instant contraint de refouler, Lankau ressentait une agaçante admiration pour la froide indifférence dont Peuckert faisait preuve.

« Tends tes jambes sous la table, ordonna Gerhart sans le regarder. Approche ta chaise ! Encore ! » Lankau fit la grimace et colla son énorme ventre au bord sculpté de la table en chêne. L'idiot se mit à fouiller dans le tiroir de la commode de sa femme.

« Écris ! dit Peuckert en posant devant lui une feuille lignée.

– Tu ne sais pas ce que tu fais, Gerhart ! » La page blanche sous ses yeux lui laissait imaginer le pire. Il jura et leva les yeux vers Gerhart. « Sans eux, Petra et toi auriez pu continuer à être heureux ensemble ! Et quoi qu'il soit arrivé à Kröner et à Stich, ça ne se serait pas produit non plus. Ce n'est pas vrai ce que je dis ? »

Le stylo que Gerhart posa sur la table était celui de l'Anglaise. Il venait de le ramasser sur le sol, à ses pieds.

« Pourquoi est-ce que tu ne te débarrasses pas d'eux, plutôt ? » Lankau fit un signe de tête vers le couple ligoté. « Tue-les ! Ils ne nous ont apporté que des ennuis ! Cela n'aura aucune conséquence ! Et je sais que tu en es capable ! N'est-ce pas, colonel Peuckert ? Personne ne pourra rien te faire ! Que veux-tu qu'on te fasse ? Je te promets que tu retourneras à la clinique et que tout sera comme avant ! Tu continueras à t'appeler Erich Blumenfeldt ! Réfléchis, Gerhart. C'est nous qui avons pris soin de toi. Tu ne t'en souviens pas ? »

Le pistolet était tranquillement posé dans la main de Peuckert. Il pencha la tête de côté et regarda Lankau, les sourcils froncés. « Si, je m'en souviens, rétorqua-t-il en approchant la feuille du ventre de Lankau qui s'étalait sur le plateau de la table. Écris ce que je vais te dicter ! “Nous, citoyens de Fribourg-en-Brisgau…, Horst Lankau, colonel du corps de chasseurs alpins, alias Alex Faber, Peter Stich, lieutenant-colonel de la Wehrmacht, alias Hermann Müller et Wilfried Kröner, lieutenant-colonel de la Wehrmacht, alias Hans Schmidt”…

– Je n'écrirai rien de tout cela ! s'insurgea Lankau en posant le stylo.

– Ta femme mourra si tu n'écris pas ce que je te dis !

– Et alors, qu'est-ce que j'en ai à foutre ! » Lankau se tortilla sur sa chaise. La table massive était plus lourde qu'il croyait. Il fallait avoir une force surhumaine pour la repousser. Il inspira à fond.

« Et ton fils, aussi !

– Ah oui ? » Lankau repoussa le stylo plus loin, provocateur.

Gerhart le regarda un long moment sans réagir. Puis il haussa les épaules. « C'est moi qui ai tué Kröner et Stich. » Peuckert, qui ne quittait pas Lankau des yeux, vit que sa respiration ne s'était pas accélérée, mais que son visage n'exprimait plus le défi. « J'ai électrocuté Peter Stich. Et sa femme Andrea, en même temps. Et tu veux que je te dise, ils ont été pathétiques du début à la fin. » Il s'interrompit. La salive avait séché au coin de sa bouche. Il plongea sa main libre dans sa poche et en secoua le contenu. Le bruit reconnaissable de comprimés rebondissant sur les parois d'un flacon de verre se fit entendre. Un instant, son regard devint flou. Lankau l'observait. Il se dit qu'il devait être en manque. Que l'envie d'avaler une ou deux petites pilules devait être devenue pressante.

« Tu ne te sens pas bien, Gerhart ? Il faut me le dire ! Tu veux que je t'aide ? » Lankau sentait que sa voix manquait de conviction.

« Quant à Kröner, je l'ai noyé, reprit Gerhart doucement en redressant le dos. De la même manière que tu as essayé de noyer ce salaud, là. Très lentement.

– Je ne te crois pas ! » En dépit du choc, Lankau s'appuya nonchalamment au fond de sa chaise, autant que le lui permettait sa position inconfortable. En combinant cette action avec une forte poussée vers le haut, il se disait qu'il réussirait à se dégager de la table.

« J'ai été à bonne école. »

Les lèvres de Lankau se fendirent en un sourire admiratif. Mais la remarque de Peuckert n'était-elle pas à double tranchant ? « Qu'est-ce que tu veux dire ? lui demanda-t-il.

– Tu le sais très bien. » Gerhart s'essuya les commissures et cracha par terre.

« Tu as soif, Gerhart ? J'ai un bon vin blanc du Rhin dans le chai. Ça te tente ? » Lankau se lécha les lèvres avec gourmandise et cligna de l'œil.

La réponse ne se fit pas attendre. « Ferme-la ! »

De l'homme allongé leur parvenaient les sons pathétiques de quelqu'un qui essaye de se forcer à vomir. Ni Lankau ni Gerhart Peuckert ne lui accordèrent un regard. « Tu te rappelles comment vous vous distrayiez mutuellement en vous racontant vos expériences personnelles sur la meilleure façon de tuer un homme ? Je suis sûr que tu n'as pas oublié ça. Moi, je m'en souviens, en tout cas. Vous m'avez même menacé de me faire subir le même sort !

– C'est faux ! Nous ne t'avons jamais menacé. Ou alors, il y a très longtemps. » Lankau afficha un air contrit. « C'était avant de savoir que nous pouvions te faire confiance. »

Une odeur de vomi leur monta aux narines. L'homme à terre, secoué de spasmes, geignait, il régurgita de nouveau et essaya de s'asseoir. « Tue-le, James », conseilla-t-il d'une toute petite voix.

Mais James ne l'écoutait pas.

« Tu étais le pire de tous, Lankau ! » Le dément était en proie à une fureur incommensurable. Il se déplaça. « Tu te souviens du jour où en rentrant de la chasse, tu as voulu me forcer à boire le sang du gibier que vous veniez de tuer ? » Lankau n'avait pas oublié et il dut faire un gros effort pour que Peuckert ne remarque pas avec quel plaisir il se rappelait l'épisode. Il était derrière lui, à présent. « Et la pisse de chien que tu m'as fait boire ? Et ma propre merde ? » lui hurla-t-il dans les oreilles.

Lankau s'inquiétait des gouttes de sueur qu'il sentait perler sur son front. Il pensait encore pouvoir ramener l'imbécile à la raison. Mais la transpiration était un facteur irrationnel.

Impossible à contrôler et révélateur. Lankau leva le bras et s'essuya discrètement le front sur sa manche. « Je ne me souviens de rien de tout cela. Tu dois confondre avec Stich. Il pouvait être extrêmement méchant, quand l'envie lui venait. »

Pendant un instant, l'homme dans son dos resta immobile, sans rien dire, puis, tout à coup, il lui assena un grand coup sur la nuque avec le Kenju. Le coup partit. Lankau jeta la tête en arrière, étonné d'être encore en vie. Il avait les oreilles qui sifflaient. Il tourna la tête de côté. La balle était allée se ficher dans le mur en rondins à quelques centimètres au-dessus de la tête d'Arno von der Leyen. La femme n'avait pas réagi, mais elle pleurait toujours.

Gerhart Peuckert regardait l'arme d'un air étonné. Il n'avait pas pressé la détente.

« Je t'avais dit de faire attention avec ce pistolet. Il part pour un oui ou pour un non. » Sur son front coulait maintenant une sueur froide. Lankau secoua la tête.

« Tu as peur, Lankau ? Il ne faut pas avoir peur ! » L'excitation qu'il entendait dans la voix de Gerhart Peuckert amplifia le sifflement dans ses oreilles. « Bientôt, tu me supplieras de me servir de ce pistolet ! Je n'oublie pas ce que tu as dit tout à l'heure sur la terrasse.

– C'est toi qui as tué Petra, Gerhart. Tu l'as broyée quand tu as mis le pressoir en marche, tout à l'heure !

– Je te réserve un sort bien pire, si tu n'écris pas ce que je t'ai dicté. Tu te souviens du jour où vous m'avez fait croire que vous alliez me forcer à boire de la soude caustique ? »

Lankau tourna son buste autant qu'il pouvait, coincé comme il l'était. La sueur coulait maintenant abondamment de son front. Gerhart s'écarta de lui et il alla se camper devant Arno von der Leyen. « Lève-toi ! dit-il à l'ivrogne vautré dans son vomi.

– Je ne te comprends pas, répondit Bryan à voix basse. Parle-moi en anglais, James. Dis-moi quelque chose. »

Un long moment, Gerhart contempla l'individu à terre sans rien dire.

Lankau avait l'impression que Gerhart avait du mal à respirer.

« Lève-toi ! » répéta-t-il lentement et en anglais. La terreur s'empara de Lankau. D'un seul coup, il comprit à quel point il s'était fourvoyé.

Arno von der Leyen leva la tête. Lankau nota que le regard de Peuckert sur le prisonnier n'avait rien d'amical. Si un lien unissait ces deux-là, il demeurait un mystère.

« James ! dit l'homme à terre.

– Lève-toi ! » Peuckert tenait fermement le Kenju dans sa main. Il respirait très lentement. Lankau sentait monter sa colère, non sans une certaine appréhension. « J'ai besoin que tu ailles me chercher quelque chose dans la cuisine. Je vais te détacher une main. » Il retourna près de Lankau et lui donna une gifle sur la tête. « Et toi, tu restes tranquille, d'accord ? »

Gerhart mettrait sans aucun doute ses menaces à exécution. Face de lune décida d'ignorer cette mise en garde. Ses mains s'accrochaient fermement à la table. Toutes ses forces étaient mobilisées.

Arno von der Leyen était à genoux. Il ne comprenait manifestement pas ce que Gerhart Peuckert attendait de lui. Si ses blessures au flanc et dans le dos semblaient le faire beaucoup souffrir, Peuckert ne donnait aucun signe de vouloir lui venir en aide.

La transpiration qui avait coulé le long de l'échine de Lankau commençait à refroidir.

« Va dans la cuisine chercher la soude caustique. C'est écrit *Ätzmittel* sur la bouteille. Tu rapporteras aussi un verre. Et n'essaye pas de faire le malin. Ça ne te mènera à rien ! » Arno von der Leyen se leva et essaya en vain de se redresser. La douleur le tenait plié en avant, la main sur le flanc. Il regardait le visage dur et insensible de Peuckert par en dessous. « Peut-être t'accorderai-je une mort plus clémente si tu fais ce que je te dis. Et à la femme aussi, offrit Gerhart Peuckert.

– Tu veux me tuer, James ? » Arno von der Leyen s'évertuait à chasser les vapeurs d'alcool. « Pourquoi est-ce que tu veux me tuer ?

– Économise ta salive, ivrogne ! lança Lankau, de façon inattendue. Ce type est fou furieux ! »

Arno von der Leyen appuya son front contre la poitrine de son ancien ami. « James, c'est moi, Bryan ! Je suis venu te chercher ! Écoute-moi, s'il te plaît ! » suppliait son regard noyé d'alcool. Mais Peuckert resta de marbre. Brusquement, Arno von der Leyen se cambra, ses plaies se rouvrirent et des rigoles de sang coulèrent le long de son torse. « Nous sommes amis, James ! Tu vas rentrer à la maison. À Canterbury. Je suis sûr que Petra acceptera de te suivre ! » promit-il avant de secouer la tête devant le masque impénétrable de James. Il ne comprenait rien à ce qui se passait.

Peuckert se tourna vers Lankau. « Il refuse de préparer la soude caustique que je veux te faire boire.

– C'est ce que j'ai cru comprendre. » Lankau entendit que le sarcasme dans sa voix prenait le pas sur son découragement. Il était prêt à agir.

« Et tu ne me crois pas capable de l'y obliger ?

– Qui sait de quoi tu es capable.

– Alors tu vas écrire ?

– Plutôt mourir ! »

Gerhart s'approcha de la femme et bouscula Arno von der Leyen qui s'écroula de nouveau sur le sol. Elle trembla sous son regard et recula autant que faire se pouvait dans sa position inconfortable. Des cernes noirs soulignaient ses yeux. « Alors il va falloir trouver un moyen pour qu'il accepte ! » Il baissa les yeux vers son ancien ami. « Si tu ne m'aides pas, je vais devoir la frapper, dit-il, laconique.

– De la soude caustique ? demanda mollement Arno von der Leyen. Je ne comprends pas. » Il sursauta quand le coup tomba et que Laureen poussa un cri.

« Toujours pas ? » s'enquit Peuckert. Arno von der Leyen secoua doucement la tête et sursauta quand le deuxième coup tomba.

« Fais ce qu'il te dit, Bryan ! » cria-t-elle soudain avec une telle violence qu'elle en postillonnait. Lankau sentit son sang se figer dans ses veines. « Fais-le, je te dis ! » Von der Leyen regarda son épouse. Elle était affalée sur son siège et respirait péniblement. Peuckert l'avait frappée à la poitrine.

Il se redressa lentement.

Lankau essayait de prendre les choses calmement malgré la douleur de plus en plus insupportable qui lui tordait le ventre à chaque respiration. Tout le poids de la table reposait maintenant sur ses mains et ses avant-bras poilus. Il leva les yeux vers les deux hommes qui s'approchaient de lui. « Tu devrais détacher ton ami, Gerhart, dit-il, calmement. Tu crois qu'il est capable de tenir un verre, dans l'état où il est ? »

Peuckert s'exécuta mais il était difficile de défaire les nœuds tout en tenant le Kenju. Lankau se pencha légèrement vers l'arrière et tendit tous ses muscles pour renverser l'énorme table sur Gerhart Peuckert et Arno von der Leyen.

L'effet de surprise fut extraordinaire. Malgré la rapidité de Peuckert qui mit moins d'une seconde à retirer la sécurité et à tirer deux coups de feu, il était déjà trop tard. Le meuble absorba les balles et les deux hommes furent renversés par son poids. Gerhart laissa échapper le Kenju qui glissa jusqu'à la porte entre le salon et le vestibule. Lankau était debout avant même que les deux autres aient commencé à se débattre pour se dégager de leur lourd fardeau.

Le gros homme poussa un rugissement de triomphe, et d'un bond, il fit le tour de la table pour aller récupérer l'arme. Il avait calculé qu'il y avait encore trois balles dans le magasin et il n'hésiterait pas à les utiliser toutes les trois. Une pour chacun. Les chiens allaient avoir plus de viande dans leur gamelle qu'ils ne pourraient en dévorer.

Et puis d'une seconde à l'autre, son château de cartes s'écroula. Irrémédiablement.

Elle n'eut qu'un seul mot à dire : « Stop ! »

Petra s'était matérialisée sous ses yeux ébahis.

L'expression de son regard à elle ne laissait aucune place à l'interprétation. Quant au pistolet, il reposait déjà au creux de sa main.

« Je m'en occupe, Gerhart. Je sais où trouver la bouteille. » Elle le regarda avec autorité et lui rendit le Kenju.

Lankau sentit revenir la douleur dans son estomac. Il peinait à respirer. Cette fois, ils le firent asseoir au bout de la table, coincé contre le mur.

La femme ligotée secouait la tête, incrédule. Petra ne la regardait pas, ni Bryan de nouveau avachi à ses pieds.

« Tu vas laisser cette femme tranquille, Gerhart ! ordonna-t-elle. Tu peux compter sur moi pour faire ce qu'il y a à faire !

– Je t'avais dit de ne pas bouger avant que tout soit terminé. » Gerhart était livide.

« Je sais ! Mais maintenant, c'est toi qui vas m'obéir ! »

Il y eut un « plop » dans la cuisine, comme lorsqu'on ouvre un pot de confiture. Lankau leva les yeux vers l'affiche sur le mur. *Cordillera de La Paz.* Un monde rêvé qui s'éloignait. La

Terre était soudain devenue plus vaste. Les distances incommensurables.

Il prit le stylo et commença à écrire. « ... colonel de la Wehrmacht, alias Hans Schmidt. » Quand il eut terminé, il leva la tête. « C'est tout ? » demanda-t-il avec insolence.

Gerhart Peuckert le regarda froidement et lui dicta la fin. « Je demande pardon à ma famille. La pression que mes deux complices mettaient sur moi était devenue insupportable. C'était la seule issue. »

Lankau haussa les sourcils et reposa le stylo. Ces mots seraient ses derniers. Quoi qu'il fasse, ils le tueraient.

Il ferma les yeux et se laissa emporter par le souvenir de l'odeur des grains de café, de la terre sèche et de la brise tiède montant de la jungle. Il sentait la douceur de la sieste à l'ombre des plantes à coca, écoutait les bruits quotidiens des Indiennes dans leurs petites maisons. Tout cela était aussi réel que s'il y était. Il sentit une nouvelle fois cette tension dans la poitrine, plus haut que tout à l'heure. Sa peau devint glacée. Jamais ils n'oseraient se servir de la soude caustique, si ? « Écris-le toi-même, espèce de taré ! » gueula-t-il, tentant en vain de repousser sa chaise en arrière. Le coup partit aussitôt et la balle vient se loger dans un rondin au-dessus de sa tête. Gerhart n'avait pas hésité.

Horst Lankau vit Petra arriver de la cuisine, un verre à la main. « Personne ne croira que j'ai eu l'idée de me suicider avec de la soude caustique !

– On verra bien. » Gerhart se tourna vers la femme sur le pas de la porte. « Viens, Petra », dit-il.

Lankau resta un moment figé avec un rictus qui creusait son visage d'une infinité de rides. Le verre passa de la main de Petra à celle de Gerhart. Lankau respirait à travers ses dents.

Finalement, il reprit le stylo, écrivit et le reposa, le regard vide.

Gerhart vint lire par-dessus son épaule. Il lui fallut du temps pour parcourir les quelques lignes. Au bout d'un moment, Lankau sentit qu'il hochait la tête.

« Maintenant, finissons-en ! » souffla Lankau, épuisé par son énorme masse et son cœur fatigué. Quand Gerhart pressa le canon du Kenju dans son oreille, il écarta la tête par réflexe. « J'ai respecté ma partie du contrat !

– Tu as vraiment cru que tu allais t'en tirer, ordure, rétorqua Gerhart Peuckert d'une voix sourde. Tu te souviens de ce que tu disais, dans le temps ? "Ça commence vraiment à devenir intéressant quand la victime pue d'angoisse !" » Il enfonça l'arme plus fort. Lankau bloqua sa respiration pour ne pas sentir l'odeur qui montait du verre.

« Pourquoi est-ce que j'accepterais de boire ça ? » Lankau sentait de nouveau la sueur couler dans son dos. « Tu ne me forceras pas à boire. Tue-moi, plutôt.

– Si tu préfères, je peux te le jeter au visage ! »

Lankau le regardait avec haine. Il inspira et ne sentit pas l'odeur puissante et écœurante à laquelle il s'attendait. Il respira une nouvelle fois le contenu du verre. Petra évitait de le regarder. Alors Lankau jeta la nuque en arrière et il éclata de rire. Il ne sentait plus le contact froid du canon dans son oreille et rit de plus belle. La femme ligotée dans son fauteuil recommença à pleurer.

« Vous me prenez vraiment pour un imbécile ! Ce n'est pas de la soude caustique qu'il y a dans ce verre ! Tu n'as pas eu le courage, hein, Petra ! » Il jeta à son bourreau un regard triomphant. « Ou peut-être que vous vous étiez mis d'accord pour cela aussi, mon petit Gerhart ? Qu'est-ce que vous avez bien pu mettre dans ce verre ? Voyons ? Des sels pour le bain ? » Tandis qu'il riait, Gerhart se tourna vers Petra qui se mordit la lèvre.

« Ha ! » Lankau tira la langue et la remua, amusé, au-dessus du liquide. « Elle n'a pas eu le courage, mon petit Gerhart ! Cette petite pimbêche n'aurait jamais été capable de faire une chose pareille. » Gerhart abaissa son arme. Ses yeux étaient fébriles et pleins de doute. Son regard virevoltait dans la pièce sans parvenir à se poser. Enfin, il croisa celui de Petra dont le regard suppliant disait : « Si tu tiens à moi, ne le fais pas ! »

L'espace d'un instant, Gerhart Peuckert regarda, perplexe, le contenu du verre. Puis, il redevint très calme. « Eh bien, vas-y, alors, ordonna-t-il. Bois ! »

Lankau lui sourit et, sûr de lui, porta le verre à ses lèvres. Très lentement, joueur, il lappa la surface. Mais à la seconde où sa langue effleura le liquide, elle se contracta violemment et rentra dans sa bouche. Le visage de Lankau se décomposa. « Putain ! » gueula-t-il. Il vira au rouge pivoine, remua la langue dans tous les sens, puis la remit dans sa bouche et se mit à cracher et à déglutir frénétiquement. La douleur pénétrait lentement sa chair, il avait le palais en feu. Sa production de salive devint incontrôlable. Il commença à haleter. Son souffle s'accéléra.

Rauque, depuis longtemps oublié, le rire de Gerhart remonta à la surface. Un rire grave et rocailleux qui résonnait au rythme de la respiration de Lankau, de plus en plus difficile. « Alors ? Elle n'a pas eu le courage ? Tu as failli me faire douter ! Tu as soif, Lankau ? hurla-t-il. Je crois qu'il y a un bon petit vin du Rhin dans le chai ! Ce n'est pas ça que tu voulais m'offrir ? Ou peut-être préfères-tu finir ton verre, avant ? Le breuvage n'a peut-être pas la même odeur que d'habitude, mais après tout, pourvu qu'on ait l'ivresse ! »

65

Petra regarda Gerhart avec horreur et s'écarta de lui. En voyant sa réaction, il s'éloigna aussitôt de Lankau. Ses mâchoires se crispèrent mécaniquement avant qu'il parvienne à se calmer. Enfin, il tendit à Petra le verre contenant le liquide mortel.

Lankau suivait des yeux chacun de ses gestes. Sa détresse respiratoire s'aggravait peu à peu. Fuyant le regard de Petra, Gerhart alla se poster près de la fenêtre. « Alors n'en parlons plus, dit-il en regardant le trognon de pomme laissé là par Lankau. Tu as raison, Lankau, poursuivit-il sans regarder sa victime. Personne ne croira qu'on ait pu avoir l'idée de se suicider en buvant de la soude caustique. Même pas quelqu'un comme toi ! » Puis braquant ses yeux sur lui : « Tu n'as pas oublié non plus, je suppose, toutes les manières de tuer un être humain ? Des aiguilles à tricoter, un marteau, un chiffon mouillé. Tu te souviens comme vous rigoliez, Kröner et toi, en vous racontant cela ? Comme vous tentiez de rivaliser l'un avec l'autre pour déterminer qui de vous deux avait utilisé le moyen le plus abject ? Votre imagination était sans limite. » Il serra la pomme entre ses doigts d'un air pensif. Petra l'écoutait en silence. Jamais elle n'avait imaginé entendre un jour autant de phrases sortir de la bouche de Gerhart. Il avait une belle voix. Mais le ton était cruel et le regard glacé.

Elle ne le reconnaissait plus.

« Quand j'y repense, c'étaient les méthodes les plus simples qui m'impressionnaient le plus. » Il fit danser le trognon sous les yeux du gros homme. « Je suis sûr que tu sais à quoi je pense, en ce moment. » Il sourit. Le visage de Lankau s'assombrit. Sa respiration était sifflante et difficile, mais son regard lucide. « Je crois que c'est Kröner qui avait eu cette idée. Oui, il me semble que c'était lui, mais tu le sais sans doute mieux que moi. Je me souviens surtout de la description très vivante qu'il a faite de la victime après qu'on lui avait enfoncé le morceau de pomme dans la gorge. Si ma mémoire est bonne, il fallait un certain temps avant que cela donne le résultat souhaité, mais ça marchait à tous les coups. En plus, on n'y voit que du feu. Le genre d'accident qui peut arriver à n'importe qui. Du moment qu'on s'assure que ça a l'air naturel, cela ne ressemble ni à un meurtre ni à un suicide ! »

L'idée était aussi simple qu'épouvantable. Gerhart avait clairement l'air prêt à mettre sa menace à exécution. Petra était paralysée par des sentiments contradictoires. Quand Gerhart l'avait libérée du pressoir tout à l'heure, il lui avait promis qu'elle n'avait plus rien à craindre de Kröner et de Stich. Son soulagement avait été immense.

Et ce n'était plus du soulagement mais de la terreur qu'elle ressentait à présent.

Le regard de Lankau était de plus en plus vague. Gerhart croqua dans le trognon. Face de lune fixait d'un air incrédule le morceau de pomme qu'il venait de recracher dans sa main. Il jeta la nuque en arrière et ses bras battirent l'air lorsque Gerhart approcha le bout de pomme de sa bouche. Sa respiration faisait un bruit de soufflet de forge et il se mit à secouer la tête de tous les côtés. Il essayait visiblement de dire quelque chose

Avant même que Gerhart Peuckert vienne lui écarter les lèvres, il eut un dernier spasme. Puis sa tête tomba en avant avec un air étonné.

Gerhart le contempla quelques instants, déconcerté. Il poussa légèrement du bout du doigt la joue flasque du gros homme. Sa tête suivit le mouvement.

Lankau était mort avant qu'il ait eu le temps de savourer sa vengeance.

Quand Gerhart comprit ce qui s'était passé, il se tourna vers Bryan, qui luttait pour garder les yeux ouverts. Sans prévenir, il se jeta sur lui et se mit à le tabasser en rugissant comme un animal blessé pour libérer son indicible frustration.

À cause de la vodka, von der Leyen ne semblait pas comprendre d'où venaient les coups. Il était trop blessé pour se défendre, trop saoul pour se retenir et il tomba à la renverse sur Laureen qui secouait la tête de droite à gauche, horrifiée.

« Gerhart, arrête ! » cria Petra derrière lui. Mais elle dut l'attraper durement par le bras pour qu'il s'exécute à contrecœur. Il recula, un peu tassé sur lui-même, et resta là, les poings serrés, sa fureur entretenue par une respiration profonde et rapide. Le pistolet toujours à la main. Incapable de se calmer.

Malgré les supplications de Petra, il reprit von der Leyen par la nuque et le traîna sur la terrasse vivement éclairée.

Petra jeta un coup d'œil à Laureen, qui semblait sur le point de perdre connaissance. Elle se précipita dans la cuisine. Le couteau qu'elle dénicha servait habituellement à dépecer les lièvres. Les cordes autour des chevilles et des poignets de Laureen tombèrent comme du fil à coudre.

« Je crois qu'il est devenu fou, murmura Petra à l'oreille de celle-ci en luttant contre ses larmes. Il faut que vous m'aidiez ! »

Laureen essaya de se lever. Ses membres étaient engourdis. Petra se mit à genoux et lui massa les jambes. « Allez, Laureen, je vous en supplie ! »

James projeta Bryan sur la terrasse mais, cette fois, quand il atterrit sur la margelle de la piscine, la violence du choc se noya dans les vapeurs de la vodka. James l'obligea à se mettre à genoux en le tirant par les cheveux. Bryan souriait en agitant la tête. L'effet de l'alcool le submergeait par vagues. Il ne sentit pas le canon de l'arme pressé contre sa jugulaire. Il avait la langue sèche et un sale goût dans la bouche. Il toussa et leva son visage vers le ciel. La fraîcheur nocturne dilata ses narines. La brise fit des miracles. Il tourna les yeux du côté où il entendait une voix. Mais il ne comprit pas ce qu'elle disait. La silhouette de son ami était floue.

« C'est toi, James ? demanda-t-il en souriant avec béatitude. Tu veux bien m'enlever ça ? marmonna-t-il en remuant son bras gauche.

– Oui, c'est moi ! » répondit l'individu d'une voix sourde. Et en anglais.

« James », murmura Bryan en essayant de faire le point sur son visage. Il n'avait jamais parlé à personne d'une voix aussi douce. Il se pencha vers son ami et appuya la joue contre sa jambe. « Dieu soit loué », dit-il dans un soupir.

« Restez où vous êtes ! » lança soudain James, d'un ton glacial. Bryan entendit que Laureen criait son nom quelque part. Il essaya de se tourner dans cette direction et aperçut vaguement deux silhouettes devant la maison. « Si vous approchez, je le jette à l'eau. Vous ne bougez pas, compris ? »

James fit un pas vers la maison d'un air menaçant et Bryan faillit tomber. Les contours de l'objet qu'il serrait dans sa main devinrent plus nets. C'était un pistolet. James braquait le Kenju sur lui. Bryan avait du mal à comprendre ce qu'il voyait. Ça n'avait aucun sens. « Pourquoi est-ce que tu ne me libères pas, James ? » lui demanda-t-il.

James s'agenouilla devant lui. « Arno von der Leyen ! Bryan ! Qui des deux me demande de le libérer ? » Son regard lançait des éclairs. « Est-ce que tu m'as aidé, toi ? Est-ce que tu m'as libéré ? » Bryan ouvrit la bouche pour répondre.

« Ne t'avise pas de dire quoi que ce soit ! » James s'était relevé et il pointait à nouveau l'arme sur lui. « Tu m'as abandonné ! Malade et martyrisé. Tu m'aurais laissé crever dans cet hôpital, n'est-ce pas ? » Brusquement, James tendit sa main libre et lui arracha une manche. Le choc donna la nausée à Bryan. « Tu l'as encore ! » s'écria James en découvrant le tatouage presque effacé sous l'aisselle mise à nu. « J'avoue que je suis surpris. » Bryan vomit et ne prit pas la peine d'essuyer la bile au coin de sa bouche. « Ça fait un sacré bail que tu te promènes avec ce truc-là, Bryan. Tu n'aurais pas mieux fait de l'effacer ? Comme tu as effacé tes souvenirs ! » James laissa retomber le bras de Bryan.

« Est-ce que tu te souviens comment c'était dans cet hôpital nazi ? Rappelle-moi combien de temps tu as passé là-bas ? Six mois ? Un peu plus, peut-être, mais quelle importance ? » James se tourna vers les deux femmes. Petra lui lança un regard suppliant et repoussa l'autre femme qui s'appuyait sur elle. « Et maintenant, imagine-toi ce que cela peut être d'y passer presque trente ans, reprit-il. Tu as eu des enfants, toi, Bryan ? » Il ricana. « Tout ce temps que tu as passé à faire des enfants, à faire l'amour, à découvrir le monde, à profiter de la vie, à dormir, à te promener dans le jardin de tes parents, à rêver de ce que serait ta vie et à réaliser tes rêves ! » Il hurlait si fort en prononçant cette dernière phrase que Bryan fut tiré en sursaut de son indifférence éthylique. Il leva la tête vers son ami qui plongeait une main dans sa poche et en sortait un gros flacon de médicaments qu'il agita devant ses yeux. « Tu veux que je t'aide à te souvenir ? Tu veux savoir ce qu'a été ma vie pendant que toi tu jouissais tranquillement de la tienne ? Tu veux savoir où moi je me suis enfui ? »

Bryan ouvrit la bouche pour répondre et James en profita. Dès le premier comprimé, Bryan reconnut la sécheresse caractéristique du dérivé chloré.

Le besoin de cracher se réveilla instantanément, après être resté en sourdine pendant trente ans.

« Avale ! hurla James en lui enfonçant un deuxième comprimé dans la gorge. Je veux que tu en avales un pour chaque année où tu m'as abandonné ! » Il poussa les pilules une par une au fond de la gorge de Bryan qui, à chaque nouveau comprimé, menaçait de se remettre à vomir. Dans son état d'ébriété, il ne parvenait pas à les recracher. « Et un autre pour la route ! » James continua à le gaver et Bryan à tout avaler avec peine. Quand le flacon fut vide, il sentit qu'il ne mettrait pas longtemps à sombrer dans l'inconscience.

Les minutes suivantes disparurent dans un enfer de bruit et de fureur. Les hurlements des femmes, les imprécations et les impossibles questions de James. Bryan ne répondit à aucune parce qu'il ne les comprenait pas. Il regarda son ami dans les yeux et n'y lut aucune clémence.

Mais à vrai dire, il s'en fichait.

66

L'air frais avait redonné quelques couleurs à Laureen. Elle regardait la scène au bord de la piscine en s'accrochant au bras de Petra et, faute de pouvoir agir, se mit à réciter des prières en boucle. Petra secouait la tête, affolée, serrant fermement le couteau dans sa main. S'il ne pouvait en être autrement, elle n'hésiterait pas à s'en servir.

Elle pressa nerveusement la main de Laureen jusqu'à ce que l'Anglaise se plaigne qu'elle lui faisait mal. Comment sa vie avait-elle pu prendre cette direction ? Ce que Gerhart était en train de dire sur les années passées lui faisait comprendre combien elle s'était menti à elle-même. Elle voyait sous un autre angle les événements de ces dernières heures et, à présent, elle avait besoin d'en savoir plus.

Bien qu'il soit peut-être trop tard.

Laureen piétinait d'impuissance sur les carreaux de la terrasse pendant que Gerhart forçait son pauvre mari, au bord du coma, à avaler ses psychotropes. Quand il eut terminé, elle vit que Bryan commençait à tanguer.

Petra était horrifiée. La dose que James avait donnée au mari de Laureen lui serait fatale si elles n'intervenaient pas rapidement. Elle supplia James de l'écouter, pria pour que l'amour de sa vie redevienne lui-même. Elle essaya de le raisonner, de lui faire entendre qu'il était encore temps. Qu'ils pouvaient partir ensemble et oublier le passé. Qu'ils avaient une vie à vivre tous les deux. Qu'il la lui devait.

Et malgré ses prières, il attendait, regardant Bryan perdre connaissance sans lever le petit doigt pour le sauver. Sa folie et sa soif de vengeance le rendaient sourd à la voix de la raison.

Laureen se cramponnait au bras de Petra. Finalement, elle la lâcha et se précipita vers le bord de la piscine. Alors qu'elle s'élançait sans réfléchir, Petra se jeta derrière elle le couteau levé. Laureen stoppa net. Si Petra essayait de poignarder Gerhart, il la tuerait. Gerhart pointait son arme vers elle, à présent. Les cheveux collés sur la figure, il la regardait approcher. Il lui ordonna de s'arrêter mais elle ne l'écouta pas. Lorsqu'elle fut si près de lui que la lame du couteau touchait sa gorge, elle fut saisie par la profondeur de son regard. Quand sa main atteignit son visage, elle avait lâché le couteau.

La gifle qu'elle lui donna n'avait pas plus de violence que celle d'une maman à son enfant qui aurait fait une bêtise. Gerhart lui prit le poignet et il le serra jusqu'à ce qu'elle se calme. Puis il le lâcha. Il regarda l'infirmière avec tant d'intensité qu'il dut voir jusqu'au fond de son âme. Il jeta le Kenju sur la pelouse et se mit à respirer par à-coups, figé sur place.

Petra se détourna de lui et tituba jusqu'à Bryan. Laureen était déjà assise à ses côtés, la tête sur ses genoux.

« Mettez-le debout ! » ordonna Petra. Elle enfonça trois doigts dans sa gorge et demanda à Laureen de mettre ses bras autour de la taille de son mari et de serrer aussi fort qu'elle pouvait. La troisième tentative fut la bonne. La quinte de toux lui permit d'expulser d'abord des glaires, suivies d'une mélasse blanche et acide. Son visage était d'un bleu alarmant. « Aidez-le à respirer », dit-elle à Laureen en lui montrant comment procéder. Elle bascula la tête de son mari en arrière et lui insuffla de l'air dans les poumons.

Gerhart était comme pétrifié. Soudain, il poussa un long gémissement et tomba à genoux.

Petra fut aussitôt auprès de lui. « Gerhart ! C'est fini, mon amour », pleurait-elle, entourant sa tête de ses bras et l'embrassant.

Elle lui souriait, caressait sa joue, l'appelait Gerhart, James, Erich. Son visage était pâle. Il avait le regard vide. Elle le serra contre lui, l'écarta d'elle pour le regarder. Il ne réagissait pas.

« Gerhart ! » cria-t-elle en le secouant. Elle le supplia, cria, l'appela encore par tous ses prénoms.

Il restait agenouillé, indifférent, laissant l'herbe humide imbiber lentement son pantalon. Elle l'avait à nouveau perdu. Il s'était replié en lui-même. Le néant était en train de l'avaler. Ses yeux n'exprimaient plus rien.

Au bord du bassin, Laureen fut surprise par le rapide retour à la vie de son mari. Il se réveilla en sursaut, à peu près aussi saoul que tout à l'heure. Il sourit en la voyant et la prit aussitôt dans ses bras, inconscient de son état repoussant. Elle le laissa malgré tout l'embrasser à pleine bouche, riant et pleurant en même temps. Ils restèrent longtemps dans les bras l'un de l'autre sans parler.

Bryan regarda autour de lui comme s'il voyait l'endroit pour la première fois. Il s'arracha à Laureen et marcha en titubant vers le couple à genoux dans l'herbe. Il s'affala si près d'eux qu'il faillit les renverser et glissa sa main entre le visage de Petra et le cou de James, obligeant son ami à le regarder. James tourna la tête sans résistance.

Bryan posa son front contre le sien et se mit à lui débiter un discours d'ivrogne. Petra les laissa tous les deux, le visage plongé dans ses mains.

« Allez, James, fais un effort ! Cette fois, je ne m'enfuirai pas ! » Bryan colla son nez à la joue de James. Il ne reconnaissait pas son odeur. « Dis quelque chose ! Allez ! Fais un petit effort. » Il prit sa tête entre ses mains et la secoua, lui donna des claques sur la joue. « Parle, James ! » Lorsque Petra vint l'écarter de Gerhart, Bryan ne résista pas, trop saoul pour mesurer l'étendue de sa haine et de son désespoir.

Petra reprit dans ses bras l'homme qu'elle aimait. Il ne réagissait toujours pas. Ni Gerhart, ni Erich, ni James ne trouvaient le chemin pour sortir l'être agenouillé de son apathie.

Devant la peine de Petra, Laureen laissa librement couler ses larmes. Bryan s'allongea dans l'herbe humide de rosée et se mit à rire. Puis il siffla quelques couplets d'une chanson et rit de plus belle.

Son ébriété fut une bénédiction.

Mot après mot, la chanson qui était la leur quand ils étaient enfants émergea du fond de sa mémoire. Sans queue ni tête, les paroles lui revinrent. « *I dont know what they have to say, it makes no difference anyway... !* » Bryan hurla de rire devant l'absurdité des paroles.

Malgré la lune, la Voie lactée s'ouvrait au-dessus d'eux, profonde et grandiose dans son infinité. L'univers immense absorba le drame qu'ils venaient de vivre. Bryan s'allongea sur le côté, la tête appuyée sur son coude, et il continua à chanter à tue-tête en regardant son ami. Les souvenirs de leur jeunesse, quand ils crapahutaient dans les rochers de Douvres, lui revenaient par bribes.

« Tu t'en souviens, James ? rigola-t-il en reprenant de plus belle. *I'm against it !* »

Laureen s'accroupit à côté de lui et l'aida à s'asseoir pendant qu'il braillait son chant jusqu'au bout, l'écho rebondissant sur les pentes de la Forêt-Noire. « *Your proposition may be good, but let's have one thing understood. Whatever it is, I'm against it !* »

Quand il eut terminé, il reprit depuis le début. À la fin du dernier couplet, il éclata de rire, libéré.

À quelques mètres de lui, James reposait, immobile, entre les bras de Petra qui regardait Bryan avec un air de reproche, comme s'il avait gâché un moment sacré. Quand James fut pris d'un tremblement, elle s'écarta comme sous l'effet d'une décharge électrique, mais eut le temps de le rattraper avant qu'il s'écroule. Un râle profond monta de sa poitrine.

Petra le serrait contre elle.

Elle lui caressait la nuque, essayait de croiser son regard, d'essuyer ses larmes. Les yeux rivés au sol, il se laissait submerger par l'émotion. Toute sa douleur si longtemps contenue remontait à la surface, et s'exprimait sans retenue.

James leva la tête, lentement, et put enfin regarder. Il posa sa main sur la joue de Petra et l'embrassa tendrement. Elle ferma les yeux et se blottit contre lui.

Un long frisson traversa Bryan. Il secoua la tête. D'épais bancs de brume flottaient devant les sombres contreforts des montagnes. La fraîcheur de la nuit de septembre était tombée.

James poussa un long soupir et son regard devint pensif. Il s'éclaircit la voix et tourna avec hésitation la tête vers Bryan. Il le regarda longtemps. Il voulait dire quelque chose mais ne parvenait pas à formuler sa phrase. Il bégaya quelques mots et s'interrompit. Au bout de plusieurs minutes, il finit par dire très doucement : « Bryan, s'il te plaît, est-ce que tu peux me dire comment s'appelait la deuxième femme de David Copperfield ? »

Petra et Bryan étaient à la fois bouleversés et perplexes. Bryan essayait de comprendre la raison de cette question qui lui paraissait tellement saugrenue. Il regarda son ami. Son visage illustrait sans doute le chaos de ses sentiments. Mais son sourire avait valeur d'excuses.

Laureen attira la tête de son mari contre sa poitrine, passa la main dans ses cheveux et dit : « Elle s'appelait Agnes, James. La deuxième femme de David Copperfield s'appelait Agnes. »

67

Ils étaient tous les deux marqués par les événements de la veille. La nausée de Bryan commençait à se dissiper, mais son corps était meurtri. Ses blessures mettraient des mois à guérir. Il avait dû changer ses pansements trois fois dans la nuit. Il regardait Laureen d'un air inquiet. Elle non plus n'avait pas fermé l'œil. Une migraine atroce lui taraudait la tête. Elle s'était maquillée sans parvenir à cacher les traces du traumatisme qu'elle avait subi.

Bryan chercha à tâtons son paquet de cigarettes en décrochant pour la énième fois le combiné du téléphone.

« Est-ce qu'on ne pourrait pas simplement prendre un avion et rentrer à la maison ? » demanda Laureen.

Elle termina de faire les valises, mais dut s'asseoir plusieurs fois pour reprendre des forces. La matinée avait été chargée et Bridget prodigieusement agaçante. En découvrant les hématomes sur la figure de Laureen, sa belle-sœur s'était jetée sur Bryan toutes griffes dehors et l'avait copieusement injurié. Ils l'avaient laissée croire ce qu'elle voulait. Grâce à Dieu, elle n'avait rien compris à ce qui s'était passé la veille.

Pour finir, Laureen l'avait envoyée en ville avec cinq cents marks en poche, arguant que Bryan et elle avaient des choses à se dire.

Bridget était tombée des nues et, bien qu'on soit dimanche, Laureen ne doutait pas qu'elle trouverait le moyen de dépenser cette somme.

Bryan venait de raccrocher quand le téléphone se remit à sonner. Après avoir écouté son interlocuteur en silence pendant quelques secondes, il se mit à rire. Laureen sursauta et le regarda d'un air inquiet quand elle le vit poser sa main là où l'avait transpercé le couteau de Horst Lankau.

« C'était Welles », dit-il en raccrochant. Laureen hocha la tête, moitié rassurée, moitié indifférente. « Il appelait pour me raconter qu'il avait trouvé un malade mental du nom de Gerhart Peuckert à Erfurt. » Secouant la tête, un sourire amusé aux lèvres, il se tourna avec précaution pour vérifier le dos de sa chemise. Elle était encore blanche. « Incroyable, non ? À Erfurt ! »

Laureen haussa les épaules. « Tu as pu avoir le passeport ?

– Oui, ou quelque chose d'approchant, répondit-il en composant un nouveau numéro sur le combiné. Nous prendrons le train jusqu'à Stuttgart et de là-bas l'avion. Je ne crois pas que ce soit une bonne idée de partir de l'aéroport de Bâle-Mulhouse. » Il s'interrompit et arrêta Laureen d'un geste avant qu'elle fasse un commentaire. Il avait enfin la communication.

« Petra Wagner à l'appareil, répondit l'infirmière d'une voix très lasse.

– Où en êtes-vous ? » Bryan aspira une dernière bouffée de sa cigarette et l'écrasa dans le cendrier.

« Ce sera cher, c'est tout ce que je peux vous dire, répliqua-t-elle avec froideur.

– Ça n'a pas d'importance. On peut lui faire confiance ?

– Je le crois.

– Alors faites ce qu'il faut. Et James ? Ou bien devrais-je dire Gerhart ?

– Vous pouvez l'appeler James, si vous voulez, répliqua-t-elle, indifférente. Ça va aller. »

Pendant le reste de la conversation, Bryan tourna plusieurs fois les yeux vers Laureen, assise au bord du lit, vidée de toute énergie, les mains posées mollement sur ses genoux.

« Comment te sens-tu ? » lui demanda-t-il, après avoir raccroché. Il alluma une nouvelle cigarette et posa la main sur sa cuisse.

Elle haussa les épaules sans répondre.

« Frau Rehmann, la directrice de Sainte-Ursule, a réclamé un demi-million de livres pour le laisser quitter la clinique et faire disparaître son dossier médical.

– Elle n'y va pas de main morte, répliqua Laureen, éteinte. Je suppose que tu vas les lui donner ? »

Bryan la connaissait bien. Elle n'attendait pas de réponse. Bien sûr qu'il allait les lui donner.

« D'après Petra, ils n'ont encore rien dit aux infos. Elle pense qu'on n'a pas encore trouvé les cadavres.

– Cela arrivera tôt ou tard.

– Ce jour-là, nous serons loin. Il n'y a aucune raison pour qu'ils fassent le lien avec nous. Ils ne comprendront probablement rien à ce qui a pu se passer.

– Tu en es sûr ? dit-elle, le regard dans le vague. En ce qui nous concerne, nous avons fait croire au chauffeur de taxi qui nous a conduites là-bas, Petra et moi, que nous allions à la ferme d'en face. J'espère qu'il ne fera pas le rapprochement. Mais il y a tout le reste, reprit-elle, d'une voix angoissée. La lettre que James a fait écrire à ce Horst Lankau sera au centre de l'enquête. Ils ne mettront pas longtemps à rapprocher sa mort de celle des autres. Tu peux y compter. En plus, tu as dit à Lankau que tu avais prévenu le concierge de ton hôtel que tu allais lui rendre visite dans sa propriété.

– Il n'y a que toi qui l'aies cru, Laureen. »

Elle fronça les sourcils puis leva les yeux au ciel.

« Et les empreintes, Bryan. On a laissé des empreintes partout !

– Pas dans la voiture, j'avais mis des gants.

– Et dans la maison, dans les dépendances, sur la terrasse ? Il doit y avoir des centaines d'empreintes !

– Je doute qu'ils trouvent quoi que ce soit. Nous avons été méticuleux, tu as bien vu ! »

Elle soupira et refit défiler tous les souvenirs qu'elle avait gardés des événements. « Tu en es sûr, Bryan ? Il faisait nuit quand nous avons fait le ménage. Toi, tu étais saoul. Petra était au trente-sixième dessous. Je ne peux pas vivre le restant de mes jours dans la peur qu'on découvre ce qui s'est passé.

– Ils croiront que Lankau a tué tous les autres. Ils trouveront sa lettre et s'ils ont un doute, ils vérifieront et verront que c'est bien lui qui l'a écrite.

– Ils penseront qu'il avait l'intention de se suicider avec le petit fusil de chasse que Petra a trouvé là-bas, c'est ça ?

– C'est ça. Et qu'il n'est pas allé au bout de son projet, parce qu'il est mort avant. À l'autopsie, le médecin légiste constatera une simple crise cardiaque.

– Et les plaies qu'on va trouver sur son corps ?

– Tu as vu ses cicatrices ! Lankau en avait vu d'autres. On s'étonnera un peu, mais on ne trouvera pas d'explication.

– Et le fusil et les cartouches ?

– Ne porteront que ses empreintes.

– Et sur les autres scènes de crime ? Chez Kröner et chez Stich ? Qu'est-ce qu'on trouvera ? Tu ne crois pas qu'il y a des indices là-bas ? Les empreintes digitales de James doivent être partout.

– Probablement, mais lui ne sera nulle part. On ne saura pas qui chercher, ni où le chercher. Il n'est même pas certain qu'on s'en donne la peine. La police sera trop occupée par le scandale que va déclencher l'annonce de la double vie de ces trois hommes. Cesse de te faire du souci ! » Il réfléchit un instant. Puis il ajouta très calmement : « En admettant que l'enquête parvienne à déterminer ce qui s'est vraiment passé, seul James sera mis en cause. Ni toi ni moi ne serons inquiétés. Mais cela n'arrivera pas, Laureen, rassure-toi.

– Quand cette Frau Rehmann réalisera combien de cadavres sont liés à cette affaire, je suis sûre qu'elle vendra la mèche. » Laureen pressa délicatement un mouchoir sur son nez.

« Je suis sûr du contraire. La corruption et l'abus de biens sociaux n'ont pas bonne presse. Sa carrière en pâtirait. Elle ne parlera pas. » Bryan tapota sa valise. Plus qu'un coup de fil à la délégation olympique, et ils allaient pouvoir se mettre en route. « Crois-moi, Laureen, si elle sait se taire, Frau Rehmann vivra une longue vie tranquille à l'abri du besoin. Elle sait ce qu'elle fait. Elle avait une idée très précise de la façon dont elle voulait que l'argent soit versé, comme si elle avait prévu ce renversement de situation toute sa vie. On ne va évidemment pas lui remettre un chèque ! L'argent sera viré à son nom sur un compte à Zurich. Quand ce sera fait, il sera trop tard pour regretter, en ce qui la concerne. »

Pour la énième fois, Laureen alla se poster près de la fenêtre. Bryan se leva pour la rejoindre et la prendre par les épaules. Elle poussa un long soupir. La pelouse devant l'hôtel Colombi était déserte. Au loin, on entendait vaguement un train passer sur l'un des innombrables aiguillages du réseau ferroviaire.

« Et Bridget ? demanda-t-elle à voix basse. Est-ce qu'elle n'en sait pas déjà trop ? Elle était là hier. Elle a entendu les noms des simulateurs.

– Bridget serait incapable de retenir un nom même si on le faisait entrer dans sa tête à coups de marteau. Hier, elle était ivre et, à en croire la tête qu'elle avait ce matin, elle a dû continuer à boire toute la soirée. En outre, il est très improbable que la presse anglaise s'intéresse à la mort de trois anciens nazis ! Bridget n'entendra plus jamais parler de cette histoire. »

Laureen laissa lentement tomber les bras qu'elle gardait croisés sur sa poitrine. Ses côtes meurtries lui faisaient de plus en plus mal. « Tu es obligé de le ramener avec nous ? » Elle s'était retournée pour regarder son mari dans les yeux. La question lui brûlait les lèvres depuis longtemps.

« Oui, Laureen, James va rentrer avec nous. C'est pour le ramener chez lui que je suis venu ici.

– Et Petra, qu'est-ce qu'elle en pense ?

– Elle sait que c'est ce qui est le mieux pour lui. »

Laureen se mordit la lèvre et regarda au-delà de Bryan. Son imagination prenait le pouvoir sur son bon sens. « Est-ce que tu crois que Petra sera capable de le contrôler, Bryan ?

– L'important est qu'elle le pense, Laureen. C'est elle qui va s'occuper de lui. Nous verrons bien. Quoi qu'il en soit, il rentre en Angleterre.

– Je ne veux pas qu'il habite près de chez nous, Bryan, tu m'entends ?

– Je ne sais pas encore, Laureen. Je ferai au mieux. »

Quand Laureen et Bryan arrivèrent, Petra et James attendaient déjà sur le quai de la gare. James se tenait droit comme un I, les yeux fixés sur la voie, comme s'il était en train de compter les traverses. Il ne leur rendit pas leur salut et ne lâcha pas la main de Petra.

« Tout va bien ? » s'enquit Bryan.

L'infirmière haussa les épaules.

Bryan n'insista pas. Laureen le suivait, cachée derrière une grosse paire de lunettes de soleil, s'assurant de laisser toujours son mari entre elle et le couple.

« Il est triste, expliqua Petra.

– Il a une raison particulière ? » Bryan chercha le regard de James. Le soleil brillait. Son ami avait le visage auréolé de lumière. Une file de chariots à bagages et de sacs postaux prêts à être chargés s'alignait un peu plus loin sur le quai. Le train n'allait pas tarder.

« Il parle d'un foulard qu'il a perdu. Il n'a parlé que de cela toute la matinée. Il pensait le retrouver chez Kröner. Gerhart croyait… » Elle s'interrompit et se reprit : « James croyait qu'il était caché dans un tube en carton qu'il avait retrouvé chez Kröner. Il l'avait à l'intérieur de son anorak quand nous sommes arrivés chez moi. Il a dû aller revérifier dedans au moins vingt fois, cette nuit.

– C'était le foulard de Jill que tu cherchais, James ? » lui demanda Bryan. James hocha la tête. Bryan se tourna vers Petra. « C'est un foulard qu'on lui a donné il y a des années. Les simulateurs lui ont volé quand nous étions internés à l'hôpital militaire.

– Il était certain que Kröner l'avait caché dans ce tube en carton. Mais il n'y a trouvé que des dessins. Ça l'a complètement assommé ! »

Bryan secoua la tête tristement. « Jill était sa sœur. Elle est morte pendant la guerre. »

Bridget arriva en retard et d'un pas si peu assuré qu'en temps normal, Laureen aurait voulu disparaître dans un trou de souris, pourtant, elle l'accueillit comme si elle ne l'avait pas vue depuis des années. « Bridget, petite folle ! Enfin tu es là ! » dit-elle en serrant dans ses bras sa belle-sœur et ses paquets. En guise de salut, la nouvelle arrivante hocha mollement la tête à l'intention de Petra et de l'homme qui l'accompagnait et elle acheva son numéro par un regard à Bryan qui aurait fait geler sur place un tas de braises incandescentes.

En entrant dans le compartiment, chacun s'installa selon son envie. James alla s'asseoir à un bout de la banquette, près de la fenêtre, et Laureen à l'autre bout.

Bridget se planta devant la fenêtre ouverte pour prendre l'air. Petra surveillait le quai sous le bras de Bridget.

« Vous attendez quelqu'un ? » lui demanda Bryan. Petra ne répondit pas et continua à regarder dehors tristement.

« Tout va bien, n'est-ce pas ? s'enquit Laureen d'une toute petite voix.

– Qu'est-ce qui n'irait pas ? demanda Bridget, curieuse, avec un coup d'œil par-dessus son épaule.

– Laureen veut être sûre que nous sommes dans le bon train, Bridget ! » répliqua sèchement Bryan, stoppant tout commentaire d'un regard ferme. En face de lui, James ne réagissait ni aux bruits ni aux déplacements dans le compartiment. Il semblait mal à l'aise dans les vêtements que Petra lui avait donnés.

Petra posa le front sur la vitre et rattrapa discrètement une larme qui se formait au coin de son œil. Puis elle appuya sa tête contre la banquette avec un long soupir.

« Mon Dieu ! s'exclama soudain Bridget, a-t-on déjà vu pareille hippie ! On croirait une Africaine avec tous ces chiffons qu'elle s'est mis sur la tête ! » Elle s'écarta de la fenêtre pour que les autres voient la femme qui avait attiré son attention. Petra bondit sur ses pieds en la reconnaissant et son visage s'éclaira. « Reste là, je reviens tout de suite », recommanda-t-elle à James.

Les retrouvailles entre les deux femmes furent amplement commentées par Bridget qui avait repris son poste d'observation, cachant la vue à tout le monde.

Lorsqu'elles entrèrent dans le compartiment, le visage de James s'illumina. Laureen remarqua l'étonnement de son mari. « Qui est-ce ? chuchota-t-elle à son oreille.

– Rebonjour, dit la hippie, tendant la main à Bryan.

– Mariann Devers ! » Bryan n'en croyait pas ses yeux.

« Il semble que nous ayons d'autres amis communs que ma mère », répliqua-t-elle, tout sourire, avant de serrer James dans ses bras. D'une voix pleine de tendresse, elle échangea avec lui quelques phrases en allemand. Puis elle l'embrassa une dernière fois et, prenant les mains de Petra dans les siennes, elle la regarda longuement en silence avant de se décider à prendre congé.

Alors qu'elle s'apprêtait à redescendre du train, elle se retourna et dit à Bryan : « C'est dommage que vous ne vous soyez pas mis en couple avec ma mère, à l'époque. On aurait été une sacrée famille ! Et maintenant, voilà que vous venez m'enlever mon cher Erich et ma meilleure amie ! J'avoue que je vous en veux un peu. » Elle le regardait gentiment mais avec une certaine émotion. Elle embrassa encore une fois Petra et sortit du compartiment.

« Qu'est-ce qui vient de se passer, là ? s'étonna Laureen, retirant enfin ses lunettes de soleil. Qui est cette femme ? Qu'est-ce qu'elle voulait dire en parlant de toi et de sa mère, Bryan ? »

Bryan ne répondit pas tout de suite. Il regarda Petra. « C'était la fille de Gisela Devers », se contenta-t-il de commenter. Petra hocha la tête.

« Vous la connaissez ? » lui demanda-t-il inutilement.

Petra acquiesça de nouveau. « Je connaissais sa mère, oui. C'était ma meilleure amie. Quand elle est décédée, je me suis occupée de Mariann. Elle est comme ma propre fille. »

Bryan inspira profondément. « Et elle connaît James ?

– Sauf qu'elle l'appelle Erich. Oui, elle le connaît depuis sa plus tendre enfance. Elle venait souvent lui rendre visite, n'est-ce pas..., James ? »

Il cligna des paupières.

« Elle aurait donc pu me conduire à lui dès le premier jour ? » Bryan ferma les yeux et porta la main à sa blessure. La nouvelle était dure à avaler.

« Probablement, oui. Si vous aviez eu une photo à lui montrer. » Petra réfléchit. « D'ailleurs, je pense qu'elle doit avoir des tas de photos de lui dans ses tiroirs. Gisela l'invitait souvent à leurs repas de famille. » Elle sourit et caressa doucement la main de James, qui gardait le visage tourné vers la fenêtre. « Parfois, c'était même lui qui prenait les photos. »

Bryan se remémora aussitôt le visage flou de Gisela sur la première photo qu'il avait vue chez Mariann Devers. Le photographe manquait visiblement d'expérience.

Le regard de Bridget allait de Bryan à Laureen pour revenir à Bryan. Alors qu'elle allait faire une remarque, elle fut interrompue par Mariann Devers qui frappait à la vitre.

« Erich ! » appela-t-elle. James leva sur elle un regard absent. « J'ai failli oublier ! Je crois que ceci est à toi ! » Elle détacha l'un des nombreux morceaux de tissu enroulés autour de sa tête. « Je le porte depuis des années. Je l'ai volé un jour chez Kröner. Il se vantait de te l'avoir volé. Ça m'amusait de le porter sous son nez. Il ne s'est jamais aperçu de rien ! » Elle lança le foulard à travers la fenêtre ouverte, fit un dernier sourire à Petra et tourna les talons.

« Étranges manières », renifla Bridget qui avait juste eu le temps de s'écarter pour ne pas recevoir le foulard dans la figure. Elle n'avait aucune envie de toucher l'objet qui venait d'atterrir sur le sol. James le regarda. Le foulard bleu était usé jusqu'à la corde et bordé d'un liseré. Il y avait un petit cœur brodé dans un coin. Il le ramassa délicatement et le tint devant lui comme s'il s'était agi d'un petit être vivant et fragile.

68

L'hiver n'était pas encore terminé. Depuis plusieurs kilomètres, Laureen gardait obstinément les yeux fixés sur la route. Elle avait l'air inquiète. Ils étaient presque arrivés à destination.

« Doit-on vraiment y aller, Bryan ? dit-elle pour la quatrième fois.

– Moi, oui. Mais toi, tu peux encore changer d'avis. »

Bryan détendit ses doigts serrés sur le volant et les resserra de nouveau.

« Comment peux-tu être sûr qu'il ne va pas redevenir agressif ?

– Nous en avons déjà parlé, Laureen.

– Nous en avons parlé, oui. Mais cela ne me dit pas si nous pouvons en être sûrs ?

– Petra pense qu'il n'y a pas de danger, et son médecin aussi. »

Laureen soupira. Bryan savait que depuis quatre mois elle appréhendait terriblement le moment où elle se trouverait une nouvelle fois en présence de James.

Depuis le jour où ils étaient rentrés en Angleterre.

« Je suis soulagée qu'il vive à Douvres et pas à Canterbury, continua-t-elle.

– Je sais, Laureen », répondit Bryan sans la regarder. La circulation avait presque cessé. Ils ne devaient plus être très loin. Ce n'était pas la première fois qu'il venait, mais ce n'était pas la partie de Douvres qu'il connaissait le mieux. Il secoua la tête. « Il n'avait rien à faire à Canterbury. La maison où il a passé son enfance n'appartient plus à sa famille et Elisabeth habite Londres, à présent.

– Ce qu'il serait allé faire à Canterbury ? » Laureen essuya la buée qui s'était formée sur le pare-brise. « Je vais te le dire ! » Bryan sentit qu'elle le regardait. « Se rapprocher de toi !

– Je ne suis pas certain qu'il en ait envie, Laureen. » À travers la brume, on commençait à deviner les lourds nuages annonçant qu'ils approchaient des falaises et de la Manche. « Petra dit qu'il ne parle jamais de moi. »

Laureen se tordait les mains. Elles en disaient long sur son état d'esprit. « Comment va-t-il, Bryan ? » demanda-t-elle.

Bryan haussa les épaules. « On pense que les zones cicatricielles observées dans son cerveau sont dues à une série d'accidents vasculaires. J'avoue que cela ne m'étonnerait pas.

– À quoi penses-tu ? »

Bryan revit l'image d'un malade immobile dans son lit, le regard vitreux, assommé par les médicaments et les électrochocs, les agressions des autres patients, la solitude et la peur quotidienne de mourir. « Je pense à beaucoup de choses. Mais en premier lieu, je pense aux transfusions qu'on lui a faites. C'est un miracle qu'il y ait même survécu.

– Et maintenant, comment va-t-il ?

– Il va comme il peut, je suppose. Petra dit qu'il progresse. »

Elle soupira. « C'est une bonne nouvelle. Ne serait-ce qu'au regard de l'argent que tu dépenses pour son traitement. » Elle se mordit la lèvre et baissa les yeux.

Bryan savait que Laureen sentait son appréhension et s'en voulait d'être aussi dure.

« Ça va bien se passer, aujourd'hui, mon amour, tu verras », le rassura-t-elle enfin, sans quitter des yeux le paysage qui défilait beaucoup trop vite à son goût.

La maison était modeste. Bryan leur avait proposé plusieurs propriétés bien plus grandes. Le long d'un muret en pierre sèche poussaient des plantes vivaces, raides et habillées de blanc par les brouillards givrants.

Quand Petra les accueillit dans la cour, ils remarquèrent combien elle avait vieilli.

Serrant la main de Bryan, elle lui accorda l'esquisse d'un sourire.

« Nous sommes ravis d'être là, mentit Laureen en lui rendant son accolade.

– Merci de nous avoir invités, Petra. » Bryan avait l'air embarrassé. « Je suis heureux que vous acceptiez de nous recevoir. » Elle hocha brièvement la tête. « Comment va-t-il ? ajouta Bryan avec un coup d'œil vers la maison.

– Ça va. » Petra ferma les yeux à demi. « Il ne veut plus parler allemand, à présent.

– C'était à prévoir. » Bryan la regarda longuement.

« Sans doute, mais cela ne me facilite pas la vie.

– Je vous suis très reconnaissant, Petra.

– Je sais. » Elle eut à nouveau cet imperceptible sourire. « Je sais, Bryan.

– Vous êtes plus tranquilles, à présent ?

– Ça va mieux. Au début, ça a été dur. Tout le monde voulait le voir. » Elle montra un chemin conduisant à la falaise. « Ils venaient se garer jusque dans notre jardin.

– Bryan m'a expliqué que la guerre mondiale avait duré encore plus longtemps pour James que pour ce Japonais qu'on a retrouvé sur une île du Pacifique il y a quelques années, intervint Laureen, feignant d'être impressionnée.

– C'est l'information qui a circulé, en effet. Alors évidemment, ça a attiré des tas de curieux ! » Petra les invita à entrer. Il faisait un froid mordant et elle n'avait pas mis de manteau.

« Nous aurions pu garder le secret, si les autorités ne s'en étaient pas mêlées. » Bryan jeta un coup d'œil vers la porte. « Pour cela, il aurait fallu qu'ils sachent à partir de quelle caisse lui verser sa pension. Enfin, maintenant, il l'a touchée intégralement avec effet rétroactif. Une bien maigre compensation, j'en conviens !

– En effet », rétorqua Petra en ouvrant la porte.

James était assis près de la fenêtre du séjour. Bien qu'elle donnât sur la falaise, la lumière ne semblait pas vouloir entrer dans la pièce. Bryan sentit le malaise de Laureen aussitôt qu'elle le vit. Elle ne tarda d'ailleurs pas à s'enfuir dans la cuisine, où Petra était en train de préparer le repas.

Bryan resta planté, gauche, ne sachant que faire de ses mains. James avait meilleure mine. Il avait grossi et son regard était plus doux. Petra avait bien pris soin de lui.

James sursauta en entendant Bryan lui dire timidement : « Bonjour, James. »

Il se tourna vers lui, le regarda longuement, comme s'il devait rassembler des pièces pour former une image cohérente. Puis il hocha la tête en un salut presque militaire et se replongea dans la contemplation du paysage.

Pendant une demi-heure, Bryan resta debout près de lui, heureux simplement de voir la poitrine de son ami se gonfler et se dégonfler. Heureux de le voir en vie.

Dans la cuisine, les femmes avaient l'air de bien s'amuser. Manifestement, cela faisait beaucoup de bien à Petra d'avoir pour une fois une conversation légère et futile. Quant à Laureen, elle n'avait nullement l'intention de retourner dans le salon. Quand Bryan fit son entrée, elles le regardèrent d'un air interrogateur.

« Il ne m'a pas dit un mot. » Il alla s'asseoir lourdement à la petite table.

« Il ne parle pas beaucoup, vous savez, dit Petra pour le consoler.

– Il n'est jamais heureux ?

– Ça arrive, mais c'est rare. Ces derniers temps, il n'a pas été très gai. » Elle sortit une troisième tasse du placard. « Ça reviendra. Il faut se féliciter qu'il aille aussi bien. Mais j'admets qu'il progresse lentement. »

Bryan baissa les yeux vers sa tasse pendant qu'elle versait le thé. « S'il y a quelque chose que je peux faire, dites-le-moi, surtout.

– Il n'y a rien que vous puissiez faire.

– Vous avez besoin d'argent ?

– Vous nous en donnez bien suffisamment. Et puis il a sa pension, maintenant.

– Vous me direz.

– Je n'y manquerai pas. Il y a les dessins, aussi, ajouta-t-elle avec une note de scepticisme.

– Les dessins ?

– Oui, ceux qui étaient dans le rouleau que James a pris chez Kröner. Attendez ! dit-elle en voyant que Bryan ignorait de quoi elle parlait. Je reviens. » Elle monta au premier.

« Il est bizarre ? » Laureen regardait Bryan du coin de l'œil avec l'air de ne pas réellement souhaiter de réponse.

« Un peu, oui.

– C'était peut-être prématuré de venir le voir.

– Peut-être. Après le déjeuner, j'essayerai de l'emmener marcher avec moi. J'espère réussir à avoir une conversation avec lui. »

Laureen posa sa tasse.

« Tu es devenu fou ?

– Qu'est-ce que tu veux dire ?

– Je veux dire que je te l'interdis. Je ne veux en aucun cas te savoir seul sur la falaise avec lui !

– Mais pourquoi, Laureen ?

– C'est hors de question ! Il va te faire du mal ! J'en suis sûre ! »

Elle parlait sérieusement. Quand Petra revint, elle remarqua que Laureen avait les joues très rouges.

« Excusez-moi, dit-elle en faisant mine de repartir.

– Ne vous excusez pas, dit Bryan. J'étais seulement en train de dire à Laureen que j'allais proposer à James une promenade dans l'après-midi. »

Petra échangea un bref regard avec Laureen, puis elle se tourna vers la fenêtre et regarda dehors.

« Il me hait toujours ? » Bryan avait presque peur d'entendre la réponse.

« Je ne sais pas, Bryan, répondit-elle, sans se retourner. Il ne parle jamais de vous.

– Mais c'est possible ?

– Avec James, tout est possible. » Elle tendit à Bryan ce qu'elle était montée chercher. « Regardez ça. »

Le papier était jauni et froissé. La ficelle fine et probablement aussi ancienne. En dessous apparut un journal portant en lettres alambiquées le nom *Unterhaltungs-Beilage*. Les dessins étaient là, formant un petit tas à l'intérieur du rouleau. Il les examina un par un, les posa délicatement sur la table de la cuisine en s'étant assuré au préalable qu'elle n'était pas humide. Il étudia le papier et les signatures. Leva à plusieurs reprises les yeux vers Petra et s'assit.

« Je comprends pourquoi Kröner les cachait, dit-il. Vous les avez fait estimer ?

– James prétend que ce n'est pas aussi simple. »

Laureen prit sur la table le plus petit des dessins et l'examina attentivement. Elle secoua la tête. « Est-ce qu'il y a vraiment écrit Léonard de Vinci, là ? »

Petra acquiesça lentement.

« Oui. Là et là et encore là. Et celui-ci est signé Bernardino Luini. » Laureen regarda Petra avec sévérité. « Vous ne pouvez pas garder cela ici, Petra ! s'exclama-t-elle.

– Ce n'est pas de mon ressort », rétorqua Petra.

James s'obstina dans son silence durant tout le repas. Après une unique tentative, Laureen renonça à s'adresser à lui, mais elle suivit attentivement et avec un véritable sentiment de malaise chacun de ses gestes. Il mangeait avec appétit. Quand il ne gardait pas les yeux rivés sur son assiette, il regardait les plats de service et n'attendait pas pour se resservir que les autres l'aient fait.

« James, dit Petra quand ils furent arrivés au dessert, Bryan propose que vous alliez faire un tour ensemble après déjeuner. » Laureen lui jeta un regard affolé. Bryan posa sa cuillère et attendit la réponse de James, qui s'était arrêté de manger et gardait les yeux fixés sur son assiette sans rien dire.

« Qu'est-ce que tu en dis, James ? Tu es d'accord ? » demanda Bryan. Le visage qui se tourna vers lui était neutre, indifférent, presque apathique.

Laureen prit Bryan à part pendant que Petra allait chercher le manteau de James. « N'y va pas, Bryan, je n'aime pas ça !

– Laisse-moi tranquille, Laureen !

– Tu sais ce que je pense de cet homme. Tu veux vraiment aller te promener seul avec lui ? Est-ce qu'on ne pourrait pas venir avec vous, au moins ? Il n'a pas dit un mot de toute la journée. Il est vraiment bizarre !

– Il n'a pas mis le nez dehors depuis que Petra l'a emmené à Londres pour son dernier examen, il y a une semaine, argua son mari.

– Je trouve quand même que tu devrais t'abstenir. S'il te plaît, fais-le pour moi ! » Elle le suppliait, à présent. « Tu n'as pas vu comment il t'a regardé, à table ? »

Le vent s'était calmé. Une bise leur soufflait au visage des odeurs d'embruns. La terre était encore si gelée qu'ils avaient du mal à garder l'équilibre dans les endroits où la végétation était rare.

Ils marchaient l'un à côté de l'autre, à un mètre de distance. Silencieux et réservés. Plusieurs fois, Bryan se tourna vers James, hasardant un sourire.

« Petra m'a montré les dessins », dit-il doucement.

Des cris d'oiseaux éclatèrent brusquement au-dessus de leurs têtes, attirant leurs regards vers le large. Bryan reformula plusieurs fois intérieurement la phrase avant de la prononcer. « Ce sont des faux, tu le sais, n'est-ce pas ? » James ne répondit pas mais hocha brièvement la tête, peu intéressé par le sujet.

Des vagues froides venaient se fracasser violemment au pied de la falaise. Bryan releva le col de sa veste et se tourna vers son ami.

« Nous ne devons pas être très loin de l'endroit où nous avions essayé de lancer notre mongolfière, James, tu te rappelles ? » James ne répondit pas. « Nous étions heureux, en ce temps-là. Même si ça avait failli mal se terminer. » Bryan alluma sa première cigarette de la journée. Le tabac léger lui fit du bien. On ne voyait pas âme qui vive jusqu'à Douvres. La mer était une orgie de couleurs froides.

À plusieurs reprises, James émit un bref grondement. Il resserra son manteau autour de lui.

« Tu veux qu'on rentre, James ? J'ai l'impression que tu n'as pas envie d'être ici, je me trompe ? »

James accéléra le pas et continua à grogner.

Lorsque enfin il s'arrêta, Bryan reconnut l'endroit aussitôt. Il y avait bien longtemps qu'ils y étaient venus la dernière fois. James se pencha au-dessus du vide.

« Je ne me souviens pas de tout, dit-il sans se retourner. Seulement de certains détails. »

Bryan aspira une longue bouffée de cigarette. « Quels détails, James ? dit-il, en laissant la fumée s'échapper dans l'air froid.

– Je me souviens que tu m'as laissé accroché à la falaise. » Le visage de James se ferma.

« Je t'ai aidé à remonter, James ! Tu as oublié ? C'était un accident ! Ça aurait pu arriver à n'importe qui ! Nous n'étions que des gamins inconscients et stupides ! »

James se racla la gorge. Bryan l'observait. Il pouvait sembler parfaitement détendu et, l'instant d'après, se mettre à bander ses muscles les uns après les autres dans un ordre méthodique. L'expression de son visage changeait continuellement. Cela ne devait pas être facile d'être à la place de Petra.

« Je me rappelle des choses et puis je les oublie, dit James tout à coup. Tu ne connais pas encore l'histoire des simulateurs, n'est-ce pas ? demanda-t-il soudain, changeant de sujet.

– Pas entièrement, je suppose. Je sais ce que Petra a raconté à Laureen qui me l'a rapporté. »

James fit quelques pas sur le plateau, s'éloignant du gouffre. Bryan le suivit des yeux. « Leur histoire constitue la partie la plus importante de mon existence. » Son regard se perdit au loin, il secoua la tête et se laissa de nouveau submerger par sa tristesse. « Alors qu'elle n'est même pas ma propre histoire. Ce n'est pas très drôle, hein ? » Bryan jeta un coup d'œil par-dessus son épaule. Il était à moins d'un mètre du gouffre. James s'était campé devant lui et, enfin, il le regardait dans les yeux. La lumière du jour modifiait constamment la couleur de son iris. Gris un instant, il devenait bleu l'instant suivant pour prendre ensuite la couleur indéfinissable d'une huître. « Petra m'a dit que tu étais médecin, Bryan, dit-il tout à coup.

– C'est exact.

– Et que tu as gagné beaucoup d'argent.

– C'est vrai également, James. Je possède une entreprise pharmaceutique.

– Il paraît que tes sœurs se portent bien.

– Elles vont bien, oui, merci.

– Nos vies sont très différentes, Bryan, tu ne trouves pas ? »

Ses yeux avaient maintenant toutes les couleurs de la Manche à la fois. « Je ne sais pas, je suppose, oui. » Le regard de James devint presque noir et Bryan se dit qu'il aurait dû faire une réponse moins britannique.

« Moi je le sais, figure-toi », murmura James en avançant d'un pas vers lui. Ils se faisaient face, à présent. Bryan sentait son haleine sucrée. « Je crois à la rigueur que je saurais vivre avec ma vie gâchée, dit James, les lèvres pincées. Mais il y a certaines choses qui me posent problème.

– Lesquelles, James ?

– Pardon ? » Il ne souriait pas. « Ah, oui. Toi. Toi, tu me poses problème. Et les crises de manque, bien sûr. Et puis les gens qui s'adressent à moi et qui s'attendent que je leur réponde. Être à la fois Gerhart, Erich et James me pose un gros problème.

– Je comprends. »

Les tendons du cou de James se durcirent. Ses mains avançaient vers la poitrine de Bryan. « Mais il y a pire encore. » Bryan inspira très lentement et il fit un pas en arrière de façon à pouvoir se pencher légèrement vers James en gardant un centre de gravité plus solide.

« Le pire…, reprit James en le saisissant doucement par les bras, le pire, c'est que tu ne sois pas revenu me chercher !

– J'ai essayé de te retrouver, James ! J'ai essayé, mais tu avais disparu ! » La pression sur ses bras se fit plus forte.

Le regard de James se voila. Puis il se ressaisit et, de manière presque inaudible, il dit : « Mais le plus insupportable est que moi non plus, je n'ai rien fait pour m'en sortir. »

L'expression n'avait duré qu'une seconde mais elle avait ramené Bryan dans un lointain passé où un garçon dégingandé aux yeux malicieux, à la peau dorée et couverte de taches de rousseur, implorait son aide tandis qu'une toile de parachute se déchirait au-dessus de lui. La minute d'avant il claironnait : « Fais-moi confiance, tout va bien se passer ! » Bryan venait de lire sur le visage de James une immense impuissance doublée d'une terrible haine de soi. « Comment aurais-tu pu faire quoi que ce soit, James, tu étais malade, murmura-t-il en retour.

– Je n'avais rien du tout ! s'écria-t-il avec une violence surprenante, les traits déformés, les yeux fous, le cou apoplectique. Au début, oui ! Et tout à fait à la fin, peut-être ! Mais ça a pris des années ! De foutues longues années ! Le seul répit que j'ai eu ces années-là, ce sont les médicaments qui me l'ont donné. Grâce à eux, j'étais d'un calme effroyable. J'étais James, et Gerhart et Erich, mais je n'étais pas malade. » Il lui serra les bras plus fort, coupant Bryan dans sa riposte. « … Enfin, la majeure partie du temps. » Ils restèrent un moment ainsi à se regarder. La colère, l'incertitude et une peine incommensurable alternaient dans les yeux de James. Deux fois, il ouvrit la bouche pour ajouter quelque chose. À la troisième tentative, il réussit.

« Tu me demandes si je me souviens de notre montgolfière ! Tu me poses toutes sortes de questions ! Tu m'interroges sur des détails que toi et d'autres gens connaissent et qui dans mon esprit ne sont plus que de ridicules et insignifiants souvenirs ! Vous ne comprenez donc pas qu'en entendant ces questions, j'ai l'impression qu'on me demande d'oublier toutes ces années où je n'ai fait qu'attendre ?

– Mais pourquoi, James ? Pourquoi voudrions-nous t'obliger à cela ? » Bryan regarda intensément l'homme tremblant qui lui faisait face. Avec d'infinies précautions, il se dégagea de son étreinte, et ce fut lui qui lui prit les poignets.

James ferma les yeux. Au bout d'un moment, il haussa les sourcils et se mit à rire. « Finalement, il y a quand même certains détails qui me reviennent. » James ramena ses bras le long de son corps et Bryan fut légèrement entraîné vers l'avant. « Depuis quelques jours, je n'arrête pas de voir les chiens. C'est drôle, je n'y avais pas repensé depuis des années. Je les vois nous poursuivre, Bryan. Ils s'approchent. Et je revois les deux trains qui se croisent au fond de la vallée. L'un allant vers l'est et l'autre vers l'ouest. Notre salut, avons-nous pensé ce jour-là. Je me dis que nous n'aurions pas dû monter dans ce train.

– Ne pense pas à ça, James. Ça ne sert à rien. »

James s'appuya contre Bryan, son menton presque posé sur son épaule. Derrière eux, le bord de la falaise disparaissait peu à peu dans la brume. En bas, les vagues déferlaient, venant de l'est. Bryan entendait leur appel.

Un oiseau de mer remonta du gouffre avec des cris offusqués, quittant le groupe de ses congénères avec un mécontentement bruyant. Le corps de James devint plus lourd. Il tremblait toujours.

Brusquement, il éclata de rire et par réflexe, Bryan recula. Son pied gauche dérapa sur la terre gelée. Son talon était au-dessus du gouffre. James semblait à des lieues de là. Il avait le regard flou et son rire cessa aussi vite qu'il avait démarré. Ce brusque revirement était à la fois digne d'un dément et parfaitement normal. Bryan recouvra ses esprits.

L'attrait du vide l'abandonna. L'appel des vagues cessa. Aussi délicatement que s'il faisait un pas de valse, il reporta son poids sur son pied droit et contourna James, qui n'eut même pas l'air de s'apercevoir du mouvement qu'il venait de faire. Comme une nappe de brume paresseuse, la tension l'abandonna, ses épaules retombèrent. Il lâcha prise.

C'était un visage calme et apaisé que Bryan avait à présent devant lui. « Nous avons bien fait de monter dans ce train, James, dit-il. Tu ne dois pas penser autrement. » Bryan pencha la tête, essayant de saisir le regard de son ami. « Et nous avons bien fait de prendre ce train-là plutôt que l'autre », ajouta-t-il doucement. Bryan leva les yeux au ciel et le vent s'engouffra dans ses cheveux. Ses narines se dilatèrent et il inspira à fond. Il avait l'air serein.

« Tu sais pourquoi ? » Bryan regarda une nouvelle fois James avec insistance. Le vent faiblit un peu, James ouvrit les yeux et croisa son regard. Il attendait la suite. Son visage n'exprimait aucune curiosité.

« Parce que si nous avions pris le train vers l'est, James, j'aurais dû aller te chercher au fin fond de la Sibérie ! »

James le fixa encore quelques secondes, puis il releva la tête. À en croire le ballet rythmique de ses yeux tournés vers le ciel, on aurait dit qu'il comptait les nuages dans leur course folle et désordonnée.

Enfin, il sourit et tourna le dos à la bise, laissant les rayons du soir réchauffer son visage.

Quand James prit le chemin de la maison dans le soleil couchant, Bryan le suivit des yeux, sans bouger. Pas une fois, son ami ne se retourna.

Au bout d'un long moment, il entendit la porte d'entrée se refermer avec un bruit sec et définitif. Il ferma les yeux et ouvrit les narines. Il avait du mal à respirer.

Il se laissa aller aux tremblements qui avaient pris possession de son corps par vagues.

Quand il eut retrouvé son calme et qu'il rouvrit les yeux, Laureen était là.

Son regard avait une intensité qu'il ne lui avait jamais vue. Il eut le sentiment qu'elle voyait le fond de son âme. Elle souriait vaillamment, serrant le col de son manteau autour de son cou. « Je crois que ces dessins sont des faux, Bryan, dit-elle après un long silence, portant une main à ses cheveux pour les empêcher de lui fouetter le visage. J'ai conseillé à Petra de les faire expertiser.

– Ça ne m'étonne pas. » Bryan écoutait les cris des oiseaux. Les mouettes commençaient à avoir faim.

« Je ne sais pas si elle va le faire. James lui a dit qu'il trouverait le moyen de les vendre. Il lui a promis de s'en occuper et lui a demandé d'attendre.

– Il a dit qu'il allait s'en occuper ? » Bryan respirait doucement. « Je ne sais pas pourquoi, mais j'ai l'impression d'avoir déjà entendu cette phrase quelque part. »

Laureen le prit par le bras. Il sentait la pression de ses doigts par à-coups réguliers. Avec l'autre main, elle continuait à essayer de discipliner ses cheveux.

« Tu ne vas pas très bien, n'est-ce pas, Bryan ? » lui demanda-t-elle prudemment.

Il haussa les épaules. Quelques flocons d'écume, emportés par les rafales, venaient se perdre sur le plateau. Laureen se trompait. Mais force lui était d'admettre que l'humeur qui le submergeait avait quelque chose d'inhabituel.

« Tu te sens trahi, n'est-ce pas ? » dit-elle encore, tout doucement.

Bryan plongea la main dans sa poche. Il trouva son paquet de cigarettes à côté de son trousseau de clefs, mit une cigarette dans sa bouche et la garda un moment entre ses lèvres sans l'allumer. Elle tressauta un peu puis le vent l'emporta. La forme directe de la question lui trottait dans la tête. Il ne l'aurait pas mieux formulé lui-même. Depuis que James l'avait planté là, tout à l'heure, cette question était tapie dans son esprit, prête à bondir.

« Est-ce que je me sens trahi ? » Il se mordit la joue. « Je l'ignore. Ça fait quoi, au juste, de se sentir trahi ? Je me sens trompé, ça oui. Je me suis toujours senti trompé ! Ce sentiment-là, je le connais bien. »

Une longue succession de promesses non tenues défilèrent dans sa tête, luttant avec sa bonne éducation, ses fausses bonnes manières d'enfant élevé dans les écoles privées, le code d'honneur de sa vie d'adulte, les doux souvenirs d'une amitié qu'il croyait sincère et celui plus récent de James lui tournant le dos et marchant, indifférent, vers la maison qu'il lui avait achetée.

Bryan mena ce combat intérieur un long moment, en silence. Et finit par gagner, en douceur.

« Je me demande pourquoi il a fallu trente ans pour que j'entende cette question posée dans le bon sens, Laureen, c'est-à-dire comme une affirmation », répondit-il enfin, à voix basse.

Le soleil faisait une auréole autour de sa tête, tandis que la mer s'assombrissait derrière lui. « Cela dit, si tu me l'avais posée plus tôt, je n'aurais pas su quoi répondre.

– Et maintenant ?

– Maintenant ? » Il resserra son col autour de son cou. « Maintenant, je me sens libéré ! » Longtemps, il resta ainsi, puis il enlaça sa femme. Il l'attira vers lui et la serra tendrement jusqu'à ce qu'il sente qu'elle commençait à se détendre.

Il sortit le trousseau de clefs de sa poche et le lui posa dans la main. « Est-ce que tu veux bien aller chercher la voiture, Laureen, et venir me prendre à la clairière, dit-il en désignant un bouquet d'arbres un peu plus loin. Je voudrais rester ici encore un instant. »

Elle allait protester, mais Bryan l'avait déjà lâchée pour se tourner face au vent glacé qui avait nettement forci à présent. Elle prit sa main et la posa sur sa joue, mais il ne la regarda pas. Alors qu'elle allait passer la première butte en direction de la maison, elle s'arrêta, se retourna et cria son nom. Il quitta la mer des yeux un instant pour tourner vers sa femme un regard plein de tendresse. « Tu n'as plus l'intention de le revoir ? » lui lança-t-elle, simplement.

La falaise sous ses pieds serait probablement là pour l'éternité. Sa vie à lui n'était qu'un détail au milieu de ce décor majestueux.

À cet instant, le passé devint le passé.

Il ferma les yeux et entendit les cris de joie des garçons qu'ils avaient été. Ils résonnèrent un instant puis disparurent dans le bruit du moteur qui démarrait en bas de la côte.

La révélation qu'il fallait être deux pour être amis, mais un seul pour trahir, se posa sur le bord de la falaise, oscilla une seconde dans une clarté surnaturelle, puis bascula dans le vide, ne laissant derrière elle que le présent.

Deux jeunes garçons lui dirent adieu en souriant, il leur rendit leur sourire, vivant, nu, tourné vers l'avenir et enfin entier dans les dernières lueurs du couchant.

Le rideau retomba doucement sur le dernier simulateur de l'Unité Alphabet.

NOTE DE L'AUTEUR

Ce livre n'est pas un roman de guerre.

L'Unité Alphabet est le récit d'une trahison, comme il en arrive tous les jours et dans toutes sortes de situations, entre époux, entre collègues ou dans des contextes plus extrêmes comme la guerre de Corée, celle des Boers en Afrique du Sud, la première guerre du Golfe entre l'Iran et l'Irak ou, en l'occurrence, pendant la Seconde Guerre mondiale.

J'ai choisi cette guerre comme toile de fond de mon histoire pour plusieurs raisons. D'abord parce que je suis fils de psychiatre, et que j'ai passé la majeure partie de mon enfance dans divers asiles de fous, comme on appelait encore les hôpitaux psychiatriques dans les années cinquante et le début des années soixante. Et bien que mon père ait été un homme progressiste et novateur dans son domaine, j'ai été, par la force des choses, témoin de la façon dont on traitait les aliénés à cette époque. J'ai eu l'occasion de côtoyer plusieurs patients institutionnalisés depuis les années trente et me suis beaucoup intéressé aux méthodes de soin, ainsi qu'à l'idée qu'on se faisait de ces hôpitaux et des psychiatres en ce temps-là et plus tard, pendant la guerre. Il m'est aussi arrivé de rencontrer des patients qu'avec mon regard candide et néanmoins éveillé de gamin j'ai soupçonnés de simuler leur maladie.

Je me rappelle en particulier un patient chronique dont s'occupait mon père. Cet homme avait réussi à passer des années au sein du système hospitalier avec deux phrases : « Là, vous n'avez pas tort ! », remarque qu'il faisait à tout propos, ou presque, et qui avait peu de risques de lui attirer des ennuis, et « Oh ! Dieu soit loué ! », une exclamation de soulagement sincère avec laquelle il épiçait ses conversations et apportait une conclusion à tous les événements de son existence. Eh bien figurez-vous qu'il ne m'en aurait pas fallu beaucoup pour accuser cet homme de se servir de cette subtile forme de simulation pour se mettre en marge de la société et se réfugier dans le giron des institutions psychiatriques.

Mais peut-on réellement survivre et garder la raison dans ce système si l'on n'est pas réellement fou ? Cela me semble improbable, surtout au regard des techniques radicales qu'on employait alors. Mais qui sait, ce patient peu loquace avait peut-être fini par devenir réellement fou.

De nombreuses années plus tard, mon père m'a dit avoir croisé à nouveau le chemin de cet homme. C'était dans les années soixante-dix, si je me rappelle bien, un temps où le monde était devenu plus libre dans de nombreux domaines. L'époque avait apparemment déteint sur notre patient puisqu'il avait ajouté l'expression « On s'en fout » à son répertoire. Il faut vivre avec son temps.

Mais était-il réellement malade ? Comment ne pas se poser la question ?

Mêler dans un roman ces deux objets de fascination, la pseudo-maladie mentale et la Seconde Guerre mondiale, devint quasiment une obsession pour moi après une conversation que j'ai eue avec Karna Bruun, une amie de ma mère, aujourd'hui décédée. Cette femme avait été infirmière à Bad Kreuznach dans le service du docteur Sauerbruch et ce jour-là, elle avait confirmé et développé certaines théories que j'élaborais dans ma tête depuis un moment.

J'ai toujours eu une grande admiration pour les auteurs chez qui la réalité historique et la fiction sont intimement liées.

Un soir de 1987, sous un ciel étoilé à Terracina, j'ai raconté à mon épouse le synopsis de mon histoire et c'est elle qui m'a convaincu que le roman méritait de voir le jour, aussitôt que mon emploi du temps chargé m'autoriserait à le mettre en gestation.

Il me fallut huit ans.

Je suis redevable à la fondation Treschow pour la bourse qui m'a permis de séjourner à Fribourg-en-Brisgau où se déroule une grande partie de cette aventure, ainsi qu'au docteur Ecker, le conservateur en chef des Archives nationales de cette ville.

Je remercie également mon épouse, Hanne Adler-Olsen, infatigable muse et critique qui depuis cette nuit à Terracina n'a jamais cessé de m'encourager dans mes projets d'écriture.

Grâce à la lecture attentive de mes amis brillants et talentueux, j'ai nommé : Henning Kure, Jesper Helbo, Tomas Stender, Eddie Kiran, Carl Rosschou, ma sœur Elsebeth Wæhrens, ma mère Karen-Margrethe Olsen, le livre a subi de nombreuses modifications et d'innombrables coupes, chacune d'elles évaluée et mûrement réfléchie, jusqu'à ce que le roman prenne enfin la forme que j'espérais.

Jussi Adler-Olsen

DU MÊME AUTEUR

Aux Éditions Albin Michel

Les enquêtes du Département V

1. MISÉRICORDE, 2011.
2. PROFANATION, 2012.
3. DÉLIVRANCE, 2013.
4. DOSSIER 64, 2014.
5. L'EFFET PAPILLON, 2015.
6. PROMESSE, 2016.
7. SELFIES, 2017.

Composition Nord Compo
Impression CPI Bussière en août 2018
Éditions Albin Michel
22, rue Huyghens, 75014 Paris
www.albin-michel.fr

ISBN : 978-2-226-40207-3
N° d'édition : 22898/01 – N° d'impression : 2036713
Dépôt légal : septembre 2018
Imprimé en France